Anne Stern

FRÄULEIN GOLD

Der Himmel über der Stadt

Roman

Rowohlt Polaris

Originalausgabe
Veröffentlicht im Rowohlt Taschenbuch Verlag,
Hamburg, Mai 2021
Copyright © 2021 by Rowohlt Verlag GmbH, Hamburg
Das Zitat von Mascha Kaléko stammt aus:
«Großstadtliebe», 1933, zitiert nach: «Aufbruch der Frauen»,
hrsg. von Brigitte Ebersbach, Berlin 2019, S. 49 f.
Karte © Peter Palm, Berlin
Covergestaltung bürosüd, München
Coverabbildung Richard Jenkins
Satz aus der Foundry Wilson
bei Pinkuin Satz und Datentechnik, Berlin
Druck und Bindung CPI books GmbH, Leck, Germany
ISBN 978-3-499-00431-5

Die Rowohlt Verlage haben sich zu einer nachhaltigen Buchproduktion verpflichtet. Gemeinsam mit unseren Partnern und Lieferanten setzen wir uns für eine klimaneutrale Buchproduktion ein, die den Erwerb von Klimazertifikaten zur Kompensation des CO_2-Ausstoßes einschließt.
www.klimaneutralerverlag.de

«Man lernt sich irgendwo ganz flüchtig kennen
Und gibt sich irgendwann ein Rendezvous.
Ein Irgendwas, – 's ist nicht genau zu nennen
Verführt dazu, sich gar nicht mehr zu trennen.
Beim zweiten Himbeereis sagt man sich ‹du›.
(...)
Man trifft sich im Gewühl der Großstadtstraßen.
Zu Hause geht es nicht. Man wohnt möbliert.
Durch das Gewirr von Lärm und Autorasen.
Vorbei am Klatsch der Tanten und der Basen
Geht man zu zweien still und unberührt.»

Mascha Kaléko: *Großstadtliebe, 1933*

PROLOG

Mittwoch, 24. Mai 1922

Das Licht in dem Saal mit den hohen Fenstern und den gekachelten Wänden war grell, es stach Gerda in die Augen, und sie kniff sie zusammen, so fest sie konnte. Über ihr strahlte eine Lampe, weiß wie ein unerbittlicher Stern, dessen Licht niemals erlosch, und hinterließ lilafarbene Streifen auf ihrer Iris. Gerdas Leib schmerzte, und sie umfasste ihren Bauch mit den Händen. Sie warf sich hin und her und versuchte zu sehen, was vor sich ging. Doch sie war allein im Raum, der Arzt und die Hebamme waren hinausgegangen.

Gerda hatte noch die dunkle Stimme des Doktors in den Ohren. «Alles wird gut, Frau Manteuffel», hatte er gesagt, «wir bereiten Sie für den Kaiserschnitt vor, und dann haben wir mir nichts, dir nichts Ihr Kind auf der Welt.»

Doch nichts war gut, das wusste sie. Zwischen ihren Beinen war es seltsam warm und klebrig gewesen, als sie vor einer Stunde erwacht war, in ihrem Bett im Pavillon der Hausschwangeren. So viel Blut hatte sie verloren, dass sie furchtbar erschrocken war, und sie hatte sofort gewusst, dass auch diese Schwangerschaft böse enden würde. Wie schon so oft. Sie konnte die Kinder, mit denen sie im Laufe der letzten Jahre schwanger gewesen war, nicht mehr zählen, doch eins wusste sie – keines von ihnen hatte gelebt.

In den vergangenen Wochen hatte Gerda endlich Hoffnung geschöpft, denn so lange hatte bisher keine Schwangerschaft Bestand gehabt, und sie hatte gefühlt, wie sich das Kind unter ihren Händen bewegte. Doch dann hatte sie in der letzten Nacht diesen schrecklichen Traum gehabt, von einem Messer, das man ihr in die Eingeweide stieß und das ihr Kind tötete, und als sie erwachte, hatte sie erkannt, dass der Albtraum Wirklichkeit wurde. Dass auch dieses Kind sterben würde, ehe sie die Chance bekam, ihm eine Mutter zu sein.

Dabei hatte der Fremde versprochen, dass es diesmal nicht passieren würde. Vor einem halben Jahr hatte er bei ihnen in der engen Kochstube in der Kufsteinstraße angeklopft. Was genau Gerda an dem Mann misstrauisch gemacht hatte, als er da so steif auf ihrem Kanapee saß, konnte sie nicht mehr sagen. Aber es war etwas an ihm, das sie frösteln ließ. Und doch betrachtete sie ihn genau, prägte sich jedes Detail ein. Die Farbe seines Haars, die Furchen um seine Mundwinkel, den Faltenwurf des dicken Mantels, den er nicht abgelegt hatte. So, als sei er sehr beschäftigt und nur auf einer Stippvisite, jederzeit auf dem Sprung, wieder zu gehen. Das meiste von dem, was er sagte, verstand Gerda nicht, doch Fred hatte gesagt, dass sie ihm vertrauen müssten. Doch auch in seinen Augen hatte die Angst gestanden, ein Spiegelbild dessen, was sie selbst empfand. Nur, was blieb ihnen übrig? Der Mann hatte ihnen sogar Geld versprochen und, was noch wichtiger war, einen Platz in seinem Krankenhaus. Die Behandlung wäre umsonst, sagte er, bevor sie fragen konnte. Und so war sie ihm aus der Vorstadt nach Mitte gefolgt, hatte sich in der Frauenklinik einquartieren lassen, weit fort von zu Hause. Die Stadt machte ihr hier Angst, das nächtliche Platschen des Flusses an die Kaimauern vor dem Fenster ihres Zimmers, die gewaltigen Gebäude aus

Stein, die hinter dem Klinikgelände aufragten. Gerda fühlte sich wie eine der gefangenen Prinzessinnen in den Märchen, die die Portiersfrau früher den Kindern in der Straße erzählt hatte. Eingesperrt in einen Turm, ausgeliefert und allein. Da konnte Fred noch so oft beteuern, dass man ihr hier nur helfen wolle. Jedes Wochenende kam er aus der neuen Wohnung in Tempelhof nach Mitte, um sie zu besuchen und ihre Hand zu halten. Und das, obwohl er sich für sein entstelltes Gesicht in der Öffentlichkeit schämte. Doch es half ihr nicht. In einem Krankenhaus lauerte der Tod, das wusste Gerda, seit ihre jüngeren Schwestern vor Jahren in einem Spital an Diphtherie gestorben waren. Und nun holte er ihr Kind.

Sie fühlte, wie ihr die Tränen aus den Augen liefen und in den dichten Haaren über dem Ohr versickerten. Sie wurde schwächer, und obwohl sie es nicht sehen konnte, wusste sie, dass sie in einer Blutlache liegen musste.

Da, endlich, hörte sie Stimmen. Die weiße Uniform einer Pflegerin tauchte in ihrem Gesichtsfeld auf. Gerda kannte die Frau nicht, die Schichten hier wechselten häufig. Und heute hatte man sie erstmals auf einer fahrbaren Liege durch einen Verbindungsgang mit Glasdach in diesen Operationssaal hinübergerollt.

Auf einmal füllte sich der große Raum. Gerda hörte das Schlurfen vieler Füße auf dem Linoleum, das halblaute Gemurmel. Sie blickte in junge Gesichter, die sie aus einigem Abstand anstarrten. Es mussten die Assistenzärzte und Klinikpraktikanten sein, die zum Zuschauen kamen. Gerda hatte erfahren, dass die Klinik an die Universität angeschlossen war und dass die Studenten hier etwas lernen sollten. Zumal wenn eine Frau, die im achten Monat schwanger war, an ihrem eigenen Kind verblutete.

Laut stöhnte sie auf.

«Ganz ruhig», sagte das runde Gesicht mit dem Häubchen und beugte sich über sie. Gerda fand, dass die Frau mit ihr sprach, als sei sie eine kalbende Kuh, die beruhigt werden sollte. Trotzdem war sie dankbar, nicht mehr allein zu sein.

«Es tut so weh», weinte sie.

Die Pflegerin nickte wissend und zog eine Spritze auf.

«Gleich ist es vorbei», sagte sie, «gleich hört es auf.»

Die gewaltige Nadel, die sich ihrem Arm näherte, ängstigte Gerda fast mehr als die Schmerzen selbst, doch sie hatte keine Wahl.

Mit geübten Handgriffen schob die Pflegerin die Nadel in ihre weiche Haut und drückte die durchsichtige Substanz, die sich in der gläsernen Spritze befand, in Gerdas Arm.

Wo floss die Medizin hin?, wunderte sich Gerda. Was würde sie in ihrem Körper bewirken? Wie sah es unter der Haut überhaupt aus? Sie wusste es nicht, in den wenigen Jahren, in denen sie als Kind die Volksschule besucht hatte, hatte die Lehrerin nichts darüber gesagt.

Dann konnte sie keinen klaren Gedanken mehr fassen, es war, als sei ihr Kopf plötzlich mit Watte gefüllt. Schon verschwamm der grelle Kreis über ihr, rückte in eine merkwürdige Ferne. Aber die Schmerzen verebbten, und die Dankbarkeit, die Gerda darüber empfand, war groß. Mit einem Mal hatte sie das Gefühl, im Meer zu schwimmen. Dabei hatte sie das Meer noch nie gesehen, hatte Berlin überhaupt noch nie verlassen. Das Wasser war dunkelgrau, wie geschmolzenes Eisen umschloss es ihre Glieder, und der Sog, der unter der Oberfläche wirkte, zog sie rasch mit sich. Gerda starrte in die Wolkendecke, die dunkel und schwer über ihr hing. Dann drehte sie den Kopf zur Seite und sah am Horizont, dort, wo das Wasser auf den Himmel traf, einen hellen, flirrenden Schimmer, wie flüssiges Gold, das zwischen beiden Elementen hervorzubrechen versuchte. Gerda trieb darauf zu, das Licht kam näher und näher, und mit einem Seufzer der Erleichterung ließ sie sich von den schnellenden Wassern weiterziehen und sehnte sich nach dem Augenblick, da sie die goldene Masse erreichen und für immer darin aufgehen würde.

1.

Montag, 14. Juli 1924

Huldas Herz klopfte plötzlich schneller, als sie über die Ebertsbrücke lief und vor sich die Backsteinmauern der Klinik auftauchen sah. Verwundert blieb sie stehen und zwang sich, tief durchzuatmen. War das wirklich sie, Hulda Gold, die erfahrene Hebamme vom Winterfeldtplatz, die angesichts der ehrwürdigen Steine ihres zukünftigen Arbeitsplatzes aus dem Häuschen geriet? Besser, sie riss sich zusammen und wischte sich die Nervosität aus dem Gesicht, ehe die Krankenschwestern schon am ersten Tag über das neue Huhn im Hebammenzimmer kicherten und spotteten.

Hulda stellte die schwere Ledertasche einen Moment auf dem Trottoir ab und straffte die Schultern. Sie blickte hinauf in den Himmel, der sich hellblau wie die Ballrobe einer Dame über die Häuser spannte, mit winzigen weißen Wölkchen, als hätte jemand die Samen einer Butterblume auf den schwingenden Rock gepustet. Die Morgensonne stand im Osten und malte glitzernde Kreise auf das Wasser der Spree, die Luft war noch frisch und klar, eine Seltenheit im staubigen Berlin.

Weiter hinten, in der Artilleriestraße, erhob sich auf der rechten Seite das wuchtige Haupttelegraphenamt, ein Koloss, in dem die Fernsprecher-Arterien der Stadt zusammenliefen wie in einem steinernen Herz.

Prüfend strich sich Hulda eine vorwitzige Haarsträhne aus der Stirn. Sie vermisste ihre rote Kappe, die ihre Frisur im Zaum hielt, aber bei diesen warmen Temperaturen ertrug sie es darunter nicht. Dann wischte sie sich die feuchten Handflächen am Faltenrock ab und griff entschlossen zum abgetragenen Henkel ihrer Hebammentasche. Man erwartete sie. Und sie würde eine gute Figur abgeben, das wusste sie trotz ihres nervösen Anflugs. Es war ihre Spezialität, die Menschen schnell von ihrer Kompetenz zu überzeugen, ohne dass sie viel sagte. Sie musste sich nur ein wenig an den Gedanken gewöhnen, künftig in einer der bedeutendsten Frauenkliniken des Landes zu arbeiten, anstatt wie früher in ihrer kleinen Schöneberger Welt schalten und walten zu können, wie sie wollte.

Aber das war eigentlich auch nur die halbe Wahrheit, dachte sie, als sie mit gewohnt flinken Schritten den Fluss überquerte und am anderen Ufer die Artilleriestraße entlanglief. Eine freie Hebamme war vor allem frei von Sicherheit, von einem verlässlichen Auskommen, und sie würde später, im Alter, ohne Rente auf sich gestellt sein. Hulda hatte sich trotz der angeblichen Unabhängigkeit ihres Berufs bei jeder Kleinigkeit vom Bezirksarzt gängeln lassen müssen, hatte stets gezittert, dass ihr der übellaunige Doktor Schneider jederzeit einen Fehler nachweisen konnte und ihr daraufhin die Lizenz entzogen würde. Es gab außerdem bei weitem nicht genug Schwangere zu betreuen, seitdem immer mehr Aufgaben der Hebammen von den Mütterberatungsstellen und den Geburtenstationen der Kliniken übernommen wurden. Hulda verdiente pro Geburt, nicht pro Arbeitsstunde, und während Letztere sie oft um den Nachtschlaf brachten, reichten Erstere kaum, um ihr ein monatliches Auskommen zu garantieren. Dieses Missverhältnis war nicht länger zu übersehen gewesen.

Nein, dachte Hulda und suchte mit den Augen den Eingang zur Klinik, es war Zeit, ihre Situation zu verbessern. Die Inflation galt offiziell als beendet, doch Hulda und viele der kleinen Leute in Berlin waren alles andere als sicher vor dem wirtschaftlichen Ruin. Sie musste finanziell ab jetzt besser für sich sorgen. Auch wenn sie eine gewisse Wehmut nicht leugnen konnte.

Hulda fand den Eingang und schellte. Beinahe sofort öffnete ihr eine junge, blasse Frau in Pflegerinnenuniform, als hätte sie hinter der schweren Tür gelauert.

«Sie wünschen?»

«Ich möchte zur leitenden Hebamme, bitte. Irene Klopfer? Ich bin die Neue.»

«Einen Moment.»

Ohne ein Lächeln drehte sich die Pflegerin von ihr weg und lief den Gang hinunter. Hulda wagte sich ins Foyer und fühlte sich wie ein Regenschirm, den jemand in einem Schirmständer vergessen hatte. Sie trat von einem Bein auf das andere und betrachtete die dunklen Granito-Fliesen, die den langen Korridorboden bedeckten, als sie eine Pförtnerloge bemerkte. Ein kauzig aussehender älterer Herr saß hinter der Glasscheibe und schien ein Nickerchen zu halten. Doch während Hulda sein Gesicht betrachtete, schlug er unverhofft die Augen auf und grinste verschämt, als hätte sie ihn ertappt.

«Ein Schläfchen in Ehren ...», knurrte er und kratzte sich unter der ledernen Mütze. Dann rappelte er sich auf, rieb sich die grauen Bartstoppeln, die ihn wie einen Seemann wirken ließen, und winkte Hulda heran.

«Ihr Name, Frollein?»

«Hulda Gold.»

In seinen Augen blitzte es, als hätte er das ohnehin längst

gewusst. «Ich bin Pförtner Scholz. Herzlich willkommen in der Anstalt, Frollein Gold», sagte er, und in jedem seiner Worte klang ein verstecktes Lachen.

Irgendetwas an ihm erinnerte Hulda plötzlich an ihren Freund Bert, den Zeitungsverkäufer vom Winterfeldtplatz, obwohl der sich gegen einen solchen Vergleich sicherlich empört verwahrt hätte. Trug Bert doch täglich die ausgesuchte Garderobe eines Gentlemans, während dieser alte Pförtner es mit der Körperpflege nicht allzu genau zu nehmen schien. Doch es hatte nichts zu tun mit einer äußerlichen Ähnlichkeit, sondern eher mit dem Ausdruck in seinen Augen, mit dem er Hulda jetzt musterte. So, als wäre sie etwas Kostbares, jemand, den er für voll nahm. Diesen Blick bekam eine junge ledige Frau in Berlin nicht oft von Männern, wie Hulda aus leidvoller Erfahrung wusste.

«Frollein Klopfer wirdse gleich abholen», sagte er und schob ihr ein Papier und einen Stift hin. «Sie können sich schon mal anmelden. Hat hier allet seine Ordnung, verstehen Sie?»

Hulda überflog das Formular, trug ihre Wohnanschrift bei Frau Wunderlich ein und ihren Namen nebst Geburtsdatum. Dann gab sie alles an den Pförtner zurück.

Nachdem er die wenigen Angaben aus zusammengekniffenen Augen betrachtet hatte, breitete sich ein Schmunzeln über sein Seemannsgesicht.

«Donnerwetter», sagte er, «an Ihnen ist wohl 'n Herr Doktor verlorengegangen, bei so 'ner Klaue wie der da.» Er deutete auf die Buchstaben, die kreuz und quer über das Blatt zu springen schienen. «Die Ärzte schreiben ja alle so grottenschlecht.»

Hulda hob die Schultern. «Schönschrift war noch nie meine Stärke», erklärte sie. Dann sah sie ihn herausfordernd an. «Aber wieso nicht eine *Frau* Doktor?», fragte sie und bemerkte selbst den kindischen Trotz, der sich in ihre Stimme geschlichen hatte.

«Die jibt's hier nicht», war die Antwort. «Das schöne Jeschlecht stellt in unserer Klinik lediglich die Hebammen und die Schwestern.»

«Keine einzige Ärztin?» Hulda wunderte sich, denn sie wusste, dass inzwischen sehr wohl auch Frauen an der medizinischen Fakultät studierten. Und etwas an der Art, wie der Pförtner das *lediglich* betont hatte, ging ihr gegen den Strich.

«Nich bei uns», brummte Herr Scholz.

Hulda vermochte nicht zu erkennen, ob er diesen Umstand billigte oder nicht.

Bevor sie etwas erwidern konnte, näherten sich rasche Schritte. Neben der blassen Pflegerin ging eine matronenhafte Frau in mittleren Jahren, die Schürze schimmerte beinahe schmerzhaft weiß. Mit einer militärischen Geste schoss ihre Hand vor, und Hulda verbiss sich einen Schmerzenslaut, als die Frau ihre Finger drückte.

«Fräulein Gold», sagte sie, «mein Name ist Irene Klopfer. Folgen Sie mir bitte.»

Damit drehte sie sich auf dem Absatz um, und Hulda schwamm in ihrem Kielwasser über den dunkelgrauen Steinboden. Die Pflegerin und der Pförtner blieben wortlos zurück, offenbar machte die Präsenz dieser Frau auch sie stumm.

Ohne Hulda anzusehen und immer eine Nasenlänge voraus, als wäre jede Sekunde kostbar, sprach Fräulein Klopfer weiter: «Willkommen in unserer Klinik», sagte sie. «Sie werden sich schnell eingewöhnen. Ihrem Lebenslauf habe ich entnommen, dass Sie an der Frauenklinik in Neukölln gelernt haben, ein hervorragendes Institut. Und genug Erfahrung haben Sie seitdem ja wohl auch sammeln können?»

Hulda nickte, doch da Fräulein Klopfer vorausgeeilt war und sich nicht nach ihr umdrehte, fügte sie laut hinzu: «Jawohl.»

«Aus Schöneberg kommen Sie also.» Irene Klopfer öffnete schwungvoll eine Tür, die vom Gang zu einem weitläufigen Pavillon führte. «Kein einfaches Pflaster, denke ich. Na ja, was unsere jungen Praktikanten hier in der Poliklinik zu sehen kriegen, dürfte in etwa Ihren Erfahrungen entsprechen.»

«Ja?», fragte Hulda und ließ ihren Blick schweifen.

Sie befanden sich in einem großen Raum mit hellem Holzfußboden, offenbar ein Aufenthaltszimmer. Zwei Tische gab es hier, mit schönen, akkurat angeordneten Holzstühlen. An der Stirnseite stand ein einfaches Sofa mit einer Leselampe.

«Poliklinik, sagten Sie?» Hulda drehte sich zu Irene Klopfer um, die zum Fenster getreten war und einen der langen, halbtransparenten Stores zurechtzupfte. Dann knipste die ältere Hebamme mit den Fingernägeln ein welkes Blatt von einer kleinen Grünpflanze und steckte es sich in die Tasche ihrer leuchtenden Schürze.

«Ja, wenn es bei einer Geburt Komplikationen im Bezirk gibt, ruft man hier an, und zwei unserer Hauspraktikanten wetzen los und entbinden die Frauen ambulant. Was die armen Jungs da bisweilen für Löcher sehen! Ich sage Ihnen, das ist eine Schule fürs Leben: Huren, Syphilitikerinnen, Kinder, die auf nackten Bodenbrettern geboren werden, ohne fließendes Wasser, ohne Zukunft. Das ganze Programm.» Die leitende Hebamme sah sie unvermittelt an. «Aber ist eben nicht jeder auf Wolken gebettet, richtig?»

Hulda wusste nicht, ob sie Irene Klopfer sympathisch finden sollte oder nicht. Die Frau ließ sich nicht leicht in die Karten gucken, schien ihr, sie zeigte mit keiner Regung, ob sie

Mitleid oder Verachtung für die Frauen empfand, von denen sie sprach.

«Jedenfalls werden Sie damit wenig zu tun haben, Fräulein Gold», fuhr sie fort. «Ihr Wirkungsbereich wird hier sein, in diesen Mauern.» Sie klatschte in die Hände, als wollte sie sich selbst und Hulda zur Eile antreiben. «Ich zeige Ihnen jetzt die Station, die Zimmer für die Hausschwangeren, also die Frauen, die wir über Wochen betreuen, sowie den großen und den kleinen Kreißsaal. Anschließend gehen wir zurück ins Hauptgebäude, und ich gebe Ihnen einen Schlüssel für Ihren Spind im Hebammenzimmer.»

Sie betrachtete Hulda mit kritischem Gesichtsausdruck.

«Was Ihre Arbeitskleidung angeht», sagte sie dann, «so muss ich darauf bestehen, dass Sie die Schürzen und Hauben aus dem Uniformbestand der Klinik tragen. Es ist wichtig für die Patientinnen, zu sehen, dass hier alles aus einem Guss ist und nicht jeder herumläuft, wie es ihm beliebt.»

«Selbstverständlich», sagte Hulda, die gar nichts anderes erwartet hatte. Dennoch fühlte sie sich, als hätte man sie gemaßregelt. Als habe sie, ohne es zu wollen, eine innere Rebellion gezeigt, die Irene Klopfer mit scharfem Auge sogleich erspäht und gerügt hatte. Hulda meinte sogar, eine Spur Misstrauen in den Augen der anderen Frau zu erkennen, und sie fragte sich, ob sie vielleicht unwissentlich einen spöttischen Zug im Gesicht hatte. Ihre Wirtin, Frau Wunderlich, sagte ihr dauernd, sie solle nicht immer so streng gucken, das verschrecke die Menschen. Dabei dachte Frau Wunderlich wohl vor allem an die Männer.

Hulda setzte schnell ein Lächeln auf. Denn sie wollte nichts weniger, als am ersten Tag mit der leitenden Hebamme aneinanderzugeraten.

«Am Anfang werden Sie mich nur begleiten», sagte Fräulein Klopfer und ging wieder strammen Schrittes voran. «Ich bitte Sie, mir einfach zu folgen, zu beobachten, zu lernen, aber nicht einzugreifen. Sobald Sie eingearbeitet sind, werden wir in Schichten tätig sein, im Wechsel mit einer dritten Haushebamme. Es ist immer nur eine von uns im Dienst, dazu kommen die Hebammenschülerinnen, die aber natürlich keine große Hilfe sind.» Ihr Mund verzog sich, und diesmal las Hulda eindeutig eine abschätzige Meinung gegenüber den jungen Schützlingen heraus, die sie selbst als Schülerin nur zu oft erfahren hatte.

Rasch folgte Hulda der Älteren durch die Flure des Pavillons, lugte durch halb offen stehende Zimmertüren und grüßte mit stummem Nicken die schwangeren Frauen, die auf ihren Betten lagen, lasen oder halblaut miteinander schwatzten. Die Einrichtung der Räume war pragmatisch, aber hell und freundlich, fand Hulda. Keine Spur mehr von den düsteren Hallen älterer Klinikbauten mit ihren endlosen Reihen metallener Bettgestelle. Hier waren höchstens sechs Frauen auf einem Zimmer, es gab auch Zweibettzimmer für die Vermögenderen, die es sich leisten konnten, für ein wenig Privatsphäre zu bezahlen.

Langsam bekam Hulda eine ungefähre Vorstellung vom Aufbau der Klinik, sie erkannte, dass das Gelände aus einer symmetrischen Anordnung mehrerer Pavillons bestand, die man untereinander durch überdachte Gänge verbunden hatte. Durch die großen Fenster sah sie gepflegte Grünflächen, Blumenrabatten und Bänke zum Ausruhen für Spaziergänger.

Als hätte Irene Klopfer ihre Gedanken gelesen, erklärte die ältere Hebamme: «Vorne im Hauptgebäude ist die Gynäkologie untergebracht, dort behandeln die Ärzte Frauenleiden wie Karzinome und Geschlechtskrankheiten. Außerdem befindet sich dort der große Hörsaal für die Medizinstudenten. Die hinteren Pavillons beherbergen die Geburtshilfe, und hier werden Sie hauptsächlich zu tun haben.»

Mit diesen Worten stieß sie eine weitere große Tür auf, und Hulda konnte nicht anders, als überrascht Luft zu holen. Der Raum war beeindruckend in seiner Größe und Helligkeit, die Dielen waren aus Pinienholz, und die tiefen Fenster gingen zur Spree hinaus. Hulda sah den Fluss draußen in der Vormittagssonne glitzern. Im Saal verteilt standen mehrere breite Liegen, voneinander getrennt durch Vorhänge, die man bei Bedarf zuziehen konnte. An der Wand befanden sich mehrere Wärmebettchen und kleine, fahrbare Tische aus Stahl, auf denen blitzblank geputztes Besteck lag, ähnlich wie in einem Operationssaal. In hohen Vitrinenschränken wurden hinter Glas Zangen und andere Hilfsmittel aufbewahrt, jederzeit griffbereit für die Mediziner.

«Unser Kreißsaal», sagte Irene Klopfer und deutete in einer Rundumbewegung durch den Raum, als führte sie Hulda in ein Heiligtum. «Auf dem modernsten Stand, wie Sie vielleicht sehen.»

«Allerdings», sagte Hulda und trat an eines der Fenster. «Hier macht die Arbeit sicherlich Freude. Mehr als in diesen *Löchern*, von denen Sie zuvor sprachen.»

Verflixt, dachte sie sofort, warum nur konnte sie ihre Zunge nicht im Zaum halten!

Doch die leitende Hebamme ließ sich nichts anmerken.

«Heute ist es ruhig», sagte sie nur, «wir hatten noch keine Geburt. Durchschnittlich entbinden die Ärzte bei uns zwei bis drei Frauen am Tag, manchmal mehr.»

Hulda stutzte. «Die Ärzte entbinden die Frauen, sagten Sie?»

«Ja, natürlich.» Irene Klopfer sah sie ungerührt an, doch Hulda hätte schwören können, in ihrem Blick etwas Lauerndes zu sehen, eine gespannte Aufmerksamkeit, wie die Neue wohl auf diese Ankündigung reagieren würde.

«*Sie* werden hier keine Geburten durchführen, Fräulein Gold, das merken Sie sich mal gleich. Unsereins ist für die Voruntersuchung zuständig, die Begleitung der Frauen, ihre Vorbereitung auf die Geburt – Sie wissen schon, Rasur, Einlauf, Umkleiden.»

«Das ist alles?», entfuhr es Hulda. Sie war ehrlich überrascht. Zwar hatte sie erwartet, dass sich die Tätigkeiten einer festangestellten diensthabenden Hebamme in einem Krankenhaus von denen einer freien Geburtshelferin unterscheiden würden – doch gar keine Geburten?

«Alles?», fragte Irene Klopfer zurück und zog die Augenbrauen hoch.

Hulda hielt ihrem Blick stand, bis die andere Frau die Augen abwandte.

«Wir sind eine Universitätsklinik, Fräulein Gold», sagte sie und strich im Vorbeigehen eine der gelben Wolldecken glatt, die über den gestärkten Laken der Entbindungsbetten lagen. «Hier arbeiten hochgeachtete Ärzte, bei jeder Geburt sehen mindestens zehn Personen zu, Assistenten, Studenten, Hebammenschülerinnen. Für Sentimentalitäten ist hier kein Platz. Nur falls Sie von innigen Momenten und glorreichen Heldentaten im Kreißsaal geträumt haben sollten, von der Verschwesterung mit den Gebärenden.»

Hulda fing sich innerhalb einer Sekunde. «Ich bin keine Träumerin, Fräulein Klopfer», sagte sie schnell. «Das werde ich Ihnen hoffentlich bald beweisen können.» Sie räusperte sich.

«Und ich werde mit Freude alles tun, was nötig ist, und viel lernen.»

«Fürs Lernen sind Sie hier am richtigen Ort.» Irene Klopfer wirkte besänftigt. «Sie werden einen reichen Schatz an Wissen ansammeln. Unser geschätzter Direktor –»

«Oho, wird hier von mir gesprochen?»

Die freundliche Stimme kam von der Tür her, und Hulda und die ältere Hebamme fuhren herum. Im Rahmen stand ein Mann in steifem schwarzem Anzug, mit gepflegtem Oberlippenbart und nach hinten gekämmten silbernen Haaren. Er war nicht groß, aber in seiner Erscheinung sehr präsent. Er trat zu ihnen.

«Herr Direktor Bumm!» Irene Klopfer wirkte auf einmal atemlos. «Ich zeige gerade der neuen Hebamme die Räumlichkeiten.»

«Schön, dass Sie hier sind», sagte der Mann und ergriff Huldas Hand, doch nicht schmerzhaft wie vorhin Fräulein Klopfer, sondern mit warmem, festem Druck. «Wir sind froh, dass wir Sie für die Stelle gewinnen konnten. Fräulein Deitmer ging vor einigen Wochen in den Ruhestand, und seitdem klafft eine gewaltige Lücke.»

Mit einem Blick auf den gequälten Gesichtsausdruck der älteren Hebamme fügte er hinzu: «Obwohl Fräulein Klopfer und Fräulein Saatwinkel die Ordnung natürlich ganz vorbildlich hochgehalten haben.»

«Danke schön, Herr Direktor», sagte Fräulein Klopfer und errötete kaum merklich. «Dennoch ist es gut, wieder Verstärkung zu bekommen.»

Jetzt erst bemerkte Hulda, dass die Frau tiefe Schatten unter den Augen trug, ein Anzeichen von Müdigkeit, das sie selbst nur allzu gut kannte. Offenbar hatte Irene Klopfer mehr

Nachtschichten hinter sich, als sie es in ihrem Alter einfach so wegstecken konnte. Kein Wunder, wenn die Arbeit für drei plötzlich auf den Schultern von zwei Personen lag.

«Ich wünsche Ihnen gutes Gelingen», sagte der Direktor und nickte Hulda noch einmal zu. «Wenn Sie eine Frage haben, wenden Sie sich vertrauensvoll an unsere leitende Hebamme hier. Aber auch meine Tür steht Ihnen offen, ich lebe in den Räumen im vorderen Turm.» Er deutete mit dem Kopf in die Richtung, wo sich, wie Hulda vermutete, die Artilleriestraße befinden musste. «Und wir werden uns auch hin und wieder bei Geburten begegnen.»

«Ich freue mich sehr darauf», sagte Hulda und meinte es ehrlich. «Ich bewundere Ihre Arbeit sehr. Ihr Buch über Geburtshilfe liegt seit meiner Lehrzeit auf meinem Nachttisch, anstelle der Bibel, und ich habe viel daraus gelernt.»

«Von der Bibel habe ich nie viel gehalten.» Direktor Bumm machte eine wegwerfende Handbewegung. «Die Natur ist es, die mich fasziniert.» Ein träumerischer Ausdruck trat in seine Augen. «Die Skizzen in dem Buch stammen übrigens alle von mir», fuhr er fort, und Hulda wunderte sich, dass es aus seinem Mund nicht prahlerisch klang, sondern nur wie eine sachliche Feststellung. Sie kannte die Zeichnungen, deren Plastizität ihresgleichen suchte. «Ich wollte als junger Mann eigentlich Maler werden, wissen Sie. Mit den anatomischen Zeichnungen konnte ich meine beiden Leidenschaften – die Kunst und die Medizin – verbinden, ein großes Glück!»

Er lächelte unter dem Schnauzer, doch dann verzerrte sich sein Gesicht plötzlich schmerzvoll, und er griff sich an eine Stelle unter dem Rippenbogen.

«Ist Ihnen nicht gut?», fragte Irene Klopfer. Sie trat zu ihm und fasste ihn am Ellenbogen. Doch schon hatte er sich gefangen, und der Ausdruck von Schmerz verschwand aus seinem Gesicht.

«Es ist nichts weiter, nur eine kleine Magenverstimmung», sagte er und schüttelte ihre Hand ab. «Meine Damen, es ist Zeit für die Visite. Wenn Sie mich entschuldigen?»

Freundlich hob er die Hand zum Gruß und ging aus dem Kreißsaal.

«Die Klinik verdankt diesem Mann sehr viel», sagte Irene Klopfer und bedachte Hulda mit gestrengem Blick, als wollte sie ihr zu verstehen geben, dass von Direktor Bumm nicht anders als mit Hochachtung gesprochen werden dürfte. «Wir hoffen, dass er uns noch lange erhalten bleibt. Seine operativen Techniken sind bahnbrechend, und er sorgt dafür, dass es in dem Getriebe der II. Frauen-Universitätsklinik niemals quietscht.» In ihren Augen lag ein Schimmer – der sogleich erlosch, als sie Huldas Blick bemerkte. «Natürlich ist er verheiratet und hat vier reizende Kinder», beeilte sie sich hinzuzufügen.

Hulda beugte sich über eines der Wärmebettchen, als interessierte sie sich ganz besonders für deren Mechanismus. Eine Frau mochte noch so matronenhaft und streng aussehen, noch so fest eingeschnürt in gestärkte Baumwolle sein – vor den Stolperfallen des Herzens war keine von ihnen gefeit, dachte sie, und auf einmal fiel ihr Karl ein, und ein wehmütiges Ziehen ging durch ihre Brust.

Ihr Verhältnis zu dem gutaussehenden Kriminalkommissar kam ihr manchmal vor wie ein Tanz auf Wackelpeter. Seit jenem denkwürdigen Sommer vor zwei Jahren konnten sie nicht voneinander lassen, doch zusammengefunden hatten sie auch noch immer nicht richtig. Sie eierten herum, umkreisten einander misstrauisch, waren mal schrecklich verliebt und wagten dann doch beide nicht den Sprung in die vermeintliche Sicherheit einer festen Verbindung, womöglich sogar einer Ehe. Hulda spürte, dass in Karls Wesen ein Abgrund schlummerte, der seiner ungewissen Herkunft und seiner einsamen Kindheit als Waisenjunge geschuldet war. Und so sehr sie auch daran glauben wollte, dass ihre Liebe ihn heilen konnte, so wenig überzeugt war sie von derartigen magischen Fähigkeiten. Das mochte vielleicht im Kintopp funktionieren, wohin sie und Karl des Öfteren zusammen vor der Wirklichkeit entflohen. Dort sanken sich die Liebenden auf der zitternden Leinwand in die Arme und hauchten *Ich bin dein.* Die lautlosen Worte konnten mit noch so verschnörkelter Schrift am oberen Bildrand eingeblendet werden, sie waren Hulda fremd. Sie gehörte immer noch am ehesten sich selbst, und bis auf wenige schwache Momente konnte sie diesen Umstand einfach nicht übersehen. Nicht einmal Karl zuliebe.

«Jetzt träumen Sie ja doch», hörte sie plötzlich die Stimme von Irene Klopfer und fuhr zusammen. Schnell nahm Hulda die Hände von dem weichen Stoff der winzigen Matratze in dem Bettchen, den sie selbstvergessen immer wieder glatt gestrichen hatte.

«Entschuldigung», murmelte sie und biss sich auf die Lippen. «Was sagten Sie gerade?»

«Ich wollte wissen, ob Sie unsere beiden Oberärzte kennen? Wenn nicht, sollten Sie sich die Namen rasch einprägen, besonders den von Doktor Breitenstein.»

«So?»

«Ja, der Herr Doktor hat es nämlich nicht gern, wenn man ihn übersieht, er reagiert dann gern ein wenig ... ungehalten.» Über das Gesicht der Hebamme huschte ein Zucken, das Hulda nicht deuten konnte. «Aber hören Sie nicht auf das Gerede über ihn», fuhr sie fort, während sie Hulda aus dem Kreißsaal schob und energisch die Tür hinter sich schloss. «Er ist ein guter Arzt, trotz allem.»

Hulda hätte gern gefragt, was die ältere Hebamme damit meinte, doch sie hörte an ihrer Stimme, dass hier nichts weiter zu holen sein würde. Fräulein Klopfer eilte bereits den Korridor entlang, zurück in Richtung Haupthaus, wo, wie sie Hulda zuvor erklärt hatte, das Hebammenzimmer lag.

«Und der andere Oberarzt?», fragte Hulda und versuchte, mit der leitenden Hebamme Schritt zu halten. «Wie lautet sein Name?»

Jetzt schien ein freundlicher Hauch über Fräulein Klopfers rundes Gesicht zu wehen. «Doktor Redlich», erwiderte sie. «Ein guter Mann. Und ein sehr einfühlsamer Mediziner, die Patientinnen mögen ihn alle. Ihm wäre der Ruf als Professor wirklich zu gönnen.»

«An die Universität?»

«Ja, beide Oberärzte bewerben sich um eine Professur, und ich muss sagen, dass ich Redlich die Daumen drücke und nicht diesem aufbrausenden Breitenstein.»

Die letzten Worte hatte sie, zu Hulda gebeugt, geflüstert, obwohl kein Mensch außer ihnen beiden im Gang zu sehen war. Beinahe verschwörerisch war jetzt ihr Blick, und auf einmal war Hulda die Kollegin doch sympathisch. Offenbar lenkte Irene Klopfer ihre ganze Kraft in die Arbeit in der Klinik, und all ihre Gedanken galten vornehmlich den Kollegen und den Patienten hier. Diese Hingabe imponierte Hulda. Sie würden schon miteinander zurechtkommen.

Nun betraten sie das Hebammenzimmer, ein schmuckloser Raum mit gelben Gardinen, ein paar unbequem aussehenden Stühlen und einigen Spinden aus Blech, zu denen Hulda von

Fräulein Klopfer sogleich einen Schlüssel überreicht bekam mit den Worten: «Aber nicht verbummeln, sonst ersetzen Sie mir das Schloss!»

In der Mitte des Raums stand ein wuchtiger Tisch aus dunklem Holz, an dem sicher die Schreibarbeiten erledigt wurden. Hulda konnte sich gut vorstellen, wie ihre ältere Kollegin dahinter thronte.

Mit dem Ausdruck einer Verschwörerin zeigte Fräulein Klopfer Hulda schließlich noch den geheimen Keksvorrat in einer Dose ganz hinten in einer Schublade im Schreibtisch. Hulda musste sich zusammenreißen, um nicht auszuplaudern, dass sie ein schreckliches Naschmaul war, und sie nahm sich vor, die Dose stets heimlich wieder aufzufüllen, wenn sie während einer Nachtschicht nicht an sich halten konnte. Dass dies der Fall sein würde, das wusste sie bereits jetzt, sie kannte sich gut genug.

Sie öffnete die Spindtür und sog den trockenen, staubigen Geruch ein. Währenddessen nahm Fräulein Klopfer aus dem Schrank daneben eine zusammengefaltete Hebammenuniform und reichte sie ihr wortlos. Schicksalsergeben legte Hulda sie auf einen Stuhl und begann, ihr Sommerkleid über der Brust aufzuknöpfen.

In diesem Moment flog die Tür auf, und ein junger Mann im weißen Kittel stürmte herein. Bei Huldas entblättertem Anblick erstarrte er kurz und wandte sich dann rasch zur Seite.

«Verzeihung», japste er, ohne sie anzusehen.

Hulda musste sich ein Lachen verbeißen. Sie hielt sich den Ausschnitt ihres Unterhemds mit beiden Händen zu und sagte: «Kein Grund zur Panik, Sie dürfen gerne gucken.»

«Ich muss doch sehr bitten!», sagte Fräulein Klopfer empört, doch Hulda ignorierte sie und besah sich den Eindringling genauer.

Warme braune Augen richteten sich nun auf sie, und ein fröhliches, beinahe flegelhaftes Lächeln breitete sich auf dem sommersprossigen Gesicht des Mannes aus. Er nickte ihr zu, als wollte er noch einmal um Entschuldigung bitten, dann richtete er sich an Fräulein Klopfer, die die Szene mit vor der Brust verschränkten Armen verfolgt hatte.

«Fräulein, an der Pforte ist eine junge Frau, die mit den Nerven völlig runter ist. Achter Monat, würde ich sagen. Sie will aber nicht mit mir reden, sondern nur mit einer Frau.»

«Soso», brummte die Hebamme. «Ansprüche stellen diese abgehalfterten Dinger jetzt auch noch. Na, dann will ich mal sehen, ob ich der Dame genehm bin.» Zu Hulda gewandt sagte sie: «Und Sie kommen nach, sobald Sie sich umgezogen haben.» Es gab keine Anzeichen in ihrer Stimme, dass Widerspruch angezeigt oder auch nur möglich wäre.

«Ihr Wunsch ist mir Befehl», sagte Hulda und unterdrückte ein Glucksen.

Fräulein Klopfer starrte sie erneut voller Empörung an. Dann rauschte sie aus dem Raum.

«Die Störung tut mir wirklich leid», sagte der junge Arzt zu Hulda, sobald sie allein waren. «Die anderen Hebammen ziehen sich, soweit ich weiß, normalerweise nicht hier um. Sie erscheinen bereits in Uniform in der Klinik.» Er senkte die Stimme. «Ich möchte wetten, sie schlafen auch darin, jedenfalls Fräulein Klopfer und Fräulein Deitmer, die jetzt im Ruhestand ist. Ja, wahrscheinlich tragen sie sogar nie etwas anderes, sonst müssten sie beim Umziehen ja nackt sein, und das ist nicht vorstellbar.» In gespielter Verzweiflung schlug er die Hände über den Kopf.

Das Funkeln in seinen Augen gefiel Hulda gegen ihren Willen. Sie ließ ihren Kragen los, denn auf einmal schien es ihr nicht allzu gewagt, dass ein Kollege den Ansatz ihres Unterhemds erspähen könnte. Stattdessen streckte sie ihm die Hand hin.

«Ich bin Hulda Gold, die neue Hebamme.»

«Und ich heiße Johann Wenckow», stellte er sich vor. «Sie sind also der Ersatz für Fräulein Deitmer.» Er betrachtete sie, wie Hulda meinte, durchaus anerkennend. «Na, das nenne ich eine Verbesserung!»

«Das können Sie wohl kaum auf den ersten Blick beurteilen», sagte Hulda und grinste.

«Nun, Sie haben mir genug ... Einblick gegeben, dass ich das auf einer, wie ich zugeben muss, oberflächlichen Ebene sehr wohl beurteilen kann», erwiderte er mit hochgezogenen Brauen. Doch bevor sie anfangen konnte, sich über seine Frechheit zu ärgern, wurde er ernst. «Wir können fachkundige Verstärkung wirklich brauchen», sagte er, «obwohl mich als Assistenzarzt natürlich niemand fragt. Aber in den vergangenen Wochen ging es etwas hektisch zu. Also: Willkommen bei uns, Fräulein Gold.» Er lächelte. «Sie sind doch ein Fräulein? Hoffe ich?»

Hulda antwortete nicht, sondern lachte nur. «Schluss mit dem Süßholz!», sagte sie. «Wenn Sie mich jetzt entschuldigen würden? Ich muss diesen Panzer anlegen.» Sie deutete auf das Häuflein gestärkter Baumwolle auf dem Stuhl.

Er hob winkend die Hand. «Natürlich, den Drachen lässt man besser nicht warten. Auf bald ... *Hulda*.» Dann eilte er aus dem Hebammenzimmer, und die Tür schlug zu.

Hulda hörte, wie er draußen auf dem Gang vor sich hin pfiff, und lauschte, bis sich die kleine fröhliche Melodie verlor.

Dann erst knöpfte sie ihr Kleid gänzlich auf, ließ es zu Boden fallen und griff nach der steifen Uniform. Es wurde Zeit, sich an die Arbeit zu machen.

2.

Freitag, 18. Juli 1924

Langsam schmerzte Hulda der Arm. Seit zwei Stunden spazierte sie mit der jungen Frau, bei der an diesem Morgen die Wehen eingesetzt hatten, untergehakt über das Klinikgelände. Rosa war keine achtzehn Jahre alt und hatte sich ein Kind andrehen lassen von einem Hallodri, dessen Namen sie trotz seiner treulosen Flucht vor sechs Monaten nicht preisgeben wollte. Die Stadt wimmelte nur so vor solchen Flegeln, die unerfahrenen jungen Mädchen schöne Augen machten, sie ausnutzten und dann fallenließen, sobald sich eine Unannehmlichkeit am Horizont zeigte. Aber vor der Sehnsucht nach Liebe oder wenigstens nach Bewunderung war eben niemand gefeit. Und wenn Hulda ehrlich war, hätte es auch für sie in ihren wilderen Zeiten ein-, zweimal böse ausgehen können. Nur das Glück hatte dafür gesorgt, dass sie nicht das Schicksal der vielen unehelichen Mütter in der Stadt teilte, sondern nun einen respektablen Posten an einer großen Klinik innehatte und ihre Unabhängigkeit genoss.

Rosa selbst war eine Waise. Ihr Vormund aus einer Fürsorgeanstalt hatte sie in das Krankenhaus an der Spree gebracht, wo das Mädchen in einem der Hausschwangerenzimmer dritter Klasse aufgenommen worden war. Nicht, weil ihre Schwangerschaft etwa beschwerlich verlaufen war, sondern einfach deswegen, weil es Grund zur Annahme gab, dass sie sich oder dem Kind etwas antun könnte, wenn man sie weiterhin allein in dem zugigen, verdreckten Dachzimmer einer Mietskaserne hausen ließ. Sie war, mit Ausnahme des runden Bauches, abgemagert und verzweifelt, und Hulda, die sie erst vor einigen Tagen kennengelernt hatte, verspürte sofort den Drang, sie zu beschützen.

Nun stand die Geburt endlich bevor, und Rosas Fingernägel krallten sich immer wieder äußerst schmerzhaft in Huldas rechten Arm, während sie gemeinsam wie ein betrunkenes Pärchen durch die Blumenrabatte wankten.

«Frollein», schluchzte das Mädchen ein ums andere Mal, «ick kann dit nich!»

Hulda hatte noch keine einzige Geburt erlebt, in der die Frauen diesen Satz nicht mindestens einmal sagten. Das Gefühl der Überwältigung angesichts der stärker werdenden Wehen überfiel sie alle, Reiche, Arme, Ängstliche und Mutige. Eine Geburt verlangte von einer Frau eine beinahe unmenschliche Überwindung, sich dem Schmerz zu stellen, der doch merkwürdigerweise als natürlich, ja gottgewollt galt. Es war das Schicksal der Frauen, das diese nicht nur einmal, nein, meistens mehrere Male in ihrem Leben ereilte und das nach Meinung der Mediziner demütig angenommen werden sollte.

Dumm nur, dachte Hulda, während sich Rosas schmale Gestalt an ihrem Arm in der Agonie einer neuen Wehe krümmte, dass diese Mediziner alle Männer waren.

Als Rosas Wehe verebbte, strich sie dem Mädchen die verklebten Haarsträhnen aus dem Gesicht.

«Wird schon, Kleine», sagte sie, «jedenfalls sind Sie nicht allein.»

«Wie lange dauert dit bloß?», fragte Rosa mit zitternder Unterlippe. «Is es bald vorbei?»

Hulda war eine Sekunde in Versuchung zu lügen. Doch dann sah sie der jungen Frau in die Augen und konnte es nicht.

«Niemand kann Ihnen sagen, wie lange genau», sagte sie, «aber ein paar Stündchen könnten es schon noch sein. Vorhin war bei Ihnen alles noch fest verschlossen.» Sie sah die Panik, die in Rosas Blick trat, und fuhr schnell fort: «Aber wenn es Sie beruhigt, können wir wieder hineingehen, und ich sehe nach, wie viel sich inzwischen getan hat. Manchmal geht es dann doch schneller als erhofft.»

Rosa nickte bleich, und sie trotteten zurück zum Haus. Wegen des Schneckentempos, mit dem sie sich auf den Gängen fortbewegten, wurden sie immer wieder von geschäftigen Ärzten im weißen Kittel, Pflegerinnen, Patientinnen und ihren Besuchern überholt. Im Hauptgebäude herrschte stets reges Treiben, hier wurden die Notfälle eingeliefert, hier saßen im Wartebereich elegante Damen im Seidenkleid neben abgerissenen, grell angemalten Huren, allesamt vereint in der Angst, sich *dort unten* etwas Ernstes eingefangen zu haben oder an einem Krebsgeschwür im Unterleib zu sterben.

Nichts machte die Menschen so gleich wie Krankheiten, dachte Hulda, obwohl sie es besser wusste. Selbst das Siechtum, ja das Sterben fand in Berlin in erster, zweiter oder dritter Klasse statt. Glücklicherweise erlebten die Fürsorgestellen aber gerade einen kleinen Aufschwung, seit sich die Stadt aus dem tiefen Tal der Inflation herausgearbeitet hatte, und immer öfter konnten sie dank der staatlichen Gelder Frauen behandeln, die sie noch vor wenigen Jahren hätten abweisen müssen.

Als sie den Aufenthaltsraum durchqueren, stießen Hulda

und ihr Schützling auf zwei Hebammenschülerinnen, eine mit rötlichen Haaren, die andere dunkel, die auf dem Sofa saßen und plauderten. Als sie Hulda und Rosa herankommen sahen, sprangen sie auf und grüßten höflich, denn Hulda war ihre Vorgesetzte. Dennoch sah Hulda im Gesicht der Rothaarigen einen mürrischen Zug, als sei sie mit etwas nicht einverstanden, traue sich aber nicht, es zu sagen.

«Fräulein Meck, richtig?», sagte Hulda und tätschelte gleichzeitig die Hand von Rosa, die schon wieder laut ächzte und sich den Bauch hielt, «wollten Sie etwas fragen?»

«Mit Verlaub, Fräulein Gold», sagte die junge Frau, «wir haben nur gedacht – es ist nicht üblich, dass wir mit den Patientinnen draußen herumlaufen.»

«Ja», sagte die Dunkelhaarige und sah ihre Freundin unsicher von der Seite an, «Fräulein Deitmer hätte das nicht geduldet. Und Fräulein Klopfer ...» Sie unterbrach sich, doch ihre Miene spiegelte sehr genau die Furcht davor wider, was wohl die leitende Hebamme zu einem solchen Verhalten sagen würde.

Hulda runzelte die Stirn. «Ich verstehe nicht ganz, was ist denn daran nicht richtig?»

Das rothaarige Fräulein Meck wand sich hin und her. Rosa sank inzwischen auf das Sofa und schloss die Augen, sie schien am Ende ihrer Kräfte. Endlich flüsterte die Schülerin: «Nun, Sie wissen doch, eine Geburt sollte im *Liegen* stattfinden. Auf dem Rücken im Gebärbett, so ist es für die weibliche Anatomie am besten.»

«Sagt Doktor Breitenstein», fügte die Dunkelhaarige altklug hinzu.

«Aha», sagte Hulda, «nun, ich habe da andere Erfahrungen gemacht. Sanfte Bewegung, solange es möglich ist, schadet nicht, sondern bringt die Geburt voran. Und in der Austreibungsphase gibt es günstigere Positionen als die Rückenlage, denn Sie sollten die Schwerkraft nicht unterschätzen und sie sich zunutze machen.»

Ein kläglicher Schrei drang vom Sofa her an ihre Ohren, und mit zwei Schritten war sie bei Rosa. Aus schreckgeweiteten Augen blickte das Mädchen an sich herunter und betrachtete ungläubig den dunklen Fleck, der sich langsam unter ihr auf dem Sofabezug ausbreitete.

«Dit is mir aber peinlich», flüsterte sie, «ick gloob, ick hab mir eingepischert.»

«Nein», sagte Hulda und unterdrückte ein Lächeln, von dem sie wusste, dass es nicht angebracht wäre, «das war der Blasensprung. Sehr gut, Rosa, jetzt geht es wirklich schnell voran. Ihr Kind bahnt sich seinen Weg, und wir müssen Sie in den Kreißsaal schaffen.»

«Das ist auch überfällig», hörte sie die vorlaute Hebammenschülerin in ihrem Rücken flüstern.

Sie drehte sich zu den beiden jungen Frauen um, die angesichts der nassen Bescherung auf dem Sofa mit mürrischen Mienen vor ihr standen.

«Meine Damen», sagte Hulda und legte eine Strenge in ihre Stimme, die ihr selbst neu war, «schließen Sie Ihre Münder und helfen Sie mir. Es wird Zeit, dass Sie lernen, dass unter der Geburt jederzeit mit allem zu rechnen ist. Fräulein Meck, flink, fort mit Ihnen! Sie holen eine fahrbare Liege aus dem Kreißsaal. Und Sie, Fräulein ...»

«Degenhardt», sagte die Dunkelhaarige, die sich offenbar angesichts des neuen Tons der älteren Hebamme zusammenriss und in Erwartung ihrer Befehle strammstand.

«Fräulein Degenhardt, Sie verständigen den diensthabenden

Arzt und die Praktikanten», sagte Hulda. «Und dann stellen Sie warmes Wasser und Handtücher im Saal bereit.»

Die beiden jungen Frau eilten hinaus, während Hulda sich wieder zu Rosa umdrehte, die zusammengekrümmt auf dem Sofa hing wie ein Schluck Wasser in der Kurve. Sie tat ihr schrecklich leid, doch gleichzeitig wusste sie, dass es nur noch eine Frage der Zeit war, bis das Mädchen von ihren Schmerzen erlöst würde. Zumindest von denen, die sie physisch quälten, denn die Sorgen um die Zukunft, allein mit einem Wurm und ohne Auskommen, würden auf lange Sicht ihr Leben bestimmen und ins Unermessliche wachsen. Doch jetzt war nicht die Zeit, darüber nachzudenken.

Sie massierte Rosa den Rücken, half ihr, die nächsten drei Wehen zu veratmen, und wartete ungeduldig auf die Liege. Endlich hörte sie im Flur das Rollen der Metallräder und ging zur Tür, um Fräulein Meck zu öffnen. Gemeinsam schoben sie die Liege zu Rosa.

«Sie fassen die Patientin unter den Achseln», ordnete Hulda an, «und dann auf *drei* heben wir sie hoch.» Sie zählte, und es gelang ihnen mühelos, die schmale Rosa auf die Liegefläche zu hieven. Zum Glück hatte sie gerade keine Wehe, sodass sie nur ein wenig das Gesicht verzog, sich dann erleichtert ausstreckte und die Augen schloss.

«Ich schiebe Rosa in den Kreißsaal», sagte Hulda.

«Und ich?», fragte Fräulein Meck begierig, die nun ihre Chance witterte, etwas Aufregendes mitzuerleben.

«Sie holen Lappen und Eimer und beseitigen das da.» Hulda deutete auf das Sofa. Fräulein Meck starrte sie an, gehorchte dann jedoch wortlos. Hulda verspürte den Stich eines schlechten Gewissens, weil ihr der ungläubige Gesichtsausdruck der Schülerin solchen diebischen Spaß bereitete. Doch sie erinnerte sich an die Worte ihrer eigenen Ausbilderin, als Hulda wieder einmal die Bodenbretter in einem Geburtszimmer schrubben musste: «Hebamme ist ein dienender Beruf», hatte sie gesagt, «wir sorgen dafür, dass die Frauen sich um nichts anderes Gedanken machen müssen, als darüber, wie sie das Kind herausbekommen.» Und wenn Hulda dann doch mal gewagt hatte, leise zu murren, hatte sie ihr die Wange getätschelt und erklärt: «Sie sind ein stolzes Persönchen, meine Liebe, und genau das ist hier fehl am Platz. Sie sind talentiert, die Frauen fressen Ihnen aus der Hand, die Kinder schmelzen in Ihren Fingern dahin. Aber Demut müssen Sie noch lernen, sonst werden Sie keine gute Hebamme. Und das dulde ich nicht, hören Sie?»

Als Hulda jetzt an das gerötete Gesicht von Fräulein Meck dachte, den empörten Glanz in ihren Augen, wusste sie, dass auch diese junge Schülerin dringend jemanden brauchte, der ihr den Weg zeigte. Jemand, der sie inspirierte, aber auch zurechtstutzte. Doch mit einem Mal kroch Zweifel in ihr hoch. War sie, Hulda Gold, die Richtige für diese Aufgabe? Sie, die selbst so oft unsicher war, ob das, was sie tat, gut genug war? Sie, die selbst noch immer viel zu oft an ihrem Stolz herumknabberte wie an einer steinharten Brotrinde? Plötzlich fühlte sie sich mutlos. Doch sie durfte diesem Gefühl nicht das Feld überlassen, zumal Rosa auf der Liege schon wieder so tief Luft holte, als bereite sie sich auf einen Sprung in einen tiefen Ozean vor, und dann langgezogen jammerte.

Ohne noch einen Gedanken an Fräulein Meck zu verschwenden, ergriff Hulda den Schiebegriff an der Liege und rollte die Gebärende durch die geöffnete Tür. Sie wandte sich nach rechts, lief eilig durch den kurzen Gang, der den mittleren Pavillon mit dem Gebäude verband, in dem sich der

Kreißsaal befand, und kam schließlich vor der schweren Doppeltür an. Hastig stieß sie sie auf und schob Rosa neben eines der breiten Betten, auf denen die Geburten stattfanden. Alle anderen Plätze waren leer, sodass Hulda darauf verzichtete, die Vorhänge um das Bett herumzuziehen. Zwei Pflegerinnen legten gerade die Geburtsinstrumente zurecht und horchten auf.

«Es kommt», jammerte Rosa und kniff fest die Augen zusammen, «da is so 'n schlimmer Druck. Ick muss pressen!»

«Noch nicht, mein Mädchen», sagte Hulda. «Lassen Sie mich erst nachsehen, wie weit Sie sind.» Sie rief eine der Pflegerinnen herbei. «Helfen Sie mal», sagte sie, und die Frau in gestärkter Schürze und Häubchen kam herüber und half Hulda, Rosa auf das Bett zu bugsieren.

Schnell wusch sich Hulda die Hände, dann schob sie den Rock der Gebärenden hoch und streifte ihr die durchnässte Unterhose von den Beinen. Sie tastete vorsichtig und fand den Grund für Rosas Pressdrang bestätigt. Der Muttermund war komplett geöffnet, und das Köpfchen des Kindes lag bereits unmittelbar vor dem Ausgang. Hulda konnte schon die weichen, feuchten Haare fühlen und die Wärme der zarten Kopfhaut. Innerlich jubilierte sie. Diese Geburt verlief wie im Bilderbuch, es würde keine großen Komplikationen mehr geben, hoffte sie.

«Was haben wir denn hier?», hörte sie plötzlich eine tiefe Stimme und vermutete, dass Egon Breitenstein, der Oberarzt, der heute Bereitschaft hatte, hinter ihr hereingekommen war. Sie drehte sich um und sah, wie er mit einem kleinen Gefolge durch den Saal kam und vor der bemitleidenswerten Rosa stehen blieb. Aus den Augenwinkeln erkannte sie in der Menge der Assistenzärzte das sommersprossige Gesicht von Johann

Wenckow, doch sie zwang sich, sich nicht ablenken zu lassen, und richtete den Blick wieder auf ihre Patientin.

«Rosa Müller, siebzehn Jahre», sagte sie. «Hausschwangere seit Mai, erste Geburt, keine Komplikationen. Ihr Blasensprung ist bereits erfolgt, die Austreibungsphase steht bevor.»

Doktor Breitenstein trat noch näher, er betrachtete einen Moment lang die stöhnende junge Frau, das zerknitterte Kleid, ihre bebenden nackten Knie, und seine Stirn bewölkte sich. Er war ein imposanter, etwas massiger Mann, mit dichten Brauen und buschigen weißen Koteletten. Hulda spürte förmlich, wie ein Gewitter aufzog. Sie erinnerte sich an die warnenden Worte von Irene Klopfer und fragte sich, was gleich auf sie herabprasseln würde.

«Was soll diese Schlamperei?», fragte er laut, «weshalb ist die Patientin nicht umgekleidet und vorbereitet?»

Hulda ahnte, dass eine Beschwichtigung wenig Zweck hatte, dennoch versuchte sie es.

«Ich bin mit Rosa ein wenig im Garten auf und ab gegangen. Meiner Erfahrung nach hilft Bewegung dabei, die Schmerzen besser verarbeiten zu können.»

Ein leises Raunen pflanzte sich durch das Grüppchen hinter Breitenstein. Der Oberarzt starrte Hulda an, als sehe er sie jetzt erst. «Seit wann sind Sie hier bei uns im Hause tätig?», fragte er.

«Seit Montag», sagte Hulda. «Heute ist meine erste Schicht als diensthabende Hebamme.»

«Dann sollten Sie das Wort Erfahrung wohl nicht so leichtfertig verwenden», sagte er, offenbar wütend. «Sie müssen erst lernen, wie das hier bei uns üblich ist, obwohl ich annahm, dass Fräulein Klopfer Ihnen das begreiflich gemacht hätte.»

Er wandte sich an eine kleine, graugesichtige Hebammenschülerin aus der hinteren Reihe.

«Vortreten», sagte er.

Die Frau machte einen zögernden Schritt. «Ja?»

«Welche Maßnahmen führen die Hebammen durch, sobald sich eine erste Wehentätigkeit bei einer Frau zeigt?»

«Pulsmessen, Waschen, Rasieren, Umkleiden», stotterte die Schülerin, doch Hulda war sicher, dass sie dieses Sprüchlein schon viele Male hatte aufsagen müssen.

«Richtig», sagte Breitenstein und sah beinahe herausfordernd zu Hulda. «Fräulein Gold – so heißen Sie doch? – Sie sollten sich schämen, dass eine Hebammenschülerin mehr weiß als Sie.»

Hulda starrte ihn an. Vor Überraschung über die Rüge vergaß sie glatt, sich eine scharfe Erwiderung zu überlegen. Wieder ging ein Raunen zwischen den angespannten Gesichtern des Gefolges hin und her, und sogar Rosa schien in der momentanen Wehenpause gebannt zuzuhören.

«Ich übernehme ab hier.» Breitenstein wollte sie mit einer Handbewegung fortscheuchen, doch Hulda blieb standhaft stehen.

«Treten Sie weg», sagte er, und sie hatte das Gefühl, dass er die Zähne zusammenbiss.

Bei Rosa kündigte sich die nächste Schmerzwelle an, und sie jammerte leise: «Nicht weggehen, Frollein. Ick hab Angst!»

«Ich rühre mich nicht vom Fleck», sagte Hulda, obwohl sie ahnte, dass sie noch keinen Schimmer von dem Ausmaß hatte, das Breitensteins Wut annehmen konnte. Sie hielt die schmale Hand der Gebärenden fest. «Rosa kennt mich, ich habe sie bis hierher begleitet, und ich möchte an ihrer Seite bleiben. Ich verspreche, dass ich mich heraushalte, selbstverständlich leiten Sie die Geburt ab hier. Aber ich gehe nicht weg. Sie wissen doch sicher, welche Rolle die seelische Verfassung einer Frau unter der Geburt spielt, wie günstig es sich auswirkt, wenn sie den Beteiligten Vertrauen schenkt?»

Man hätte eine Stecknadel fallen hören können.

An Breitensteins Schläfe pochte eine Ader. Doch gerade, als Hulda dachte, er würde losbrüllen, gab er plötzlich nach.

«Von mir aus», sagte er unwirsch. «Aber stehen Sie mir nicht im Weg.»

Hulda schluckte. Immerhin, dachte sie, das konnte sie als Teilerfolg verbuchen. Stumm drückte sie Rosas Hand, trat ans Fußende des Bettes und lächelte dem Mädchen aufmunternd zu.

Erneut hatte sich eine Welle aus Gemurmel erhoben, offenbar konnte niemand glauben, dass der cholerische Oberarzt gegenüber der impertinenten Hebamme nicht explodiert war. Doch mit einer knappen Handbewegung schnitt Breitenstein den Lärm ab, und dann war das Einzige, was noch im Kreißsaal zu hören war, Rosas Stöhnen.

Breitenstein schob Kleid und Hemd des Mädchens höher, sodass jeder der Anwesenden einen freien Blick auf das Geschehen hatte. Hulda fühlte Unbehagen. Rosa wirkte so klein, ausgeliefert und allein auf dem riesigen Bett, und die vielen Blicke, die auf ihre intimsten Körperstellen gerichtet waren, als sei sie eine Puppe und kein Mensch, schienen Hulda selbst zu treffen. Doch sie sagte sich, dass dies hier nun einmal ein Lehrkrankenhaus war und dass die Praktikanten und angehenden Ärzte nur durch Zuschauen gute Mediziner werden konnten. So biss sie die Zähne zusammen und hörte mit halbem Ohr zu, wie Breitenstein von *vollständiger Dilatation* dozierte.

Rosa begann, nun endlich wie befreit, bei jeder Wehe mitzuschieben und zu pressen, und bei der vierten Presswehe erschien das Köpfchen zwischen ihren Beinen, eine weitere Wehe später folgte der magere, mit einer weißlichen Schicht beschmierte Körper des Babys.

Mit geübten Händen hielt Breitenstein das Kind, betrachtete es einen Moment und nickte befriedigt, als sich dessen Hautfarbe innerhalb von Sekunden von leicht bläulich zu rosig wandelte und es einen herzhaften Schrei ausstieß. Er nickte Hulda zu, die rasch noch einmal ihre Hände mit *Parmetol* desinfizierte, dann neben ihn trat und das Baby in Empfang nahm. Dann bedeutete er einem der Praktikanten, einem langen, nervösen Kerl mit randloser Brille, er solle die Nabelschnur abklemmen und durchschneiden, was dieser mit leicht zitternden Händen schließlich bewerkstelligte.

Hulda hielt das weinende Baby so hoch, dass Rosa, die erschöpft auf ein Kissen zurückgesunken war, es sehen konnte.

«Ein Junge», sagte sie, und auf Rosas verängstigtem Gesicht breitete sich ein Lächeln aus. Sie streckte die Arme aus, eine Geste, die so instinktiv war, dass Hulda sie schon bei unzähligen Frauen gesehen hatte, selbst bei jenen, die vor der Geburt beteuert hatten, mit dem Balg nichts zu tun haben zu wollen. Vorsichtig ging sie um das Bett herum und legte das nackte Kind in Rosas Arme. Eine Hebammenschülerin trat hinzu und legte eine Decke über Mutter und Kind.

Hulda hielt den Atem an. Dieser Moment war kostbar und sehr emotional, denn in diesen wenigen Minuten entschied sich in Fällen wie dem von Rosa, ob zwischen Mutter und Kind eine Bindung entstehen würde. Es erschien Hulda fast ungehörig zuzusehen. Und noch merkwürdiger als sonst kam es ihr heute vor, der ersten Begegnung zwischen Rosa und ihrem kleinen Jungen inmitten einer Schar Fremder beizuwohnen, deren weiße Kittel raschelten und die sich nun murmelnd über den Verlauf der Geburt austauschten. Doch wieder schluckte Hulda ihr Unbehagen herunter und entschloss sich, an diesem Ort ihre Wünsche nach Privatsphäre für die Frauen besser zu begraben. Dafür gebaren die Schwangeren in der Klinik in größerer Sicherheit, mit den hilfreichen Händen von Experten, und der Preis war eben der Verzicht auf Ruhe und Intimität.

Hulda dachte an die vielen Kinder, die tot zur Welt kamen, in den schmuddligen, düsteren Hinterhofzimmern, in denen sie bisher als Hebamme gewirkt hatte, und sie fragte sich, ob einige davon hier in der Artilleriestraße hätten gerettet werden können.

«Er ist so niedlich», sagte Rosa in ihre Gedanken hinein, und Hulda trat näher an das Kopfende des Bettes und legte dem Mädchen einen Moment ihre Hand an die Wange.

Breitenstein war inzwischen damit beschäftigt, Rosa zu untersuchen und auf die Nachgeburt zu warten, doch die junge Mutter schien gar nichts davon wahrzunehmen. Auch die vielen Augen, die sie taxierten, waren ihr offensichtlich nicht bewusst. Eine dicke Träne kullerte über ihre Wange, als sie das Köpfchen ihres Kindes küsste und streichelte, und Hulda wusste, dass Rosa ihren Sohn behalten würde. Nun musste man dafür sorgen, dass sie die nötige Unterstützung erhielt.

Plötzlich kniff Rosa noch einmal überrascht und schmerzverzerrt die Augen zusammen, als die Nachgeburt in einer einzigen letzten, aber heftigen Wehe ausgestoßen wurde.

«Geschafft», rief Breitenstein, und die Zuschauer applaudierten dem Oberarzt. Niemand nahm mehr Notiz von Rosa.

Hulda beugte sich über die junge Frau und flüsterte ihr ins Ohr: «Herzlichen Glückwunsch. Sie haben das bravourös gemeistert, Liebes.»

Dann nahm einer der Assistenzärzte der widerstrebenden Mutter das Kind aus den Armen und trug es zu einem der kleinen Untersuchungstische. Alle Anwesenden folgten ihm, als er unter Breitensteins strenger Aufsicht den Herzschlag des Babys abhörte und die Reflexe prüfte.

Hulda wäre gern diejenige gewesen, die das Kind untersuchte, es gab ihr einen Stich, dass ihre Expertise niemanden zu interessieren schien. Beinahe hatte sie das Gefühl, das Neugeborene zu verraten, indem sie es den vielen Männern in Weiß überließ. Es musste schon beängstigend genug sein, nackt und allein von einer warmen, vertrauten Höhle in das grelle Lampenlicht eines riesigen Raumes katapultiert zu werden, und Hulda bildete sich ein, dass sie es dem Kleinen mit ihren warmen Händen und geflüsterten Worten leichter hätte machen können. Sein klägliches Weinen zerriss ihr das Herz, doch sie biss die Zähne zusammen und wartete, bis die Untersuchung beendet war.

«Meine Herrschaften, das war's», sagte Breitenstein endlich, und die Zuschauer zerstreuten sich. Johann Wenckow zwinkerte Hulda beim Hinausgehen zu, doch sie beachtete ihn nicht weiter, sondern ging zu Breitenstein, der gerade einer Kinderpflegerin Anweisungen gab, das Baby zu baden und zu wickeln.

«Ah, Fräulein Gold», sagte er, als habe er ihre Anwesenheit zwischendurch vergessen. «Sie können die Patientin säubern und ihr ein frisches Hemd anziehen.» Für einen Moment betrachtete er sie mit zusammengezogenen Brauen. «Sie haben vorhin eigenmächtig gehandelt, das sollten Sie nicht noch einmal wagen.» Seine Stimme war ruhig, doch darin klang ein stählerner Unterton.

«Aber die Geburt verlief vorbildlich», sagte Hulda. Sie

wusste, dass es töricht war, ihm Widerworte zu geben, doch sie konnte sich nicht zurückhalten. «Die Bewegung im Garten hat die Wehen der Patientin hervorragend vorangetrieben und ihr die Angst genommen.»

«Glück», sagte Breitenstein verächtlich. «Jede Geburt hat einen unberechenbaren Verlauf. Genauso gut hätte es zu Komplikationen kommen können, und die erfordern nun einmal *medizinische* Fachleute. *Sie* haben hier nicht die Verantwortung für die Frauen, die wir in der Klinik entbinden, das sollten Sie schleunigst verstehen. *Ich* als Oberarzt trage diese Last. Und mit der Last kommt auch die Entscheidungsgewalt, verstanden?»

Hulda nickte mit gesenktem Kopf. Ihre Hände zitterten vor Wut, doch sie riss sich unter Aufbietung aller Kräfte zusammen. Wenn sie jetzt nicht ruhig blieb, wenn sie ihn weiter reizte, wären ihre Tage an der Klinik wahrscheinlich gezählt. Breitenstein war kein Mann, der lange fackelte, wenn es um seine Ehre ging, das spürte sie.

Die Miene des Oberarztes wurde milder, als sei er beruhigt, dass er die widerspenstige Neue nun gefügig gemacht hatte.

«Sie werden sich schon noch eingewöhnen», sagte er. «Vor allem sollten Sie niemals vergessen, dass das Wohl der Mütter und Kinder für mich absolute Priorität hat. Ich dulde keine Verluste, hören Sie? Keinen einzigen!»

Die letzten Worte stieß er mit solcher Heftigkeit hervor, dass Hulda aufhorchte. Der Mann war ihr unsympathisch, doch auf einmal hatte sie das Gefühl, dass seine Härte, seine Schroffheit ihr gegenüber daher rührte, dass er von einem inneren Zwang getrieben wurde, keinen Fehler zu machen, kein Leben zu riskieren. Das machte ihn menschlich. Aber war das realistisch? Es gab wohl keinen Klinikalltag ohne Rückschläge, und leider auch nicht ohne Todesfälle. Was tat ein Doktor Breitenstein also, wenn ihm die Natur einen Strich durch seinen Ehrgeiz machte, Gott zu spielen?

Sie wagte nicht, die Frage zu stellen.

Breitenstein nickte ihr knapp zu und rauschte dann, ohne noch einmal nach Rosa zu sehen, hinaus. Es schien Hulda, als sei seine Mission, das Kind gesund zu entbinden, nun erfüllt, alles andere interessierte ihn nicht mehr.

Seufzend trat sie zu Rosa, die auf dem Gebärbett lag und mit großen Augen jede Bewegung der Kinderschwester verfolgte. Nur ein paar Schritte entfernt wurde ihr Baby gewaschen, und Hulda konnte die Sehnsucht in Rosas Augen erkennen. Es war ein uraltes Gefühl, das sie dennoch immer wieder anrührte.

«Kommen Sie», sagte sie betont munter und griff die junge Frau fest an der Schulter, «jetzt machen wir Sie hübsch und frisch. Und danach bringe ich Ihnen Ihr Kind.»

«Versprochen?»

Hulda nickte so überzeugend, wie sie konnte. Heimlich fragte sie sich, welche weiteren Gesetze des Klinikalltags sie mit diesem Versprechen brach, doch es war ihr egal. Wenn sie schon unter der Geburt keine Funktion im Kreißsaal erfüllte, dann würde sie wenigstens jetzt dafür sorgen, dass die Geschichte zwischen Rosa und ihrem Sohn einen guten Anfang nahm.

3.

Samstag, 19. Juli 1924

»Was suchen Sie da eigentlich so eifrig?«

Hulda ließ die Zeitung sinken und blickte schuldbewusst in das Gesicht von Bert. Sie wusste, dass er es nicht gern sah, wenn man seine Zeitungen am Kiosk durchblätterte, ohne sie zu kaufen. Aber wenn sie doch nur einen kleinen Blick hineinwerfen wollte? Dafür sollte sie gleich zehn Pfennige hinlegen?

«Sie machen mich noch bankrott, Fräulein Hulda», sagte er und schüttelte mit dem Blick eines betrübten Seelöwen den Kopf, sodass Hulda lachen musste. Augenrollend kramte sie ihr Portemonnaie hervor und fischte ein kupfernes Geldstück mit den geprägten Ähren auf der Rückseite heraus.

«Das lasse ich nicht auf mir sitzen», sagte sie und drückte ihm die Münze in die aufgehaltene Hand. Beim Anblick der zehn Pfennig musste sie kurz daran denken, wie sie alle hier in Berlin während der Hyperinflation die Geldscheine in den von der Reichsbank eigens dafür ausgegebenen Säcken herumgeschleppt hatten, um die notwendigsten Dinge des Alltags zu bezahlen. Es war gerade mal ein halbes Jahr her und schien doch in einem anderen Leben gewesen zu sein. Seit der Einführung der Rentenmark war endlich auch der Pfennig wieder etwas wert.

«Verbindlichsten Dank.» Bert deutete übertrieben höflich eine Verbeugung an. «Beehren Sie mich bald wieder, liebes Fräulein Hulda.» Er strich sich vergnügt über seinen Schnauzbart. «Und nun heraus mit der Sprache», sagte er, «hoffen Sie auf eine Goldgrube da zwischen den Annoncen? Sie sind doch frisch in Lohn und Brot, oder irre ich mich?»

«Ich informiere mich nur», sagte Hulda. «Nach meinem jetzigen Gefühl könnte es schneller, als mir lieb ist, nötig sein, mir eine neue Stelle zu suchen.»

«Nicht einmal eine Woche, und Sie haben schon die Nase voll von den Herren Doktoren in Ihrer schnieken Klinik, da in Mitte?»

Sie runzelte die Stirn. So, wie Bert es darstellte, klang es, als hätte sie keinen Biss, sondern schwankte wie ein Schilfrohr im leisesten Lüftchen.

«Sie wissen nicht, wie es dort zugeht», sagte sie zerknirscht. «Ich darf keine Geburten durchführen, stehe nur wie ein Zinnsoldat am Rand und halte die Hände hinter dem Rücken gefaltet.»

Bert lachte dröhnend. «Was für ein Bild! Nein, das kann ein Fräulein Gold nicht! Da müsste sie ja anerkennen, dass auch andere Leute auf der Welt Fähigkeiten besitzen und sie noch etwas lernen kann.»

«Mit Verlaub, aber jetzt werden Sie unverschämt», brauste Hulda auf. «Natürlich will ich etwas lernen, aber es ist wohl nicht zu viel verlangt, wenn ich auch mit anpacken will, wie ich es seit Jahren gemacht habe. Jeder Student der Medizin hat dort mehr Verantwortung als ich, und zwar nur, weil er ein *Mann* ist!»

«Ja, die Welt ist ungerecht», sagte Bert, doch sein Ton war alles andere als mitleidig. «Ich würde auch gern in die Zeitungsredaktion bei Ullstein stürmen und den Herren Journalisten einmal erklären, wie man einen Leitartikel schreibt, den die Leute lesen wollen. Was die da in ihren Blättern zusammenschmieren, geht oft auf keine Kuhhaut. Aber wer bin ich schon? Nur Bert, der Zeitungsverkäufer. Mit Kunden plaudern kann ich und den hübschen Damen ihren letzten Pfennig aus den Rippen leiern, mit dem Zeitungspapier rascheln und im Kopf schöne Wörter ersinnen, die niemand liest. Aber mehr wird es nicht in diesem Leben, und ich bin nicht traurig drum.»

Hulda ahnte, dass seine letzten Worte nicht der Wahrheit entsprachen. Auch Bert hatte Träume, das wusste sie schon lange, er war klug und wach und hätte Größeres vollbringen können, als sein Leben lang Zeitungen zu verkaufen. Doch er war ein verstoßenes Kind, dessen sich ein gütiger Mensch angenommen und ihm sogar sein Geschäft vererbt hatte. Aber Bert hatte von Anfang an nicht auf der Sonnenseite des Lebens gestanden. Träume, das war etwas für Menschen mit Geld, mit guter Herkunft und Freiheit, die nun einmal nicht erworben, sondern in die Wiege gelegt wurden.

Unwillkürlich seufzte Hulda und streckte ihr Gesicht in den warmen Juliwind, der über den Winterfeldtplatz strich wie ein träger Kater und das Mittagsgeläut der Matthiaskirche herübertrug. Er trieb ein paar rote Rosenblätter vom Grünmeier'schen Blumenstand über das Pflaster, die vor Huldas Füßen liegen blieben. Wie sie den Duft dieser Jahreszeit liebte! Wie ein Versprechen säuselte er um ihre Nase, zusammen mit den schaukelnden Bienen und dicken Hummeln, die in den Blüten der Weißdornhecken nach Nektar suchten.

Eine warme Zufriedenheit breitete sich in ihr aus, und für einen Moment vergaß sie die Klinik, den bärbeißigen Doktor Breitenstein und ihr Bedürfnis, aus dem Korsett, in das sie sich leichthin begeben hatte, schleunigst wieder auszubrechen. Es war Sommer, ringsherum liefen die Mädchen in hellen Baumwollkleidchen mit skandalös kurzen Rocksäumen, und sie selbst würde, wenn nichts dazwischenkam, morgen mit Karl an den Wannsee fahren.

Hulda schloss die Augen, dachte an glitzernde Wassertropfen auf der Haut, an Himbeereis, das auf der Zunge schmolz, an das träge Wasserplätschern des Sees, dessen sanfte Wellen am Sandstrand knabberten.

«Die Luft macht heute leichtsinnig, oder?», fragte Bert und riss sie aus ihrem Tagtraum.

Sie nickte verblüfft. Immer wieder war es überraschend, wie es ihm gelang, ihre Gedanken zu lesen, es war ein beinahe unheimliches Talent von ihm. Und Hulda wusste nie, ob es sie ärgerte oder freute.

Nachdenklich betrachtete sie den Zeitungsverkäufer. Bert war ein stattlicher älterer Herr, der heute seine beste Fliege aus leuchtender grüner Seide trug. Aber auf einmal schien er ihr verändert. Der Bart war noch sorgfältiger als sonst gestutzt und gekämmt, als käme Bert direkt vom Barbier. Und war das ein neues Hemd?

«Sie sehen richtig sonntagsfein aus, Bert.» Hulda machte ihren Überlegungen Luft. «Dabei ist doch erst Samstag. Haben Sie heute noch etwas Besonderes vor?»

Zu ihrem Erstaunen flog eine leichte Röte auf seine Wangen. Für einen Moment wurde sein Blick unstet, als vermeide er es, ihr in die Augen zu sehen. Dann war er wieder der Alte.

«Ein gepflegtes Äußeres ist nun einmal das A und O», sagte er, doch Hulda spürte, dass er ihr auswich. «Schließlich bin ich hier meine eigene Reklametafel, habe ich recht?»

«Schon», sagte Hulda, der es plötzlich Spaß machte, den

armen alten Bert ein wenig aus der Reserve zu locken, «aber wenn ich es nicht besser wüsste, würde ich sagen, dass Sie heute ein anderer, ein nigelnagelneuer Bert sind.»

«Sie wissen es tatsächlich nicht besser», erwiderte er mit ungewohnter Schärfe. «Und damit würde ich gerne das Sujet unserer Unterhaltung wechseln, wenn Sie nichts dagegen haben.»

Hulda kicherte spöttisch. «Wenn *ich* das Sujet bin, haben Sie nie derartige Skrupel», sagte sie, «aber kaum sprechen wir einmal über Berts Geheimnisse, wird er fuchsig. Interessant, finden Sie nicht?»

«Keineswegs», sagte Bert grimmig, «nicht die Bohne interessant. Aber apropos Geheimnisse – hier kommt Ihre Vergangenheit direkt in die Gegenwart marschiert. Obacht!»

Hulda blickte über die Schulter und sah einen kräftigen Mann über den Platz kommen. Er trug ein Hemd mit aufgekrempelten Ärmeln, die Knöpfe spannten über seiner breiten Brust. Beim Anblick des Kopfes holte sie Luft: Felix trug die einstigen Wuschellocken, die sie immer so gerngehabt hatte, militärisch kurz rasiert unter seiner Schiebermütze, und die schweren Stiefel dazu verstärkten den ungewohnten Eindruck.

Bert hatte recht, ihr Verflossener *marschierte* tatsächlich wie im Takt einer unhörbaren Militärkapelle. Und war er schon immer so ... massig gewesen?

Bert trat zu Hulda und murmelte so leise, dass Felix es nicht hörte: «Die liebe Helene und ihre Mischpoke scheinen einen unschönen Einfluss auf unseren Herrn Winter junior auszuüben.»

Felix war nun bei ihnen angelangt und bremste seinen Stechschritt knapp vor Hulda.

«Guten Tag», sagte er.

Erleichtert hörte sie, dass seine Stimme noch die alte war, warm und ein wenig schüchtern. Er reichte ihr die Hand zum Gruß, als wären sie flüchtige Bekannte, denen die Höflichkeit ihre Umgangsformen vorschrieb.

«Tag, Felix», sagte Hulda und schüttelte etwas irritiert seine Hand. Nach außen hin begegneten sie sich freundlich. Doch in seinen dunkelbraunen Augen, die sie immer an die eines Teddybären erinnerten, fand Hulda nicht mehr viel von der alten Zuneigung, der sie sich jahrelang so sicher gewesen war.

Um ein unangenehmes Schweigen zu verhindern, fragte sie: «Was machen die Geschäfte?» Sie deutete zur rot-weißen Markise hinüber, die am *Café Winter* sacht in einer Brise schwankte. Der Duft nach frisch gebrühtem Kaffee wehte herüber.

«Bestens, bestens», sagte Felix hastig, «wir haben vorige Woche die neue Filiale in Tiergarten eröffnet.»

Bert schnalzte mit der Zunge. «Sieh an, Familie Winter expandiert, und das so kurz nach der Krise. Danach lecken sich alle Investoren die Finger. Sie hatten wohl einen spendablen Investor, Herr Winter?»

Felix trat von einem Bein aufs andere. «Ja, wir hatten Glück», sagte er, «eine zahlungskräftige KG hat sich für das Café interessiert und uns ein wenig unter die Arme gegriffen.»

«Das ist wohl untertrieben», sagte Bert.

Doch Felix presste die Lippen aufeinander und antwortete nicht. Hulda ahnte, dass ihm dieser geheimnisvolle Geldgeber nicht ganz zu passen schien. Aber weshalb hatte er dann zugestimmt, seinen Laden, das ehrwürdige Familienunternehmen, in dessen Hände zu geben?

Auf einmal schien es Felix einzufallen, weshalb er hier war. «Haben Sie die *Kreuzzeitung* da?», fragte er.

Bert kniff die Augen zusammen. «Selbstverständlich», sagte er und griff nach einer Zeitung. «Bitte sehr. Druckfrische Morgenausgabe. Heißt jetzt aber *Neue Preußische Zeitung*.»

«Wie auch immer», erwiderte Felix ungeduldig und nahm Bert die Ausgabe ab. «Ist für meine Frau.» Dann bezahlte er und tippte sich an die Schiebermütze. «Wiedersehen.»

Hulda nickte ihm zu und wechselte anschließend einen Blick mit Bert.

«Dieses erzkonservative Blättchen ist eigentlich eine Schande für jeden liberalen Kiosk», sagte er unwillig. «Aber die Journaille, die dort beschäftigt ist, versteht immerhin ihr Handwerk, das muss man denen lassen. Und wenn sie einer anderen Partei angehören würden, wäre das astreiner Journalismus.»

«Wenn Sie nicht einverstanden sind mit der Meinung, die in dieser Zeitung vertreten wird, weshalb verkaufen Sie sie dann?», fragte Hulda und folgte Felix aus den Augenwinkeln, wie er mit strammen Schritten weiterlief und bei einem Jungen mit Bauchladen haltmachte. Er ließ sich eine ansehnliche Menge Konfekt in eine gestreifte Tüte füllen, bevor er zum Café ging.

Auch Hulda hätte jetzt eine Praline vertragen können. Oder einen Lakritztaler, salzig-süß wie ihre Stimmung?

«Tja, der Mensch muss leben», sagte Bert und zuckte mit den Achseln. «Und solange sie nicht Hitler persönlich auf der Titelseite als Helden abbilden, kann ich das Blatt irgendwie ertragen. Freilich, den *Völkischen Beobachter*, wäre er nicht längst verboten, würde ich auch bei vorgehaltener Waffe nicht verkaufen. Dieses Drecksblatt!»

Wie so oft wusste Hulda nur vage, wovon Bert sprach. Sie kannte sich in der Presselandschaft ebenso wenig aus wie in der Politik, und gäbe es nicht die regelmäßigen Gespräche mit ihrem geschätzten Zeitungsverkäufer, denen sie die wichtigsten Häppchen des Weltgeschehens entnahm, würde Hulda durch das Leben laufen wie eine Schlafwandlerin. Bei dem Namen, den Bert gerade genannt hatte, klingelte aber doch etwas bei ihr.

«Hitler? Ich dachte, der sitzt im Kittchen?»

«Gott sei's getrommelt», sagte Bert, «dieser Halunke hockt in der Festung Landsberg. Von mir aus könnte er dort verrotten, doch ich fürchte, er schmiedet bereits Pläne für die Zeit nach seiner Begnadigung, die sicher bald kommen wird.»

«Aber was kann ein einzelner Kerl schon ausrichten», fragte Hulda skeptisch, «sein Putsch wurde doch vereitelt. Ist damit denn nicht alles vorbei?»

«Das denken nur Kinder und Narren», sagte Bert, ohne sich um ihr empörtes Gesicht zu scheren. «Gerade die Verhaftung macht ihn zum Märtyrer. Immer mehr Menschen wollen ihm blindlings folgen. Ich hörte, er habe Tausende, Zehntausende Grußkarten zu seinem Geburtstag im April ins Gefängnis bekommen, die Bewunderer gehen dort ein und aus, und ich fürchte, dass sich die Regierung einen Bärendienst erwiesen hat, als sie die NSDAP verbot.» Er sah sie eindringlich an. «Sie waren doch selbst da, im Herbst, als die Braunen Unschuldige im Scheunenviertel zusammengeschlagen haben. Wenn sich die Demokratie nicht mit allen Mitteln, die ihr zur Verfügung stehen, gegen den rechten Schlamm wehrt, wird er uns bald mit seiner braunen Kruste überziehen.»

Es stimmte, Hulda hatte mit eigenen Augen gesehen, was passierte, wenn die Verzweiflung in der Bevölkerung überhandnahm und sich gegen einen gemeinsamen Feind richtete. Gegen die Juden, beispielsweise. Huldas Nacken kribbelte bei dem unliebsamen Gedanken, dass sie, jedenfalls per Geburt, zu dieser Volksgruppe gehörte, auch wenn sie innerlich nicht viel mit ihr verband. Weder war sie religiös noch traditionell aufgewachsen, und das Jüdischsein ihres Vaters hatte nie eine Rolle gespielt.

«Ja, genau, Fräulein Hulda, das geht uns alle an», sagte Bert. «Und uns beide besonders».

«Wieso, Sie auch?», fragte Hulda und zog die Augenbrauen hoch. «Sind Sie neuerdings etwa zum Judentum konvertiert, oder was haben Sie sonst zu befürchten?»

Wieder fiel ihr der Hauch Röte auf, der seine Wangen plötzlich färbte.

«Ach, die Juden sind nicht die Einzigen, gegen die Hitler und seine Handlanger etwas haben», sagte er widerstrebend.

Auf einmal bekam sie Angst. «Was haben Sie getan, Bert?», fragte sie. «Ist etwas passiert?»

Betont gleichgültig zuckte er mit den Schultern. «Es gibt ein paar Dinge, die Sie nicht wissen», sagte er und vermied den Blick in ihre Augen. «Und es ist sicher besser, wenn es dabei bleibt. Man soll keine schlafenden Hunde wecken, so sagt man doch?»

«Ich bin kein Hund, und Sie können mir alles sagen», erwiderte Hulda, begierig, Berts Geheimnis zu erfahren, ihm die Leviten zu lesen und ihn, wenn möglich, zu schützen. «Sie müssen! Sind wir nicht Freunde?»

«Doch», sagte Bert, «und dabei gedenke ich es auch zu belassen. Aber auch eine Freundschaft hält nicht jeder Wahrheit stand. Und ich kann doch nicht riskieren, dass Sie mit mir nichts mehr zu tun haben wollen!»

Er griff nach ihrer Hand und küsste sie leicht. «Und jetzt gehen Sie schon und genießen Sie Ihren freien Tag bei diesem

Kaiserwetter», befahl er und war plötzlich wieder wie immer. «Was gehen Sie die Verrücktheiten eines alten Kauzes an?»

«Verrückt sind wir doch alle», sagte Hulda, die einerseits enttäuscht war, dass er sich ihr nicht anvertraut hatte, und andererseits erleichtert, da seine Stimme wieder den fröhlichen, spöttischen Ton hatte, den sie so mochte.

«Da haben Sie recht», sagte er und schmunzelte, «aber einer Schönheit wie Ihnen verzeiht man das eher als einem Zausel wie mir. Und nun fort mit Ihnen, ehe ich das Kompliment wieder zurücknehme und es stattdessen zu Frau Grünmeier hinübertrage.»

Hulda musste lachen und verabschiedete sich. Sie ging vorbei am Blumenstand, wo die beleibte Gärtnerin trotz ihrer rüstigen Siebzig Tontöpfe schleppte und dem in der Sonne herumlungernden Lehrling eine Kopfnuss androhte. Die Vorstellung, dass Bert diesem gealterten Schlachtschiff schöne Augen machen könnte, war absurd.

Nun, aber auch Frau Grünmeier hatte einst von der Zukunft geträumt, dachte Hulda in einem ungewohnten Anflug von Rührung, hatte sich bestimmt verzehrt nach einem jungen Mann, sich in einem neuen Kleid vor dem Spiegel gedreht und stolz ihre damals vielleicht noch schlanke Linie betrachtet. Sie alle, ob alt, ob jung, kannten diese Sehnsucht nach der Liebe. Die Frage war nur, überlegte Hulda und steuerte wie von einer unsichtbaren Schnur gezogen den Konfektjungen an, was jeder Einzelne bereit war, für die Liebe zu opfern.

4.

Samstag, 19. Juli 1924, abends

Erschöpft ließ Karl seinen Kopf auf den Schreibtisch im Präsidium sinken und schloss für einen Moment die Augen. Plötzlich waren ihm die Tintenbuchstaben auf dem Papier seiner Notizen ganz nah, sie schmiegten sich beinahe mitfühlend, so schien es ihm, an seine Wange.

Er blickte wieder auf. Draußen vor den Fenstern der Roten Burg ging die Sonne dieses Julitages in einem atemberaubenden Feuertanz hinter den Dächern der Stadt unter und küsste noch ein letztes Mal die zartrosa gefärbten Wattewolken. Es war Viertel nach neun, die Nacht brach bald herein, doch Karls Feierabend lag in weiter Ferne, denn er musste mit Hilfe seiner schlampigen Mitschriften noch einen vorläufigen Untersuchungsbericht auf der *Mignon*-Schreibmaschine verfassen, um den Zwischenstand der Ermittlungen festzuhalten. Die Stenotypistin war längst nach Hause gegangen. Immerhin wirkte der warme, grünliche Schein der Schreibtischlampen an den diversen Arbeitsplätzen tröstlich, wie kleine Feuerstellen, die in der Dunkelheit der Schreibstube flackerten. Das Licht mischte sich mit den kreiselnden Rauchschwaden, die vom Aschenbecher aufstiegen und von den zahlreichen Zigaretten, die Karl immer wieder im Mundwinkel hingen. Er sah den feinen Rauchsäulen nach, wie sie sich an der hohen Decke verloren.

«Schläfst du etwa?», fragte eine Stimme vom anderen Ende des Raumes her, und Karl fuhr auf. Sein Kollege Paul Fabricius saß an einem der hinteren Tische und ging, offenbar ohne einen Anflug von Erschöpfung, eine lange Reihe von Fingerabdrücken durch.

«Nee, nur eine kurze Pause», beeilte Karl sich zu versichern und rieb sich die Augen hinter den verschmierten Brillengläsern. Er sah die Glatze des jungen Mannes drüben im Lampenlicht schimmern. Fabricius hatte die Kollegen vom Erkennungsdienst nach Hause geschickt und sich selbst ans Werk gemacht. Er wollte den richtigen Abdruck selbst identifizieren, der von dem Tatort des Mordes stammte, an dem sie gerade arbeiteten.

Es war typisch für Fabricius, dachte Karl halb bewundernd, halb neidisch, dass er alles an sich zog, jede noch so kleine, scheinbar unwichtige Aufgabe übernahm, um am Ende bei der Lösung des Falls unentbehrlich zu scheinen. So, als habe er ganz allein dafür gesorgt, dass die Schurken hinter Schloss und Riegel kamen, während alle anderen untätig danebengestanden hatten. Auf diese Weise war es ihm wohl auch gelungen, sich das immerwährende Wohlwollen des Kriminalrats Gennat zu sichern, das ihm einen kometenhaften Aufstieg vom Assistenten zum Kommissar beschert hatte. Mittlerweile war Fabricius neben Karl einer der beiden Entscheidungsträger der Aktiven Mordkommission und damit ebenso befugt, Aufträge an die ihnen unterstehenden Kriminalbeamten zu erteilen, an den Erkennungsdienst und an den Spürhund Waldemar. Karl beobachtete stets mit Befriedigung, dass wenigstens Letzterer dem Charme des *Kugelblitz*, wie man den rundlichen Fabricius im Präsidium nannte, nicht erlag, sondern dessen Wurstzipfel hoheitsvoll verschmähte.

«Wieder mal nur noch wir beide, wie's aussieht», sagte Fabricius. In der Stille des Raumes klang seine Stimme unnatürlich laut. «Aber wenn wenigstens wir die Augen offen halten, kann das Verbrechen nicht sorglos auf den Tischen tanzen.»

Karl hob die Schultern und ließ sie wieder fallen. Er starrte auf die wankenden Buchstaben auf den Papieren vor ihm. «Das Verbrechen», sagte er langsam und mehr zu sich selbst als zu seinem Kollegen, «was ist das eigentlich? Existiert es wirklich?»

Fabricius ließ ein ungläubiges Lachen hören. «Chef», sagte er und unterbrach sich dann, offensichtlich hatte er kurz vergessen, dass sie jetzt gleichrangig waren. «Ich meine, North, was palavern Sie da für einen Unsinn? Ob es das Verbrechen wirklich gibt? Was glauben Sie denn, was wir hier machen?»

«Was ich sagen wollte, ist, dass mir dieses Wort sehr seltsam vorkommt.» Karl überlegte einen Moment, der Kopf schien ihm schwer und seine Gedanken merkwürdig verlangsamt. «Als wäre es ein lebendiges Wesen, mit einem eigenen Willen, einer bösen Energie. Dabei hat es doch so viele Gesichter, dieses Verbrechen, dass ich es manchmal gar nicht mehr erkenne, wenn ich damit zu tun habe.»

«Sind Sie betrunken?», fragte Fabricius unverblümt.

Karl spürte, wie ihm die Röte ins Gesicht schoss. Zum Glück konnte der Kollege das wohl in der Dämmerung des Schreibzimmers nicht sehen.

«Quatsch», brummte er und hörte selbst, wie wenig überzeugend es klang. Doch Fabricius ließ es bei einem leisen, spöttischen Schnauben bewenden und senkte wieder den Kopf über die Fingerabdrücke.

Nicht betrunken, aber angesäuselt, dachte Karl zerknirscht. Er hatte heute, wie auch schon in den vergangenen Wochen und Monaten, immer wieder einen verstohlenen Schluck aus seinem Flachmann genommen, wenn niemand hinsah. Irgendwie wusste er selbst nicht, wieso diese Gewohnheit wieder von ihm Besitz ergriffen hatte, nachdem er einige Zeit geglaubt hatte, sein Laster besser im Griff zu haben. Im Herbst hatte es wieder angefangen. Die Tage waren so dunkel gewesen, hatten schon ohne Hoffnung auf ein bisschen Licht begonnen und ihn müde gemacht. So schrecklich müde und hoffnungslos. Damals hatten sie Kinderhändler gejagt, die in Berlin Waisen aufgespürt und verkauft hatten, und Karl hatte das Schicksal der kleinen Wesen mehr niedergedrückt, als gut für ihn war. Auch privat war nicht alles glattgegangen. Die verflixte Geldentwertung durch die Hyperinflation hatte dafür gesorgt, dass er seine kargen Ersparnisse beinahe vollständig verloren hatte, denn seine Investitionen waren wie die der meisten kleinen Anleger den Bach heruntergegangen, als alles zusammenbrach. Er grämte sich deswegen und wusste, dass es lange dauern würde, bis er die Summe wieder angespart hätte. Es war ein Teufelskreis, denn je mehr er sich ärgerte, je tiefer er in seinen düsteren Gedanken versunken war, desto mehr Geld gab er aus für die tägliche Flasche Gin, für Zigaretten und Rotwein, den er zwischendurch auch gern trank. Das Trinken half kurzfristig gegen die Traurigkeit, doch mit der Ernüchterung kam sie unaufhaltsam zurück, und dann auch noch vermischt mit Scham. Denn der einzige Weg aus diesem Schlamassel waren der nächste Schluck, das nächste Glas und schließlich die ganze Flasche gewesen. Und plötzlich, es war inzwischen Frühling, hatte Karl erschrocken festgestellt, dass er nicht mehr nüchtern sein konnte, ohne dass ihm die Hände zitterten oder sich ein feiner Schweißfilm auf seine Stirn legte.

Und dann war da noch die Sache mit Hulda.

Als seine Gedanken bei ihr angekommen waren, rieb er sich leise stöhnend die Schläfen. Wie immer, wenn Karl an sie dachte, fühlte er sich ein bisschen wie auf einer mittelalterlichen Streckbank, von allen Seiten zerrten die Gefühle an ihm. Da war die Unsicherheit, die zermürbende Angst, dass er nicht gut genug war für sie, dass er sie herunterzog mit seinen Verstimmungen, die schon manch andere Frau in die Flucht geschlagen hatten. Und da war die Sorge, dass sie ihm den Laufpass geben würde, wenn sie das Ausmaß erkannte, das seine Sucht mittlerweile angenommen hatte. Doch dazwischen, wie ein gleißender Sonnenstrahl, der sich durch Gewitterwolken kämpft, brach immer wieder das Gefühl der Sehnsucht hindurch.

Er sah Huldas graublaue Augen vor sich, die kleine kritische Falte zwischen ihren feinen Augenbrauen, ihren kräftigen Körper, der stets so viel Wärme ausstrahlte, selbst wenn ihre Worte manchmal kühl klangen. Und er wusste, dass er sie halten musste, dass er um jeden Preis einen Plan ersinnen musste, um sie davon abzuhalten zu gehen. Sie war doch alles, was er wollte! Alles, was gut und schön an seinem Leben war – seit sie ihm vor zwei Jahren in einen Fall hineingepfuscht hatte und dabei selbst in Gefahr geraten war. Wie er sich über sie geärgert hatte, diese freche Hebamme mit ihrer elenden Neugierde, und wie sehr er sie schon damals haben wollte! Seitdem war es ein einziges Auf und Ab gewesen mit ihnen beiden. Aber Karl wollte keine Sekunde mit Hulda missen.

Er nahm einen tiefen Zigarettenzug, sodass die Asche rot aufglühte, und sah aus den Augenwinkeln, wie Fabricius drüben am anderen Tisch den Kopf hob und ihn neugierig zu mustern schien. Dann schob der dickliche junge Mann seinen Stuhl zurück und stand mit einer Beweglichkeit auf, die man ihm nicht zutraute. Mit schlendernden Schritten kam er durch den halbdunklen Raum zu Karls Schreibtisch.

«Päuschen», sagte Fabricius, zog sich einen Stuhl heran und pflanzte sich so vor die andere Seite des Tisches, dass Karl das ungute Gefühl bekam, er sei der Angeklagte in einem Verhör. Aus Erfahrung wusste er nur zu gut, dass Fabricius ein wahrer Meister in dieser Disziplin war.

Der junge Mann legte ein in Papier gewickeltes Päckchen auf die Tischplatte, das die Ausmaße eines Ziegelsteins hatte.

«Auch 'ne Stulle?»

Karl zögerte. Sein Magen knurrte bereits beim Anblick des Pakets vernehmlich. Sein Kollege schien dies als Antwort zu nehmen, denn er nickte wissend und wickelte das Papier ab. Zum Vorschein kamen mehrere grob geschnittene Brotscheiben, dick mit Leberwurst bestrichen.

«Greifen Sie zu», sagte Fabricius und kaute bereits. Sein Leibesumfang kam nicht von ungefähr und wurde nur noch von dem des Kriminalrats Ernst Gennat übertroffen, dem *vollen Ernst*. Dessen Liebe zu Stachelbeertorte, die seine Sekretärin, Fräulein Bolzendahl, jeden Tag in sein Amtszimmer schleppte, war im Präsidium am Alexanderplatz sprichwörtlich.

Vielleicht, dachte Karl, als er seine Kippe im übervollen Ascher ausdrückte und sich ebenfalls eine Stulle nahm, bestand zwischen dem Kriminalrat und Fabricius auch deswegen ein unsichtbares Band, eines, das über gemeinsam angefutterte Pfunde geknüpft wurde?

«Auf einem Bein kann man nicht stehen», sagte Fabricius und nahm sich eine zweite Leberwurstschnitte. «Und rutschen tut es auch nicht ohne ein gutes Tröpfchen, oder?»

Karl sah ihn misstrauisch an. Machte er sich über ihn lustig?

Stellte er ihn gar auf die Probe? Doch Fabricius nickte ihm nur mit argloser Miene zu und sagte: «Holen Sie den Fusel schon raus, Kollege. Keine falsche Bescheidenheit!»

Zögernd öffnete Karl eine Schublade an seinem Schreibtisch und zog den Flachmann hervor. Anschließend stand er auf, nahm zwei leidlich saubere Gläser aus einem Regal und stellte sie auf den Tisch. Auf ein Nicken seines Kollegen goss er beide großzügig voll, bis die flache Flasche leer war.

«Damit kommen wir nicht weit.» Fabricius lachte und erhob sich. Er ging zu seinem Schreibtisch hinüber und kehrte mit einer halbvollen Schnapsflasche zurück. Schwungvoll stellte er sie auf die Tischplatte. «Die nächste Runde geht auf mich.»

Sie tranken, und Karl spürte erleichtert dem warmen, vertrauten Gefühl hinterher, das sich in seinem Körper ausbreitete. Verstohlen beobachtete er Fabricius, der sein Glas mit geübter Geste geleert hatte und sich bereits nachschenkte.

War sein Trinken vielleicht doch nichts Außergewöhnliches?, dachte Karl und fühlte sich auf einmal viel wohler. Tranken nicht alle Männer, besonders diejenigen mit einem derart anstrengenden Beruf, wie es der eines Kriminalers war? Es gab gar keinen Grund, sich zu schämen.

Karls Laune hob sich, und er griff nach der Flasche und füllte auch sein Glas ein zweites Mal. Die grobe Leberwurst schmeckte auf einmal noch besser, und im Nu lagen nur noch ein paar Krümel in dem zerknitterten Papier.

«So», sagte Fabricius und rülpste behaglich. Er zog eine *Lord*-Zigarette aus einem Etui und bot Karl ebenfalls eine an, doch der winkte ab und nahm sich lieber noch eine von seinen *Junos*. Die nikotinschwachen *Lords* waren etwas für Fräuleins, das wusste jeder. Irgendwie stimmte es Karl ein bisschen fröhlicher, dass sein Kollege diese dürren Glimmstängelchen rauchte, als habe er ihn endlich einmal bei einer Schwäche erwischt.

«Dann erzählen Sie mal», sagte Fabricius. «Was, denken Sie, haben wir hier?»

Er deutete auf die vielen Zettel auf Karls Schreibtisch, vollführte dann eine Rundumbewegung zur Pinnwand neben ihnen, an der unzählige Fotografien auf Nadeln gespießt hingen. Die meisten zeigten unappetitlich zugerichtete Leichen und blutige Schauplätze.

«Serienmörder», sagte Karl und wischte sich etwas Leberwurst aus dem Mundwinkel. «Gleiche Handschrift, gleiche Zielgruppe. Junge Männer aus einem bestimmten Milieu.»

«Sodomiten», sagte Fabricius, und Karl schien es, als dehne er das Wort genüsslich.

«Ja», sagte Karl. «Homosexuelle. Der Täter macht sich an sie heran, stellt ihnen nach, sie kennen ihn, vermute ich. Er verschafft sich Zutritt zu ihren Wohnungen, wahrscheinlich öffnen sie ihm arglos, und dann schlägt er zu.»

Fabricius stöhnte theatralisch. «Wenn das mal nicht so ein Monster wie der Fritz Haarmann ist, den sie gerade geschnappt haben», sagte er. «Ein zweites Hannover können wir hier nicht gebrauchen.»

Karl wusste, dass der Kollege auf den Massenmörder anspielte, der vor wenigen Wochen wegen unvorstellbarer Gräueltaten an Kindern und jungen Männern verhaftet worden war. Er nickte zu Fabricius' Schreibtisch hinüber. «Schon was Passendes gefunden?»

Fabricius schüttelte den Kopf. «Niemand aus der Kartei», sagte er. «Scheint ein neuer Täter zu ein, ein unbeschriebenes Blatt. Aber was ist sein Motiv?»

Unschlüssig hob Karl die Schultern. Er wusste, dass es seine

Aufgabe war, sich in die Seelen der Verbrecher hineinzufühlen, nachzuvollziehen, wie sie dachten, was sie wollten. Doch das war eine Schwachstelle bei ihm. Die Denke der Mörder blieb ihm seltsam fern.

«Rache?», tippte er ins Blaue hinein.

Fabricius schüttelte den Kopf. «Dann würde er das Morden mehr genießen», sagte er, «es zelebrieren. Aber stattdessen bringt er es so schnell wie möglich hinter sich. Als habe er einen Auftrag.» Er kniff die Augen zusammen, als erleichtere ihm dies das Denken, und Karl, der ihn betrachtete, hatte keinen Zweifel, dass es so war. Schon oft hatte er neidvoll Zeuge werden müssen, wie sich Fabricius' graue Zellen mit aller Kraft zusammenzogen – und dann endlich die Lösung ausgespuckt wurde.

Es half nichts, dachte Karl missmutig und spürte, dass sein eigener Kopf schwer war vom Alkohol, der Jüngere war einfach mehr auf Draht.

«Was für einen Auftrag?», fragte er schließlich, da Fabricius keine Anstalten mehr machte, seine Gedanken laut auszuführen.

«Keine Ahnung», sagte der jüngere Kollege, «nur so ein Gefühl von mir. Der Kerl betäubt die Opfer und schneidet ihnen dann schnell die Kehle durch, als habe er keine Zeit zu verlieren.»

«Warum, glauben Sie, macht er das mit der Betäubung?», fragte Karl.

«Damit sie nicht schreien?»

Karl rieb sich die Stirn. Ein Gedanke hing dort fest wie ein Blatt in einer Dachrinne und zitterte vor sich hin.

«Vielleicht will er ihnen Leid ersparen?»

Fabricius sah ihn verständnislos an. «Weshalb sollte er?»

Karl angelte nach seinem Gedanken, er spürte förmlich, dass seine Gehirnwindungen sich dehnen mussten wie Gummiband. Ihm fielen die Leibesertüchtigungen in der Schule ein, bei Herrn Spitzweg am Stufenbarren. Er hatte sich viele Tadel gefangen, da er zwar beweglich war, sein Talent jedoch niemals durch unnötige Bemühung vergrößerte. Es schien ihm nicht der Anstrengung wert, und das brachte seinen Lehrer zur Weißglut, weil dieser Karls Faulheit als persönlichen Affront betrachtete. Erst in der Ausbildung zur Polizei und bei der Armee hatte Karl dann erfahren, dass man über seine körperlichen Grenzen hinausgehen musste, wenn man etwas erreichen wollte. Und das galt auch für die Muskeln des Gehirns.

«Wenn er glaubt, er handle nach Auftrag», sagte Karl langsam, «dann geht es ihm vielleicht nicht um den Akt des Tötens, sondern um das Ergebnis, um den Zustand des Todes. Er möchte diese Männer eliminieren, von der Erdoberfläche tilgen. Doch dazu müssen sie in seiner Vorstellung nicht leiden, es ist gleichsam eine medizinische Handlung, die er an ihnen vollzieht. Ein Gnadenakt.»

Fabricius starrte ihn an. Und mit einem Mal kroch ein Lächeln über sein Mondgesicht. Er hieb Karl auf den Oberarm, als schlage er ihn zum Ritter.

«North! Du dickes Ei, das könnte stimmen!»

Fabricius schien ehrlich begeistert. Er sprang auf und stellte sich vor die Pinnwand, studierte zum aberhundertsten Mal die unschönen Fotografien. Allen Opfern, es waren vier, war mit einem einzigen, sauber geführten Schnitt der Hals durchtrennt worden. Sie waren sekundenschnell verblutet. Alle lagen denn auch in einer ordentlichen Blutlache, denn bei einem Halsschnitt floss das Blut in großen, ruhigen Strömen aus den Hauptschlagadern und tränkte in kurzer Zeit die gesamte Umgebung.

Karl vermied den Blick zu den Abbildungen, er wusste auch so, wie es darauf aussah. Die jungen Männer taten ihm leid, auch wenn man wohl zugeben musste, dass ihr *unnatürlicher* Lebenswandel zu ihrer Ermordung geführt hatte. Der Sexualverkehr zwischen Männern war strafbar, nach Paragraph 175 wurden wöchentlich neue Straftaten vor Gericht gebracht und die Beteiligten verurteilt. Dennoch blühte, wie alle wussten, das Schwulenmilieu in Berlin wie nirgends sonst. Die liberale Stadt galt als das Eldorado der Sodomiten, und die Berliner Sitte kam kaum damit hinterher, die vielen, wie Unkraut aufschießenden Läden in der Innenstadt zu kontrollieren. Karl dachte, dass es ihm eigentlich herzlich egal war, wie jemand lebte und liebte, auch wenn ihm die Vorstellung, einen anderen Mann zu berühren, fremd und unverständlich war. Doch wenn es diese Leute glücklich machte, warum nicht?

Als habe Fabricius seine Gedanken gelesen, drehte er sich um und fragte: «Widerliches Geschmeiß, finden Sie nicht?»

Karl zuckte zusammen. Er nickte knapp, enthielt sich aber einer Antwort. Zu schnell konnte man als Sympathisant gelten, womöglich selbst als männerliebend verdächtigt werden. Plötzlich wurden ihm die Stille der spätabendlichen Schreibstube, das schummrige Licht und die ungewohnte Zweisamkeit mit seinem Kollegen allzu sehr bewusst. Er räusperte sich und stand auf.

«Feierabend», sagte er und griff nach seiner Jacke, die über der Stuhllehne hing. «Ich mache morgen früh weiter.»

«Sie haben bestimmt noch ein Rendezvous», sagte Fabricius und grinste frech. «Mit dieser Langen, mit der ich Sie neulich aus dem Tanzlokal kommen sah?»

Karl nickte unbehaglich, obwohl es gar nicht stimmte, dass er heute noch Hulda treffen würde. Doch er hoffte, Fabricius so am schnellsten das Maul zu stopfen. Es widerstrebte ihm einfach, dass sein ehemaliger Assistent sich so unverblümt in sein Privatleben einmischte, und es störte ihn, dass Fabricius Hulda an jenem Abend gesehen hatte, als sie im *Roten Raben* das Tanzbein geschwungen hatten. Zwar hatte er Karl nur diskret von der anderen Straßenseite aus zugenickt und war dann weitergeschlendert, mit einem der ungezählten blonden Lockenköpfchen am Arm, die er reihenweise vernaschte. Doch Karl hatte die Anerkennung gesehen, mit der Fabricius Hulda unverhohlen taxiert hatte, und es war ihm vorgekommen, als habe der junge Mann sie unsittlich berührt. Hulda gehörte ihm allein, sie hatte mit dieser komplizierten Welt nichts zu tun, mit der er sich während der Ermittlungen herumschlug. Er wollte sie so gut wie möglich aus seiner Arbeit heraushalten. Und es ärgerte ihn, dass es ihr in der Vergangenheit immer wieder gelungen war, sich hineinzudrängeln und ihn auszuhorchen. Ihre Neugier war nicht zu bremsen und hatte mehr als einmal dazu geführt, dass sie in Gefahr geraten war, weil sie eigenmächtig mitmischte. Und vielleicht auch, weil er selbst unachtsam gewesen war. Damit sollte jetzt Schluss sein.

Immerhin, dachte er erleichtert, hatte sie eine neue Stelle angetreten, lief nicht mehr nächtelang durch zwielichtige Ecken und schlug sich mit den Krankheiten der Ärmsten herum. Stattdessen versorgte sie nun Schwangere in hygienischen Klinikzimmern und trug dabei eine adrette Schwesternuniform und ein helles Häubchen. So jedenfalls stellte Karl es sich vor. Und zu seiner Verwunderung bemerkte er, wie sehr ihm dieses Bild von ihr gefiel, ja, ihn beinahe erregte. Eine gezähmte Hulda, eine frauliche, mitfühlende Heilerin mit frischen Wangen und schmaler Taille unter der Schürze – das sagte ihm wirklich ganz ungemein zu.

Offenbar, dachte er kopfschüttelnd, während er die Hand hob und Fabricius im Schreibzimmer des Präsidiums zurückließ, hatte ihn die wilde, ungestüme Hulda in der Vergangenheit mehr angestrengt, als er es hatte zugeben wollen. Er sah sich gern als ein Mann mit aufgeklärten Ansichten, befürwortete die Emanzipation der Frauen und allgemeine Toleranz. Aber war er am Ende etwa doch nicht so modern, wie er es sein wollte?

5.

Sonntag, 20. Juli 1924

Vor dem Busfenster zogen blühende Wiesen vorbei, immer wieder jäh überschattet von den dichtbelaubten Kronen der Birken und den langen Kiefern des Grunewalds, die mahnend vor dem hellblauen Himmel schwankten. Der Kraftomnibus fuhr brummend wie ein dickes Insekt durch die Chaussee, und Hulda legte das Gesicht an die Scheibe und schloss die Augen, als ein Sonnenstrahl sie kitzelte.

Die neue Kappe aus taubenblauer Seide fühlte sich ungewohnt an auf dem Kopf. Sonntagsfein und fremd. Sie hatte den Hut gestern in einem Anflug von Leichtsinn bei Wertheim am Leipziger Platz erstanden, nachdem sie ihren ersten Wochenlohn erhalten hatte. Ihre Freundin Jette, die sie begleitete, hatte behauptet, die Farbe passe genau zu ihren Augen. Und der Spiegel, dieser Verführer, hatte Hulda für einen Moment eine elegante Dame vorgegaukelt, die ihr recht gut gefiel.

Doch jetzt war sie plötzlich nicht mehr sicher, was sie von ihrem Aussehen hielt. Karl schien nicht einmal bemerkt zu haben, dass sie einen neuen Hut trug. Jedenfalls hatte er nichts gesagt, als sie sich an der Haltestelle am Nollendorfplatz getroffen hatten, inmitten der anderen Sonntagsausflügler, die aufgeregt schwatzend den Bus bestiegen, um darin der Sommerfrische entgegenzugondeln. Er hatte sie ins Innere des

Fahrzeugs gezogen und zwei Sitzplätze nebeneinander ergattert.

Die ganze Fahrt über sprachen sie wenig, doch er hielt ihre Hand und zeigte ab und zu nach draußen, um sie auf etwas Interessantes aufmerksam zu machen.

Eine warme Schläfrigkeit stieg in Hulda auf. Das Rattern der Räder, das Plappern der beleibten Dame auf dem Sitz vor ihr, gegen deren Hut mit bunten Federn und ausladender Spitze Huldas blaue Kappe plötzlich wie ein Waisenkind wirkte, und die Sonne, die zwischen den Zweigen hervorblitzte und wieder verschwand, machten sie müde. Schließlich lehnte sie den Kopf an Karls Schultern und schlummerte ein.

«Fähre», rief eine männliche Stimme, und Hulda schrak auf. Um sie herum herrschte plötzlich reger Aufbruch, die Damen suchten ihre Handtaschen und Sonnenschirme zusammen, die Herren in ihren Leinenanzügen versuchten, die Begleiterinnen galant durch den Gang zum Ausstieg zu führen, was wegen der Enge misslang.

Karl und Hulda stiegen als Letzte aus, und Hulda sprang, kaum gehindert durch ihren luftigen Plisseerock, in den Sand.

Der Bus hatte an einer kleinen Fähranlage gehalten, lustig funkelte das Wasser der Havel hinter dem Steg. Ein kleines Wirtshaus lag im Schatten einer großen Kastanie und lud auf der Terrasse zu Kaffee, Kuchen und Heringssalat ein.

«Da liegt sie», sagte Karl und zeigte ans andere Ufer.

Hulda sah hinüber und versuchte, sich zu erinnern, wann sie das letzte Mal auf der Pfaueninsel gewesen war. Wahrscheinlich in ihrer Kindheit, denn die Erinnerungen waren nur schemenhaft. Lange vor dem Krieg musste das gewesen sein. Ein Märchenschloss, aus weißen Steinen, dachte sie plötzlich und sah es denn auch in just diesem Moment drüben durchs Grün schimmern. Und an eine riesenhafte Voliere meinte sie sich zu erinnern, die bis in den Himmel ragte und in der eingesperrte Vögel hinter dem Eisengitter flatterten und kreischten. Mehr wusste sie nicht mehr. Oder doch? Nun fiel ihr noch etwas ein: das Gesicht ihrer Mutter, die neben einem Pfau stand, die großen blauen Augen tränenfeucht, während ihr ein zarter, roséfarbener Schleier in die Stirn hing. Wann war das gewesen? Und warum hatte Elise Gold geweint? Hulda versuchte, den Erinnerungsfetzen zu packen, doch es gelang ihr nicht, und schon verschwand er wieder in den Windungen ihres Hirns.

Auf jeden Fall musste die Szene aus einer Zeit stammen, als ihre Eltern noch zusammenlebten, dachte sie, denn dass ihre Mutter nach der Trennung von Benjamin Gold allein mit ihrer Tochter einen Sonntagsausflug unternommen hätte, schien undenkbar. Dafür hatten ihr bald die Kräfte gefehlt, da sie die innere Leere, die durch den Verlust des Ehemannes entstand, mit immer größeren Mengen Schnaps und Tabletten zu füllen versuchte.

«Ich habe Hunger», sagte Hulda, um sich abzulenken, und bemerkte erst in dem Moment, als sie die Worte aussprach, dass es wirklich so war.

«Dann lass uns etwas essen», sagte Karl, doch sie hörte ein winziges Zögern. «Mit einem hungrigen Fräulein Gold auf eine einsame Insel überzusetzen, gleicht einem Selbstmord.» Jetzt schien er sich selbst überzeugt zu haben.

«Einsam?» Hulda deutete auf die kleine Busladung Ausflügler, die bereits am Ufer standen und dem Fährschiff winkten. Die meisten ihrer Mitfahrer wollten offenbar erst einmal zum Ziel ihres Sonntagsausflugs gelangen und später irgendwo einkehren. Die Fähre würde mehrfach fahren müssen. «Die arme Insel biegt sich ja schon unter dem Gewicht der Leute.»

«Stimmt», sagte Karl und zog sie zu der Terrasse, wo sie sich unter einen der grün-weiß gestreiften Sonnenschirme an ein rundes Tischchen setzten. «Am Sonntag ist es bestimmt brechend voll. Vielleicht war es nicht die beste Idee, gerade heute hierherzukommen?»

«Wenn man, wie wir, nur alle Jubeljahre einmal gemeinsam einen freien Tag hat», sagte Hulda und inspizierte die Speisekarte, «dann hat man eben keine Wahl.» Sie machte eine wegwerfende Handbewegung. «Eine Hebamme und ein Polizist – nicht gerade die beste Verbindung, oder?» Sie lachte, doch dann wurde sie ernst, als sie sein Gesicht sah. «Also ... was die rare Freizeit angeht, meinte ich natürlich», fügte sie schnell hinzu. «Und überhaupt, was kümmern uns die Leute?»

Karl lächelte, und Hulda fühlte sich ermutigt. «Du arbeitest gerade mehr als je zuvor, oder?», fragte sie.

«Ist das ein Vorwurf?»

«Nein», sie ächzte leise, «reines Interesse. Kniffliger Fall?»

«Kann man wohl sagen.» Er sah aufs Wasser. «Kennst du eigentlich ...» Er zögerte, suchte nach dem richtigen Wort. «... Männer, die Männer lieben?»

«Homosexuelle?» Hulda sah ihn erstaunt an. «Wie kommst du darauf?»

«Nur so», sagte er zögernd, und sie bemerkte belustigt, dass plötzlich eine sanfte Röte auf seinen hohen Wangenknochen lag. «Fabricius und ich beißen uns gerade die Zähne aus an einem Fall, der offenbar in dieses Milieu gehört.»

«Ich weiß nicht», sagte sie langsam, «manchmal glaube ich, dass Bert –»

«Dein Freund vom Winterfeldtplatz?», fragte Karl erstaunt. Er hatte den Zeitungsverkäufer nur ein paar Mal gesehen.

Hulda nickte und verzog die Lippen zu einem Lächeln. Warum machte dieses Thema sie beide eigentlich verlegen?, fragte sie sich still, was war schon dabei?

«Er deutete neulich einmal etwas an, da wurde ich hellhörig», sagte sie. «Aber ich bin sicher, dass er mit diesem *Milieu*, von dem du sprichst, nichts zu tun hat.»

Sie schwiegen und hingen ihren Gedanken nach. Als ein Kellner zum Tisch trat, bestellte Hulda Brathering mit Pellkartoffeln. Karl winkte nur ab, überlegte es sich dann aber anders und sagte: «Ein Bier für mich und eine Weiße für die Dame.»

«Himbeere oder Waldmeister?», fragte der Kellner leiernd und sah, sehnsuchtsvoll, wie es Hulda schien, auf die kleinen Wellen am Steg hinaus, die verheißungsvoll in der Sonne schwappten.

«Grün, bitte», sagte Hulda, die eigentlich keine Lust auf eine Berliner Weiße hatte, aber Karl den Gefallen tun wollte, etwas mitzutrinken.

«Hast du keinen Hunger?», fragte sie, als der Kellner abgedampft war. Die Essenszeit war eigentlich bereits vorbei, die frühe Nachmittagssonne stand heiß auf dem Schirm über ihnen und zauberte ein grünliches Licht auf Karls Gesicht, in dem die Brillengläser wie immer fleckig schimmerten.

Er schüttelte den Kopf. «Hab gut gefrühstückt», sagte er, und an der betonten Leichtigkeit in seinen Worten erkannte Hulda die Lüge.

Als der Kellner kurz darauf das Gewünschte brachte, stürzte Karl in einem Zug die Hälfte seines Glasinhaltes hinunter und lehnte sich dann, etwas entspannter, wie es Hulda schien, auf dem Klappstuhl zurück. Er legte einen Arm um ihre Stuhllehne und strich ihr mit einem Finger kurz über die Schulter.

«Lass es dir schmecken», sagte er mit Blick auf ihren Teller, auf dem der knusprige Fisch mit den Kartoffeln um die Wette duftete.

Hulda aß, und als sie von der kalten Weißen in dem runden großen Glas trank, schmeckte ihr die herbe Süße des Waldmeisters zusammen mit dem salzigen Fischgeschmack auf einmal doch.

Karl leerte sein Glas, winkte unauffällig dem Kellner und bekam ein zweites Bier hingestellt.

«Willst du mal probieren?», fragte Hulda und hielt ihm eine Gabel mit Hering hin. Er schnappte sich den Bissen, und sie sah, dass er gern mehr gehabt hätte. Warum nur bestellte er nicht auch etwas?, fragte sie sich, sie sah doch, dass er hungrig war. Plötzlich kam ihr der seltsame Gedanke, dass es vielleicht eine Geldfrage war. Doch das kleine Wirtshaus hier unten am See war nicht teuer, die Preise richteten sich an das normale Berliner Volk, das sich keine Extravaganzen leistete. Konnte es sein, dass Karl pleite war?

«Uff», sagte sie und schob den halbvollen Teller fort, «ich bin pappsatt. Schade, es schmeckt wirklich hervorragend.»

Nach einem kleinen Anstandszögern zog Karl den Teller zu sich heran. «Bist du wirklich fertig?», fragte er.

Hulda nickte und sah doch mit leisem Bedauern, aber auch mit Befriedigung, wie er genussvoll aß. Wenig später lag kein Krümel mehr auf dem Porzellan, und der Kellner räumte ab.

«Noch einen Wunsch, die Herrschaften?» Seine Stimme klang gedehnt bei der Frage, und er brachte, als Karl schnell den Kopf schüttelte, unverzüglich die Rechnung.

Umständlich kramte Karl nach Kleingeld, und Hulda tat so, als habe sie rein zufällig einen Heiermann in ihrer Rocktasche gefunden und legte ihn auf den Tisch. Eigentlich war es selbstverständlich, dass Karl bei ihren gemeinsamen Mahlzeiten bezahlte, schließlich hatte er einen viel besseren Lohn. Aber es machte ihr nichts aus, sich zu beteiligen, vor allem nicht, da sich ihr Verdacht, er sei blank, immer mehr erhärtete.

Ein Kaffee wäre auch nicht schlecht gewesen, dachte sie und bat Karl stattdessen um eine Zigarette. Qualmend saßen sie nebeneinander, und da sah Hulda, dass sich die Fähre erneut näherte. Inzwischen waren alle Fahrgäste drüben ausgeladen worden, und Hulda und Karl waren nun die einzigen Ausflügler am diesseitigen Ufer.

«Komm», rief sie, drückte die *Juno* aus und zog ihn am Ärmel.

Karl schnappte sich seine Jacke vom Stuhl und lief, den brennenden Glimmstängel zwischen den Fingern, neben ihr her zum Steg. Hulda winkte dem Fährmann, damit dieser wusste, dass sie hinüberwollten. Und schon glitt das Floß lautlos über das Wasser zu ihnen.

«Extrawurst, Extrawurst», rief der kleine, wettergegerbte Mann mit der schmuddeligen Kapitänsmütze, als er sah, dass es nur sie beide waren, die seine Dienste in Anspruch nehmen wollten. Doch seine schmalen Augen mit den unzähligen Falten blickten sie freundlich an. Er ließ die Fähre am Seilzug ans Ufer gleiten und klappte eine schmale hölzerne Brücke aus, nicht mehr als ein Brett.

«So 'n hübschet Paar», sagte er, «da kann ick Sie ja nich hier versauern lassen.» Als Hulda sich beim Einsteigen am Geländer der Fähre festhielt, fiel sein Blick auf ihre Hand. «Aber noch keen Kniefall», knurrte er, da er keinen Ring entdecken konnte, und sah Karl tadelnd an. «Nu aber flott, der junge Herr. Sonst flutscht Ihnen die kühle Sprotte hier noch vom Haken.» Er lachte laut über seinen eigenen Seemannswitz und bemerkte nicht den unbehaglichen Blick, den Karl und Hulda tauschten.

Das Wasser plätscherte leise auf beiden Seiten des Floßes, und der Mann zog sie mit kräftigen Bewegungen am Seilzug über den Flussarm. Es roch nach Schlick, nach Sonne und Fisch, und Hulda schaute hinunter in das kühle Wasser und ließ ihren Blick über die sanften Wellen gleiten. Weil Karl immer noch bedröppelt guckte, hockte sie sich hin, griff ins Wasser und spritzte ihn ein bisschen nass. Sie freute sich, als sie sah, dass seine Stimmung sich wieder hob.

«Frechdachs», rief er lachend und spritzte zurück, woraufhin der Fährmann sie sogleich ermahnte, sie sollten stillstehen. Karl steckte ihm ein Geldstück zu, und sie sprangen ans Ufer der Insel.

«Rückfahrt inklusive!», rief ihnen der alte Mann noch zu, bevor er ein Grüppchen junger Leute einlud, auf das Boot zu steigen. Die ersten Gäste hatten offenbar genug von der Insel und wollten schon zurück.

Arm in Arm schlenderten Hulda und Karl über den Spazierweg. Hier konnte man fast nicht glauben, dass man beinahe noch in der Stadt war, so verwunschen schimmerte das Grün, so leuchtend blühten wilde Rosen und Dahlien überall und so weit schien der Himmel über ihnen. Allerdings machte die Insel einen etwas verwahrlosten Eindruck, fand Hulda bei genauerem Hinsehen, die Wiesen uferten aus, ihr Gras bewuchs die Wege, und neben den Bänken lag Abfall herum. Auch einige Bäume wirkten trostlos und trocken, als sei es längst nötig gewesen, sie zu fällen, doch niemand habe sich die Mühe gemacht, den Park zu pflegen. Einen Pfau sah Hulda weit und breit nicht, die Tiere schienen sich vor den menschlichen Eindringlingen in ihrem Paradies ins Unterholz verzogen zu haben.

Doch immerhin standen überall nagelneue Schilder, auf denen die Besucher gebeten wurden, das *Naturschutzgebiet*

Pfaueninsel zu achten, auf den Wegen zu bleiben und nichts zu beschmutzen.

«Das mit dem Sauberhalten funktioniert ja nicht so gut», sagte Hulda zu Karl und zeigte auf das zerknüllte Papier und die Obstreste, die eine Picknickgesellschaft auf der Wiese zurückgelassen hatte.

«Das gilt erst seit kurzem», erklärte er. «Vor ein paar Monaten wurde die Insel unter Naturschutz gestellt. Und ohne Parkwächter kann man die neuen Regeln kaum durchsetzen, aber das kommt sicher noch.»

«Warum wolltest du eigentlich herkommen?», fragte Hulda. Es war Karls Vorschlag gewesen, einen Ausflug zu machen, meistens tranken sie bei ihren Treffen sonst einfach einen Kaffee in einem der Cafés am Ku'damm oder gingen spazieren, wenn sie ein paar Stunden gemeinsame Zeit hatten. Am liebsten sahen sie einen Film im Kino. Doch bei solchem Wetter wäre das nahezu ein Verbrechen gewesen, noch dazu mitten am Tag.

«Ganz einfach», sagte er, und Hulda schien es, als leuchte Verlegenheit in seinen Augen auf, «ich war noch nie hier.»

«Oh», sagte sie nur. Aber es war eigentlich nicht verwunderlich, dachte sie dann, die meisten kamen als Kinder mit ihren Eltern her. Doch Karl hatte keine Familie, die ihn hierher hätte mitnehmen können, und das Waisenhaus, in dem er aufgewachsen war, hatte sicher keine solch aufwendigen Ausflüge veranstaltet. Sie fasste seinen Arm fester und gab ihm einen Kuss auf die Wange.

«Kein Mitleid, bitte», sagte Karl, der ihre Gedanken wohl erahnte und verstand, was ihre Geste ausdrücken sollte.

Hulda schnaubte und ließ seinen Arm los. «Dann eben nicht, Herr North», sagte sie, «wer nicht will, der hat schon.»

«Du hast keine Ahnung», stieß er hervor, und wieder einmal wunderte sich Hulda, wie blitzschnell seine Laune umschlagen konnte. «Du warst sicher hier als Kind», sagte er, «in einem hübschen weißen Kleid, mit Zöpfen, die deine Mutter dir geflochten hat, und es gab Schokolade vom Herrn Papa.»

Ungehalten blieb sie stehen. «Mit meinen Eltern war es niemals ein solches Zuckerschlecken, wie du das darstellst», sagte sie böse. «Aber weißt du, da es dich offenbar bis heute unglücklich macht, elternlos durchs Leben zu gehen, verstehe ich nicht, weshalb du dich nicht endlich auf die Suche machst nach deinen Erzeugern. Einmal warst du doch ganz nah dran, und es war nur Pech, dass du dich am Ende doch geirrt hattest.»

Das war vor zwei Jahren gewesen, als sie sich kennengelernt hatten. Eine Zeitlang war Karl überzeugt gewesen, bei der toten Frau, deren mysteriösen Tod er untersuchen musste, handele es sich um seine leibliche Mutter. Einige Tatsachen hatten dafür gesprochen. Doch am Ende hatte sich herausgestellt, dass es ein Irrtum war. Bis heute wusste Hulda nicht recht, ob Karl traurig oder erleichtert über diese Erkenntnis war.

Männer!, dachte sie in einem Anflug von Verachtung, sie neigten dazu, den Kopf in den Sand zu stecken und sich vor der Wahrheit zu verstecken, selbst, wenn sie diese doch eigentlich heimlich herbeisehnten.

«Lass das, Hulda», sagte Karl. «Misch dich nicht in diese Sache ein.»

Sie waren an einer Abzweigung angekommen. Links von ihnen erhoben sich die weißen Türme des Schlösschens, das einst vom preußischen Königshaus als Refugium genutzt worden war. Rechts ging es tiefer in den Park hinein. Die Sonnenstrahlen legten sich wie glitzernde Küsse auf die säuselnden Blätter der Linden und Erlen. Eine Goldammer sang durchdringend auf einem Ast ganz in der Nähe. Kein Wölkchen trübte das Blau, das durch die Wipfel leuchtete. Doch um Huldas Brust lag mit einem Mal ein enger Ring und erschwerte ihr das Atmen.

Schweigend wandte sie sich nach rechts, und Karl folgte ihr. Da hörten sie mit einem Mal einen Schrei und sahen dann tatsächlich einen großen Vogel mit blaugrünem Federkleid aus dem Gebüsch kommen. Hulda griff nach Karls Jacke und hielt ihn fest, damit er das Tier nicht erschreckte. Fasziniert beobachtete sie, wie der Pfau majestätisch, mit langen, im Gras schleifenden Schwanzfedern vorüberlief und schließlich hinter einen dicken Baumstamm schlüpfte. Vorsichtig zog sie Karl in die Richtung, in welcher der Vogel verschwunden war, bis hinunter zum Ufer, wo kleine Wellen an den sandigen Rand der Insel schwappten. Eine große Trauerweide tunkte ihre Zweige in das Wasser, das in ihrem Schatten silbrig schimmerte.

Und in diesem Moment sah Hulda wieder das verweinte Gesicht ihrer Mutter vor sich, sah das Wippen des albernen Schleiers und vernahm nun auch Elises Stimme: *Wie konntest du mir das antun?*

Hulda marterte sich das Hirn, um sich zu erinnern, zu wem sie das gesagt hatte. Zu ihr, Hulda? Möglich, denn es hatte genug Gelegenheiten gegeben, da Elise Gold ihre Tochter als Enttäuschung bezeichnet hatte, Hulda hatte es ihr nie recht machen können. Doch da war noch mehr, was ihr nicht einfallen wollte. Sie kam einfach nicht darauf!

«Sei mir nicht böse», sagte Karl unvermittelt, und Hulda sah ihn an, als sei er aus der Gegenwart in ihre Vergangenheit geplumpst. «Du ziehst so eine Schnute, und ich weiß, ich bin schuld daran.»

«Nein», sagte Hulda und schüttelte den Kopf, damit ihre Gedanken sich klärten, «das ist es nicht.» Sie starrte blicklos aufs Wasser. «Du hast ja recht, es geht mich nichts an, was mit deiner Mutter ist. Ich habe gerade an *mein* Exemplar denken müssen. An einen Besuch hier auf der Insel, in meiner Kindheit. Meine Mutter, mein Vater und ich.» Sie streckte sich. «Seltsam, dass ich so wenig Erinnerung an diese Zeit besitze, als wir alle noch zusammen waren. Vielmehr scheinen die Momente, die ich im Gedächtnis habe, voller Tränen zu sein.»

«Ist das nicht oft so, dass uns die schmerzhaften Gelegenheiten eher im Gehirn haften bleiben als die anderen?», fragte Karl leise. «Die Welt eines Kindes ist durchlässig, ist so voller Ängste und Gespenster, dass wir nur allzu anfällig sind für schlechte Gefühle.» Er zog Hulda zu sich heran und umarmte sie fest. «Aber wir sollten nicht so dumm sein, diese bösen Bilder in unser Jetzt hineinzulassen», sagte er an ihrem Ohr, und Hulda lehnte sich einen Moment an ihn und genoss die Wärme, die von seinem Körper ausging. Er roch nach Tabak und Bier, doch es störte sie nicht. Sie hob den Kopf, ihre Lippen fanden seine, und sie küssten sich lange im Schutz der herabhängenden Zweige. So unbeobachtet fühlten sie sich, dass sie sich auf den sandigen, warmen Boden sinken ließen und übereinanderfielen wie Fallobst. Alles war plötzlich nur noch gemeinsames Atmen, das rasche Klopfen ihrer Herzen und das Blut, das schneller durch ihre Körper zu rauschen schien. Karls Finger nestelten an Huldas Blusenknöpfen herum, und sie ließ sich zurücksinken, schloss die Augen und lauschte auf das Geräusch der plätschernden Wellen und des Windes, der durch die Bäume fuhr.

Wenn es immer so wäre, dachte sie, nur sie beide ohne den

störenden Rest der Welt, dann, ja dann, vielleicht! Hulda fielen die Worte des Fährmanns ein. War es Zeit, den nächsten Schritt zu gehen?

Sie spürte Karls Lippen an ihrem Hals, als sie ein Rascheln hörte. Unwillkürlich öffnete Hulda die Lider und blickte an ihm vorbei, geradewegs in ein kreisrundes goldenes Auge, das sie anstarrte.

Hulda schrie auf und stieß Karl von sich, der ganz verdattert dreinblickte. Der Pfau war zurückgekehrt und hatte sich neugierig genähert, um das Treiben dieser komischen großen Wesen zu beobachten. Nach Huldas Schrei zuckte er jedoch zurück, drehte sich um und schleifte beleidigt seinen langen Schwanz hinter sich her, als er das Weite suchte.

Erleichtert lachend ließ sich Hulda wieder in den Sand fallen. Karl wirkte enttäuscht. Der Zauber des Augenblicks war vorüber, verflüchtigte sich über dem See wie Frühnebel.

Oben am Weg sah Hulda jetzt zwei Kinder in Matrosenkleidern auftauchen. Rasch erhob sie sich, fuhr sich durchs zerzauste Haar und suchte am Ufer nach ihrem seidenen Hut, der im Eifer des Gefechts ein Stück weggerollt war. Auch Karl setzte seine Brille wieder auf, die herabgefallen war, und strich sich das zerknitterte Hemd glatt. Scheu mieden sie den Blick ins Gesicht des anderen und stapften wieder zurück. Auf den rechten Pfad, dachte Hulda und musste lächeln.

«Was ist so lustig?», fragte Karl.

«Wir», sagte Hulda und hob die Schultern. «Findest du nicht auch?»

Offenbar war er nicht sicher, wie er ihre Worte deuten sollte, und sie wusste selbst nicht genau, wie sie gemeint waren, daher verzichtete sie auf eine Erklärung. Also gingen sie wortlos nebeneinander, an weißen Marmorstatuetten und einer Fontäne vorbei, und streiften nur halb interessiert die große Voliere, an die sich Hulda bereits zuvor erinnert hatte.

Das Geschrei der Vögel zerrte an Huldas Nerven, und sie war froh, als sie den großen Käfig und die vielen anderen Schaulustigen hinter sich gelassen hatten.

Schließlich gelangten sie an die Nordspitze der kleinen Insel. Vor ihnen erhob sich ein Gebäude, das an eine mittelalterliche Abtei erinnerte, doch als Hulda näher trat, sah sie ein Schild, das den Bau mit den Spitzbögen als *Alte Meierei* auswies.

«Warum nur hat man sie auf diese Weise gebaut?», fragte sie nachdenklich, «so merkwürdig altertümlich?»

«Vermutlich fand irgendein Fürst das hübsch», sagte Karl und umrundete das Gebäude.

«Bert wüsste es sicher», sagte Hulda, mehr zu sich selbst. «Oder mein Vater.» Doch beide waren nicht hier. Hulda beobachtete gedankenverloren Karls hohe Gestalt, wie er durch das wuchernde Gras stapfte, mit diesem mürrischen Gesichtsausdruck, von dem sie ahnte, dass er heute nicht mehr weichen würde. Oder erst, wenn er zu Hause wäre und sich mit der üblichen Menge Schnaps betäubte, dachte sie und spürte eine wachsende Verärgerung. Sie hatte nur eine ungenaue Vorstellung von der exakten Menge, doch sie ahnte seit geraumer Zeit, dass es mit einem gewöhnlichen Schlummertrunk nicht das Geringste zu tun hatte.

Plötzlich reichte es ihr mit diesem verhagelten Ausflug. Sie sehnte sich nach etwas Süßem, einer heißen Schokolade vielleicht, und vor allem nach Ruhe und Frieden. Morgen wartete eine doppelte Schicht in der Klinik auf sie, und Hulda sollte sich heute Abend ausruhen, um die vielen anstrengenden Stunden zu bewältigen. Wenn es nach ihr ginge, würde sie anstelle eines weiteren schweigsamen Abends mit Karl, der früher oder später auf der Toilette verschwinden und seinen Flachmann leeren würde, sogar lieber ein Plauderstündchen in Frau Wunderlichs Küche wählen. Oft genug versuchte sie zwar, den hartnäckigen Befragungen der Wirtin zu entwischen, aber nicht selten genoss sie die Zeit mit der älteren Frau dann doch. Behaglich auf einem Stuhl vor dem Ofen, schläfrig dem stetig fließenden Redestrom der Wirtin lauschend, in der Hand vielleicht einen kleinen Eierlikör oder ein Goldwasser in den geschliffenen Gläsern. Vorkriegsware, wie Frau Wunderlich gern betonte. Ja, das wäre das Richtige für heute.

«Es wird spät», sagte sie zu Karl, als er hinter dem Gemäuer hervorkam. «Am besten ist, wir setzen wieder über. Wenn hier erst mal der Hauptverkehr losgeht, müssen wir ewig warten, bis sich für uns ein Platz auf der Fähre findet.»

Überraschend schnell stimmte er ihr zu. Konnte er es ebenfalls kaum erwarten, der angespannten Stimmung zu entkommen, in der sie seit dem Vorfall unter der Trauerweide festhingen? Oder zog es ihn derart dringend zur Flasche? Wie auch immer, in plötzlicher Einigkeit und vielleicht auch Erleichterung strebten sie dem südlichen Fähranleger zu, ließen das Schlösschen rechts liegen und weckten den Fährmann, der auf seinem Floß mit der Mütze im Gesicht schlief. Knarzend murmelte er etwas von *unsteten Gesellen*, ließ sie jedoch einsteigen und setzte das Boot am Seilzug in Bewegung. Er beförderte sie so rasch auf die andere Seite der Havel, dass sie über das Wasser zu fliegen schienen.

Hulda warf noch einen Blick zurück auf die Insel, die rasch schrumpfte, als sei sie verwunschen und zeigte sich nur ab und zu den Bewohnern des Festlands. Über den Wipfeln der Erlen hingen jetzt grauweiße Wolken mit fast purpurfarbenen

Rändern. Beim Anblick dieser dräuenden Ungetüme dachte Hulda, dass der Tag in einem Regenguss enden würde, wie so oft in diesem verhexten Sommer.

Und in dem Moment fiel es ihr endlich wieder ein: Es war auch ein Sommertag gewesen, ganz ähnlich wie der heutige. Ihre Eltern waren mit ihr auf die Pfaueninsel gefahren, doch nicht mit der kleinen Holzfähre, sondern mit einem Ausflugsdampfer, von der großen Fähranlage in Wannsee aus. Hulda sah die Gischt auf dem Wasser, die hinter dem majestätischen Schiff her pflügte, sie las den sorgsam auf die Planken gepinselten Schriftzug, *Dorothea*. Gerade erst hatte sie lesen gelernt. Auf einmal schmeckte sie auch wieder den Geschmack von Waldmeisterbrause, genau wie vorhin im Wirtshaus mit Karl lag er auf ihrer Zunge. Und sie hörte, wie ihre Eltern, die an die Reling gelehnt standen, leise, aber bitterböse miteinander stritten. Sie sah das roséfarbene Seidenkleid ihrer Mutter, den dazu passenden Hut und die Tränen, als Elise plötzlich heftig auf den Arm ihres Mannes schlug und ihn anschrie: «Wie konntest du mir das antun?»

Am nächsten Tag hatte Huldas Vater die Koffer gepackt und war gegangen. Es war der Anfang vom Ende ihrer Mutter gewesen.

Doch den Grund, dachte Hulda, als sie jetzt neben Karl im schaukelnden Omnibus saß und auf die dahinziehende Asphaltstraße starrte, hatte sie niemals erfahren. Eltern sprachen nicht mit ihren Kindern über derlei Dinge, und bald schon war ihre Mutter in einem Zustand gewesen, der ein Gespräch ohnehin unmöglich machte, selbst wenn Elise das gewollt hätte.

6.

Montag, 21. Juli 1924

Mit schmerzenden Füßen saß Hulda in einem der kleinen Zweibettzimmer an der Liege einer Hausschwangeren, während die zweite Frau im Nebenbett ein Buch las. Anders als in den vergangenen Tagen, mit nur jeweils einer Geburt, hatte die Luft heute im Kreißsaal gebrannt. Drei spontane Entbindungen, eine davon sogar eine Zangengeburt mit Zwillingen, und ein Kaiserschnitt hatten den Ärzten und Pflegerinnen kaum Pausen gegönnt. Alles war gut verlaufen, alle Kinder und Mütter wohlauf, und Hulda hatte einem Kreis Hebammenschülerinnen anschließend noch gezeigt, wie sie ein Neugeborenes waschen und anziehen mussten. Ganz bewusst hatte sie dem rothaarigen Fräulein Meck Gelegenheit gegeben zu glänzen und sie ausführlich gelobt, sodass sich das Blut in ihre jungen Wangen ergossen hatte. Es wäre doch gelacht, hatte Hulda grimmig gedacht, wenn sie nicht mit einer Mischung aus Strenge und Lob diese Nuss knacken könnte.

«Fräulein Gold?», sagte eine Stimme in ihrem Rücken. Sie drehte sich überrascht um und zog die Hand fort, mit der sie gerade den Puls der Schwangeren im Bett gemessen hatte.

Vor ihr stand ein Arzt im weißen Kittel, die OP-Mütze auf dem Kopf. Rasch erhob Hulda sich. Der Mann war etwa vierzig Jahre, schätzte sie, hatte dunkle, gewellte Haare, die er überraschend lang trug, sodass sie sich in seinen Kragen ringelten. Er sah gut aus, auffallend gut, fand Hulda und war einen Moment verwirrt, bis sie sich wieder fing und seine ausgestreckte Hand ergriff und schüttelte.

«Endlich haben wir die Gelegenheit, uns kennenzulernen», sagte er mit einer angenehmen Stimme, wie die eines Schauspielers.

Mit dieser Stimme, dachte Hulda, brachte er wahrscheinlich die Herzen der werdenden Mütter ebenso zum Schmelzen wie die der Krankenschwestern. Sie unterdrückte ein Lächeln. Der Zauber, der für eine Sekunde auch über sie gefallen war, ebbte ab. Der Mann hatte etwas Glattes an sich, das ihr nicht behagte.

«Redlich», stellte er sich vor.

Da endlich fiel bei Hulda der Groschen. «Doktor Magnus Redlich», sagte sie, denn der Name war in den vergangenen Tagen oft genannt worden. Und auf einmal verstand sie das leise Glitzern in den Augen derjenigen, die von dem Arzt gesprochen hatten.

Er nickte und strich sich durch das lange Haar. «Ich war einige Tage nicht hier. Verpflichtungen an der Universität», sagte er, und in Huldas Ohren klang es, als spräche er von einem Aufenthalt bei Hofe. «Eine Vorlesungsreihe für angehende Gynäkologen. Doch ab heute kann ich meine Kräfte wieder voll und ganz auf den Klinikbetrieb richten. Vorerst.»

Er musterte sie kurz.

«Sie sind also die neue Hebamme», sagte er, «Fräulein Gold. Ein jüdischer Name.» Er machte eine kurze Pause, schien jedoch nicht auf eine Antwort zu warten. «Ich hoffe, Sie haben sich schon etwas eingelebt?»

Hulda nickte und lächelte freundlich, ohne auf seine Bemerkung zu ihrer Herkunft einzugehen. Ob sie sich eingelebt hatte? Kurz dachte sie an die mürrische Kollegin Fräulein Klopfer und den despotischen Doktor Breitenstein, doch sie schob die Gedanken schnell wieder fort. Das erste persönliche Gespräch mit dem zweiten Oberarzt in der Artilleriestraße war nicht der richtige Moment, um irgendwelche Beschwerden zu äußern.

«Ja, sehr gut, danke», sagte sie und nickte dann zu der Frau hinüber, die halb aufgerichtet im Bett lag und Doktor Redlich verzückt beobachtete. «Bei so vorbildlichen Patientinnen ist die Arbeit ohnehin eine Freude.»

«Ja, wir haben wirklich ein ganz ausgesucht nettes Klientel», sagte er und brachte die Frau damit zum Strahlen. «Frau Flimmer hier ist bereits seit einigen Wochen bei uns. Wegen einer Verkürzung des Gebärmutterhalses und wiederholter Aborte.»

Immer noch lächelte die Schwangere, obwohl hier ihre traurige Geschichte ausgebreitet wurde.

«Wir sind zuversichtlich, dass es diesmal klappt», sagte Doktor Redlich und deutete auf den beachtlichen Bauch, der sich unter dem weißen Laken wölbte.

«Doktor Redlich ist mein Held», sagte die beseelte Frau Flimmer mit piepsender Stimme, und Hulda musste sich trotz der ernsten Situation schnell auf die Lippen beißen. Die Schwärmerei der jungen Schwangeren für den Arzt war einfach zu rührend.

«Das ist sehr freundlich», sagte der Arzt, «aber mir allein gebühren nicht die Lorbeeren. Mein Kollege Doktor Breitenstein ist ein hervorragender Arzt. Wieder hat er heute durch seine Kunstfertigkeit beim Kaiserschnitt einer Mutter und ihrem Kind das Leben gerettet.»

Überrascht blickte Hulda ihn an. «Ich dachte, ich hätte heute früh Ihren Namen auf der Bereitschaftsliste für den OP gelesen», sagte sie. Sie selbst war nicht dabei gewesen, sondern hatte über einem Bericht gebrütete.

«Breitenstein und ich haben getauscht», sagte Doktor Redlich. «Dankenswerterweise, so konnte ich heute Mittag noch einen Vortrag für die Studenten halten.»

Hulda nickte, dachte jedoch bei sich, dass sie an der Stelle des Arztes immer eine Operation der Ausbildung von Studenten vorziehen würde. War es nicht viel spannender, Leben zu retten, als an Land Trockenschwimmen zu lehren? Doch sie war keine Chirurgin und würde niemals eine werden. Und dass sie einmal Vorträge an der Universität halten würde, war auch äußerst unwahrscheinlich.

«Dann überlasse ich Sie mal Ihrem Tagwerk», sagte Doktor Redlich zu Hulda, dann bedachte er die beiden Patientinnen im Raum mit einem freundlichen Gruß und entschwand. Er hinterließ einen sanften Duft von Pomade in dem kleinen Zimmer.

Hulda ließ sich wieder am Bett der Schwangeren nieder. Die andere Frau, Erna Bohne, las weiter in ihrem Buch, doch Hulda hatte gesehen, dass sie das Gespräch verfolgt hatte. Ihre Mundwinkel waren zu kaum sichtbarem Spott verzogen, als fände sie es albern, dass ihre Zimmernachbarin den Arzt derart anhimmelte.

«Er ist so freundlich», schwärmte Frau Flimmer und überließ Hulda wieder ihr Handgelenk, «ein Segen für die Klinik, finden Sie nicht?»

«Sicher.» Hulda nickte abwesend und zählte im Geiste die Pulsschläge. Sie schüttelte kaum merklich den Kopf, weil er jetzt schneller ging als vor dem Auftritt des schneidigen Doktor Redlich. Er schien seiner Patientin wirklich gehörig den Kopf verdreht zu haben.

«Ich lasse Ihnen ein Glas Wasser bringen», sagte sie zu Frau Flimmer und erhob sich, «und dann ruhen Sie sich ein wenig aus. Und was den Herrn Doktor angeht, da halten Sie Ihre Begeisterung lieber ein wenig im Zaum, denn zu viel Aufregung, auch, wenn sie schön ist, schadet dem Baby.»

Frau Flimmer lief rot an.

Als Hulda hinausging, sah sie, dass Frau Bohne im Nebenbett weiter in ihr Buch starrte, als halte die aufgeschlagene Seite eine Offenbarung bereit. Doch ihr Mund hatte sich bei Huldas zurechtweisenden Worten zu einem schadenfrohen Grinsen verzogen.

In was für einen Hühnerhaufen war sie hier nur geraten?, fragte sich Hulda und presste missbilligend die Lippen aufeinander. Ärzte, die ihren Patientinnen den Kopf verdrehten, und Zimmergenossinnen, denen das nicht in den Kram passte? Nach einer Tragikomödie war Hulda wirklich nicht zumute, sie musste aufpassen, dass sie da nicht zu schnell in etwas hineingeriet. Ärgerlicherweise dachte sie genau in diesem Augenblick an den sommersprossigen Assistenzarzt, der ihr an ihrem ersten Tag so frech gekommen war. Hulda grunzte unwillig und machte, dass sie zum nächsten Zimmer kam, wo die Schwangeren hoffentlich weniger amouröse Schwingungen verbreiteten. Nicht, dass die noch ansteckend waren!

Die Dunkelheit legte sich bereits auf die Fensterbänke des Kreißsaals, als sich Huldas zweite Schicht dem Ende näherte. Müde blickte sie auf die großen Zeiger der Wanduhr, die tickend das Schleichen der Minuten anzeigte. Um Mitternacht hatte sie Dienstschluss, dann kam die Ablösung, Fräulein Saatwinkel. Hulda hatte die jüngere Kollegin erst einmal gesehen, eine fast durchscheinend wirkende Blondine mit modischer

Kurzhaarfrisur und hübscher Figur. Nach der Doppelschicht sehnte Hulda ihren Anblick herbei.

Doch es waren noch zwei Stunden bis dahin. Hulda gähnte und sah sich im Kreißsaal um. Zwei weitere Schwangere waren eingeliefert worden, von denen die eine vor einer Stunde einen gesunden Jungen zur Welt gebracht hatte. Sie war inzwischen von einer Hebammenschülerin auf ein Zimmer gefahren worden, wo sie sich jetzt ausschlief. Das Kind hatte eine Schwester ins Neugeborenenzimmer gebracht.

Die andere Schwangere hatte nach einem Geburtsstillstand für einen Kaiserschnitt in den OP verlegt werden müssen, doch soweit Hulda gehört hatte, war auch der gut verlaufen. Mutter und Kind waren jedoch zur Beobachtung auf der Gynäkologie geblieben.

Hulda zog ein Laken über einer Liege straff, vergewisserte sich, dass nur noch die Notbeleuchtung brannte, und schloss die Tür des Kreißsaals. Ihre Schritte hallten ungewohnt laut auf dem Linoleum des Ganges, wo inzwischen nächtliche Ruhe eingekehrt war. Sie bog zweimal ab und gelangte zu dem Zimmer, wo die Babys in ihren Bettchen schliefen. Eine Säuglingsschwester hatte Dienst, doch sie war auf ihrem Stuhl in der Ecke eingenickt, und Hulda gönnte ihr die Verschnaufpause, die sie selbst auch gut hätte gebrauchen können. Auf leisen Sohlen schlich sie durch das Zimmer und lugte in jedes Bettchen. Die meisten Neugeborenen schliefen, erschöpft von der kräftezehrenden Geburt, bei der sie durch einen engen Kanal gepresst wurden und am Ende in ein grelles, unbekanntes Licht plumpsten.

Der Anfang und das Ende eines jeden Lebens waren beschwerlich, voller Angst vor dem Unbekannten, das auf der anderen Seite des Vertrauten wartete, dachte Hulda und wurde ein wenig wehmütig. Sie wusste, dass auch die Lebenszeit zwischen diesen beiden Punkten für die meisten Menschen nicht nur eitel Wonne war. Und sie fragte sich, wie es sein würde, wenn sie selbst eines Tages am Ende angelangt wäre und der Tod käme. Hätte sie ebensolche Angst, wie diese Winzlinge vor wenigen Stunden ausgestanden hatten? Würde auch der Weg in die nächste Dimension beschwerlich, ja schmerzhaft sein? Und *war* da überhaupt eine weitere Stufe, die nach dem Tod auf die Menschen wartete, oder kam danach nur das lange, unendliche Nichts?

Ein bisschen musste Hulda über sich selbst den Kopf schütteln. Was waren das schon wieder für seltsame, melancholische Gedanken? Entschlossen trat sie zu dem Bettchen des kleinen, noch namenlosen Jungen, dessen Geburt sie eben erst im Kreis der Ärzte und Schüler beobachtet hatte. Jetzt lag er, in eine hellblaue Decke gewickelt, auf dem Rücken, nur das Köpfchen und ein kleiner Arm schauten heraus. Das Kind hatte seine Augen einen winzigen Spalt geöffnet, es machte die typischen glucksenden Geräusche von Neugeborenen und ruderte verlangsamt mit dem Ärmchen, das es über den Kopf streckte. Hulda wusste, dass es einige Tage, ja Wochen dauern konnte, bis die Kleinen sich an die neue Umgebung anpassten, wacher und beweglicher wurden. Jetzt hatte der Kleine noch nicht verstanden, dass er den schützenden Bauch seiner Mutter verlassen hatte, und machte froschartige Schwimmbewegungen, als befände er sich noch im Fruchtwasser.

«Komm mal her, Fröschlein», flüsterte Hulda mit einem schnellen Blick auf die Pflegerin, die auf dem Stuhl döste. Behutsam nahm sie den winzigen Körper auf und legte ihn in ihre Armbeuge. Sie hielt nichts davon, dass solche Frischlinge allein in einem Bett liegen sollten, während ihre Mütter durch mehrere Wände von ihnen getrennt blieben. Doch in der Klinik herrschte dazu ein strenges Regime, die Mütter sollten ihren Schlaf bekommen und die Kinder sich schnell an einen gesunden Trinkrhythmus gewöhnen. Gegen ein wenig Körperkontakt konnte doch aber niemand etwas haben?

Hulda hielt das warme Bündel an sich gepresst und spürte den feinen Atem wie das Kitzeln eines Schmetterlingsflügels am Hals. Leise summend ging sie im dunklen Zimmer auf und ab und betrachtete den Mond, der wie ein leicht angenagter Käselaib vor dem Fenster am Nachthimmel hing. Der trübe Gedanke an den Tod, der sie gerade ein paar Sekunden lang umfangen gehalten hatte, war verflogen. Das hier war das pure Leben, das sie in den Armen hielt, die Liebe selbst.

Huldas Gedanken wanderten zu Karl. Sie hätte ihm gern etwas von dem warmen Gefühl abgegeben, das sich in ihr ausbreitete, und sie wünschte, dass auch er etwas finden würde, das ihm das Lebensglück durch seinen Alkoholschleier zurückschickte. Sie hatte das Gefühl, dass sie auf einer Bergkuppe stand und ihn bei der Hand hielt, doch er rutschte unweigerlich die schiefe Ebene hinab, den Hang hinunter, und seine Finger entglitten den ihren immer mehr.

«Was machen Sie denn da?»

Die Pflegerin war aufgewacht und hatte sich von ihrem Stuhl erhoben. Mit gerunzelter Stirn sah sie Hulda an, die ihr Gesicht an das Köpfchen des Kindes geschmiegt hatte.

Hulda erschrak und legte das Kind schnell wieder in sein Bettchen. Sie fühlte sich ertappt und beschämt.

«Ich wollte mich nur vergewissern, dass alles in Ordnung ist», log sie, «die Geburt des Kleinen war eine Sturzgeburt, und es ist besser, den Jungen im Auge zu behalten.»

«Dafür bin ich ja da», sagte die Krankenschwester missmutig.

«Dann empfehle ich Ihnen, die Augen geöffnet zu halten», sagte Hulda und ging aus dem Raum, ohne eine Antwort abzuwarten. Im selben Moment ärgerte sie sich, weil es nicht ihre Art war, spitz mit den Kolleginnen umzugehen. Aber sie hatte sich in die Ecke gedrängt gefühlt. Der Geruch eines Babys, die weiche Haut und das unvergleichliche Gefühl, für diesen winzigen Menschen da zu sein, ließ sie manchmal alle Vernunft vergessen und ihrer Sehnsucht, wenn auch nur für Sekunden, nachgeben. Und immer öfter dachte sie dabei an das Kind, das sie selbst hätte haben können, wenn sie sich nicht vor Jahren dagegen entschieden hätte. Schwanger, als ledige Frau, mitten in der Ausbildung! Zwar von Felix, dem jungen Mann, der sie liebte, aber von dem sie umgekehrt sicher war, dass ein gemeinsames Leben mit ihm gar nicht möglich gewesen wäre.

Wenn sie ihn heute sah, wusste Hulda, dass es die richtige Entscheidung gewesen war. Und doch, immer wieder überfiel sie dieses Ziehen im Herzen, wenn sie an das Kind dachte, das sie sicher hätte lieben können und das sie sich versagt hatte – und, was noch schlimmer war, dem sie das Recht auf ein eigenes Leben genommen hatte, aus dem einfachen Grund, dass sie nicht wusste, ob sie ihm eine richtige Mutter gewesen wäre. Nein, es hatte keinen Sinn, länger zu grübeln, was hätte sein können. Manchmal fügten sich die Dinge später von ganz allein.

Auf den Fluren der Klinik war alles still. Aber die Ruhe konnte trügerisch sein, denn die Kinder entschieden selbst, wann sie geboren werden wollten, und richteten sich nicht nach Schichtplänen und müdem Personal. Hulda trabte durch die halbdunklen Gänge und sah, dass die Zeiger der Uhr endlich vorangeschritten waren. In wenigen Minuten war es Mitternacht, und sie hatte frei.

«Guten Abend», sagte sie, als sie ins Hebammenzimmer trat und dort Fräulein Saatwinkel antraf, die gerade mit unschlüssigem Gesicht einen Schokoladenkeks in ihrer Hand beäugte. Wie ertappt fuhr sie auf, und ihre blassen Wangen färbten sich rosig. Sie sah entzückend aus, fand Hulda, wie eine weiße Tulpe mit einem zarten Schimmer von Rosé.

«Ach, hallo, Fräulein Gold», sagte die Kollegin und legte den Keks schnell zurück in die Dose, die auf dem Tisch stand.

«Geben Sie mir auch einen», sagte Hulda lächelnd. «Was weg ist, ist weg.»

«Na dann.» Fräulein Saatwinkel wirkte erleichtert und griff zu. «Eine kleine Stärkung für die Nachtschicht schadet sicher nicht.» Sie reichte Hulda die Blechdose und kaute genüsslich. «Wer hat heute Nacht Dienst?», fragte sie, «wissen Sie das zufällig?»

«Doktor Friedrich», sagte Hulda, und sie fand, dass Fräulein Saatwinkel bei dieser Ankündigung beinahe enttäuscht aussah. «Weshalb?»

«Ach, nur so», sagte die Kollegin wenig überzeugend, «ich wollte etwas mit Doktor Redlich besprechen, aber es hat keine Eile.»

Offenbar war genau das Gegenteil der Fall, dachte Hulda verschmitzt, sagte jedoch nichts. Die jüngere Hebamme reihte sich anscheinend ebenfalls in den Reigen der Bewunderinnen des Oberarztes ein. Nun, ihr sollte es eigentlich egal sein.

Erleichtert öffnete Hulda den Spind, streifte ihre Uniform ab und griff nach ihren Kleidern. Aus dem geöffneten Fenster schlich sich verheißungsvoll die warme Sommerluft mit ihrem Duft nach Lindenblüten, frisch gemähtem Gras und Freiheit herein. Sie verschloss ihre Sachen.

«Dann einen schönen Feierabend», wünschte die Kollegin

und wischte sich elegant einen Schokoladenrest aus dem Mundwinkel.

«Ja, gute Nacht», sagte Hulda und verließ das Hebammenzimmer Richtung Ausgang.

Der Pförtner, Herr Scholz, hielt ein Schläfchen in seiner gläsernen Kabine, die Bartstoppeln auf den hängenden Wangen zitterten im Rhythmus seiner gewaltigen Schnarcher. Hulda schlich an ihm vorbei, um ihn nicht zu wecken, stieß die schwere Eingangstür der Klinik auf und trat auf die nächtliche Straße. Sie ging bis zur Brücke, bei der sich das Licht der Straßenlaternen gelb auf dem schwarzen Wasser spiegelte. Und plötzlich war alle Müdigkeit wie weggeblasen. Die Vorstellung, jetzt sofort in ihr Mansardenzimmer zurückzukehren und dort allein ins Bett zu gehen, war wenig verlockend.

Doch in den Straßen östlich der Friedrichstraße war um diese Zeit wenig los. Also drehte Hulda um und lief wieder nach Norden, vorbei an der Klinik und Richtung Oranienburger Straße, wo, wie sie wusste, viele Kneipen noch geöffnet hatten.

In der Auguststraße, einer schmalen Gasse mit einigen Galerien und Bars, wurde sie schließlich fündig. Ein einsamer Lampion leuchtete in den Zweigen einer Linde mit dem Mond um die Wette. Die Tür im Erdgeschoss stand weit offen, und heraus flatterten Musikfetzen und Gläsergeklirr. Es klang einladend, und Hulda zögerte nicht, sondern trat ein.

Drinnen war es schummrig. Kein Wirt in Berlin, jedenfalls nicht in den einfacheren Läden, leistete sich fürstliche Beleuchtung, teils aus Sparsamkeit, teils, um von der schäbigen Einrichtung abzulenken. Außerdem war es so viel anheimelnder, fand Hulda, die es ganz gernhatte, nach Feierabend in der Anonymität der Großstadt unterzutauchen.

Sie bahnte sich einen Weg zur Theke, wo sich die Feierlustigen drängten, und musste beide Ellenbogen einsetzen, um zu dem abgestoßenen Holztisch vorzudringen, hinter dem ein junger Mann mit lederner Schiebermütze herumwirbelte wie der Herrscher über ein kleines Reich von Gläsern und Flaschen.

«Wat willste?», fragte er ohne Federlesens.

«Ein Kognaksoda», sagte Hulda. In dem Moment rempelte sie jemand von der Seite an. Empört drehte sie sich um und sah in ein sommersprossiges Gesicht mit lustigen braunen Augen.

«Fräulein Gold!», sagte der junge Mann überrascht.

Johann Wenckow. Hulda musste lachen – so viel zu der herbeigesehnten Anonymität, Berlin war eben doch ein Dorf.

«Ich hatte gehofft, dass Sie es sind, die da eben zur Tür hereinstolziert kam. Aber ich musste herkommen und mich vergewissern, ob mein kühnster Wunschtraum wirklich wahr würde.» Er strahlte.

«Stolziert?», fragte Hulda und ignorierte die weiteren Frechheiten.

«Hat Ihnen noch niemand gesagt, dass Sie so einen schreitenden Gang haben, wie eine Königin auf ihrer Parade?», fragte Johann und wandte sich dann an den Barmann. «Einen Schaumwein für die Dame», sagte er, ohne Hulda zu fragen.

«Dit Kognaksoda ooch noch?», fragte der Mann gelangweilt zurück, der sicher schon unzählige solcher Situationen erlebt hatte.

Hulda war es eine Sekunde lang peinlich, doch dann zuckte sie lachend mit den Schultern. «Ja, bitte», sagte sie. Und an Johann gewandt, erklärte sie: «Ich habe ordentlich Durst.»

«Das gefällt mir», sagte er. «Eine Frau, die weiß, was sie will.» Er hielt bereits eine Bierflasche in der Hand, und sie prosteten sich zu. «Haben Sie gerade Dienstschluss?», fragte er.

«Ja, endlich.»

«Langer Tag?»

«Doppelschicht», sagte Hulda. Dankbar nahm sie vom Barmann die beiden Getränke entgegen, trank einen großen Schluck vom kühlen Schaumwein und schloss einen Moment die Augen. Ob das Gespräch hier noch tiefsinniger werden würde?, fragte sie sich belustigt, oder würde es bei diesem plumpen Austausch von Belanglosigkeiten bleiben?

«Ich war heute bei dem Kaiserschnitt dabei», sagte Johann unvermittelt, und Hulda öffnete die Augen. «Es ist jedes Mal ein Wunder. Haben Sie so etwas schon einmal gesehen?»

«Während meiner Ausbildung», sagte Hulda, «aber seitdem nicht mehr. Ich bin sicher, die Mediziner sind heute weiter mit ihren Methoden.»

«Sicherlich», sagte Johann, «gerade Doktor Breitenstein ist bekannt für seine Technik des Faszienquerschnitts.»

Hulda sah Johann fragend an. Schon wurde es interessant, dachte sie mit einem Anflug von Anerkennung.

«Professor Pfannenstiel, ein berühmter Gynäkologe, der zuletzt in Kiel wirkte, hat dieses Vorgehen erfunden. Heute ist es die Schulmethode an allen großen Kliniken.»

«Und wie funktioniert das?»

Johann sah sich um. Sie standen noch immer dicht gedrängt am Tresen, die Musik war laut, und sie mussten fast schreien, um sich verständlich zu machen.

«Kommen Sie», sagte er und griff nach ihrem Schaumwein, während sie ihr Soda festhielt. Mit sicheren Bewegungen leitete er sie durch die vielen herumstehenden Grüppchen zu einem Hinterausgang, den Hulda bisher nicht gesehen hatte. Die Tür führte zu einem struppigen Garten, in dem schon einige Gäste herumstanden und unter dem blassen Sternenhimmel tranken und sich unterhielten. Auch hier schaukelten einige Lampions in den Zweigen der dunklen Bäume, und Hulda spürte plötzlich ein Ziehen in der Herzgegend, als der laue Sommerwind sich auf ihre Wangen legte. Warum nur waren Sommernächte immer so berauschend?

«Der Faszienquerschnitt?», nahm sie den Faden wieder auf und sah Johann erwartungsvoll an. Der musste lachen.

«Sie sind eine merkwürdige Frau, Hulda, hat Ihnen das schon einmal jemand gesagt?»

Hulda dachte an ihren Freund Bert und lachte ebenfalls. «Ein-, zweimal, ja, stellen Sie sich vor», sagte sie. «Aber ich verstehe nie, was die Leute damit meinen.»

«Und genau das macht Ihre Merkwürdigkeit so charmant», sagte Johann lächelnd, doch dann wurde er ernst. «Also, in früheren Zeiten, als der Kaiserschnitt, der ja angeblich uralt ist und sogar schon in der Antike angewendet wurde, noch ein hohes Risiko darstellte, schnitt man den Frauen die Bäuche in Längsrichtung auf. Entlang der *Linea alba.*» Er fuhr mit dem Finger an Huldas Pullover empor, den sie über der Bluse trug, um die Schnittrichtung zu demonstrieren. «Eine Laparotomie, die man heute am besten vermeidet. Denn inzwischen wissen wir, dass ein Querschnitt durch die Faszien das Risiko für einen späteren Bauchbruch senkt.»

Hulda hörte fasziniert zu und merkte kaum, dass sie ihr Schaumweinglas so schnell leerte, als enthielte es Wasser.

«Und Doktor Breitenstein?»

«Er operiert im Sinne von Pfannenstiel und hat dabei die Methode des suprasymphysären Querschnitts noch weiter verfeinert.»

«Was bedeutet das?»

«Der Schnitt erfolgt sehr weit unten, unterhalb der Schamfuge», sagte Johann. Und Hulda bewunderte ihn dafür, wie selbstverständlich er mit ihr, einer Frau, über diese Begriffe sprach. Es war wie ein Gespräch unter Kollegen, erkannte sie, und ein ungeheurer freudiger Stolz durchfuhr sie. Unter Gleichgesinnten. Wann hatte sie zuletzt eine solche Unterhaltung geführt?

«Welche Vorteile hat das?», fragte sie.

«Die Narbenbildung verläuft günstiger», antwortete er und trank sein Bier aus. «Und die Körperstelle ist weniger sichtbar.» Nun lachte er und schien doch eine Winzigkeit verlegen. «In den meisten Situationen jedenfalls.»

Hulda lächelte. Sie blickte nach oben in den Himmel, an dem sich ein vorwitziger Stern ganz besonders in den Vordergrund drängte.

«Sie dürfen sicher auch bald mit in den Operationssaal», sagte Johann, «man lernt eine Menge! Ich habe großes Glück, dass ich in dieser Klinik meine Assistenz machen kann. Die Ausbildung ist mindestens so gut wie an der Charité, auch wenn die sich dort immer für was Besseres halten.»

«Ich brenne darauf, mehr zu lernen», sagte Hulda. «Aber wir Hebammen haben im OP meistens nichts verloren. Wissen Sie, vor einiger Zeit hatte ich selbst den Wunsch, Ärztin zu werden.» Sie wunderte sich, warum sie das einem beinahe Fremden erzählte. Die Mischung aus Kognak und Champagner schwappte angenehm in ihrem Kopf und machte alles leicht. Johann stand so dicht neben ihr, dass sich ihre Arme berührten. Seine Augen schimmerten in der Dunkelheit beinahe schwarz und sahen sie so interessiert an, dass ihr warm wurde.

«Und was geschah dann?»

Sie lachte leise. «Sie wissen doch, wie es ist. Für Frauen war es bis vor kurzem alles andere als selbstverständlich zu studieren und für mich ganz besonders. Meine Eltern ... Nun, sagen wir es mal so, ich habe eine komplizierte Familiengeschichte.» Sie holte tief Luft. «Aber wer hat die nicht, oder?»

Johann kräuselte verschmitzt die Lippen.

«Ich», sagte er.

«Sie?»

«Ja.» Er hob beinahe entschuldigend die Schultern, als könne er es selbst nicht glauben.

«Keine Dramen? Keine Leichen im Keller?»

«Nein, wirklich nicht. Meine Eltern sind recht wohlhabend.» Hulda registrierte, dass es ihm leichtfiel, das zu sagen, ohne dass es prahlerisch klang. «Sie leben in einem kleinen Landhaus in Frohnau, ganz im Norden der Stadt, wo ich aufgewachsen bin. Ich habe eine jüngere Schwester, Clara, die noch zu Hause wohnt. Am Wochenende fahre ich hin, und Jolante, unsere Köchin, die auch früher unsere Kinderfrau war, zaubert etwas Herrliches.»

Hulda starrte ihn an und fühlte, wie der zarte, aber stachlige Keim des Neids in ihr wuchs.

Johann lachte und stupste sie in die Seite. «Sie sehen aus, als hätten Sie ein Gespenst gesehen.»

Hulda schüttelte leicht den Kopf. «Es ist einfach sehr selten, dass man auf jemanden trifft, der glücklich ist», sagte sie. Und noch während sie die Worte aussprach, wurde ihr bewusst, wie viel Wahrheit darin steckte. Wen kannte sie denn noch, der eine derartige Zufriedenheit und Unbeschwertheit ausstrahlte wie dieser junge Arzt? In seiner Nähe war es, als liege man im Schein einer sanften Sonne, dachte sie und fragte sich gleichzeitig, ob sie vielleicht schon ein wenig beschwipst war.

«Jetzt denken Sie, ich bin ein Langweiler», sagte Johann und zog eine Grimasse. «Ein Muttersöhnchen aus gutem Hause, ohne Tiefgang, ohne Geheimnisse.»

«Quatsch!», erwiderte Hulda. «Sie haben einfach Glück gehabt, und das gönne ich Ihnen von Herzen.»

«Und Ihre Familie?», fragte er und berührte scheinbar unwillkürlich ihre Hand. Hulda genoss die Wärme seiner Finger auf ihrer Haut und zog die Hand nicht zurück, obwohl ganz hinten, an den Grenzen ihres Bewusstseins, mahnend die Frage nach Karl auftauchte und danach, was er wohl davon hielte, wenn er sie hier im nächtlichen Garten mit einem Kollegen stehen sähe. Doch sie verbannte diese Gedanken für den Moment, so weit sie konnte. Hatte sie sich nicht etwas Leichtigkeit, ein bisschen Vergnügen am Feierabend verdient?

«Ach, das erzähle ich Ihnen beim nächsten Mal», sagte sie und hörte selbst das Versprechen in ihren Worten.

Johanns Finger streichelten jetzt wie nebenbei ihr Handgelenk im Takt der Musik. Auch Hulda lauschte auf die Töne, die drinnen immer lauter aufbrandeten, mit schnellen Rhythmen und jauchzender Trompete.

«Tanzen Sie?», fragte sie. Und natürlich wusste sie bereits die Antwort. Man konnte Johann ansehen, dass er ein guter Tänzer war, selbstbewusst und rücksichtsvoll.

Er nahm ihren Arm und strahlte sie an. «Darf ich zum Schieber bitten?»

Dann stellte er ihre leeren Gläser ab und zog sie in die Kneipe hinein, mitten ins Getümmel, wo die Hitze, die von der tanzenden Menge ausstrahlte, schnell auf Hulda übergriff. Sie ließ sich von ihm führen, von ihm halten und herumwirbeln, während sein lachendes Gesicht mit den Sommersprossen der Fixpunkt war, auf den sie sich konzentrierte, um nicht die Balance zu verlieren. Und jedes Mal, wenn seine Arme sie wieder zu sich heranzogen, wenn sich ihre Körper berührten, spürte sie eine ausgelassene, fast kindliche Freude, von der sie lange geglaubt hatte, sie sei in ihr erloschen.

7.

Dienstag, 22. Juli 1924

«Passen Sie doch auf», keifte eine Stimme.

Hulda fuhr aus ihrem Tagtraum auf und riss den Lenker des Fahrrads herum. Sie bremste scharf und kam zum Halt. Erschrocken starrte sie auf die alte Dame in Krimmerkragen und Spitzenhütchen, die mitten auf der Straße stand und empört mit ihrem Gehstock fuchtelte.

«Keene Augen im Kopf?», fuhr sie Hulda noch einmal an und zog dann, langsam wie eine Schnecke und aufgeregt murmelnd, ihrer Wege.

Hulda rieb sich die Augen, als müsse sie sich tatsächlich vergewissern, dass sie noch da waren. Ja, sie steckten fest in ihren Höhlen wie eh und je. Doch ein gewisser Schleier, wohl die Nachwirkung der durchtanzten Nacht und zu viel Schaumwein, hing davor und trübte ihren Blick auf die Welt. Oder weshalb sonst gondelte sie hier schwankend und kurzsichtig durch die Straßen wie ein betrunkener Maulwurf?

Langsam erholte sie sich von dem Schrecken. Als ihre Knie aufhörten zu zittern, schwang sie sich wieder in den Sattel und trat, vorsichtig und konzentriert diesmal, in die Pedale.

Obwohl es noch früh am Tag war, schwitzte Hulda bereits und blies sich etwas Luft in die Stirn. Die wenigen Stunden Schlaf hatten nicht ausgereicht, sie fühlte sich müde und antriebslos. Und dann war auch noch der Kaffeevorrat in ihrer Mansarde leer gewesen, nur ein paar traurige Krümel hatten sie höhnisch vom zerkratzten Boden der Blechbüchse angesehen. Ein Rest des Dufts hing noch darin, doch der hatte nicht ausgereicht, um Huldas Lebensgeister zu wecken. Für das Frühstück bei Frau Wunderlich, das stets eine Fragerunde einschloss, hatte sie sich nicht stark genug gefühlt, die Wirtin hätte ihren fragilen Zustand gewittert und sie tadelnd angesehen. Kurz hatte Hulda sogar erwägt, sich einen Mokka im *Café Winter* zu gönnen – doch die Aussicht auf eine Begegnung mit Felix, oder schlimmer noch, mit Helene, hatte diesen Wunsch im Keim erstickt.

Hölzern wie eine alte Frau fuhr Hulda auf ihrem Drahtesel weiter. Er war ihr ganzer Stolz, ein Geschenk ihres Vaters, nachdem ihr altes Rad, das sie sich vom Munde abgespart hatte, im Sommer vor zwei Jahren von einem halbwüchsigen und, wie sich herausgestellt hatte, mörderischen Bengel gestohlen worden war. Sonst bereitete es ihr immer Freude, durch die Straßen Berlins zu segeln, mit flatterndem Rock und der alten Ledertasche auf dem Gepäckträger. Doch heute fühlte sie sich nur zerschlagen.

Am Potsdamer Platz war die Hölle los. Es war wie immer ein heikles Unterfangen, sich auf zwei Rädern einen Weg durch die kreuz und quer vorüberrauschenden Fuhrwerke mit den großen Gäulen zu bahnen und den bimmelnden Gelben mit Anhänger auszuweichen, deren genaue Strecke man nur ungenau vorausahnen konnte, und sich nicht von den hupenden Automobilen überfahren zu lassen. Herrschte in den Seitenstraßen Berlins oft noch ein fast dörfliches Flair, so zeigte sich auf diesem Platz, nahe dem Potsdamer Bahnhof, die Metropole in all ihrer Größe. Und in voller Lautstärke, dachte Hulda, die sich bei dem Hupkonzert, dem Rattern der Räder und dem Gebrüll der Zeitungsjungen am liebsten die Ohren zugehalten hätte. Doch die Hände vom Lenker zu nehmen, wäre lebensgefährlich gewesen. So blickte sie krampfhaft nach vorn, fuhr schwankend weiter und ließ das Getöse und Getümmel schließlich hinter sich.

Es wurde Zeit, dachte sie grimmig, dass der Verkehr hier endlich von der Stadt geregelt würde, um schlimme Unfälle zu verhindern. Doch welcher Schupo in Blau würde sich schon gern ins Auge des Sturms stellen und diesem Inferno mit bloßen Händen versuchen, Einhalt zu gebieten?

Huldas Blick fiel auf ein kleines Eckcafé. Es sah nicht mondän aus wie das *Café Josty*, das hier um die Ecke die Boheme anzog, sondern einfach wie eine kleine, ruhige Kaffeestube. Genau das brauchte sie jetzt, und sie hatte bis Dienstbeginn noch ein wenig Zeit.

Aufatmend lehnte sie das Fahrrad an die Hauswand und ließ sich auf einen der wackligen Stühle plumpsen. Ein zerknitterter Kellner brachte ihr auf ihren Wunsch einen Kaffee, er war heiß und schwarz, und alles andere interessierte Hulda nicht mehr. Sie bat noch um eine Schrippe und ein wenig Konfitüre, und auch das wurde ihr bald hingestellt. Mit vollen Backen, die Nase tief in der dampfenden Kaffeetasse, betrachtete sie gedankenverloren das Treiben vor sich.

Schnell wanderten ihre Gedanken zum vergangenen Abend. Johann und sie hatten die halbe Nacht getanzt, der Laden war immer voller geworden, als sei es kein ganz gewöhnlicher Montag gewesen, sondern die letzte Gelegenheit auf Erden, sich zu vergnügen. Die Ausgelassenheit war ansteckend gewesen, und Hulda hatte alle Vorsicht vergessen und sich ganz dem Augenblick hingegeben. Natürlich war nichts zwischen ihr und dem sommersprossigen Assistenzarzt geschehen. Nichts jedenfalls, das man mit Worten benennen könnte. Sie waren Kollegen, außerdem war zumindest sie, Hulda, vergeben.

Sie nahm noch einen tiefen Schluck und schmeckte dem bitteren Kaffee nach. Das Kribbeln in ihrem Inneren war sicher nur eine Folge ihres leeren Magens, entschied sie und schmierte mit hastigen Bewegungen die Kirschmarmelade auf die zweite Hälfte ihres Brötchens. Doch jeder Bissen schwoll plötzlich in ihrem Mund an und wurde zu Sägemehl, sodass sie schließlich aufgab.

Klimpernd ließ sie ein Fünfzigpfennigstück auf den Tisch fallen und stand auf. Die Arbeit rief, und sie würde nicht noch länger hier sitzen und über das seltsame Gefühl, dieses Flattern und Flirren in ihrer Brust, nachdenken. Es war schön, sich an den Tanz mit Johann zu erinnern, doch unter diesem Freudentaumel lauerte ein dunkles, schartiges Etwas, das in ihrem Magen kratzte, eine dumpfe Schuld. Sie hatte ein schlechtes Gewissen, weil sie den ganzen Abend kaum an Karl gedacht hatte.

Als Hulda in der Klinik ankam, hatten sich ihre Nerven ein wenig beruhigt. Das kleine Frühstück hatte trotz allem seine Wirkung getan, und sie war entschlossen, einen ganz normalen Dienst zu machen. Auch hoffte sie, dass Johann, dem sie sicher heute oder in den nächsten Tagen in der Klinik begegnen würde, diskret wäre. Es war eben einfach ein netter Abend gewesen, zwei Kollegen, die ihren Feierabend genossen. Nichts weiter.

Doch schon der Pförtner am Eingang machte ihre Vorsätze, sich nichts anmerken zu lassen, sogleich zunichte. «Na, Frollein Gold», rief er, «bisschen durch die Mangel jedreht worden?»

Sie wehrte ab. «Schlecht geschlafen, das ist alles, Herr Scholz.»

Er lachte dröhnend wie ein Seebär. «Passiert den Besten, Frollein», rief er ihr hinterher.

Hulda nickte, ohne sich umzudrehen, und dachte, dass sie wohl ein wenig Spott verdient hatte. Was betrank sie sich auch wie ein Kiekindiewelt in ihrer ersten Woche am neuen Arbeitsplatz, wenn sie am nächsten Morgen Dienst hatte? Es geschah ihr ganz recht!

Im Hebammenzimmer traf sie niemanden an, worüber Hulda sehr dankbar war. Schnell zog sie sich um und fühlte, dass die Uniform sich wie ein Schutzpanzer an ihren Körper schmiegte. Sie gab ihr Halt. Im Spiegel mit den rostigen Ecken überprüfte sie noch einmal ihr Gesicht und zog sich sorgfältig die Lippen nach. Den Lippenstift hatte Jette ihr empfohlen, sie verkaufte ihn sogar in der Apotheke. *Sei schön durch Elida*, forderten die Werbeplakate die Frauen auf, die überall in der Stadt hingen. Und Hulda hatte nichts dagegen, schön zu sein, auch wenn sie natürlich wusste, dass es nicht auf Makeup allein ankam. Den grauen Schatten unter ihren Augen jedenfalls konnten selbst die beste Seife und die teuerste Creme heute nicht beikommen, doch schließlich war sie in der Klinik nicht als Mannequin angestellt, sondern als Hebamme.

Mit diesem Vorsatz machte sich Hulda auf und trat entschlossen auf den Gang.

Beim Betreten des Aufenthaltsraums im mittleren Pavillon der Geburtshilfe rief sie: «Guten Morgen, meine Damen!», und begrüßte die Hebammenschülerinnen, die dort auf sie warteten, damit schwungvoller, als ihr eigentlich zumute war. Sie hatte heute einen Rundgang anberaumt, würde mit der Gruppe durch alle Räume gehen, die Hausschwangeren untersuchen und den Schülerinnen die Gelegenheit geben, sich im Pulsmessen und Abtasten zu üben. Auch mit dem Hörrohr sollten die Mädchen heute vertrauter werden, denn es war für jede Anfängerin teuflisch schwer, den mütterlichen Herzschlag von dem des Kindes zu unterscheiden, das bedurfte ständiger Übung.

«Fräulein Gold», sagte das rothaarige Fräulein Meck, als sich die Gruppe in Bewegung setzte, «darf ich Sie etwas fragen?» Ihre Nase, die von Sommersprossen übersät war, zuckte nervös.

Einen winzigen Moment dachte Hulda an Johann, doch dann scheuchte sie sein lustiges Gesicht aus ihren Gedanken.

«Ja, natürlich», sagte sie und lief voraus durch den Gang in Richtung eines der Pavillons. Die Schülerinnen folgten ihr wie die Küken der Entenmutter, und Fräulein Meck eilte neben ihr her.

«Ich habe gehört, dass eine der Hausschwangeren, Frau Flimmer, gleich operiert wird. Sie holen das Kind. Und ich wollte fragen, ob ich auch irgendwann bei einem Kaiserschnitt hospitieren dürfte.»

«Frau Flimmer?», fragte Hulda und blieb überrascht stehen, sodass es hinter ihr beinahe zu einem kleinen Auflauf gekommen wäre. «Aus Zimmer sieben? Wissen Sie, weshalb?»

Fräulein Meck schüttelte den Kopf. «Fräulein Saatwinkel meinte, es gebe Komplikationen. Das Kind hat sich wohl nicht mehr ausreichend bewegt.»

Hulda ging weiter. Das geschah schon mal, dachte sie, und in einem solchen Fall war es sicher die richtige Entscheidung, nicht länger abzuwarten, bevor es zu einer Unterversorgung des Fötus kam. Dann fiel ihr ein, dass die Schülerin noch auf eine Antwort wartete, ob sie in den OP dürfe.

«Sicher nicht gleich am Anfang Ihrer Ausbildung, aber

vielleicht später», sagte sie und verschwieg, dass nicht einmal sie selbst bisher bei einem Kaiserschnitt in dieser Klinik zugesehen hatte. Dieses Fräulein Meck war ehrgeizig, das erkannte Hulda zum wiederholten Male, doch sie würde lernen müssen, sich zu gedulden. Erstaunlicherweise schluckte die junge Frau die vertröstende Antwort und reihte sich ohne Murren wieder unter ihresgleichen ein. Offenbar hatte Hulda ihr Vertrauen inzwischen gewinnen können.

Den ganzen Vormittag verbrachten sie bei den Hausschwangeren. Frau Bohne, die allein in Zimmer 7 zurückgeblieben war, schien sich, trotz ihres spöttischen Gesichtsausdrucks beim letzten Mal, nun doch zu sorgen.

«Haben Sie schon etwas von meiner Bettnachbarin gehört?», fragte sie, als die ganze Mannschaft in den Raum trat.

Hulda schüttelte den Kopf. Der Operationssaal lag im anderen Teil der Klinik, und Fräulein Saatwinkel, die eigentlich längst Schichtende gehabt hätte, schien noch nicht herausgekommen zu sein.

Hulda erledigte derweil das Tagwerk, leitete die Schülerinnen an, mit den Geräten umzugehen, und ließ sie schließlich die Betten im Kreißsaal neu beziehen. Bisher kündigte sich keine weitere Geburt an, es war beinahe unheimlich friedlich, und Hulda ertappte sich immer wieder dabei, wie sie in ihrer Tätigkeit innehielt, zum Fenster hinaussah und den Fliederduft einatmete, der von den Hecken des Klinikgartens hereinwehte.

Plötzlich wurde die Tür zum Kreißsaal aufgerissen, und Fräulein Saatwinkel stürzte herein. Hulda sah besorgt, dass sich eine Tränenspur über das blasse Gesicht der Kollegin zog und diese offensichtlich nicht einmal daran dachte, sie abzuwischen. Sie trug noch den Kittel und schien direkt aus dem

Operationssaal zu kommen, die Gesichtsmaske baumelte über ihrer schmalen Brust.

«Fräulein Gold», rief sie und taumelte beinahe auf Hulda zu. Hulda packte sie am Ellenbogen und hielt sie fest.

«Was ist passiert?», fragte sie, doch dann bemerkte sie, dass sich alle Augen der Mädchen auf sie gerichtet hatten. Die Gespräche waren verstummt, und alles hielt den Atem an.

«Kommen Sie», sagte sie zu der aufgelösten Kollegin und zog sie aus dem Kreißsaal.

Die Türen schlossen sich hinter ihnen. Hulda führte Fräulein Saatwinkel durch den Flur zum Aufenthaltsraum, wo die junge Frau auf dem Sofa zusammensank.

«Sie ist tot», sagte sie, und Hulda wusste, dass es um Frau Flimmer ging. Sie sah das runde, etwas pausbäckige Gesicht vor sich, den schwärmerischen Ausdruck in ihren Augen, als sie von ihrem Helden, Doktor Redlich, gesprochen hatte, und das Herz schmerzte ihr. Dann dachte sie an den gewölbten Bauch unter dem Laken.

«Und das Kind?»

«Es lebt», stieß die Kollegin hervor, «es ist wohlauf. Das arme Kleine. Seine Mutter ist verblutet unter unseren Händen, wie ein Schwein auf der Schlachtbank.» Sie quiekte bei ihren eigenen Worten auf, als sei sie selbst das krepierende Tier, und schluchzte dann laut und hemmungslos.

Hulda wusste, dass es schwer war, eine Patientin zu verlieren. Doch in ihrem Beruf kam das immer wieder vor. Lag es an Fräulein Saatwinkels Jugend, dass es sie so schwer mitnahm? Oder welche Szenen hatten sich in dem Operationssaal abgespielt, dass sie derart die Fassung verlor?

«Doktor Redlich hat sicher sein Bestes gegeben», sagte Hulda und streichelte den Arm der Kollegin.

Da sah Fräulein Saatwinkel durch Tränen auf.

«Es war nicht Redlich», sagte sie, und Hulda meinte, eine Spur Erleichterung in ihren großen, tränennassen Augen zu erkennen. Als mache es die Sache etwas besser, dass ihr Schwarm keinen Fleck auf seiner schimmernden Rüstung abbekommen hatte. «Es war der alte Doktor Breitenstein.»

«Aber der stand nicht auf der Bereitschaftsliste», sagte Hulda erstaunt. Dann zweifelte sie einen Moment lang. Vielleicht hatte sie die Liste nicht aufmerksam genug durchgelesen, als sie heute Morgen angekommen war?

«Das stimmt», sagte Fräulein Saatwinkel und schnäuzte sich geräuschvoll in ein seidenes Taschentuch, «sie haben in letzter Sekunde getauscht. Wissen Sie», sie beugte sich näher zu Hulda, als vertraue sie ihr ein Geheimnis an, «Doktor Breitenstein reißt immer alles an sich, er gibt das OP-Besteck ungern aus der Hand. Wahrscheinlich denkt er, es würde seine Berufung an die Universität beschleunigen, wenn er so viel schneidet wie möglich. Aber da hat er sich heute einen Bärendienst erwiesen.»

«Was meinen Sie?», fragte Hulda, obwohl sie es ahnte.

Nun klang die Stimme der Kollegin scharf. «So ein Kunstfehler wie heute, das wird ein Nachspiel haben. Die Frau war kerngesund und kräftig, er muss eine Arterie erwischt haben oder so.» Sie schluchzte wieder auf. «Sonst wäre das doch nicht passiert. Er überschätzt sich, er macht keine Pausen, und dann geschieht ein solches Unglück. Hätte Magnus – ich meine, Doktor Redlich», verbesserte sie sich schnell, «den Eingriff durchgeführt wie geplant, wäre die Frau noch am Leben und dieser arme kleine Wurm jetzt keine Waise.» Mit dem Handrücken wischte sie sich die Wangen ab.

Hulda betrachtete sie nachdenklich. Konnte das stimmen?

«Wo ist Breitenstein jetzt?», fragte sie.

Fräulein Saatwinkel zuckte mit den Achseln. «Spricht wahrscheinlich mit dem Direktor und bekommt den Kopf zurechtgerückt», mutmaßte sie und tupfte sich die Tränenspuren aus dem Gesicht. Langsam bekamen ihre Wangen wieder eine zarte Farbe. Sie stand auf.

«Danke für Ihren Beistand», sagte sie und strich sich die Schürze glatt. «Jetzt sollte ich aus der schmutzigen Kleidung raus und nach Hause gehen. Ich bin schon viel zu lange auf den Beinen, und ein wenig Schlaf wird alles wieder ins Lot bringen.» Beinahe entschuldigend sah sie Hulda an. «Verzeihen Sie, dass ich so zusammengebrochen bin», sagte sie leise, «ich weiß, der Tod gehört zu unserem Beruf dazu. Aber oft ist er so sinnlos. Ich kann es manchmal schwer ertragen.»

Hulda nickte. «So geht es mir auch», sagte sie mitfühlend, «außerdem kannten Sie die ... Verstorbene», bei diesem Wort musste sie schlucken, «länger als ich.»

Fräulein Saatwinkel biss sich auf die Lippen, und Hulda fürchtete, dass sie erneut in Tränen ausbrechen würde, doch die junge Frau riss sich zusammen.

«Sie war so voller Hoffnung», sagte sie und lächelte wehmütig. «Nach all den Rückschlägen, den vielen Fehlgeburten, wollte sie nichts, als endlich ihr gesundes Kind in die Arme zu schließen. Und nun *war* es tatsächlich gesund, aber sie kann es nicht mehr erleben. Das ist bitter.»

«War sie verheiratet?», fragte Hulda, während sie die Zeitschriften auf dem Tisch ordnete und das Sofa glatt strich.

«Ja, ganz ärmliche Verhältnisse», sagte Fräulein Saatwinkel. «Der Mann ist ein Tagelöhner, arbeitet überall, wo es was zu tun gibt. Häufig genug ist das wohl nichts. Ohne die Unterstützung von Doktor Redlich wäre seine Frau nie zu uns gekommen.»

«Doktor Redlich? Was hatte er damit zu tun?»

«Er lernte sie bei einer Vorsorgeveranstaltung für Bedürftige kennen, hier in der Klinik, und bot ihr einen Freiplatz in unserem Haus an. Er ist ein Engel.» Die junge Frau schniefte ein letztes Mal. «Wer hätte gedacht, dass sie die Klinik nie wieder verlassen würde?»

Mit diesen Worten ging sie aus dem Raum. Hulda sah der schmalen Gestalt nach und spürte einen Schauder ihren Rücken entlanglaufen. Das Schicksal war manchmal grausam.

Mit schwerem Herzen trat sie ans geöffnete Fenster und atmete tief ein, der Duft nach gemähtem Gras stieg ihr kitzelnd in die Nase. Eine Biene brummte an ihrer Nase vorbei, und Hulda dachte, dass es Zeit wäre, zu ihren Schülerinnen zurückzukehren, die sicher schon ungeduldig auf sie warteten, damit sie ihnen berichtete, was passiert war. Doch sie verspürte wenig Lust darauf. Gerade als sie seufzend das Fenster schließen wollte, sah sie auf einer Bank hinten am Wasser eine massige Gestalt sitzen, mit gesenktem Kopf, die Hände in den langen weißen Koteletten vergraben.

Hulda zögerte. Doktor Breitensteins Verhalten ihr gegenüber hatte nicht unbedingt seinen Willen zu einem Vertrauensverhältnis offenbart, und wahrscheinlich wollte er in diesem Moment auch allein sein. Andererseits wirkte er so trostlos, wie er da hockte, so von aller Welt verlassen, dass sie ihn einfach nicht sitzen lassen konnte.

Kurzerhand öffnete sie das Fenster noch etwas weiter und blickte sich verstohlen um. Dann schwang sie sich auf die Fensterbank und ließ sich in den Garten fallen.

Die Pavillons lagen ebenerdig, und es war kein tiefer Sprung, dennoch stolperte Hulda und fing sich, wie sie fürchtete, nicht sehr elegant. Erneut sah sie sich um und hoffte, dass niemand die neue Hebamme bei ihrer wenig damenhaften Kletterei beobachtet hatte, doch keiner war zu sehen.

Mit forschen Schritten lief sie ans hintere Ende des Klinikgeländes und achtete darauf, dass ihre Tritte ein knirschendes Geräusch auf dem Weg hinterließen, damit der Oberarzt vorgewarnt war und sich nicht erschrak. Als er sie kommen hörte, sah er sich um. Hulda konnte nicht sagen, ob sein Blick Ablehnung ausdrückte, doch sie entschied, dass es jetzt auch nicht mehr darauf ankam.

«Guten Tag», sagte sie und hob grüßend die Hand. «Fräulein Gold. Sie erinnern sich an mich?»

«Die impertinente Neue», sagte er, doch ohne diese Schärfe in seiner Stimme, die sie vor einigen Tagen bei ihrer ersten Begegnung wahrgenommen hatte. Breitenstein wirkte wie erloschen.

Als er weiter schwieg und beharrlich auf den Fluss hinausstarrte, trat Hulda näher und setzte sich, ohne auf seine Aufforderung zu warten, neben ihn auf die Bank. Er rutschte ein winziges Stück zur Seite, als sei ihre Nähe ihm nicht geheuer, sagte jedoch nichts.

Die Stille hing über den Grünflächen. Der Tag neigte sich dem Mittag zu, es war bewölkt, aber warm, und die Wolken spiegelten sich auf dem träge ziehenden Wasser der Spree, als sei der Himmel in den Kanal gefallen.

Hulda räusperte sich.

«Ich höre, dass Sie heute einen schweren Tag hatten.»

«So, das hören Sie also», sagte der Arzt. Es war mehr ein Knurren. «Ich kann mir vorstellen, dass man sich auf den Fluren der Klinik jetzt das Maul zerreißt.»

«Niemand zerreißt sich das Maul», widersprach Hulda empört. «Alle sind sicher nur betroffen wegen der jungen Frau. Was ist denn geschehen?»

«Das ist es ja», sagte Breitenstein düster. Seine Augen sahen ins Leere, es war, als sei er gar nicht da. «Ich weiß es nicht. Ich verstehe das einfach nicht! Ich habe diesen Schnitt schon so oft gemacht, ich kann ihn im Schlaf. Aber es kam zu einer Uterusblutung, die einfach nicht mehr aufzuhalten war. Das Mädchen starb mir unter den Händen weg.»

Er brach ab, und für einen Herzschlag befürchtete Hulda, er würde anfangen zu weinen. Doch nein, seine Miene war wieder hart und verschlossen wie ehedem.

«Ist das schon öfter passiert?», fragte sie.

Er fuhr herum. «Was wissen Sie darüber?»

Hulda riss die Augen auf. Sie hatte wohl unbewusst den Finger in eine Wunde gelegt.

«Verzeihung», sagte sie, «es war nur eine Frage ins Blaue, weil ich sah, wie sehr es Sie mitnimmt.»

Doktor Breitensteins Gesichtszüge verhärteten sich noch mehr. «Stecken Sie Ihre Nase nicht in meine Angelegenheiten», zischte er drohend, «sonst können Sie was erleben! Was lungern Sie überhaupt hier herum? Gehen Sie wieder an Ihre Arbeit, Fräulein!»

Hulda blieb der Mund offen stehen. Welche Saite hatte sie da versehentlich angerührt? Sie fühlte sich beschämt, zurechtgewiesen wie ein Kind. Gleichzeitig erwachte in ihr die Neugierde. Was hatte der Oberarzt zu verbergen, dass er sie derart anfuhr?

«Wenn Sie mich jetzt entschuldigen würden», sagte Doktor Breitenstein etwas gefasster und erhob sich schwerfällig, «ich habe ein Gespräch mit Direktor Bumm. Und Sie haben sicher auch keine Zeit, Däumchen zu drehen, oder, Fräulein Gold?»

Hulda lag eine patzige Antwort auf der Zunge, doch sie schloss rasch den Mund. Es war klar, dass Doktor Breitensteins unfreundliche Worte vor allem von seinem eigenen schlechten Gewissen herrührten, und sie sah keinen Grund, in dieser Situation einen Streit vom Zaun zu brechen.

«Natürlich, Herr Doktor», sagte sie daher nur, lächelte kühl und stand auf. Kurz überlegte sie, wieder durch das Fenster in den Pavillon einzusteigen, aber ihr wurde bewusst, dass das keinen guten Eindruck auf den Oberarzt machen würde.

«Guten Tag», sagte sie spitz und wandte sich zum Gehen. Doch dann sah sie die Verzweiflung in den Augen des älteren Mannes. Wie gut sie diesen Ausdruck kannte! Aus einer Regung heraus trat sie einen Schritt auf ihn zu und legte einen Moment die Hand auf seinen Arm.

«Es geht vorbei», sagte sie.

Dann schritt sie, ohne eine Antwort abzuwarten, schnell über den Rasen und stieß die Tür zum Gebäude auf. Drinnen musste sie sich kurz an der Wand festhalten, um durchzuatmen. Als sie sich wieder gefasst hatte, eilte Hulda den Gang entlang in Richtung Kreißsaal, um endlich ihre Schülerinnen zu erlösen.

8.

Dienstag, 22. Juli 1924, spätnachmittags

Im Eingangsbereich der Klinik hing ein so verführerischer Duft nach Bratkartoffeln, dass Hulda ganz weich in den Knien wurde. Sie war auf einmal schrecklich hungrig.

Wie immer waren die Pausen, in denen sie etwas hätte essen können, den ganzen Tag über zu kurz gekommen. Nach ihrer kurzen und ergebnislosen Unterredung mit Doktor Breitenstein hatte sie die Hebammenschülerinnen über die Vorkommnisse unterrichtet und ihnen eingeschärft, nicht laut darüber zu sprechen, um die anderen Patientinnen nicht zu beunruhigen. Dann hatten sie sich um das Neugeborene gekümmert, ein properes Mädchen von fast acht Pfund, das nun mutterlos aufwachsen würde. Entgegen den Richtlinien der Klinik ordnete Hulda an, dass Fräulein Meck und Fräulein Degenhardt das Kleine in der Nähe behalten sollten, es auf den Arm nehmen und mit Milch päppeln sollten, sobald es wach würde. Hulda wollte dem armen Wurm ersparen, dass schon seine ersten Stunden im Leben von Einsamkeit geprägt waren, denn die, das ahnte sie, würde ohnehin kommen.

Am Nachmittag hatte ein Krankenwagen eine Frau in den Wehen gebracht, und die versammelte Belegschaft, mit Ausnahme beider Oberärzte, hatte dabei zugesehen, wie Doktor Friedrich ein weiteres Mädchen zur Welt brachte. Doktor Breitenstein ließ sich nicht blicken, und Doktor Redlich war heute wieder einmal an der Universität, wo er eine Studienarbeit verfolgte, für die er mehrere Stunden in der Woche in einem Schreibzimmer Unter den Linden verbrachte.

Hulda hatte die Wundversorgung der Wöchnerin übernommen und war dann endlich von einem schnaufenden Fräulein Klopfer abgelöst worden, die beinahe darüber empört schien, dass sie einen so aufregenden Tag verpasst hatte.

Wieder sog Hulda den leckeren Bratgeruch ein und überlegte, wo sie auf die Schnelle etwas zu essen auftreiben könnte, als Pförtner Scholz den Kopf aus seinem Glaskabuff streckte.

«Wat 'n Tag, oder, Frollein? Sie sehen immer noch blass aus um die Neese. Niscft zwischen die Zähne jekriegt?»

Sie nickte lachend. «Wie immer nur auf Trab», sagte sie, «aber jetzt nichts wie Feierabend.»

«Momentchen!» Er hob den Zeigefinger und trat aus der kleinen Tür neben dem Kabuff. Rasch hängte er ein Schild an die Glasscheibe. *Bin zu Tisch* stand darauf.

«Meine Tochter macht die besten Bratkartoffeln der Welt», sagte er, «hier oben, in unserer kleenen Wohnung.» Er deutete auf eine schmale Treppe, die ins Obergeschoss führte. «Darf ick Sie einladen?»

Hulda wollte ablehnen. «Da ist Ihre Tochter doch jetzt gar nicht draufeingerichtet», sagte sie.

«Quatschkopp», erwiderte Herr Scholz, und Hulda sah ihn erstaunt an. So hatte sie schon lange niemand mehr tituliert. Aber sein freundliches Lächeln milderte seine Bärbeißigkeit. «Die kocht immer für zehne, ooch, wenn wir nur Stücker zwo sind. Na, so siehtse auch aus, mein Dickerchen.»

Hulda hob zögernd die Schultern. «Also, wenn es keine Umstände macht ...»

«Imma rin», sagte er und schubste sie beinahe die Treppe nach oben. «Wir haben jerne Gäste. Und auf Sie, Frollein Gold, ist meine Ilse bestimmt neugierig. Habe mir erlaubt, ein bisschen wat zu erzählen.»

Hulda dachte, dass das ja nicht viel gewesen sein konnte, schließlich kannte Herr Scholz sie auch noch nicht lange. Doch sie war nun auch gespannt, wie der Pförtner und seine Tochter hier in der Klinik lebten, und stieg folgsam die Treppe hoch.

Der Pförtner stieß die Tür zur Wohnung auf.

«Ilschen», rief er, «wir haben hohen Besuch. Hol das Teterower aus dem Schrank!»

Eine mittelalte Frau kam ihnen durch den engen Flur entgegengeschlurft, sie trug Pantinen und hatte eine Schürze um ihre beeindruckenden Hüften gebunden. Ihre Arme erinnerten Hulda an Brotlaibe, doch ihr Lächeln war warm.

«Papi», sagte sie, «sach das doch vorher, dann hätte ick mich zurechtjemacht.»

Hulda wollte sich lieber nicht vorstellen, was das bei Ilse Scholz hieß, und sie schüttelte abwehrend den Kopf.

«Es tut mir leid, dass ich hier so reinplatze», sagte sie und wurde fast ohnmächtig bei dem herrlichen Duft nach gebratenem Speck mit Zwiebeln, der Ilse umflatterte wie ein Parfüm. «Ihr Vater war so freundlich, mich einzuladen.»

«Dit kann ick mir vorstellen.» Ilse klopfte ihrem Vater spielerisch auf die Wange mit den grauen Bartstoppeln. «Papi schleppt dauernd jemanden hier hoch. Aber mir isses recht, wozu koche ick hier sonst die janze Zeit?»

Dann kicherte sie. «Das Teterower Geschirr verlangt er aber nicht alle Tage», fügte sie hinzu. «Sie scheinen jehörig Eindruck jemacht zu haben auf meinen alten Herrn.»

«I wo», wehrte Herr Scholz ab und kniff seine Tochter in den Arm, wozu er reichlich Material fand. «Frollein Gold ist erst seit einigen Tagen bei uns, und ick will ihr die Klinik von der Butterseite zeigen, mein Schatz.»

«Ah, die neue Hebamme», sagte Ilse und klatschte in die Hände. «Denn mal los. Dort ist die Küche, wir haben keen Esszimmer.»

«Oh, ich auch nicht», beeilte sich Hulda zu versichern, «ich esse immer in der Küche bei meiner Wirtin, Margret Wunderlich. Da ist es doch am gemütlichsten.»

«Dit sage ick ooch immer», bestätigte Herr Scholz und folgte ihnen in die Küche, «aber mein Ilschen träumt von einer vornehmen Wohnung mit Vertiko, seidenen Gardinen vor den Fenstern und dem janzen Klimbim.»

«Ach wat, Papi», sagte Ilse und schlug mit einem Küchenhandtuch nach ihm, «die Flausen sind mir schon lange vergangen. Ein Pförtnersgehalt bringt eben nicht viele Piepen. Und der weiße Ritter in der Rüstung aus den verflixten Märchen, die du mir früher immer vorjelesen hast, ist bisher ooch nicht aufgetaucht, um mich wegzuheiraten.» Sie kicherte wieder. «Na, die Miene von dem würde ick ja zu jern sehen! Ick als die schlafende Prinzessin. Dit hätte der sich anders vorjestellt.»

Hulda gefiel der unbekümmerte Ton, mit dem Ilse harte Wahrheiten als Spaß verkaufte. Sie und ihr Vater schienen sich in ihrer kleinen Gemeinschaft bestens zu vertragen. Fast war sie ein wenig neidisch auf die liebevollen Neckereien, etwas, das es im Verhältnis zu ihrem Vater nicht gab. Ganz zu schweigen von ihrer Mutter, mit der es nie ein freundliches Wort gegeben hatte.

Sie setzten sich an einen kleinen, zerkratzten Holztisch, und

Ilse deckte flink blau-weiß bemalte Teller auf. Dann schaufelte sie ansehnliche Portionen darauf, und Hulda wurde ganz anders. Als Ilse ihr einen guten Appetit wünschte, konnte sie nicht mehr an sich halten und begann, hungrig zu essen. Es schmeckte hervorragend. Dazu tranken sie Milch aus dickrandigen Tassen, und Hulda fühlte sich wie ein Kind, das vom Spielen heimgekommen war und jetzt mit den Eltern am Mittagstisch saß, zufrieden und umsorgt.

«Sie haben also neu angefangen?», erkundigte sich Ilse zwischen zwei Bissen. «Wie jefällt's Ihnen denn bisher?»

«Gut», sagte Hulda vage und mit vollem Mund. Und sie war froh, dass die Frau nicht nachhakte, denn auch, wenn sie seit dem ersten Tag ihre Bedenken hatte, ob die Klinik der richtige Platz für sie wäre, wollte sie ihre Zweifel doch nicht gleich den Pförtnersleuten auf die Nase binden. «Die Arbeit mit den Frauen macht mir viel Freude», setzte sie hinzu und erkannte erstaunt, dass es die Wahrheit war. Obwohl es jedes Mal schmerzte, im Kreißsaal zur Seite geschoben zu werden, wenn die Geburt voranschritt, so war es doch befriedigend, mit den Schwangeren zu arbeiten, ihre Fragen zu beantworten, sie näher und über einen längeren Zeitraum bei sich zu haben, als das bisher der Fall gewesen war.

«Wo haben Sie vorher gearbeitet?», fragte Ilse.

«Am Winterfeldtplatz in Schöneberg», sagte Hulda und schielte begehrlich zur halbvollen Pfanne, die noch auf dem eisernen Herd wartete. «Ich war freie Hebamme. Die Frauen konnten mich rufen, und dann stand ich ihnen während der Geburten zu Hause bei.»

Ilse erhob sich schnaufend und füllte die Teller nach. Mit zusammengekniffenen Äuglein beobachtete sie, wie Hulda mit Appetit weiteraß.

«Wenn ick so essen könnte wie Sie und trotzdem so schlank bliebe, mein lieber Schwan, dit wäre wat», sagte sie.

Hulda ließ beschämt die Gabel sinken.

«Verzeihung», sagte sie, «ich futtere Ihnen hier alles weg.»

«Unsinn», rief Herr Scholz und klopfte sich seinen Spitzbauch, «ick bin satt. Jetzt noch ein Schnäpschen, Ilse, dann bin ick so froh wie der Mops im Paletot.» Er lachte begeistert über seinen eigenen Witz und ließ sich von seiner Tochter ein Glas einschenken.

Ilse schob auch Hulda eins hin, die durchsichtige Flüssigkeit stand exakt bis zum Rand.

«Und Sie sind also 'n Frollein?», fragte sie, und in ihre Augen trat ein Funkeln. «Keen Ehemann? Nicht mal 'n Kavalier?»

Hulda rutschte auf dem Küchenstuhl hin und her. Sie kannte solche hochnotpeinlichen Befragungen von ihrer Wirtin, und nun fing diese Frohnatur auch noch damit an?

«Nichts Ernsthaftes in Sicht», sagte sie ausweichend und kippte den Schnaps in sich hinein. Das Brennen war wohltuend und sorgte in ihrem gut gefüllten Magen für eine schöne Wärme. Sie lehnte sich zurück und musste unwillkürlich an Karl denken.

Das Unbehagen vertiefte sich von Tag zu Tag. Hulda wusste, dass sie sich aussprechen sollten und dass sie ihn nach seinem Trinken fragen müsste, ihm Beistand anbieten müsste, um aus diesem Tunnel, durch den er offenbar immer tiefer hinabrutschte, wieder herauszuklettern. Doch sie sehnte sich nur nach Frieden, war es so leid, dass ihr Verhältnis stets getrübt blieb. Vielleicht war es an der Zeit, den Kampf aufzugeben, die Waffen zu strecken und das Leben wieder leichter zu nehmen?

Die lustigen Augen von Johann tauchten in ihrer Erinnerung auf, das warme Gefühl im Bauch, als er sie beim Tanzen durch den Raum gewirbelt hatte, und sofort nagte das schlechte Gewissen wieder an ihr, weil sie eine so treulose Tomate war.

Herr Scholz hatte sie beobachtet, und Hulda sah in seinen Augen etwas aufleuchten. Was hatte ihr Mienenspiel ihm verraten? Doch dann lächelte er.

«Jetzt hast du das Frollein aber genug ausgefragt», wies er seine Tochter zurecht. «Nicht, dass sie noch denkt, wir wär'n hier die Klatschbasen der Klinik.»

Er grinste jetzt, und Hulda dachte, dass es sich vermutlich genau so verhielt. Dabei kam ihr eine Idee.

«Sie kennen sich doch sicher bestens hier aus. Wissen über alle Geheimnisse in der Klinik Bescheid, oder?», sagte sie und beugte sich vertraulich vor. «Welche Gespenster gibt es denn hier, vor denen man sich als Neuling in Acht nehmen muss?»

«Gespenster gibt's hier keene», lachte er, «höchstens Drachen wie Irene Klopfer.»

Ilse stieß ihn in die Seite. «Das ist doch Fräulein Golds Vorgesetzte», sagte sie vorwurfsvoll, «die darfste ihr nicht madig machen, Papi.» Sie wandte sich an Hulda. «Hören Sie nicht auf den alten Döskopp», erklärte sie, «Fräulein Klopfer ist eigentlich janz umgänglich, wenn man weiß, wie man sie zu nehmen hat.»

«Das habe ich auch schon gemerkt», sagte Hulda zurückhaltend. «Aber ich bin es ohnehin gewohnt, auch mit schwierigen Persönlichkeiten zurechtzukommen. Darin hat man Übung, wenn man täglich in den Wohnungen der Berliner ein und aus geht.»

«Eben!», antwortete Ilse und goss reihum nach. «Sie schaffen dit schon mit der Klopfer. Aber der Breitenstein ...»

Sie brach ab und sah unsicher zu ihrem Vater hinüber. Der nickte.

«Dit is 'n harter Brocken», sagte er. «Heute kann er einem ja fast leidtun, aber es fällt schwer, Mitleid mit so jemandem zu haben.»

Ilse war offenbar über alles, was in der Klinik vor sich ging, im Bilde.

«Warum?», fragte Hulda und leerte zum zweiten Mal ihr Glas. Kurz überlegte sie, ob sie eigentlich eine Heuchlerin war, weil sie auch so gern ein, zwei Gläser trank und die Leichtigkeit, die daraus erwuchs, genoss. Aber Karl verurteilte sie dafür, dass er sich auf diese Weise die Welt verschönte. Doch es gab einen Unterschied, dachte sie dann trotzig und leckte sich die Lippen. Sie trank zum Vergnügen. Karl konnte es nicht mehr lassen, im Guten wie im Bösen.

«So, wie der Breitenstein andere Menschen behandelt, kann den einfach keener mehr leiden», sagte Herr Scholz in ihre Gedanken. «Immer nur von oben druffhauen, dit jeht auf Dauer nicht gut.»

«Glauben Sie, er hat da im OP einen Fehler gemacht?»

Herr Scholz wiegte den Kopf und strich sich nachdenklich über seine Seebärstoppeln. «Bin ja keen Mediziner, Frollein», sagte er spöttisch, «aber seltsam isses schon, dass dit immer dem Breitenstein passiert.»

«Wieso immer?» Hulda sah auf. «Was meinen Sie damit? Gab es schon andere Todesfälle?»

«In meiner Zeit noch zwei», sagte Herr Scholz, «beide Male junge Schwangere, bei denen wohl eigentlich alles jut aussah und die dann in Nullkommanix verbluteten.»

«Ja», sagte Ilse, «vor ein paar Monaten erst diese kleine Frau Heinemann, die mit der Hasenscharte.» Sie sah Huldas erstaunten Blick und fügte erklärend hinzu: «Ick mache manchmal in den Pavillons sauber, wenn Hilfe nötig is. Und mit der habe ich mich 'n paar Mal unterhalten. Sie hatte ein ordentliches Päckchen zu tragen, war selbst als Baby ausgesetzt worden wegen ihres entstellten Gesichts.» Sie senkte die Stimme. «Dit Kind war von 'nem Freier.»

Herr Scholz warf seiner Tochter einen unbehaglichen Blick zu. «Dit is keen Thema für euch Weibsbilder», sagte er streng.

Ilse winkte ab.

«Lass jut sein, Papi, ick bin nicht von jestern. Und sie schon jar nicht.» Sie deutete auf Hulda, die ein weltmännisches Gesicht aufzusetzen versuchte und nickte.

«Und die andere Frau?», fragte Hulda.

«Das war so eine Hübsche, mit großen braunen Augen und einem lieben Mann, dem man im Krieg die janze Wange weggeschossen hatte. Vor zwei Jahren muss dit jewesen sein, dass die hier war.» Ilse überlegte. «Gerda hieß die, Gerda Manteuffel.»

Hulda stutzte. «Hieß der Ehemann vielleicht Fred?», fragte sie.

«Dit weeß ick nich mehr», sagte Ilse. «Kannten Sie die Leute etwa?»

Hulda runzelte die Stirn und ordnete ihre Gedanken. Sie erinnerte sich an eine Familie, bei der sie einmal gewesen war. Hatte die Frau nicht eine Fehlgeburt gehabt? Ja, richtig, in einer winzigen Wohnung hatten die Manteuffels gelebt, in der Kufsteinstraße in Schöneberg. An das entstellte Gesicht des Mannes erinnerte sie sich gut. Die beiden waren verzweifelt gewesen, als Gerda wieder geblutet hatte. Danach hatte Hulda sie nicht wiedergesehen, hatte nur gehört, dass sie weggezogen waren. Und kurz darauf war Gerda also gestorben, hier, in der Klinik in der Artilleriestraße? Also war sie erneut schwanger geworden?

«Wie werden die Hausschwangeren eigentlich ausgewählt?», fragte sie den Pförtner.

«Viele kommen durch die Fürsorge», sagte er, «die Behörden schicken sie uns. Einige bezahlen aber auch aus der eigenen Tasche, dit sind die Vornehmeren mit reichem Mann.»

«Ich verstehe», sagte Hulda. Ihr Blick fiel auf die Küchenuhr, es war bereits früher Abend.

«Es ist schon spät. Ich will Ihnen nicht länger auf der Pelle hocken», sagte sie und stand auf. «Darf ich Ihnen beim Abräumen helfen?», fragte sie Ilse.

Die lachte. «So weit kommt's noch.» Sie stand ebenfalls auf. «Ick bringe Sie zur Tür», sagte sie. «Papi, ruh du dich man noch aus. Du musst gleich wieder in dein Kabuff.»

Als sie Hulda durch den schmalen Flur brachte, blieb sie kurz vor der Wohnungstür stehen. «Mein Vater sieht es nicht jerne, wenn ick klatsche», sagte sie, «aber unter uns – der Breitenstein tut mir leid. Dit kommt allet nicht von unjefähr. Wo der doch die Sache mit seine Frau nie verwunden hat und allet.»

«Mit seiner Frau?»

«Die is jestorben», sagte Ilse leise und sah Hulda verschwörerisch an. «Im Krankenhaus, bei der Geburt von ihrem ersten jemeinsamen Kind. Und er konnte sie nich retten.»

«Wie schrecklich», sagte Hulda, «besonders für einen Mann wie ihn, der eine Koryphäe ist und unzähligen anderen Frauen das Leben gerettet hat.»

«*Sie* verstehen dit», sagte Ilse befriedigt, «so wat macht wat mit einem Menschen.» Jetzt war ihre Stimme nur noch ein Flüstern. «Und denn isses auch kein Wunder, dass Breitenstein dauernd operieren will und keenem anderen das Skalpell gönnt. Der macht bei jeder Operation seine Frau wieder heile, Stück für Stück.»

Hulda betrachtete Ilse, und Anerkennung stieg in ihr auf.

So plump und beinahe simpel, wie die Tochter des Pförtners vielleicht auf den ersten Blick schien, so fein waren offenbar ihre Antennen für die menschliche Seele.

Wie schade, dachte sie plötzlich, dass eine solche Frau ihre Tage mit Kochen und Putzen verbrachte und in einer winzigen Wohnung eingesperrt war, mit niemandem als ihrem alten Vater zur Gesellschaft.

«Das Essen war wirklich ausgezeichnet», sagte sie, «das waren die besten Bratkartoffeln meines Lebens.»

«Beehren Sie uns bald wieder», kicherte Ilse verlegen und machte die Andeutung einer kleinen Verbeugung. «Hier jibt's immer einen Teller extra.»

Damit öffnete sie die Tür und verabschiedete ihren Gast.

Während Hulda die schmale Treppe hinabstieg, wirbelten ihr die Gedanken an Breitenstein und die toten Frauen durch den Kopf. Sie dachte wieder an das Ehepaar Manteuffel und zermarterte sich das Hirn, um sich zu erinnern. Wer hatte ihr denn erzählt, dass die beiden fortgezogen waren? Irgendjemand hatte gesagt: «Futsch, weggegangen. Sind wohl zu Geld gekommen, wie man hört.» War das ihre Freundin Jette Martin, vormals Langhans, gewesen, die als Apothekerin so vieles mitbekam?

Nur wie sollte einer wie Fred, ein lieber Kerl zwar, der aber nichts war und nichts konnte, ein Kriegsinvalide mit abschreckendem Äußeren, wohl zu Geld gekommen sein?, fragte sich Hulda, als sie auf die dämmrige Artilleriestraße hinaustrat.

Der Duft nach Lindenblüten und Flieder umfing sie und blieb auf dem gesamten Weg in ihrer Nase, während sie durch das dämmernde Berlin nach Hause radelte. Sie würde noch einen Abstecher bei Jette machen, nahm sie sich vor. Die Freundin hatte ihr beim letzten Besuch versprochen, Huldas geliebte

Schokoladenpralinen zu organisieren, und Hulda hoffte inständig, dass Jette ihr Versprechen gehalten hatte. Denn bei Schokolade konnte sie niemals widerstehen.

9.

Dienstag, 22. Juli 1924, nachts

Bert sah sich mit einer Mischung aus Unbehagen und Faszination in dem kleinen Lokal um. Es war das erste Mal, dass er den Mut aufgebracht hatte, ein solches Etablissement zu betreten, und er fühlte sich wie ein Hochstapler. All diese schönen jungen Männer und die eleganten älteren Herren, die in der *Eldorado-Diele* so selbstverständlich miteinander umgingen, als sei der Aufenthalt hier alltäglich, mussten doch wittern, wie fremd er hier war! Wie unsicher Bert sich auf diesem Parkett bewegte, das ihrer aller Heimat zu sein schien.

Das Lokal war einer von unzähligen Orten in Berlin, wo sich Männer trafen, die mehr dem eigenen Geschlecht zugeneigt waren als den Frauen. Bert wusste, dass es in den heutigen modernen Zeiten ein offenes Geheimnis war. Dass es, gerade in Berlin, viele solcher Menschen gab, übrigens auch Frauen, die sich mit Frauen trafen, wie zum Beispiel im berüchtigten *Topp-Keller* in der Schwerinstraße. Doch dass ein Mann, wie gerade jetzt in der schummrigen Ecke des Ladens, seinen Freund küsste, war ein nach wie vor ungewöhnliches Bild. Dabei erzeugte der Anblick in ihm eine alte, verschüttet geglaubte Sehnsucht, die er sich lange nicht eingestanden hatte. Und doch hatte er es immer gewusst, seit Jugendtagen, dass er *anders* war, dass er Männer liebte. Trotzdem hatte Bert bisher nur in seltenen, verschämten Momenten die Nähe zu jemandem gesucht. Flüchtige Momente, die eher der Erledigung einer Notdurft glichen als etwas, das mit Liebe in Verbindung stand.

Zu Zeiten des Kaisers war so ein Verhalten äußerst riskant gewesen, man hatte sich nur in größter, gehetzter Heimlichkeit an einschlägigen Orten treffen können. Am Landwehrkanal, auf dem «schwulen Weg» im Tiergarten oder, schlimmste Erniedrigung, in einer der öffentlichen Bedürfnisanstalten der Stadt, wo die Stricher blutjung waren und sich selbst *Blechkonfektioneusen* nannten, da sie in den gusseisernen Pissoirs auf Kundschaft lauerten.

Bert ließ sich auf einen Sessel am Rand des Lokals sinken, der Tisch war unbesetzt. Nein, so tief war er nie gesunken, selbst in Zeiten größter Einsamkeit nicht. Er hatte gehofft, dass sich seine Neigungen mit dem Alter legen würden. Und tatsächlich, das körperliche Verlangen ließ nach, er wurde ruhiger und war beinahe zufrieden mit seiner asketischen Lebensweise. Doch dieses verdammte Alleinsein, das Fehlen einer menschlichen Seele, die mit der eigenen im gleichen Puls schlug, das schmerzte sogar stärker, je älter er wurde.

«Du bist ja wirklich gekommen», sagte eine Stimme, und Bert schrak aus seinen Gedanken und sprang auf. Vor ihm stand der Mann, dessentwegen er in den vergangenen Wochen schlaflose Nächte verbracht hatte. Gregor, ein junger russischer Emigrant. Ein Dichter, der ebenso gern von schönen Worten und der Macht der Kunst träumte wie Bert selbst.

Unbeholfen reichte Bert ihm die Hand. «Ich halte meine Versprechen immer», sagte er steif. Der andere lachte und umarmte ihn.

«Das höre ich gern», sagte er und ließ sich auf den zweiten Sessel fallen. Mit einer lässigen Bewegung winkte er dem Kellner, einem stark geschminkten Mann im engen Zweireiher, und bestellte etwas zu trinken.

Bert setzte sich ebenfalls wieder und betrachtete verstohlen das schön geschnittene Gesicht mit den auffallend langen Wimpern seines Gegenübers.

Alles hatte damit angefangen, dass Gregor eines Abends auf dem Winterfeldtplatz eine Zeitschrift gekauft hatte. Das kleine Heftchen mit dem Titel *Das Leben* hielt Bert vorrätig, weil er die unbekannten Autoren, die darin ihre Kurzgeschichten veröffentlichten, unterstützen wollte, doch außer ihm las sie niemand. Bis dieser junge Mann kam und genau jenen Titel verlangte. Das und die Tatsache, dass Gregors dunkelblaue Augen so tief schimmerten wie ein Ozean, in dem man sich verlieren konnte, hatte Berts Interesse geweckt. Natürlich hätte er niemals geglaubt, dass sein Gegenüber ebenfalls auf ihn aufmerksam würde, vielmehr hatte er sich schon damit abgefunden, dass seine Schwärmereien stets unerwidert blieben und seine Gefühle nur aus der Ferne, in seiner Phantasie ihr Dasein fristeten. Doch am nächsten Tag war Gregor wiedergekommen und hatte ihm Konfekt mitgebracht. Und Bert hatte verstanden, dass der schöne Fremde ihm den Hof machte, ja, um ihn warb, und das hatte ihn völlig aus der Fassung gebracht. Jeden Tag kam Gregor, obwohl Bert immer damit rechnete, dass er am nächsten Tag genug hätte, doch das war nicht eingetreten. Sie hatten stundenlang geredet, über die Dichtung und das Leben, über Berts Geschäfte und die Menschen auf dem Winterfeldtplatz. Bert staunte, wie einfach es war, dem jungen Mann alles von sich zu erzählen, und wie aufmerksam dieser an seinen Lippen hing. Doch eine Spur Misstrauen war geblieben, denn

Bert hatte schon zu viel erlebt, um an Märchen zu glauben.

Der Kellner brachte eine Flasche Wein und goss die dunkle Flüssigkeit in zwei Gläser. Mit einem vieldeutigen Lächeln entfernte er sich, und Gregor erhob sein Weinglas und prostete Bert zu.

«Auf dich!», sagte er.

Bert nickte verlegen und stieß mit Gregor an. Der Wein war sauer, das hier war kein edles Lokal, sondern ein ziemlicher Schuppen, der damit warb, ein gemütlicher Ort für ältere Männer zu sein. Bert fühlte, wie der Wein ihn sofort schläfrig machte. Ja, er *war* ein älterer Mann und besonders in letzter Zeit sehr oft müde und erschöpft.

Seit er Gregor begegnet war, schlief er schlecht, träumte wirres Zeug. Er glaubte, seine Mutter zu sehen, an die er sich gar nicht erinnerte, erlebte aber immer wieder den Moment des Verlassenwerdens, als sie, eine mittellose Hure, ihr einziges Kind nach Jahren der Verwahrlosung in der Gosse aussetzte. Und auch von den schlimmen Zeiten in der Obhut eines grausamen Psychiaters träumte er jetzt wieder, als bringe die tiefe Verwirrung, in die Gregors Werben ihn stürzte, alles zum Vorschein, was ihn in seinem Leben verletzt hatte. Sogar das Mädchen, von dem er vor einem ganzen Leben geglaubt hatte, dass er in sie verliebt sei, damals, in einem Spital, tauchte wie ein Spuk aus seinem Bewusstsein hervor und peinigte ihn mit ihrem Lächeln. Es war das einzige weibliche Wesen, zu dem er sich je wirklich hingezogen gefühlt hatte. Dann war sie gestorben, und er hatte niemals herausfinden können, ob aus ihnen etwas geworden wäre.

War sie wirklich die Einzige? Bert dachte an Hulda und lächelte. Das war etwas anderes. Die flinke, störrische Hebamme war wie eine Tochter für ihn, sie hatte ein Flirren an sich, das jeden in ihren Bann zog, selbst einen wie ihn, einen *Urning*, einen schwulen alten Mann. Doch mit dem kribbelnden, quälenden Gefühl, das Gregor in ihm auslöste, hatte seine Zuneigung zu Hulda nicht das Geringste zu tun.

«Bist du oft hier?», fragte er. Es machte ihn immer noch nervös, in der Öffentlichkeit mit einem anderen Mann allein am Tisch zu sitzen, vor allem, da Gregor immer wieder nach seiner Hand griff und ihm sogar über die Tischplatte hinweg einen Kuss auf die Wange gehaucht hatte.

«Ab und zu», sagte Gregor und ließ seinen Blick schweifen. «Es gibt interessantere Läden, mit mehr Trara, wenn du weißt, was ich meine.»

Bert wusste es nicht genau, aber er nickte. Gregor sah ihm seine Unwissenheit wohl an, denn er lachte.

«Zum Beispiel das Kabarett in der *Rosen-Diele* oder die großen Bälle im *Alexander-Palais*. Das ist echtes Vergnügen, das man nicht alle Tage hat.» Er zündete sich eine Zigarette an und hielt Bert die Schachtel hin, doch der schüttelte den Kopf. Aus seiner Westentasche zog er stattdessen eine Zigarre, die er in Brand steckte. Der scharfe, süßliche Rauch beruhigte ihn ein wenig, plötzlich fühlte er sich wieder mehr wie er selbst.

«Letzte Woche war ich in der *Spinne*», fuhr Gregor fort, während bläulicher Rauch zwischen seinen Lippen hervorquoll. «Das ist etwas weiter die Straße runter. Ich habe dort *Luziana* bewundert, das rätselhafteste Wunder auf dem Erdball – Mann oder Frau?» Er kicherte. «Eine Albernheit, aber hübsch anzusehen, ja, wirklich sehr charmant.»

Dann griff er wieder nach Berts Hand und tauchte seine blauen Augen tief in dessen Blick. «Keine Angst, Liebling», sagte er, «zurzeit denke ich nur an dich. Tag und Nacht!»

«Ist das wahr?», fragte Bert heiser. Er war eingerostet, was dieses Spiel anging, und obwohl Gregor ein gutes Stück jünger war als er, fühlte er sich ihm unterlegen, wie eine unerfahrene Göre. Himmel, dachte er mit einem großen Schrecken, was tat er nur hier? Was erwartete der andere von ihm?

«Ist das hier nicht gefährlich?», fragte er und deutete auf das muntere Treiben ringsum. Ein als Frau verkleideter Mann saß auf dem Schoß eines Uniformierten und schien zu schnurren, auf der Tanzfläche drehten sich zwei eng umschlungene Paare, die den Rest der Welt offenbar vergessen hatten. An der Theke lehnten ein paar bunte Gestalten mit Federboa und greller Schminke, die kichernd und girrend mit dem Kellner flirteten. Und ein paar Jungs, die noch grün hinter den Ohren waren, warteten auf Kundschaft und ließen die Muskeln an ihren nackten Oberkörpern spielen, bekleidet nur mit kurzen Hosen aus Leder.

So sehr sich Bert Gesellschaft wünschte, so sehr er sich danach sehnte, einen Seelenverwandten zu finden, mit dem er nächtelang über Politik und seine geliebten Bücher sprechen könnte – hier gehörte er nicht her! Er war zu alt, zu bieder, zu lang allein!

«Gar nicht», beruhigte ihn Gregor. Er zog seinen Sessel so um den Tisch herum, dass er näher bei Bert saß, und legte ihm einen Arm um den Hals. Bert roch einen dezenten Duft von Kölnischwasser und spürte, wie sein Herz klopfte. «Das ist doch schon lange her, dass man uns verhaftete, nur, weil wir ein wenig Spaß haben wollten.»

Lange her, dachte Bert amüsiert. Diesem Jungspund kamen die paar Jahre vielleicht wie eine Ewigkeit vor, doch für ein älteres Semester wie ihn waren sie nur ein Lidschlag.

«Der Paragraph 175 gilt doch weiterhin.»

«Ja, auf dem Papier», erwiderte Gregor abfällig. «Aber die

Kontrollen, die die Sitte durchführt, sind weniger geworden. Überall in der Stadt blühen das Vergnügen und die Freiheit, wir dürfen es nur nicht übertreiben und uns erwischen lassen. Du wirst schon sehen, irgendwann, vielleicht ganz bald, werden wir einfach Menschen sein wie alle anderen.»

Bert schwieg. Er wollte dem Jüngeren seine Hoffnung nicht nehmen. Dafür war er schon zu lange auf der Welt, hatte zu viel gesehen. Und zurzeit sah ja wirklich alles nach einer Sprengung der alten Fesseln aus, nach Fortschritt, nach Zukunft. Doch wie oft schon war, sobald alles stabil wirkte, die nächste Katastrophe über die Menschheit hereingebrochen, die alle Gedanken an Freiheit wieder wegwischte? Da musste nur wieder etwas erheblich wackeln, wie die Finanzwelt im vergangenen Winter während der Inflation, oder eine neue Seuche auftauchen wie vor wenigen Jahren diese furchtbare Spanische Grippe, und dann kehrten sich die hehren Absichten, die Menschen von der Kandare zu lassen, wieder um ins Elend. Dann regierten wieder Angst, Missgunst, Totalitarismus.

Bert trank sein Weinglas leer und schmeckte dem säuerlichen Geschmack nach. Nein, an Wunder glaubte er schon lange nicht mehr.

«Wenn ich gewusst hätte, dass du in der Öffentlichkeit eine solch trübe Tasse bist, hätte ich dich nicht hierher eingeladen», sagte Gregor, dessen Augen sich bewölkt hatten. Missmutig goss er beiden die Gläser wieder voll. «Wir wollen uns amüsieren, hörst du?»

Bert riss sich zusammen. Der Freund hatte recht, es war ungerecht, ihm den Abend zu verderben mit unnötigen Grübeleien. Wieder fragte er sich, ob er einfach zu alt für eine solche Liaison war, ob ihm die Kraft, die Lebensfreude fehlten, um noch einmal etwas ganz Neues zu beginnen. Aber dann regte sich Trotz in ihm. Hatte er nicht auch ein wenig Glück verdient? Riet er nicht auch Hulda immer, sie solle das Glück mit beiden Händen greifen und es sich nicht durch die Finger rinnen lassen? Vielleicht war dies seine letzte Chance. Sein Blick glitt über Gregors feingeschnittenes Gesicht, die muskulösen Arme unter dem aufgekrempelten Hemd. Er wirkte nicht wie ein Dichter, war keiner von diesen buckligen, vorzeitig gealterten Gestalten, die trübe durch ihre Brillengläser die Welt betrachteten. Gregor sah eher aus wie ein Athlet, ein echter Lebemann, und auf einmal konnte Bert es kaum fassen, dass sich so einer überhaupt für einen Kauz wie ihn interessierte.

«Willst du tanzen?», fragte er und räusperte seine Verlegenheit fort.

Gregor lächelte. «Nichts lieber als das.» Er stand auf, zog Bert an der Hand hoch und legte den Arm fest um seine Taille.

Es fühlte sich gut an, fand Bert, als gehörten sie zusammen.

Langsam, dann immer sicherer drehten sie sich auf der Tanzfläche, und Bert legte Gregor, der ein Stück größer war als er, den Kopf an die Schulter und schloss die Augen. Die Musik war nach seinem Geschmack, ruhig und melodiös, sie schien die Tanzenden zu wiegen und einzulullen.

Nach dem dritten Tanz flüsterte Gregor ihm ins Ohr, ob er mitkommen wolle, er kenne da noch ein anderes Lokal, nicht weit von hier, wo es noch gemütlicher sei.

Bert zögerte eine Sekunde, doch dann stimmte er zu. Wieder dachte er an das Glück, das im Sand zerrann, wenn man es nicht schnell auffing.

«Könntest du den Wein bezahlen?», fragte Gregor und küsste ihn. Die Berührung war sacht, wie eine Vogelfeder.

Verwirrt nickte Bert und zückte seine Geldbörse, drückte

dem Kellner, der wie aus dem Nichts aufgetaucht war, Geld in die Hand und ließ sich dann von Gregor mitziehen. Einen Moment blieben sie in der Tür stehen. Der Mond beschien das Kopfsteinpflaster, die Steine leuchteten in seinem Licht auf wie Silberbarren. Hoch oben, zwischen den schwarzen Ästen der Bäume, stand der Abendstern.

Hatte er sich geirrt, dachte Bert verschwommen, als sie auf die menschenleere Straße hinaustraten, oder hatte der Schwarzbefrackte eben Gregor schelmisch zugezwinkert, als er das Geld genommen hatte?

10.

Mittwoch, 23. Juli 1924

«Da sind Sie ja endlich!»
Hulda sah überrascht in Fräulein Klopfers mürrisches Gesicht und dann auf die Zeiger der großen Uhr, die an der Wand im Hebammenzimmer hing. Sie war überpünktlich, es war kurz vor zehn Uhr am Morgen, und ihre Schicht begann erst um halb elf. Doch sie wollte keinen Streit mit der leitenden Hebamme vom Zaun brechen, und außerdem verstand sie sogar, dass die ältere Frau nach der langen Nachtschicht erschöpft war und sich nach Ablösung sehnte.

«Ich übernehme sofort», sagte sie daher so beschwingt wie möglich und öffnete den Blechspind, in dem ihre Uniform hing. Schon nach kurzer Zeit in der Klinik hatte sie sich an das Gefühl der kühlen Baumwolle auf der Haut und sogar an das steife Häubchen gewöhnt. Schnell schlüpfte Hulda aus Rock und Bluse und streifte den gröberen hellblauen Stoff über, knöpfte das Oberteil zu und band sich den Gürtel fest um die Taille.

Fräulein Klopfer schien etwas besänftigt und ließ sich auf einen der Stühle sinken. Sie streckte die Beine von sich und massierte sich mit schmerzverzerrter Miene den linken Unterschenkel. Durch die dicke schwarze Strumpfhose konnte Hulda es zwar nicht sehen, aber vermutlich litt die Kollegin unter Krampfadern, was in ihrem Beruf und bei ihrem Alter kein Wunder war.

Ihre eigenen Beine schmerzten nach einem langen Tag auch, doch bisher war die Haut glatt und zeigte noch kaum Anzeichen des Älterwerdens. Deswegen trug Hulda im Sommer einfach keine Strümpfe, auch aus Kostengründen, denn die dünnen Maschen von *Bembergs Kunstseidenen* rissen leicht ein, und sie konnte es sich nicht leisten, diese wöchentlich zu ersetzen.

Aber solche dicken Altfrauenstrümpfe wie die von Fräulein Klopfer kamen auch nicht in Frage, dachte Hulda und lächelte. Lieber malte sie sich mit einem dunklen Stift falsche Nähte auf die Waden wie die meisten jüngeren Frauen in der Stadt.

Als habe Fräulein Klopfer ihre Gedanken gelesen, musterte sie Huldas Beine und murmelte etwas von Freizügigkeit, die es zu ihrer Zeit nicht gegeben hätte. Doch Hulda hörte wohlwollend darüber hinweg und zog anstelle einer patzigen Antwort eine kleine rechteckige Blechdose aus ihrer Ledertasche. Die Schachtel war golden bemalt, mit einem geschwungenen Schriftzug auf dem Deckel. Jette hatte Wort gehalten. Beim Gedanken an die Freundin wurde Hulda warm ums Herz. Die Apothekerin aus der Bülowstraße war ihr seit den Erlebnissen um ein verschwunden geglaubtes Kind im vergangenen Winter ans Herz gewachsen. Gemeinsam hatten sie dafür gesorgt, dass der kleine Isaak wieder zu seiner Familie zurückkehren konnte. Und zu Huldas Freude hatte auch Jettes Privatleben im letzten Jahr eine gute Wendung genommen: Die junge Witwe hatte erneut geheiratet und erwartete nun überraschend schnell ihr erstes Kind. Es war Ehrensache, dass Hulda sich um die schwangere Freundin kümmerte, aber Jette bestand darauf, sie wenigstens ab und zu deswegen mit Süßigkeiten zu verwöhnen.

«*Sawade*», sagte Fräulein Klopfer, die aufgehört hatte, ihr Bein zu reiben, und mit runden Augen auf die kleine Pralinenschachtel blickte. «Das sieht man nicht alle Tage.»

«Der Mann einer Freundin hat gute Beziehungen», sagte Hulda und öffnete andächtig den Deckel. Fräulein Klopfers Augen folgten jeder ihrer Bewegungen.

In der Schachtel warteten die Schokoladenpralinen in zwei Lagen, säuberlich aufgereiht. Die ältere Kollegin leckte sich rasch die Lippen. Hulda sah es und musste schmunzeln. Schnell schob sie ihr die Schachtel zu.

«Bedienen Sie sich, bitte», sagte sie.

Im Stillen dachte Hulda, dass man mit Honig Fliegen fing und es doch gelacht wäre, wenn sie und Fräulein Klopfer nicht doch noch, wenn auch keine Freundinnen, so doch Kameradinnen werden könnten.

«Das ist zu freundlich!», sagte die andere Hebamme und griff beherzt in die Schachtel. Sie wählte eine Trüffelsorte, die mit einer dunklen, geriffelten Schokolade überzogen war.

Auch Hulda nahm sich eine Praline, ein kleines Kunstwerk aus hellem und dunklem Nougat.

Beide schoben sich gleichzeitig die Süßigkeit in den Mund und seufzten im Chor.

«Wirklich was Feines», sagte Fräulein Klopfer, als sie sich erneut die Lippen leckte. «Angeblich hat die Manufaktur vor dem Krieg sogar den königlichen Hof beliefert. Und noch heute sind die preußischen Prinzen erklärte Liebhaber dieser Köstlichkeiten.»

«Und ich verstehe auch, weshalb.» Hulda nahm sich eine zweite Praline und bedeutete der Kollegin, ebenfalls noch einmal zuzugreifen, was diese mit leicht geröteten Wangen tat. «Leider bin ich ein ziemliches Naschmaul», erklärte Hulda und klopfte sich auf den Bauch. «Gut, dass Sie mir ein wenig helfen, sonst würde ich das alles allein in mich hineinstopfen und gar nicht auf meine Linie achten.»

«Ihre Linie ist tadellos», sagte die ältere Kollegin mit einem anerkennenden Blick und ließ die Schokolade beseelt im Mund zergehen. Dann stand sie auf und wischte sich die Fingerspitzen an der Schürze ab.

«Das tat gut», sagte sie, «ab und zu eine kleine Sünde, das braucht der Mensch. Vor allem nach dieser Nacht.»

«Was ist denn passiert?», fragte Hulda. Sie legte wehmütig den Deckel auf die Schachtel und stellte sie oben auf den Spind. Kurz durchzuckte sie der Gedanke, ob die Pralinen wohl morgen früh geplündert wären, doch dann fiel ihr ein, dass sie selbst ja Schicht bis Mitternacht hatte. Da wäre es in der Tat besser, ein Vorhängeschloss an der Packung anzubringen, dachte sie halb zerknirscht, halb belustigt.

Fräulein Klopfer, der noch eine Spur Schokolade im Mundwinkel hing, schnaubte, während sie ein Schultertuch um die Uniform legte und es vorne verknotete. «Ach, nur diese Hausschwangeren», sagte sie, «die leben hier auf Kosten der Krankenkasse, haben es warm und behaglich und beschweren sich doch tagein, tagaus. Als hätten wir nicht genug zu tun mit den Geburten! Müssen wir da auch noch den werdenden Müttern jeden Wunsch von den Augen ablesen?» Sie schüttelte betrübt den Kopf. «Früher haben die Frauen das Mutterwerden einfach erduldet», erklärte sie, «es war eben so. Heute meint jede, die einen Braten in der Röhre hat, es stehe ihr zu, von vorn bis hinten bedient zu werden.»

Hulda versuchte, ein mitfühlendes Gesicht zu machen.

Gleichzeitig spürte sie Widerwillen bei den harten Worten der Kollegin. Sie hatte nicht oft die Erfahrung gemacht, dass werdende Mütter sich derart aufführten. Die meisten, die sie erlebt hatte, mussten ihre Schwangerschaft zusammen mit vielen Hindernissen des Alltags meistern, betreuten oft eine bereits vorhandene Kinderschar, schmissen den Haushalt, ackerten sich ab und ignorierten ihre eigenen Bedürfnisse nach Ruhe und Fürsorge. War die Klientel hier in der Klinik wirklich eine derart andere?

Hulda schluckte die Frage hinunter, sie wollte nicht mit Fräulein Klopfer aneinandergeraten.

«Dann haben Sie sich Ihren Feierabend jetzt redlich verdient», sagte sie nur beschwichtigend, und die Kollegin nickte, nahm ihre Tasche und warf die Tür des Spinds zu.

«Gutes Gelingen», wünschte sie und verließ den Raum.

Hulda hörte noch die energischen Schritte der klobigen Schuhe den Gang hinunter hallen und atmete auf, als das Geräusch verstummte. Jetzt trug sie die Verantwortung, und auch, wenn ihr das immer noch die Nerven flattern ließ, so bereitete es ihr trotzdem ein ungeheures Gefühl von Befriedigung.

Vor dem angelehnten Fenster, durch das man die Spree glitzern sah, blühten die Winterlinden und verströmten einen süßen Duft, der bis in das trist eingerichtete Hebammenzimmer zog und Hulda in der Nase kitzelte. Die Sonne tanzte auf dem Wasser. Hulda schloss einen Moment die Augen und ließ das Licht rötlich golden über ihre Lider streicheln.

Es klopfte, und gleich darauf wurde die Tür aufgestoßen. Eine Schülerin steckte den Kopf herein. Bei Huldas Anblick ging eine Spur der Enttäuschung über ihr sommersprossiges Gesicht, doch schnell riss sie sich zusammen.

«Ja, bitte, Fräulein Meck?», fragte Hulda.

«Guten Morgen», sagte das Mädchen atemlos und blies sich eine rötliche Haarsträhne aus der Stirn. «Bei einer Frau drüben im Hausschwangerentrakt ist das Wasser gebrochen.»

«Ich komme», sagte Hulda. Sie warf einen letzten bedauernden Blick durch das Fenster auf den glitzernden Fluss und folgte dann der Schülerin auf den Gang hinaus.

Die Geburt verlief ohne größere Schwierigkeiten. Direktor Bumm selbst war heute anwesend und leitete eine Handvoll junger Ärzte an, nacheinander die Gebärende zu untersuchen. Frau Bogenmüller war eine unerschrockene Frau mittleren Alters, es war ihre dritte Geburt, und sie ließ alles über sich ergehen.

Als Hulda ihr den kleinen Jungen reichte, der mit einer Glückshaube, der Fruchtblase über der Stirn, geboren worden war, strahlte sie.

«Dass ick dit noch erleben darf», sagte sie, «in so 'ner piekfeinen Klinik und nich bei meinem Männe und mir inna Schlafkammer! Es jeht doch aufwärts mit der Menschheit, oder, Fräulein?»

Hulda nickte und suchte lächelnd den Blick von Direktor Bumm.

«Hier sind Sie in guten Händen», sagte sie.

«Ooch, wenn es nich die Charité is», erwiderte Frau Bogenmüller, während sie ihr Kind liebkoste. «Dit wäre wat zum Erzählen bei die Nachbars. Charité, dit klingt so nach jroßer weiter Welt. Mit die janze berühmte Ärzte und so.»

Direktor Bumm trat hinzu. «Ich kann Ihnen versichern, meine Dame, dass wir hier in der Artilleriestraße ebenso gute Ärzte haben, wenn nicht bessere. Ich muss es wissen, denn ich selbst war früher Professor der Gynäkologie an der Charité und habe mich zu einem Wechsel hierher entschlossen. Unsere Klinik kann sich mit denen dort drüben mühelos messen, das gibt sogar mein Nachfolger, Direktor Franz, inzwischen zu.»

Hulda meinte, eine kleine Ungeduld in seiner Stimme zu hören, und wunderte sich. Machte er sich wirklich etwas aus dem Geschwätz dieser einfachen Frau? Jeder wusste, dass der Name der Charité, die nur wenige Kilometer entfernt lag, weit über die Grenzen Berlins, ja, Deutschlands erstrahlte. Doch unter Fachkreisen war bekannt, dass die Frauenklinik II in der Artilleriestraße der Gynäkologie dort in nichts nachstand. Was bedeutete schon ein Name?

Frau Bogenmüller zuckte nur mit den Schultern und ließ sich seufzend in die Kissen zurückfallen. Wortlos reichte Hulda das Baby der Kinderpflegerin, damit diese es anziehen und ins Bettchen legen konnte.

Als ein jüngerer Arzt begann, den Geburtsriss zu nähen, verzog Frau Bogenmüller das Gesicht.

«Vorsicht», zischte sie, «ick bin keen Stück Leder und Sie keen Schuster!»

Direktor Bumm beugte sich stirnrunzelnd vor und sah dem jungen Arzt auf die Finger.

«Behutsamer, bitte, und etwas flotter», sagte er ungehalten. «Sie hören ja, dass wir uns mit der großen Charité vergleichen lassen müssen. Machen Sie mir keine Schande!»

Der arme Mann nickte und schwitzte, während er, mit noch zittrigeren Händen nun, die Naht beendete. Der letzte Knoten gelang ihm nicht, weshalb ihn der Direktor ungeduldig zur Seite schob.

«Lassen Sie mich mal ran», sagte er.

Hulda beobachtete alles aus zwei Metern Entfernung. Sie

sah genau, woran es haperte, sie selbst beherrschte diese Naht im Schlaf, und noch nie hatte eine Frau unter ihren Händen derart gefiept und gewimmert wie Frau Bogenmüller nun, die doch kurz zuvor mit Todesverachtung ein Kind geboren hatte.

Es juckte Hulda in den Fingern, hinzuzuspringen und den Herren zu zeigen, wie man es machte. Als Frau besaß sie nun einmal den unschlagbaren Vorteil, dass sie nachfühlen konnte, wo es weh tat. Doch sie biss die Zähne zusammen und befahl sich, stocksteif auf ihrem Platz zu bleiben, als sich Direktor Bumm plötzlich krümmte, als habe er starke Schmerzen. Er stöhnte, trat einen Schritt zurück und hielt sich die Seite. Sein gezwirbelter Schnurrbart bebte.

Eine der Schwestern war sofort neben ihm. «Brauchen Sie etwas, Herr Direktor?», fragte sie. «Ein Glas Wasser?»

Er verscheuchte sie wie eine Fliege und schleppte sich zu einem Stuhl. Sein Blick fiel auf Hulda. Sie war erschrocken, als sie sein weißes Gesicht sah.

«Sie übernehmen», ächzte er und ließ sich am Rand des Kreißsaals nieder.

Das ließ sich Hulda nicht zweimal sagen. Sie sprang hinzu, schnappte sich Katgut und Schere und beendete mir nichts, dir nichts die Wundversorgung.

Frau Bogenmüllers Gesicht entspannte sich, als sie merkte, dass das Schlimmste überstanden war. Anerkennend zwinkerte sie Hulda zu, ein Zeichen von Frau zu Frau in einem Raum voller Männer. Hulda lächelte zurück und wollte dann nach Direktor Bumm sehen. Doch er war verschwunden.

Eine Schwester trat neben Hulda.

«Er hat es an der Gallenblase», sagte sie erklärend, «sie macht ihm manchmal zu schaffen. Kein Grund zur Sorge.»

Hulda nickte, wenig überzeugt. Doch sie sagte sich, dass der ältere Herr schließlich ein sehr versierter Arzt war und sein eigenes Leiden sicher richtig einschätzen würde. Soviel sie wusste, war er auf seinem Gebiet der Geburtshilfe einsame Spitze, aber auch in der Strahlenbehandlung bei Krebs. Sie nahm sich vor, sich in den nächsten Tagen nach seinem Befinden zu erkundigen.

Flink trat sie zum Bettchen, in dem das Kind frisch gewickelt und zugedeckt lag. Es gurrte wie eine kleine Taube und sah aus verschwollenen, aber neugierigen Augen in die Welt, von der es noch nicht viel mehr als Lichter und schemenhafte Gesichter wahrnahm. Hulda strich ihm über das weiche Köpfchen und streckte sich.

Wie gut es getan hatte, dachte sie, wieder einmal mit anpacken zu dürfen. Doch es war ihr nur erlaubt worden, weil kein männlicher Geburtshelfer mehr zur Stelle gewesen war. Sie stellte sich vor, wie die Geburt verlaufen wäre, wenn sie Frau Bogenmüller in deren Wohnung entbunden hätte, im zweifelsohne durchgelegenen Ehebett, von dem die Frau selbst so abfällig gesprochen hatte. Mit klammen Handtüchern, Kindergeschrei von nebenan und dem ewigen Geruch nach gekochtem Kohl und Briketts, der die Berliner Mietshäuser tränkte, ja, der die Steine der Häuser zusammenzuhalten schien wie Zement. Eine unerklärliche Sehnsucht nach dieser Welt überfiel Hulda. Diese Welt war nicht immer schön, sie zeigte ihren Bewohnern nur allzu oft ihr grausames Antlitz. Doch sie, Hulda, hatte dort etwas bewirken können. Sie war dort Fräulein Gold gewesen, die Hebamme, die jeder kannte! Hier aber, in der peinlich sauberen, modernen Klinik, war sie einfach nur ein Fräulein ohne Namen, das zufällig Schicht hatte.

11.

Donnerstag, 24. Juli 1924

Karl stand mit dem Rücken an die Hauswand gelehnt und sog gierig an der Zigarette. Unter seiner Hand spürte er den bröckeligen Putz, und er spielte mit den kleinen Steinchen zwischen seinen Fingern. Die frische Luft tat gut, ebenso wie die Helligkeit des Morgens, die über den Himmel zog wie ein Schwamm über eine Tafel und das Vergangene auszulöschen versprach.

Hinter ihm lag die enge Wohnung in der Genthiner Straße, in der er, Paul Fabricius und die Kollegen vom Erkennungsdienst in der Morgendämmerung eine weitere Leiche gefunden hatten. Die Straße im Bezirk Tiergarten, die bis hinauf zum Schöneberger Ufer führte, war einschlägig bekannt für ihr zwielichtiges Nachtleben. Doch das Haus wirkte um diese Tageszeit harmlos. Ein Nachbar auf dem Weg zur Frühschicht hatte im Treppenhaus einen merkwürdigen Geruch bemerkt und einen Hinweis bei der Telefonzentrale des Präsidiums abgegeben.

Der Anblick der Leiche war unschön gewesen, und Karl hatte, wie so oft, dem jungen Kollegen den Vortritt gelassen, den toten Körper genauer zu inspizieren, auch wenn er tief drinnen wusste, dass es dumm war, Fabricius immer mehr Spielraum zu geben. Doch er konnte sich nicht überwinden,

den Leichnam des armen Teufels genauer zu betrachten oder gar anzurühren, der in einer geronnenen Blutlache lag – und zwar seit mehreren Tagen.

Wieder eine durchschnittene Kehle, wieder ein junger Mann. Sein Foto würde sich nahtlos in die anderen Bilder der Opfer einreihen, die an der Pinnwand in der Schreibstube hingen. Ein Gesicht wie das andere.

Lieber hatte Karl die Wohnung Stück für Stück durchstreift, hatte den Erkennungsdienst Fundstücke einsammeln lassen und der Stimmung nachgelauscht, die in den Wänden hing. Jeder Tatort erzählte eine Geschichte. Und diese Wohnung, so ärmlich, wie die Einrichtung auch wirkte, schien von einem lebensfrohen Menschen bewohnt gewesen zu sein. An den Wänden hingen bunte Bilder, teilweise selbst gemalt, vermutete Karl, und Kunstdrucke aus verschiedenen Galerien. Kleine getöpferte Skulpturen zierten ein Regal, in dem eine beachtliche Sammlung von Büchern stand. Wahllos hatte er einen Titel herausgezogen: *Berlins Drittes Geschlecht* von Magnus Hirschfeld. Der Name des Autors sagte ihm etwas, aber er wusste nicht, was. Daneben stand eine Reihe von Romanen. Karl sah Thomas Mann, Kurt Tucholsky, auch Karl May, dessen Abenteuerromane er selbst als Junge verschlungen hatte, wenn er einen in der Leihbibliothek hatte ergattern können. Die Geschichten hatten ihm viele schöne Stunden beschert, in denen er seine triste Umgebung, das Waisenhaus, eintauschen konnte gegen die Weiten der Prärie, in denen Gut gegen Böse kämpfte und in denen seine Helden, allen voran Winnetou, meistens gewannen. Und nie wieder, so erinnerte er sich, während er über den abgegriffenen Einband des Buches in seinen Händen gestrichen hatte, hatte er so heftig geweint wie schließlich beim Tod des Indianerhäuptlings.

Er hatte sich vom Bücherregal losgerissen und noch einen Blick in die klapprigen Hängeschränke über dem Herd geworfen, doch darin war nichts Auffälliges, nur ein paar Vorräte. An der Wand hing eine Fotografie, sie zeigte den jungen Mann Arm in Arm mit einem anderen. Sie standen vor dem Wannsee, erkannte Karl, der wusste, dass man sich dort vom Strandfotografen ablichten lassen konnte. Die Sonne spielte mit den hellen Haaren der beiden, und ihre lachenden Gesichter deuteten mit keiner Spur auf das schreckliche Ende hin, das auf einen von ihnen wartete.

Karl hatte an Hulda denken müssen, daran, wie auch sie beide dort gestanden hatten, sich am Sandstrand der *Badewanne Berlins* geneckt und verstohlen geküsst hatten, und er konnte nicht anders, als sich zu fragen, was er tun würde, wenn auch ihr einmal etwas zustieße. Doch dann hatte er die Augen zusammengekniffen und leicht den Kopf geschüttelt. Es war unnötig, ja, gefährlich, sich am Tatort von den eigenen Gefühlen ablenken zu lassen. Schließlich ging es hier nicht um ihn oder um Hulda, sondern um einen Unbekannten, dessen Mörder sie schnellstmöglich finden mussten.

Den Rest der Wohnung hatte er den Kollegen überlassen. Warum nur, hatte er sich gefragt, als er die Stiege des Treppenhauses hinunterging, hatte dieser Mann, ein begeisterter Leser und Kunstliebhaber, einer, der das Leben genoss, sterben müssen? Nur, weil er das falsche Geschlecht liebte?

Der Rauch von Karls Zigarette schraubte sich hinauf in die frische Morgenluft, und das Vogelgezwitscher in den struppigen Straßenbäumen schwoll immer mehr an, je höher die Sonne stieg. Am gegenüberliegenden Haus hatte jemand ein Fenster offen stehen lassen, und eine weiße Gardine, ein hauchzarter Stoff, wehte heraus. Der Wind packte die Maschen und spielte damit, ließ sie senkrecht flattern und tanzen wie eine betrunkene, aber nichtsdestotrotz anmutige Ballerina. Immer wieder griff eine Böe nach ihr und ließ sie hin und her wirbeln, sich krümmen wie Rauch in der Luft. Etwas an dem Bild machte es Karl schwer, den Blick abzuwenden, es war voller unerklärlicher, trauriger Schönheit.

Er warf den glühenden Stummel auf den Boden und sah an der Hauswand hinter ihm hinauf, weil er ein Geräusch gehört hatte. Jemand hatte dort im zweiten Stock das Fenster aufgestoßen. Karl erblickte das pausbackige Gesicht von Fabricius und winkte ihm, ein wenig missmutig, weil der Kollege das hübsche Schauspiel, das ihn gefangen genommen hatte, unterbrach.

«Ich mache eine Runde zu Fuß», rief er halblaut hinauf, um nicht die Glücklichen zu wecken, die noch hinter den Fenstern schliefen. «Fahrt ohne mich ins Präsidium, ja? Ich komme bald nach.»

Fabricius zog die Brauen in seinem Mondgesicht zusammen, fragte jedoch nicht, sondern tippte sich nur wie ein Matrose an eine nichtvorhandene Mütze und zog den Kopf zurück. Karl sah wieder zu der Gardine auf der anderen Straßenseite hinüber, doch der Wind hatte sich gelegt, und sie hing nun schlaff, wie erschöpft, herunter. Achselzuckend machte er sich auf den Weg.

Er lief Richtung Süden, fort vom Magdeburger Platz, und überquerte die Kurfürstenstraße, auf der entlang der Hochbahn das Leben erwachte. Fuhrwerke standen dicht an dicht am Rinnstein und brachten Fässer, Flaschen und Säcke, die von schwitzenden Lieferanten in die Geschäfte geschleppt wurden. Aus einer Bäckerei duftete es verführerisch nach frischem Brot, der Geruch schien in den streifigen Sonnenstrahlen zu tanzen, die sich im Metall der Hochbahntrasse brachen.

Karl kannte sich in der Gegend gut aus, nicht nur, weil er als Kriminalbeamter hier oft zu tun hatte, sondern auch, weil das Waisenhaus, in dem er aufgewachsen war, nur einen Straßenzug entfernt lag. Doch er versuchte, so selten wie möglich an den düsteren Backsteinbau mit den hohen Zinnen zu denken, der ihm als Kind stets vorgekommen war wie eine Gefangenenburg. Lieber hob er das Gesicht in die Sonne und ging weiter nach Süden. Er ließ die rot leuchtende Zwölf-Apostel-Kirche mit ihrem spitzen Turm, der in das Hellblau des Himmels zu piksen schien, links liegen und marschierte durch eine Sackgasse hindurch, bis er zur Bülowstraße mit der Glaskuppel des Bahnhofs Nollendorfplatz kam. Dort wich er einem schwitzenden Möbeltransporteur aus, der ein altes Kanapee die Straße entlangschleppte.

«Karl?», sagte plötzlich eine Stimme, und er blickte erschrocken auf. Erst erkannte er den schlaksigen Mann nicht, der vor ihm stand, doch da ergriff der schon seine Hand und schüttelte sie.

«Ich bin's, Peter, alte Keule.»

Sogleich fiel es Karl ein: Peter war sein Zimmernachbar gewesen, während der letzten Jahre im Waisenhaus hatten sie sich zusammen mit vier anderen Jungen die Schlafstube geteilt. Peter war ein lustiger Kerl gewesen, seine Scherze brachten sie oft zum Lachen und stellten die Geduld der Schwestern auf eine harte Probe.

Karl erwiderte den Gruß.

Sein Gegenüber verzog das schiefe Gesicht zu einem begeisterten Strahlen. «Mensch, Keule, was machst du denn hier?», fragte Peter. In der Hand hielt er eine Thermoskanne, in die andere nahm er jetzt die brennende Zigarette, die bis eben wie festgewachsen in seinem Mundwinkel gesteckt hatte.

Karl wusste nicht recht, was er antworten sollte. Was tat er hier eigentlich? Sein Streifzug durch Schöneberg war nicht unbedingt nötig, doch etwas – jemand – zog ihn südlich der Bülowstraße an. Dort lag der Winterfeldtplatz. Und da lebte Hulda.

«Arbeit», sagte er daher nur unbestimmt und zündete sich auch eine Fluppe an.

«Was ist denn aus dir geworden?», fragte Peter.

«Ich bin Kriminalbeamter», sagte Karl.

Peter pfiff durch die großen Vorderzähne. Sie wiesen eine ordentliche Lücke auf, deswegen war er schon zu Schulzeiten ein großartiger Pfeifer gewesen, der jeden Vogelruf nachahmen konnte.

«Donnerwetter», sagte er, «das kann sich sehen lassen.» Er musterte Karl mit einer Mischung aus Neid und Anerkennung. «So richtig mit Mord und Totschlag?»

«Meistens schon», sagte Karl. Doch er hatte keine Lust, über die Einzelheiten seiner Arbeit zu sprechen. «Und du?», fragte er stattdessen und betrachtete die schmutzigen Arbeitshosen des früheren Kameraden.

«Schreiner», sagte Peter und machte eine wegwerfende Geste. «Na ja, leben muss man.»

«Ist doch ein solides Handwerk.»

Trotzdem schämte sich Karl, weil er es offenbar besser getroffen hatte. Dabei schien ihm die Vorstellung, den ganzen Tag nur mit Holz und nicht mit Holzköpfen zu arbeiten, auf einmal sehr verlockend. Möbel und Balken ließen einen in Ruhe, sie jagten einem keine Angst ein, und sie schlugen sich auch nicht gegenseitig tot, ohne Sinn und Verstand.

Peter nickte gelassen. «Ist schon in Ordnung», sagte er. «Leider haben es die kleinen Tischlereien schwer in diesen Zeiten. Die Fabriken reißen alles an sich, ein kleines Gewerbe hält sich nur noch mühsam über Wasser.» Er deutete auf ein staubiges Schaufenster einige Hausnummern weiter, hinter dem gedrechselte Holzgegenstände, Tische und Stühle, ausgestellt waren. «Mein Chef muss wahrscheinlich bald schließen, aber dann suche ich mir eben was in einer der Fabriken oder auf dem Bau. Einer wie ich findet immer was.»

Wieder lächelte er.

«Aber du», sagte er, «du hattest schon immer mehr in der Birne. Wir haben doch alle gewusst, dass aus dir was wird.» Er beugte sich näher zu Karl. «Sag mal, wie hast du das denn bezahlt, war doch sicher eine lange Ausbildung, meine ich? Hattest doch auch nichts, genau wie wir.»

Karl schämte sich schon wieder. «Ich hatte ein Stipendium», sagte er leise, «jemand hat eine Spende ans Waisenhaus gemacht.»

«Wahnsinn!», rief Peter.

Doch während Karl gefürchtet hatte, dass er es ihm krummnehmen könnte, weil Karl gefördert worden war und er nicht, schien Peter sich wirklich für ihn zu freuen.

«Aber wer?», fragte er neugierig. «Das muss ja ein hübsches Sümmchen gewesen sein.»

Karl hob die Schultern. Der Vorsteher des Waisenhauses, Leopold North, dessen Nachnamen er mangels eines eigenen bis heute trug, hatte ihm nicht gesagt, wer der Gönner gewesen war, der ihm seine Ausbildung bezahlt hatte. Irgendein reicher Industrieller, vermutete er, der sein Gewissen erleichtern oder Steuern sparen wollte.

«Das habe ich nie erfahren», sagte er nur.

Peter starrte ihn ungläubig an. Seine Augen verengten sich zu Schlitzen. «Das ist aber merkwürdig, Keule», sagte er, «denn offenbar hat dieser Unbekannte das Geld ja direkt für dich angewiesen. Sonst hätte doch das Waisenhaus darüber verfügt, es zur Instandsetzung genutzt oder so, und ganz gewiss nicht einem von uns, schon gar nicht *dir*, einen solchen Batzen Geld gegeben.»

Karl wusste, was er meinte. Die Ordensschwestern hatten ihn ganz besonders wenig gemocht, hatten ihn als verschlagen und maulfaul bezeichnet und mit kleinen Strafen gepiesackt, wo sie nur konnten. Doch als er die Schule beendet hatte, war das schlagartig vorbei gewesen. Man hatte ihm ein Studentenzimmer mit Kost besorgt und sich fortan darum gekümmert, dass seine Rechnungen beglichen wurden. Es war ein Aufbruch in die Freiheit gewesen, den er nie hinterfragt hatte. Bis jetzt.

«Mensch, ich muss weiter», sagte Peter und deutete mit der Thermoskanne auf die große Uhr am Bahnhof Nollendorfplatz. Der Zigarettenstummel fiel zischend in eine Pfütze. «War echt spitze, dich wiederzusehen.» Freundschaftlich hieb er Karl auf die Schultern. «Komm doch mal nach Feierabend vorbei, dann trinken wir ein Bier zusammen und reden über alte Zeiten», sagte er noch, und Karl nickte in dem Wissen, dass er das nicht tun würde. So nett der frühere Freund auch sein mochte – die alten Zeiten waren das Letzte, worüber er reden wollte. Erinnerungen waren Gift für sein Gemüt.

Nachdenklich schlenderte er weiter. Er wusste, dass er am Nollendorfplatz in die Bahn steigen sollte, die direkt zum Präsidium am Alexanderplatz fuhr. Dort wartete Fabricius sicher schon mit einem Haufen Arbeit und neuen Erkenntnissen oder zumindest Theorien. Aber Karl konnte sich nicht überwinden. Nur noch eine Straßenecke trennte ihn von Huldas

Kiez. Also schlenderte er weiter, die Maaßenstraße entlang, vorbei an geschlossenen Kneipen und verschlafenen Kaffeehäusern, in denen erst langsam das Leben erwachte. Bald tauchte der weiträumige Marktplatz auf, auf dem bereits unzählige Händler, Bauern aus dem Umland, Butterfrauen und Budenbesitzer ihre Ware ausluden, in den Auslagen drapierten und mit ersten Kunden um Kartoffeln und Kohl feilschten.

Karls Magen knurrte, und er steuerte eine Bude an, an der frische Wurst auf die Hand verkauft wurde. Eigentlich war es dafür noch ein bisschen zu früh, doch er sagte sich, dass er schließlich mitten in der Nacht aufgestanden war und sich etwas Warmes verdient hatte. Sofort spürte er die Sehnsucht nach einem Schnaps, doch er schluckte und riss sich zusammen. Später.

Karl ließ seinen Blick über das bunte Treiben gleiten. Die Glocke der Matthiaskirche, deren Turm weit über den Platz ragte und um diese frühe Stunde noch einen langen Schatten warf, klang herüber. Acht Uhr. Da spürte er, dass er beobachtet wurde.

Der Zeitungsverkäufer war aus seinem Pavillon neben dem Gemüsestand getreten und sah zu ihm herüber. Karl gab sich einen Ruck und trat zu ihm.

«Guten Morgen, Herr Kommissar», sagte Bert, und wie immer war Karl nicht sicher, ob die Anrede ausgesucht höflich oder unverschämt gemeint war. Berts Gesicht hinter dem mächtigen Schnauzbart blieb undurchdringlich, eine kühle Freundlichkeit mit der Andeutung eines spöttischen Glitzerns in den Augen. Karl wusste, dass Hulda den älteren Mann mochte, doch er selbst hatte ein leichtes Misstrauen ihm gegenüber nicht ablegen können. Stets hatte Karl das unangenehme Gefühl, der Mann wisse mehr über ihn, als ihm lieb war.

«Guten Morgen, Herr ... Guten Morgen, Bert», sagte Karl, weil ihm zu spät einfiel, dass er den Nachnamen des Zeitungsverkäufers nicht kannte. «Sie haben heute noch nicht zufällig Fräulein Gold gesehen?»

«*Fräulein* Gold, oho!», sagte Bert, und das Glitzern in seinen Augen nahm zu. «So förmlich steht es noch immer zwischen Ihnen beiden?» Dann schüttelte er betrübt den Kopf. «Nein, Fräulein Hulda beliebte noch nicht, mir heute ihre Aufwartung zu machen», fuhr er fort. «Überhaupt hat sie in diesen Tagen weniger Zeit als je zuvor für ihre alten Freunde. Aber davon können Sie wohl auch ein Lied singen, fürchte ich?»

Karl nickte und fühlte sich wie ein Tölpel, der einem Mädchen nachstellte und dafür verspottet wurde. Doch leider hatte Bert recht, die Zeit, die er und Hulda miteinander verbrachten, war niemals so knapp gewesen wie in den vergangenen Wochen.

«Was führt Sie denn in unsere schöne Gegend?», fragte Bert und verschwand kurz im Pavillon – um gleich darauf seinen Kopf aus dem Fenster mit der Auslage zu stecken.

«Ich hatte in der Nähe zu tun», sagte Karl. «In der Genthiner Straße.»

«Nun ja, Nähe ...» Bert wiegte lächelnd den Kopf. «Da hat wohl die Sehnsucht nach unserem lieben Mädchen die Interpretation des Wortes etwas freier gemacht.» Er blinzelte in die Sonne, die sich immer weiter über den Platz hinaufschob. «Genthiner Straße», wiederholte er sinnend, «kein einfaches Pflaster, schätze ich.»

«Nein», sagte Karl. Ihm fiel ein, was Hulda über Berts Lebensweise angedeutet hatte. Ob er sich persönlich in der Gegend nördlich des Nollendorfplatzes auskannte, wo die Läden zunehmend ein Hort für Männer waren, die ihresgleichen suchten? Doch er traute sich nicht, zu fragen. Bert wirkte wie immer wie aus dem Ei gepellt, war tadellos gekleidet und frisiert und schien einem Katalog des perfekten Gentlemans entsprungen zu sein. Nichts an ihm deutete darauf hin, dass er etwas über die Berliner Umtriebe wissen könnte.

«Was macht die Welt?», fragte Karl, um vom Thema abzulenken, und betrachtete die sorgsam aufgeschichteten Stapel der Zeitungen vor ihm, über die Bert zu wachen schien wie eine Henne über ihre Eier.

«Sie berät sich», sagte Bert und deutete auf eine Schlagzeile, die von der Londoner Konferenz kündete. «In *good old Blighty* sucht der amerikanische Finanzexperte Dawes in diesen Tagen mit seinen Kollegen aus Europa nach einem Kompromiss wegen des Versailler Vertrags.»

«Inwiefern?» Karl fiel auf, dass er wochenlang kaum eine Zeitung aufgeschlagen hatte. Der Sommer, die Gedanken an Hulda und ihre gemeinsame Zukunft, die Überlastung im Präsidium hüllten ihn ein wie ein Kokon, in den nichts drang, was sich außerhalb Berlins zutrug.

«Charles Dawes hat einen Plan vorgelegt, nach dem Deutschland die Reparationszahlungen in Raten begleichen könnte», sagte Bert. Karl bemerkte die anerkennende Miene des Zeitungsverkäufers bei dem ihm unbekannten Namen. «Außerdem sollen internationale Kredite an die deutsche Wirtschaft vergeben werden.»

«Und das wäre gut, richtig?»

«Allerdings», sagte Bert. Seine Wangen über dem weißen Bart hatten sich rosig gefärbt. «Es wäre eine große Erleichterung. Die Arbeitslosenzahlen sind nicht länger tragbar, selbst nach der Inflation ächzen wir doch alle hier unter der Not. Und es wäre ein ungeheurer internationaler Erfolg.»

«Dann drücken wir mal die Daumen», sagte Karl und besah sich wieder das Titelbild, das eine Riege schwarz gekleideter Männer in Zylindern und *Bowler Hats* zeigte, die mit wichtiger Miene vor einem großen Gebäude standen. «Sind denn auch deutsche Vertreter dabei?»

«Bisher vor allem Reichsbankpräsident Schacht», erklärte Bert, «aber ich hoffe, dass bald Marx und vor allem Stresemann ebenfalls hinreisen dürfen. Das wäre ein großes Signal an die Welt. Seht her, hieße das, wir sind an den Tischen der Diplomatie wieder geduldet!»

Karl nickte, er verstand, was Bert meinte. Die Jahre seit dem Ende des Krieges, aus dem Deutschland als alleinschuldiger Verlierer hervorgegangen war, hatten einen Beigeschmack von Verachtung getragen. Wenn das Land sich nun wieder in der Weltgemeinschaft behaupten könnte, würde man dieses Gefühl vielleicht endlich abschütteln können.

In diesem Moment nahm Karl eine Bewegung drüben am Eckcafé wahr. Die Glastür des *Café Winter* hatte sich geöffnet, und ein Sonnenstrahl brach sich darin und blitzte über den Platz. Der breitschultrige Mann mit Schiebermütze und einem zu engen Hemd, der plötzlich im Eingang stand, kam ihm allzu bekannt vor.

Bert war seinem Blick gefolgt und erkannte ihn ebenfalls: Felix Winter. Seine Mundwinkel verzogen sich. «Den Winters und ihrer angeheirateten Verwandtschaft, der Familie Stolz, wird das aber nicht gefallen», sagte er. «Die Rechten haben was gegen Hilfen aus dem Ausland. Sehen es wohl als erneute Kapitulation, wenn man sich von internationalen Krediten abhängig macht. Ich schätze, das gibt Ärger.»

Dann betrachtete er Karl scharf und lächelte wissend. «Apropos Ärger», sagte er, «Sie sehen nicht so aus, als wäre Ihnen unser guter Felix sonderlich sympathisch. Liegt das etwa nur an seiner politischen Gesinnung?»

Karl spürte, wie ihm das Blut in die Wangen schoss. Warum nur musste Bert alles bemerken? War er ein Hellseher, ein Gedankenleser? Rasch schüttelte er den Kopf. «Wenn Sie es denn schon wissen», sagte er mürrisch, «warum fragen Sie dann überhaupt?»

Bert schmunzelte. «Ich neige manchmal zu vorübergehender Grausamkeit», erwiderte er, «verzeihen Sie bitte. Aber wenn ich Ihnen einen kleinen Rat geben dürfte?»

«Ungern», sagte Karl, aber er war doch neugierig. Wie erwartet, fuhr Bert auch ohne Zustimmung fort.

«Unsere Hulda ist ein echtes Juwel, das wissen Sie genauso gut wie ich», sagte er mit gedämpfter, aber eindringlicher Stimme. «Felix Winter ist Schnee von gestern. *Ihnen* gehört Huldas Herz, das sehe ich. Also lassen Sie endlich das Zaudern sein, sie verdient, weiß Gott, einen echten Mann!»

«Spielen Sie jetzt den Kuppler?», fragte Karl, doch da lachte Bert höhnisch auf.

«Das hat Hulda nicht nötig», sagte er, «sie kann sich jeden aussuchen, den sie will. Ich möchte *Ihnen* helfen, Sie armer Tropf.»

Karl sehnte sich mit jeder Faser seines Körpers nach etwas zu trinken, um das Zittern seiner Hände zu unterdrücken. Plötzlich wurde es ihm zu viel hier auf dem Platz, wo sein Inneres scheinbar ausgebreitet vor Fremden lag.

Aber dieser Bert wusste eben doch nichts über ihn, dachte er mitleidig, wobei er nicht sicher war, ob dieses Gefühl dem älteren Herrn oder sich selbst galt. Bert glaubte offensichtlich daran, dass Liebe Berge versetzte und man nur tatkräftig sein musste, um glücklich zu sein. Doch er, Karl, wusste es besser.

Auch wenn er das zutiefst bedauerte und wünschte, er könne Berts Ratschlag einfach befolgen, Hulda vor den Altar zerren und jede Menge Kinder mit ihr bekommen, um bis ans Lebensende selig zu sein.

In seinem Kopf begann nun der vertraute Schmerz zu pochen, der am Ende nur mit Gin und der ein oder anderen Tablette gelindert werden konnte.

«Ich danke Ihnen», sagte er und nickte Bert zu, der ihn so erwartungsvoll ansah, als hoffte er, Karl werde jetzt sofort in die Winterfeldtstraße eilen und vor Hulda auf die Knie fallen. «Wenn Sie so freundlich wären, Fräulein Gold gegenüber nichts von meinem Besuch bei Ihnen zu erwähnen?»

«Selbstverständlich», erwiderte Bert und zwinkerte ihm zu.

«Guten Tag», sagte Karl und wandte sich ab. Jetzt schien ihm Bert nicht mehr wie ein brütendes Huhn, sondern wie ein lauernder Raubvogel, dessen Blick sich in seinen Rücken bohrte, während er zurück in Richtung Norden lief, um endlich eine Bahn in die Stadt zu nehmen.

Kaum war er außer Sichtweite, tastete Karl in seiner Jackentasche nach der kleinen Flasche, die dort zuverlässig steckte, und trank im Gehen, nur beobachtet von ein paar schmutzigen Tauben, vor denen er sich nicht zu schämen brauchte. Er trank, bis der Flachmann ganz leicht war.

12.

Donnerstag, 24. Juli 1924, mittags

Beruhigend strich Hulda der jungen Frau, die auf einem Stuhl saß und wimmerte, über den Rücken. Marieluise Grünspan war seit zwei Tagen in der Klinik, weil ihr Hausarzt einen Verdacht auf Eklampsie geäußert hatte, doch der hatte sich als falscher Alarm herausgestellt. Es lag keine Schwangerschaftsvergiftung vor. Zur Beobachtung war sie aber trotzdem hiergeblieben, und nun hatten heute früh die Wehen eingesetzt. Als Hulda am Vormittag zum Dienst erschienen war, kamen sie schon in regelmäßigen Abständen, waren aber noch aushaltbar.

Hulda betrachtete das kunstvoll aufgedrehte Haar von Frau Grünspan und die seidenen Slipper, in denen ihre sorgfältig gepflegten Füße steckten. Sie gehörte zu den Patientinnen, deren Klinikaufenthalt vom Vermögen ihres Mannes finanziert wurde, dementsprechend hatte sie eins der wenigen Einzelzimmer bekommen. Der Blick hinaus über die grünen Wiesen bis hinunter zur Spree war hübsch, auf dem Bett lag eine weiche Überdecke in fröhlichem Gelb, die Wände waren frisch gestrichen. Doch das galt für alle Zimmer in den Pavillons der Klinik, die Räume wirkten hell und sauber. Hulda dachte an die Zustände in den älteren Krankenhäusern, in denen sie als junge Schülerin gewesen war, und lächelte ungläubig bei der

Erinnerung an düstere Schlafsäle mit zwanzig Frauen. Es ging eben doch voran, auch wenn man das nicht immer gleich bemerkte. Die Menschheit entwickelte sich weiter, schaffte bessere Voraussetzungen für alle, um ein gutes Leben zu führen.

Das Jahr 1924 war bisher so ruhig und friedlich verlaufen wie keines mehr seit der Zeit vor dem Krieg, dachte Hulda und stutzte. Seltsam, dass ihr das jetzt erst auffiel. Die Inflation war beendet, die Ruhrkrise beinahe befriedet, die Gewalt hatte abgenommen. Sicher, viele Menschen hatten noch immer keine Arbeit, viele Familien litten weiter Not. Doch zumindest schien diese für die meisten Leute einigermaßen gemildert. Auf den Straßen herrschte eine neue Gelassenheit, als habe man begonnen, langsam und vorsichtig an die Zukunft zu glauben.

Frau Grünspan stöhnte und krümmte sich auf dem Stuhl, und Hulda massierte ihre Schultern. Diese junge Frau kannte jedenfalls keine Entbehrungen, ihre Haut war weich von teurer Seife, ihre Wangen rund wegen des guten Essens, das im Hause Grünspan sicher eine Köchin servierte.

Einen Moment dachte Hulda an Johanns Worte über sein Elternhaus, stellte sich die Köchin vor, bestimmt eine runde, nach Suppenkraut duftende Person, die ihn und seine Schwester bekochte und behütete. Wie hieß sie noch gleich? Jolante, richtig! Gegen ihren Willen spürte Hulda dieses warme, übermütige Gefühl, das sie überkam, wenn sie an den jungen Assistenzarzt dachte, und sie bemerkte verwundert, wie ein dümmliches Grinsen sich auf ihrem Gesicht ausbreitete, ohne dass sie es wollte.

Wieder holte Frau Grünspan tief Luft, und Hulda wusste, dass die nächste Wehe herankam.

«Sie machen das sehr gut», sagte sie und schüttelte alle unnützen Träumereien ab. «Versuchen Sie einmal aufzustehen.»

Hulda griff nach dem Arm der Frau, die sich an sie klammerte und ein paar Schritte durchs Zimmer wankte.

«Wunderbar», sagte Hulda, die ahnte, dass die Geburt bald in eine Phase übergehen würde, in der die Ärzte die Frauen gern im Kreißsaal sahen. Sie hatte Frau Grünspan bereits in das Gebärhemd der Klinik gekleidet, sie gewaschen und rasiert, wie es das Protokoll vorsah. Jetzt kniete sie sich vor sie auf den Boden und untersuchte behutsam, wie weit der Muttermund geöffnet war. Acht Zentimeter, schätzte sie und nickte zufrieden. Dafür, dass es so gut voranging, hatte Frau Grünspan bisher bemerkenswert wenig Krach gemacht, da gab es Frauen, die schrien schon bei den ersten Zentimetern, als ginge es ihnen ans Leben.

«Ich bringe Sie in den Kreißsaal», sagte sie, und Frau Grünspan nickte mit glasigen Augen. Hulda kannte diesen Zustand unter der Geburt, wenn die Frauen sich auf nichts anderes mehr konzentrierten als auf diese ungeheure Aufgabe, die vor ihnen lag. Es war ein gutes Zeichen, wusste sie, das Zeichen, dass die Gebärende bereit war für die letzten Schritte. Gerade beim ersten Kind konnte die Pressphase sehr lange dauern und quälend schmerzhaft sein, und Hulda war dankbar, dass Frau Grünspan offenbar willens war, alle Kraft auf das Ziel zu lenken.

Auf dem Flur begegnete ihnen eine Hebammenschülerin.

«Laufen Sie schnell zum diensthabenden Arzt», trug Hulda ihr auf, «es geht los.»

Das Mädchen nickte und eilte in Richtung Hauptgebäude, während Hulda ihren Schützling in winzigen Schritten zum Kreißsaal geleitete. Dort reinigte eine Krankenschwester gerade die Instrumente, sonst war niemand zu sehen.

Frau Grünspan keuchte plötzlich auf, und ein Schwall Wasser ergoss sich zu ihren Füßen.

«Sehr gut», sagte Hulda, «das war Ihr Blasensprung. Jetzt haben Sie es bald geschafft.»

Tatsächlich begann die Frau an ihrem Arm sofort, lauter zu stöhnen und langgezogen zu jammern, und Hulda, die wusste, dass der Blasensprung zu diesem späten Zeitpunkt eine Geburt oft extrem beschleunigte, zog sie rasch zu einem der frisch bezogenen Gebärbetten und half ihr, sich hinzulegen. Die Schwester eilte herbei und wischte die klare Flüssigkeit von den Fliesen.

Hulda beugte sich über Frau Grünspan, deren Augen fest geschlossen waren, während sie die Lippen aufeinanderpresste und schnaufte. Schon kam die nächste Wehe. Hulda sah sich nervös um. Wo blieb der Arzt, wo der Rest der medizinischen Belegschaft? Sie fühlte erneut nach dem Muttermund und war erstaunt, dass sie schon die verklebten Haare des Kindes ertasten konnte. Sie tauschte einen Blick mit der Schwester.

«Wo bleiben die denn?»

Die Schwester hob die Schultern. «Soll ich nachsehen?»

«Nein», sagte Hulda, «bleiben Sie besser hier. Das Kind kommt jetzt und wird nicht auf Doktor Redlich warten, nur weil er seinen Kaffee noch austrinken muss.»

Sie wandte sich an Frau Grünspan. «Sie haben es gleich geschafft», sagte sie und strich ihr über das verschwitzte Haar, «und Sie müssen sich nicht zurückhalten. Bei jeder Wehe, die jetzt kommt, schieben Sie mit, so fest Sie können, verstanden?»

Die Frau nickte mit weiterhin geschlossenen Augen, atmete ein, weil die nächste Wehe kam, und presste mit aller Kraft. Schon schob sich das Köpfchen des Kindes ein Stück weit heraus, und Hulda stützte es mit einer Hand, während sie mit der anderen das zarte Gewebe des Damms schützte, um eine größere Verletzung zu vermeiden.

Plötzlich öffnete die Frau die Augen und sah Hulda erschrocken an. «Aber der Doktor», keuchte sie heiser, «er sagte, wir bräuchten gewiss die Zange, weil das Kind zu groß sei.»

«Welcher Doktor?», fragte Hulda erstaunt.

«Mein Hausarzt. Er meinte, ich würde es nicht schaffen, das Kind ohne Hilfe zu gebären.»

«Da hat er sich geirrt», erklärte Hulda. «Sie schaffen es sogar ganz hervorragend. Machen Sie einfach so weiter, ich bin bei Ihnen.» Bei sich dachte sie, dass dieser Hausarzt wohl nicht gerade der hellste Stern am Medizinerhimmel war. Alle seine Diagnosen hatten sich bisher als Humbug erwiesen.

Wieder kam eine Wehe, und Frau Grünspan schob und presste mit solcher Kraft, dass das Köpfchen des Kindes sich ganz aus ihr herausschob.

Hulda jubelte. «Ein Blondschopf, Frau Grünspan! Weiter, gleich ist es vorbei!»

Die neue Wehe schob den Körper des Babys hinterher, und Hulda hob es hoch, nickte zufrieden, als es sofort rosig anlief und zu quieken begann, und legte es der keuchenden Mutter in die Arme.

«Ein Mädchen», sagte sie und sah die einzelne Freudenträne, die über Frau Grünspans Wange lief.

Als Hulda auf die Nachgeburt wartete, kam endlich die Hebammenschülerin zurück – allein.

«Ich konnte niemanden finden», japste sie und sah Hulda ängstlich an, als erwarte sie eine Rüge. «Es tut mir leid, Fräulein Gold.» Ihr Blick wanderte zum Gebärbett, wo Frau Grünspan gerade ihr Neugeborenes bestaunte und liebkoste. «Oh», sagte sie mit großen Augen, «das Kind ist schon da?»

«Es ging ganz schnell.» Hulda spürte, wie sich ein großes Glücksgefühl in ihr ausbreitete. Sie hatte endlich einmal wieder einem Kind auf die Welt helfen dürfen, mit ihren eigenen Händen und ohne diesen Rattenschwanz von Zuschauern, die jede Intimität im Kreißsaal zunichtemachten. Nur sie, die Gebärende und das Baby, im Hintergrund die Schwester, die leise wie eine Maus geblieben war.

Behutsam zerschnitt Hulda die Nabelschnur.

«Kommen Sie», sagte sie dann zu der Schülerin, «wie heißen Sie eigentlich?»

«Marie Fischer», sagte das Mädchen.

«Fräulein Fischer, Sie werden jetzt die Nachgeburt überwachen.» Hulda schob sie dichter heran und sah befriedigt die Freude in Fräulein Fischers Gesicht, als dieser klarwurde, dass sie etwas zu tun bekam. Tatsächlich krümmte sich Frau Grünspan plötzlich und stöhnte noch einmal, als eine letzte Wehe die Nachgeburt austrieb.

Die Schülerin fing sie geschickt mit einem Tuch auf und legte sie in die bereitstehende Blechschale. Beinahe ehrfürchtig betrachtete sie das große Organ.

«Nun?», fragte Hulda.

«Sie sieht vollständig aus», sagte das Mädchen langsam und untersuchte die Plazenta von allen Seiten mit der Zungenspitze im Mundwinkel. «Keine Abrissstellen, keine Blutung.»

«Sehr gut», lobte Hulda. Sie untersuchte Frau Grünspan und sah, dass nichts gerissen war. «Sie sind wie neu», verkündete sie, und die frischgebackene Mutter lächelte. Immer wieder küsste und streichelte sie das Baby, das Hulda mit einem Laken zugedeckt hatte, und ließ es sich schließlich nur widerwillig abnehmen. Hulda und ihre Schülerin untersuchten das winzige Mädchen sorgfältig und rieben die letzten Spuren von Schmiere und Blut von der weichen Haut. Sie wogen und maßen es, und dann deutete Hulda auf die Kommode gegenüber.

«Nehmen Sie etwas zum Anziehen für das Kind heraus und kleiden Sie es bitte an», sagte sie, und wieder strahlte Fräulein Fischer. Emsig machte sie sich ans Werk, während Hulda Frau Grünspan wusch und ihr half, ein frisches Hemd anzuziehen.

Die Sonne warf ihr warmes Mittagslicht in den Raum, es war still und friedlich, und Hulda spürte, dass sie so entspannt war wie noch nie, seit sie hier in der Klinik angefangen hatte.

«Ist doch seltsam», sagte sie leise zur Hebammenschülerin, die gerade versuchte, einen Ärmel über den winzigen Arm des Kindes zu ziehen, «wo sind denn heute alle?»

«Doktor Breitenstein ist im OP», sagte Fräulein Fischer abwesend, während sie mit den schmalen Bändern des Hemdchens kämpfte, «eine Hysterektomie wegen eines Tumors.»

«Und Doktor Redlich? Er hat doch Bereitschaft für den Kreißsaal.»

«Keine Ahnung», sagte die Hebammenschülerin, «vielleicht war er noch beschäftigt mit der Verlegung?»

«Welche Verlegung?»

«Zwei der Hausschwangeren», sagte Fräulein Fischer, die es endlich geschafft hatte, das Hemdchen hinter dem faltigen Hals des Neugeborenen zu verschließen. Auf ihrer Oberlippe standen ein paar feine Schweißperlen, und Hulda lächelte. Aller Anfang war schwer. Doch die junge Frau schlug sich bisher sehr tapfer. Dann runzelte sie die Stirn.

«Aber warum? Gab es ein Problem?»

«Ich weiß leider nicht mehr, als dass zwei unserer Schwangeren nach Hause geschickt wurden», sagte die Schülerin achselzuckend und nahm das Baby auf. «Eine von ihnen hat tüchtig getobt und wollte nicht fort.» Sie lächelte das Kind an. «Jetzt gehst du zu deiner Mama, du hübscher Wonneproppen», sagte sie zu ihm und legte es in Frau Grünspans ausgestreckte Arme.

«Nach Hause ...», sagte Hulda nachdenklich, während sie Mutter und Kind gut zudeckte. «Merkwürdig.» Sie nahm sich vor, den Arzt oder Fräulein Klopfer danach zu fragen, was es damit auf sich hatte.

«Sie ruhen sich jetzt ein wenig aus, und dann komme ich und zeige Ihnen, wie man das Kind an die Brust legt», sagte sie zu Frau Grünspan. «Wir werden Sie sicherheitshalber ein bisschen zur Überwachung hierbehalten, um den Verdacht auf die Schwangerschaftsvergiftung ganz auszuräumen. Dann dürfen Sie in ein paar Tagen nach Hause.»

Sie wandte sich an Fräulein Fischer, die sich gründlich am Waschbecken wusch. «Sie haben Ihre Sache gut gemacht», sagte sie und sah die Freude über das Lob über das junge Gesicht huschen. «Jetzt legen Sie eine kurze Pause ein, und dann treffen wir uns für die Nachmittagsrunde wie immer.»

Das Mädchen huschte aus dem Saal, und Hulda reinigte sich die Hände. Wo steckte nur dieser Doktor Redlich? Sie ließ Frau Grünspan und das Baby in der Obhut der Schwester und der Kinderpflegerin, die hereingekommen war, und trat aus dem Kreißsaal.

Auf dem Weg zum Hebammenzimmer kam sie an den Räumen der Ärzte vorbei. Sie hatte noch keinen davon betreten, doch jetzt blieb sie vor der Tür stehen, an der ein kleines Schild mit dem Namen des jüngeren Oberarztes steckte. Es war wohl besser, sie berichtete ihm von der erfolgreich verlaufenen Geburt, ehe er noch böse wurde, weil sie eigenmächtig gehandelt hatte. Nicht, dass ihr etwas anderes übriggeblieben wäre, dachte sie achselzuckend und klopfte an.

Von drinnen war ein Rumpeln zu hören, ein hastiges Scharren und dann die volltönende Stimme von Doktor Redlich.

«Einen Augenblick», rief er durch die geschlossene Tür.

Hulda fand, dass er ein wenig fahrig klang. Sie wartete, und endlich öffnete sich die Tür einen Spaltbreit. Doktor Redlich trug seinen Arztkittel, doch Hulda sah, dass er schief geknöpft war. Und das volle, dunkle Haar des Oberarztes schien ein wenig durcheinandergeraten, als habe er geschlafen.

«Verzeihen Sie die Störung», sagte Hulda. «Ich wollte Ihnen nur mitteilen, dass Frau Grünspan soeben von ihrem Kind entbunden wurde. Es ist gesund und munter, ein kleines Mädchen.»

«Schön, schön», sagte Doktor Redlich schnell, ohne die Tür weiter zu öffnen. «Ausgezeichnete Arbeit, Fräulein …»

«Gold», half ihm Hulda auf die Sprünge und wunderte sich immer mehr. Was war in den Arzt gefahren, der sonst stets eine geradezu unerträgliche Überlegenheit ausstrahlte?

«Richtig», sagte Doktor Redlich und sah sie erwartungsvoll an. «Noch etwas?»

«Nein», sagte Hulda verwirrt, «ich denke nicht.»

«Gut. Schönen Tag.» Der Arzt schloss die Tür, ehe sie etwas erwidern konnte.

Kopfschüttelnd wandte sich Hulda ab. Dann fiel ihr ein, dass sie wegen der Entlassungen der beiden Hausschwangeren hatte nachfragen wollen, doch sie ahnte, dass ihn eine erneute Störung ungehalten machen würde. Deshalb ging sie weiter zum Hebammenzimmer, ließ sich dort auf einen Stuhl fallen, streifte die Schuhe ab und legte die Beine seufzend auf den Tisch. Eine kleine Ruhepause tat gut. Gern hätte sie jetzt etwas Süßes genascht, doch an ein Aufstehen war nicht zu denken und die Pralinenschachtel ohnehin leer.

Als sie gerade überlegte, ob sie vielleicht in den Tiefen ihrer alten Hebammentasche noch ein paar Kekse finden würde, flog die Tür auf und Fräulein Saatwinkels hellblonder Schopf schob sich herein.

«Hoppla», sagte Hulda überrascht, «ich habe noch gar nicht mit Ihnen gerechnet. Ihre Schicht beginnt doch erst in ein paar Stunden?»

Dann bemerkte sie die tiefe Röte auf den schmalen Wangen der Kollegin. Ihre Augen glänzten, und ihr Haar, ähnlich wie kurz zuvor das von Doktor Redlich, stand ihr zerwuschelt vom Kopf ab.

Da fiel bei Hulda der Groschen. Doch sie sagte nichts.

«Ich hatte etwas hier vergessen», sagte Fräulein Saatwinkel mit piepsiger Stimme und räusperte sich verlegen. «Aber wo ich schon einmal hier bin, kann ich doch gleich dableiben, oder? Dann können Sie ein bisschen früher Schluss machen heute, auch nicht verkehrt, habe ich recht?»

«Das ist sehr nett von Ihnen», sagte Hulda und lächelte. Sie beobachtete Fräulein Saatwinkel, wie diese leise summend an den Spind trat und ihre Uniform herausnahm. Sie hakte ihr Sommerkleid auf und ließ es zu Boden fallen. Hulda sah, dass ein Träger ihres Büstenhalters verrutscht war und der Verschluss nicht richtig geknöpft.

«Warten Sie mal», sagte sie, stand auf und richtete schnell die Unterkleider ihrer Kollegin.

«Oh, danke schön.» Die Röte in Fräulein Saatwinkels Gesicht vertiefte sich. «Da hatte ich es heute Morgen wohl eilig beim Ankleiden.»

«Kein Wunder», sagte Hulda schmunzelnd, «Sie wollten ja schließlich so schnell wie möglich herkommen und das Wichtige holen, was Sie vergessen hatten. War es nicht so?»

Langsam drehte sich Fräulein Saatwinkel um und sah ihr zaghaft ins Gesicht.

«Verflixt», sagte sie und biss sich auf die schönen Lippen. «Ist es so offensichtlich, dass ich Unfug rede?»

Hulda gluckste. «Sagen wir so, zur Diplomatin taugen Sie eher nicht, und zur Spionin auch nicht. Ihre Tarnung war nicht sehr überzeugend.»

Die Kollegin sank auf einen Stuhl und schlug die Hände vors Gesicht. «Wie peinlich», sagte sie. «Das waren Sie vorhin an der Tür, richtig?»

«Ja, aber das muss Ihnen nicht peinlich sein», sagte Hulda, «es geht mich doch nichts an, mit wem Sie Ihre Freizeit verbringen.»

«Bitte verraten Sie mich nicht», sagte Fräulein Saatwinkel und sah sie beschwörend an. «Wenn das rauskommt, werde ich gefeuert. Und die Karriere von Magnus steht auf dem Spiel. Immerhin ist er verheiratet.»

«Oh», sagte Hulda, «das wusste ich nicht.» Insgeheim dachte sie, dass sich der gutaussehende Arzt nicht verhielt wie ein verheirateter Mann, sondern dass er wohl jeder jungen Frau, der er begegnete, die falschen Signale sendete. Sie spürte einen leisen Ärger in sich aufsteigen.

«Sie sagen doch niemandem etwas?», fragte Fräulein Saatwinkel.

«Natürlich nicht», sagte Hulda beruhigend. Die Kollegin nickte erleichtert und zog sich die Uniform an. «Aber», fuhr Hulda fort, «wenn Sie wissen, dass das, was Sie tun, für Sie Nachteile haben könnte, sollten Sie vielleicht überlegen, ob Sie bereit für die Konsequenzen sind.»

Fräulein Saatwinkel hob in einer hilflosen Geste die Schultern. «Ich liebe ihn», sagte sie, und Hulda war beeindruckt, dass jemand diese Worte einfach so aussprach, als sei es das Selbstverständlichste von der Welt, so etwas zuzugeben. «Magnus ist alles für mich. Ich weiß, dass wir keine Zukunft haben, aber das hilft nichts. Ich kann ihn niemals aufgeben.»

«Und wenn Sie schwanger werden?», fragte Hulda, die entschieden hatte, dass ihr Gespräch keine falschen Etikette benötigte. Doch bei dieser Frage lächelte Fräulein Saatwinkel.

«Darin sind wir doch Expertinnen», sagte sie verschmitzt. «Wie man ein Pessar benutzt, weiß ich genau.»

«Sicher ist die Methode aber nicht», wandte Hulda ein. Gleichzeitig spürte sie einen leisen Stich der Beschämung. Sie erteilte hier weise Ratschläge und begab sich doch auch seit bald zwei Jahren immer wieder in eine ähnliche Gefahr bei ihren Begegnungen mit Karl.

Fräulein Saatwinkel zog einen Flunsch. «Sicher ist gar nichts», sagte sie, «man muss eben auch ein bisschen auf das Glück vertrauen.» Sie beugte sich näher zu Hulda. «Wissen Sie, wenn ich mit ihm, mit Magnus, zusammen bin – so richtig *zusammen*, Sie wissen schon –, dann existiert nichts anderes mehr auf der Welt für mich, dann gehe ich ganz in ihm auf. Und ich wette, es geht ihm mit mir genauso.»

Hulda nickte. Sie war nicht sicher, ob sie verlegen war oder neidisch, weil sie selbst, auch in den intimsten Momenten mit Karl, die Welt um sich herum *niemals* vergaß und die Angst, schwanger zu werden, abhängig zu sein, nie abschütteln konnte. Lag es etwa daran, dass sie sich bisher nur allzu selten auf ihn eingelassen hatte und ihn weiterhin am ausgestreckten Arm zappeln ließ? Liebte sie ihn nicht genug, jedenfalls nicht so, wie ihre Kollegin den schmucken Arzt liebte, dass sie alle Sorgen fallenließ und sich nur dem Genuss hingab?

Herrgott, manchmal fragte sie sich ernsthaft, was dieses Ding namens *Liebe* eigentlich wirklich war.

«Ich freue mich für Sie», sagte sie und meinte es ehrlich. Die aufgeregte Röte auf Fräulein Saatwinkels Gesicht hatte einer zarten Rosenfarbe Platz gemacht, und auf einmal hielt Hulda es für möglich, dass der von sich allzu eingenommene Doktor Redlich ebenfalls in die hübsche Hebamme verliebt war. Aber die Erfahrung sagte ihr, dass es nicht wahrscheinlich war, dass er deswegen auch nur ein Fußbreit seines Erfolges, seiner beruflichen Ziele aufs Spiel setzte. Am Ende würde die junge Frau für diese heimliche Liaison bezahlen, teuer und schmerzhaft. Doch vielleicht würde sie dann trotzdem sagen können, dass es das wert gewesen war?

Eine unbestimmte Traurigkeit griff nach Hulda, eine Sehnsucht, einmal auch so frei und furchtlos lieben zu können wie ihre Kollegin.

«Wenn Sie wirklich nichts dagegen haben», sagte Hulda und begann, ihren Kittel aufzuknöpfen, «dann nehme ich Ihr freundliches Angebot an und gehe nach Hause.»

«Sicher», sagte Fräulein Saatwinkel lächelnd, «gehen Sie nur. Genießen Sie die Sonne an diesem herrlichen Tag! Und dann geht die hier», sie deutete auf Huldas Stirnfalte, die sich, wie Hulda wusste, dort über der Nase tief eingegraben hatte, «vielleicht auch wieder weg, Fräulein Gold.»

13.

Freitag, 25. Juli 1924

Das Glöckchen über der Tür klingelte, als Hulda die *Löwenapotheke* in der Bülowstraße betrat. Sie sog den Duft nach Seife, nach Kampfer und medizinischen Salben ein, der für viele Menschen wohl mit Krankheit und Leid verknüpft war. Hulda aber erinnerte er an ihre Ausbildung in der Klinik. Und an ihre Freundin Jette Martin, die ihr nun von ihrem Platz hinter dem Verkaufstisch aus zuwinkte.

Jette sprach gerade mit einem älteren Herrn, der an offenen Beinen zu leiden schien, denn er beschrieb die schmerzhaften Symptome äußerst plastisch und so laut, dass Hulda, obwohl sie sich diskret im Hintergrund hielt, alles über die Beschaffenheit seines Leidens erfuhr. Jette empfahl kühlende Kompressen mit Kamille und gab ihm noch eine Salbe mit. Als er endlich den Laden verließ, sah sie Hulda aufatmend an.

«Die meisten Leutchen, die zu mir kommen, brauchen keine Apothekerin, sondern eine Gesellschafterin», sagte sie und strich sich über den runden Bauch, der ihren Kittel spannen ließ. «Unter einer Viertelstunde Schwatz geht hier kaum einer raus.»

«Und dann komme auch noch ich!», lachte Hulda.

Jette winkte ab. «Das ist doch was ganz anderes! Endlich sehen wir uns mal, ich lechze nach Neuigkeiten. Wie geht es in der Klinik? Was erlebst du so?»

Unwillkürlich musste Hulda stutzen. Sie hatte sich noch immer nicht ganz an das vertrauliche *Du* gewöhnt, doch nachdem sie und die Apothekerin im vergangenen Herbst einiges miteinander durchgestanden hatten und Hulda dann sehr bald während Jettes überraschender Schwangerschaft zu ihrer Vertrauten geworden war, hatten sie beschlossen, auf die förmliche Anrede *Sie* zu verzichten. Es war etwas Neues für Hulda, denn sie hatte lange keine enge Freundschaft zu einer Frau gepflegt. Oder vielmehr noch nie. Es hatte früher immer nur ihre Eltern gegeben und Felix, natürlich Felix, der von ihrem besten Freund aus Kindertagen zu ihrem Kavalier geworden war. Mit Bert, dem Zeitungsverkäufer, hielt sie heute oft einen Plausch, und sie genoss die Gespräche mit ihm, doch es wäre für sie undenkbar, den alten Herrn zu duzen! Und dann waren da noch die Kolleginnen und natürlich Karl. Nein, wie man mit einer besten Freundin umging, das hatte Hulda nie gelernt, doch umso mehr lag ihr an der Verbindung mit Jette, einer Gleichgesinnten.

Da niemand im Laden war, sprang Hulda kurzerhand auf den Tresen und baumelte mit den Beinen. Jette ließ sich leise ächzend auf einem Schemel nieder.

«Was ich erlebe?», fragte Hulda und dachte nach. Wie sollte sie der Freundin in wenigen Worten ihren neuen Alltag beschreiben? Sie dachte an die tote Frau, deren Schicksal sie nicht losließ, doch sie wollte vor Jette nicht gleich damit anfangen.

«Geburten, Geburten und noch mal Geburten», sagte sie daher leichthin, «wie am Fließband. Kein Tag vergeht ohne, und meistens ist es ein richtiges Schauspiel mit all den Ärzten und Schülern, den Studenten und Praktikanten. Aber gestern habe ich zum ersten Mal wieder eine Geburt allein durchführen können.» Sie strahlte bei der Erinnerung. «Es war toll! Jette, du hättest es sehen müssen, diese Frau, eine piekfeine Lady, der man gar nicht zugetraut hätte, dass sie da so unbeschadet durchkommt, aber die dann mit ein paar Presswehen das süßeste Kind geboren hat. Fast ohne zu brüllen, trotz der schlimmen Schmerzen! Hut ab!»

Sie sah Jettes Gesichtsausdruck und brach ab. In den runden Augen der Freundin stand Furcht.

«Verzeih», sagte Hulda kleinlaut, «ich wollte dir keine Angst machen. Glaub mir, du kannst das auch, mindestens ebenso gut wie diese Frau gestern im Kreißsaal.»

Jette nickte blass, wirkte jedoch wenig überzeugt. «Manchmal frage ich mich, was ich da nur getan habe», sagte sie mit einer Mischung aus Galgenhumor und Verzweiflung und sah an ihrem prallen Leib hinunter. «Ich meine, wie soll das Kind dort nur durchkommen? Es ist mir ein Rätsel.»

Hulda dachte, dass ihre Freundin damit ins Schwarze traf. Es war ein Wunder und verlangte übermenschliche Kräfte. Doch sie wusste auch, dass jede Frau diese Kräfte aufbrachte, sobald es sein musste.

«Vertrau mir», sagte sie und hüpfte vom Tresen. Sie ging um den Tisch herum, hockte sich vor Jette auf den Boden und ergriff die Hände der Freundin. «Alles wird gut. Und bald hältst du deinen Schatz in den Armen, ist das nichts?»

«Doch», sagte Jette und schluckte tapfer. «Ich bin ja auch sehr glücklich. Manchmal ist es mir beinahe unheimlich, wie sehr! Ich meine, erst schneit da dieser liebe Mann in mein Leben, und nur ein paar Wochen später erwarte ich solch ein kleines Wunder.» Sie klopfte sich sacht auf den Bauch. «Wer wäre da nicht neidisch?»

«Ich bin es auf jeden Fall!», sagte Hulda und lachte.

Jette schnaubte nur. «Du», sagte sie, «du könntest das alles auch haben, in Nullkommanix.» Sie schnippte mit den Fingern. «Wenn du nur endlich mal zur Besinnung kämest und dir überlegtest, was du willst.»

«Was ich will?», wiederholte Hulda und dachte kurz nach. «Arbeiten will ich», sagte sie dann und stand auf. «Etwas tun, das sinnvoll ist. Lernen und begreifen.»

«Das meinte ich zwar nicht», sagte Jette und zwinkerte ihr zu, «aber das ist auch schön zu hören. Dann hast du also die richtige Entscheidung getroffen, als du in die Klinik gegangen bist?»

«Ich glaube schon», sagte Hulda langsam, «auch wenn man das jetzt noch nicht abschließend sagen kann. Aber ich lebe mich ein. Natürlich gibt es auch dort Schattenseiten, das will ich nicht verleugnen.» Sie zögerte.

«Was meinst du?», fragte Jette. «Red weiter.»

«Ich weiß nicht», sagte Hulda und beobachtete die Freundin vorsichtig, «ich will dir nicht schon wieder Angst machen. Es ist einfach so, dass ich in meinem Beruf Dinge sehe und erlebe, die schlimm sind, aber sie kommen zum Glück selten vor.»

«Erzähl schon», sagte Jette und stand ebenfalls auf. «Ich dumme Pute hab dir das Gefühl gegeben, dass man mir gar nichts mehr zumuten kann, aber das ist natürlich Unsinn. Ich bin schließlich auch vom Fach.»

«Stimmt», sagte Hulda erleichtert. Ebendieser Austausch zwischen ihr und der Apothekerin war es, der ihr so wichtig an der Freundschaft war. «Also gut. Vor ein paar Tagen gab es bei uns einen Todesfall. Eine junge Frau ist bei einem Kaiserschnitt verblutet, und man sagte mir, es sei nicht der erste Fall dieser Art.»

«Jede Operation ist ein Risiko, nicht?», gab Jette zu bedenken.

«Schon», sagte Hulda, «aber in diesem Fall hat eine richtige Berühmtheit operiert, der Oberarzt, der bereits unzählige solcher Operationen durchgeführt hat. Ich kann mir einfach nicht vorstellen, dass er einen derartigen Fehler gemacht hat, die Frau war kerngesund. Natürlich weiß ich nicht, was die Obduktion ergibt. Aber ...»

«Ja?», fragte Jette. Doch in diesem Moment wurde die Tür der Apotheke aufgestoßen und eine kleine Göre stürmte herein. Zwei struppige Zöpfe standen ihr vom Kopf ab, die Füße in den Pantinen waren barfuß. Hinter ihr wackelte ein noch kleineres Kind mit aufgekratzten Stellen im Gesicht und an den Händchen herein und klammerte sich an den Schürzenzipfel der großen Schwester.

«Na, Mine, was brauchst du?», fragte Jette und beugte sich, so gut es ging, über den Tresen.

«Juten Tach, Frau Martin, die Mutter schickt mir. Wat jejen Brandwunden, hatse jesacht.»

«Was ist denn bei euch zu Hause passiert?», fragte Jette, doch das Gesicht der Kleinen verschloss sich. Auf ihren schmalen Wangen klebte Ruß, und über ihrem Schlüsselbein, das aus dem dünnen Kleid herausschaute, zog sich ein dunkler Striemen.

«Darf ick nich sagen», flüsterte Mine.

«Schon gut», sagte Jette seufzend und trat an einen der hohen hölzernen Schränke mit den vielen kleinen Schubfächern. Sie nahm eine Tube Brandsalbe heraus sowie ein Päckchen Kompressen und drückte dem Mädchen beides in die Hand. Dann deutete sie auf den Jungen hinter ihr, der das Geschehen mit großen Augen aus seinem schmutzigen Gesichtchen verfolgte.

«Und die Krätze bei deinem kleinen Bruder geht auch nicht weg?»

Mine schüttelte den Kopf. «Er versteht ja nicht, dass er nicht kratzen darf», sagte sie altklug, «is ja noch so kleen.»

«Ich gebe dir noch eine Salbe für die schlimmen Stellen mit», sagte Jette und holte eine kleine Tube hervor, «sie ist schwefelhaltig. Und diesen Badezusatz hier soll deine Mutter in einem Waschzuber auflösen und Klein-Günther darin baden, hast du verstanden?»

Das Mädchen nickte und verstaute alle Gaben in einem Einkaufsnetz.

«Danke ooch, Frau Apothekerin», sagte sie. «Kann ick anschreiben?»

«Natürlich», sagte Jette und verdrehte heimlich die Augen in Richtung Hulda, ließ das Kind jedoch nichts davon merken. Sie lächelte die beiden Zwerge an und griff dann nach dem großen Bonbonglas auf dem Tresen.

«Eine kleine Stärkung für euch, für den Heimweg», sagte sie. «Bestellt eurer Mutter schöne Grüße, und sie soll bitte jederzeit zu mir kommen, wenn sie einen Rat braucht. Richtest du ihr das aus, Mine?»

Sie sah die Kleine ernst an, und das Mädchen nickte mit ebenso wichtiger Miene zurück. Andächtig lutschten die Kinder die Süßigkeiten und verließen die Apotheke, die schmutzigen Finger fest um je einen zweiten Bonbon geschlossen wie um ein Heiligtum.

«Waren das die Kinder von Jutta Schwarz?», fragte Hulda.

Jette nickte düster. «Dann kennst du die Familie. Der Mann ist ein Säufer und schlägt seine Frau. An guten Tagen mit der Hand, an schlechten mit dem glühenden Schürhaken. Er ist seit Jahren arbeitslos.» Sie seufzte. «Die Ungelernten werden als Erste entlassen, wenn die Betriebe den Bach runtergehen. Und Jutta weigert sich, ihn zu verlassen. Er ist alles, was sie kennt.»

Hulda atmete aus. Hatte sie nicht neulich noch gedacht, dass es mit der Menschheit aufwärtsginge? Dann fiel ihr wieder ein, worüber sie mit Jette sprechen wollte, bevor die Kinder in den Laden gekommen waren.

«Erinnerst du dich an Gerda Manteuffel aus der Kufsteinstraße?», fragte sie die Freundin. «Ihr Mann hatte ein kaputtes Gesicht. Auch kein Großverdiener, aber ein ganz Lieber. Nicht so ein Schläger wie dieser Schwarz.»

«Natürlich», sagte Jette, «Gerda mit den schönen Haaren! Sie wohnen aber nicht mehr hier, das weißt du, ja?»

«Ich glaube, du hast mir das damals erzählt», sagte Hulda und sah Jette gespannt an. «Weißt du, was aus ihnen geworden ist?»

Jette dachte nach. «Ich meine, sie hätten eine von diesen neuen Wohnungen im Lindenhof bekommen, die nigelnagelneue Siedlung an der Nordgrenze zu Tempelhof.»

«Aber mit welchem Geld?», fragte Hulda. «Als ich sie besuchte, schien es mir, dass sie vollkommen abgebrannt waren.»

«Ich habe keine Ahnung», sagte Jette. «Vielleicht eine kleine Erbschaft? Oder er hatte endlich eine Stelle gefunden?» Neugierig sah sie Hulda an. «Wieso fragst du? Ist ja schon eine Weile her.»

Hulda wand sich. Sie scheute sich, der Freundin von Gerdas Schicksal zu erzählen. Doch dann gab sie sich einen Ruck.

«Gerda war offenbar in der Klinik in der Artilleriestraße», sagte sie, «sie wurde dort wegen der vielen Fehlgeburten aufgenommen, als sie wieder ein Kind erwartete. Ihre Schwangerschaft verlief gut, bis es unter der Geburt zu Komplikationen kam. Und dann starb sie beim Kaiserschnitt, genau wie die Frau, die letzte Woche bei uns ums Leben kam. Irgendwie habe ich so ein komisches Gefühl bei der ganzen Sache.»

Jette war blass geworden, sie klammerte sich an der Tresenkante fest. Dann krümmte sie sich plötzlich und japste nach Luft.

Hulda war sofort neben ihr und hielt sie fest. Mit sanftem Druck schob sie Jette auf den Schemel, kniete sich neben sie und strich ihr über den Rücken. Nach ein paar Augenblicken war es vorüber, und Jette bekam wieder Farbe.

«Was war das denn?», fragte Hulda. «Hattest du eine Wehe?»

Jette lachte hilflos auf. «Ich weiß ja nicht, wie sich eine Wehe anfühlt.»

«Eine Kontraktion», sagte Hulda, «der Bauch wird hart, die Muskeln ziehen sich zusammen, und es schmerzt. Das sah gerade genau so aus.»

«Ja, wenn das so ist, dann hatte ich wohl eine Wehe.»

Hulda bemerkte, dass Jette ihrem Blick auswich. Sie griff nach ihrer Hand.

«Sag mal, geht das schon länger so? Hast du das öfter?»

«Kann sein», sagte Jette unbestimmt, und Hulda hörte, dass unter dem bemüht leichten Ton eine Anspannung mitklang, die ihr sofort Sorgen machte.

«Jetzt hör mal zu», sagte sie, «ich bin nicht nur deine Freundin, sondern auch deine Hebamme. Und so etwas nimmt man nicht auf die leichte Schulter. Wenn da in den letzten Tagen etwas war, das dir Kummer macht, dann muss ich das wissen.»

«Alles ist in Ordnung.» Jette klang wenig überzeugend. «Aber ... Ja, ich habe seit ein, zwei Wochen diese Schmerzen. Sie kommen und gehen, und bisher ist ja nichts passiert. Da dachte ich, ich warte am besten mal ab, wie es sich entwickelt.»

«Und sind die Wehen immer so stark wie eben?», fragte Hulda. «Sticht es im Unterleib, wenn sie kommen?»

Jette nickte kleinlaut. Hulda rieb sich die Stirn.

«Du bist erst im 8. Monat», sagte sie leise zu Jette, «das ist zu früh für diese Art Schmerzen. Ein leichtes Ziehen, ja, das könnte ich durchgehen lassen, aber das scheint mir hier schon mehr zu sein. Es ist zu anstrengend für dich, noch in der Apotheke zu stehen. Du sagst jetzt deiner Mitarbeiterin, dass sie den Laden übernehmen muss, sofort.»

«Wie soll das gehen?», sagte Jette mit einem hilflosen Auflachen, «ich kann nicht einfach alles hinschmeißen.»

«Du musst», erklärte Hulda entschieden. «Wenn das Baby jetzt geboren wird, ist das noch zu früh. Es würde überleben, mit etwas Glück, aber es wäre klein und geschwächt. Das muss doch nicht sein!»

«Was schlägst du also vor?», fragte Jette. In ihren Augen standen Tränen.

«Du rufst deinen Mann an und sagst ihm, dass du mit mir in die Klinik fährst. Ich möchte dich untersuchen und mindestens eine Nacht im Auge behalten. Und er soll die Dinge hier in der Apotheke regeln.»

«In die Klinik?», fragte Jette mit geweiteten Augen, «ist das wirklich nötig?»

«Das werden wir dann sehen», sagte Hulda und stand auf. «Aber ich überlasse deine Gesundheit und die von deinem Baby nicht dem Zufall. Komm, lass uns in die Wohnung gehen und ein paar Sachen zusammenpacken, ich helfe dir.»

«Aber du hast doch heute deinen freien Tag», jammerte Jette, ließ sich jedoch von Hulda hochziehen. «Und jetzt vergeudest du ihn an mich dumme Pute? Nur, weil ich das verschleppt habe?»

«Du hast nichts verschleppt», sagte Hulda beruhigend. «Alles, was du jetzt brauchst, ist absolute Schonung und eine gute Betreuung. In der Artilleriestraße gibt es eine Säuglingsstation, wo man den Umgang mit Frühgeborenen gewohnt ist.»

«Aber du hast doch sicher ein Rendezvous mit deinem Kommissar», sagte Jette, während Hulda das *Geschlossen*-Schild vor die Tür hängte und zusperrte. «Ein bisschen Vergnügen hast du doch auch verdient. Willst du wirklich jetzt in die Klinik fahren?»

«Mein Rendezvous kann warten», sagte Hulda, die ohnehin vorgehabt hatte, den freien Tag mit ihrem Roman auf einer Parkbank zu verbringen. Für den Abend hatten sie und Karl sich zu einem Besuch in der *Krolloper* verabredet.

Dann fühlte sie den prüfenden Blick der Freundin.

«Das klingt nicht gut», sagte Jette und runzelte die Stirn unter dem silberblonden Haar. «Habt ihr euch gestritten?»

«Kann sein», sagte Hulda mürrischer, als ihr lieb war. «Er ist einfach zurzeit sehr unleidlich. Manchmal wünschte ich ...»

Sie brach ab.

«Sag schon!»

Hulda hob die Schultern. «Warum kann es nicht einmal leicht und friedlich sein zwischen uns? So wie bei dir und deinem Herrn Martin?»

«Immer ist es auch nicht leicht zwischen uns», behauptete Jette, doch Hulda sah an den zartrosa gefärbten Ohren und dem verliebten Blick der Freundin, dass diese sie nur aufheitern wollte. Jettes frischgebackener Ehemann trug sie auf Händen, das wusste Hulda und gönnte es ihr.

«Vielleicht ist Karl einfach nicht der Richtige», sagte Jette vorsichtig, als sie schnaufend neben Hulda die Treppen in ihre

Wohnung hochstieg, die über der Apotheke lag. «Schon mal daran gedacht?»

«Allerdings!», sagte Hulda und musste dann selbst lachen über das wie ein Stoßseufzer ausgesprochene Wort. «Ich meine, ich denke schon manchmal darüber nach, wie es wäre, mit einem Mann zusammen zu sein, der fröhlicher ist, der das Leben liebt, der *mich* liebt. Nicht verzweifelt, sondern voller Freude.» Unwillkürlich tauchte das sommersprossige Gesicht von Johann vor ihrem inneren Auge auf, seine warmen Hände, die sie herumgewirbelt hatten ...

«Nachtigall, ick hör dir trapsen», sagte Jette, die auf dem Treppenabsatz stehen geblieben war und jetzt die Hände in die Hüfte stemmte. Sie atmete schwer vom Aufstieg. «Da ist doch was im Busch, meine Liebe, ich kenne dieses Glitzern in deinen Augen.»

«Quatsch», wehrte Hulda ab, «da glitzert nichts. Und überhaupt, es geht hier nicht um mein Liebesleben, sondern um dich!»

Sie hakte Jette unter und war dankbar, dass diese das Thema fallenließ und widerstandslos die Wohnung betrat. Im Schlafzimmer wählten sie gemeinsam ein paar Kleidungsstücke aus, die Jette für ihre Übernachtung in der Klinik gebrauchen konnte. Doch während Hulda Hemd, Strickjacke und Nachtkleid in einen kleinen Koffer schichtete und Jette ins Wohnzimmer ging, um zu telefonieren, kam sie nicht umhin, weiter nachzugrübeln. Die ganze Zeit ging ihr das Lied nicht aus dem Kopf, das an jenem Abend in der Tanzdiele in der Auguststraße gespielt worden war, als Johann und sie die halbe Nacht tanzend und redend miteinander verbracht hatten. *Ausgerechnet Bananen!* Sie summte leise die beschwingte Charleston-Melodie von Willi Rose, die in diesem Sommer an jeder Ecke gespielt wurde. *Bananen verlangt sie von mir! Nicht Erbsen, nicht Bohnen, auch keine Melonen ...* Dann schloss sie endlich mit Schwung die Messingschnallen an Jettes Köfferchen.

Bananen konnten ihr gestohlen bleiben, dachte Hulda plötzlich übermütig, doch gegen ein weiteres Schieber-Tänzchen mit dem jungen Wenckow hätte sie nichts einzuwenden.

14.

Freitag, 25. Juli 1924, abends

Hulda war noch nie in Italien gewesen, doch als sie sich im Garten der *Krolloper* umsah, wo sie mit Karl an einem Tisch für zwei Personen saß, dachte sie, dass es sich hier so anfühlte wie in einem römischen Garten. Die Abendluft schmiegte sich warm an ihre nackten Beine, die Tische waren duftig weiß eingedeckt, kleine Laternen brannten in den Palmenbäumchen, die ringsum in massiven Töpfen wuchsen. Man trank Sekt aus hohen Glasflöten und lauschte mehr oder weniger gebannt den Musikern auf der Freilichtbühne.

Huldas Gedanken wanderten kurz zu Jette, die sie mit ein wenig Überredungskunst bei Fräulein Klopfer in der Klinik hatte unterbringen können. Tatsächlich stellte sich heraus, dass die Freundin eine Muttermundschwäche hatte, weshalb sie zur Beobachtung dableiben sollte. Ob sie behaglich im Bett lag oder sich bereits nach zu Hause sehnte?

Hulda beschloss, Jettes Wunsch zu befolgen und den Abend zu genießen. Das Opernhaus, das sich in ihrem Rücken erhob, hatte eine wechselvolle Geschichte hinter sich. Stets war es den Berlinern wie der kleine Stiefbruder der *Staatsoper Unter den Linden* vorgekommen. Doch seit der Wiedereröffnung des umgebauten Hauses vor einigen Monaten sollte damit Schluss sein. Man streckte sich nach den Sternen, bot den Zuschauern herausragende Sänger und ein feines Orchester. Das alles wusste Hulda von Bert, der mit leuchtenden Augen von Erich Kleiber, dem neuen Leiter und Chefdirigenten der *Oper am Königsplatz*, wie sie offiziell hieß, geschwärmt hatte.

«Kleiber wird eleganten Wind in die olle *Krolloper* bringen», hatte Bert gesagt, «endlich nicht mehr immer nur Mozart und Tschaikowsky.»

Hulda kannte sich nicht mit Musik aus, sie sang gern für sich allein oder für die Babys auf ihren nächtlichen Rundgängen in der Klinik, doch ihr Wissen darüber war nicht der Rede wert. Jetzt griff sie nach dem Programmheft, das auf steifes Papier gedruckt worden war und auf den Tischen im Garten verteilt lag.

«Richard Wagner», murmelte sie. «*Ein Liederabend*». Tatsächlich waren die Musikstücke und Arien eher kurz, durchbrochen wurden sie vom freundlichen, aber nicht frenetischen Applaus der essenden und trinkenden Operngäste ringsum. Das leise Geklirr der Gläser und Geklapper von Besteck ebbte niemals ganz ab, nicht mal in den Momenten, wenn eine zarte Frauenstimme eine Koloratur sang oder nur die Geigenbögen im sanften Piano über die Saiten strichen. Irgendwie schien das Hulda wie ein Frevel. Wenn man schon ins Konzert ging – was sie für gewöhnlich nicht tat –, sollte man dann nicht alle Aufmerksamkeit der Musik schenken?

Dieser Wagner hatte sein Handwerk verstanden, dachte sie, als sie einer besonders sanften Melodie lauschte, die wie warmes Wasser über die hellen und dunklen Köpfe in der Dämmerung perlte. Es gefiel ihr wirklich. Ein ruhiger Frieden kam über sie, und sie schloss sogar für einen Moment die Augen. Ihr wurde warm, ihren Kopf füllte eine weiche Dunkelheit …

«Schläfst du, Hulda?», flüsterte eine Stimme, und sie schlug verwirrt die Augen auf. Karl sah sie forschend an, griff dann nach ihrer Hand.

Sie hatten sich mit einer seltsamen Scheu vor dem Konzerthaus begrüßt und während der Suche nach ihren Plätzen nur ein paar belanglose Worte getauscht, als auch schon die Musik eingesetzt und ein Gespräch erschwert hatte.

«Du bist kurz eingenickt», sagte er leise.

Hulda wusste nicht, ob es ihn amüsierte oder ärgerte.

«Entschuldigung», murmelte sie und setzte sich aufrecht hin. Auf der Bühne schmetterte gerade ein dicker Tenor eine dramatische Arie, als ein Kellner kleine Teller mit Krabben brachte. Schnell nahm Hulda einen Schluck von dem perlenden Sekt und zog ihren Stuhl näher zum Tisch, damit sie mit Karl flüstern konnte.

«Wie gefällt es dir?», fragte sie.

«Nicht übel», sagte er nickend, «auch wenn es wohl nicht gerade typisch für uns ist, an solch einem Ort den Abend zu verbringen.»

«Woher hattest du die Karten überhaupt?»

Eine leichte Verlegenheit blühte in seinem Gesicht auf.

«Fabricius», sagte er. «Hatte sie für einen Schwarm gekauft, doch die junge Dame wollte lieber in die *Scala* im früheren Eispalast. Jongleure, Clowns, Tanztruppen, du weißt schon.»

Hulda kicherte. «Und da hat dein Lieblingskollege dir die Karten überlassen? Wie rücksichtsvoll.»

«Es war ein Dankeschön», sagte Karl. «Ich habe neulich die Dienste mit ihm getauscht, damit er ein Mädchen, eine andere natürlich, vom Bahnhof abholen konnte.» Er runzelte die Stirn. «Wo der die alle immer auftut, frage ich mich, als liefe er mit einer Reklametafel um den Hals herum, auf der steht: *Leichtsinniger Junggeselle preiswert abzugeben.*»

Jetzt musste Hulda laut lachen und schlug sich schnell die Hand auf den Mund. «Man könnte meinen, du seist neidisch», sagte sie und stupste Karl mit dem Zeigefinger an.

«Unsinn», erwiderte er mürrisch, «was soll ich mit einem ganzen Hühnerstall junger Damen?» Sein Gesicht heiterte sich ein wenig auf. «Ich hab doch dich.» Er sah ihr mit einem solch treuherzigen Gesichtsausdruck in die Augen, dass Hulda der Spott verging. Ihr Herz zog sich zusammen. Wie machte Karl das nur? Gerade heute, bei ihrem Gespräch mit Jette, hatte Hulda noch gedacht, dass sie genug von ihm hatte, und dann legte er einen solchen Schmelz in seine Grünaugen und machte alle Zurückhaltung in ihr zunichte. Jetzt küsste er auch noch ihre Hand mit dem spielerischen Ernst eines großen Jungen, und ein leichter Schauer zog über ihren Nacken.

Lächelnd lehnte sie sich in ihrem Gartenstuhl zurück und lauschte der Musik. Doch sie war nicht mehr bei der Sache, ließ ihren Blick immer wieder verstohlen über Karls Gesicht gleiten, die langen Arme in dem zerknitterten Sakko und seine schönen Hände, die mit geübter Lässigkeit das Glas zum Mund führten. Waren es die süße Nachtluft, die Musik, die Glühwürmchen in den Hecken ringsum, die sie weich machten und die sie plötzlich wünschen ließen, sie wäre mit Karl allein?

Hulda leerte ebenfalls ihr Glas und bestellte noch eines bei einem der Kellner, die auf Samtpfoten umherschlichen, und das Prickeln des Perlweins verstärkte ihre Unruhe.

Den Rest des Abends sprachen sie nicht mehr viel miteinander, sondern hörten Lied um Lied an, das ihnen das Orchester und die Solisten präsentierten. Am Ende hatte Hulda zu zählen aufgehört, wie viele Gläser sie getrunken hatte, von Karl ganz zu schweigen, auf dessen hohen Wangenknochen jetzt eine fiebrige Röte lag, die ihn noch jünger wirken ließ. Der Alkohol schwappte angenehm durch ihr Blut und machte ihren Kopf leer und leicht.

Nachdem der letzte Applaus verklungen war, machten sich die Gäste langsam auf den Heimweg. Kavaliere hielten ihren Damen zarte Pelzjäckchen hin und strichen sich selbst glättend über die zerknitterten Hosenbeine ihrer gestreiften Sommeranzüge. Hulda sah sich um und spürte, dass sie und Karl nicht hierhergehörten, der stets etwas heruntergekommen wirkende Kommissar und die angestellte Hebamme mit ihrem kleinen Lohn. Sie litten vielleicht keine Not, doch hier, unter den großbürgerlichen Gästen der Oper, wirkten sie wie Vertreter des einfachen Volkes.

Doch es störte sie nicht. Die Musik war herrlich gewesen, fand sie. Und in ihrem Mund lag noch der Geschmack von Meerestieren und Sekt, eine himmlische Mischung, die sie bisher nur selten zu kosten bekommen hatte. Nein, sie durfte sich nicht beschweren, dachte Hulda übermütig, es war ein gelungener Abend gewesen.

Sie hakte sich leicht schwankend bei Karl ein, spürte seinen Herzschlag an ihrem Arm und wusste auf einmal, dass sie nicht wollte, dass der Abend schon endete.

Als sie aus der Oper auf den Königsplatz traten, sah er sie fragend an. Offenbar spürte er ihren seltenen Leichtsinn, denn er stieß mit todesmutigem Gesicht unter dem schiefsitzenden Velourshut hervor: «Kommst du noch auf einen Schlummertrunk zu mir?»

«Ja», sagte sie und lächelte, als sie seine ungläubige Freude sah. «Gern», fügte sie hinzu und küsste ihn auf die glattrasierte Wange.

Eng umschlungen gingen sie an der dunklen Spree entlang

in Richtung Bahnhof Friedrichstraße. Sie hatten Glück, eben hielt eine Elektrische, und sie sprangen hinein und fuhren Richtung Osten, nach Kreuzberg. Der laue Fahrtwind wehte Hulda durch die geöffneten Fenster des Wagens ins Gesicht, und sie musste ihre seidene Kappe auf dem Kopf festhalten, damit sie nicht fortflatterte.

Trotz der späten Stunde waren viele Nachtschwärmer wie sie unterwegs. Verliebte Paare oder heimliche Verhältnisse, Gruppen junger Männer, die auf den Straßen singend und grölend dahinzogen, grell angemalte Freudenmädchen, die an Straßenecken herumlungerten und in jedem alleinstehenden Herrn eine leichte Beute witterten. Die Gelbe ratterte über das Pflaster und schüttelte ihre Fahrgäste durch, doch Karl hielt Hulda fest und Hulda Karl. Beide waren nicht mehr ganz sicher auf den Beinen, und Hulda schien es, als zöge die Nacht mit all ihren Farben, Düften und Geräuschen gleichzeitig sehr schnell und sehr langsam an ihr vorbei. Sie lehnte den Kopf an Karls Schulter und dachte, dass da etwas war, das sie vergessen hatte. Etwas Wichtiges, das sie wie eine schlecht heilende kleine Wunde störte, doch sie kam nicht darauf, was es war.

Als die Straßenbahn am Engelbecken hielt, wo sich der Luisenstädtische Kanal in ein großes eckiges Wasserbassin ergoss, sprangen sie leicht taumelnd aus dem Coupé.

«Wir müssen furchtbar leise sein», sagte Karl und flüsterte schon jetzt, da sie noch unbescholten auf der Straße standen. «Meine Wirtin ist neuerdings sehr hellhörig, seitdem sie eine Operation an den Ohren hatte. Sehr zu meinem Nachteil, muss ich leider sagen.»

Hulda musste lachen. «Gönn deiner armen alten Wirtin ein wenig Lebensfreude und gesunde Ohren», sagte sie.

Doch Karl winkte ab. «*Sie* gönnt ihren Untermietern nicht

das Schwarze unterm Fingernagel. Schon wieder hat sie die Logis erhöht, dabei sind die Preise für Lebensmittel gefallen!»

«Dann zieh doch aus», sagte Hulda, während sie die kleinen Lichter beobachtete, die auf dem schwarzen Wasser des Engelbeckens tanzten. Irrte sie sich, oder verschwamm das Licht wirklich auf den kleinen Wellen wie Eierkuchenteig in einer heißen Pfanne?

«Das werde ich», sagte Karl, «wenn ich nur endlich wüsste, ob du ...» Er brach ab und starrte auf das Pflaster zu seinen Füßen.

Aus irgendeinem Grund wagte Hulda nicht, nachzufragen, was er hatte sagen wollen. Was es war, dass er endlich in Erfahrung bringen musste. Sie ahnte, dass ein Nachfragen die Stimmung trüben würde, und das wollte sie heute Abend auf keinen Fall riskieren. Nicht, nachdem bis jetzt diese seltene Ausgelassenheit zwischen ihnen geherrscht hatte, nach der sie sich so sehnte.

Karl angelte in den Tiefen seiner zerbeulten Hosentaschen nach dem Schlüssel. Es dauerte, doch irgendwann fand er ihn und sperrte das Tor des Mietshauses auf, vor dem sie standen.

Dumpfer, feuchter Geruch schlug ihnen entgegen, als sie tapsend und tastend eintraten und im Hinterhof durch eine schmale Tür schlüpften.

«Zieh die Schuhe aus», flüsterte Karl, und schon schlichen sie barfuß nach oben. Auf halber Treppe befanden sich die Toiletten, darüber lag das Zimmer mit Kammer, das Karl bewohnte. Hulda war noch nicht allzu oft hier gewesen, und heute fragte sie sich zum ersten Mal, weshalb Karl so einfach, ja ärmlich lebte, da doch sein Gehalt zumindest ansehnlicher war als ihres? Wofür gab er sein ganzes Geld aus?

Als er die Tür öffnete und dabei einige leere Flaschen umstieß, die offenbar dahinter gestanden hatten, wusste Hulda die Antwort. Ein Anflug von Verdruss machte sich bemerkbar, doch sie wischte ihn fort. Hatte sie nicht längst entschieden, dass Karl sein Leben so verbringen sollte, wie es ihm beliebte? Sie war nicht sein Kindermädchen, nicht seine Mutter – und erst recht nichts anderes. Nur seine Geliebte, dachte sie, und der Ärger wich wieder der Aufregung, die sie seit seinem Blick am Tisch des *Krollgartens* verspürt hatte.

Hastig schob Karl in einem unbeholfenen Versuch, etwas Ordnung zu machen, das Flaschensammelsurium auf dem Boden zusammen und stieß mit dem Fuß herumliegende Kleidungsstücke und Papiere zur Seite, um Hulda und sich einen Weg ins Zimmer zu bahnen. Hier sah es nicht viel besser aus. Das Bett war nicht gemacht, die Decke knäuelte sich unter Pullundern, Hosen und Hemden, die nachlässig darauf geworfen waren. Der klapprige Schreibtisch am offenen Fenster zum Hof quoll über von beschriebenen Blättern – eines ragte schief aus der Schreibmaschine – und vollen Aschenbechern.

Seltsamerweise störte Hulda das Durcheinander nicht. Es war typisch Karl, der mit dem Kopf immer halb in den Wolken zu hängen schien und das irdische Dasein darüber ein ums andere Mal vergaß. Was sollte sie auch mit einem Spießbürger, der seine Zeit mit Bügeln und Aufräumen verschwendete? Schon gar heute, da die Luft, die das nächtliche Berlin in Karls Zimmer schickte, so stark nach Jasmin duftete und ein Nachtvogel im Baum sehnsuchtsvoll rief? Wer scherte sich da um unaufgeräumte Schränke und zerknittertes Bettzeug?

Karl legte eine Musikplatte auf das Grammophon, das auf dem Fensterbrett stand. Er drehte die Lautstärke so weit herunter, dass die Klänge des Jazz kaum hörbar durchs Zimmer tanzten, sachte wie Staubflocken. Dann öffnete er eine Klappe über dem kleinen elektrischen Herd und holte eine Flasche Gin heraus. Er füllte zwei Gläser, trank eines zur Hälfte aus und stellte sie irgendwo zwischen den Papierberg auf dem Tisch.

«Darf ich bitten?», sagte er und zog Hulda dicht an sich heran. Sie spürte seine Hände an ihrer Taille, seine Brust an ihrer Brust, und strich ihm mit den Händen durchs blonde Haar, das sich an den Schläfen schon merklich lichtete. Dann nahm sie ihm vorsichtig die Brille ab, legte sie zu den Gläsern und begann, ihn zu küssen, wobei sie der scharfe Geschmack nach Alkohol auf seinen Lippen ausnahmsweise nicht störte.

«Hulda», murmelte er undeutlich und schloss sie noch fester in seine Arme.

Sie küsste seinen Hals, fühlte seinen raschen Herzschlag und seine Finger, die ungeduldig an ihrem Kragen nestelten, um die Knöpfe ihrer Bluse zu öffnen. Auch ihr Puls raste und trieb sie vorwärts, als gelte es plötzlich, ein Wettrennen zu gewinnen. Es geschah ihr nicht oft, dass sie derart ungeduldig war, dachte sie erstaunt, und kam zu dem Schluss, dass sie wohl einen gehörigen Schwips hatte. Und wieder beschlich sie das Gefühl, dass da etwas war, das sie nicht vergessen durfte. Aber was zur Hölle sollte das sein?

Karl drängte sie zum Bett, und sie fielen zwischen die zerwühlte Wäsche. Mit einer Handbewegung fegte er die Kleider zu Boden und drückte Hulda auf die Matratze. Sie wunderte sich, denn auch Karl war sonst kein Draufgänger, sondern ein zärtlicher, beinahe höflicher Liebhaber. Doch das letzte Mal, dass sie einander nah gewesen waren, war so lange her, dass sie plötzlich nicht einmal mehr wusste, wann es gewesen war. Erklärte das seine – und ihre – unerwartete Feurigkeit?

Und da, gerade als Karl ihr den Rock hochschob und sich

mit seinem ganzen Gewicht auf sie legte, fiel es ihr wieder ein. Diese Sache, die sie den Abend über gepiesackt hatte wie eine vergessene Stecknadel im Stoff. Hulda schloss die Augen, doch nicht vor Wonne, wie sie es sich eben noch ausgemalt hatte, sondern vor Ärger über sich selbst.

«Warte», sagte sie zu Karl und versuchte, ihn fortzuschieben, doch er küsste sie nur immer weiter.

«Halt», rief sie, «warte bitte mal.»

«Ich will nicht mehr warten», murmelte er dicht an ihrem Ohr. «Ich warte seit Ewigkeiten auf dich, weißt du das denn nicht?»

Sie stieß ihn von sich und setzte sich auf. Er sah sie verletzt an, im schwachen Licht konnte sie seine Züge nur undeutlich sehen. Doch sie wusste auch so, wie er guckte.

«Ich habe mein Pessar vergessen», sagte sie leise. Es fiel ihr trotz der Nähe zwischen ihnen noch immer schwer, über diese Dinge zu sprechen, dabei war sie eine Verfechterin dafür, dass Frauen sich nicht schämen sollten, ihre Möglichkeiten auszuschöpfen und ihre Freiheit zu bewahren. Doch im eigenen Leben zeigten sich die Dinge oft komplizierter, als es Hulda in ihren Belehrungen anderen gegenüber vorkam.

«Was heißt das jetzt?», fragte Karl, der auf der Seite liegend seinen Kopf in eine Hand stützte. «Wir können nicht? Das darf doch nicht wahr sein.»

In Hulda regte sich Widerspruch. «Was soll das denn bedeuten?», fragte sie und rückte noch ein Stück von ihm fort. «Willst du das Risiko etwa eingehen?»

«Und wenn schon.» Er stöhnte verdrießlich. «Einmal wird doch kein Problem sein?»

Sie hätte beinahe gelacht. Die angenehme Wärme des Alkohols in ihrem Kopf wich einer Klarheit, die sie ernüchternd empfand. Doch sie wollte nicht schon wieder Streit. Und sie sehnte sich ja auch nach Karl, nach seinem Körper, seiner Aufmerksamkeit.

«Moment», sagte sie, «in meiner Jackentasche habe ich noch ein Präservativ von der Beratungsstunde in der Klinik.»

Sie war erleichtert, dass sie eine so gute Lösung anbieten konnte. Doch Karls Miene verfinsterte sich weiter.

«Die Dinger sind nichts für mich», sagte er, «da geht das ganze Gefühl flöten. Ich passe schon auf, versprochen.»

Seine Sätze klangen sehr undeutlich, er war offenbar ziemlich betrunken. Und Hulda bedauerte beinahe, dass sie selbst plötzlich wieder so klar war. Doch gleichzeitig war sie froh darüber, dass wenigstes einer sich hier nicht nur von blinder Begierde leiten ließ.

Sie rutschte an ihm vorbei vom Bett, stellte sich hin und wartete, bis sie das Gleichgewicht wiederfand.

«Sei nicht böse», sagte sie, «aber ich glaube, es ist besser, wenn ich jetzt gehe.»

Er richtete sich auf. «Das ist nicht dein Ernst!»

«Karl», sagte sie und hörte, dass ihre Stimme fest und ein wenig ungehalten klang. Vergeblich versuchte sie, Sanftheit hineinzulegen. «Wenn ich schwanger würde – weißt du, was das bedeutete?»

«Ich bin kein Kind», erwiderte er so trotzig, dass sie dachte, er höre sich aber genau wie eines an. «Es würde alles ändern.»

«Dann dürfte dir klar sein, dass wir das verhindern sollten», sagte sie und begann, sich die Bluse zuzuknöpfen.

Karl rutschte ebenfalls vom Bett. Sein Hemdkragen klaffte offen, die Haare waren zerzaust. Wie er da vor ihr stand, tat er Hulda leid, wie ein Ballon, dem jemand die Luft herausgelassen hatte.

Er griff nach seinem Glas und leerte es in einem Zug, dann trat er zu ihr und zog sie in seine Arme. Hulda ließ es geschehen und war erleichtert, dass der Abend nicht im Streit zu enden schien.

Mit schwerer Zunge sagte Karl: «Ich wünschte, du würdest mir vertrauen.»

«Das tue ich doch», sagte sie unbehaglich, sie hasste es, zu lügen. Doch das hier war eine Notlüge. Er war betrunken und verletzt, und sie wollte nichts weniger, als ihm unnötig weh zu tun. Aber vertrauenswürdig war er, wie er da schwankend und betrübt vor ihr stand, wahrlich nicht.

Er schien es selbst zu wissen. «Nein, das tust du nicht», erwiderte er langsam. «Was wäre denn so schlimm an einem Kind von mir? Warum, verdammt noch mal, willst du das mit allen Mitteln verhindern?»

«Du bist betrunken, Karl», sagte Hulda und wich ein Stück zurück. «Du weißt nicht, was du redest.»

«Aber du, du weißt immer alles, oder?» Seine Stimme war jetzt lauter, er schien seine eigene Warnung vor der hellhörigen Vermieterin vergessen zu haben. «Du denkst, du kannst alles allein, und dass du keinen brauchst, am allerwenigsten mich! Wie ich das hasse!»

Er hieb mit der Faust auf den wackligen Tisch und erwischte eines der Gläser. Es fiel zu Boden und zersprang, der Gin floss über die Holzbretter. Fluchend bückte er sich und sammelte die Scherben ein.

«Aua!» Karl ließ sich auf seinen Hosenboden fallen und blickte schmerzverzerrt auf seine Hand. Aus einem Schnitt tropfte Blut.

Hulda wusste nicht, ob sie lachen oder weinen sollte. Er wirkte so traurig und einsam dort auf dem Boden, aber gleichzeitig haftete der Szene etwas Lächerliches an, wie in einer Schmierenkomödie am Ku'damm benahmen sie sich.

Sie zog ein sauberes Taschentuch aus ihrer Rocktasche. «Hier», sagte sie, «wickle das um die Hand und presse den Daumen drauf. Soll ich es mir ansehen?»

Er schüttelte ungehalten den Kopf und wehrte das Tuch ab. «Ist nix», lallte er, «alles in Ordnung.»

Dann sah er zu ihr hoch.

«Du liebst mich nicht», sagte er, leiser jetzt. «Du glaubst nicht daran, dass ich dich glücklich machen kann. Aber das kann ich, Hulda! Lass es zu.» Seine Stimme war undeutlich, die Worte kamen stockend. «Wir gehören zusammen, du und ich. Das weiß ich, seit ich dich zum ersten Mal sah. Damals, auf dieser Brücke am Kanal. Wo die Alte runtergestoßen wurde. Wir waren ein tolles Team, nicht?»

«Doch», sagte sie und erinnerte sich an diese ersten, verzauberten Sommertage mit ihm. Sie war sehr verliebt gewesen, aber schon damals hatte sie gewusst, dass ein Leben mit Karl North, diesem düsteren, wetterwendischen Kommissar mit den schönen Augen, kein leichtes sein würde. Und während sie ihn nun betrachtete, wie er da vor ihr auf dem Boden saß, halb besinnungslos vor Schmerz und betäubt vom Alkohol, da wusste sie es auf einmal ganz sicher.

«Es würde nicht gutgehen mit uns», sagte sie. «Denk nicht, dass ich dich nicht liebe. Das tue ich nämlich. Aber manchmal reicht ein Gefühl nicht aus, verstehst du? Manchmal müssen Taten sprechen.»

Ächzend kam er auf die Füße und griff nach ihrer Hand.

«Dann lasse ich Taten sprechen», sagte er und sah sie fest an, in seinen Augen der Mut der Verzweiflung. «Hulda, schönste Hulda, Fräulein Gold – willst du mich heiraten?»

Sie starrte ihn an. In ihrem Kopf rasten die Gedanken, ratternd wie eine wildgewordene Elektrische.

«Was redest du da?»

«Willst du meine Frau werden? Sag schon, Hulda, du bist doch sonst nicht um Worte verlegen. Ja oder nein?»

Hulda ließ seine Hand los, sie machte zwei Schritte rückwärts. «Du bist nicht klar im Kopf», sagte sie, «es reicht mit dem Unsinn für heute Abend. Du schläfst dich jetzt erst mal aus, und morgen ist auch noch ein Tag.»

«Ich lasse dich nicht gehen», sagte er laut, «diesmal nicht! Du willst Taten? Willst einen Mann, der zu dir steht, wenn du ein Kind kriegst? Hier bin ich! Sag es mir, ja oder nein?»

Die letzten Worte hatte er beinahe geschrien, und Hulda schien es, als hörte sie Schritte in der Wohnung über ihnen. Sie würden noch das ganze Haus aufwecken.

Sie sah ihn lange an. Forschte in seinem Gesicht, das sie so mochte, sah, wie er kurzsichtig in ihre Richtung blickte und sich die immer noch blutende Hand hielt wie eine Kriegsverletzung. Auf einmal wusste sie nicht, warum sie noch hier war.

«Nein», sagte sie so fest wie möglich, doch sie konnte nicht verhindern, dass ihre Stimme zitterte. «Es wäre falsch! Und wenn du morgen nüchtern darüber nachdenkst, dann wirst du das auch erkennen, Karl.»

Er biss sich auf die Lippen und sah aus wie ein Boxer, der das K. o. kommen sah. Dann fiel er vor ihren Augen zusammen. Die Schultern sackten nach vorn, eine lange blonde Strähne fiel in seine Stirn und bedeckte seine Augen.

«Dann geh», sagte er, es war mehr ein Flüstern. «Verschwinde!»

Sie wollte noch etwas erwidern, wollte ihm etwas Versöhnliches sagen, doch sie wusste, dass es keinen Trost gab.

Mit zwei Schritten war sie bei ihren Schuhen, packte sie, riss ihren Sommermantel vom Haken neben der Tür und stand schon draußen auf der Treppe. Die Tür klappte hinter ihr zu. Sogleich öffnete sich oben eine andere, und eine weibliche Stimme fragte klagend: «Herr North? Was soll der Lärm zu dieser nachtschlafenden Zeit? Sie sind wohl von allen guten Geistern verlassen!»

Hulda hetzte die Stufen hinunter und durch die dunkle Hofeinfahrt, als würde sie gejagt. Und sie dachte, dass die verschlafene, fremde Mieterin ganz recht hatte. Karl und sie waren von den schützenden Geistern verlassen worden, die bisher dafür gesorgt hatten, dass auf jeden Streit wieder Sonnenschein gefolgt war. Diesmal, das spürte Hulda, würde stattdessen eine Regenfront aufziehen und für lange, lange Zeit nicht mehr weichen. Vielleicht nie mehr?

15.

Freitag, 26. Juli 1924 nachts

Von den herumwirbelnden Tänzern und den sachten Berührungen vieler fremder Leiber wurde Bert schwindlig, und zum wiederholten Male fragte er sich, ob er für derlei Vergnügungen nicht zu alt war. Während er sich von Gregor wieder und wieder im Kreis drehen ließ, spürte er die Schweißtropfen im sorgfältig gebürsteten Moustache und tastete unauffällig nach seinem Haar, das ihm trotz der riesigen Menge Pomade, mit dem er es gebändigt hatte, in die Stirn hing.

Der Tanzpalast *Hollondaise* in der Bülowstraße war allerdings, wie er zugeben musste, sehr viel mehr nach seinem Geschmack als die Tanzdielen in der Luisenstadt, die eigentlich eher die Bezeichnung Kaschemmen verdienten. Er hatte ein wenig bitten müssen, war bei Gregor zunächst auf Ablehnung gestoßen, als er angeregt hatte, sich doch einmal zur Abwechslung in einem der neuen Lokale rund um den Nollendorfplatz zu verabreden. Langweilig sei es dort, hatte Gregor gemurrt, sich aber dann doch überreden lassen. Anders als in den heruntergekommenen Schuppen in der Alten Jakobstraße atmeten die Räume hier oben im dritten Stock eines Gründerzeithauses die Bürgerlichkeit und den Glanz des Berliner Westens. Das Publikum war gepflegt, älter, ohne die halbwüchsigen Jungen in zu kurzen Lederhosen, deren Anblick Bert stets Unbehagen verursachte, weil er fand, sie gehörten am Tag auf eine Schulbank und nachts nicht auf den Schoß eines Freiers, sondern ins eigene Bett. Gregor war heute einer der jüngeren Männer hier, wenngleich natürlich erwachsen. Er fiel auf mit seinen dunkelblauen Augen, dem muskulösen Körper eines Boxers und der ewigen Zigarette zwischen den Fingern. Die meisten der anwesenden Herren, die zu großen Teilen in Paaren gekommen waren und Champagner tranken, kein Bier und erst recht keinen Schnaps, rauchten nicht, und wenn doch, dann teure Zigarren oder eine zierliche Pfeife.

Überhaupt, dachte Bert, wirkten die meisten Männer hier so, als versuchten sie, alle gemeinhin als männlich empfundenen Attribute, alles Ungehobelte und Ungepflegte hinter sich zu lassen und einen schönen Abend unter Gästen mit angenehmen Manieren zu verbringen. War es am Ende für sie alle eine Bürde, stets kernig, rau und laut sein zu müssen, nur weil sie in dieses Geschlecht hineingeboren worden waren und die Gesellschaft das nun einmal von echten Männern erwartete? Sehnten sie sich stattdessen eigentlich alle danach, für kurze Zeit ein feineres, geistreiches, mit schönen Dingen ausgefülltes Leben zu führen, wie Frauen es immer taten?

Tatsächlich waren viele der Herren äußerst dezent, aber doch erkennbar feminin zurechtgemacht, mit Puder, Pomade, teuren Parfüms. Ja, Bert fühlte sich pudelwohl an diesem Ort der Schönheit unter all den Kavalieren, die sicherlich auch gern ein gutes Buch genossen oder eine interessante Unterhaltung. Wenn nur das Getanze nicht gewesen wäre, das ihm Übelkeit verursachte. Und Gregors sauertöpfische Miene in seinem hübschen Jungengesicht, weil er sich offenkundig langweilte.

Schon zog er Bert zum Rand der Tanzfläche, wo einige Ledersessel zur Verschnaufpause einluden. Doch anstatt sich hineinfallen zu lassen, griff Gregor nach Berts Arm und beugte sich zu seinem Ohr.

«Was für ein lahmer Haufen», sagte er laut, um die Musik zu übertönen. «Das ist ja wie beim Tanztee für Senioren in einem Kurort.»

Just in diesem Moment nahte ein Rattern und Pfeifen, der Boden bebte, und Bert wusste, dass dies die Hochbahn war, die direkt unter ihren Füßen mitten durch das Haus in der Bülowstraße fuhr.

Als sich der Lärm gelegt hatte, fuhr Gregor fort: «Gibst du mir etwas Geld? Dann besorge ich uns was zu trinken.»

Bert nickte und griff nach seiner Brieftasche, die er unter der bestickten Weste trug. Er drückte Gregor ein paar Scheine in die Hand.

«Ist das alles?», fragte sein junger Begleiter, und gerade, als Bert ungehalten etwas erwidern wollte, blickte Gregor ihn aus seinen tiefen Augen an und lächelte bittend. «Ich dachte, ich bestelle uns gleich eine ganze Flasche, dann können wir den Abend genießen.»

Die Art, wie er *wir* sagte, wärmte Bert das Herz. Herrgott, er hatte wirklich keine Geldsorgen und konnte es sich leisten, großzügig zu sein. Also holte er ein paar weitere Geldscheine hervor. Gregor bedankte sich mit einem gehauchten Kuss auf seine Wange und verschwand, einen angenehmen Duft hinterlassend, im Gewühl der Tanzenden, denn die Bar befand sich auf der anderen Seite des Lokals.

Bert setzte sich, lehnte sich zurück und seufzte erleichtert, als er das weiche Lederpolster an seinem vom Walzer geschundenen Rücken spürte. Er zog das Etui mit der Pfeife aus der Tasche und begann, sie sorgfältig mit seinem Lieblingstabak zu stopfen. Dabei ließ er die Augen durch den Raum schweifen. Die unzähligen Wandleuchten waren mit farbigen Filzmänteln verkleidet und verbreiteten ein schummriges, geheimnisvolles Licht. An den Wänden hingen ausgesuchte Bilder, die meisten mit klassischen Motiven, Architektur, Landschaften, Stadtszenen. In vielen Rahmen waren Männer zu sehen, gemalte, gezeichnete, fotografierte, und nur wenige Frauen. In einer Ecke des Raums stand ein glänzendes Klavier, das aber zurzeit nicht bespielt wurde, die Musik kam aus dem Grammophon. Bert wusste aber, dass es hier an manchen Abenden auch Konzerte gab, mit dem Piano und einem Geiger, denn er hatte draußen ein Plakat mit einer Ankündigung für eine solche Soiree gesehen.

Kurz durchzuckte ihn der Gedanke, was passieren würde, wenn ihn jemand hier erkannte. Immerhin befand sich das *Hollondaise* in unmittelbarer Nachbarschaft zum Winterfeldtplatz – und damit am Ort seines anderen Lebens. Er vermied es seit jeher tunlich, diese beiden Existenzen, die er führte, zu vermischen. Denn auch wenn die Polizei seit einigen Jahren immer bereitwilliger die Augen zudrückte, wenn es um *diese Art* Liebe ging, der man in Läden wie im *Hollondaise* huldigte, so hatten doch die meisten Menschen dort draußen kaum Verständnis für ihre Lebensweise. Ja, anders als vor dem Krieg wurden Homosexuelle weniger oft behelligt, die meisten Wirte der einschlägigen Vergnügungslokale hatten kleine, stabile Abkommen mit den Sittenpolizisten geschlossen, damit diese die Gäste gewähren ließen. Sogar ein Verein war gegründet worden, der *Bund für Menschenrechte* unter dem Vorsitzenden Friedrich Radszuweit, der sich offen für die Abschaffung des unseligen Paragraphen 175 einsetzte. Doch das Damoklesschwert von Abwertung und Verfolgung hing noch immer über allen, die sich zum gleichen Geschlecht hingezogen fühlten. Und sooft Bert sich sagte, dass er Gespenster sah, dass er endlich seine Furcht begraben und als freier Mensch leben sollte – den Schatten über seinem Kopf konnte er einfach nicht vergessen.

Doch als er sich jetzt vorsichtig umsah, erkannte er, dass er wenig Grund zur Sorge hatte. Einer seiner bürgerlichen Nachbarn, ein Felix Winter oder eine Erika Grünmeier zum Beispiel, würde sich kaum hinter die Ledervorhänge verirren, die die Tür zur Welt dort draußen verdeckten und sich schützend zwischen das Ressentiment der anderen und das kleine geborgte Vergnügen der Schwulen im *Hollondaise* schoben. Morgen früh würde Bert als einer der ersten Verkäufer auf dem Winterfeldtplatz seinen Kiosk aufschließen, überpünktlich wie immer, die Samstagsfliege akkurat gebunden, und niemand würde etwas davon ahnen, dass er des Nachts mit seinem jugendlichen Freund Champagner getrunken und auf der gut gefüllten Tanzfläche bis zur Sperrstunde geschwoft hätte.

Wo blieb Gregor eigentlich mit der versprochenen Flasche? Die Musik war ein wenig leiser geworden, ein langsamer Foxtrott, und viele der Tanzpaare legten eine Pause ein und tranken eine Limonade oder einen prickelnden Schaumwein.

Bert stieß eine bläuliche Rauchwolke aus und reckte den Hals, doch er konnte seinen Begleiter nirgendwo entdecken. Dafür hörte er hinter sich plötzlich ein Rascheln und spürte dann eine Hand auf der Schulter. Überrascht drehte er sich um.

Hinter seinem Sessel stand ein Herr, wohl nur einige Jahre jünger als er selbst, in einem tadellosen dunklen Zweireiher und schwarz gefärbtem Zwirbelbärtchen.

«Verzeihung», sagte der Fremde, «dürfte ich Sie einen Moment sprechen?»

«Ich bin nicht allein hier», sagte Bert, der einen Annäherungsversuch fürchtete und dem anderen Mann keine Hoffnung machen wollte. Doch sein Gegenüber schüttelte den Kopf und kam um den Sessel herum.

«Sie missverstehen mich», sagte er und setzte sich unaufgefordert zu Bert an den kleinen Marmortisch, jedoch nur auf die Sesselkante. Er beugte sich vor und sah ihn eindringlich an.

«Ihr Bekannter ...» Er nickte diskret in die Richtung, in die Gregor vor geraumer Zeit verschwunden war. «Wie gut kennen Sie ihn? Vertrauen Sie ihm?»

«Wie meinen Sie das?», fragte Bert erstaunt. Woher wusste dieser Fremde, wer sein Begleiter war, geschweige denn, was Bert über ihn dachte?

«Hören Sie», sagte der Mann und nestelte nervös an seiner Westentasche, aus der ein blütenweißes Einstecktuch ragte, «ich will mich wirklich nicht einmischen, aber ich kenne Sie vom Sehen. Sie sind der Inhaber des Zeitungsstands am Winterfeldtplatz, richtig? Sie wirken wie ein Ehrenmann auf mich.»

Bert wusste nicht, was er darauf erwidern sollte. War das ein Kompliment oder eine Falle?

«Und weiter?», fragte er schließlich vorsichtig.

«Es täte mir leid, wenn man Ihnen übel mitspielte», sagte der Fremde, der sich, wie Bert jetzt erst auffiel, noch immer nicht vorgestellt hatte. Doch er wusste, dass viele der Gäste hier namenlos bleiben wollten, er selbst eingeschlossen.

«Wie kommen Sie darauf, dass mir jemand etwas Böses will?», fragte er. «Davon abgesehen kann ich sehr wohl selbst die Verantwortung für mich übernehmen.»

«Da bin ich sicher», sagte der Mann und schien zu überlegen, ob er weitersprechen sollte. «Aber ich kam gerade nicht umhin, einer Szene beizuwohnen, die mir nicht gefiel. Und weil ich Sie ja nun mal kenne oder doch zumindest weiß, wer Sie sind, wollte ich Sie warnen. Dieser junge Mann, mit dem Sie hier sind, hockt im Waschraum, lässt sich mit feinstem weißem Pulver bedienen und prahlt damit, dass ihn sein älterer Kumpan Bert aushält.»

Bert spürte, wie eine kalte Hand nach seinem Herzen unter dem grauen Flanell seiner Weste griff. Gleichzeitig wurde ihm heiß im Gesicht, die Hitze der Scham, die langsam, aber quälend in ihm aufstieg.

«Was genau waren seine Worte?», fragte er.

Der Fremde zögerte, doch dann murmelte er widerwillig: «Er sagte zu dem Verkäufer dort drinnen: *Heute knalle ich mir das Hirn weg. Der alte Geizkragen lässt endlich was springen.*»

«War das alles?», fragte Bert. Er erhob sich, der andere tat es ihm gleich.

«Bitte», erwiderte er leise, «ersparen Sie sich den Rest. Ich wiederhole nicht gern die vulgären Worte dieses Taugenichts.»

Bert spürte beinahe erstaunt der Kälte nach, die sich von seinem Herzen aus in all seinen Gliedern ausbreitete wie eine Spinne, die ihre Beine überallhin ausfuhr. Er schloss die Augen. Ihm fielen all die Zweifel ein, die ihn seit Wochen verfolgten, die schlaflosen Nächte, die Träume, in denen er allein und verlassen einem namenlosen Bösen ausgeliefert war. Er selbst, das erkannte er jetzt, hatte sich dieser Gefahr gegenüber wehrlos gemacht, hatte die Augen vor der Wahrheit verschlossen und gegen alle Vernunft gehofft, dass Gregor an seiner Seite war um *seinetwillen*. Wie dumm er gewesen war! Und wie sehr es schmerzte, zum Hampelmann gemacht zu werden, nach all der Zeit und in seinem Alter!

Der Fremde legte einen Moment mitfühlend eine Hand auf Berts Arm.

«Es tut mir leid», sagte er. «Wissen Sie, unsereins hat keine Wahl. Wir müssen Risiken eingehen, wenn wir das Glück suchen, und manchmal setzen wir aufs falsche Pferd.»

«Danke», sagte Bert und schüttelte die Hand ab. Er bewunderte den Mann für seine Ehrlichkeit und die Solidarität, doch jetzt wollte er am liebsten allein sein. Der andere sollte verschwinden und ihm nicht länger bei seiner Schmach zusehen.

Der Fremde im dunklen Anzug schien das wortlos zu verstehen, deutete nur noch eine knappe Verbeugung an und tauchte dann zwischen den Tanzenden ab.

Berts Gedanken rasten. Wut, Enttäuschung und Schmerz kämpften in ihm. Er griff nach seiner Pfeife, die erkaltet auf dem Tisch lag, und klopfte sie aus, während er versuchte nachzudenken. Mechanisch bewegte er die Hände, säuberte den Pfeifenkopf und verstaute alles umständlich wieder in der Tasche.

Am besten wäre es, dachte er, wenn er einfach nach Hause ginge. So drängte er zum Ausgang, schob die schweren Ledervorhänge zur Seite und ließ sich die Tür von einem jungen Mann in Livree öffnen. Er stieg die Treppen hinab, stolperte unten aus dem Haus und blieb auf der Bülowstraße stehen. Schwarze Nachtluft empfing ihn, kühl und unbeteiligt schmiegte sie sich an seine glühenden Wangen. Vielleicht hatte er sich das alles nur eingebildet?

Eine Hochbahn ratterte heran und fuhr scheppernd und zischend auf den Schienen der Metalltrasse über seinem Kopf durch das Haus. Bert sah noch kurz die Rückleuchten, wie Irrlichter in der Nacht, dann kehrte wieder Ruhe ein.

Allerdings nur kurz, denn plötzlich hörte er eilige Stiefel

auf Pflastersteinen knallen, und ehe Bert wusste, was geschah, fühlte er sich unsanft gepackt.

«Stehen bleiben und Hände hoch», befahl eine Stimme.

Mit geübtem Griff verdrehte ihm jemand die Arme auf den Rücken. Bert spürte den Atem eines Fremden in seinem Nacken. Weitere hallende Schritte jagten an ihm vorbei. Es waren Polizisten, wie er jetzt an den blau schimmernden Uniformen sah. Sie liefen ins Haus, wo es kurz darauf zu einer Rangelei kam, Schreie ertönten, und jemand hastete an ihnen vorbei und entkam in die nächtliche Schwärze. Die flüchtenden Schritte entfernten sich, verloren sich schließlich in den Geräuschen der Nacht, im Kichern von ein paar Frauenzimmern an der Straßenecke, dem Rauschen des Windes, der durch die Bülowstraße fegte, und dem lauten Hämmern in Berts Brust.

Ein kleiner, aber schmächtiger Schupo taumelte kurz darauf aus dem Haus. «Dieser Hurensohn», stöhnte der Mann und humpelte in ihre Richtung, er umfasste mit beiden Händen seine Hosennaht. «Das war ein verdammter Volltreffer, Himmel, Arsch und Zwirn!»

Sein Kollege, der größer und kräftiger schien, hielt Bert noch immer im festen Klammergriff. «Wenigstens einen haben wir hier schon mal am Schlafittchen», sagte er zu dem jammernden Schupo, als könne ihn diese Tatsache über seinen Schmerz hinwegtrösten. «Und da drinnen in diesem Babel werden die Kollegen noch genug Ausbeute machen. Unser Tipp war wohl heute Gold wert.»

«Bitte, meine Herren», sagte Bert und hörte, wie gepresst und ängstlich seine Stimme klang, «ich habe nichts getan. Lassen Sie mich einfach gehen, ja?»

«Das könnte dir so passen, du verdammter Schwuler», sagte der versehrte Mann und richtete sich auf. Bert sah, dass er sehr jung war, fast noch ein Halbwüchsiger. Wahrscheinlich neu bei der Polizei und deswegen besonders eifrig. «Ihr fühlt euch in letzter Zeit viel zu sicher. Aber Gesetz ist Gesetz. Eure Hurerei da drinnen ist sittenwidrig, und dafür gehörst du ins Kittchen.»

«Lassen Sie mich das erklären», erwiderte Bert, doch er wusste bereits, dass es zwecklos war.

«Erklärungen habt ihr immer», sagte der Polizist hinter ihm spöttisch, «da seid ihr *Urninge* sehr erfinderisch. Wie man hört, habt ihr da oben in eurem sogenannten Salon eine echte Drogenhöhle, von Prostitution ganz zu schweigen. Und das geht zu weit!»

Sein Kollege lachte beifällig. «Vielleicht tut dir eine Nacht in einer Zelle ganz gut», sagte er und wippte auf seinen dünnen Beinchen begeistert auf und nieder. Es schien ihm wieder besserzugehen. «Dein Name kommt in unsere Kartei, hübsch säuberlich festgehalten für die Ewigkeit. Und du kannst dich in Ruhe ausnüchtern, auf Staatskosten. Ist das nichts?»

«Abmarsch», befahl der andere, bevor Bert etwas erwidern konnte.

Unsanft legten sie ihm Handschellen an und schubsten ihn in eine *Grüne Minna*, die etwas weiter entfernt am Straßenrand parkte. Darin saßen schon zwei andere Männer mit abgewandten Gesichtern und grüßten nicht, die Köpfe gesenkt wie nasse Pudel. Noch einmal holte Bert Luft, wollte den Schupos sagen, dass er keinen Tropfen getrunken hatte, dass er kein Wüstling war, sondern ein ehrbarer Mann. Aber die Worte blieben ihm im Halse stecken, sie klangen, noch bevor er sie aussprach, in seinem Kopf falsch und hohl.

War das, was zwischen ihm und Gregor in den vergangenen Wochen geschehen war, denn am Ende wirklich etwas anderes als käufliche Liebe gewesen? War er nicht seit Tagen, nein Wochen trunken, berauscht, nicht von Alkohol, aber von der ungeheuren Verlockung, nicht mehr allein zu sein? Und wann, dachte er, als sich die Autotür krachend vor seiner Nase schloss und er in den dunklen Sitz des Wagens sank, hatte er die vermeintliche Ehre verloren, die ihm der Fremde im *Hollondaise* attestiert hatte und die er selbst, wie er zugeben musste, so großspurig für sich beanspruchte? Sicher nicht erst heute und hier, sondern schon vor langer Zeit. Vermutlich schon damals, als ihm bewusst geworden war, dass er anders war als die anderen. Und dass er fortan wie ein schlechter Schauspieler in einem Schmierentheater um sein Leben spielen musste, wenn er nicht endgültig innerlich zerrissen werden wollte.

Das Auto ruckte an, und Bert fuhr mit den beiden anderen Unbekannten und den Schupos in die Nacht hinein, glitt durch die vertrauten Straßen von Schöneberg, die in der Dunkelheit fremd und wüst wirkten, wie ein ferner Planet, auf dem er sich nicht zurechtfand. Als die *Grüne Minna* Fahrt aufnahm und andere Automobile ihren Weg kreuzten, kam es Bert so vor, als wären die Scheinwerfer suchend auf sein Gesicht gerichtet. Es ging nach Norden, nach Moabit, erkannte Bert, wo das Gefängnis lag. Und es schauderte ihn in seiner warmen Flanellweste bei dem Gedanken an die Worte des kleinen Schupos. Sein Name, hübsch säuberlich aufgeschrieben für die Ewigkeit. Jahre-, nein, jahrzehntelang hatte er das zu vermeiden gewusst, aber nun hatten sie ihn doch erwischt. Und im Gedächtnis des deutschen Staates würde er nie mehr nur noch Bert, der Zeitungsverkäufer vom Winterfeldtplatz sein, sondern ein Verbrecher, vor dem man die Kinder in Sicherheit bringen musste. Ein Perverser, einer, der eine Gefahr war für andere. Ein Marsianer, dem man seine fremden Gewohnheiten austreiben musste, bevor er wieder in der Mitte der Gesellschaft leben durfte.

Unwillkürlich spürte Bert eine Träne, die über seine Wange rann und sich salzig und bitter in seinen Mundwinkel legte, während er die Augen schloss und sich schicksalsergeben dem Brummen des Motors überließ.

16.

Samstag, 26. Juli 1924

»Darf ich nachschenken?«
Margret Wunderlich hielt die blau-weiße Kaffeekanne mit dem Zwiebelmuster fest an die Brust gepresst und wartete, bis ihr Gast, Fräulein Segeberg, nickte. Erst dann goss sie die Porzellantasse noch einmal randvoll mit Kaffee. Seitdem diese grässliche Inflation überwunden schien und sie wieder wie ein normaler Mensch einkaufen gehen konnte, ohne Schubkarren voller Geldscheine, sondern nur mit ihrem zierlichen bestickten Portemonnaie, genoss Margret es, auch mit ihren Pensionsgästen wieder großzügig zu sein. Selbst mit den beiden Damen, die seit einem Dreivierteljahr die Zimmer im Erdgeschoss bewohnten. Fräulein Segeberg und Frau Scholl, die eine ledig, die andere verwitwet, und laut ihrem Anmeldebogen, den Margret Wunderlich sorgsam in ihrem Sekretär aufbewahrte, Schwestern. Der Einfachheit halber nannte Margret die beiden trotzdem in Gedanken nur *die Fräuleins*. Nun, sie hatte den angeblichen Verwandtschaftsgrad der beiden nicht hinterfragt und sich selbst zu solch sauberen, zurückhaltenden Untermieterinnen gratuliert, zumal die kleine Wohnung dort unten kalt und zugig war und bisher nur als Gerümpellager gedient hatte.

Aber mit den Wochen waren ihr Zweifel gekommen. Einmal hatte sie reinemachen wollen und war von Else Segeberg, die kurze weiße Haare und einen Kneifer trug, beinahe brüsk an der Tür abgewehrt worden – sie würden das selbst erledigen, Frau Wunderlich solle sich bitte keine Mühe machen.

Wer nicht will, der hat schon, hatte Margret gedacht und war achselzuckend gegangen.

Doch am darauffolgenden Wochenende, als die Fräuleins zu einem Ausflug ins Grüne aufgebrochen waren, fiel ihr ein, dass sie seit langem ein bestimmtes Buch suchte, das noch in der unteren Wohnung sein musste. Beherzt zückte sie den Zweitschlüssel und trat auf leisen Sohlen ein. Bücher gab es hier zur Genüge, das passte, denn beide Damen hatten sich als pensionierte Lehrerinnen eingetragen, doch Margrets Interesse an Lesestoff war plötzlich verflogen. Natürlich war sie nicht neugierig, aber sie streifte durch die kleinen Räume und konnte doch nicht umhin, zu bemerken, dass die beiden Frauen offenbar ein Schlafzimmer, ja, sogar ein Doppelbett teilten. War das eine schwesterliche Gewohnheit? Margret wurde bei dem Anblick der säuberlich aufgeschütteten Kissen unbehaglich. Das schmale Bett in der Wohnstube, das sie eigentlich für eine der beiden Damen vorgesehen hatte, schien unberührt. Einige Porzellanpuppen mit rosig bemalten Gesichtern saßen fein aufgereiht darauf und schienen Margret mit wimpernlosem Blick zu mustern.

Seitdem fühlte sie sich zunehmend unwohl in der Gegenwart der Fräuleins. Das hier war ein anständiges Haus, sie hatte es von ihrem geliebten, viel zu früh verblichenen Mann Heinz geerbt, und nichts war ihr mehr zuwider als der Gedanke, auch nur der Schatten eines Schmutzes könne darauf fallen. Die junge Hebamme, Fräulein Gold, die in der Mansarde wohnte, sorgte schon für genug Wirbel, auch wenn Margret sie immerhin noch nie mit unerlaubtem Besuch erwischt hatte. Doch der Lebenswandel der jungen Frau ließ in ihren Augen des Öfteren zu wünschen übrig. Und nun beherbergte Margret in ihrem Erdgeschoss auch noch diese zwielichtigen Fräuleins?

Unwillig schüttelte sie den Kopf, sodass die Lockenwickler darauf gefährlich schwankten. Sie wollte keine Fisimatenten unter ihrem Dach!

«Frau Scholl, für Sie auch noch ein Schlückchen?», fragte sie jetzt mit so viel Liebenswürdigkeit in der Stimme, wie sie aufbringen konnte. Ihr dicker schwarzer Kater schien die angespannte Atmosphäre in der morgendlichen Küche zu spüren und verdrückte sich fauchend.

Die mollige Mieterin mit dem dunklen Haarknoten wehrte ab.«Danke, Frau Wunderlich, ich hatte genug. Ich muss auf meinen Blutdruck achten.»

Margret nickte scheinbar verständnisvoll und wandte sich zur Spüle, wo die bereits abgeschreckten Eier unter dem Eierwärmer warteten.

Blutdruck? Blutzucker? Pah! Bei sich dachte sie, dass es eine Schande war, dass solche neumodischen Dinge jetzt schon unter älteren Damen *en vogue* waren. Sie hielt nichts von derlei Albernheiten. Wie um sich selbst zu beweisen, dass sie keine von diesen Kostverächterinnen war, steckte sie sich rasch ein Stück Käse in den Mund, bevor sie die Aufschnittplatte zum Tisch trug. Köstlich, fand sie, und tätschelte sich beinahe liebevoll den rundlichen Bauch unter dem seidenen Morgenrock. Dann stellte sie noch ein Glas Marmelade von ihrer Selbsteingekochten auf den Tisch, aus den letzten Erdbeeren ihres Schrebergartens in Tempelhof. Bald wäre Zeit für die Johannisbeerernte.

«Wo ist denn Herr Moratschek?», fragte Fräulein Segeberg,

und Margret zuckte die Schultern. «Der Herr hat sich bei mir nicht abgemeldet», sagte sie spitz. «Hier kommt und geht ja jeder, wie er will.»

Wie auf Kommando öffnete sich die Küchentür, und der ältere Herr mit dem struppigen Schnauzbart trat ein. Immerhin, dachte Margret, hatte er sich endlich einmal die weißen Haare gekürzt, die sonst aus seinen Ohren wuchsen wie Unkraut. Doch ansonsten sah er schlecht aus, fand sie, übernächtigt und faltig.

«Grüß Gott», knurrte er, denn er stammte aus dem Bayrischen und sperrte sich vehement gegen die Berliner Mundart. Margret Wunderlich dagegen war eine waschechte Berlinerin, ihr Mann war gebürtiger Hamburger gewesen, ein echtes Nordlicht, und sie beäugte grundsätzlich jeden Menschen aus dem Süden mit einer gesunden Portion Misstrauen. Spätestens an der Weißwurstgrenze machte ihre Toleranz für gewöhnlich halt. Doch Herr Moratschek lebte nun schon viele Jahre bei ihr und bezahlte stets peinlich genau seine Miete, sodass sie sich im Laufe der Zeit sogar an seinen Dialekt gewöhnt hatte.

«Kaffee, der Herr?», fragte sie und goss beflissen ein. Dann reichte sie ihren drei Gästen die Brötchen an, die ihr der Bäckersjunge jeden Morgen bis in den Hof lieferte, und betrachtete zufrieden das Aufschneiden und Schmieren, das Knuspern und Kauen ihrer Untermieter. Es ging doch nichts über einen gesunden Appetit am Morgen und über zufriedene Gäste.

Nur das junge Fräulein fehlte noch. Wo steckte diese Hulda bloß wieder? Gestern Abend hatte Margret ihren gewohnten Kontrollgang gemacht, um zu sehen, ob überall das Licht gelöscht und alles ruhig war, und aus dem Zimmer von Hulda Gold unter dem Dach hatte kein Atemgeräusch geklungen. Sie schien wieder die halbe Nacht unterwegs zu sein. Vielleicht hatte sie einen Spätdienst in der Klinik gehabt, dachte Margret gnädig, dann würde sie ihr das durchgehen lassen. Doch ihr Gefühl – und das war für gewöhnlich präzise wie ein Barometer, egal, ob es um das Wetter, weichgekochte Eier oder um Liebesdinge ging – sagte ihr, dass da wieder der geheimnisvolle Mann im Spiel war, zu dem sich das Fräulein in der letzten Zeit so beharrlich ausschwieg. Margret ahnte schon, dass da was im Busch war.

Endlich hörte sie müde Schritte draußen auf der Treppe, trat aus der Küche und riss die Wohnungstür auf, damit Hulda ihr nicht etwa entwischte, wie sie das so gern tat.

Die junge Frau war adrett gekleidet, immerhin das – und endlich hatte sie diese speckige rote Kappe gegen ein eleganteres Exemplar aus taubenblauer Seide eingetauscht, dachte Margret anerkennend –, doch ihr Gesicht war schattig und verschlafen.

«Immer herein ins Warme», sagte Margret in einem mütterlichen Anflug und zog Hulda beinahe gewaltsam in die Küche.

«Da ist ja unsere Schönheit!», sagte Else Segeberg und lächelte Hulda an, doch Margret warf ihr einen strengen Blick zu, worauf die Freude im Gesicht der pensionierten Lehrerin in sich zusammenfiel. Sie zupfte am Arm ihrer Begleiterin. «Komm, Gundula», sagte sie und erhob sich, «du hast doch heute noch einen Privatschüler.»

«Ja? Ach ja, gewiss», sagte Frau Scholl, der diese Ankündigung offenkundig neu war, die aber schnell die Gelegenheit ergriff, ebenfalls aufzustehen. «Vielen Dank für das Frühstück, es war vorzüglich», sagte sie zu Margret, und schon schlüpften die beiden Fräuleins aus der Küche.

Margret sah ihnen einen Moment nach. Nein, eine schwesterliche Ähnlichkeit konnte sie zwischen der rundlichen Dunklen und der langen Bohnenstange mit dem Kneifer beim besten Willen nicht erkennen. Sie seufzte. Was hatte sie sich da bloß ins Haus geholt?

«Setzen Sie sich mal, Mädchen.» Sie drückte Hulda auf einen freien Stuhl. Beinahe hätte sie ihr auch gleich noch eine Schrippe geschmiert, stellte ihr dann aber doch nur den Teller hin und beobachtete besorgt, wie Hulda mit langsamen, beinahe mechanischen Bewegungen begann, Butter auf eine Hälfte zu streichen.

Herr Moratschek hatte sich hinter seinen Panzer aus Druckerschwärze zurückgezogen und Hulda nur zur Begrüßung kurz zugeknurrt. Ab und an wanderte eine Hand hinter der Zeitung hervor und balancierte die Kaffeetasse zum unsichtbaren Mund.

In der Küche war es still, nur die Uhr an der Wand tickte. Nein, Stille behagte Margret ganz und gar nicht.

«Was macht die Politik?», fragte sie daher Herrn Moratschek, obwohl es sie nicht sonderlich interessierte. Politik, das war etwas für Männer in Anzügen und mit Zigarren, so wie sie auch heute auf der Fotografie abgebildet waren, die das Titelblatt der Zeitung zierte. Frauen hatten andere Sorgen.

Erneutes Rascheln, dann tauchte der graue Schnauzer auf. «Die Reparationskonferenzen in London laufen», erklärte Herr Moratschek und schien aus einem anderen Universum in Margrets Küche in der Winterfeldtstraße gespuckt worden zu sein. «Ich verspreche mir davon einiges, das wird eine ungeheure Erleichterung für unsere Nation.»

«So, so», sagte Margret und nickte wissend, obwohl sie nur eine vage Ahnung hatte, wovon der ältere Herr sprach. «Und was genau wird da repariert?»

Er starrte sie so ungläubig an, dass ihr mulmig wurde. Da hatte sie wohl etwas sehr Dummes gesagt. Glücklicherweise ließ er es dabei bewenden, und Margret tat so, als müsse sie dringend etwas in der Vorratskammer suchen. Aus den Augenwinkeln betrachtete sie Fräulein Hulda, die stocksteif auf ihrem Platz saß und das zähe Gespräch über sich ergehen ließ wie einen unausweichlichen Graupelschauer.

Margret kehrte an den Tisch zurück. «Und was steht da noch drin?» Sie deutete auf die Zeitung in Herrn Moratscheks Händen.

Er zog geräuschvoll die Nase hoch.

«In Bayreuth, meiner alten Heimat, bekleckern sie sich gerade wieder einmal außerordentlich mit Ruhm», sagte er mit leidender Stimme. «Siegfried Wagner, dieser Opportunist, leitet dieses Jahr die Festspiele, und alles, was unter den Braunen Rang und Namen hat, ist hingepilgert. Ludendorff, Claß, die ganze widerliche Clique hat sich dort ein Stelldichein gegeben.»

«Wagner?», fragte Fräulein Hulda und blickte auf. Ihre Stimme klang wie eine rostige Gießkanne. «Hieß der nicht Richard?»

«Der Herr Vater, wertes Fräulein», sagte Herr Moratschek, und Margret bemerkte erleichtert, dass sein leises Stöhnen nun nicht mehr ihrer, sondern Huldas Ignoranz galt. «Siegfried ist sein jüngster Spross und der schlimmste Judenhasser von allen. Wie schade, denn die Musik des Papas ist göttlich, aber leider finden das auch Hitler und seine Jünger.»

«Und was haben sie dort in Bayreuth aufgeführt?», fragte Hulda und biss endlich in ihr Brötchen. Das Gespräch schien sie wirklich zu interessieren.

«Die *Meistersinger*.» Herr Moratschek schloss die Augen

und schmetterte mit überraschend tiefem Bass ein paar Takte. Hulda und Margret wechselten einen überraschten Blick, und die Wirtin sah mit Freude, dass sich die Mundwinkel der Hebamme spitzbübisch kräuselten. Der schrullige Mieter hatte sie offenbar aufgeheitert.

Moratschek öffnete wieder die Augen. «Ist das Fräulein unter die Musikliebhaber gegangen, oder woher kommt das Interesse für Wagner?»

«Nein», sagte Hulda und senkte ihren Kopf. «Zufällig war ich gestern in einem Konzert, und man gab dort auch Wagner. Die Lieder, kennen Sie die?»

«Freilich», sagte Herr Moratschek. «Und, wie hat es Ihnen gefallen?»

«Gut», sagte Hulda einsilbig und kniff dann die Lippen zusammen.

Margret goss ihr ungefragt den Rest Kaffee ein und begann dann, die Kanne im Spülbecken zu schrubben. Sie ahnte, dass Huldas Abend, ob mit oder ohne Wagner, nicht zufriedenstellend verlaufen war.

Rasch kam sie ihr zu Hilfe. «Dieser Hitler sitzt ja noch hinter Gittern», erklärte sie, «der kann wohl kaum in Bayreuth in die Oper spazieren, oder?»

«Das nicht», sagte Herr Moratschek und faltete mit einem letzten sehnsüchtigen Blick auf seine Zeitung die Seiten zusammen. Offenbar war ihm klargeworden, dass es heute keine ruhige Lesezeit mehr geben würde. «Aber sein völkisches Gedankengut, das kann er hervorragend von dort verbreiten. Seine Handlanger sind auf freiem Fuß und träufeln ihr Gift Tropfen für Tropfen in die Seelen der Deutschen.»

«Und was hat dieser Sohn von Wagner damit zu tun?», fragte Hulda.

«Der bereitet den Rechten eine Bühne, lädt sie ein zu seinen Festspielen und singt mit ihnen das Deutschlandlied.» Herr Moratschek erhob sich. «*Deutschland, Deutschland über alles* und so weiter, Sie kennen das. Und ganz Bayreuth schmettert mit. Jesusmaria, wie gut, dass ich dort nicht mehr leben muss bei diesen Hinterwäldlern.»

Er nickte Margret zu und griff nach einer halben Schrippe, die noch übrig war. «Wegzehrung», sagte er. «Habe die Ehre!» Und damit verließ er die Küche.

Fräulein Hulda und Margret sahen sich vielsagend an, dann griff Margret nach einem Leinentuch und begann, das Zwiebelmuster abzutrocknen.

«Und nun raus mit der Sprache, Fräulein Gold», sagte sie energisch, «was soll das Gerede von Wagner? Wo waren Sie gestern Abend?»

«Wie ich bereits sagte, im Konzert», antwortete Hulda und hatte plötzlich diesen trotzigen Ausdruck in ihren silbrigen Augen, den Margret zur Genüge kannte. Ihre Töchter hatten den auch gehabt, wenn sie als Kinder von ihr Schelte bekamen, und heute guckten sicher auch ihre Enkel so, die Margret leider nicht oft zu Gesicht bekam. Sie lebten in Hamburg, und Margret wurde nicht oft eingeladen. Angeblich, um ihr Beschwernisse zu ersparen. «Denk doch an deine Gesundheit, Mamachen», sagte Eva, die Jüngere, stets, und auch Ursula beharrte darauf, dass ihre Mutter nur an den wichtigsten Feiertagen käme, um ihre Konstitution zu schonen. Dass sie nicht lachte! Sie war rüstig wie wenige in ihrem Alter, und die Familie ging ihr über alles.

Dann fiel ihr ein, dass Eva angekündigt hatte, in der kommenden Woche mit den beiden Kindern zu Besuch zu kommen, und ein Lächeln glitt über ihr Gesicht. Immerhin etwas!

Sie wandte ihre Aufmerksamkeit wieder ihrer Mieterin zu. Die saß wie sieben Tage Regenwetter da und nippte mit Gramesfalten an ihrem kalten Kaffee. Das war doch wirklich ein Jammer, ein so hübsches Ding wie Hulda Gold und dann diese Jammermiene!

Margret trat zu ihr und setzte sich ächzend auf die Küchenbank ihr gegenüber.

«Na, wo drückt denn der Schuh?», fragte sie und nahm sich vor, sich nicht mit Ausreden abspeisen zu lassen.

Das Fräulein sah wohl die Entschlossenheit im Gesicht der Wirtin, denn sie streckte die Waffen.

«Herr North und ich hatten gestern ein Rendezvous», sagte sie leise, «und wir haben uns schrecklich gezankt. Ich fürchte, es ist aus.»

«Nicht doch!», rief Margret empört. «Sie sind doch so ein schönes Paar.» Dann senkte sie die Stimme. «Oder ist etwas geschehen? Ist er etwa zudringlich geworden? Das dürfen Sie nicht zulassen, Fräulein Hulda, erst kommt der Ring, dann das Vergnügen, das hat Ihnen Ihre Mutter, Gott hab sie selig, doch sicher beigebracht?»

Bei sich dachte Margret, dass sie schon lange den Verdacht hatte, dass die junge Frau diese Regel nicht so ernst nahm, wie es sich für ein lediges Mädchen schickte. Gut, dass es jetzt einmal zur Sprache kam und sie ihr ins Gewissen reden konnte, ehe die junge Hebamme eine Dummheit beging und ihr Leben wegwarf. Margret hatte ihre Augen und Ohren überall, sie wusste, wie es ausging, wenn eine ledige Frau ein Kind bekam, und sie hoffte von Herzen, dass dieses Schicksal ihrer Untermieterin erspart bliebe.

Doch Hulda winkte nur ab. «Herr North ist ein Ehrenmann», sagte sie, aber etwas an ihrer Stimme klang gepresst, als sage sie nur die halbe Wahrheit. «Um ehrlich zu sein, es ging bei unserem Streit um ebendiesen Ring, von dem Sie sprachen.»

«Ein Antrag?», rief Margret und klatschte in die Hände. «Aber das ist doch wundervoll!» Doch im Gesicht ihres Gegenübers las sie, dass es das Gegenteil war.

«Nicht?», fragte sie, leiser, und forschte in Huldas seltsamen, leicht schräg stehenden Augen. «Aber mein liebes Kind, warum denn nicht?»

«Er ist nicht der Richtige.» Hulda seufzte und stand auf. Mit dem Handrücken fuhr sie sich über die Wange, auf der eine verräterische nasse Spur glitzerte. «Nichts an ihm ist richtig, er würde mich unglücklich machen und ich ihn umgekehrt auch.»

Die Sehnsucht, die jetzt in ihrem Blick stand, strafte ihre Worte Lügen. Margret ahnte, dass Huldas Entschluss keiner war, der vom Herzen kam, sondern dass die Vernunft ihn ihr eingab. Doch was war daran vernünftig, in ihrem Alter, in ihrer Lage, die Hand eines Mannes wie Karl North abzuwehren? Margret kannte die Fotografie, die Hulda oben in der Mansarde von ihm hatte. Ein schöner Mann, ein Beamter noch dazu, mit gutem Ruf und später, im Alter, mit fester Pension! War das etwa nichts?

«Vielleicht überlegen Sie es sich ja noch einmal», sagte sie hoffnungsvoll, doch Hulda, die bereits an der Tür stand, schüttelte den Kopf mit dem kurzen schwarzen Haar, das keck unter der feinen Kappe hervorsah.

«Manche Dinge kann man nicht erzwingen», sagte sie mit einem schiefen Lächeln, «auch wenn ich sicher bin, dass Sie, Frau Wunderlich, vor keinem Hindernis zurückweichen würden. Aber ich bin anders, ich weiß, wann ich mich geschlagen geben muss.»

Mit diesen Worten verließ sie die Küche. Margret sah ihr hinterher und schnaufte bedauernd. Diese jungen Leute! Das hätte es zu ihrer Zeit nicht gegeben, dass man derart wählerisch war, sich jahrelang von einem Mann den Hof machen ließ, dann mit einem anderen ins Bett hüpfte und am Ende doch allein blieb. Was war nur aus der Zeit geworden, da eine Frau wusste, wohin sie gehörte?

Margret dachte an ihren Heinz, an die eigene Hochzeit vor vielen Jahrzehnten, an das schneeweiße Kleid und die elegante Feier mit Elsässer Schaumwein und Danziger Pastetchen, so hauchdünn wie Papier. Was war sie doch, bei Lichte betrachtet, für ein Glückspilz gewesen! Ein Tränchen schummelte sich in ihre Augen, doch sie wischte es nicht fort, sondern ließ es fließen, denn es war bittersüß.

Summend und mit den Bildern einer lange vergangenen Zeit vor Augen, machte sie sich wieder an den Abwasch.

17.

Samstag, 26. Juli 1924 vormittags

Seltsam, dachte Hulda, wie fern der helle Sonnenschein heute wirkte, als hinge ein unsichtbarer Nebelschleier davor, den nur sie sehen konnte. Langsam, wie im Schlaf, ging sie durch die Winterfeldtstraße vor zum Platz. Sah die Schwalben über ihr herumwirbeln mit ihren geschlitzten Schwänzen, sah die gemusterten Kleider der Mädchen und weiter hinten den Mops von Frau Grünmeier am Blumenstand, der an einem Fischkopf herumschlabberte. Alles war wie immer. Und doch war sie seit gestern Abend eine andere Hulda. War nicht mehr die Geliebte des Kommissars, nicht mehr die noch mitteljunge Frau mit nach wie vor guten Aussichten auf ein glückliches Ende am Arm eines Mannes. Sie war jetzt nur noch die alleinstehende Hebamme Gold, die sich durchs Leben schlug.

Hulda schluckte, etwas in ihrer Kehle schmerzte und brannte, doch sie biss sich auf die Lippen. Nein, nicht heulen, nicht hier, nicht jetzt. Überhaupt nicht weinen wollte sie wegen so eines Menschen, der ihr zwar das Herz, aber nicht das Rückgrat gebrochen hatte.

Wie es *ihm* heute ging, daran wollte sie am besten gar nicht denken, das musste sie sich für später aufheben, obwohl die Angst um ihn sie fest gepackt hielt. Denn was würde Karl jetzt anfangen, womit würde er seinen Kummer in Schach halten?

Nein, das sollte nicht mehr ihre Sorge sein! Sie musste jetzt an sich denken. War sie nicht immer fabelhaft allein zurechtgekommen?

Sie schnappte nach Luft, atmete tief ein und aus, bis das Brennen in Brust und Hals etwas nachließ. Ruhig!, befahl sie sich, an etwas anderes, etwas Schönes denken! An die Frauen in der Klinik, die ihr vertrauten und auf sie warteten – allen voran Jette, die sie heute sehen würde. Dem Kind im Bauch der Freundin ging es ja gut, und nun würde man weitersehen.

Woran noch?

An die Sommertage, die vor ihr lagen, an die stillen Seen draußen vor Berlin mit ihren zirpenden Grillen, wohin man auch ganz hervorragend allein fahren konnte, mit der Bahn vom Lehrter Bahnhof aus oder mit dem Fahrrad. An das fröhliche Lachen von Johann ... nein!, befahl sie sich, das kam, wenn überhaupt, später. Sie war nicht eine von denen, die eine zerbrochene Liebschaft gleich mit der nächsten zu übertünchen versuchte.

Hulda war an Berts Pavillon angekommen und wischte sich mit beiden Händen übers Gesicht. Ein kleiner Plausch, ein paar freundliche Bissigkeiten mit ihrem alten Freund – und sie wäre wie neu!

Doch dann stutzte sie. Der Zeitungskiosk war verschlossen, beide Läden vor der Luke zugeklappt und verriegelt. Keine Zeitungen flatterten im Sommerwind in der Auslage, die eisernen Klammern blitzen leer in der Vormittagssonne.

Erschrocken sah sich Hulda um. Das hatte sie noch nie erlebt! Bert öffnete pünktlich um sechs Uhr früh seinen Laden und schloss ihn selten vor Sonnenuntergang. Am Sonntagnachmittag überließ er ihn für einige Stunden seiner Aushilfe, einem jungen Bengel, um einen Kaffee trinken zu gehen.

Doch selbst das, wusste Hulda, fiel ihm schwer genug. Und nun war der Kiosk verwaist, am helllichten Vormittag, am Markttag?

Bert musste krank sein, dachte sie besorgt und sah sich suchend um.

Nebenan keifte die Blumenhändlerin ihren Gehilfen an und stemmte dann die Hände in die ausladenden Hüften.

«Na, Fräulein Hulda?», rief sie ihr zu, das rote Gesicht ein grimmiges Lachen. «Ooch schon wach?»

Hulda überging die Stichelei und trat zu ihr. «Wo ist denn Bert?», fragte sie und deutete auf den verrammelten Pavillon.

«Ach der.» Frau Grünmeier winkte ab. «Mit dem is zur Zeit nich viel los. Abends uff Achse und tagsüber müde wie 'n Primaner.»

«Wohin geht er denn so oft?», fragte Hulda.

Frau Grünmeiers Gesichtsröte vertiefte sich in Richtung dunkles Lila. «Davon will ick 'ner jungen Dame nich parlieren.» Die stämmige Frau schüttelte empört den Kopf, auf dem die dünnen Haarsträhnen zu einem festen Nackenknoten gezurrt waren. «Mit so 'nem Kladderadatsch will ick nichts zu tun haben, verstehense?»

Nichtsdestotrotz sah sie sich verstohlen um, trat zu Hulda und beugte sich vertraulich vor. «Unser Bert wandelt auf Freiersfüßen», flüsterte sie und zwinkerte verschwörerisch. «Aber keene Herzdame, nee, 'nen *Herzbuben* hat er sich anjelacht! Ick sach's ja, Schöneberg ist wie Sodom und Gomorrha, und schon so mancher is im Bermudadreieck am Nolli verschüttjejangen.»

Sie forschte in Huldas Gesicht, als warte sie auf einen angemessenen Ausbruch von Entrüstung, doch Hulda tat ihr nicht den Gefallen.

«Ich schätze, das geht uns nichts an, Frau Grünmeier», sagte sie kühl. «Aber wenn Sie Bert sehen, grüßen Sie ihn schön von mir.»

«Mach ick», erwiderte Frau Grünmeier eine Spur enttäuscht, weil Hulda sich nicht auf Klatsch einließ. «Ach so, und sagense mal, wie jeht es denn der kleenen Apothekerin?»

Jetzt musste Hulda schmunzeln. Nur Frau Grünmeier, dieses Schlachtschiff aus vergangenen Tagen, konnte die gestandene Jette Martin als *die Kleene* bezeichnen.

«Gut so weit», sagte sie, «ich fahre später in die Klinik und sehe nach ihr. Sie wurde stationär aufgenommen, zur Beobachtung, doch ich sehe keinen Grund, warum ihr Kind nicht gesund auf die Welt kommen sollte.»

«Na, dann hab ick hier wat für sie», sagte Frau Grünmeier eifrig, zog Hulda zurück zu ihrem Stand und drückte ihr einen in Packpapier gewickelten Strauß Blumen in die Hand. «Hortensien. Mit den besten Genesungsgrüßen vom Winterfeldtplatz.»

«Ich werde es ausrichten», sagte Hulda, presste den Strauß an die Brust und widerstand gerade noch dem Impuls, mit frechem Grinsen einen Knicks zu machen. «Auf Wiedersehen.»

Als sie sich umdrehte und über den Platz davonmarschieren wollte, erblickte sie eine braune Schiebermütze und erstarrte. Felix kam soeben aus dem Café und stellte saubere Aschenbecher auf die Bistrotische, die entlang des Bürgersteigs aufgereiht waren. Hulda beobachte seine ruhigen Bewegungen, sah, wie das Licht mit den Knöpfen seines Hemds spielte. Dann trafen sich ihre Blicke.

Einen Moment standen sie beide bewegungslos da. Schließlich hob er, ganz langsam, die Hand und winkte ihr zu. Etwas in Hulda sagte ihr, dass es töricht war, doch wie von einem unsichtbaren Faden gezogen, ging sie schnurstracks über das Pflaster, vorbei am Stand der Molkerei, den spielenden Gören und einem Zeitungsjungen, der wohl angesichts des geschlossenen Kiosks Morgenluft witterte und nun in Berts Revier wilderte. Sie schickte ihm einen vernichtenden Blick, doch er pfiff nur frech zwischen den Schneidezähnen hindurch und rief dann weiter lauthals seine Blätter aus.

Bei Felix angekommen, sah Hulda unauffällig durch die Glasscheiben des *Café Winter* ins Innere, doch erleichtert stellte sie fest, dass keine blonde Wasserwelle in Sicht schien.

«Guten Tag, Felix», sagte sie und versuchte, seine Stimmung zu deuten. Sie erkannte nichts als Freundlichkeit, gepaart mit einem schüchternen Lächeln, und auf einmal fühlte Hulda sich erleichtert wie lange nicht mehr. Hier an diesen Platz gehörte sie, hier lief das alte Leben, das ihr vertraut war, weiter wie auf einer Filmrolle und wollte nichts von den Verwicklungen ihres Herzens wissen.

«Wie geht's dir?», fragte Felix, und dann, als hätte er ihre Sehnsucht nach altvertrauter Normalität gespürt: «Hast du Lust auf eine Tasse Mokka?»

«Gern!» Sie ließ sich auf einen der Thonet-Stühle sinken, und Felix, der kurz verstohlen über den Platz guckte, setzte sich neben sie. «Eine kleine Pause habe ich wohl verdient», sagte er.

Als die Kellnerin vorbeilief, schnippte er in ihre Richtung und gab die Bestellung auf. Die junge Frau nickte und wollte gerade gehen, da sagte er noch: «Und ein Schokoladentörtchen für die Dame.»

Hulda wurde es warm ums Herz. Er kannte sie gut, besser als jeder andere. Warum nur konnten sie nicht einfach Freunde sein wie früher?

«Und? Gefällt dir die neue Stelle?», fragte Felix. «Man sieht dich ja kaum noch.»

«Ich habe viel zu tun», sagte Hulda, «es ist in der Klinik ganz anders als hier. Jeden Tag werden mehrere Kinder geboren, und wir arbeiten im Schichtdienst, damit immer mindestens eine Hebamme anwesend ist. Dabei machen die Ärzte das meiste, wir assistieren eher. Aber ich lerne jeden Tag etwas Neues.»

Sie überlegte, dann fiel ihr die besonders nervenaufreibende Geburt ein, die am vergangenen Montag in der Klinik stattgefunden hatte. Denn niemand hatte gewusst, dass der Junge, der recht leicht und schnell zur Welt gekommen war, noch eine Zwillingsschwester hatte. Nicht einmal die Ärzte bemerkten es, bis die Gebärende kurz darauf wieder so jämmerlich zu schreien und zu stöhnen anfing, dass Hulda sofort wusste, es war noch nicht vorbei. Das kleine Mädchen war winzig, doch Mutter und Kind hatten nicht mehr genug Kraft. Bei einer Hausgeburt wäre es schlimm ausgegangen, doch die Zange hatte beide gerettet.

«Neulich durfte ich bei einer Zangengeburt assistieren», sagte sie zu Felix. «Du ahnst es nicht, wie das aussieht, wenn der Doktor dieses Instrument in die Frau hineinschiebt und dann mit aller Kraft zieht. Wie ein Zahnarzt mit seiner Zange, bis endlich das Köpfchen hervorkommt, ganz zerbeult und blau ...» Sie unterbrach sich, als sie Felix' Gesicht sah. «Also, es ist jedenfalls ein bemerkenswerter Anblick», fügte sie schnell hinzu.

Nicht jeder konnte den Vorgängen auf einer Geburtsstation derart viel Begeisterung abgewinnen wie sie, doch manchmal vergaß sie das. Kurz streiften ihre Gedanken Johann. In dem jungen Arzt brannte der gleiche Eifer, der gleiche Wissensdurst wie in ihr, dachte Hulda und ertappte sich bei einem dümmlichen Grinsen. Schnell wischte sie es sich aus dem Gesicht.

Zum Glück kam gerade die Kellnerin, und Hulda nickte ihr dankbar zu, als sie eine Tasse und einen zarten Porzellanteller mit einer schokoladigen Köstlichkeit vor sie hinstellte. Andächtig ließ Hulda die Kuchengabel in den Sahneklecks gleiten, der das Törtchen zierte.

Während sie den ersten Bissen genoss, betrachtete sie heimlich ihr Gegenüber. Zu gern hätte sie Felix begreiflich gemacht, wie sehr sie für die Arbeit in der Klinik brannte, wie fiebrig sie sich oft fühlte, weil sie wusste, dass dort jeden Tag neues Leben entstand und sie ein Teil dessen war. Wie sehr wünschte sie, ihm von dem komplizierten Geflecht im Kollegium zu erzählen. Von Doktor Breitensteins mürrischen Befehlen und seinem Zusammenbruch nach dem schrecklichen Kunstfehler. Von dem schönen, aber seltsam glatten Doktor Redlich und seiner geheimen Liebschaft mit dem blonden Fräulein Saatwinkel. Von der unbändigen Freude, wenn sie gemeinsam ein Leben retten konnten, und von der Verzweiflung, wenn sie eine Frau oder ein Kind an den Tod verloren. Doch Hulda wusste, dass sie es niemals so schildern konnte, dass er es verstand. Auch Karl hatte sie es nicht begreiflich machen können. Man musste Teil dieses kleinen Kosmos in der Artilleriestraße sein, um es nachfühlen zu können.

«Wie läuft denn die neue Filiale?», fragte sie stattdessen und trank einen Schluck von dem starken Kaffee, der nirgendwo besser schmeckte als hier.

«Ziemlich gut.» Felix wirkte stolz. Er nahm die Mütze ab und fuhr sich durch das stopplige Haar, an dessen Kürze sich Hulda noch immer nicht gewöhnt hatte. Wie hübsch seine braunen Locken gewesen waren, dachte sie wehmütig.

Ein paar Spatzen flatterten heran, und sie bedachte die Vögel großzügig mit Krümeln.

«Viel Kundschaft?»

«Ja, und viel vornehmer als hier», sagte er. «Der Ku'damm ist nicht weit, und es kommen viele Flaneure vorbei, die nach ihren Einkäufen verschnaufen wollen. Das Abendgeschäft ist dufte, immer eine volle Bude, und der Champagner fließt in Strömen.»

«Das klingt großartig», sagte Hulda, die sich ehrlich für den alten Freund freute. «Deine Eltern sind sicher sehr stolz auf dich!»

«Mutter ist natürlich begeistert», sagte er. Doch die kleine Pause am Ende des Satzes machte Hulda stutzig.

«Und dein Vater?», fragte sie.

Felix rutschte auf dem Stuhl hin und her. «Vater missbilligt meine Kontakte», sagte er dann widerstrebend. «Wir hatten einen schlimmen Streit deswegen. Seither redet er kaum noch mit mir.»

«Welche Kontakte? Deine Investoren?»

«Ja», sagte Felix. «Er hält sie für ... nun, er benutzte das Wort *Ganoven*. Und mit Helenes Familie wird er auch nicht warm, er denkt, mein Schwiegervater sei ein Nazi.»

«Ach», sagte Hulda und leckte die letzte Schokocreme von der Gabel, «stimmt das nicht?»

«Zugegeben, er war Mitglied bei dieser Partei, bevor sie aufgelöst wurde», sagte Felix, «aber wir leben immer noch in einem freien Land. Jeder darf doch denken, was er will, oder etwa nicht?»

Hulda hielt sich wahrlich nicht für eine Expertin in Sachen Politik. Doch etwas an der schuldbewussten Stimme von Felix scheuchte sie auf.

«Wenn es niemandem schadet, dann stimme ich dir zu», sagte sie, «aber nach allem, was ich über die Völkischen gehört habe, fürchte ich, dass ihre Anhänger durchaus bestimmten Leuten schaden wollen.»

Ihr Blick wanderte wieder durch die spiegelnde Fensterscheibe ins Lokal, dessen Inneres jetzt nur undeutlich zu erkennen war. Dennoch, etwas an der Einrichtung schien ihr verändert. In den Wandnischen standen wuchtige Vasen mit seltsam schwülstigen Ornamenten. Einige Bilder waren neu aufgehängt worden, zeigten Waldszenen, felsige Gebirgsketten, brunftige Hirsche mit mächtigem Geweih. War das Helenes Geschmack, oder hatte Felix selbst die Umdekorierung veranlasst?

«Ist Doktor Löwenstein heute gar nicht da?», fragte sie. Der alte Herr mit den Schläfenlocken und der Zeitung gehörte zum Inventar des Cafés, solange sie sich erinnern konnte. «Es ist fast zwölf Uhr mittags, aber sein Platz ist leer.»

Felix knetete seine Hände. «Er kommt nicht mehr», sagte er leise, «ich habe ihm nahegelegt, sich ein anderes Stammlokal zu suchen.» Fast flehentlich blickte er sie an, als hoffte er auf ihre Absolution. «Du musst das verstehen, Hulda, jeder sollte heutzutage überlegen, wohin er gehört. So ein Ari Löwenstein, der findet doch genug Örtlichkeiten für seinesgleichen, aber im *Café Winter* vertreibt er mir am Ende noch die Kundschaft. Ich bin Geschäftsmann, was soll ich denn machen?»

Hulda sah ihn an. Es war ihr alter Felix, der da vor ihr saß, ein wenig dicker, die Haare etwas kürzer, die Stiefel schwerer als sein früheres Schuhwerk, doch sonst noch immer der Alte. Niemand hatte derart freundliche Augen wie er, niemand konnte so arglos, so warmherzig sein wie er. Und doch hatte er einem alten Herrn, einem jahrzehntelangen Stammgast,

Hausverbot erteilt, weil ihm dessen Religion nicht passte? In Huldas Kopf gingen diese beiden Gesichter von Felix nicht zusammen, sie weigerte sich, es zu glauben.

«Hat das Helene veranlasst?», fragte sie stirnrunzelnd, in der Hoffnung, dass es eine Erklärung für sein Verhalten gab.

«Lass meine Frau aus dem Spiel.» Felix brauste unvermittelt auf. «Ich weiß, dass du sie nicht leiden kannst.»

Hulda wollte protestieren, klappte dann aber den Mund wieder zu. Er hatte recht, sie verabscheute dieses blonde Gift, das Felix wie eine Krake umklammert hatte und nach deren Pfeife er nun tanzte. Es sah Helene ähnlich, dass sie ihm einflüsterte, er solle jüdische Gäste vergraulen, schließlich hatte sie Hulda gegenüber selbst einmal gesagt, dass sie hoffe, die Deutschen würden aufwachen und endlich in ihrem Land *aufräumen*. Aber war Felix wirklich so schwach, dass er keine eigene Meinung mehr hatte?

Auf einmal spürte Hulda eine kleine, gemeine Wut.

«Wie läuft es denn sonst so bei euch?», fragte sie und ärgerte sich schon im nächsten Moment über ihren stachligen Tonfall, doch sie konnte sich nicht bremsen. «Endlich etwas Kleines im Anmarsch?»

Felix starrte sie ungläubig an, als könne er es nicht fassen, dass sie derart unter die Gürtellinie ging. Und tatsächlich schämte sich Hulda auch bereits, doch manchmal war es eben eine hämische Genugtuung, zu wissen, dass auch andere Menschen unglücklich waren, ob verheiratet oder nicht. Eine Ehe war keine Garantie für Glück. Wie gut war es also gewesen, dass sie diesem Irrweg entsagt und Karl gestern Abend einen Korb gegeben hatte! Auf einmal schien es ihr wie die einzig richtige Entscheidung.

«Das geht dich nichts mehr an, Hulda», sagte Felix scharf

und erhob sich. «Du solltest deine scharfe Zunge im Zaum halten, sonst ...»

«Sonst verbietest du mir auch den Eintritt, so wie Doktor Löwenstein?», fragte sie bissig. «Recht hättest du ja. Denn ich *bin* ja eine von denen, die du hier nicht mehr gern siehst.»

Bevor Felix etwas erwidern konnte, trat Helene aus der Tür ins Freie. Offenbar war sie hinten in der Küche gewesen, sodass Hulda sie nicht hatte sehen können. Wie immer war sie wie aus dem Ei gepellt, mit ihrem Porzellanteint, den seidenen Strümpfen und dem entzückenden Kapotthütchen auf den langen Wasserwellen. Ihre Miene allerdings war derart sauertöpfisch, dass ihre hübschen Züge entstellt wirkten.

«Fräulein Gold», sagte sie so angewidert, als sei das ein Schimpfname. «Haben Sie nichts zu tun? Oder weshalb lungern Sie hier auf unserer Terrasse herum?»

«Hulda wollte gerade gehen», sagte Felix und blickte unbehaglich zwischen beiden Frauen hin und her.

Doch Hulda wollte weder das Kriegsbeil ausgraben, noch hatte sie Interesse an einem Straßenkampf wie zwischen zwei räudigen Katzen. Sie erhob sich und ließ ein paar Münzen auf den Tisch fallen.

«Hier», sagte sie huldvoll, «reicht das?»

Felix nickte, ohne hinzusehen. «Hast oft genug die Zeche geprellt», sagte er leise, «da käme es heute auch nicht mehr darauf an.» Dann blickte er sie unsicher an. «Fährst du jetzt in die Klinik?»

Helenes Augen weiteten sich. «Welche Klinik?»

«Ich arbeite seit ein paar Wochen in der Artilleriestraße, in der Geburtshilfe», sagte Hulda und war selbst überrascht, mit welcher Selbstverständlichkeit ihr die Worte aus dem Mund kamen. Für einen Moment genoss sie den Anblick von Helenes beeindrucktem Gesicht. Der Name der Frauenklinik war in ganz Berlin bekannt, und sie, Hulda, konnte stolz darauf sein, dort als Hebamme fest angestellt zu sein.

Auf einmal fühlte sie sich Felix' Frau trotz deren exquisiter Kleider, trotz der schlanken Fesseln und ihrer makellosen blauen Puppenaugen überlegen. Was hatte Helene schon erreicht im Leben, aus *eigener* Kraft erreicht? Sie war nur Tochter gewesen, Schülerin einer teuren Privatschule zweifellos, jetzt Ehefrau. Und dabei sogar nur die zweite Wahl, dachte Hulda triumphierend. Aber dass sie dazu offenbar unfruchtbar war, tat ihr dennoch leid.

Helene hatte ihr Gesicht wieder im Griff. «Wie grässlich», sagte sie mürrisch, «dort ist es sicher eine ordentliche Plackerei.» Sie musterte Hulda von oben bis unten. «Aber für Sie ist es wahrscheinlich der richtige Ort», sagte sie, «und immerhin sind Sie von der Straße weg und müssen sich nicht mehr für die armen Schlucker hier im Karree aufreiben.» Damit drehte sie sich auf dem Absatz um.

Beinahe hätte Hulda gelacht. Doch stattdessen erhob sie sich schulterzuckend und nickte Felix zum Abschied kurz zu. Er wollte etwas sagen, doch sie winkte ab, es hatte ja keinen Sinn.

Einen Moment zögerte sie, dann drückte sie ihm den schon leicht angeknitterten Strauß von Frau Grünmeier in die Hand. Einige der lila Hortensien lugten aus dem Papier hervor und verströmten einen betörenden Duft.

«Bis ich die nach Mitte transportiert habe, sind die Blumen hinüber», sagte Hulda und deutete ins Café. «Stell sie in eine Vase unter deinen röhrenden Hirsch. Vielleicht bringen Sie dir Glück. Das können wir schließlich alle gebrauchen, nicht wahr?»

Ohne seine Antwort abzuwarten, drehte sie sich um und

ging. Und gehen, oh, das konnte sie! Mit erhobenem Kopf lief Hulda über den Platz davon in Richtung Hochbahn, und bei jedem Schritt legte sie einen winzigen Schwung in ihre Hüfte.

Helenes Beine mochten hübsch sein, doch auch Hulda trug einen nur wadenlangen Rock und eine taillierte Bluse und musste sich nicht verstecken. Auch nicht nach ihrem Straucheln wegen der vergeigten Liebschaft mit Karl North. Das Leben ging weiter. Sie war Hulda Gold, berufstätig und von niemandem abhängig.

Und obwohl sie sich nicht umdrehte, wusste sie, dass Felix ihr mit den Augen folgte, die ganze lange Straße entlang, bis sie außer Sichtweite war.

18.

Samstag, 26. Juli 1924 mittags

Und dann bist du einfach abgehauen?», fragte Jette ungläubig und hielt die geröstete Brotscheibe, die sie gerade hatte zum Mund führen wollen, selbstvergessen in der Luft. Sie lag, bis zur Hüfte zugedeckt, in einem Bett auf der Hausschwangerenstation. Sie und Hulda waren allein im Zimmer.

Hulda saß auf der Bettkante. Sie nickte beklommen. Der gestrige Abend schien ihr wie unter einer rußigen Staubglocke verborgen, und jedes Mal, wenn sie an Karls Gesichtsausdruck dachte, als sie ihm ihr *Nein* aussprach, zog sich ihr Magen schmerzhaft zusammen.

«Hat er denn nicht versucht, dich aufzuhalten?», fragte Jette, während warme Butter auf das Kliniklaken tropfte, doch sie bemerkte es nicht. «Er hat dich gehen lassen?»

«Rausgeschmissen hat er mich», sagte Hulda, und sie versuchte, das Echo seiner letzten Worte aus ihrem Kopf zu verbannen. «Und ich kann es ihm nicht verdenken, ich hab ihn eiskalt erwischt. Er mich allerdings auch. Wie hätte ich denn damit rechnen können, dass er ernst machen will?»

«Nein, nach bald zwei Jahren Verhältnis hätte da niemand drauf kommen können.» Jette verzog spöttisch den Mund. Sie hatte ihren Appetit wiedergefunden und biss endlich in die

Schnitte. «Wirklich, Hulda, manchmal bist du wie ein Kind. Was hast du denn gedacht, wo das endet mit euch beiden? In wilder Ehe vereint, bis ins weiße Haar?»

Sie lachte bei ihrer eigenen Formulierung und griff sich in ihre silbrig schimmernde Frisur. «Na ja, bei der einen kommt das früher, bei der anderen später. Du jedenfalls hast noch keine einzige weiße Strähne, Hulda, und so lange, bis du endlich ergraust, hättest du keinen Mann dazu gekriegt, auf dich zu warten.»

«Er ist nicht der Richtige», erwiderte Hulda achselzuckend und wunderte sich selbst darüber, dass sie die gleichen Worte wählte wie morgens in Frau Wunderlichs Küche. Fiel ihr denn nichts Originelleres ein? «Karl ist kein Mann zum Heiraten», fügte sie trotzig hinzu, «und ich bin vielleicht auch nicht die Frau dazu.»

«Papperlapapp», sagte Jette kauend und leckte sich die Fingerspitzen, «was nicht ist, kann noch werden.»

«Ich hätte wirklich mehr von dir erwartet.» Hulda sah die Freundin empört an. «Als ich dich kennenlernte, warst du eine alleinstehende Witwe, eine erfolgreiche Geschäftsfrau, die keinen Mann brauchte. Und ich brauche auch keinen. Herrgott, ist denn eine Frau sogar heutzutage nur etwas wert, wenn sie einen Ring am Finger trägt?»

«Beruhige dich», sagte Jette beschwichtigend, «du weißt, dass ich es so nicht gemeint habe. Jede Frau darf leben, wie sie will. Ich hatte einfach Glück, dass einer vorbeikam, der zu mir passt wie der Deckel auf den Topf. Und ich wünsche dir dasselbe Glück, das ist alles.»

Hulda registrierte den liebevollen Blick der Freundin, sodass es ihr den Wind aus den Segeln nahm.

«Ja», gab sie zerknirscht zu, «ich weiß. Und sollte da so ein

Deckel kommen, dann kann ich ihn ja noch mal anprobieren, versprochen. Bis dahin bleibe ich aber mein eigener Herr.»

«Abgemacht», sagte Jette, «und jetzt reich mir bitte auch noch die andere Schnitte vom Teller, ich habe einen Bärenhunger. Die Küche ist hier gar nicht übel.»

Hulda hielt der hungrigen Freundin die Stulle hin. Ihre Gedanken wanderten wieder zu Karl. Sie erinnerte sich, dass Bert einmal gesagt hatte, dass sie und der Kommissar vielleicht deswegen so aneinanderhingen, weil sie beide ein wenig schief waren, eben ein *zerbeulter* Topf und ein *krummer* Deckel. Hatte sie also einen Fehler gemacht, weil sie ihren windschiefen Deckel, den einzigen vielleicht, der passte, fortgeworfen hatte? Doch dann kam ihr wieder der Anblick der vielen Flaschen in Karls Wohnung ins Gedächtnis, seine Unberechenbarkeit, seine Sucht, die ihn so viel kostete. Sie dachte an seine verbohrte Weigerung, mit der Vergangenheit aufzuräumen und so endlich ein wenig Frieden zu finden. Wie sollte das gutgehen, ein Leben mit einem Menschen, der sich selbst so wenig mochte, ja, der sich verachtete?

Sie schloss einen Moment die Augen, um das Karussell in ihrem Kopf anzuhalten. Dann wandte sie sich an Jette.

«Wie geht es dir denn?», fragte sie. «Was macht der Bauch?»

«Recht ruhig», sagte Jette und tätschelte ihren runden Leib unter dem Laken. «Die kleine Atempause scheint mir gutzutun.» Sie bemerkte Huldas Blick und stöhnte theatralisch. «Ja, ich weiß, du hattest recht. Musst du das jetzt so auskosten?»

«Lass mir meinen kleinen Triumph», sagte Hulda, «wenn ich schon in Liebesdingen eine solche Niete bin, kann ich doch wenigstens meine Arbeit als Hebamme gut machen.»

«Du weißt, dass du sie hervorragend machst.» Jette stupste sie an. «Jedenfalls fühle ich mich gut aufgehoben, die Schwestern sind sehr freundlich. Diese ältere Dame, Fräulein Klopfer, scheint mir zwar ein ziemlicher Drache zu sein, aber mit der werde ich auch fertig. Als Kollegin stelle ich sie mir allerdings nicht ganz ohne vor.»

«Ja», sagte Hulda leise und schmunzelte, «weißt du, man muss über gewisse magische Fähigkeiten verfügen, um sie in Schach zu halten.»

«Welche sollen das sein?»

«Schokoladenpralinen», sagte Hulda, und beide Frauen sahen sich an und lachten.

In diesem Moment wurde die Tür zum Zimmer geöffnet, und Fräulein Fischer, die Hebammenschülerin, die sich neulich so tüchtig gezeigt hatte, lugte herein.

«Verzeihung, dass ich störe», sagte sie schüchtern, «aber Frau Klostermann auf Zimmer vier sagt, dass sie Wehen habe. Würden Sie einmal nachsehen?»

«Natürlich», sagte Hulda und stand auf. «Jette, ich komme später wieder. Wehe, ich finde dich dann nicht in genau der gleichen Position wie jetzt vor!» Sie drohte der Freundin spielerisch mit dem Zeigefinger, und Jette zog eine Grimasse und hob die Hand an die Stirn, als salutierte sie vor einem Kapitän.

Hulda trat aus dem Zimmer, zog die Tür hinter sich zu und lächelte zufrieden. Es machte ihr Freude, dass Jette hier war, unter ihren Fittichen, und Hulda dafür sorgen konnte, dass der Freundin und ihrem Kind nichts zustieß. Gleichzeitig fand sie es schön, innerhalb der Klinikmauern eine Vertraute zu haben. Ein Stück Heimat in der Fremde. Sie eilte beschwingt neben Fräulein Fischer durch den Gang zum anderen Pavillon.

Frau Klostermann, eine schmale Brünette mit einer etwas spitzen Nase, stand an den Bettpfosten geklammert und schnaufte. Beim Eintreten von Hulda wirkte sie erleichtert.

«Bei Ihnen scheint es loszugehen», sagte Hulda und trat zu der Frau. «Wie oft kommen die Wehen denn?»

«Alle fünf, sechs Minuten», antwortete Fräulein Fischer an ihrer Stelle und machte eine wichtige Miene. Sie schien stolz, dass sie Rapport machen durfte. «Ich habe bereits vor einer halben Stunde einen Einlauf gemacht, ich hoffe, das war recht so?»

«Ganz wunderbar», lobte Hulda. «Und, hatte der den gewünschten Effekt?»

Frau Klostermann nickte errötend. Sie strich sich über ihren Bauch und sah ängstlich aus.

«Wie lange jeht das jetze so weiter?», fragte sie.

Hulda lächelte sie an. «Das kann Ihnen leider niemand sagen», erklärte sie, «aber dass die Wehen regelmäßig kommen, ist schon einmal ein gutes Zeichen, es bedeutet, dass ihr Körper gut mitarbeitet. Das Kind muss nun immer weiter nach unten geschoben werden, und währenddessen öffnet sich der Muttermund Stück für Stück.»

Frau Klostermann wirkte wenig beruhigt. «Ick fürchte mir so!», sagte sie, fast flüsternd, als bekenne sie eine Sünde.

«Das ist ganz in Ordnung», sagte Hulda und strich ihr über den Rücken. «Es ist Ihre erste Geburt, und Sie haben Angst vor dem Ungewissen. In ein paar Stunden aber sind Sie eine Mutter, und niemand kann Ihnen mehr etwas vormachen!»

«Ick hab von der Toten jehört», sagte Frau Klostermann leise, und Hulda erstarrte. «Alle reden davon. Dabei dachte ick, hier sei man sicher.» Sie packte Hulda am Arm. «Versprechen Sie mir, dass nicht der alte Oberarzt zu mir kommt», sagte sie angstvoll, «der hat die andere Frau totjemacht.»

Hulda wusste nicht, was sie sagen sollte. Sie drehte sich zur Hebammenschülerin um. «Holen Sie bitte Fräulein Meck und

Fräulein Degenhardt», forderte sie, «die beiden sollten auch dabei sein, wenn wir die Gebärende vorbereiten.»

«Fräulein Degenhardt hat sich krankgemeldet», sagte das Mädchen, «aber Fräulein Meck ist im Aufenthaltsraum. Ich hole sie rasch.»

Sie verschwand, und Hulda bat Frau Klostermann, ein wenig auf und ab zu gehen und sich zu entspannen.

Als die beiden Hebammenschülerinnen zurückkamen, hieß Hulda sie, der Frau beim Auskleiden und Waschen zu helfen. Ein Gebärkittel lag schon bereit, Hulda sah es mit Anerkennung. Fräulein Fischer dachte wirklich mit.

«So, wir bringen Sie jetzt in den Kreißsaal», sagte sie, als Frau Klostermann schließlich umgezogen war, denn der ein oder andere Blick auf die Wanduhr hatte ihr gezeigt, dass die Pausen zwischen den Wehen nur noch vier Minuten betrugen. Es ging voran. Doch noch konnte Frau Klostermann allein laufen, wenn auch links und rechts auf die Schülerinnen gestützt. Mit kleinen Schritten tapste sie durch den Korridor bis zum Kreißsaal.

«Schwester», sagte Hulda zu einer der Pflegerinnen, die im großen Saal wartete, «holen Sie bitte die Ärzte. Es geht los.» Mit Bedauern sah sie, dass die Ankündigung von noch mehr Menschen Frau Klostermann offenbar beunruhigte, ihre Nasenspitze war weiß und ihre Augen riesig.

«Sehen die mich jetze alle … ooch untenrum?», fragte sie bang.

Hulda konnte ihre Bedenken gut verstehen. Doch laut sagte sie: «Das sind alles Leute vom Fach, glauben Sie mir, die kennen die weibliche Anatomie und gucken Ihnen nichts weg.»

«Kann ick nich lieber alleen in meinem Zimmer bleiben? Mit Ihnen?» Sie sah Hulda flehend an.

«Das geht leider nicht», sagte Hulda wieder entgegen ihrem Instinkt, «wir haben hier unsere Vorschriften.» Bei sich dachte sie, dass Frau Klostermann eigentlich noch Glück hatte, denn sie stammte aus ärmlichen Verhältnissen und war nur wegen einer Gebärmutterschwäche aufgenommen worden. Die Fürsorge kam für ihren Aufenthalt auf. Doch umgekehrt hieß das, dass sie keine Forderungen stellen konnte. Sie war für die Klinik wertvoll als Anschauungsmaterial, für die Assistenzärzte und Praktikanten, die nun hereinströmten und sich im gewohnten Halbkreis um das Entbindungsbett aufbauten, auf dem Frau Klostermann inzwischen von Fräulein Meck und Fräulein Fischer gebettet worden war. Mit Befriedigung nahm Hulda wahr, dass beide Schülerinnen sich sehr bemühten, alles richtig und es Frau Klostermann recht zu machen, hier herumzupften und dort das Kissen zurechtklopften. Sie waren beide beflissen und ehrgeizig, und Hulda war zufrieden mit ihnen.

Als sie sah, dass auch Johann Wenckow hereinkam, der heute Dienst hatte, spürte sie eine sanfte Wärme über ihr Gesicht ziehen. Rasch nickte sie ihm zu und wandte sich dann ab. Doktor Redlich leitete heute die Geburt, und sie trat zur Seite, um ihm Platz zu machen, und erstattete ihm knapp Bericht über den bisherigen Verlauf.

Er nickte und untersuchte Frau Klostermann nach einer weiteren Wehe. Sie ließ es mit bleichem Gesicht über sich ergehen, obwohl Hulda gemeint hatte, bei Doktor Redlichs Ankunft im Kreißsaal eine gewisse Erleichterung bei ihr gesehen zu haben. Der Oberarzt strahlte Vertrauen aus, die Frauen fühlten sich in seiner Gegenwart wohl, wie Hulda schon oft bemerkt hatte. Aber offenbar geisterten Gräuelgeschichten über den älteren Kollegen, Doktor Breitenstein, durchs Haus.

Das musste unterbunden werden, dachte Hulda, auch wenn sie nicht wusste, wie.

«Das dauert noch», sagte Redlich schließlich, als er seine Hände zurückzog. Er winkte einem Praktikanten. «Bitte ebenfalls einmal tasten.»

Der junge Mann nahm nun die Position zwischen den geöffneten Beinen der Gebärenden ein und schob die Hände unter ihren Kittel.

Hulda sah, wie es in Frau Klostermanns Gesicht zuckte, und sie wäre am liebsten hinzugesprungen und hätte den Mann angeherrscht, er solle behutsamer sein, doch sie hielt sich zurück. Die Ärzte in Ausbildung unterstanden nicht der Hebamme, und sie mussten nun einmal die Gelegenheit erhalten, sich auszuprobieren.

«Fünf Zentimeter», verkündete der Praktikant wichtig, und Doktor Redlich nickte. «Sehr gut. Der Nächste.»

Nun trat Johann hinzu und untersuchte die Frau ebenfalls.

Währenddessen wandte sich Doktor Redlich an Hulda. «Sie übernehmen. Wir kommen wieder, wenn sie vollständig geweitet ist.»

Hulda schmerzte es, dass er über die schmale Frau Klostermann sprach, als sei sie ein Gegenstand oder ein Tier, doch sie schwieg und nickte nur gehorsam. Einen Moment trafen sich Johanns und ihr Blick, und er zwinkerte ihr freundlich zu, als wollte er sagen: *Halt lieber die Klappe.* Etwas an dem verschwörerischen Moment berührte Hulda, und sie unterdrückte das Lächeln, das sich in ihrem Gesicht ausbreiten wollte.

Schließlich verließ die ganze medizinische Mannschaft wieder den Saal, und Hulda, die beiden Schülerinnen, eine Schwester und Frau Klostermann blieben allein zurück.

Sobald die Männer gegangen waren, begann Frau Klostermann, lauter zu stöhnen. Sofort war Hulda bei ihr, nahm ihre Hand und ließ es zu, dass die Frau bei jeder Wehe ihre Finger schmerzhaft zusammenpresste. Gleichzeitig behielt Hulda die Uhr im Auge. Wehe um Wehe kam heran, das Tönen und Klagen der Gebärenden wurde lauter, schien aus immer tieferen Orten ihres ausgemergelten Körpers zu kommen, und Hulda wusste, dass es jetzt sehr schnell gehen würde. Es war eine Erfahrung, die sie schon oft gemacht hatte: Die Frauen ließen los, sobald sie sich sicher und geborgen fühlten oder, wie in Frau Klostermanns Fall, wenn sie unbeobachtet der Geburt freien Lauf lassen konnten. Dann kam eine Geburt erst richtig in Fahrt.

Vorsichtig fühlte Hulda nach und nickte Fräulein Meck zu.

«Wieder reinholen», sagte sie knapp, «das Kind ist so weit.»

Die Schülerin wetzte los, und Frau Klostermann begann bereits zu pressen.

«Langsam», mahnte Hulda und wartete nervös, dass Doktor Redlich wiederkäme.

Als er dann den Saal betrat, wurde Hulda beiseitegeschoben und musste von einem entfernten Zuschauerplatz aus zusehen, wie er das Kind auf die Welt holte. Frau Klostermann war jetzt so in ihrem Element, dass sie den plötzlichen Wechsel um sie herum gar nicht mehr bemerkte. Sie drückte und schob, mit hochrotem Gesicht und von langen Schreien begleitet, das Baby hinaus, sodass es kurz darauf in den Armen eines Assistenzarztes landetet. Es wurde abgenabelt, untersucht und dann der erleichterten Mutter in die Arme gelegt.

Hulda schluckte. Dieser Moment hatte für sie immer einen ganz eigenen Zauber, die erste Vereinigung von Mutter und Kind *außerhalb* der Gebärmutter. Ein Moment voller Innigkeit, voller Magie – und für Hulda auch voller Wehmut, weil er an ihre geheimste eigenen Sehnsüchte rührte. Doch mit diesem Menschenauflauf um das Bett herum, im grellen Licht der elektrischen Beleuchtung, fühlte sie sich beinahe ein wenig um diesen einzigartigen Augenblick betrogen, auch wenn diesmal der umgänglichere Redlich das Zepter führte und nicht der bärbeißige Breitenstein. Aber wenn ihr das Fehlen von Intimität schon gegen den Strich ging, wie mochte es dann erst den Frauen gehen?

Frau Klostermann hingegen kannte es ja nicht anders, sie hatte noch nie entbunden, erst recht nicht im eigenen Bett, beim schummrigen Licht einer Gaslaterne, während der Ehemann nebenan Kaffee kochte – oder, um seine Nerven zu beruhigen, Schnaps trank – und nur Hulda und sie im Raum waren. Und wäre nicht die Klinik gewesen, dachte Hulda, wäre sie vielleicht nie zu einem gesunden Kind gekommen, wer wusste das schon?

«Waschen, Wiegen, Ankleiden», befahl Doktor Redlich den Hebammenschülerinnen, und eifrig machten sich die beiden jungen Mädchen ans Werk.

Die Nachgeburt kam und wurde ebenfalls untersucht, dann trat Doktor Redlich ans Waschbecken und reinigte sich die Hände. «Meine Herren», sagte er, «das war's. Kehren Sie an Ihre Arbeit zurück.»

Die Assistenzärzte und Praktikanten gingen einer nach dem anderen aus dem Kreißsaal und machten sich zurück auf den Weg ins Hauptgebäude, wo zahlreiche Patientinnen mit den unterschiedlichsten Frauenleiden auf sie warteten. Johann drehte sich nicht mehr nach Hulda um, und es gab ihr einen feinen Stich, den sie aber ignorierte. Sie ging zu Frau Klostermann, die immer noch in der Gebärposition auf dem Bett lag, und begann, sie zu waschen und ihre Blutung zu stillen.

«Herzlichen Glückwunsch», sagte sie, «es ist ein kleiner Junge, richtig?»

Frau Klostermann strahlte. Doch unter dem Glück sah Hulda die Erschöpfung schimmern. «Ist er ooch janz jesund?», fragte sie.

«Ja, sicher», sagte Hulda, obwohl sie es nicht wirklich wissen konnte. Doch die Ärzte hatten nach der Untersuchung zufrieden genickt, und sie nahm an, dass alles in Ordnung war. «Gleich dürfen Sie ihn wieder halten.»

Da verzerrte sich plötzlich das Gesicht der frischgebackenen Mutter. «Es tut weh», jammerte sie. «Da unten tut es janz fürchterlich weh.»

«Tatsächlich?», fragte Hulda stirnrunzelnd. Besorgt sah sie nach und bemerkte jetzt erst, dass die Frau stark blutete. Sie fühlte nach dem Gebärmutterhals und ertastete eine kleine Verletzung, die eine derartige Menge Blut jedoch nicht erklärte. Normalerweise verlor eine Frau während und nach der Geburt etwa einen halben Liter, aber die Laken des Bettes waren auf einmal getränkt. Das Gesicht von Frau Klostermann wurde weiß, die Lider flatterten, dann sackte sie bewusstlos zusammen.

«Fräulein Meck», rief Hulda mit alarmierter Stimme, «schnell, holen Sie Doktor Redlich zurück!»

Die Schülerin stürzte hinaus, während Fräulein Fischer das Kind fertig anzog und besorgt herübersah. Hulda griff hastig nach einem Handtuch und versuchte, die Blutung zu stoppen. Sie fühlte nach dem Puls der ohnmächtigen Frau, er war schwach und stolperte, doch sie atmete.

Eine Krankenschwester eilte herbei und fragte mit bangem Gesicht: «Was ist passiert?»

«Ich weiß es nicht», sagte Hulda atemlos, «aber Frau Klostermann muss sofort in den OP. Helfen Sie mir, sie auf die Liege zu hieven.»

Gemeinsam hoben sie gerade den schlaffen Körper auf den Rollwagen, als Doktor Redlich hereinkam, ein aufgeregtes Fräulein Meck im Gefolge, und die Situation mit einem Blick erfasste. «Abtransport, sofort.»

Gemeinsam mit der Schwester rollte er die Liege im Laufschritt hinaus. Die Türen des Kreißsaals klappten zu, dann herrschte Stille.

Hulda und Fräulein Fischer sahen sich an. Die Hebammenschülerin hielt das Neugeborene fest an sich gepresst.

«Was sollen wir jetzt tun?», fragte sie ängstlich.

Hulda fasste sich. «Setzen Sie sich mit dem Kind an einem ruhigen Ort in einen Sessel», sagte sie. «Am besten dort, wo ein wenig Licht ist. Singen Sie ihm etwas vor und lassen Sie es spüren, dass jemand da ist. Ich bringe Ihnen später eine Saugflasche und ein wenig Kindermilch.»

Fräulein Fischer gehorchte und trug das Kind hinaus. Hulda machte sich daran aufzuräumen, um ihre Hände beschäftigt und ihre Sorge im Zaum zu halten. Hatten sie einen Fehler gemacht? Hatten sie etwas übersehen? Aber was? Noch nie hatte sie eine solche Blutung erlebt. Einmal hatte sich während einer Hausgeburt bei einer Frau die Plazenta nicht vollständig gelöst, und man hatte sie zur Ausschabung in die Klinik bringen müssen. Ein anderes Mal war bei einer Gebärenden alles so stark gerissen, dass das Zusammennähen auch eine sehr blutige Angelegenheit gewesen war. Doch ein solcher Schwall von Blut, der aus dem Nichts zu kommen schien, nachdem die Geburt längst vorüber war, das war äußerst ungewöhnlich.

Hulda zog die Laken ab und knüllte sie zusammen. Mechanisch taten die Hände ihren Dienst, während ihre Gedanken weitergaloppierten. Schon wieder eine der Hausschwangeren, dachte sie, schon wieder eine von den Bedürftigen, die auf Kosten der Krankenkasse hier waren. Und schon wieder eine Frau mit Gebärmutterhalsschwäche und mehreren vorangegangenen Fehlgeburten. Langsam wurden es zu viele Zufälle, fand sie. Was ging hier vor?

19.

Samstag, 26. Juli 1924 nachmittags

Gerade goss sich Hulda im Hebammenzimmer einen Leutekaffee auf, indem sie einfach heißes Wasser auf einen Löffel Kaffeepulver schüttete, als es an der Tür klopfte.

Ohne ihre Antwort abzuwarten, trat Pförtner Scholz ein, dessen stoppliges Seemannsgesicht unter der Schirmmütze einen schelmischen Ausdruck trug.

«Fräulein Gold», sagte er, «an der Pforte is 'ne Dame, die ausdrücklich nach Ihnen verlangt.»

Hulda warf der dampfenden Tasse auf dem Tisch einen sehnsüchtigen Blick zu. Daneben lag ein dicker Aktenordner, sie musste den Papierkram des zurückliegenden Tages erledigen. In der ganzen Aufregung heute hatte sie noch keine Zeit für eine Pause gehabt, und sie fühlte sich seltsam wattig in den Knien. Sie wusste noch immer nicht, wie es ihrer Patientin, Frau Klostermann, ging, und wartete nervös auf Nachricht. Fragend sah sie Scholz an.

«Wer denn?»

«Der Dame hat es nicht beliebt, sich mir vorzustellen», sagte Scholz fröhlich. «Sie hat keen Hehl draus jemacht, dass eine wie sie es nich nötig hat, mit 'nem unwürdigen Kerl wie mir zu plaudern.»

Erstaunt zog Hulda die Augenbrauen hoch. «Und Sie haben ihr das durchgehen lassen?»

«Sie behauptet, 'ne Freundin von Ihnen zu sein.» Er kratzte sich gleichmütig unter der Mütze. «Obwohl ick mir dit beim besten Willen nich denken kann.»

«Also gut», sagte sie und schlürfte einen viel zu heißen Schluck Kaffee. «Ich komme gleich.» Sie hechelte, um ihre Zunge zu kühlen. «Danke, Herr Scholz.»

Er nickte und zog die Tür wieder hinter sich zu.

Was hatte das jetzt wieder zu bedeuten, dachte Hulda, wer um alles in der Welt suchte hier nach ihr?

Sie trank noch einmal vorsichtig aus der Tasse und stellte den Kaffee dann bedauernd ans Spülbecken. In den Untiefen ihrer Hebammentasche fand sie ein halb zerbröseltes Stück Brot, von dem sie den Staub abklopfen musste, doch Hulda entschied, dass es besser sei als nichts, und knabberte ein bisschen daran herum. Dann trat sie vor den Spiegel, rückte ihre Haube zurecht, die sie mit langen Klammern in ihrem schwarzen Bubikopf festgesteckt hatte, und strich sich über die helle Schürze. Sie sah aus wie eine Frau mit Verantwortung, fand sie, verließ das Hebammenzimmer und ging durch den Flur zum Vordereingang der Klinik.

Schon von weitem erkannte Hulda die goldene Wasserwelle und das feine Seidenkleid der unangekündigten Besucherin. Überrascht blieb sie stehen, fasste sich dann aber und marschierte mit durchgedrücktem Rücken und so wichtiger Miene wie möglich auf die Frau zu.

«Frau Winter», sagte sie, und der Klang von Felix' Nachnamen versetzte ihr einen kleinen Stich, «womit habe ich solch hohen Besuch verdient?»

Helene blickte auf. Sie sah so hochmütig aus wie immer,

doch zum ersten Mal meinte Hulda, unter der Fassade eine gewisse Unsicherheit durchblitzen zu sehen. Die junge Frau klappte den kleinen Spiegel, in dem sie soeben noch einmal den perfekten Sitz ihrer Locken überprüft hatte, lautstark zu und ließ ihn in ihre Tasche aus teurem Kalbsleder gleiten.

«Man hat mich warten lassen», sagte sie maulend und deutete vorwurfsvoll auf das Kabuff des Pförtners. «Ich habe nicht ewig Zeit.»

Hulda hätte beinahe gelacht. Einer derartigen Selbstüberschätzung begegnete man nicht alle Tage, dachte sie und spürte ein leises Bedauern für Felix.

«Haben Sie denn einen Termin?», fragte sie.

Helene schüttelte widerwillig den Kopf. «Ich muss mit Ihnen sprechen», sagte sie eine Spur freundlicher.

«Nun, da bin ich.» Hulda hob die Augenbrauen.

«Nicht hier», sagte Helene unbehaglich, «es ist privat.»

«Von mir aus», seufzte Hulda, «aber nur einen Moment, ich habe zu tun. Hier entlang, bitte.»

Sie erwiderte verstohlen das Zwinkern des Pförtners hinter der Glasscheibe und führte Helene durch den Flur zum Hebammenzimmer. Sie hatte Glück, der Kaffee dampfte noch, und es bereitete ihr ein diebisches Vergnügen, sich an den Tisch zu setzen und davon zu trinken, ohne Helene etwas anzubieten. Ein bisschen Strafe musste sein, fand sie, aber immerhin deutete sie auf einen freien Stuhl, damit Felix' Ehefrau nicht stehen musste wie ein Schulmädchen.

«Wo drückt der Schuh?», fragte Hulda und sah auf die Uhr. In einer halben Stunde musste sie eine weitere Runde durch die Pavillons machen, außerdem wollte sie nach dem Neugeborenen sehen und Jette noch einen Besuch abstatten, ehe ihre Schicht am Abend begann. Und dann war da noch Frau

Klostermann, über deren Zustand sie noch immer nichts wusste. Zudem drohte ein Vortrag zum Thema Wundversorgung vor dreißig Hebammenschülerinnen am Montagnachmittag, den sie noch vorbereiten musste, und vorher eine weitere Nachtschicht. Hulda spürte, wie die Ungeduld an ihren Haarwurzeln emporkroch und ihre Kopfhaut kribbeln ließ.

Doch Helene ließ sich Zeit. Sie knabberte an ihren hübschen manikürten Fingernägeln herum und musterte geringschätzig, so schien es Hulda, die einfache Einrichtung des Raums. Endlich sah sie ihr in die Augen.

«Ich muss Sie etwas fragen, Fräulein Gold, aber Sie dürfen Felix nichts davon erzählen.»

«Ich bin ganz Ohr.»

«Sie und Felix ...», begann Helene zögernd, und Hulda hörte die schreckliche Überwindung in ihrer Stimme. «Was war das damals eigentlich?»

«*Das* wollen Sie wissen?» Hulda war ehrlich erstaunt. Niemals hätte sie gedacht, dass die Frau, die aussah wie eine Mischung aus Engel und Mannequin, sich für dieses Thema interessierte. Eigentlich war sie überrascht, dass sich Helene überhaupt für etwas anderes interessierte als sich selbst.

«Ja», sagte Helene, und auf einmal wirkte ihr Gesicht nicht mehr hochmütig, sondern wie das eines einsamen Kindes. «Er spricht nicht mit mir darüber, aber jedes Mal, wenn er Sie sieht, so wie heute vor dem Café, spüre ich, dass da etwas war. Oder immer noch ist, ich weiß es nicht. Ich schlafe schon ganz schlecht, weil ich dauernd grüble, was zwischen Ihnen vorgefallen ist.»

Hulda biss sich auf die Zunge. Ganz sicher hätte sie nie geglaubt, dass Helene ihretwegen schlecht schlief. Es war beinahe schmeichelhaft, dachte sie belustigt.

«Die Leute reden», fuhr Helene leise fort, «auf dem Winterfeldtplatz reden sie über Felix und Sie. Ich habe den Fleischer sagen hören, dass ...»

Sie brach ab und wurde rot.

«Ja?», fragte Hulda und schämte sich ein wenig wegen ihrer Begierde, zu hören, was der Mann zu sagen hatte.

«Nun ... Ein Blinder sehe, dass Felix in Sie verliebt sei.» Helenes Stimme war plötzlich seltsam dumpf.

«Das ist doch nur Tratscherei», sagte Hulda lachend. «Sie sollten nicht darauf hören, was die Leute schwatzen, schon gar nicht diese alte Klatschbase Erwin Schlott!»

«Mag sein», sagte Helene, und ihr Kinn zitterte. «Aber ich sehe es ja selbst. Er ist nicht derselbe, wenn Sie in der Nähe sind.»

Hulda seufzte. «Ihr Mann und ich kennen uns schon sehr lange.» Sie wunderte sich, wie sie in die seltsame Lage gekommen war, Helene zu trösten, die ihr bisher immer nur feindselig begegnet war. «Felix und ich haben schon als Kinder zusammen gespielt. Aber aus uns ist nichts geworden, wie Sie sehen. Das ist alles kalter Kaffee und höchstens ein Zeichen von Sentimentalität, wenn er an alte Zeiten denkt.»

Sie deutete auf Helenes Hand. «Diesen hübschen Klunker hat er *Ihnen* an den Finger gesteckt», sagte sie, «ich hingegen mache mir nichts aus Eheringen und auch nichts aus ihren Trägern. Sie sind vor mir ganz sicher.»

Helene wirkte eine Winzigkeit erleichtert.

«Gut», sagte sie und stand auf. «Das war alles, was ich hören wollte, Fräulein Gold.»

«Das glaube ich nicht», sagte Hulda.

Erschrocken sah Helene sie an. «Was meinen Sie?»

«Na, Sie sind doch nicht nur deswegen hergekommen, oder?»

Helene zögerte. Langsam sank sie wieder auf den Stuhl.

«Nein», sagte sie schließlich. «Da ist noch etwas.»

«Ich weiß.» Hulda nickte aufmunternd.

«Und woher?» Jetzt klang Helenes Stimme alarmiert. «Was hat Felix Ihnen erzählt?»

«Viel müsste er nicht erzählen», sagte Hulda, «es ist doch offensichtlich. Sie sind jetzt bald zwei Jahre verheiratet, aber es hat sich nichts getan. Stimmt's?»

«Stimmt», sagte Helene kläglich, «oder nein, es stimmt nicht ganz. Es hat sich immer wieder etwas getan, wissen Sie, Felix und ich waren wirklich sehr … beflissen.» Sie unterbrach sich und lief rot an. «Ich meine, ich dachte … aber dann war doch nichts. Immer wieder *doch nichts*.»

«Und die Blutungen kamen immer sehr früh?», fragte Hulda. «Nur wenige Tage, nachdem sie glaubten …?»

Helene nickte und hielt mit beiden Händen die Handtasche umklammert. Ihre Nägel krallten sich in das Leder, als gebe es ihr Halt.

«Ich möchte so gern ein Kind», flüsterte sie. «Ich sehne mich so nach etwas Kleinem, ich will es abends gut zudecken, es füttern, sein weiches Haar bürsten, mit ihm, wenn es größer wird, Schularbeiten machen, auf den Rummelplatz gehen …» Jetzt schluchzte sie. «Ich meine, was hat das Leben einer Frau denn sonst für einen Sinn?»

Ihre blauen, sentimentalen Augen schwammen, und Hulda spürte eine Mischung aus Ablehnung und Mitgefühl. Wer hätte gedacht, dass in der hoch aufgeschnürten Brust dieses blonden Gifts ein Herz schlug?

«Ich denke, nicht jede Frau ist dazu bestimmt, eine Mutter zu sein», sagte sie und beobachtete das Entsetzen, das sich in Helenes Gesicht ausbreitete. «Wir können viel mehr tun, wir Frauen, als Kinder zu gebären und aufzuziehen.»

«Sie haben gut reden», rief Helene, «Sie haben einen Beruf, haben jeden Morgen einen Grund aufzustehen, werden geschätzt von allen. Der ganze Winterfeldtplatz liegt Ihnen zu Füßen, wissen Sie das eigentlich? Die *wunderbare* Hulda, ein solcher Goldschatz, immer zur Stelle, wenn jemand Hilfe braucht. Während ich ...» Ihre Stimme brach. «Niemand mag mich dort», sagte sie leidend, «niemand sieht, was ich für ein Wagnis eingegangen bin, als ich Felix heiratete, der eigentlich unter unserem Standard war, mit dem popeligen Café. Mein Vater ist Großunternehmer, wissen Sie, ich hätte nach oben heiraten können, Interessenten gab es genug. Doch ich habe mich eben in Felix verliebt. Für mich ist er der Einzige!» Sie zuckte dramatisch mit den Achseln. «Und deswegen soll ich jetzt leiden? Und dann noch nicht mal ein Kind? Ich bin nichts, nur eine Ehefrau, dazu wurde ich erzogen. Aber das reicht nicht, ich muss eine Mutter sein. Ich muss einfach!»

Nach der langen Rede schnappte sie nach Luft und sah Hulda jetzt fast kämpferisch an.

«Helfen Sie mir», sagte sie, und schon hatte sich in ihre Stimme der gewohnte Befehlston geschlichen, den Helene sicherlich auch dem Dienstmädchen und dem Fahrer gegenüber an den Tag legte. Und jedem anderen Menschen, von dem sie glaubte, er müsse ihr zu Willen sein.

«In Ordnung», sagte Hulda widerstrebend. «Ich werde Sie an einen Arzt hier in der Klinik überweisen. Es gibt wahrscheinlich eine einfache Erklärung für Ihre Unfruchtbarkeit.»

Bei diesem Wort zuckte Helene zusammen, sagte jedoch nichts.

«Man wird Ihnen hier helfen», fügte Hulda hinzu.

«Wie?»

«Nun, zum Beispiel, wenn es Zysten sind, dann kann man in den meisten Fällen einen kleinen Eingriff vornehmen.»

«Eine Operation?» Helene wurde bleich, aber zugleich sah sie begierig aus.

«Ja», sagte Hulda, «aber zunächst muss man Sie genau untersuchen. Ich kann nur spekulieren. Soll ich einen Termin in der Gynäkologie für Sie ausmachen?»

«Ja.» Helene stand auf. Sie glättete den rosa Stoff ihres Kleides und griff nach der Handtasche. Aus ihren Augen war jede Tränenspur verschwunden. «Dann höre ich von Ihnen?»

Hulda nickte.

Helene schien noch etwas sagen zu wollen, doch dann presste sie die Lippen zusammen und fegte hinaus.

Kopfschüttelnd blickte Hulda ihr hinterher. Ein Dank wäre durchaus angebracht gewesen, fand sie und war einen Moment lang versucht, einfach keinen Termin für diese Schnepfe auszumachen und sie zappeln zu lassen. Doch dann dachte sie, dass sie vor allem Felix helfen würde, wenn sie den beiden bei ihrem Kampf um ein Kind beistünde. Das Leben mit Helene war sicher ohnehin kein Zuckerschlecken, aber mit einer unzufriedenen, kinderlosen Helene war es auf Dauer bestimmt die Hölle.

Hulda nahm sich vor, bei der nächsten Gelegenheit mit einem der Gynäkologen zu sprechen.

Die Sonne schickte ihre schrägen Strahlen durchs Fenster, und Hulda erinnerte sich, dass die Pflichten riefen. Doch zuerst wollte sie sich erkundigen, wie es Frau Klostermann ging.

Auf dem Korridor stieß sie mit Doktor Redlich zusammen, der soeben aus seinem Dienstzimmer kam.

«Herr Doktor», sagte Hulda, «was gibt es Neues von der Patientin? Konnten Sie die Blutung stoppen?»

Der sonst immer so gutaussehende Arzt wirkte müde und abgespannt. Er fuhr sich über die Stirn, strich sich mit fahriger Bewegung das lange dunkle Haar hinter die Ohren.

«Alles bestens», sagte er hastig, «ein Routineeingriff. Heute bleibt sie noch im Hauptgebäude, morgen dann Verlegung auf die Wochenbettstation.»

«Routine?», fragte Hulda erstaunt. «Ich habe noch nie eine solche Blutung gesehen. Was war denn die Ursache, war Frau Klostermann krank?»

«Unsinn», wiegelte er ab, und Hulda sah ihn stirnrunzelnd an. Weshalb sprach er so unwirsch mit ihr? «Es war eine kleine Wunde, nichts weiter.»

«Die Wunde habe ich auch ertastet», sagte sie beinahe trotzig. Ihr ging es gegen den Strich, dass der Arzt sie für dumm verkaufen wollte. «Aber das kann doch nicht die Ursache für einen derartigen Blutverlust gewesen sein.»

Doktor Redlichs Blick umwölkte sich. Seine Augen funkelten auf einmal verärgert.

«Sie sind Hebamme, keine Medizinerin», blaffte er. «Ich rate Ihnen, Ihre Kompetenzen nicht zu überschreiten. Überlassen Sie das Denken uns Ärzten, dafür sind wir ausgebildet. Und nun lassen Sie mich bitte durch, ich habe zu tun.» Mit diesen Worten schob er sie grob zur Seite und eilte den Flur entlang.

Hulda sah ihm nach. Was war das heute für ein Tag, an dem alle Leute, selbst der sonst immer distinguierte Doktor Redlich, meinten, sie wie eine Fußmatte benutzen zu dürfen? Dabei hätte sie heute ein freundliches Wort oder etwas Aufmunterung besonders gut gebrauchen können. Unwillkürlich fielen ihr die Worte von Helene ein, dass eine Frau nur *eine* Bestimmung habe, nämlich die der Mutterschaft. Und dass Hulda wenigstens ihren Beruf habe, der sie ausfüllte und in dem sie Anerkennung erfuhr. Pah, dachte sie, von wegen! Seit sie in der Klinik arbeitete, verdiente sie zwar etwas besser, doch die Wertschätzung ihrer Arbeit ließ zu wünschen übrig.

Was hatte Helene noch gesagt? Am Winterfeldtplatz verehre man Hulda. Das stimmte, dachte sie, und sie fehlten ihr, die vielen kleinen Gesten der Dankbarkeit und Zuneigung. Die Marktleute, die ihr etwas zusteckten, die seligen Frauen mit ihren Babys im Kinderwagen, die angelaufen kamen, um ihre Wonneproppen vorzuführen, weil deren gesunde Geburt auch Hulda zu verdanken war.

Vor lauter Grübelei vergaß Hulda ganz, dass sie noch vor wenigen Stunden Felix hatte erklären wollen, wie aufregend ihre neue Stelle war. Nun schien ihr plötzlich alles bitter und öde im Vergleich mit dem, was sie in Schöneberg bewirkt hatte. Wie hatte sie das nur einfach so aufgeben können, um hier in der Klinik fremde Frauen zu rasieren und kichernden Schülerinnen langweilige Vorträge zu halten? Um sich von den Ärzten, diesen selbsternannten Göttern, herumschubsen zu lassen?

Während sie langsam zu den Pavillons der Geburtsstation ging, sank Huldas Laune tiefer und tiefer, und sie ertappte sich dabei, wie sie sich selbst furchtbar bemitleidete, weil einfach alles schiefging.

20.

Samstag, 26. Juli 1924, nachts

Endlich kam die Nacht. Hulda stand im leeren Kreißsaal und rieb sich den schmerzenden Nacken, ein Zeichen von langer Anspannung und Konzentration. Es kam vor, dass sie sich selbst, ihren Hunger und Durst und die eigene Müdigkeit vergaß und nur noch, wie körperlos, in der Arbeit lebte. Doch wenn dann alles vorbei war und sie in sich selbst zurückkehrte, überschwemmte sie die Erschöpfung.

Hulda fuhr sich über die Stirn. Die Haut ihrer Hände war rau vom vielen Waschen mit der scharfen Seife, die im Kreißsaal vorgeschrieben war. Zwei weitere Kinder waren zur Welt gekommen, eines nach langen Stunden, das andere überraschend schnell und nach nur ein paar heftigen Wehen. Wenn jetzt nicht noch ein Notfall hereinkäme, was jederzeit geschehen konnte, würden hoffentlich ein paar ruhige Stunden anbrechen, ehe im Morgengrauen die Ablösung in Form von Fräulein Klopfer kam.

Hulda hatte die Hebammenschülerinnen nach Hause entlassen, nur Fräulein Meck würde für den Nachtdienst bleiben und durfte sich ein wenig auf dem Sofa ausruhen. Endlich war Hulda allein in dem Saal, in dem nur noch eine Sparbeleuchtung brannte. Alle Spuren der Geburten waren bereits beseitigt, die Gebärbetten frisch bezogen, und ein scharfer Geruch nach Desinfektionsmittel hing in der Luft. Doch als Hulda das Fenster öffnete und in den dunklen Klinikgarten hinaussah, mischte er sich mit dem süßlichen Duft nach Blüten und frisch gemähtem Gras.

Zum ersten Mal seit Anbruch des Abends hatte Hulda Zeit nachzudenken. Und unweigerlich wanderten ihre Gedanken zu Karl, was sie bisher geflissentlich vermieden hatte. Sie hatte nichts von ihm gehört seit vergangener Nacht, in der sie ihm den lang gefürchteten Korb gegeben hatte, und sie fragte sich, wie es ihm heute ging. War er verletzt, beleidigt? Trauerte er? Oder war es ihm, beim Lichte des nächsten Tages betrachtet, vielleicht sogar ganz recht gewesen, dass er nun doch kein Aufgebot in der *Berliner Morgenpost* bestellen musste? Dass keine neue Verantwortung auf ihn wartete, dass er keine Frau dauerhaft an seiner Seite dulden und Rücksicht auf sie nehmen musste, sie nicht würde ernähren müssen?

Tief drinnen wusste Hulda, dass beides zutraf. Karl war kein Mann für Versprechungen, er trug an sich selbst genug und wäre von der Rolle eines Ehemanns, eines Familienvaters schnell überfordert. Doch dass er sie liebte, dass er sie jetzt vermisste – daran hatte sie keinen Zweifel. Deshalb wusste sie sicher, dass er sich von ihr verraten fühlte und dass dieses Gefühl alles in ihm aufwühlte, was dort seit seiner unglücklichen Kindheit schlummerte.

Sie sollte ihn anrufen, dachte Hulda, und plötzlich zitterten ihre Hände bei dem Gedanken an seine Stimme durch den Telefondraht, ob vor Furcht oder wegen etwas anderem, wusste sie nicht. Eigentlich hatte sie keine rechte Lust. Aber sie musste herausfinden, ob es ihm gutging und er nicht womöglich eine Dummheit beging. Auch wenn es sie Überwindung kostete.

Mit einem letzten Blick vergewisserte sie sich, dass im Kreißsaal alles *picobello* war. Dann verteilte sie noch ein wenig Vaseline auf ihren wunden Fingerknöcheln und lief durch die stillen Korridore, an ihrer leise schnarchenden, rotblonden Hebammenschülerin im Aufenthaltszimmer vorbei, zum Hauptgebäude nach vorn. Hoffentlich hielt auch Herr Scholz ein Nickerchen, dachte sie, dann würde sie ungestört den Fernsprecher in der Eingangshalle benutzen können. Denn der Gedanke an einen Zeugen für ihr unrühmliches Gespräch mit Karl machte sie nervös.

Sie hatte Glück. Das Kabuff war unbesetzt, der Pförtner machte entweder einen Rundgang oder hatte sich für einen Moment bei seiner Tochter oben aufs Ohr gehauen. Ohnehin waren die Türen zur Artilleriestraße um diese Zeit verschlossen, weshalb kein ungebetener Besucher in die Klinik gelangen konnte. Man musste draußen schellen, bis die Nachtschwester kam und öffnete.

Mit bebenden Händen nahm Hulda den Hörer auf.

«Hier Amt, was beliebt?», meldete sich eine leicht verschlafene Frauenstimme.

«Präsidium am Alexanderplatz», sagte Hulda. «Herrn Kriminalkommissar North, bitte.»

«Ich verbinde», hörte sie, dann knackte es in der Leitung und jemand nahm viele Straßen weiter den Hörer ab.

«Ja?», sagte eine unbekannte Stimme. Der Mann klang ungeduldig, fand Hulda, man spürte seine Unruhe schon in diesem einen kleinen Wort.

«Ist Karl North zu sprechen?», fragte sie leise.

«Nicht am Platz», bellte der Mann, von dem Hulda jetzt beinahe sicher war, dass es Karls Kollege Fabricius sein musste. «Haben Sie eine Nachricht für ihn?»

Hulda schüttelte den Kopf. Dann fiel ihr ein, dass man das am anderen Ende der Leitung nicht sehen konnte.

«Nein, danke», sagte sie. «Wann kommt er denn wieder?»

Einen Moment lang war es still, und Hulda dachte schon, die Verbindung sei unterbrochen. Dann hörte sie wieder die fremde Stimme.

«Sind Sie seine Freundin? Fräulein Gold?»

Seine Freundin? «Ich ... tja ...», sagte Hulda verwirrt, doch dann entschied sie, dass ihre privaten Probleme mit Karl diesen Fabricius nichts angingen. «Ja, doch», sagte sie daher eine Spur selbstbewusster, «und es ist dringend.»

«Soso», sagte der Mann, und in seiner Stimme hing jetzt ein kleines, vulgäres Lachen. «Das kann ich mir denken. Aber leider muss ich Sie enttäuschen. Herr North ist heute nicht zur Arbeit erschienen, und wir würden hier auch schrecklich gern wissen, wo er steckt.»

«Das verstehe ich nicht», sagte Hulda erschrocken. «Hat er sich gar nicht bei Ihnen abgemeldet?»

«Oh doch», sagte der Mann am anderen Ende der Leitung, «er hat angerufen und sich entschuldigt. Eine dringende Familienangelegenheit, er müsse für kurze Zeit Berlin verlassen.» Wieder lachte er, doch es klang nicht fröhlich. «Und das ausgerechnet jetzt, wo wir hier bis zum Hals in einer Mordserie stecken. Aber der feine Herr hat Besseres zu tun und fährt in die Sommerfrische.» Er senkte die Stimme zu einem süffisanten Murmeln. «Ich nahm ja an, dass eine Frau dahintersteckt. Aber *Sie* sind es offenbar nicht. Nun, vielleicht können Sie sich ja einen Reim darauf machen. Falls Sie ihn sehen, sagen Sie ihm, Paul Fabricius und unser Chef Gennat erwarten ihn umgehend im Präsidium.»

Damit hängte er ein, die Verbindung war unterbrochen.

Hulda starrte den Hörer in ihrer Hand an und legte ebenfalls auf. Das war sehr mysteriös. Karl war verschwunden? Hatte seine Kollegen, seinen Fall im Stich gelassen und fuhr durch die Gegend? Und überhaupt, welche Familie? Er hatte doch keine!

Aber immerhin, dachte sie, hatte es nicht so geklungen, als sei er zusammengebrochen. Vielleicht brauchte er nur ein wenig Zeit für sich und wollte das seinem ungeliebten Kollegen nicht im Detail auseinandersetzen?

Nachdenklich ging sie durch die Halle und lief durch den Flur wieder zurück zu den Pavillons der Geburtenstation. Sie hatte keine Lust, allein im Hebammenzimmer zu hocken, und schlafen konnte sie jetzt auch nicht, trotz der Erschöpfung, die ihr weiter im Genick hing.

Es war seltsam, immer mehr Menschen um sie herum verschwanden, waren nicht mehr an ihrem gewohnten Platz, dachte Hulda verwirrt. Erst Bert, dessen Abwesenheit heute Morgen sie sich noch immer nicht erklären konnte, nun Karl. Welche Eskapaden leistete er sich bloß, um über die dumme Sache mit ihr, Hulda, hinwegzukommen?

Fräulein Meck schlief immer noch auf dem Sofa im Aufenthaltsraum, und Hulda schlich sich auf Zehenspitzen an ihr vorbei. Sie fühlte sich rastlos. Dabei sehnte sie sich im hektischen Klinikalltag stets nach einem Moment der Ruhe, doch wenn er dann kam, wusste sie nicht, was sie mit sich anfangen sollte. Das Besteck im Kreißsaal ordnen, den Medikamentenschrank inspizieren? Bettwäsche falten? Auf der Neugeborenenstation nach den Kindern sehen? Doch dafür war die Säuglingspflegerin zuständig, Hulda wollte ihr nicht schon wieder dazwischenfunken. Nach der operierten Frau Klostermann hatte sie vor wenigen Stunden endlich sehen können, ihr Zustand schien erst einmal stabil, und Hulda wollte sie jetzt in Ruhe schlafen lassen.

Auf leisen Sohlen trat sie zum Fenster und zog die Stores zur Seite, um das Fenster zu öffnen und in den Garten zu sehen. Sie drehte am Griff, weiche Luft strömte ihr entgegen. Die Holunderbüsche entlang des Kieswegs raschelten sacht, die schweren, weißen Blüten schienen ihr in der Dunkelheit zuzunicken. Und plötzlich schwang sich Hulda, wie schon einmal aus einem Impuls heraus, auf die Fensterbank und ließ sich hinunter auf den Rasen fallen. Es war der direkteste Weg an die frische Nachtluft. Diesmal wusste sie, wie tief der Fall war, und kam geschickter auf als beim letzten Mal.

Kurz meinte sie, noch ein anderes Geräusch zu hören, und blieb mit klopfendem Herzen stehen, als fürchte sie, ertappt zu werden. Doch dann war wieder alles ruhig.

Hulda streckte sich und sah hinauf in den tiefen, dunkelblauen Himmel. Aus den Büschen ringsum zirpten die Grillen. Weiter hinten, in einem der Bäume am Fluss, rief eine Nachtigall. Das Männchen war spät dran, die meisten Vögel hatten sich um diese Jahreszeit bereits gepaart und sangen nicht mehr sehnsuchtsvoll in der Nacht. Aus irgendeinem Grund verspürte Hulda Mitgefühl mit dem einsamen Tier, das wahrscheinlich vergebens seine werbenden Melodien in die Dunkelheit ausschickte.

Sie ging hinunter zum Wasser. Hier, auf der Bank, hatte sie das kurze, seltsame Gespräch mit Breitenstein geführt. Seitdem war sie ihm nicht mehr in die Quere gekommen und hatte nicht mehr persönlich mit ihm gesprochen. Der Oberarzt hatte mit keinem Wimpernzucken zu erkennen gegeben, dass ihr Gespräch überhaupt stattgefunden hatte, und Hulda war nicht in der Position, ihn daran zu erinnern. Warum auch?

Nun, Hulda kannte die Antwort: Irgendetwas an diesen Todesfällen, an der Art und Weise, wie die Frauen auf der Geburtsstation flüsternd Gerüchte austauschten, und nicht zuletzt an den Informationen der Pförtnerstochter ließ sie nicht los. Zwischen Breitenstein und Redlich herrschte seit Tagen eine angespannte, gereizte Stimmung, die Entscheidung, wer von ihnen den begehrten Ruf an die Universität erhielt, schien kurz bevorzustehen. Hulda wusste, dass der Konkurrenzkampf an den renommierten Kliniken der Stadt hart war, und daran war erst einmal nichts falsch. Es belebte den Fortschritt und die Forschung, wenn mehrere Meinungen und Ambitionen aufeinandertrafen. Doch manchmal hatte Hulda das Gefühl, dass die Luft im Saal brannte, wenn beide Oberärzte gleichzeitig anwesend waren. Gingen die Männer zu weit in ihren Versuchen, sich gegenseitig auszustechen?

Nein, dachte Hulda, streng genommen war es immer nur Breitenstein, der sich vordrängelte, der keine Operation ausließ, während Redlich sich eher auf die theoretischen Studien zu konzentrieren schien, für die er manchmal tagelang außer Haus war. Zum ersten Mal fragte sich Hulda, an was genau er eigentlich so eifrig forschte?

Hinter ihr knirschte plötzlich der Kies, und sie drehte sich erschrocken um. Als sie im Schein der Weglaterne Johann Wenckow erkannte, machte ihr Herz einen kleinen, ungraziösen Satz. Was tat er denn hier?

«Guten Abend», sagte Johann und berührte sie fast unmerklich am Arm, es war eher ein zufälliges Streifen. «Brauchten Sie auch ein wenig frische Luft?»

«Allerdings», erwiderte Hulda und rückte ein Stück weg von ihm. Er tat so, als bemerkte er es nicht, und ging zwei Schritte vor, bis er direkt am Ufer der Spree stand.

«Ich sehe gern nachts aufs Wasser», sagte er, «es beruhigt und bringt einen auf andere Gedanken. Manchmal wird es mir einfach zu eng und zu hektisch in der Klinik.» Er deutete mit dem Daumen nach hinten zu den dunkel daliegenden Gebäuden aus Backstein.

«Sie scheinen mehr zu arbeiten als alle anderen», sagte Hulda und stellte sich mit gebührendem Abstand neben ihn. «Ich sehe Sie eigentlich immer hier.»

Im Halbdunkel erkannte sie sein Lächeln. «Ich versuche, so viele Stunden wie möglich in kurzer Zeit zu absolvieren», erklärte er, «damit ich bald weiterkomme. Nach der Assistenz folgt ja noch eine längere Zeit als Stationsarzt in einer anderen Klinik, und erst danach kann ich mir überlegen, wo ich mich niederlassen will. Und die Promotion fehlt auch noch.»

«Wozu die Eile?», fragte Hulda. «Wie alt sind Sie eigentlich?»

Er gluckste fröhlich. «Was geht Sie das an?»

Sie schluckte. Doch bevor sie etwas erwidern konnte, sagte er: «Nur ein Scherz! Ich bin 25. Und Sie?»

Hulda zögerte. «Ein paar Jahre älter.» Sie überlegte. «Aber wirklich, Sie sind doch noch sehr jung, weshalb beeilen Sie sich so? Ihre Familie unterstützt Sie doch?»

«Ja, schon», sagte er, «aber meine Eltern werden auch nicht jünger. Ich will bald ganz auf eigenen Beinen stehen können. Und eine eigene Familie gründen.»

Die Art, wie er das so unverblümt, so selbstverständlich sagte, versetzte Hulda einen Stich. Ein so junger Mann, der sein Leben bereits genau plante? Es imponierte ihr und befremdete sie gleichermaßen.

«Habe ich was Falsches gesagt?», fragte er und sah sie an. Sein Gesicht wirkte jetzt ernst.

«Nein», wehrte sie ab und gab ein leicht verunglücktes

Lachen ab. «Es scheint mir nur ungewöhnlich. Die meisten Männer, die ich kenne, sind nicht so zielstrebig und verantwortungsbewusst wie Sie.»

«Dann kennen Sie wohl die falschen Männer.» Er lachte fröhlich. «Dabei dürften Sie doch einen ganzen Harem haben, der sie anbetet, oder Hulda?»

Sie schloss die Augen. So geschmeichelt sie war, dass er mit ihr flirtete, so falsch fühlte es sich doch an. Hatte sie nicht noch vor kurzem gedacht, dass sie sich in der nächsten Zeit auf niemanden einlassen sollte? Und jetzt war Johann da, stand neben ihr am schwarzen Wasser, auf dessen Wellen die Lichtpunkte der Laternen tanzten. Er hatte eine so schöne Stimme, dachte Hulda, und ihr fiel wieder das Nachtigallenmännchen ein, das jetzt verstummt war, als ließe es den Menschen dort unten im Garten den Vortritt.

«Sie sind so traurig», sagte Johann und war plötzlich dicht neben ihr. Sie spürte seine Hand an ihrem Arm. «Warum ist eine so schöne, kluge Frau wie Sie immer traurig?»

Zu ihrem Ärger spürte Hulda, wie ihr Tränen in die Augen traten. Ihre Kehle schmerzte, und ihre Nase war plötzlich verstopft. Die Wege, die Lichter auf der Spree, die dunklen Zweige der Bäume verschwammen, und sie zwinkerte verzweifelt. Was würde dieser arme Junge, der noch grün hinter den Ohren war, nur davon halten, dass sie jetzt vor seinen Augen anfing zu heulen? Es würde ihm wohl alle flegelhafte Selbstsicherheit nehmen und ihn das Weite suchen lassen.

Doch Johann legte den Arm um ihre Taille, als wäre es das Naheliegendste der Welt. «Na, na», sagte er und klang wie ein resolutes Kindermädchen, das sie trösten wollte. «Alles halb so wild.» Er hielt ihr ein Taschentuch hin, und Hulda schnäuzte sich. Unter Tränen lachte sie auf.

«Oh Gott», sagte sie, «was müssen Sie nur von mir halten?»

Er zog sie an sich, und Hulda ließ es zu und genoss den Moment. Eng aneinandergeschmiegt standen sie da, die warme Luft der Sommernacht strich Hulda um die bloßen Beine und durchs Haar.

Johann legte eine Hand an ihre Wange und sah sie an, und sie nahm seinen warmen Geruch wahr, nach Baumwolle und etwas schwächer auch nach einem dezenten, frischen Rasierwasser.

«Das werde ich Ihnen ein anderes Mal auseinandersetzen, was ich von Ihnen halte, Hulda», sagte er. «Jetzt will ich Sie am liebsten nur küssen. Wenn ich darf.»

Sie starrte ihn an. «Sie fragen um Erlaubnis?» Hulda spürte, wie etwas tief in ihr flatterte. «Wissen Sie denn die Antwort nicht?»

Ohne ein weiteres Wort legte er seine Lippen auf ihre. Er küsste sie, sanft, zart und unendlich langsam, als habe er alle Zeit der Welt und als wisse er genau, dass sie sich nicht abwenden würde. Sie lehnte sich an ihn, ließ sich küssen, fühlte, wie er mit den Händen durch ihr Haar fuhr und sie gleich darauf mit beiden Armen umfasste und noch dichter heranzog. Es war, als wären sie nicht mehr zwei Menschen, sondern nur noch ein Wesen. Hulda hielt die Augen geschlossen, überließ sich ganz dem Augenblick und dachte, dass sie noch niemals in den Armen eines Mannes einen solchen Frieden verspürt hatte, eine solche Zuversicht. Dass er sie halten würde, egal wie es weiterging.

War es das, wovon Jette sprach oder was ihre Kollegin, Fräulein Saatwinkel, gemeint hatte? Ein vollkommenes Aufgehen im Moment ohne Angst, ohne Zweifel und Reue? Sie musste zugeben, dass es sich wunderbar anfühlte. Da hörte sie Schritte.

Erschrocken fuhr Hulda zusammen und ließ Johann los.

Fräulein Meck, das rötliche Haar im Laternenschein zerzaust von ihrem Nickerchen, stand vor ihnen und trat verlegen von einem Bein auf das andere.

«Verzeihung, Fräulein Gold», sagte sie heiser, und ihre Augen schnellten hektisch zu Johann hinüber und dann wieder zurück zu Hulda. «Ich wollte Sie nicht erschrecken. Es ist nur so, wir haben einen Notfall reinbekommen.»

Hulda fasste sich. Was für ein Glück, dachte sie, dass die Schülerin jetzt hinzugekommen war und nicht zehn Minuten später, wer wusste, in welcher Verfassung man sie dann angetroffen hätte. Sie strich sich die Haare zurecht und räusperte sich.

«Danke», sagte sie. «Worum geht es denn?»

Fräulein Meck war immer noch verlegen. «Eine junge Frau», sagte sie, «sie hat die Nachtschwester rausgeklingelt und wartet jetzt im Kreißsaal.» Sie senkte die Stimme. «Ledig, fürchte ich, eine von der Straße. Starke Wehen und sehr verängstigt, leider auch sehr aggressiv.»

«Ich bin schon unterwegs», sagte Hulda. Und ohne sich nach Johann umzudrehen, fragte sie über die Schulter: «Kommen Sie mit, Wenckow? Sie haben doch Bereitschaft, oder?»

Etwas an dem Wort ließ ihn leise lachen, doch Hulda ignorierte seine Reaktion beflissentlich und rauschte an der Seite der Hebammenschülerin in Richtung Geburtenstation. Den ganzen Weg über hätte sie sich am liebsten geohrfeigt, weil sie sich wie eine dumme Göre verhielt, die ihren Schwarm heimlich vor der Schulmauer küsste und dabei von der Hausmutter erwischt wurde. Und nicht wie die diensthabende Hebamme Hulda Gold an einer der renommiertesten Geburtskliniken des Landes. Was, zur Hölle, war nur los mit ihr?

21.

Montag, 28. Juli 1924

Ächzend richtete sich Hulda auf und stemmte die Hände in den Rücken. Auf ihrer Stirn stand ein feiner Schweißfilm. Sie sah über die üppig wuchernden Beete des Schrebergartens am Bahnhof Papestraße und schnaufte einmal tief durch. Zum hundertsten Mal heute fragte sie sich, was sie geritten hatte, als sie Frau Wunderlich versprochen hatte, mit ihr hier *kurz nach dem Rechten zu sehen*. Daraus war schnell ein halber Arbeitstag geworden, mit Unkrautjäten und Wässern der Beete. Als Letztes stand noch das Pflücken der Johannisbeeren an, die ihre Wirtin besonders wegen der Marmelade, die sie einkochen wollte, am Herzen lagen.

Soeben trat Frau Wunderlich aus der kleinen Laube, in der sie ihre Gartengeräte aufbewahrte. Ihre ausladende Brust war unter einer grünen Gärtnerschürze verborgen, auf den weißen Locken schaukelte ein Strohhut.

«Hier», sagte sie prustend von der Anstrengung des kurzen Weges und hielt Hulda einen Eimer aus Emaille hin, «aber schön vorsichtig schichten, Fräulein Hulda, ja? Nicht, dass die zarten Beeren zerdrückt werden.»

«Natürlich», sagte Hulda schicksalsergeben und verdrehte heimlich die Augen. Vor Mittag würde sie hier nicht wegkommen, und nachmittags wartete der missliche Vortrag für die Hebammenschülerinnen auf sie, vor dem ihr ein wenig grauste. Aber wer konnte einer Frau Wunderlich schon widerstehen, mit ihren bittenden Puppenaugen und den vorwurfsvoll wackelnden Hängebäckchen? Und Hulda musste zugegeben, dass ihre Wirtin sich ja auch immer um das Wohlergehen ihrer Mieter bemühte, da war es nur gerecht, dass auch sie der alleinstehenden Dame manchmal unter die Arme griff.

Heute wirkte das rundliche Gesicht von Frau Wunderlich allerdings besonders bekümmert, fand Hulda, als sie sich daranmachte, mit einer kleinen Schere die schwer herabhängenden Johannisbeerdolden abzuschneiden und sorgsam in den Eimer zu legen, wie es ihr befohlen worden war. Weswegen nur? Was beschäftigte sie? Denn anstatt Hand anzulegen, stand Margret Wunderlich nur herum. In ihrer gerüschten Schürze erinnerte sie noch mehr als sonst an ein aufgeplustertes Huhn, wozu auch die spitze, schnabelartige Nase beitrug, auf der sie einen Kneifer balancierte. Ihre Äuglein blickten sorgenvoll durch das Glas der Sehhilfe ins Nichts.

Hulda pflückte weiter und schob sich in einem unbeobachteten Moment ein paar Beeren in den Mund. Sie genoss den Moment, als die Früchte in ihrem Mund zerplatzten und der süßsaure Geschmack des Safts sich auf ihre Zunge legte. Es schmeckte nach Sommer, nach Kindheitstagen, wenn sie mit ihrem Vater in die Felder vor Berlin gefahren war, um dort in den Büschen am Feldrand Holunder und wilde Beeren zu pflücken. Seltene Gelegenheiten waren das gewesen, dachte Hulda, doch sie erinnerte sich gern an diese Tage. Benjamin Gold wirkte gelöster dort als in ihrer Wohnung in Schöneberg, und Hulda wusste schon damals als Mädchen, dass es an der Abwesenheit ihrer Mutter lag. Er nannte seiner Tochter die Namen der Pflanzen und zeigte ihr die Storchennester auf den Türmen der Dörfer ringsum. Auf dem Märkischen Land lag oft ein gelber Schein, der die Ähren der Gerstenfelder aufleuchten ließ und im goldenen Haar des Vaters schimmerte.

Schnell beugte sich Hulda wieder tiefer über den Strauch. Wenn sie heute Nachmittag noch in der Artilleriestraße ankommen wollte, musste sie sich beeilen. Den Fängen ihrer Wirtin würde sie jedenfalls nur entkommen, wenn der Garten in einem tadellosen Zustand wäre und Frau Wunderlich genug Beeren beisammenhatte, um daheim mit dem Einkochen beginnen zu können. In der Küche in der Winterfeldtstraße wartete schon eine lange Reihe ausgekochter Weckgläser auf ihren Einsatz.

Jetzt schüttelte Frau Wunderlich besorgt den Kopf und seufzte so tief auf, dass Hulda erneut innehielt und entschied, dass sie die Trübsal ihrer Wirtin nicht länger unkommentiert lassen konnte. Sie trat zu ihr.

«Geht es Ihnen nicht gut?», fragte sie mitfühlend.

«Ach, ach, mein liebes Kind», sagte Margret Wunderlich, und Hulda sah zu ihrem Schreck eine Träne über die rosige Wange der älteren Frau kullern. «Wenn Sie wüssten! Ich habe heute früh eine schlimme Nachricht erhalten.»

«Ist etwas mit Ihrer Familie?», fragte Hulda alarmiert.

Margret Wunderlich nickte. «Meine Tochter Eva», begann sie, und ihr Kinn zitterte bedenklich, «sie ist krank.»

«Das tut mir leid», sagte Hulda, «was hat sie denn?»

«Eine Lungenentzündung», flüsterte ihre Wirtin, die kurz davor schien, vollkommen die Fassung zu verlieren. «Zuerst hatte sie nur eine Erkältung, und ich habe noch gesagt, sie solle eine warme Milch mit Honig trinken, dann werde das bald wieder. Eva wollte mich ja bald besuchen, die Bahnfahrkarten hatte sie schon gekauft. Aber dann wurde es schlimmer, und nun ist sie in Eppendorf in der Klinik. Mein Schwiegersohn telegrafierte mir. Ich soll die beiden Kleinen für eine Weile zu mir nehmen, hat er mich gebeten, denn er muss das Geschäft offen halten.»

«Wie alt sind Ihre Enkel?», fragte Hulda. Bei sich dachte sie, dass es für die alleinstehende, nicht mehr junge Frau Wunderlich eine gewaltige Umstellung wäre, zusätzlich zu ihrer Arbeit in der Pension für zwei Kinder zu sorgen. Und die Sorge in den nassen Augen ihrer Wirtin bestätigte Huldas Gefühl.

«Der Junge ist erst zwei und das Mädchen sechs Jahre», sagte Frau Wunderlich. «Ich habe die Kinder nicht oft gesehen, und nun soll ich mich allein um sie kümmern? Wer weiß, ob sie mich überhaupt mögen?»

«Na, hören Sie mal!», rief Hulda und drückte der älteren Dame mitfühlend den Arm. «Sie sind ihre Großmutter, und das wissen die Kinder, trotz allem. Sie werden froh sein, nicht allein mit einem beschäftigten Vater zurückzubleiben, sondern bei einer guten Seele wie Ihnen unterzukommen.»

Das war ein bisschen übertrieben, doch Hulda hoffte, dass es Frau Wunderlich aufheitern würde. Und wie immer sah sie auch jetzt ihre Erfahrung bestätigt, dass die Menschen gern das hörten, was sie sich wünschten. Ihre Wirtin schniefte noch einmal und lächelte dann zaghaft.

«Nein, wie reizend Sie sind», sagte sie, «wenn Sie wirklich meinen?»

«Natürlich meine ich das», bekräftigte Hulda. «Sie sind doch wie eine Mutter zu uns allen im Haus.»

Und obwohl sie sich ein wenig für ihr Süßholz schämte, wurde ihr in diesem Moment klar, dass sie wirklich so empfand. Margret Wunderlich ging ihr mit ihrer neugierigen Nasenspitze und ihren impertinenten Befragungen zu ihrem

Privatleben zwar mitunter gehörig auf die Nerven – aber sie war dennoch oft genug eine große Stütze für sie gewesen. Seit dem Tod von Huldas Mutter hatte sie den Platz einer aufdringlichen, aber liebevollen Fürsorgerin übernommen. Eine peinliche Rührung legte sich Hulda in die Kehle, und sie räusperte sich rasch.

«Was halten Sie davon, wenn ich schnell den Eimer fülle und Sie dann nach Hause begleite?», fragte sie in betont munterem Ton. «Und dann trinken wir noch einen schönen heißen Kaffee zusammen, bevor ich in die Klinik muss.»

«Das klingt gut», sagte Frau Wunderlich, und ihre Augen, die wieder getrocknet waren, blickten etwas weniger düster drein. In das verwaschene Blau schummelte sich sogar ein kleiner Funke. «Ich habe noch ein großes Stück Zitronenrolle da», sagte sie und leckte sich unbewusst die Lippen. «Süßes hilft immer bei Kummer, nicht wahr?»

«Absolut», sagte Hulda, und diesmal musste sie nicht scheinheilig tun. Sie selbst schätzte die Wirkung von Zucker, von Buttercreme und Schokolade in allen schweren Momenten des Lebens. Und sie ahnte voller Vorfreude, dass zur Zitronenrolle auch noch das ein oder andere Gläschen *Danziger Goldwasser* gereicht würde. Auch wenn sie wegen ihres Vortrags am Nachmittag einen Schwips möglichst vermeiden sollte, damit sie nicht schwankend wie eine Zimmerpalme vor den Schülerinnen stand.

«Die Torte mochte mein Evchen auch immer so gern», sagte Frau Wunderlich in Huldas Überlegungen hinein und schlug sich dann erschrocken vor den Mund. «Ich meinte natürlich, sie *mag* sie», verbesserte sie sich.

Bevor sie wieder anfangen konnte zu weinen, wandte sich Hulda schnell ab und fuhr in flottem Tempo fort, die Johannisbeeren zu ernten. Doch ihre Gedanken wanderten immer wieder zu Frau Wunderlichs Tochter, die sie nur flüchtig kannte und die nun im Krankenhaus lag. Gegen Lungenentzündung war leider noch kein Kraut gewachsen, auch wenn sie in der Klinik erst neulich einen der Ärzte hatte sagen hören, dass ein englischer Mediziner namens Fleming an einem Wundermedikament forschte. Doch bisher schien dieses *Lysozym*, das die Forscher aus Nasensekret gewannen, nur gegen schwache Bakterien zu wirken, nicht aber gegen einen solch hartnäckigen Infekt, wie ihn sich das Evchen offenbar eingefangen hatte. Gegen Lungenentzündung schien diese *Antibiose* noch immer nicht zu helfen. Und andere Kuren gab es nicht. Nichts als Bettruhe und Glück blieben einem Erkrankten, um eine Lungenentzündung zu überstehen.

Für die Tochter ihrer Wirtin würde die nächste Zeit zeigen, ob der Körper die Krankheit abwehren konnte – oder aufgeben musste.

Hulda dachte mit einem Frösteln, das nicht zum warmen Sommertag passen wollte, an die beiden Kinder, die bald in die Winterfeldtstraße kämen und die vielleicht ihre Mutter verlieren würden.

Einige Stunden später kam Hulda erhitzt und atemlos in der Klinik an. Noch immer waren ihre Hände rot gefärbt vom Beerensaft, weil selbst das hartnäckigste Schrubben dagegen machtlos war. Auch ihren hellen Rock zierten ein paar Saftspritzer, doch den würde sie ja im Spind hängen lassen können. Klugerweise hatte Hulda es bei einem Gläschen Goldwasser bewenden lassen, zur Enttäuschung von Frau Wunderlich, die sich genüsslich einen kleinen Dusel antrank, um ihre Sorge um die Tochter für ein paar Stunden zu mildern.

Als Hulda in ihrer Uniform endlich den Hörsaal betrat, waren die Stuhlreihen bereits gefüllt mit vielen jungen Frauen, die aus verschiedenen Kliniken der Stadt gekommen waren. Solche Vorträge wurden reihum von erfahrenen Hebammen aus allen Bezirken angeboten, um den Schülerinnen neben ihren praktischen Erfahrungen im Krankenhausalltag auch theoretische Kenntnisse der Geburtshilfe zu vermitteln. Hulda war, wie immer, wenn sie vor vielen Menschen sprechen sollte, zunächst nervös. Doch nach ein paar Minuten spürte sie, wie die Anspannung von ihr abfiel, und sie hatte schließlich sogar selbst Freude daran, wie das Wissen aus ihrem Kopf sich ganz von allein in Worte und Sätze goss. Sie sprach beinahe frei über die verschiedenen Techniken bei der Wundversorgung nach einer spontanen Geburt, mehr als eine Stunde lang, und die Zuhörerinnen nickten und kritzelten ihre Notizbücher voll, als sei alles für sie sehr interessant. Am Ende stellten zwei der Mädchen noch Fragen, und auch hier merkte Hulda erstaunt, wie leicht es ihr fiel, versiert und ruhig darauf zu antworten.

Am Ende klopften die Hebammenschülerinnen mit ihren Fingerknöcheln anhaltend auf die hölzernen Pulte, und Hulda dankte ihnen mit einem Lächeln. Ihre Wangen glühten, aber sie fühlte sich seltsam leicht, als schwebten ihre Füße einen Zentimeter über den Holzdielen.

Auch als sie ihre Mappe unter den Arm klemmte und den Saal verließ, nickten ihr viele der jungen Frauen noch einmal zu, und Hulda genoss das Gefühl, ihnen den Nachmittag mit Sinn gefüllt zu haben.

«Alle Achtung», sagte ein junger Assistenzarzt, der gerade über den Flur kam und den Hulda bisher nur vom Sehen kannte. «So viel Applaus bekamen Fräulein Klopfer und selbst Fräulein Deitmer, als sie noch hier tätig war, gewöhnlich nicht.»

Er lächelte anerkennend und ging weiter, und aus Huldas Schweben wurde beinahe ein Fliegen.

Die klappernden Absätze der Zuhörerinnen verloren sich, nur Fräulein Meck und Fräulein Degenhardt, die offenbar wieder gesund war, traten zu ihr und strahlten.

«Das war sehr aufschlussreich», sagte Fräulein Degenhardt schüchtern, und ihre rothaarige Freundin nickte heftig.

«Wenn ich da an den Vortrag letzte Woche an der Charité denke ...» Fräulein Meck machte eine wegwerfende Handbewegung. «Ich glaube, die vortragende Hebamme dort hatte noch nie einer Geburt persönlich beigewohnt.»

«Oh, ja», fiel Fräulein Degenhardt ein, «die Dame wirkte völlig neben sich und faselte unzusammenhängenden Kram. Wir haben die ganze Zeit *Käsekästchen* gespielt.»

Dann schien ihr aufzufallen, mit wem sie eigentlich sprachen, und sie lief rot an.

Hulda lachte und drohte den beiden gespielt mit dem Zeigefinger. «Das wagen Sie aber nicht, wenn ich Ihnen etwas erzähle», sagte sie. «Und jetzt fort mit Ihnen zu Ihren Aufgaben! Schluss damit, mir Honig um den Bart zu schmieren – wenn Sie glauben, das stimme mich milde, haben Sie sich getäuscht.»

Die jungen Frauen verzogen sich kichernd, und Hulda sah ihnen nach. Sie war dankbar, dass Fräulein Meck ihr gegenüber trotz der gestrigen nächtlichen Überraschung *in flagranti* unbefangen und höflich blieb. Offenbar hatte sie nicht vor, darüber noch ein Wort zu verlieren. Und Hulda erst recht nicht!

Johann Wenckow schien einen freien Tag oder eine spätere Schicht zu haben, jedenfalls begegnete sie ihm nirgendwo. Auch dafür war Hulda dankbar, aber gleichzeitig konnte sie eine kleine, nagende Enttäuschung nicht verhehlen. Denn seit die Hebammenschülerin sie im Garten gestört hatte, hatten sie keine Gelegenheit mehr gehabt, miteinander zu sprechen. Die überraschende Geburt hatte ihre volle Aufmerksamkeit verlangt, weil die aufgeregte Gebärende, eine Hure aus den Elendsvierteln rund um die Oranienburger Straße, wild um sich geschlagen hatte. Sie hatten die Frau schließlich festhalten müssen, bis sie das Kind, ein schmales, unterentwickeltes Würmchen, endlich gebar. Es lag nun in einem Bettchen im Säuglingszimmer und sah einem ungewissen Schicksal entgegen. Die Fürsorge bemühte sich bereits um eine Pflegefamilie, doch Hulda wusste, dass in den meisten Fällen für derlei Kinder kein neues Zuhause gefunden wurde. Eine Waiseneinrichtung, die auch Neugeborene aufnahm, war dann die letzte Möglichkeit, und so sehr die Pflegerinnen sich in diesen Anstalten auch bemühen mochten – Eltern konnten sie nicht ersetzen. Die Kinder waren dort viele Stunden am Tag sich selbst überlassen. Hulda dachte an Karl und spürte einen leisen Schmerz, doch sie gab ihm nicht nach. Die frischgebackene Mutter hatte sich entgegen den Empfehlungen von Doktor Redlich noch im Morgengrauen wieder davongemacht, die Kleider notdürftig mit Leibbinden ausgestopft, und Hulda wollte lieber nicht genau wissen, wann sie wieder beginnen würde, auf der Straße zu arbeiten. Eher früher als später, vermutete sie mit einem mulmigen Gefühl. Denn eine Schwangerschaft bedeutete in diesem Gewerbe, jedenfalls in den letzten Wochen vor der Entbindung, einen schweren Verdienstausfall, der nun rasch wieder aufgeholt werden musste.

Nachdenklich ging Hulda den Gang entlang Richtung Kreißsaal. Dort traf sie auf Fräulein Klopfer, die gerade eine der Hausschwangeren für die Geburt vorbereitete.

«Guten Tag», grüßte Hulda die Vorgesetzte, «brauchen Sie hier Unterstützung?»

«Sie sind doch gar nicht im Dienst», sagte Fräulein Klopfer und winkte ab. «Gehen Sie mal nach Hause, morgen steht die Klinik auch noch.»

Damit wandte sie sich wieder der Schwangeren zu, einer fülligen Dame im mittleren Alter, der man ansah, dass dies hier nicht ihr erstes Kind war. Beinahe gelassen nahm sie die starken Wehen hin und verzog nur ab und zu unwillig das Gesicht, als gingen sie ihr mehr auf die Nerven, als dass sie wirklich schmerzten.

«Lassen Sie sich Zeit, Frau Griebe, nichts überstürzen.»

«Fräulein Klopfer», protestierte die Frau mit grimmiger Miene, «das ist mein Fünftes. Die Bahn ist geebnet, falls Sie verstehen, was ich meine. Schon mein Letztes flutschte nur so raus.» Nach diesen Worten stöhnte sie plötzlich lange und ausdauernd und schien, entgegen Fräulein Klopfers Rat, bereits zu pressen, was diese mit einem missbilligenden Kopfschütteln quittierte.

Hulda verbiss sich ein Lachen. Es war immer wieder erstaunlich, wie unterschiedlich die Frauen sich unter der Geburt verhielten. Manch eine war zart besaitet und wurde schon bei einem leichten Ziepen nervös, dann wieder gab es solche alten Haudegen wie diese Frau Griebe, die Kinder gebaren, als handle es sich um eine lästige Notwendigkeit zwischen all der anderen Plackerei des Lebens. Jedenfalls, dachte sie dann frohlockend, hatte Fräulein Klopfer in der Frau offenbar ihre Meisterin gefunden. Noch niemals zuvor hatte Hulda erlebt, dass die ältere Hebamme sich so leicht in die Schranken weisen ließ und ihren Widerstand aufgab.

«Ich gebe auf dem Weg dem Arzt Bescheid, dass es hier gut vorangeht», sagte sie zu den beiden Frauen, obwohl diese sie schon nicht mehr beachteten.

Mehr als ein Nicken von Fräulein Klopfer bekam Hulda

nicht zur Antwort, als sie hinaus auf den Flur ging. Draußen bemerkte sie, dass die Tür des kleinen Nebenraums, in dem sich die Arzneischränke befanden, offen stand, und sie trat näher, um sie zu schließen. Es wäre nicht gut, wenn sich eine Patientin hier hinein verirren würde, auch wenn dicke Vorhängeschlösser an den Schranktüren angebracht waren. Doch beim Betreten des Raums stieß sie mit Doktor Redlich zusammen, der gerade herauseilte. Aus einer Kladde, die er in den Händen hielt, segelten einige Papiere zu Boden.

«Passen Sie doch auf!», sagte er mit seiner sonoren Stimme anstelle einer Begrüßung, und wieder wunderte sich Hulda, dass der anfänglich so umgänglich wirkende Mann ihr erneut so schroff begegnete.

«Verzeihung», sagte sie und bückte sich nach den Unterlagen, die am Boden verstreut lagen, um sie einzusammeln.

«Lassen Sie das», sagte er scharf, schob sie zur Seite und nahm die Blätter hastig an sich. Er stopfte sie wieder in die Mappe zurück und fuhr sich durch das dunkle Haar, das in Unordnung geraten war. Dann sah er Hulda beinahe versöhnlich an. «Wollten Sie etwas von mir?»

«Ich? Von Ihnen?», wiederholte sie verwirrt, und plötzlich fragte sie sich, ob Fräulein Saatwinkel ihm vielleicht davon erzählt hatte, dass sie, Hulda, von ihrer Affäre wusste. Das würde seine Unfreundlichkeit erklären, dachte sie und war auf einmal fast erleichtert.

«Nein, gar nicht», sagte sie schnell. «Oder doch, Sie werden im Kreißsaal gebraucht. Die Geburt von Frau Griebe schreitet schnell voran, Sie möchten bitte übernehmen, sagt Fräulein Klopfer.»

Die Miene des Oberarztes entspannte sich. «Danke», sagte er, «ich muss nur noch kurz etwas erledigen.»

Mit diesen Worten drehte er sich um und lief den Gang hinunter Richtung Hauptgebäude.

Hulda sah ihm nach. Kurz überlegte sie, zurück in den Kreißsaal zu gehen und der Kollegin Bescheid zu geben, dass es bei Doktor Redlich noch etwas dauern würde, doch dann fand sie, dass sie genug getan hatte. Fräulein Klopfer würde dieses Kind im Zweifelsfall auch alleine auf die Welt holen, sie ließ sich nicht leicht beeindrucken.

Einer Pflegerin, die gerade mit einem Stapel frischer Wäsche vorbeilief, rief sie zu: «Fräulein Waldscheidt, gehen Sie bitte in den Kreißsaal und helfen Sie dort Fräulein Klopfer. Doktor Redlich wird gleich nachkommen.»

Die junge Frau nickte und drehte bei. Zufrieden schlenderte Hulda weiter und entschied, dass sie Jette noch einen kurzen Besuch abstatten und danach nach Hause fahren würde.

Die Freundin saß, mit zwei dicken Kissen im Rücken, in ihrem Bett und las ein Buch. Als sie Hulda sah, strahlte sie.

«Wie reizend», sagte sie, «mir war schon den ganzen Tag so fad.» Dann lächelte sie. «Obwohl ich wenig Grund zum Jammern habe. Ich werde hier wunderbar versorgt, und bei der Vorstellung, dass ich noch immer in der Apotheke stehen müsste – nein, das wäre nichts!»

«Also merkst du, dass dir die Ruhe guttut?», fragte Hulda und zog die Vorhänge am Fenster noch ein wenig mehr zur Seite, damit die Nachmittagssonne ungehindert hereinscheinen konnte.

«Ja, wenn es dich glücklich macht, gebe ich gern zu, dass es hier fein ist», sagte Jette und boxte Hulda, die sich auf ihre Bettkante setzte, leicht gegen den Arm. «Ich merke jetzt doch langsam, dass ich nicht mehr die Jüngste bin und dass mir die Schwangerschaft ein wenig zu schaffen macht.»

«Dann hoffe ich sehr, dass du vernünftig bleibst und nicht aufstehst, bis das Kind kommt», sagte Hulda. «In der Zwischenzeit versüßt du mir hier den Alltag in der Klinik, weil ich jederzeit hereinkommen und dir auf die Nerven gehen kann.»

«Du doch nicht!», sagte Jette. «Ich bin wirklich ein Glückspilz, weil ich dich habe, Hulda! Wenn du mich neulich nicht mehr oder weniger gezwungen hättest, in die Klinik zu gehen, wer weiß, was aus uns», sie deutete auf ihren Bauch, «geworden wäre ...» Sie stockte.

Hulda fühlte sich bei Jettes Worten seltsam befangen. Es kam nicht oft vor, dass sie ein solch unverhohlenes Lob bekam. Jette schien ihre Verlegenheit jedoch nicht zu bemerken, ihre Augen hinter den Brillengläsern waren merkwürdig blank.

«Nicht jede hat so viel Glück wie ich, nicht jede hat eine Hebamme zur Freundin, die sie rechtzeitig in die Klinik bringt», sagte sie und schniefte. «Und selbst an einem Ort wie diesem kann noch etwas schiefgehen, oder?»

Hulda reichte ihr schweigend ein Taschentuch. Was sollte sie darauf antworten?

Jette lächelte unter Tränen. «Was bin ich für eine Gans», sagte sie und schnäuzte sich kräftig. «Liege hier und heule, dabei geht es mir gut! Dann ist also doch etwas dran, dass Schwangere nahe am Wasser gebaut sind, was?»

Hulda wollte widersprechen, auch wenn sie Jette heimlich zustimmen musste. Doch die Freundin sprach schon weiter: «Ich muss immerzu an die arme Gerda Manteuffel denken», sagte sie leise. «In dieser Klinik, in der ich jetzt liege, ist sie gestorben, obwohl sie bestimmt dachte, dass sie hier in Sicherheit wäre. Das ist so furchtbar.»

«Es war ein Unglück», sagte Hulda schnell. Sie wollte auf keinen Fall, dass Jette sich noch mehr Sorgen machte. «Dir wird nichts passieren, versprochen!»

Jette winkte ab. «Schon gut, es geht mir nicht um mich. Aber ich habe seit unserem Gespräch über Gerda nachgedacht und mich gefragt, wann ich sie das letzte Mal gesehen habe. Sie hatte was bei mir bestellt, glaube ich, ein Mittel gegen Schlaflosigkeit. Doch dann zogen sie weg, und sie hat es niemals abgeholt.» Sie blickte auf und sah Hulda an. «Ich wüsste zu gern, wie es Fred nach ihrem Tod ergangen ist.»

Hulda überlegte. «Wenn ich die neue Adresse in Tempelhof hätte», sagte sie nachdenklich, «meinst du, ich sollte da mal vorbeigehen? Gucken, ob Fred noch dort wohnt?»

«Warum nicht?», fragte Jette und zuckte mit den Achseln. «Vielleicht freut er sich, ein bekanntes Gesicht zu sehen. Und die Todesfälle hier lassen dir ohnehin keine Ruhe, habe ich recht?» Sie legte die Stirn in Falten. «Vielleicht steht die Adresse auf dem Bestellzettel, und meine Assistentin in der Apotheke kann dir weiterhelfen?»

Hulda nickte langsam.

«Vielleicht mache ich das», sagte sie, mehr zu sich selbst. Und im nächsten Augenblick wusste sie schon, dass sie versuchen würde, die Adresse in Erfahrung zu bringen. Sie wollte zu gern verstehen, weshalb Gerda hatte sterben müssen, doch hier in der Klinik, das spürte sie, würde sie nichts herausbekommen. So spinnefeind, wie sich die Ärzte teilweise waren. Wenn es darauf ankäme, würde wohl niemand ihr, der neuen Hebamme, etwas erzählen.

«Da ist noch was», sagte Jette, und Hulda sah, wie der Blick ihrer Freundin zur Tür wanderte. «Ich wollte dir etwas erzählen. Eigentlich keine große Sache, aber seltsam ist es doch.»

«Ja?», fragte Hulda, doch im selben Moment hörten sie auf dem Flur draußen laute Stimmen. Sie sahen sich an.

«Was ist denn da los?», fragte Jette, und Hulda sprang auf und öffnete die Tür. Es klang, als stritten mehrere Personen miteinander in der Nähe des Kreißsaals.

«Ich gehe mal nachschauen», sagte Hulda.

Sie schloss die Tür hinter sich, eilte den Korridor zurück und sah, dass es Doktor Breitenstein und Doktor Redlich waren, die lautstark diskutierten. Fräulein Klopfer war ebenfalls dabei und versuchte offenbar, die Streithähne zu beschwichtigen, doch vergeblich.

«Sie sind unverantwortlich! Ein Scharlatan!», rief Breitenstein, dessen ergraute Haare zerzaust wirkten. Seine Gesichtsfarbe war dunkelrot.

Redlichs Wangen leuchteten vor Aufregung. «Herr Kollege, mäßigen Sie sich.» Auch er sprach laut, doch mit mehr Selbstbeherrschung. «Sie sind hier nicht in der Position, gute Ratschläge zu erteilen. Und mit Ihrer Geschichte ... noch dazu ein Semit ...»

«Was soll das heißen?», brüllte Breitenstein, ohne sich um die furchtsam vorbeihuschenden Schwestern und Fräulein Klopfers wildes Gestikulieren zu kümmern.

«Nichts weiter, als dass jeder hier Fehler macht, auch Sie, das wissen wir beide aus der Vergangenheit nur allzu gut», sagte Redlich. «Aber sehen Sie sich vor.»

Endlich verstummte Breitenstein, doch Hulda befürchtete, dass den älteren Oberarzt gleich der Schlag treffen würde. Das Rot seines Gesichts wurde zu Violett.

«Das wagen Sie nicht, diese alte Geschichte jetzt hervorzuzerren», presste er heraus, doch Redlich hob die Hände.

«Von mir aus können wir das hier sofort beenden, ich fühle

mich ohnehin schon wie in einem Schmierentheater», sagte er. «Lassen Sie mich einfach durch und gehen Sie Ihrer Wege. Soweit ich weiß, haben Sie heute am Abend noch eine Hysterektomie auf dem Plan? Dafür brauchen Sie ruhige Hände, werter Kollege, das wissen Sie doch. Sonst gibt es wieder ein *Unglück.*»

An der Art, wie er das Wort betonte, hörte Hulda, dass er es anders meinte. Worüber sprachen die beiden Männer? Welches *Unglück* hatte Breitenstein in der Vergangenheit zu verantworten gehabt?

Breitenstein schnaufte, doch er entschied offenbar, dass es Zeit war, einen Abgang zu machen. Wie ein zu groß geratenes Rumpelstilzchen stapfte er davon. Hulda empfand Mitleid mit ihm.

Redlich nickte Fräulein Klopfer so hoheitsvoll wie möglich zu und verschwand dann im Kreißsaal.

«Was war denn los?», fragte Hulda ihre ältere Kollegin entgeistert, die ebenfalls derangierter wirkte, als Hulda es je zuvor gesehen hatte.

«Doktor Breitenstein kam in den Kreißsaal, als die Geburt bereits beendet war», berichtete Fräulein Klopfer. «Er regte sich schrecklich auf, dass ich keinen Arzt hinzugezogen hätte. Da kam Doktor Redlich herein und sagte, er übernehme nun, alles habe seine Richtigkeit.» Sie blies aus aufgepusteten Wangen Luft aus und ordnete ihren Haarknoten. «Da brach das Unwetter los. Na, den Rest haben Sie dann ja gehört.»

«Aber alles ging glatt bei Frau Griebe?», fragte Hulda vorsichtig.

«Natürlich!» Fräulein Klopfer stemmte empört die Hände in die Hüften. «Ich war schließlich da! Doktor Redlich hatte ganz recht, Dr. Breitenstein hat sich unnötig aufgespielt. Sieht ihm ähnlich, immer ist alles so dramatisch. Er fürchtet wohl, dass es auf ihn zurückfallen würde, wenn wieder etwas schiefginge.» Sie verdrehte die Augen. «Himmel, ich wünschte, diese elende Professur würde endlich vergeben, und die liebe Seele hätte hier Ruh!»

Damit wandte sie sich um und trat ohne ein Wort des Abschieds in den Kreißsaal, wo sicherlich Doktor Redlich mit der frisch entbundenen Mutter auf sie wartete.

Seltsam, dachte Hulda. Warum hatte Doktor Redlich so spöttisch von einem *Unglück* gesprochen, das offensichtlich keines gewesen war? Glaubte er wirklich, dass Doktor Breitenstein ein Fehler unterlaufen war, dass er wiederholt für die Misere einer Patientin verantwortlich sein könnte?

Auf einmal wünschte sich Hulda hinaus unter den blauen Himmel. Was hatte sie hier noch verloren? Es war ihr freier Tag, und sie sah keinen Grund, noch eine Minute länger in dieser dicken Luft zu verbringen. Sie musste nur noch die Kleider wechseln und ihre Tasche holen.

Als sie den Aufenthaltsraum durchquerte, fiel ihr Blick aus dem Fenster in den Garten, auf die Stelle unten an der Spree, wo sie vorgestern Abend mit Johann gestanden hatte. Eine jähe Freude schwappte bei der Erinnerung in ihr empor, und ähnlich wie nach ihrem Vortrag meinte sie für einen Moment zu schweben.

22.

Montag, 28. Juli 1924

Schon von weitem sah Karl, dass er an diesem Ort keine Antwort bekommen würde. Das Haus, dessen Anschrift er seit Jahren auswendig wusste, stand zwar noch an der kleinen krummen Dorfstraße, doch die Fensterläden waren geschlossen. Das Gras, das im Garten hinter dem baufälligen Zaun sacht im Wind schwankte, war kniehoch und von dornigen Gewächsen und Unkraut durchzogen. Hier hatte lange niemand mehr gemäht oder sich um die verdorrten Gemüsebeete gekümmert, die weiter hinten auf dem verwahrlosten Grundstück lagen. Das ganze Anwesen erzählte eine Geschichte von Verfall und Vergessen.

Karl trat näher. An der Pforte, die halb offen stand, als habe hier niemand mehr Angst vor Einbrechern, hing ein kleines Schild. Der Schmutz, der auf der verwitterten Schrift lag, ließ nur einzelne Buchstaben erkennen. Er zog ein Taschentuch aus seiner Hosentasche, spuckte darauf und rieb an dem Schild herum, bis er die bekannten Worte lesen konnte. *Haus der Barmherzigkeit*, stand dort und darunter: *Geburtenstelle. Bitte um Diskretion!*

Mit klopfendem Herzen ließ er die Hand mit dem Tuch sinken. Er wusste nicht, was er erwartet hatte – einen lebhaften Klinikbetrieb, eine fröhliche Pflegerin mit weißer Haube, die ihn einließ und alle seine Fragen mit einem patenten Lächeln beantwortete? Vielleicht gar seine Mutter, die hier seit seiner Geburt vor dreißig Jahren auf ihn wartete, gealtert und vom Warten auf den Sohn gezeichnet, die ihn nun aber freudestrahlend in die Arme schließen würde? Er schnaubte. Es war lachhaft, welchen Phantastereien sich ein erwachsener Mann hingeben konnte, wenn er nicht aufpasste. Keiner wartete auf ihn, keine Seele auf der weiten Welt kannte das Geheimnis seiner Existenz. Er war Karl North. Oder Kalle Niemand, wie ihn die Kinder im Waisenhaus genannt hatten. Ein Mann ohne Vergangenheit – und ohne Zukunft. Denn Letztere war vor ein paar Tagen verpufft, war in Huldas *Nein* zersprungen wie das Glas, dessen Scherbe ihm die Hand aufgeschlitzt hatte.

Er rieb an dem noch immer nicht ganz verheilten Schnitt herum und sah sich mit zusammengebissenen Zähnen um. Das Dorf wirkte verlassen, immer mehr Menschen verließen das Land, um ihr Glück in der Stadt zu versuchen, wo die Industrie ihnen falsche Versprechungen von Wohlstand und Sicherheit machte.

Ein schüchterner Köter strich um eine Hausecke und beäugte ihn, schien dann aber schnell das Interesse zu verlieren und kehrte ihm den räudigen Rücken zu. Karls Blick wanderte zurück zum Haus. Aus Felssteinen war es erbaut, aus Findlingen, wie sie hier in der Mark häufig vorkamen. Zweistöckig, mit einem schiefergedeckten Dach und einem großzügigen Stück Land dahinter. Er stieß die Pforte auf und betrat das Grundstück.

Die Tür zum Haus war verschlossen, er hatte nichts anderes erwartet und war doch enttäuscht. Also trabte er um das Haus herum, das raschelnde Gras schmiegte sich an den Gabardinestoff seiner Hosen. Er entdeckte einen kleinen, halb verfallenen Unterstand, für Schafe oder Ziegen, vermutete er, und daneben noch einen kleineren Hühnerstall. Natürlich waren sie beide leer, doch zur Zeit seiner Geburt, dachte Karl, hatten die Frauen, die in Ungnade gefallen, schwanger und allein in diesem Haus ausharren mussten bis zur Entbindung, sicherlich in dem Garten gearbeitet. Hatten das Vieh versorgt, die Beete gejätet, das Gemüse gepflanzt und geerntet. Was für ein Bild! Mit einer Mischung aus Verächtlichkeit und Mitleid musste er an all die Mädchen denken, viele aus guten Familien, die mit ihren geschwollenen Bäuchen hier ackerten und die Zeit herumbrachten, bis wieder für eine von ihnen die Stunde schlug und ein weiteres ungewolltes Kind aus dem Leib seiner Mutter entlassen wurde. Die meisten Frauen waren danach vermutlich in ihre Leben zurückgekehrt und hatten von da an versucht, die Episode im *Haus der Barmherzigkeit* zu vergessen. Ein Fehltritt, das war schlimm genug, doch mit ein wenig Geld und Zeit konnte man ihn vielleicht ausmerzen. Die Kinder waren an Pflegeeltern vermittelt worden, oder man hatte sie – wie ihn – ins Waisenhaus gesteckt, was der wahrscheinlichere Fall war. Und niemand hatte je wieder nach ihnen gefragt.

Karls Kiefer schmerzte bereits davon, dass er die ganze Zeit die Zähne aufeinanderpresste. Es nahm ihn mehr mit, als er sich vorgestellt hatte, an diesem Ort zu sein, wo sein eigenes Leben seinen unrühmlichen Anfang genommen hatte. Wer war sie gewesen, die Frau, die ihn hier zur Welt gebracht und dann zurückgelassen hatte wie ein vergessenes Bündel, das sie mehr beschwert als beglückt hatte? Was war ihre Geschichte gewesen?

Er ballte die Fäuste und sah zu den dunklen Fensterläden am Haus, alle sorgfältig verriegelt und verrammelt. Das Gebäude bewahrte diese Geschichte gut, es würde weiter davon schweigen, bis es irgendwann in naher Zukunft abgerissen wurde. Bis irgendein Landwirt das Feld übernehmen und Getreide ziehen oder Schweine darauf halten würde, ohne zu wissen, wie viel Kummer, wie viele Tränen hier in der Luft hingen. Und dann würden alle Geschichten endgültig verstummen, und niemand würde auch nur einen Hinweis darauf finden.

Ihm fiel Rita Schönbrunn ein, der alte Kriminalfall, den er vor zwei Jahren mit Huldas Hilfe gelöst hatte. Die Frau war im Landwehrkanal ertrunken, sie war ermordet worden, und während der Ermittlungen hatte er ihr altes Notizbuch in die Hände bekommen und herausgefunden, dass sie ebenfalls in diesem Haus ein Kind zur Welt gebracht hatte. Zufälligerweise an dem Tag, der auch sein Geburtstag war. Rita und seine Mutter mussten sich also gekannt haben, sie hatten beide gleichzeitig in den Wehen gelegen, in einem der Zimmer in diesem Haus, das er nicht betreten konnte.

Plötzlich wünschte er, Rita wäre nicht gestorben und er könnte sie danach fragen. Doch dann, natürlich, hätte er sie niemals getroffen. Und auch Hulda, fiel ihm ein, hätte er dann nicht kennengelernt. Sie war es gewesen, die ihn wiederholt daran erinnert hatte, dass es noch immer möglich sei, etwas über seine Herkunft zu erfahren.

Auch wenn Karl es nicht gern zugab – dass er jetzt hier stand und verzweifelt versuchte, in den toten Steinen und dem verwilderten Garten etwas zu lesen, das als Erinnerung taugte, war eine letzte Hommage an sie.

Rasch versuchte er, an etwas anderes zu denken. Seit Tagen gelang es ihm meistens, das Grübeln zu vermeiden, und immer, wenn ihr schönes Gesicht vor seinem inneren Auge auftauchte, verscheuchte er es, so schnell er konnte. Alles, einfach alles war schiefgegangen. Er kannte Hulda gut genug, um zu wissen, dass sie keinen kalten Kaffee aufwärmen würde. Ihr Entschluss stand fest, und er hatte ihn, ehrlich gesagt, schon gekannt, bevor er diese letzte, verzweifelte Frage an sie richtete. Er hatte auch ihre Antwort vorausgeahnt – und trotzdem alles auf eine Karte gesetzt in jener Nacht. Allerdings, musste er zerknirscht zugeben, war er nicht ganz bei Sinnen gewesen, und vielleicht hatte er nur deswegen das erste und einzige Mal gewagt, sie um ihre Hand zu bitten, weil der Alkohol ihm die Zunge gelöst hatte. Ein zweites Mal würde es nicht geben. Es war vorbei!

Karl atmete tief ein und sog den Duft der Gräser und des nahen Kiefernwaldes ein. Gottverlassen war es hier, doch die Natur, die sich immer ihr Recht nahm, sobald der Mensch nachlässig wurde in seinem Kampf gegen die Urkräfte, die war schön!

Aus dem Wald klang der Ruf eines Grünfinks, hartnäckig ließ er sein Lied durch die klare Luft klingen. Selten hatte Karl, der doch Experte war in der Einsamkeit, sich so allein auf der Welt gefühlt. Und schon meldete sich zuverlässig wie immer die Stimme in seinem Inneren, die ihm einflüsterte, was ihm helfen würde. Für Hulda hatte er immer wieder versucht, gegen diese Stimme anzukommen, sie nicht zu laut werden zu lassen. Doch das war jetzt nicht mehr nötig. Warum also sollte er sich nicht Erleichterung verschaffen, wenn Hulda ohnehin nichts mehr mit ihm zu tun haben wollte?

Wenigstens diese Freiheit, dachte er bitter, hatte er zurückgewonnen.

Wenig später saß Karl im Schankraum der Gaststätte, in der er sich ein Zimmer genommen hatte. Es war eine typische

Provinzabsteige – hölzerne Täfelung, zu schwere Bettdecken, versalzenes Essen. Doch das Bier, das der Wirt mit seinem Sohn angeblich selbst braute, war annehmbar. Und noch besser war der Birnenschnaps, ebenfalls aus eigener Produktion, der feurig die Kehle hinabrann.

«Erfolgreicher Tag?», fragte der Mann in der Lederschürze und schenkte seinem Gast am Tresen nach. Er dachte wohl, dass Karl einer war, der über Land fuhr und den Bauern etwas andrehen wollte.

Karl verneinte mit einem Zucken des Kopfes. «Hab nicht das gefunden, was ich gesucht habe.»

«Vielleicht kann ich helfen?»

«Ich fürchte, nicht», sagte Karl. «Ich wollte etwas in Erfahrung bringen – für einen Freund. Im *Haus der Barmherzigkeit*, einen Weiler weiter an der Havel. Kennen Sie den Ort?»

Der Wirt schüttelte den Kopf und wischte gleichmütig den Tresen. «Hab davon gehört, aber da is schon seit Jahren keiner mehr.» Er richtete seine kleinen Augen auf Karl. «War ihr *Freund* etwa einer von den armen Schluckern, die da zur Welt kamen?»

Karl nickte unbehaglich. «Ich fürchte, schon. Aber es ist nicht so wichtig.»

«Alles lange her», bestätigte der Wirt und wischte weiter. «Wenn da jemand noch was weiß, dann doch in den Häusern, wo die Kleenen später hinkamen, oder? Da sollte Ihr Freund vielleicht mal nachfragen.»

Karl nickte. Der Mann hatte recht, dachte er, die Wahrscheinlichkeit, dass er im Waisenhaus in Schöneberg etwas herausfand, war viel höher als in diesem Kaff hier. Doch die Vorstellung, dort hinzugehen, an der Pforte zu schellen und alten Bekannten zu begegnen, womöglich einer der grausamen

Schwestern, die ihn aufgezogen hatten, war unerträglich. Am liebsten würde er einfach in den Akten nachsehen. Doch woher nehmen und nicht stehlen?

Der Wirt schien seine Melancholie richtig zu deuten und schob ihm einen weiteren Schnaps zu. Die Flüssigkeit brannte auf der Zunge und machte den Kopf leicht und leer. Seufzend lehnte sich Karl an den Tresen und zündete sich eine *Juno* an, deren Qualm ihn in blaue Schwaden hüllte. Mehr brauchte er nicht für einen Abend, an dem seine Gedanken stillstehen sollten und an dessen Ende er sich einen tiefen, traumlosen Schlaf wünschte.

Doch das schien eines der Mädchen, die hier auf Kundschaft lauerten, anders zu sehen. Sie hatte nichts von der flirrenden Aufdringlichkeit der Großstadthuren, war einfach, fast ein wenig bieder gekleidet, bis auf den tiefen Ausschnitt. In Wellen fielen ihre langen und offenen Haare um ihr etwas zu rundes Gesicht, und sie lächelte ihm immer wieder so herrlich unbedarft durch den Raum hindurch zu, dass Karl sich wider Willen dabei ertappte, dass er mehrmals zu ihr hinsah. Wahrscheinlich eine Bauerstochter, dachte er, die aus ihrem eigenen Dorf abgehauen war und sich nun allein durchschlug und mit den Durchreisenden schlief. Ein gefallenes Mädchen, das sich nicht mit einem Schicksal als Näherin oder Gehilfin in irgendeiner Küche abfinden wollte.

Plötzlich stand sie hinter ihm. «Bist du ganz allein hier?», fragte sie, und er hätte beinahe gelacht über diesen unbeholfenen Versuch, ein Gespräch zu beginnen. Doch dann nickte er nur und deutete auf den langbeinigen Stuhl neben ihm.

«Wie heißt du?», fragte sie. Knapp über dem Ohrläppchen hatte sie ein Muttermal, das ihr etwas Besonderes gab. Ihre Haut sah weich aus, und ihre kullerrunden Augen gefielen

Karl, die junge Frau hatte etwas Freundliches, doch nichts Dummes an sich.

«Karl», sagte er. «Und du?»

«Hanne.» Sie spielte mit einer Haarsträhne. «Biste aus der Stadt?»

Er nickte erneut. «Trinkst du ein Glas mit?», fragte er und machte dem Wirt ein Zeichen, der das Ganze gleichmütig verfolgt hatte. Hanne schien hier zum Inventar zu gehören, und wenn sie die Gäste fröhlich stimmte, war das offenbar erwünscht. Für einen kurzen Moment fragte sich Karl, was der Mann in der Schürze wohl von ihm hielte, doch dann bemerkte er, dass es ihm hier, im Gegensatz zu Berlin, gleichgültig war. Es tat gut, ein anderer sein zu dürfen, einer, der sich selbst fremd war. Wenn er nach Berlin zurückkehrte – bei dem Gedanken an seine Arbeit, an Fabricius und sein leeres Leben dort, spürte er Verdruss –, würde er vergessen können, was er in Brandenburg erlebt hatte.

Hanne trank ihr Bier mit beachtlicher Geschwindigkeit und ließ sich noch einen Schnaps danebenstellen. Auch dieser verschwand rasch in ihrem Mund. Karl sah sie verwundert an und bedeutete dann dem Wirt, er solle ihnen die Flasche dalassen. Gemeinsam leerten sie Glas um Glas, schweigend, und Karl spürte die ersehnte Entspannung durch seine Glieder fließen. Es war ganz einfach, dachte er, mit einer jungen Frau hier zu sitzen, die nicht nach seinen Plänen fragte, nicht danach, was er zu bieten hatte. Die ihn nicht drängte, Verantwortung zu übernehmen, die kein Mitleid mit ihm hatte wegen seiner verpfuschten Kindheit. Diese Hanne wusste nichts über ihn, und er wollte auch am liebsten nichts über sie wissen. Doch ihre körperliche Nähe tat ihm gut.

«Kommste mit rauf?», fragte sie schließlich leise. Die Zunge schien ihr schwer zu sein, doch das sanfte Braun ihrer Augen leuchtete. Und plötzlich hatte Karl Lust, sie anzufassen.

Er nickte, und sie glitt vom Stuhl und zog ihn mit. Arm in Arm, etwas schwankend, gingen sie am Wirt und den wenigen anderen Gästen vorbei in Richtung Treppe, die zu den Gästezimmern führte. Und mit jeder Stufe, die sie hinaufstiegen, schien der Gedanke an Hulda, an ihre klugen, schiefen Augen, ein kühles Graublau, weiter in der Ferne zu verschwinden. Karl sah ihr nach, wie man jemandem von der Reling eines Schiffs aus nachblickte, von dem man sich Stück für Stück entfernte. Unaufhaltsam und endgültig, denn man würde die Person, die winkend dort an Land zurückblieb, vielleicht nie mehr wiedersehen.

Im Zimmer angekommen, schlang Hanne ihm ihre molligen Arme um den Hals und begann, ihn zu küssen. Sie roch schwach nach Ziege und einem billigen Maiglöckchenparfüm. Der fremde, warme Körper schmiegte sich an ihn, und sie fielen ohne Innehalten auf das quietschende Bauernbett.

Karl schloss die Augen und ließ die Reling los.

23.

Dienstag, 29. Juli 1924

Ein sanfter Wind hatte sich erhoben und trieb Blütenblätter und kleine Zweige durch die Straßen. Hulda stieg vom Rad und schob es weiter, um sich in Ruhe umgucken zu können. Eine zerknüllte Zeitung wehte ihr um die Füße, und im Vorübergehen las sie die Schlagzeile auf dem Titelblatt: *Londoner Konferenz ruft Deutschland zur Teilnahme auf.* Sie bückte sich und sah, dass die Nachricht mehrere Tage alt war. Dabei fiel ihr auf, dass sie noch immer nicht mit Bert gesprochen hatte. Immerhin hatte sie heute früh im Vorbeigehen zu ihrer Erleichterung gesehen, dass sein Kiosk geöffnet war, doch eine Traube Kunden hatte ihn umlagert, und sie nahm sich vor, später nach ihm zu schauen. Sie hoffte, dass es ihm gutging. Die Worte von Frau Grünmeier neulich hallten in ihrem Kopf nach, und sie war erleichtert, dass Bert zumindest noch nicht im sogenannten Bermudadreieck verschollen schien, sondern nach seiner seltsamen Abwesenheit wieder wie eh und je seine Zeitungen auf dem Platz verkaufte.

Bert hatte sich über die neuen Schlagzeilen sicher gefreut, dachte sie, so viel Hoffnung, wie er in die Konferenz in England setzte. Hatte er recht? War dies das Ende der schuldhaften Isolation ihres Landes, konnte Deutschland wieder seinen

Platz unter den Völkern einnehmen? Würden die Kredite aus dem Ausland der Not endlich ihre Schärfe nehmen?

Hulda schob ihren Drahtesel weiter die Tempelhofer Gartenstraße entlang. Nach dem Gespräch mit Jette war sie in die Apotheke gegangen, und tatsächlich hatte die Assistentin hinter dem Tresen dort nur kurz nach dem Bestellschein von damals suchen müssen und ihn ihr dann ausgehändigt. «Frau Gerda Manteuffel, Gartenstraße 7» hatte in Jettes gestochener Schrift darauf gestanden.

«Frau Martin hat mir schon eine Nachricht zukommen lassen», hatte die Frau gesagt. «Sie dürfen den Zettel mitnehmen. Sonst würde ich ihn nicht herausgeben.» Hulda hatte gedacht, dass Jette froh sein konnte, eine so gewissenhafte Mitarbeiterin zu beschäftigen, die ihr während der Schwangerschaft den Rücken freihielt.

Jetzt sah sie sich in der Gegend um. Sie war nicht mehr hier gewesen, seit die neuen Siedlungen gebaut worden waren, doch als Kind war sie manchmal an der Grenze zwischen Schöneberg und Tempelhof herumgestromert, als alles noch Brachland war. Sie waren mit den Rädern hergeradelt, manchmal kreischend zu dritt auf Gepäckträger, Sattel und Lenker, da nicht jedes Kind ein eigenes besaß. Dann spielten sie am Weiher, einem eiszeitlichen Pfuhl, liefen im Winter darauf Schlittschuh und lagerten im Sommer in den sandigen Hügeln der Marienhöhe, wo sie so taten, als seien sie wilde Reiter in der Prärie, die sich in den Mulden der ehemaligen Kiesgrube vor dem Feind versteckten. Unter den Kindern war auch Felix gewesen, erinnerte sich Hulda und lächelte bei dem Gedanken an sein eifriges Kindergesicht. Schon damals hatte er stets versucht, sie zu beschützen. Wenn andere Kinder sie an den Marterpfahl banden, befreite er sie, und dann flohen sie, so schnell sie konnten, Hand in Hand vor den Feinden.

Als sie sich jetzt in der Gegend umsah, erkannte Hulda nicht viel wieder. Die brachliegenden Grundstücke waren noch im Krieg von der Stadt aufgekauft und nach Kriegsende bebaut worden, mit Mehrfamilienhäusern, in denen viele Wohnungen Platz hatten. Diese Siedlung hatte jedoch nichts mit den Mietskasernen der Bülowstraße gemeinsam. Die Häuser waren hell und weiträumig konstruiert, mit grünen Gärten dazwischen, sogar mit Ställen, als sei man hier mitten in der Stadt doch eigentlich auf dem Land. Hulda wusste, dass die Wohnungen für Familien mit kleinem Einkommen gedacht waren, doch man benötigte schon ein bisschen Geld, um sich in die Genossenschaft einzukaufen. Woher also hatten die Manteuffels, die zuvor in einer winzigen feuchten Kochstube mit Schlafkammer in der Kufsteinstraße gehaust hatten, die weniger als nichts kostete, dieses Kapital genommen?

Ein alter Pferdekarren fuhr rumpelnd an Hulda vorbei, beladen mit Fässern. Doch auch einige Automobile parkten vor den Häusern und gaben der Siedlung einen Anstrich von Wohlstand, von Aufbruch in eine neue Zeit. In einigen Parterre-Einheiten befanden sich Geschäfte für Bekleidung und Lebensmittel, und Hulda lief beim Anblick der Würste im Schaufenster einer Fleischerei das Wasser im Mund zusammen. Kurzentschlossen kettete sie ihr Fahrrad an einen Laternenpfahl und trat ein.

Ein Glöckchen bimmelte, und die Verkäuferin in der blauen Schürze begrüßte die neue Kundin. In der Auslage sah Hulda die appetitlich angerichteten Schinken und Grützwürste leuchten. Noch immer konnte sie es manchmal nicht glauben, wie schnell die Leere der Geschäfte seit dem vergangenen Inflationswinter aufgefüllt worden war, wie rasch man zu einer Normalität zurückgekehrt war, selbst wenn diese sich bisweilen noch wacklig anfühlte.

«Ein Paar heiße Knacker», sagte Hulda, «auf die Hand bitte.»

«Mit Senf?», fragte die Frau und klatschte auf Huldas Nicken einen großzügigen Esslöffel auf die Würstchen, die sie in eine Papierserviette gewickelt hatte. Sie hielt ihr die duftende Ware hin. «Macht eine Rentenmark.»

Hulda kramte aus ihrem Portemonnaie einen Geldschein heraus und reichte ihn der Frau.

«Hab mich immer noch nicht an die Dinger gewöhnt, nach all den Jahren nicht», sagte die Verkäuferin und betrachtete argwöhnisch den Schein. «Unsere guten Mark-Stücke mit dem stolzen Reichsadler hinten drauf, und jetzt so ein Lappen? Aber was soll's, solange sie jeder annimmt, isses mir recht. Bald, hört man, kommt die Reichsmark.»

Hulda nickte, doch diese neue Währung interessiert sie nicht sonderlich. An die Münzmark, von der die Frau sprach, erinnerte sie sich kaum, das war noch vor dem Krieg gewesen. Ohnehin war ihr Verhältnis zu Geld leidenschaftslos. Was sie hatte, gab sie aus und spürte kein Bedauern deswegen. Wenn sie nichts hatte, kaufte sie eben weniger.

Hulda verabschiedete sich und ging kauend aus dem Geschäft. Draußen setzte sie sich auf einen Mauervorsprung, aß die Wurst und betrachtete das Spiel der Sperlinge in den Apfelbäumen.

Aus irgendeinem Grund zögerte sie die Begegnung mit Fred Manteuffel hinaus. Sie kannte ihn nicht gut, hatte ihn nur wenige Male getroffen, doch sein Schicksal und das seiner Frau gingen ihr nahe. Wie gut hätte hier eine große Familie hergepasst, dachte sie und sah sich um, mit drei, vier Kindern, die ein paar Straßen weiter zur Lindenhof-Schule gingen und in der sauberen Luft, in den hellen Wohnungen, ohne Not gediehen. Doch Gerda war gestorben, bevor der Kindersegen zu ihnen gekommen war, wie ein abgeschnittener Blumenstängel, der keine Blüte treiben würde.

Sie leckte sich den Senf aus den Mundwinkeln und stand auf. Es waren nur noch wenige Eingänge bis zur Nummer 7. Hulda zögerte, unten am Haus zu klingeln. Stattdessen stieß sie die Haustür auf, die nur angelehnt war, stieg in den ersten Stock hinauf, wo auf einem Emailleschild «Manteuffel» stand, und klopfte. Bald hörte sie Schritte, die Tür wurde geöffnet.

Ein junges Frauengesicht sah sie an. «Ja?»

Hulda betrachtete ihr Gegenüber kurz. Ein reizloses, aber nettes Gesicht, die Augen eine Mischung aus Grün und Blau. Die Frau war vielleicht Mitte zwanzig, hinter ihr klammerte sich ein kleines Mädchen, das wohl gerade erst laufen lernte, auf wackligen Beinen an ihren Rock.

«Wohnt hier Fred Manteuffel?», fragte Hulda. Jetzt erst fiel ihr ein, dass ein gewöhnlicher Arbeitstag war. Vielleicht war der Mann gar nicht da?

Doch die Frau nickte. «Fred?», rief sie in den Korridor hinter sich, und kurz darauf trat ein Mann in die Tür. Hulda musterte ihn überrascht, denn er trug eine Gesichtsprothese. Sein Gesicht wirkte dadurch zwar starr, wie eine Maske, doch sie verdeckte die gröbste Entstellung, wie Hulda sie in Erinnerung hatte.

«Fred Manteuffel?», fragte sie. «Ich bin's. Hulda Gold. Ich war die Hebamme Ihrer ... verstorbenen Frau.»

Sie streifte den Blick der jungen Mutter.

Fred sah betreten aus, doch dann fing er sich. «Was wollen Sie denn?»

«Ich habe eine Frage», sagte Hulda.

Einen Moment wirkte er unentschlossen, doch dann trat er zur Seite. «Kommen Sie herein», sagte er und nahm das kleine Mädchen auf den Arm. «Aber wundern Sie sich nicht über die Unordnung. Wir haben letzte Woche unser zweites Kind bekommen, und seitdem geht's hier drunter und drüber.»

Hulda lachte freundlich. «Herzlichen Glückwunsch! Und Unordnung im Wochenbett bin ich nun wirklich gewöhnt.» Sie lächelte die Frau an. «Bitte, legen Sie sich doch hin», sagte sie, «es gibt keinen Grund, dass Sie meinetwegen auf den Beinen sind.»

«Ach wo», sagte die Frau und machte eine wegwerfende Handbewegung, «wenn man schon eins hat, gibt es keine Schonung mehr.»

Hulda wollte widersprechen, wollte sagen, dass sehr wohl auch eine zweite Geburt anschließende Ruhe und Genesung für die Mutter erforderte – doch dann biss sie sich auf die Zunge. Sie war nicht in ihrer Rolle als Hebamme hier, und es wäre unpassend gewesen, sich aufzuspielen und in den Alltag der fremden Familie einzumischen. Stumm ließ sie sich von den beiden in die Wohnstube führen und setzte sich auf ein Sofa.

«Ich wusste nicht, dass Sie wieder verheiratet sind», sagte sie zu Fred, «es freut mich sehr für Sie.»

«Berta und ich kennen uns aus dem Krankenhaus, sie war dort Pflegerin, als man mir die Prothese anpasste.» Er streifte seine Frau mit einem liebevollen Blick. «Hat ihr nichts ausgemacht, dass ich mich erst von einem Monster in einen Menschen verwandeln musste.»

Berta guckte entrüstet und wollte wohl widersprechen, doch er hob die Hand. «Ist doch wahr», sagte er, «du warst mein Engel.» Ihre Augen leuchteten, und Hulda dachte mit einer

Mischung aus Neid und Anerkennung, dass sich hier zwei wirklich gernhatten. «Jetzt geh und leg dich hin», fügte Fred hinzu, «solange der Kleine schläft.» Er setzte sich auf einen Stuhl, nahm das kleine Mädchen auf die Knie und sah Hulda erwartungsvoll an, während seine Frau den Raum verließ.

«Wie kann ich Ihnen helfen?»

Hulda überlegte. Sie wusste nicht, wie sie beginnen sollte. Zögernd ließ sie ihren Blick über die schlichte, aber moderne Einrichtung gleiten. Ein Grammophon, gerahmte Fotografien an den Wänden, ein Vertiko mit bunten Flaschen hinter geschliffenem Glas. Den Manteuffels ging es nicht schlecht, das sah man, auch wenn sie sicher nicht im Reichtum schwelgten. Wieder nagte die Frage an ihr. Woher nur kam das Geld bei einem Kriegsveteranen und einer Krankenpflegerin, die offenbar zurzeit beide nicht arbeiteten, aber zwei kleine Kinder zu versorgen hatten?

«Ich unterhielt mich neulich mit einer Freundin», begann sie, «die Apothekerin aus der Bülowstraße.»

«Frau Langhans», sagte Fred, «wie geht es ihr?»

«Mit Nachnamen heißt sie jetzt Martin, sie hat kürzlich wieder geheiratet», sagte Hulda. «Jedenfalls fiel bei dem Gespräch zufällig Ihr Name und der Ihrer verstorbenen Frau. Ich wusste gar nichts von ihrem Tod. Und da dachte ich, ich sollte Sie einmal besuchen und sehen, wie es Ihnen geht. Offenbar hatten Sie aber trotz allem am Ende ein bisschen Glück!»

Fred nickte. Seine Tochter spielte mit dicken Fingerchen an seinem Jackenaufschlag. «Ich habe es gut getroffen, auch wenn ich nach Gerdas Tod dachte, alles sei vorbei», sagte er. «Zum zweiten Mal in meinem Leben. Das erste Mal war, als ich in einem Lazarett in Frankreich ohne Gesicht aufwachte.»

Er wirkte nachdenklich, doch seine Züge blieben weiter seltsam starr durch die Prothese. Das Hilfsmittel war gut gemacht, sah Hulda, es war kunstvoll seinen früheren Zügen angepasst und unauffällig. Wenn man nicht genau hinschaute, konnte man nicht gleich sehen, wie schwer die Kriegsverletzung war.

«Wie ist Gerda gestorben?», fragte sie leise. Sie wollte nicht gleich mit der Tür ins Haus fallen und zugeben, dass sie das meiste schon wusste.

«Bei der Geburt», sagte Fred. «Das Kind kam wieder viel zu früh, und dieses Mal verblutete sie.» Er ballte die Fäuste, und seine kleine Tochter sah ihn erschrocken an, als spüre sie die Traurigkeit ihres Vaters.

«Das tut mir sehr leid», sagte Hulda und suchte nach einem Weg, die Frage zu stellen, die sie eigentlich interessierte. Doch es wollte ihr einfach kein eleganter Kniff einfallen, um dorthin zu gelangen. Sie holte Luft.

«Ich arbeite jetzt in der Klinik, in der Ihre Frau starb», sagte sie schließlich unverblümt.

Freds Augen blitzten überrascht auf. «In der Artilleriestraße?»

Hulda nickte. «Wissen Sie, es ist dort immer wieder zu ähnlichen Fällen wie dem von Gerda gekommen», sagte sie behutsam. «Mehrmals starben Frauen mit einer vergleichbaren Vorgeschichte unter der Geburt, obwohl erst einmal nichts nach Komplikationen aussah.»

In Freds Blick hing ein Schatten, als sei eine Wolke über seine Augen gezogen und verberge dort etwas.

«Davon weiß ich nichts», sagte er, und Hulda meinte, eine Reserviertheit in seiner Stimme zu bemerken, die zuvor nicht darin gewesen war. Genau das ließ ihre Alarmglocken lauter schrillen.

«Sind Sie sicher?», fragte sie. «Wissen Sie, mich würde interessieren, wie Gerda überhaupt in die Klinik dort kam. Hatten Sie beide die Idee, oder erzählte Ihnen jemand davon, dass dort Schwangere mit gewissen Schwierigkeiten aufgenommen werden?»

Freds Augen irrlichterten im Raum umher, als suche er nach einem Ausweg. «Kann sein, dass mir das jemand erzählt hat», sagte er wenig überzeugend. «Ist das denn wichtig?»

«Ich finde schon», sagte Hulda. «Wer könnte das gewesen sein? Ich meine, ich weiß, dass es Geld kostet, dort aufgenommen zu werden. Entweder die staatliche Fürsorge übernimmt das, dann muss man aber einen Antrag bei der Kasse stellen. Oder man bezahlt privat. Und mit Verlaub, Fred, aber mir schien es damals nicht so, dass Sie selbst diese Mittel hätten aufbringen können, oder?»

Sofort zog er die Brauen zusammen und ließ das kleine Mädchen auf den Boden rutschen, wo es begann, mit einer geschnitzten Spielzeugmaus zu spielen.

«Ich wüsste nicht, was Sie das angeht», sagte er. «Außerdem ist das lange her. Ich würde das Vergangene gern ruhen lassen, wenn Sie erlauben.»

Hulda hatte jetzt ein so starkes Gefühl, er verschweige etwas, dass sie nicht an sich halten konnte.

«Ich glaube, jemand überredete Sie dazu, Gerda in die Klinik zu bringen», sagte sie schnell, obwohl sie nicht sicher war, ob das stimmte. Sie verließ sich jetzt auf ihre Intuition. «Versprach man Ihnen etwas dafür?»

«Und wenn schon.» Fred stand auf, als wolle er das Gespräch beenden. «Ich dachte wirklich, er könnte uns helfen», fuhr er dann doch fort, mit so leiser Stimme, dass Hulda ihn kaum verstand. «Gerda hatte einen Vorbereitungskurs für Säuglingspflege besucht, ihr Name stand auf einer Liste. Und dann kam dieser Mann. Er fragte uns über die Totgeburten aus und sprach von neuesten Methoden der Geburtshilfe, an denen gerade geforscht würden. Behauptete, dass wir uns um nichts zu kümmern bräuchten. Und ich Dummkopf habe ihm geglaubt.»

«Welcher Mann?», fragte Hulda atemlos. Doch Fred schüttelte nur den Kopf.

«Ich will das vergessen», sagte er. «Wahrscheinlich habe ich Gerda auf dem Gewissen, und damit muss ich nun leben. Aber je weniger ich drüber nachdenke, desto besser gelingt es mir. Das Leben geht weiter, trotz allem, wie eine Fahrt auf dem Karussell, und wir fahren alle mit, immer rundherum. Ob wir wollen oder nicht.»

Hulda erhob sich ebenfalls und trat zu ihm. «Sie haben sicher keine Schuld am Tod Ihrer Frau», sagte sie, «aber es gibt Verantwortliche, die zur Rechenschaft gezogen werden müssen. Helfen Sie mir, wer könnte das sein?»

«Bitte, gehen Sie jetzt.» Freds Stimme klang gepresst, als drücke ihm ein großes Gewicht auf die Brust. «Ich sage nichts mehr. Ich habe damals unterschrieben, dass ich Stillschweigen bewahre, und daran halte ich mich.»

«Sie wurden ausgezahlt, habe ich recht?», fragte Hulda, die langsam zornig wurde. Mit einer fließenden Handbewegung deutete sie auf den schönen geknüpften Teppich zu ihren Füßen, auf das handgedrechselte Schaukelpferd in der Ecke des Raumes. «All das hier könnten Sie sich sonst niemals leisten. Man zahlte Ihnen Schweigegeld, Herr Manteuffel. Wer war es?»

«Raus jetzt», sagte Fred, lauter und mit einem flehentlichen Ausdruck in seinem seltsamen Gesicht. Er schien zu bereuen, dass er überhaupt so viel gesagt hatte. Hulda meinte, hinter der

Glasscheibe der Tür zum Schlafraum einen Schatten zu sehen. «Behelligen Sie mich und meine Familie nicht mehr. Gerda ist tot, und ich kann sie nicht wiederbeleben. Aber ich kann meine jetzige Frau und meine Kinder beschützen, und das werde ich auch. Halten Sie sich raus aus unserem Leben!»

Hulda wollte widersprechen, besann sich dann aber. Sie ahnte, dass sie nichts mehr aus Fred herausbekommen würde, seine Schuldgefühle und sein Wunsch, im Jetzt zu leben, verschlossen ihm den Mund.

«Wie Sie meinen», sagte sie und strich im Vorbeigehen dem kleinen Mädchen auf dem Boden über das weiche Haar. Sie nickte Fred noch einmal zu. «Sie wissen, wo Sie mich finden, wenn Sie doch noch etwas erzählen wollen», sagte sie ohne große Hoffnung, dass es dazu kommen würde. «Wissen Sie, Gerda ist nicht die einzige Frau, der Unrecht widerfuhr. Es kann jeden Tag erneut passieren. Noch verstehe ich nicht, was in der Klinik vor sich geht. Aber ich finde es schon heraus. Mit Ihrer Hilfe ginge es sicher schneller, und wir könnten vielleicht noch Leben retten.»

Der Mann schwieg. Hulda sah, dass es hinter seiner Stirn arbeitete, doch das Gesicht mit der Prothese blieb unbewegt. Sie ging an ihm vorbei aus der Wohnung.

Als Hulda auf die Straße trat, war ihr Ärger auf Fred Manteuffel schon wieder verraucht. Wer war sie, dass sie über seine Beweggründe urteilen durfte? Sie alle schleppten sich an ihrem kleinen Leben ab und hofften auf bessere Tage. Für Fred hatten diese längst begonnen, und er war nicht bereit, das zarte Glück zu gefährden. Im Gegenteil, er legte seine schützende Hand darum, wie um eine flackernde Kerzenflamme, damit kein Wind sie wieder ausblasen konnte. Nein, sie war die Letzte, die dieses Licht löschen wollte.

Eilig lief Hulda auf die Straße und schloss ihr Rad auf. Es musste einen anderen Weg geben herauszufinden, wer verantwortlich für die Tode von Gerda Manteuffel, von Frau Heinemann und Frau Flimmer war, dachte sie, als sie sich in den Sattel schwang, die Gartenstraße hinter sich ließ und nach Norden radelte.

Inmitten des Grüns der zahlreichen Kleingärten ringsum zogen sich die Schienen des Rangierbahnhofs Tempelhof, und Hulda folgte den eisernen Spuren bis zum Bahnhof Papestraße. Auch Frau Klostermann wäre beinahe verblutet, fiel ihr ein, doch nun erholte sie sich zum Glück allmählich auf der Wöchnerinnenstation. Aber wer wusste schon, wie viele Frauen in Zukunft noch unter der Geburt in Gefahr geraten würden?

24.

Mittwoch, 30. Juli 1924, abends

Johann saß am Ufer und blickte auf die Krumme Lanke hinaus, einen seltsam schlauchförmigen See im Südwesten der Stadt. Er gehörte zur Kette der Grunewaldseen und war unterirdisch mit einem der größeren von ihnen verbunden, sein Wasser bezog er von dort. Weich wischte die Dämmerung über die letzten Sonnenstrahlen, die schräg auf dem ruhigen Wasser lagen. Ab und zu trieben winzige Blasen an die Oberfläche, wenn eine Schleie, ein Karpfen oder vielleicht sogar einer der legendären Hechte, die niemand hier je gesehen hatte, aber von denen alle Berliner sicher waren, dass es sie gab, nach oben tauchten. Ringsum wuchsen Buchen, Kiefern und Trauerweiden, die ihre langen Zweige nach dem warmen Tag müde ins Wasser hängen ließen.

Johann spürte, dass seine Handflächen feucht waren, und verstohlen wischte er sie an seinen Knien ab. Das war ihm lange nicht passiert, dass er derart nervös war, bevor er eine Frau traf. Es hatte schon andere Mädchen gegeben vor Hulda, zahlreiche Mädchen, wie er zugeben musste. Die Frauen mochten ihn. Und einige von denen, die er traf, konnte er auch gut leiden. Er war gern in ihrer Nähe, lud sie auf ein Bier ein und sah zu, wie sie es durstig tranken und versuchten, ihm zu gefallen. Am meisten mochte er es, wenn sie über seine Scherze lachten und ihn mit diesem Glitzern in den Augen ansahen, von dem er wusste, dass nicht alle jungen Männer es so leicht wie er als Lohn für ein paar dumme Worte erhielten.

Doch genauso schnell, wie er ihre Aufmerksamkeit gewann, wurde er ihrer überdrüssig. Die meisten Mädchen redeten andauernd von Kleidern und Bällen, von den *Weißen Wochen* im Kaufhaus Wertheim und den Preisen für all die Dinge, die sie sich wünschten. Oder sie horchten ihn aus über verflossene Liebschaften, seine Absichten ihnen gegenüber, fragten nach seinen Plänen für die Zukunft. Und das Merkwürdige war – er *wünschte* sich eine solche Zukunft, sehnte sich nach einem Heim, einer Frau, einem Ankommen. Doch sobald die Mädchen, die er am Arm durch den Tiergarten führte und mit denen er tanzen ging, mit ihren bohrenden Fragen anfingen, wurde ihm schwer ums Herz. Eine schreckliche Langeweile griff nach ihm, und am liebsten hätte er sich sofort aus dem Staub gemacht. Denn was hatten diese jungen Frauen eigentlich, bei Lichte betrachtet, mit ihm zu schaffen? Keine interessierte sich wirklich dafür, was er dachte, keine fragte je nach seiner Arbeit oder danach, was *er* sich wünschte vom Leben.

Sein guter Freund Wille Riemeister, mit dem er seit der Schule befreundet war, hatte es einmal so ausgedrückt: «Du verwirrst die Frauen. Bei dir sehen sie nur den hübschen, charmanten Burschen, der ihnen die Sterne vom Himmel holen und schnell einen Klunker an den Finger stecken soll. Deine Klugheit, die sehen sie nicht, die wird übertüncht von deinem Engelshaar und deinem niedlichen Gesicht.»

«Und was soll das heißen?», hatte Johann mürrisch gefragt, obwohl er bereits ahnte, was der Freund meinte.

«Dass du immer die dummen Gänse kriegst», hatte Wille lachend zusammengefasst. Und Johann musste ihm recht geben.

Wille dagegen, mit seinen aristokratischen Zügen, der kleinen runden Brille und den dunklen Augen traf sich mit brillanten Frauen, führte tiefsinnige Gespräche und war inzwischen mit einer hochintelligenten, aber leider auch etwas kratzbürstigen Jurastudentin verlobt.

Johann schüttelte sich. Er hatte diese nichtssagenden, langweiligen Verbindungen, die sich ihm stets aufdrängten, gründlich satt. Erst vor kurzem hatte er die letzte beendet, mit einem Mädchen namens Charlotte, die sich selbst Lotti nannte und deren Spezialität es war, ihre entzückenden Korkenzieherlocken über die Schulter zu werfen, als sei sie ein Filmstar und nicht eine Telefonistin beim Amt. Vielleicht lag es daran, dass sie den ganzen Tag mit Anrufern sprechen musste, jedenfalls schien sie, sobald sie sich mit ihm traf, alle Worte aufgebraucht zu haben, und sie war dann zu nicht viel anderem mehr fähig als zu lautem Kichern und Albernheiten. Schon nach zwei Wochen hatte Johann gewusst, dass es wieder ein Reinfall war – und ihr den Laufpass gegeben. Da war das erste Mal so etwas wie Temperament in ihr aufgeflammt, und sie hatte die halb gegessene Eiswaffel nach ihm geworfen und ihn einen *Schuft* genannt, der ihre kostbare Zeit gestohlen habe.

Beinahe musste er grinsen, wenn er daran dachte. Doch dann fiel ihm Hulda ein, und das Lachen blieb stecken.

Hulda Gold, ja, die war etwas ganz anderes. Johann hatte es gewusst, als er sie das erste Mal gesehen hatte, im Hebammenzimmer, halb entblößt, und trotzdem hatte sie dem strengen Fräulein Klopfer die Stirn geboten wie eine Kriegerin. Und kurz darauf sah er sie in dieser Kaschemme in der Auguststraße wieder. Er hatte sein Glück kaum fassen können, als sie dort hereinstolziert war, mit dem herrlich königlichen Blick und ihren tausend Fragen zur Chirurgie. Hinter der Stirn mit den schwarzen Ponyfransen konnte er förmlich sehen, wie sich die Gedanken jagten. Dort arbeitete ein scharfer Verstand, und in ihrer Brust schlug ein leidenschaftliches Herz. Das sah man in jeder ihrer Gesten, hörte man in jedem ihrer Sätze.

Dass Hulda ein paar Jahre älter war als er, machte ihm nichts aus, im Gegenteil. Er bewunderte sie, weil sie kein naives Mädchen war, sondern eine Frau, eine, die ihr Leben allein meisterte und darüber die anderen Menschen aber nicht vergaß, für die sie sich einsetzte. Er hatte in der Klinik schon oft Zeuge ihres Mutes werden dürfen, wenn sie sich den Oberärzten entgegenstellte und nach ihrem Instinkt handelte, selbst wenn sie wissen musste, dass es ihr zum Nachteil gereichte. Hulda Gold imponierte ihm Tag für Tag mehr.

Jetzt lief Johann sogar ein kleiner Schauder über den Nacken, während er auf das graublaue Wasser hinaussah. Bei aller Bewunderung hatte er nämlich auch von Anfang an gespürt, dass es in ihr etwas gab, das sich ihm verschloss. Eine dunkle, geheimnisvolle Stelle in ihrem Inneren, an die er nicht rühren konnte. Er wusste nicht, was sie erlebt hatte, und verstand vor allem auch nicht, weshalb sie nicht längst verheiratet war. Aber das war ihm nur recht, dachte er und erinnerte sich an ihren Kuss im dunklen Klinikgarten vor ein paar Abenden. Doch weshalb hatte sie geweint?

Die letzten Badegäste rings um den See packten ihre Handtücher ein und machten sich auf den Heimweg. Das Kinderlachen wurde leiser, verstummte schließlich ganz. Die blaue Stunde brach an, die Johann so gernhatte. Es gab noch wenige späte Gäste an den Bademulden, Paare zumeist, die sich nach der Verschwiegenheit der Natur sehnten und sich tief ins Schilf zurückzogen, das an dieser Stelle am Ufer wuchs. Johanns Herz klopfte, als er daran dachte, dass er gleich mit

Hulda hier sitzen würde, beide die nackten Füße ins Wasser baumelnd, redend, schweigend. Sie hatte ihm die Stelle, an der er auf sie warten sollte, beschrieben, und er hatte sie gleich gefunden, der See war nicht groß. Ein bisschen zu früh war er dran gewesen, doch nun musste sie jeden Moment auftauchen.

Und richtig, da sah er ihre schlanke, großgewachsene Silhouette vom oberen Waldweg auf ihn zukommen. Sie schob ein Fahrrad, bemerkte Johann anerkennend. Das blaue Kleid stand ihr hervorragend, es schmiegte sich eng an ihre Hüften und zeigte ein ordentliches Stück Bein. Sie sah anders aus als in der Hebammenuniform, nahbarer als in dem steifen Baumwollstoff. Er sprang auf und lief ihr entgegen.

«Wie schön, dass Sie kommen konnten», sagte er. Ärgerlicherweise kratzte seine Stimme ein wenig seltsam, und er räusperte sich unauffällig.

Huldas Wangen waren von der langen Fahrt gerötet. Sie pustete sich eine Haarsträhne aus dem Gesicht und sah ihn mit einem so schiefen Blick an, dass ihm schwindlig wurde. Dann ließ sie die Augen wandern.

«Was für ein schöner Flecken, finden Sie nicht?», fragte sie. «Ich bin früher manchmal hier gewesen, mit meiner Großmutter, der Mutter meiner Mutter. Sie lebte hier in der Nähe, in einem Haus in Zehlendorf.»

«Lebte?»

«Sie starb, als ich noch zur Schule ging.»

Johann biss sich auf die Lippen. Er hatte sie nicht traurig machen wollen. Doch Hulda rettete ihn.

«Das ist lange her, und ich erinnere mich gern an diese Tage am See. Großmutter hatte einen kleinen Hund, so einen Kläffer mit struppigem Fell, der immer ausbüxte. Meistens verbrachten wir den Nachmittag damit, ihn aus irgendeinem Fuchsbau zu zerren, und haben ihm damit vermutlich das Leben gerettet. Er überschätzte sich maßlos – jeder Fuchs, dem er zu nahe gekommen wäre, hätte ihm übel mitgespielt.»

Sie lachte, und ihr Gesicht wurde hell. Johann sah es mit Erstaunen. Diese Frau, die er so mochte – weshalb eigentlich genau? –, hatte einen quecksilbrigen Blick und etwas Unvorhersehbares an sich. Man wusste nie, was in der nächsten Sekunde geschehen würde.

Gemächlich gingen sie ein wenig den Uferweg entlang. Johann hatte Hulda den Lenker aus der Hand genommen und schob das Rad für sie. Er fühlte sich dabei wie ein Schuljunge, der seiner Angebeteten imponieren wollte. Doch es störte ihn nicht, nein, es war genau richtig so.

In den Kiefern weit über ihren Köpfen säuselte es, als kündigten die Bäume wie schüchterne Herolde den Abend an, der sich langsam, aber unaufhaltsam über die Stadt und ihre Bewohner senkte.

«Und was taten Sie damals noch hier am See?», fragte er und wunderte sich gleichzeitig, dass ihn wirklich nichts brennender interessierte. Er stellte sich Hulda als Kind vor. Ob sie schon damals diesen entschlossenen Zug um ihren Mund gehabt hatte? Dieses Stählerne in der Miene, das binnen Sekunden haltloser Fröhlichkeit weichen konnte? Hatte sie, genau wie er, die rutschenden, kratzigen Strümpfe mit den ausgeleierten Haltern an der Hüfte verabscheut, die man Kindern damals aufzwang, und hatte sie auch darum gekämpft, beim ersten wärmenden Sonnenstrahl des Jahres leichtere Kniestrümpfe tragen zu dürfen? Es schien ihm auf einmal ungeheuer wichtig, all diese Banalitäten über sie zu erfahren.

Hulda zuckte mit den Achseln. «Meine Großmutter hatte

oft hartes Brot dabei, das verfütterten wir an die Enten und Haubentaucher.» Sie zeigte auf eine kleine Gruppe Vögel auf dem Wasser, die draußen auf dem flüssigen Silber der Krummen Lanke vor sich hin dümpelten. Ab und zu tauchte einer den Hals unter, kleine Ringe breiteten sich dann zum Ufer hin aus. «Oder ich übte Schwimmen. Aber das war später, mit meinem Freund Felix. Er –»

Sie unterbrach sich, flatterte mit den Wimpern, als habe sich eine Mücke hineinverirrt, und Johann notierte sich den Namen stumm in seinem Gedächtnis. Er zwang sich jedoch, nicht nachzufragen, denn wäre er dann nicht ebenso aufdringlich gewesen wie die Mädchen, deren Gebohre ihn in der Vergangenheit so oft abgestoßen hatte?

«Und Sie?», fragte Hulda und sah ihn an. «Wie haben Sie Ihre Kindheit verbracht? Vermutlich im elterlichen Garten, mit einem Goldfischteich? Oder beim Tennis mit den anderen Fabrikantensöhnen?»

Johann lachte. Die Stichelei machte ihm nichts aus. Er wusste, dass seine Herkunft privilegiert war. «Krocket», sagte er, «das haben wir gespielt. Oder Polo. Und ein Stück südlich von Frohnau gibt es den Tegeler See, ein riesiges Gewässer im Vergleich zu dieser hübschen Pfütze hier.» Er deutete aufs Wasser. «Da habe ich Segeln gelernt, was sonst? Und Angeln.»

«Sie angeln?» Hulda lachte fröhlich. Sie hatte eine schöne, volle Stimme, manchmal eine Spur zu laut, fand Johann, aber sie wusste eben, auf sich aufmerksam zu machen. Und das war allemal besser als das Gepiepse und Gelispel der meisten Mädchen, die glaubten, das wirke reizend auf Männer. Überhaupt, fiel ihm auf, war es genau das, was ihn an Hulda so in den Bann schlug: Sie schien nichts zu tun, um ihn bewusst zu umgarnen. Nichts, um sich in ein besonderes Licht zu rücken. Alles, was sie sagte und tat, geschah aus einem einzigen Grund – weil sie es so wollte.

Aufgepasst, dachte er in einem Anflug von Sorge. Noch wusste er nicht, was Hulda für ihn empfand, was aus diesem Geplänkel, das sie seit kurzer Zeit führten, werden würde. Und bis er das herausfände, wäre es äußerst dumm, sich allzu schnell in sie zu verlieben.

Doch noch während Johann das dachte, wusste er, dass es längst zu spät war.

«Sie sind so still», sagte Hulda, und er schrak auf. «Ich hätte Sie nicht für einen Philosophen gehalten. Sind Sie immer so grüblerisch?»

«Nein, eigentlich gar nicht», sagte er, «aber zurzeit geht mir viel im Kopf herum.»

Sie waren an einer Lichtung angekommen, wo das Seeufer mit einem schmalen Sandstrand zum Verweilen einlud. Hier war nichts zu hören außer dem sanften Wind, zirpende Heimchen und ab und zu ein leises Plätschern auf dem Wasser. Ein einsames Ruderboot zog vorüber, die Ruder tauchten beinahe lautlos in den See ein.

«So?», fragte sie. «Worüber zerbrechen Sie sich denn den Kopf?»

Johann legte das Fahrrad auf den Boden und wandte sich zu Hulda um. Sie standen jetzt dicht voreinander.

«Das weißt du nicht?», fragte er. Unwillkürlich ging er zum *Du* über. Über Gefühle ließ sich nicht förmlich sprechen.

Sie schien etwas sagen zu wollen, doch dann schloss sie ihren Mund wieder. Da war es erneut, dachte Johann, diese verborgene Stelle in ihrem Inneren, die sie ihm nicht zeigte. Als hätte sie sich vorgenommen, sich unter keinen Umständen aufs Glatteis zu begeben.

«Komm», sagte sie nur, und mit einem kleinen Glücksgefühl bemerkte er die vertraute Anrede, es klang nun doch wie ein kleines Versprechen. Sie zog ihn am Arm zu einem umgestürzten Baumstamm, der wie eine Bank im Sand lag und ausreichend Platz für sie beide bot. Sie setzten sich mit Blick aufs Wasser, und Johann spürte ihren Arm an seinem, so nah saßen sie nebeneinander. Lange schwiegen sie, und es fühlte sich vollkommen natürlich an.

«Neulich Abend ...», sagte Hulda endlich, und Johann hörte das Zögern. «Du darfst keinen falschen Eindruck von mir bekommen.»

«Du weißt ja gar nicht, was mein Eindruck ist», sagte er amüsiert.

Hulda verdrehte die Augen. «Du verstehst schon, was ich meine. Ich war an diesem Abend sehr traurig, sehr aufgelöst. Es ist sonst nicht meine Art, Kollegen das Taschentuch vollzuheulen und sie dann zu küssen.»

«Das beruhigt mich», sagte Johann lächelnd. «Es hätte mich auch sehr getroffen, wenn du mir jetzt gesagt hättest, dass du am nächsten Abend Direktor Bumm geküsst hast.»

Sie stieß ihn in die Seite. «Was ich sagen will, ist eigentlich, dass ich dir keine falschen Hoffnungen machen wollte.»

«Oh», sagte er und spürte, wie sein Herz tiefer rutschte, als bereite es sich schon auf den Schlag vor, den er so fürchtete. Und plötzlich wünschte er sich voller Verzweiflung, dass Hulda nicht weiterspräche, dass sie beide einfach bis in alle Ewigkeit hier sitzen könnten und er diesen Traum noch ein wenig weiterträumen durfte.

«Hoffnungen sind niemals falsch», sagte er fast trotzig.

«Falsch nicht, aber gefährlich», erwiderte Hulda, «vor allem, wenn man sehr an ihnen hängt und sie dann zerbrechen.»

«Du sprichst aus Erfahrung?»

«Ja», sagte sie, «eben darum geht es. Es gibt ... *gab* da einen Mann.»

Johann hörte nur das Verb in der Vergangenheit. Er klammerte sich daran.

«Felix?», fragte er ins Blaue hinein.

Sie lachte auf. «Nein, ein anderer.»

«Und?»

«Leider hat es nicht funktioniert. An dem Abend, als du mich im Garten fandest, hatte ich das gerade erst endgültig verstanden. Und auch wenn ich keine Expertin bin, was die Liebe angeht – dass es nicht gut ist, von einer Enttäuschung in die nächste zu hüpfen, das weiß ich wohl.»

Jetzt wurde Johann ärgerlich. «Woher willst du so genau wissen, dass ich eine Enttäuschung sein würde?», fragte er. «Du hast ja keine Ahnung, wie sehr –» Er schloss den Mund gerade noch rechtzeitig.

Himmel, dachte er, wie kam es nur, dass er neuerdings sein Herz auf der Zunge trug?

Hulda überhörte gnädigerweise sein Gestammel und spielte mit der Baumrinde. Sie löste ein Stück Borke und zerbröselte es zwischen den Fingern. Johann entschloss sich zu einem neuen Anlauf.

«Wenn du so sicher bist, dass aus uns nichts wird», sagte er, «weshalb bittest du mich dann her, am Abend, ins Nimmerland, eine Stunde Fahrtweg mit dem Rad? Warum sitzen wir dann hier und starren aufs Wasser wie zwei Mondsüchtige?»

Hulda schwieg. Lange, lange sagte sie nichts. Dann pustete sie die Luft mit beiden Backen aus.

«Das ist eine gute Frage, Johann Wenckow. Eine verdammt gute Frage.»

Da nahm Johann allen Mut zusammen. Er umfasste sie fest mit beiden Armen und küsste sie. Es fühlte sich ebenso gut und richtig an wie vor ein paar Tagen im Garten der Klinik, nein, noch besser, denn anders als dort hatte er keine Furcht, dass jemand sie stören würde. Sie küssten sich lange, klammerten sich auf dem unbequemen Baumstamm aneinander und schienen in ebenjenem Traum zu versinken, von dem Johann kurz zuvor noch gefürchtet hatte, dass er bereits zerplatzt war. Doch hier war er, hier war Hulda, leibhaftig, warm, entschlossen. Ihre Hände waren fest, sie ließen ihn nicht los. Überhaupt sprach ihr Körper eine ganz andere Sprache als ihre zögerlichen Worte eben, und auf einmal wusste Johann, dass es eine echte Chance gab. Das Glück schwappte in ihm hoch wie die Wellen zu ihren Füßen ans Ufer, türmte sich auf zu einer hohen Woge und überspülte ihn.

Nach Luft schnappend, ließen sie endlich voneinander ab. Hulda lachte, und Johann stimmte ein. Es war befreiend.

«Du meine Güte», sagte sie und strich sich die Haare zurück, «mein ganzes Geplapper scheint für die Katz gewesen zu sein.»

Johann zog sie auf seinen Schoß und vergrub sein Gesicht in ihrer weichen Halskuhle.

«Von mir aus kannst du so viel plappern, wie du willst», murmelte er. «Du wirst mich nicht so schnell los.» Er küsste sie erneut, streichelte sie und sog ihren Duft ein. Er spürte, dass er mehr wollte und wusste, dass auch sie es fühlte und sich enger an ihn schmiegte. Doch da blitzte ein Fünkchen Verstand durch den glückseligen Nebel in seinem Kopf, und unter Aufbietung aller Kräfte schob er sie ein Stück von sich.

«Hulda Gold», sagte er und sog die kühle Abendluft tief in die Lungen. «Ich will dich zu nichts überreden. Das weißt du doch? Wenn du mehr Zeit brauchst, dann sollst du sie bekommen.»

Er konnte ihren Gesichtsausdruck nicht deuten, doch es schien ihm für eine triumphierende Sekunde, dass sie enttäuscht war. Und kurz war er versucht, doch alle Vorsicht über Bord zu werfen und sie zu Boden zu ziehen, in den warmen Sand ... Ihre Augen schienen ihn anzufeuern. Doch erneut riss er sich zusammen. Wenn er wollte, dass das hier etwas *Richtiges* wurde, etwas, das länger Bestand hatte als ein paar Wochen heiße Glut, von der er nur zu gut wusste, wie schnell sie zu kalter Asche werden konnte, dann mussten sie jetzt aufstehen und gehen. Und den Rest der Nacht allein verbringen.

Er strich ihr über die Wange und gab ihr einen Kuss auf die Stirn. «Du bist wunderschön», sagte er und meinte es so. «Innen und außen, Hulda.»

Sie lachte verlegen, mit rauer Stimme. «Du bist auch nicht übel», sagte sie und strahlte ihn an. Dann stand sie auf und klopfte sich ein bisschen Schmutz vom blauen Kleid.

Johann schluckte, fuhr sich durchs zerzauste Haar und erhob sich ebenfalls. Wie sie so dastand, wie eine Gebieterin über den See, wusste er auf einmal, dass er sie unbedingt bald mit nach Frohnau nehmen wollte. Seine Eltern hatten nicht viele der Mädchen kennengelernt, die er traf, doch Hulda mussten sie sehen. Gleichzeitig nahm er sich vor, auch in dieser Frage Eile mit Weile walten zu lassen. Er wollte sie auf keinen Fall verscheuchen, indem er zu sehr aufs Gaspedal drückte.

Arm in Arm gingen sie zurück zum Weg. Beim Fahrrad angekommen, hob Hulda es auf und hielt sich am Lenker fest. Es sah aus, als schwanke sie ein wenig. Doch dann hatte sie sich wieder in der Gewalt.

Sie schob den Drahtesel den Hang hinauf, bis der Weg ebener wurden. «Was ist?», fragte sie, sah ihn herausfordernd an und schwang sich in den Sattel. «Fährst du mit? Ich setze dich an der Bahn ab.»

Johann stutzte, dann nickte er. Vorsichtig setzte er sich auf den Gepäckträger, umfasste ihre Hüfte und ließ sich von ihr, die kräftig in die Pedale trat, den Waldweg entlangfahren. Unter den Reifen knackten kleine Kienäppel und Zweige, und als er den Kopf in den Nacken legte und in die Wipfel der Tannen hinaufsah, fühlte er sich wie der größte Glückspilz der Welt, oder zumindest Berlins, was schließlich beinahe das Gleiche war.

25.

Donnerstag, 31. Juli 1924

Hulda murmelte leise vor sich hin, während der Füllfederhalter mit der Goldfeder über das Papier kratzte. Sie saß hinter dem Schreibtisch des Hebammenzimmers und fertigte einen Bericht zur Geburt am Morgen an. *Gravida I, Para I.* Das bedeutete, dass es die erste Geburt der Frau und eine Lebendgeburt gewesen war. *Ein gesundes Mädchen, Spontangeburt aus regelrechter Schädellage, 3100 Gramm. Plazenta vollständig, Fruchtwasserfarbe klar, kaum Blutverlust. Gesunder Muskeltonus des Kindes ...*

Hulda gähnte, als es an der Tür klopfte.

«Ja, bitte?»

Sie hob den Kopf, und ließ beinahe dankbar den Griffel sinken. Der Papierkrieg war nicht ihre liebste Aufgabe in ihrem Beruf, aber er musste sein. Seit sie in der Klinik arbeitete, hatte er leider deutlich zugenommen, und Hulda schien es manchmal, dass die zahlreichen Geburten auf dem Papier an ihr vorbeirauschten, ohne dass sie sich noch allzu deutlich an die Gesichter der Frauen und der Neugeborenen erinnerte. Es waren einfach zu viele, und sie ähnelten einander oft in ihren Abläufen.

Die Tür blieb trotz ihrer Aufforderung geschlossen, also stand Hulda ungeduldig auf und öffnete. Auf dem Flur wartete eine junge Frau, kaum 20 Jahre, schätzte Hulda. Sie war modisch gekleidet, trug die nussbraunen Haare sehr kurz und hatte sich ein leuchtendes Band um die Stirn geschlungen. Doch ihr Lächeln war schüchtern.

«Verzeihung», sagte sie, «sind Sie Fräulein Gold? Die Hebamme?»

«Ja», sagte Hulda, «kommen Sie doch herein. Nehmen Sie Platz.»

«Danke», hauchte die Frau und trat ein. Ihr Kleid war schmal geschnitten und aus glänzendem Crêpe de Chine. Es zeigte hübsche Beine, wie Hulda sah, als sich die Besucherin setzte und die Fesseln kreuzte.

Hulda ging um den wuchtigen Schreibtisch herum und nahm wieder auf ihrem Stuhl Platz. Sie schob die Bücher und Papiere zur Seite und vergewisserte sich, dass das Tintenfass fest verschlossen war. Mehr als einmal war ihr in ihrer Tollpatschigkeit eines umgefallen.

«Was kann ich für Sie tun?», fragte sie und sah die junge Frau erwartungsvoll an. «Fräulein ...?»

«Gesine Wilken», sagte sie.

Hulda betrachtete das junge Gesicht und spürte einen Anflug von Neid. Dieses Fräulein Wilken hatte makellose Haut und verstand, mit Tusche und Puder umzugehen. Auf ihren Augenlidern lag ein rauchiger Schatten, ihre Wimpern waren dunkel und gebogen.

«Ich wollte mich erkundigen ...», begann Fräulein Wilken und biss an ihrer Unterlippe herum. «Also, man sagte mir, ich könnte mich hier in der Klinik beraten lassen.»

«Worum geht es denn?», fragte Hulda. Es war, trotz ihrer vordergründigen Schüchternheit, offensichtlich, dass diese junge Frau kein Kind von Traurigkeit war. Sie dürfte wohl auch keinen Mangel an Verehrern haben, überlegte Hulda. Als sie sah, dass es dem Mädchen schwerfiel, den Grund ihres Besuchs auszusprechen, beschloss Hulda, ihr zu helfen.

«Sie brauchen etwas, nehme ich an? Ich vermute, ein Utensil, mit dem man eine Schwangerschaft verhindert?»

Überrascht sah Fräulein Wilken sie an.

«Ja», sagte sie leise, «woher wissen Sie das?»

«Ich habe einfach geraten», sagte Hulda lächelnd, «und bin, ehrlich gesagt, erleichtert, dass es nicht die andere Frage ist, wegen der viele Frauen zu uns kommen. Denn wenn schon etwas passiert ist, dann kann ich nicht mehr helfen.» Sie betrachtete Fräulein Wilken prüfend, deren Wangen sich entzückend gefärbt hatten. «*Ist* schon etwas passiert?»

«Nein!», wehrte die junge Frau erschrocken ab, «jedenfalls fast nichts. Also, ich meine ...»

«Sie glauben, dass Sie noch nicht schwanger geworden sein können», kam Hulda ihr zu Hilfe, «aber dass die ... Gefahr besteht, sie könnten es demnächst werden?»

«Ich bin verlobt», sagte Fräulein Wilken mit trotzig vorgeschobener Unterlippe, «mit einem sehr respektablen, lieben Mann. Aber meine Eltern ... sie sind gegen unsere Verbindung.»

«Doch das hält Sie nicht ab, Ihren Verlobten weiterhin zu treffen?»

«Auf keinen Fall!», rief Fräulein Wilken, «ich liebe ihn! Und meine Eltern werden das schon noch begreifen und sich an den Gedanken gewöhnen. Aber so lange, wie das dauert ...»

«Möchten Sie nicht warten», sagte Hulda und stand auf. «Ich verstehe.»

«Danke», sagte das Mädchen und wirkte ungeheuer erleichtert. «Wissen Sie, ich habe noch niemals mit jemandem über ... diese Dinge gesprochen.»

«Wir sollten alle mehr darüber sprechen», sagte Hulda, «aber es wird uns nicht leichtgemacht, habe ich recht?»

Eifrig nickte die junge Frau. «Wissen Sie, ich bin in einer Gruppe», sagte sie, «wir treffen uns einmal in der Woche und reden über die Emanzipation der Frau und darüber, wie wir unsere Rechte besser einfordern können. Aber selbst in diesem Kreis geht es niemals um ... Sie wissen schon.»

«Um Sexualität», sagte Hulda und spürte, wie sie selbst sich überwinden musste, das Wort laut zu sagen. In den geweiteten Augen ihres Gegenübers erkannte sie die Spiegelung ihrer eigenen Unsicherheit. Verflixt, dachte sie, es war wirklich höchste Zeit, die Dinge beim Namen zu nennen. Doch auch wenn Frauen heute studieren durften, mit beiden Beinen in der Berufswelt standen und sich die Haare kurz schnitten – den meisten von ihnen fiel es dennoch schwer, den eigenen Körper und dessen Bedürfnisse zur Kenntnis zu nehmen, geschweige denn, zum Thema zu machen.

Sie ging zu einem niedrigen Schrank und zog die Schublade auf. «Sie brauchen eine Art Barriere, die verhindert, dass die Samenzellen das Ei befruchten», erklärte sie.

Fräulein Wilken hörte aufmerksam zu. Sie schien nun, da der Bann gebrochen war, etwas weniger schüchtern, und auch Hulda bemerkte, dass ihr die Worte jetzt, da sie schon einmal angefangen hatten, leichter von den Lippen gingen.

«Eine Barriere?», fragt die junge Frau. «Sie meinen ... dort unten?»

«Allerdings», sagte Hulda und hielt ihr ein Pessar hin. «Sie schieben das hier vor dem Akt in die Vagina und sorgen so dafür, dass es keinen Durchgang zur Gebärmutter gibt.» Sie zeigte es in der Luft.

«Ich weiß nicht, ob ich das kann», sagte Fräulein Wilken

mit großen Augen und griff nach dem Pessar. «Ich habe noch niemals dort bei mir hineingefasst.»

«Es erfordert Übung», sagte Hulda, «am besten machen Sie sich in Ruhe damit vertraut, bevor Sie sich ins Gefecht stürzen.» Sie holte ein Blatt mit einer anatomischen Zeichnung hervor, auf dem die richtige Anwendung schematisch, aber unmissverständlich gezeigt wurde.

Fräulein Wilken studierte die Abbildung neugierig und mit der Zungenspitze im Mundwinkel, dann blickte sie auf. Die beiden Frauen sahen sich an und grinsten.

«Ich verstehe», sagte Fräulein Wilken, «und das ist sicher?»

«Leider nicht vollkommen sicher», sagte Hulda. «Es verringert die Wahrscheinlichkeit, aber es kann immer sein, dass sich doch eine der Samenzellen hindurchschummelt.»

Die junge Frau wirkte enttäuscht. «Und sonst gibt es nichts?», fragte sie. «Wissen Sie ...» Sie beugte sich vor und flüsterte jetzt beinahe. «Eine Bekannte hat mir einmal erzählt, dass es bestimmte Tage gibt, an denen es gefährlicher ist als an anderen. Stimmt das?»

Hulda dachte nach. Sie wusste, dass es Forschungen zu der Frage gab, ob einige Tage im Zyklus einer Frau fruchtbarer waren als andere, doch bisher hatte niemand diese Theorie beweisen können. Sie selbst hatte allerdings manchmal durchaus das Gefühl, zu spüren, wenn in ihr etwas reifte, dann kniff und drückte es in ihrem Unterleib ein paar Tage lang, und sie fühlte sich rastlos und unkonzentrierter als sonst. Aber auf solche diffusen Gefühle einer einzelnen Hebamme würde niemand etwas geben.

Sie zuckte mit den Schultern. «Ich vermute, dass es so ist», sagte sie, «bisher konnten die Mediziner das jedoch nicht bestätigen. Wir dürfen uns also nicht darauf verlassen, selbst wenn wir etwas in diese Richtung vermuten. Das Geheimnis der Befruchtung ist noch nicht richtig erforscht. Wer weiß, ob wir es jemals aufdecken werden?»

«Das heißt also, wir Frauen sind weiterhin davon abhängig, dass sich die Männer um uns kümmern, wenn wir schwanger werden.» Es klang mehr wie eine Feststellung, und Fräulein Wilken wirkte beinahe empört.

Auf einmal konnte Hulda sich ihre Besucherin gut auf diesen Versammlungen vorstellen, von denen sie gesprochen hatte. Und sie dachte, dass es anregend sein musste, von anderen, frei denkenden Frauen umgeben über derlei Dinge zu reden.

«Es gibt noch eine zweite Möglichkeit», sagte sie und nahm aus einer anderen Schublade ein Präservativ. «Allerdings muss dabei der Mann mitspielen.» Die Erinnerung an Karl blitzte vor ihr auf und an seinen Unmut, als sie ihn gebeten hatte, eines zu benutzen. Schnell konzentrierte sie sich wieder auf das Jetzt.

«Die Dinger kenne ich schon», sagte Fräulein Wilken und seufzte. «Thomas, mein Verlobter, sagt, sie töten jedes Gefühl ab.»

«Ich kenne viele Männer, die das behaupten», sagte Hulda, «aber das ist meistens eine Ausrede aus Bequemlichkeit oder Scheu. Versuchen Sie es noch einmal. Sagen Sie Ihrem Thomas, dass Sie nicht bereit sind, das ganze Risiko auf sich zu nehmen, und dass er seinen Teil beitragen muss, wenn er mit Ihnen zusammen sein möchte.»

Beim Blick in Fräulein Wilkens zweifelndes Gesicht kam sich Hulda wie eine Heuchlerin vor. Auch sie hatte das ein oder andere Mal Dummheiten wider besseres Wissen begangen, hatte sich mit Felix, mit ein paar anderen Männern und zuletzt mit Karl immer mal wieder jenseits der Sicherheitsgrenzen bewegt. Wer war sie also, dass sie Ratschläge erteilen durfte? Denn sie wusste nur zu gut, welch starker Sog eine Frau erfassen konnte, wenn sie verliebt war oder glaubte, es zu sein.

Mit einem wohligen Schauer dachte sie an den vergangenen Abend draußen am See. Ja, es hatte einen Moment gegeben, da hätte Johann nur ein Zeichen geben müssen, und sie hätte auf der Stelle, ohne Verhütung, mit ihm geschlafen, im warmen Sand, mit dem Geräusch der plätschernden Wellen, in der Geborgenheit des Waldes. Sie schloss kurz die Augen und meinte wieder, seinen Kuss zu spüren. War sie dankbar dafür, dass er wie ein Ehrenmann gehandelt hatte, oder bereute sie die versäumte Leidenschaft?

Erschrocken öffnete Hulda die Augen, als es draußen an der Tür erneut klopfte, nicht schüchtern diesmal, sondern dringlich.

Hulda wandte sich an Fräulein Wilken. «Bitte entschuldigen Sie», sagte sie und wusste nicht einmal, was sie damit genau meinte. Die plötzliche Störung? Oder ihr Unvermögen, der jungen Frau mehr mitzugeben als ein paar unsichere Verhütungstechniken und geschwindelte Weisheiten, die sie selbst nicht befolgte?

Dann rief sie laut: «Herein.» Und schon erschienen zwei erhitzte Gesichter im Türrahmen, ein roter und ein dunkler Haarschopf.

«Fräulein Gold ...», japste Fräulein Meck, und Fräulein Degenhardt erklärte: «Sie müssen kommen. Frau Martin geht es schlecht.»

Im ersten Moment wusste Hulda nicht, von wem die beiden Hebammenschülerinnen sprachen. Dann fiel es ihr ein. Jette! Ihr Herz stolperte einen Moment.

«Ich muss gehen», sagte sie zu ihrer Besucherin und hörte kaum noch die Dankesworte der jungen Frau. Den Schülerinnen voran stürmte Hulda durch den Gang zum Geburtsbereich der Klinik, durchquerte den Aufenthaltsraum und lief zu Jettes Zimmer auf der Schwangerenstation.

Die Freundin lag in ihrem Bett und weinte leise.

«Was ist passiert?», fragte Hulda besorgt, als sie zusammen mit den Hebammenschülerinnen eintrat. «Tut dir was weh?»

«Kopfschmerzen», klagte Jette und hielt sich die Stirn, «sie sind sehr stark. Und ich sehe nicht mehr so richtig.»

«Was soll das heißen?», fragte Hulda alarmiert. «Siehst du gar nichts mehr?»

«Doch, schon, aber es blitzt immer so», sagte Jette und zwinkerte angestrengt.

Hulda schlug die Decke weg, die über Jettes Beinen lag. Sofort sah sie, dass ihre Knöchel geschwollen waren. Sie betastete Jettes Handgelenke. Sie waren ebenfalls dick von Wassereinlagerungen.

«Suchen Sie einen Arzt», sagte sie zu dem dunkelhaarigen Fräulein Degenhardt und versuchte, sich ihre Sorge nicht anmerken zu lassen. «Am besten Direktor Bumm selbst, er ist ein Experte für solche Fälle. Und Sie, Fräulein Meck, holen bitte das Blutdruckmessgerät.»

«Was ist denn los mit mir?», fragte Jette ängstlich, als die beiden Schülerinnen den Raum verließen. «Geht es dem Kind gut?»

«Ich bin sicher, dass es in Ordnung ist», sagte Hulda, obwohl sie alles andere als überzeugt war. «Aber du machst mir ein bisschen Sorgen. Du zeigst Symptome einer beginnenden Eklampsie.»

Jette nickte, als Apothekerin kannte sie den Begriff. «Seit gestern habe ich diese Wassereinlagerungen», sagte sie, «aber ich habe das nicht für wichtig genommen, das haben doch viele in den letzten Wochen einer Schwangerschaft.»

«Stimmt», sagte Hulda, «und dein Zustand ist auch noch nicht dramatisch. Aber wir müssen jetzt hören, was die Ärzte sagen.»

Fräulein Meck kam mit dem Blutdruckmesser zurück, und Hulda legte Jette die Manschette an und pumpte. Der Zeiger bestätigte ihren Verdacht, Jettes Blutdruck war schwindelerregend hoch.

«Du musst doch bemerkt haben, dass du sehr unruhig bist», sagte Hulda, doch dann biss sie sich auf die Zunge. Es war nicht der richtige Zeitpunkt, um der Freundin Schuldgefühle einzureden.

Jette knetete ihre Hände. «Ja, mein Puls klopft in meinen Ohren», sagte sie kläglich, «aber ich dachte, es liege daran, dass es hier so still und mir so langweilig ist. Ich dachte, ich hätte nicht genug Bewegung, das ist alles. Herrgott, ich bin schließlich zum ersten Mal in meinem Leben schwanger! Woher soll ich wissen, was normal ist und was nicht?»

Jetzt war es Hulda, die sich schuldig fühlte. Sie hatte die Freundin nicht oft genug untersucht, nicht gut genug betreut. Wahrscheinlich hatte sie sich zu sehr darauf verlassen, dass Jette selbst vom Fach war und auf sich achtgab, doch der eigenen Körper war immer etwas anderes als der eines Patienten oder eines Kunden in der Apotheke. Niemand konnte sich selbst von außen beobachten. Hulda ärgerte sich. Sie war einfach zu sehr mit ihrem eigenen privaten Zeug beschäftigt gewesen, um die Anzeichen zu erkennen. Das würde sich jetzt ändern!

«Ich kümmere mich um dich», sagte sie und streichelte Jettes Hand. «Ich lasse dich nicht mehr aus den Augen. Alles wird gut, das verspreche ich dir.»

Dann wandte sie sich wieder an Fräulein Meck. «Gehen Sie bitte zum Fernsprecher in der Eingangshalle und rufen Sie Herrn Martin an», sagte sie. «Er soll doch bitte in die Klinik kommen, wenn es geht. Aber keine Eile, sprechen Sie ganz ruhig mit ihm und sagen Sie ihm, dass keine Gefahr im Verzug ist. Es kann aber sein, dass das Kind heute geholt werden muss.»

Bei Huldas Worten wurde Jette blass.

«Ist das wirklich nötig?», fragte sie.

Noch bevor Hulda antworten konnte, betrat Doktor Friedrich mit Johann im Schlepptau das Zimmer.

«Der Direktor ist nicht im Haus», entschuldigte sich Fräulein Degenhardt, die hinter den Männern hereingehuscht kam.

Hulda nickte und stand auf. Sie bemerkte, dass Johanns braune Augen sie stumm und voller Wärme grüßten.

«Was haben wir hier also, Fräulein Gold?», fragte Doktor Friedrich.

«Frau Martin zeigt Symptome einer frühen Eklampsie», sagte sie. «Kopfschmerz, Sehstörung, erhöhter Blutdruck, Wasserödeme.»

«Woche?», fragte Dr. Friedrich und begann, Jette zu untersuchen.

«Etwa 35. Woche», antwortete Jette an Huldas Stelle. «Bitte, Doktor, müssen Sie einen Kaiserschnitt machen?»

Er sah sie überrascht an.

«Sie müssen Geduld haben», sagte er, «erst einmal bekommen Sie ein Beruhigungsmittel, um möglichen Krampfanfällen vorzubeugen. Wir setzen es gegen Epilepsie ein, aber auch in Fällen wie dem Ihren haben wir damit gute Erfahrungen gemacht.»

«Ein Barbiturat?», fragte Jette, und wieder schien Doktor Friedrich verwundert. Es geschah nicht oft, dass die Patientinnen über den eigenen Zustand derart aufgeklärt und im Bilde waren. «Ganz recht», sagte er. «Sie kennen sich ja gut aus.» Er warf einen Blick in die Akte, die am Bett hing. «Apothekerin, ja? Nicht übel für eine Frau.»

Bevor Jette antworten konnte, verzerrte sich ihr Gesicht plötzlich, und ihr ganzer Körper spannte sich in einem heftigen Krampf an.

«Verdammt», sagte Doktor Friedrich und sah zwischen Hulda und Johann hin und her, «wir müssen sie sofort in den OP bringen. Sie scheint aus der frühen in eine echte Vergiftungsphase einzutreten. In diesem Fall empfiehlt Professor Bumm die sofortige Geburtseinleitung.»

Hulda wandte sich an Fräulein Meck: «Laufen Sie schnell in den Kreißsaal und holen Sie eine fahrbare Liege.» Die junge Frau lief sofort los, und Hulda wunderte sich über die Furcht in ihrer eigenen Stimme.

«Da die Zervix wahrscheinlich noch verschlossen ist», fuhr der Oberarzt fort, «müssen wir das Kind holen, und zwar mit einem vaginalen Kaiserschnitt, bei dem wir den Geburtskanal künstlich öffnen und das Kind mit der Zange herausholen.»

Hulda nickte mit klopfendem Herzen und strich Jette, deren Glieder sich langsam wieder entspannten, über die Stirn. Die Freundin wirkte verwirrt, nur halb bei sich. «Es geht los», sagte Hulda und versuchte wieder, die Panik zu unterdrücken, die in ihr aufsteigen wollte.

Fräulein Meck kam mit der Liege und einer Krankenschwester zurück, und kurz darauf schoben sie Jette gemeinsam durch den Gang zum kleineren der beiden Operationssäle.

«Sie bleiben draußen», sagte Doktor Friedrich zu Hulda und den Schülerinnen, als sie vor der Tür standen. «Ein vaginaler Kaiserschnitt ist eine äußerst blutige Angelegenheit.»

Doch Hulda sah ihn fest an.

«Ich gehe nicht weg, ich bleibe an der Seite von Frau Martin», sagte sie, und offenbar klang sie so entschlossen, dass der Arzt es sich anders überlegte.

«Meinetwegen», sagte er, «Sie brauchen aber einen Schutzkittel und eine Maske. Beeilen Sie sich.»

Sie traten durch die Tür zum OP, und Hulda streifte sich wie Doktor Friedrich und Johann rasch einen der bereitliegenden Kittel über und band sich die Atemmaske vors Gesicht. Seite an Seite reinigten sie sich die Hände, während die OP-Schwestern Jette vorbereiteten.

«Was geschieht mit mir?», fragte Jette schwach, auf ihrer Stirn standen Schweißperlen.

Hulda war sofort bei ihr. «Hab keine Angst», sagte sie, «ich bin hier. Wir holen jetzt dein Kind, und wenn du aufwachst, kannst du es gleich sehen.»

«Bleibst du bei ihm?», hauchte Jette fast unhörbar, und Hulda drückte ihr die Hand.

«Versprochen.»

Jette schloss die Augen und überließ sich dem Anästhesisten.

Als der Arzt ihr das Mittel gespritzt hatte, beugte sich eine Schwester zu Jette.

«Zählen Sie bitte langsam von zehn an rückwärts», sagte sie.

Jette murmelte ein, zwei Zahlen, dann erstarb ihre Stimme, und sie schlief ein.

Doktor Friedrich ließ sich von Johann assistieren, und er schickte Hulda tatsächlich nicht weg, die gebannt zusah, wie die Mediziner mit geübten Bewegungen die notwendigen Schnitte vornahmen. Es war seltsam, aber jetzt, da Jette bewusstlos war und so viele Fachleute sich um sie bemühten, vergaß Hulda für einen Moment, dass dies dort ihre Freundin war. Auf einmal war sie mit ihrem Kittel und der Maske im Gesicht nur noch ein Teil des Kosmos im OP, wie sie es gehofft hatte. Sie konnte ihre Augen nicht abwenden und verfolgte fasziniert, wie die Ärzte schließlich mit der Geburtszange das Kind aus Jette herauszogen. Stück für Stück und, wie es ihr schien, quälend langsam.

Doktor Friedrich hatte nicht übertrieben, das Vorgehen wirkte äußerst brutal. Hulda tröstete sich mit dem Wissen, dass Jette nichts spürte.

Endlich kam der Kopf hervor, danach der schmale Körper des noch nicht ganz reifen Babys. Sein winziger Körper nahm sofort eine rosige Farbe an, und es brüllte empört über diese unsanfte Methode, auf die Welt geholt zu werden. Johann hob das Kind hoch und sah Hulda fragend an. Da breitete sie die Arme aus, nahm das schreiende Kind, ein Mädchen, wie sie jetzt registrierte, an sich und wickelte es für einen Moment in ein vorgewärmtes Handtuch. Obwohl es so leicht wie ein kleines Hühnchen und noch über und über mit Schmiere bedeckt war – ein Zeichen für die verfrühte Geburt –, schien es Hulda doch kräftiger als befürchtet und absolut lebenswillig. Die kleine Nase krauste sich, als sie es vorsichtig hin und her wiegte. Dann testete Hulda den Saugreflex, und tatsächlich schloss sich das Mündchen des Babys um ihren kleinen Finger, und Jettes Tochter begann, zu saugen und sich zu beruhigen.

Kaum war die Nabelschnur durchtrennt, wusch sie das

Neugeborene gemeinsam mit der Kinderschwester, kleidete es in ein wärmendes Hemd, setzte ihm ein Mützchen auf, damit es nicht auskühlte, und brachte es zu dem Wärmebettchen, das die Kollegin vorbereitet hatte. Vorsichtig legte Hulda das federleichte Bündel hinein. Jettes Kind war ungefähr fünf Wochen zu früh geboren und würde in den ersten Tagen seines Lebens Unterstützung und die Simulation eines wärmenden Mutterleibs brauchen. Doch Hulda sah keine Anzeichen dafür, dass es durch die Erkrankung seiner Mutter Schäden davongetragen hatte, und sie horchte dem Felsbrocken nach, der ihr vom Herzen fiel.

Inzwischen versorgten die Ärzte Jette und stillten die starke Blutung. Hulda warf ab und zu einen Blick hinüber, doch sie hielt ihr Versprechen und rückte nicht einen Zentimeter von der Seite des Kindes. Wieder saugte es an ihrem kleinen Finger. Die Kinderschwester musterte die Szene kurz, als wundere sie sich, doch dann brachte sie Hulda einen Stuhl, damit sie nicht krumm über das Bettchen gebeugt stehen musste.

Als Doktor Friedrich fertig war, wurde Jette in den Aufwachraum geschoben, und Hulda stand auf, damit sie gemeinsam mit der Schwester das Wärmebettchen über den Flur zur Säuglingsstation rollen konnte. Vorher entledigte sie sich ihres Kittels und trat neben den Arzt, der sich gerade die Hände desinfizierte und zufrieden aussah.

«Danke, dass Sie mich nicht weggeschickt haben.»

Er knurrte, doch Hulda konnte sehen, dass ihn ihr Dank freute.

«Sie haben es sich verdient», sagte er. «Ihre Arbeit ist gut, Fräulein Gold.»

Hulda schüttelte den Kopf und starrte zerknirscht auf ihre Schuhspitzen. «Ich hätte die Eklampsie von Frau Martin früher erkennen müssen», sagte sie leise, «dann hätten wir vielleicht noch anders handeln können.»

«Wir haben alle viel zu tun», sagte er, «und die Symptome kamen bei der Patientin sehr plötzlich. Sie sind keine Wahrsagerin, Fräulein Gold, nur ein Mensch.»

Hulda spürte, wie ihr die Tränen kamen. Die Anspannung fiel von ihr ab, und die Ungeheuerlichkeit der Gefahr, in der Jette und ihr Kind geschwebt hatten, ja, vielleicht sogar noch immer schwebten, wurde ihr auf einmal mit aller Wucht bewusst. Sie wandte sich rasch ab.

Johann, der alles mit angehört hatte, erkannte wohl ihren Zustand. «Kommen Sie», sagte er und griff sie am Ellenbogen. «Sie brauchen einen Moment frische Luft.» Er drehte sich zur Kinderschwester um. «Bringen Sie das Kind schon mal rüber, Fräulein Gold kommt gleich hinterher.»

«Nein», sagte Hulda krächzend, «ich habe Jette versprochen ...»

«Das Kind ist in guten Händen», warf er ein. «Und die Mutter auch. Wir haben ihr noch ein krampflösendes Mittel gespritzt, die akute Bedrohung ist damit erst mal gebannt.»

Als sie zögerte, beugte er sich näher zu ihr. «Nur eine Minute Pause für dich, Hulda», flüsterte er, damit niemand hörte, wie er sie beim Vornamen nannte.

Endlich nickte sie und ließ sich hinausführen. Johann zog sie den Flur hinunter in Richtung Wäscherei, wo es durchdringend nach Bleichmitteln und Waschpulver roch. Niemand war zu sehen. Da schloss er sie in die Arme, hielt sie ganz fest, und für einen Moment erlaubte sich Hulda, ihre Stirn an seinen Arztkittel zu legen. Dann hob sie das Gesicht zu ihm empor.

«Dauernd heule ich in deiner Gegenwart. Was musst du nur von mir denken?»

«Du unterschätzt mich», sagte er und ließ sie lächelnd los. «Das dort ist deine Freundin, und du hast, ohne mit der Wimper zu zucken, zugesehen, wie wir sie aufgeschnitten haben. Alle Achtung, Fräulein Gold! Dafür braucht man starke Nerven. Ein paar Tränen danach sind ganz selbstverständlich.»

«Wie hat es nur so weit kommen können?», fragte Hulda und spürte, wie ihre Lippe zitterte. «Warum habe ich die Anzeichen nicht eher gemerkt?» Da fiel ihr etwas ein, und ihr Herz schlug schneller. «Weißt du, neulich sagte sie mir, sie wolle mir etwas erzählen, doch dann wurden wir unterbrochen. Ich nahm an, es ginge um Klinik-Klatsch. Was aber, wenn sie schon damals Schmerzen hatte und ich sie nicht zu Wort kommen ließ?» Sie schlug sich an die Stirn. «Hätte ich doch nur gefragt, was es war!»

Johann schüttelte den Kopf. «Es hat keinen Sinn, darüber nachzugrübeln, Hulda. Sei nicht zu streng mit dir. Alles ist gutgegangen. Frau Martin hat ein gesundes Mädchen geboren und wird sich bald erholen. In unserem Beruf spüren wir nun einmal immer auch den Hauch von Gevatter Tod im Nacken. Oft genug können wir nichts mehr tun, als ihm bei der Arbeit zuzusehen. Doch dieses Mal nicht!»

«Ich stelle mir gerade vor, was geschehen wäre, wenn Jette nicht in der Klinik gewesen wäre», sagte Hulda schaudernd. «So haben wir wenigstens keine Zeit verloren. Aber ich kenne viele Beispiele aus meiner Zeit als freie Hebamme, bei denen es nicht so glimpflich ausging.» Sie dachte an Hedwig Herrmann, eine frühere Patientin und zweifache Mutter, die bei der Geburt ihres dritten Kindes an Eklampsie gestorben war. Hulda hatte sie damals zum letzten Mal gesehen, als sie in den Krankenwagen geschoben wurde – doch es war schon zu spät. In der Klinik hatte man nur ihr Kind retten können.

«Lass die Gespenster gehen», sagte Johann, und Hulda sah ihn überrascht an. Er lächelte. «Nein, auch ich bin kein Hellseher, sondern nur ein Mensch, so, wie Doktor Friedrich es gesagt hat. Aber solche Gedanken wie deine, die habe ich auch. All die Toten, die um uns herumschwirren und uns dunkle Worte einflüstern. Wir müssen sie ziehen lassen!»

Hulda nickte. «Eines ist mir heute jedenfalls klargeworden», sagte sie, mehr zu sich selbst als zu Johann. «Ich will noch viel mehr lernen! Hier, in der Klinik, ist jetzt mein Platz. Wie gut, dass es solche Orte gibt, an denen die Frauen gut aufgehoben sind. Manche bekommen hier eine zweite Chance – nicht alle, das nicht, aber viele. Und das ist ein Anfang.» Der Gedanke an die rätselhaften Tode stach sie unangenehm bei ihren Worten, doch sie schob ihn von sich.

Johann sah sie erstaunt an. «Du klingst wie einer dieser Mediziner, die Hausgeburten verteufeln und die Klinikgeburt als das höchste der Gefühle in den Himmel loben», sagte er. «*Das* aus dem Mund einer Hebamme ist wirklich ungewöhnlich.»

«Nein, sicher nicht», erwiderte Hulda, «ich werde nie akzeptieren können, dass zehn Studenten gleichzeitig an einer Frau unter der Geburt herumfummeln und sie anstarren wie einen Papagei im Käfig. Und ich werde es auch nicht auf ewig ertragen, selbst nur wie Beiwerk danebenzustehen, während ihr Männer die Arbeit allein macht. Es muss noch besser gehen, anders gehen, auch hier.»

Jetzt wechselte Johanns Gesichtsausdruck von Belustigung zu alarmierter Sorge. «Warum habe ich plötzlich die Vision einer revoltierenden Hebamme in unserer Klinik, die die Oberärzte stürzt und stattdessen ein weibliches Regime einsetzt?», fragte er skeptisch.

Hulda lachte. «Keine Sorge», sagte sie, «so ein Streich muss vorbereitet werden. Zunächst bin ich einfach froh, dass ich Teil dieses ganzen Systems sein und mich weiterbilden darf. Aber ja, wer weiß, eines Tages...» Sie sprach den Gedanken nicht aus, er war selbst für sie noch zu unreif, schlecht zu fassen wie ein nasser Fisch.

«Jetzt muss ich aber zu Jettes Kind», sagte sie. «Und sicher wartet ihr Ehemann schon im Aufenthaltsraum auf mich und die guten Nachrichten.»

Zaghaft strich sie Johann über die Wange.

«Danke», sagte sie leise.

Er wollte sie offenbar gerade an sich ziehen, doch in diesem Augenblick flog eine Tür auf, und zwei Wäscherinnen mit roten Gesichtern zogen in einer Wolke aus heißem Dampf an ihnen vorbei und beäugten sie misstrauisch.

Johann wurde blass, und Hulda verkniff sich ein Lachen und eilte ohne ein weiteres Wort in Richtung Geburtsstation. Kurz dachte sie an Fräulein Saatwinkel und deren Liaison mit Doktor Redlich. Hatte Hulda die Kollegin nicht selbst gewarnt vor den Risiken eines solchen Verhältnisses? Rechnete sie mit zweierlei Maß? Doch dann schlug sie sich die Sorge aus dem Kopf. Ihre Situation schien nicht vergleichbar. Doktor Redlich war ein verheirateter Mann, er beging mit seiner Angestellten Ehebruch. Johann und sie dagegen, das war bisher nichts Ernstes, war geradezu harmlos, richtig?

Rasch steckte sie ihr Häubchen, das ins Rutschen gekommen war, wieder fest und eilte weiter, um den armen Herrn Martin von seinen Ängsten zu erlösen.

26.

Samstag, 2. August 1924

Jetzt setzt euch endlich, ihr Rangen!», rief Margret Wunderlich. Sie war völlig außer Puste und zog ihren Enkel, den kleinen Erich, auf die Küchenbank, wo er sofort damit begann, den guten Silberlöffel auf die Tischplatte zu hämmern. Das Mädchen, Elisabeth, zog einen Flunsch, gehorchte dann aber ebenfalls.

Die Kinder waren niedlich anzusehen, fand Margret, Erich mit seinen dunklen Locken und den Pausbacken, die gerade noch an ein Baby erinnerten, und Elli, die Große, deren helleres Haar Margret in einem dicken Zopf gebändigt hatte. Sie trug ein weißes Kleid mit großem Matrosenkragen, ihr kleiner Bruder eine gestreifte Spielhose mit Latz. Doch das adrette Aussehen änderte nichts daran, dass beide Kinder Wildfänge waren, die ihre Großmutter rund um die Uhr auf Trab hielten, seit sie vor drei Tagen, begleitet von ihrem Vater, in Berlin aus dem Zug gestiegen waren. Margrets Schwiegersohn war am selben Tag wieder nach Hamburg zu seinem Geschäft zurückgekehrt und hatte die Kinder zurückgelassen.

Ihnen fehlte einfach die Mutter, dachte Margret und seufzte. Immerhin hatte sie gestern ein Telegramm erhalten, aus Hamburg, dass Eva außer Gefahr schien. Die Lungenentzündung ging zurück, doch sie würde noch längere Zeit im Krankenhaus genesen und danach für ein paar Wochen an der See eine Kur machen müssen. *Kinder bleiben bei dir. Stop.* So hatte es ihr Schwiegersohn telegrafiert. *Alles Weitere brieflich. Stop. Gruß und Dank.*

Margret blinzelte in die Morgensonne hinaus. Die letzten drei Tage hatten sie bereits vollkommen erschöpft, mit der ganzen Wäsche, dem Putzen, der Versorgung ihrer Pensionsgäste und den zusätzlichen Aufgaben der Kinderbetreuung. Mehrere Wochen sollte sie das schaffen? Das schien ihr auf einmal wie ein Ding der Unmöglichkeit.

Elli ging schon zur Schule, doch nun waren in Hamburg ohnehin Sommerferien. Das hinderte das neunmalkluge Mädchen aber nicht daran, bei allem, was Margret sagte, zu widersprechen und zu verkünden, ihre Lehrerin, Fräulein Striezel, habe eine ganz andere Auffassung zu diesem Thema. Sie hatte ihren Schulranzen mit nach Berlin gebracht und setzte sich morgens mit wichtiger Miene und ihrer Fibel an den Küchentisch, obwohl sie bisher nur wenige Buchstaben entziffern konnte. Und sie hatte bereits einen gehörigen Tintenklecks auf Margrets Biedermeier-Sekretär im Wohnzimmer hinterlassen, der nicht mehr abzubekommen war.

Auch Erich war nach diesen Schreibübungen meist von oben bis unten bekleckst, wenn er sich in einem unbeobachteten Moment den Griffel seiner Schwester grabschte und sich mit Begeisterung blau verzierte.

Kopfschüttelnd kramte Margret in der Speisekammer, da fiel ihr in der Hast die Mehldose herunter und hinterließ einen staubenden Berg auf den Küchenfliesen. «Verdammt», rief sie aus und schlug sich dann die Hand auf den Mund. Das fehlte noch, dass sie den Enkeln jetzt auch noch das Fluchen beibrachte.

«Dammt», echote Erich prompt, und Elli kicherte.

Für einen Moment schloss Margret die Augen. Hatte sie nicht kürzlich in der Zeitschrift *Die Dame* gelesen, die höchste, reinste Freude im Leben einer Frau sei das Großmutterdasein? Nun, der Schreiberling, der diesen Unsinn verzapft hatte, war entweder ein Mann oder hatte keine Enkel, jedenfalls keine, um die er sich rund um die Uhr kümmern musste.

Jetzt krakeelte Erich löffelschlagend, dass er Hunger habe, und Margret beeilte sich, beiden Kindern Honigbrote aufzutischen. Doch kaum hatte Erich die Schnitte in der Hand, rieb er sich den klebrigen Honig schon auf die Schnute, und Elli zankte laut mit ihm und leckte sich geziert die Finger ab, um zu zeigen, wie groß und anständig sie bei Tisch bereits war. Das ärgerte den Kleinen so sehr, dass er zu brüllen begann.

«Kinder», rief Margret verzweifelt, «einen Moment Ruhe, bitte, man kann ja nicht klar denken.»

Sie griff nach einem Geschirrtuch und wischte an dem plärrenden, verklebten Kleinkind herum, als die Tür aufging und die Fräuleins aus dem Erdgeschoss hereinkamen. Zu früh natürlich, dachte Margret grimmig, nicht einmal Kaffeewasser hatte sie aufsetzen können.

«Guten Morgen», grüßte Frau Scholl, die ihre dunklen, von weißen Strähnen durchzogenen Haare heute nicht wie sonst in einem strengen Dutt trug, sondern lang über den Rücken herabhängen ließ. Offenbar hatte sie sie gerade gewaschen und wollte sie nun an der Luft trocknen.

Fräulein Segeberg, ihre *Schwester* – Margret unterdrückte einen Laut des Unmuts bei diesem Gedanken –, hatte ihren Kneifer an einer langen Kette um den Hals baumeln. Als sie die Kinder erblickte, ging ein Strahlen über ihr schmales Gesicht.

«Da sind ja unsere kleinen Engel», sagte sie und trat zum Küchentisch.

Margret blickte zweifelnd auf die Kinder. Erich hatte auf der Tischplatte zahlreiche Abdrücke seiner klebrigen Fingerchen hinterlassen, und Ellis Zeigefinger steckte bis zum Anschlag in ihrem Nasenloch. Ihr Honigbrot war fein säuberlich bis auf die Rinde aufgegessen, die in einem perfekten Rund auf dem Teller zurückgeblieben war.

Dieses Mäklige, erinnerte sich Margret plötzlich, hatte auch Eva gehabt, als sie ein Schulkind gewesen war. Sogar Geburtstagseinladungen hatte ihre Tochter damals ausgeschlagen aus Angst, sie müsse dort einen Kuchen essen, der ihr nicht schmeckte. Elli hatte die gleiche Haarfarbe wie Evchen, ein sanftes, sandfarbenes Blond. Eine Welle der Zärtlichkeit rollte bei der Erinnerung durch Margret hindurch.

«Na, na», sagte Fräulein Segeberg und setzte sich auf einen freien Küchenstuhl neben Erich. Sie zog ein kariertes Taschentuch aus ihrer Rocktasche und begann, dem Kleinen mit festen, unbeirrbaren Bewegungen Hände und Gesicht abzuwischen. Dabei war sie aus irgendeinem Grund viel erfolgreicher als kurz zuvor Margret mit ihrem Küchenhandtuch. Lammfromm streckte Erich der fremden Frau seine Hände hin und strahlte sie mit seinen Mausezähnchen an.

«Lieb», sagte er zutraulich.

Fräulein Segeberg lächelte. «Du bist auch sehr lieb, kleiner Rotzlöffel», sagte sie und schnitt das, was von seinem Honigbrot übrig war, in kleine, mundgerechte Stücke, mit denen sie ihn fütterte wie ein Vogeljunges.

Frau Scholl hatte sich inzwischen ebenfalls an den Tisch gesetzt und eine Unterhaltung mit Elli begonnen, die ihr altklug antwortete und dann gebannt dem Märchen lauschte, das die ältere Dame ihr zu erzählen begann. Dabei aß sie nun doch selbstvergessen die zuvor verschmähte Brotrinde auf, und zwar bis auf den letzten Krümel.

Erleichtert über die Atempause holte Margret das Kehrblech hervor und beseitigte den Schlamassel auf dem Boden. Dann setzte sie den Kessel auf und widmete sich der Vorbereitung des Frühstücks für ihre erwachsenen Schützlinge. Trotz ihrer Skepsis gegenüber den beiden Untermieterinnen war sie ihnen plötzlich furchtbar dankbar, und sie ertappte sich dabei, wie sie das Kaffeepulver besonders großzügig abmaß, eine Weichherzigkeit, die sie sich sonst nicht zugestand. Rührig schnitt sie Brötchen auf, stellte Marmelade und Butter auf den Tisch und ließ gekochte Eier in rot-weiß bemalte Eierbecher plumpsen. Die Fräuleins griffen herzhaft zu.

«Und wenn sie nicht gestorben sind, dann leben sie noch heute», beendete Frau Scholl ihre Erzählung mit vollem Mund.

Der kleine Erich starrte sie mit großen Augen an. «Mama gestorben?», fragte er.

Margret fuhr herum und stolperte über ihren schwarzen Kater, der empört fauchte und sich so rasch, wie seine dicken Beine es zuließen, außer Gefahr brachte.

«Aber nein, mein Liebling», rief sie. «Deine Mama wird bald wieder ganz gesund.»

Sie wandte sich an die Fräuleins.

«Die Kinder sind völlig durcheinander wegen der Erkrankung ihrer Mutter», sagte sie. «Der Kleine hat in den letzten Wochen nichts gehört als Krankenhaus, und was soll er damit denn anfangen?»

Frau Scholl neigte sich mitfühlend zu Erich. «Deiner Mama geht es gut», sagte sie, «bald kommt sie und holt euch ab, habe ich recht?»

Erich gluckste und griff in ihre lange Haarpracht. Elli dagegen schmollte.

«Das dauert noch eine Ewigkeit», sagte sie, «mindestens hundert Jahre, so wie in dem Märchen.» Sie zog ihr Zopfende zum Mund und kaute darauf herum, was Margret ihr schon mehrfach verboten hatte. Doch jetzt ließ sie es ihr durchgehen. Hilflos zuckte sie die Schultern.

«Die Kinder langweilen sich bei mir», sagte sie betrübt. «Den ganzen Tag sehen sie mir nur bei der Hausarbeit zu.» Sie blickte Elli fest an. «Goldkind, morgen, am Sonntag, nehme ich euch mit in meinen Garten, versprochen. Dort könnt ihr nach Herzenslust herumtollen.»

«Ich will nicht in den dummen Garten», erwiderte Elli, und Margret hätte ihr am liebsten einen Klaps gegeben, weil sie so frech war. Doch sie beherrschte sich. Das Mädchen konnte nichts dafür, es hatte wahrhaftig nicht darum gebeten, in die Fremde geschickt zu werden. Jetzt sah Margret, dass sich Ellis große Augen mit Tränen füllten, und sofort überkam sie Mitleid mit dem Kind.

«Ich will zu Mama», sagte die Kleine weinerlich, «und zu Papa und Fräulein Striezel. Und zu meinem Schaukelpferd und meinen Puppen. Die sind ganz allein in Hamburg geblieben und rufen sicher nach mir.» Sie zog die Nase hoch.

«Oh!», rief Frau Scholl aus, «aber weißt du was? Ich habe unten in der Wohnung eine Puppe, die auch ganz allein ist. Sie ist aus Porzellan und hat wunderschöne Haare. Ihr Name ist Sophie. Möchtest du sie dir einmal ansehen?»

Ellis Weinen verstummte. Zaghaft nickte sie. «Ist sie auch blond?», fragte sie und wischte sich die Tränenspuren aus dem Gesicht.

«Goldblond, wie du», sagte Frau Scholl mit ernster Miene.

Das schien Gnade vor Ellis Augen zu finden, denn sie nickte erneut.

«Genau wie meine Caroline zu Hause», sagte sie und sah fragend zu Margret. «Darf ich?»

«Aber das macht doch Umstände», wehrte Margret ab, «Sie können doch unmöglich die Kinder ...»

«Kein bisschen macht das Umstände», sagte Frau Scholl.

Und Fräulein Segeberg fügte hinzu: «Es ist doch selbstverständlich, dass wir mithelfen. Und der kleine Schatz hier», sie deutete auf Erich, der inzwischen auf den Boden gerutscht war und das fauchende Katzentier am Schwanz packte, «darf auch gern mit herunterkommen. Wann immer Sie möchten, Frau Wunderlich. Wir beide haben doch den ganzen Tag nichts zu tun, bis auf die paar Privatschüler.»

«Ja, wir machen uns gern nützlich», sagte Frau Scholl.

Margret zögerte. Sie hatte ihre Vorbehalte gegenüber dem Lebenswandel der Fräuleins, andererseits war das ein allzu verlockendes Angebot. Plötzlich fühlte sie sich nicht mehr ganz so allein und von aller Welt verlassen, wie sie noch heute in der Früh gedacht hatte. Beinahe wären ihr ein paar Tränen der Rührung gekommen, doch sie zwinkerte sie schnell weg.

«Dann gebe ich gern meine Erlaubnis», sagte sie, «aber nur, solange es Ihnen nicht zu viel wird.» An Elli gewandt, fügte sie hinzu: «Dass du aber ja auch artig bist, Elisabeth, und auf deinen Bruder achtgibst. Ich will keine Klagen hören.»

«Ja, Großmama», sagte Elli mit einem Unschuldsblick, der zum Steinerweichen war.

«Wenn es Ihnen recht ist, Frau Wunderlich, nehmen wir die Kinder einfach jetzt gleich für ein paar Stunden mit nach unten», sagte Frau Scholl und erhob sich. «Zum Mittag schicken wir sie wieder hoch. Passt das?»

«Hervorragend», sagte Margret, die ihr Glück kaum fassen konnte.

Schon sprang Elli aufgeregt neben Frau Scholl zur Tür, Fräulein Segeberg fasste den wackligen Erich an der Patschehand und führte ihn auf den Korridor.

«Ich habe da noch ein schönes Bilderbuch von meinem Patenkind», sagte sie zu ihm, «das wollen wir uns jetzt mal anschauen, ja?»

Margret lauschte dem Gepolter der kleinen und großen Füße auf der Treppe nach unten. Als die Geräusche leiser wurden, ließ sie sich mit einem Ächzen auf dem Küchenstuhl nieder. Diese himmlische Ruhe! Dieser Frieden! Sie schloss die Augen und lauschte dem Gezwitscher der Vögel draußen vor dem Küchenfenster.

Diese Fräuleins, ob nun Schwestern oder nicht, erschienen ihr auf einmal wie zwei mildtätige Engel, die ihr geschickt worden waren. Sollten sie doch gemeinsam in einem Bett nächtigen, sollten sie von ihr aus sogar nachts in zwielichtige Schuppen rund um den Nollendorfplatz gehen und halbnackt zu dieser neuen Jazzmusik tanzen, wie man es von derlei Damen hörte. Solange sie ihr nur die Kinder für ein paar Momente abnahmen, war ihr auf einmal alles recht.

Es klopfte, und Hulda Gold kam herein.

Margret schnaufte und stand rasch auf. Es war ihr peinlich, dass die junge Frau sie hier beim Müßiggang erwischte.

«Guten Morgen, junge Dame», sagte sie und deutete wie zur Entschuldigung auf den gedeckten Frühstückstisch. «Der Kaffee ist noch heiß.»

«Wunderbar!» Hulda setzte sich. «Wo sind denn die Gören?»

«Abgezogen», sagte Frau Wunderlich und holte frisches Geschirr aus dem Schrank, «mit den Fräuleins von unten.»

«Wie reizend von den beiden», sagte Hulda erfreut. «Wir Frauen müssen zusammenhalten, finde ich.» Dann musterte sie Margret und lächelte. «Es ist wohl nicht ganz leicht, plötzlich Ganztags-Großmama zu sein?»

«Sie sagen es», stöhnte Margret, «es ist furchtbar anstrengend.» Dann wurde ihr klar, dass sie über ihre eigenen Enkelkinder sprach, und schnell fügte sie hinzu: «Aber die Familie geht natürlich über alles!»

«Natürlich, das weiß ich doch», sagte Hulda und goss sich Kaffee ein. «Sie sind eine gute Seele, Frau Wunderlich, und für Ihre Enkel der reinste Segen. Aber erschöpft dürfen Sie sich trotzdem fühlen, das ist nur zu verständlich.»

Margret stand auf, strich sich den seidenen Morgenmantel glatt und begann energisch, mit einem Schwamm das Spülbecken zu polieren. Solange sie die Kinder vom Halse hatte, konnte sie die liegengebliebene Arbeit aufholen. Und sie liebte es, wenn das Emaille vor Sauberkeit schimmerte.

«Ach, wissen Sie», murmelte sie, «ich hätte gedacht, es fiele mir leichter. Habe doch selbst zwei Mädchen aufgezogen, mit einem Mann, der weiß Gott meistens aus dem Haus war, und ohne Hilfe im Haushalt. Einmal die Woche kam eine Plätterin und ging mir bei der Wäsche zur Hand, aber das war auch schon alles.» Selbstmitleidig verzog sie das Gesicht und blickte Hulda unvermittelt an. «Ich werde wohl nicht jünger.»

Die Mundwinkel ihrer Untermieterin zuckten, doch Hulda lachte nicht. «Das trifft wohl auf uns alle zu», sagte sie nur und biss herzhaft in ein Brötchen.

Margret fiel auf, dass Hulda, anders als sonst, heute Morgen eine frische Gesichtsfarbe hatte. Das Licht fiel auf ihr dunkles, kurzes Haar, spielte damit und ließ es plötzlich kupfern aufleuchten. Von Alter oder Müdigkeit war an ihr keine Spur zu entdecken. Offenbar hatte sich ihr Kummer wieder eingerenkt. Und noch etwas bemerkte Margret heute zum ersten Mal.

«Sie sehen Ihrer Mutter ähnlich», platzte es aus ihr heraus. «Das habe ich bisher nie gesehen, aber heute ist es ganz deutlich. Derselbe Teint, ähnliches Haar.» Sie trocknete sich die Hände und setzte sich zu ihr an den Tisch.

Hulda wirkte plötzlich, als habe sie nicht in ein frisches Brötchen, sondern eine Zitrone gebissen.

«Wissen Sie, ich möchte lieber nicht über meine Mutter sprechen», sagte sie reserviert. Ihr linkes Auge begann, mehr als sonst zu schielen. «Es würde mir nur den Tag verderben.»

«Verzeihung», sagte Margret, die sich zurechtgewiesen fühlte. «Ich dachte nur, wenn wir schon über Familiensinn sprechen, darf ich Ihre Frau Mutter zumindest erwähnen. Schließlich hat sie Sie geboren und aufgezogen und aus Ihnen einen Menschen gemacht, das ist ja immerhin was.»

«Stimmt», sagte Hulda zerknirscht. Sie schien einlenken zu wollen. «Ich selbst muss auch oft an sie denken, wissen Sie. Man vergisst es wohl nie, woher man kommt. Trotz allem.»

«Haben Sie sich an etwas Bestimmtes erinnert?», fragte Margret so vorsichtig, um Huldas Zorn nicht gleich wieder aufzuscheuchen.

«Wenn Sie so fragen – ja, tatsächlich», sagte Hulda. «Erst neulich fiel mir etwas ein, das ich längst vergessen hatte und von dem ich nicht mal genau weiß, ob es überhaupt geschehen ist. Es war ein Streit ...» Sie zögerte.

Margret rückte näher heran und fand, dass ihre Untermieterin rührend aussah mit den Brötchenkrümeln im Mundwinkel. Ganz wie damals als Kind, als Margret ihr auf dem Winterfeldtmarkt begegnete. An der Hand ihrer Mutter Elise, einer adretten, aber stets zugeknöpft wirkenden Frau. Oder an der Seite ihres Vaters Benjamin, einem imposanten Mann, der in Margrets Augen stets den Hauch eines Hallodris versprühte wie ein verführerisches Parfüm. Irgendwie halbseiden war der gewesen, dachte Margret, mitreißend, aber kein Mann zum Anlehnen. Ganz anders als ihr lieber guter Heinz.

«Wer hat sich denn gestritten?», fragte sie.

«Das ist es ja!», sagte Hulda mit gerunzelter Stirn. Und Margret musste sich zusammenreißen, sie deswegen nicht zu ermahnen, denn wer wollte schon eine faltige Frau im mittleren Alter?

«Ich weiß es nicht mehr», fuhr Hulda fort. «In meiner Erinnerung weint meine Mutter und fragt: *Wie konntest du mir das antun*? ... Aber wer? Und was?»

Margret zuckte zusammen. Eine alte Geschichte kam ihr in den Sinn. Sie hatte Hulda nie danach gefragt, hatte angenommen, dass diese sie längst kannte. Doch was, wenn dem nicht so war?

«Ihr Herr Vater», sagte sie langsam, «der müsste das doch wissen. Vielleicht sollten Sie ihn fragen?»

Hulda winkte ab. «Mein Vater hat andere Dinge im Kopf als die Vergangenheit. Und ich kann es ihm nicht einmal verübeln.» Sie nahm einen Schluck Kaffee. «Sicher war es nicht leicht, mit meiner Mutter eine Ehe zu führen.»

«Nun, er hat es sich aber durchaus leichtgemacht», sagte Margret gedankenlos und schlug sich sogleich auf den Mund.

Hulda starrte sie an. «Wie meinen Sie das?»

Margret wand sich, doch nun hatte sie sich ohnehin schon verplappert. Und was konnte es da noch schaden, wenn Hulda, eine erwachsene Frau, die seit langem auf eigenen Beinen stand, die Wahrheit erfuhr?

«Es gab ... Gerüchte», sagte sie. «Damals hieß es, Ihr Herr Vater sei Ihrer Mutter untreu gewesen.»

«Wirklich?», fragte Hulda erstaunt. «Davon höre ich zum ersten Mal.» Doch etwas regte sich in ihrer Erinnerung. Es war ein unangenehmes Gefühl, wie ein dumpfer Stich, den man rasch vergessen wollte.

«Es gab wohl einmal eine andere Frau», sagte Margret, hin und her gerissen zwischen schlechtem Gewissen, weil sie tratschte, und der Lust an ebendiesem Tratsch. «Ein junges Ding von der Akademie. Sie war seine Schülerin. Na, Sie wissen doch, das kommt vor. In den besten Familien», fügte sie noch schnell hinzu, als sie Huldas Miene sah.

«Ach, deswegen!» Hulda fegte mit einer zu hastigen Handbewegung die Kaffeetasse um. Ein bräunliches Rinnsal breitete sich auf dem Wachstuch aus und verschwamm mit dem Muster darauf, doch Hulda schien es nicht zu bemerken. «Das könnte der Grund für den Streit gewesen sein.» Die Falte auf ihrer Stirn vertiefte sich. «Ich war damals wohl zu jung, um zu verstehen, um was es ging.»

Rasch beseitigte Margret das Malheur auf dem Tisch mit einem Lappen. «Ist ja eigentlich auch nur Klatsch und außerdem lange her», sagte sie und nestelte an ihren Lockenwicklern. «Sie sollten das nicht zu ernst nehmen», fügte sie hinzu, als sie erneut Gewissensbisse plagten, weil sie nicht endlich den Mund hielt. *Plapperliese* hatte ihr Mann sie immer genannt, dachte sie zerknirscht, und offenbar hatte er recht gehabt.

Auf einmal wollte sie das Thema gern wechseln und die Verantwortung von sich schieben. «Wenn Sie mehr wissen möchten, sollten Sie Ihren Herrn Papa fragen.»

Hulda war jetzt wieder so blass, wie Margret es von ihr

kannte. «Das sollte ich vielleicht wirklich tun», sagte sie, doch Margret sah, wie wenig ihr der Gedanke behagte.

Stille hing über der Küche, doch nicht mehr eine friedliche Ruhe wie zuvor, sondern eine unheilvolle.

«Es wird Zeit für mich», sagte Hulda endlich. «Ich muss in die Klinik und nach einer Freundin sehen.» Sie stand auf. «Danke für das Frühstück», fügte sie steif hinzu, und Margret bereute das Gespräch bereits. Normalerweise bereitete es ihr Freude, über das Leben anderer zu grübeln und zu plaudern, doch allzu oft hinterließen solche Unterredungen einen bitteren Nachgeschmack, und sie fragte sich dann stets, ob es das wert gewesen war.

Nachdenklich blickte sie Huldas schmaler, hoher Gestalt hinterher, als diese aus ihrer Küche trat. Durch den Hausflur schallten fröhliche Kinderstimmen aus dem Erdgeschoss empor, das Haus war äußerst hellhörig. Margret bedauerte, dass sie ihre junge Untermieterin betrübt hatte. Doch schließlich, sagte sie sich, war es am Ende ja der feine Herr gewesen, Benjamin Gold, der seiner Frau und seiner Tochter diese Schande angetan hatte. Weshalb sollte sie, Margret Wunderlich, sich nach so langer Zeit deswegen grämen?

27.

Samstag, 2. August 1924, vormittags

Jag mir nie wieder einen solchen Schrecken ein!» Hulda wusste nicht, was sie anderes sagen sollte, um Jette begreiflich zu machen, wie sehr sie um sie gebangt hatte.

Die Freundin lag in einem Krankenzimmer auf der Geburtshilfe, sie wirkte immer noch blass, hatte aber einen weichen, zufriedenen Zug um den Mund, den Hulda noch nicht kannte. Das Wärmebettchen mit der kleinen Sibylle stand ein Stück weiter weg, und immer wieder wanderten Jettes Augen begehrlich, wie es Hulda schien, hinüber. Als läge in diesem Bettchen ein Stück ihrer selbst, das nur darauf wartete, wieder mit ihr vereint zu werden. Für die Fütterungen an der Brust geschah das sogar schon, doch sobald die Kleine, die noch sehr zaghaft trank, einigermaßen satt war, wurde sie wieder in ihren warmen Kokon gelegt, um noch ein wenig länger die schützende Situation im Mutterleib zu simulieren.

«Ich wünschte, ich könnte sie immer bei mir haben», sagte Jette und sah wieder sehnsüchtig zu ihrer Tochter hinüber.

«Ich weiß», sagte Hulda, «aber ein wenig Unterstützung braucht die kleine Sibylle noch, nachdem man sie so abrupt ans Licht der Welt gezerrt hat. Ein paar Tage, vielleicht eine Woche.» Sie musterte Jette. «Und du, meine Liebe, kannst auch noch ein wenig Ruhe zwischendurch genießen. Du hast ja selbst einiges hinter dir. Allein die Medikamente, die durch dein Blut fließen, würden einen Elefanten umhauen.»

Die Frauen lachten, doch Jette verzog gleich darauf schmerzverzerrt das Gesicht. «Sogar Lachen tut weh», sagte sie. «Also, die Mutterschaft hatte ich mir irgendwie ... heroischer vorgestellt. Erhabener, nicht wie dieser Sumpf aus Blut, Schleim und Tränen.»

«Nicht jede Mutter erlebt wie du einen vaginalen Notkaiserschnitt», sagte Hulda. «Und auch die, die spontan entbinden, haben die ersten Tage meist noch Schmerzen. Es geht vorbei.» Sie lächelte. «Das Heroische kommt später, glaube ich.»

Jette betrachtete Hulda, wie es schien, mit einer Mischung aus Scheu und Neugierde.

«Was ist?», fragte Hulda unsicher und strich sich über das Gesicht. «Hab ich was an der Nase?»

«Nein», sagte Jette leise, «ich habe mich nur gefragt – willst du selbst nicht irgendwann wissen, wie es ist?»

Obwohl Hulda sofort verstand, was die Freundin meinte, stellte sie sich dumm.

«Wie *was* ist?», fragte sie, um Zeit zu gewinnen. Sie stand vom Besucherstuhl auf und trat an das Babybett. Die Kleine schlief selig, die winzigen Wangen gerötet, die Fäustchen in typischer Säuglingsmanier über den Kopf gelegt wie ein Boxchampion, der seinen Sieg feierte.

«Ach, Hulda», sagte Jette, «mir brauchst du keine Scharade vorzuspielen. Es muss schwer sein, täglich Kindern auf die Welt zu helfen, anderen Frauen beizustehen und am Ende allein nach Hause zu gehen.»

Hulda schluckte an einem großen Kloß, der sich in ihrer Kehle festgesetzt hatte. Sie ging zum Fenster und sah hinaus auf die blühende Wiese vor dem Pavillon. Der Sommer stand in vollem Saft, er neigte sich bereits dem Spätsommer zu. Und plötzlich überkam Hulda eine Ahnung, eine Ahnung von Abschied. Sie wollte diese Tage eigentlich festhalten, doch sie schmeckte in der warmen Luft, die durch das geöffnete Fenster hereinwehte, auf einmal den Herbst. Für einen Moment schloss sie die Augen. Nichts als zwitschernde Vögel und brummende Insekten, dazwischen drang aus dem Säuglingszimmer das helle Weinen eines Kindes, doch es verstummte gleich darauf, weil wahrscheinlich eine der Kinderpflegerinnen es aufgenommen hatte. Das Gras duftete betörend.

Nein, dachte Hulda trotzig und öffnete wieder die Augen, noch war der Sommer nicht vorüber. Und sie würde ihn bis zum letzten Tropfen auskosten. Sie dachte an Johann, an sein Lächeln, das vor allem in seinen Augen lag, wenn er sie ansah. Sie mochte es, wie sie selbst sich darin spiegelte, eine neue, leichtherzige Hulda. Dieses Bild gefiel ihr besser als die wankelmütige, unstete Frau, als die sie sich in all der Zeit mit Karl North gefühlt hatte, von dem immer noch kein Lebenszeichen gekommen war. Johann aber verwandelte sie, dachte sie, alles an ihm war aufrichtig, und so richtete er auch sie auf.

Der Kloß war verschwunden.

«Papperlapapp», sagte sie und drehte sich zu Jette um. «Du weißt, dass ich mir das durchaus schön vorstelle – irgendwann. Aber nicht zu jedem Preis. Und wenn es nicht dazu kommt, so geht die Welt auch nicht unter.»

Als sie sah, dass Jette zum Protest ansetzte, fügte sie schnell hinzu: «Und nun lass gut sein, Jettchen. *Du* bist hier die Patientin und nicht dazu da, die Welt zu retten.»

«Nein, dafür bist wie immer du zuständig», gab die Freundin spöttisch zurück, und Hulda lachte.

«Jetzt geben wir erst einmal dieser jungen Dame hier einen

kleinen Nachschlag.» Sie deutete auf Sibylle, die ihre Augen aufgeschlagen hatte und mit dem winzigen Mündchen suchende Bewegungen machte.

Jette wollte ihr Nachthemd aufknöpfen, doch Hulda schüttelte den Kopf. «Diesmal mit dem Fläschchen, wir wollen deine Kleine so richtig schön mästen.» Sie nahm eine Glasflasche aus einem Wärmebehälter und stülpte den Kautschuksauger obendrauf. «Möchtest du?»

Jette strahlte und streckte die Hände aus. Behutsam hob Hulda das zarte Kind aus dem Bettchen und legte es seiner Mutter in die Arme. Jette hielt Sibylle den Sauger hin, und die Kleine schnappte mit ihren Lippen danach wie ein Löwe und begann, hingebungsvoll zu trinken.

«Den Appetit hat sie von meinem Liebsten», sagte Jette lachend, «der isst auch immer zwei Portionen.»

Hulda setzte sich wieder auf den Besucherstuhl und betrachtete zufrieden, wie Sibylle trank. Etwas Befriedigenderes, als ein hungriges Kind zu füttern oder ihm beim Trinken zuzusehen, gab es nicht auf der großen weiten Welt. Alles trat dahinter in den Schatten. Nur deshalb, dachte Hulda, war die Menschheit noch nicht ausgestorben. Weil der Instinkt, den Nachwuchs durchzubringen – koste es, was es wolle –, so stark in ihnen allen verankert war.

Jette gähnte herzhaft und konnte sich die Hand nicht vor den Mund halten, weil sie ihren einen Arm schützend um ihr Kind gelegt hatte und mit dem anderen die Flasche hielt.

«Das sind die Epilepsietropfen zur Krampflösung», sagte sie, «ich könnte nichts als schlafen.»

Hulda nickte. «Die machen sehr müde», erklärte sie. «Aber bekommst du auch Kopfschmerzen davon? Das soll nämlich nicht sein, dann stimmt etwas mit der Dosierung nicht.»

Jette winkte ab. «Die Kopfschmerzen sind verschwunden, die hatte ich nur ganz kurz, direkt vor Billys Geburt.» Sie dachte nach. «Deswegen fand ich das ja auch so seltsam mit dem Aspirin.»

Hulda horchte auf.

«Welches Aspirin?»

«Na, davon wollte ich dir eigentlich schon längst erzählen, aber dann kam etwas dazwischen.»

Hulda erinnerte sich. Jette hatte ihr etwas sagen wollen, doch dann war sie gerufen worden. Sofort meldete sich ihr Gewissen. «Ich hätte dich fragen sollen, was los war», sagte sie kleinlaut.

«I wo», sagte Jette. «Es war weiter nichts. Ich fand es nur seltsam, das ist alles. Eine Schwester kam ein paar Tage vor Sibylles Geburt zu mir und bot mir Tabletten an. Zu dem Zeitpunkt hatte ich weder Kopfschmerzen noch irgendwelche größeren Probleme, bis auf die frühen Wehen.»

«Aspirintabletten?», fragte Hulda stirnrunzelnd.

«Ja», sagte Jette, «hoch dosiert. Und als ich erklärte, ich wolle es nicht nehmen, wurde die Schwester ganz komisch. Der Oberarzt würde drauf bestehen, sagte sie, es sei eine Vorsichtsmaßnahme. Man habe hier in der Klinik gute Erfahrungen damit gemacht.»

«Was soll das bringen, wenn du keine Beschwerden hattest?»

«Ich habe darüber gelesen», sagte Jette, «es ist schon eine Weile her. In bestimmten Fällen, vor allem, wenn eine Fehlgeburt droht, kann sich Acetylsalicylsäure positiv auswirken. Die Arznei verbessert, davon gehen die Mediziner aus, den Blutfluss der Plazenta.»

«Aber das ist doch gar nicht sicher», sagte Hulda, die diese Hypothese ebenfalls kannte.

«Eben», sagte Jette, «deswegen habe ich das Medikament ja auch abgelehnt. Die Schwester wurde richtig fuchsig, sagte, ich solle mich nicht aufspielen, nur, weil ich Apothekerin sei. Man wüsste hier schließlich am besten, was für die Patientinnen gut sei. Dann stürmte sie hinaus. Kurz darauf kam sie wieder und entschuldigte sich. Sie habe den Oberarzt falsch verstanden, eine andere Frau sei gemeint gewesen.»

«Nimm es ihr nicht übel», sagte Hulda. «Breitenstein ist ein harter Brocken, und ich fürchte, dass viele der Schwestern unter ihm zu leiden haben. Wahrscheinlich hatte er sich wirklich unklar ausgedrückt.»

«Breitenstein?» Jette schüttelte den Kopf. «Nein, es war der andere, dieser Schönling.»

«Doktor Redlich?», fragte Hulda erstaunt.

Jette zuckte mit den Schultern. Sie sah auf ihr Kind herab, dem der Sauger aus dem Mund gerutscht war. Es schlief den wohligen Schlaf der Völlerei. Auch Jette wirkte auf einmal erschöpft.

«Es hat sicher nichts zu bedeuten», sagte sie, «in jeder Klinik kommt es mal zu Missstimmung und Verwechslung. Es ist ja nichts passiert.»

«Mir gefällt es trotzdem nicht», sagte Hulda, «wenn hier Medikamente an Schwangere verteilt werden, die diese eigentlich gar nicht benötigen. Die ihnen vielleicht sogar schaden können.»

Sie nahm sich vor, herauszufinden, ob das schon einmal vorgekommen war. Dann sah sie Jette an, der schon fast die Augen zufielen.

«Wie wäre es, wenn ich die Säuglingsschwester rufe, damit sie dir die Kleine ein paar Stunden abnimmt? Dann könntest du ein bisschen schlafen», sagte sie.

Jette nickte zaghaft, hin und her gerissen zwischen dem Wunsch, bei ihrem Kind zu bleiben, und ihrer schwindenden Kraft. «Aber nur ein bisschen, ja?», sagte sie. «Zur nächsten Fütterung soll sie mich bitte wecken.»

«Zu Befehl, Frau Martin!» Hulda salutierte. Dann nahm sie ihrer Freundin das Kind ab und legte es wieder in das Bettchen, ohne dass die Kleine aufwachte. Das Köpfchen sah furchtbar knochig aus, Sibylle wog immer noch erst viereinhalb Pfund. Doch das würde schon werden. Mit einer Mischung aus Muttermilch und Säuglingsnahrung würden sie sie in kurzer Zeit so aufpäppeln, dass sie von einem reif geborenen Kind nicht mehr zu unterscheiden war. Es war gerade noch gutgegangen, zwei Wochen früher hätten die Chancen schlechter gestanden.

Als Hulda das Babybettchen durch den Gang in Richtung Säuglingsstation schob, hörte sie Männerstimmen. Sie erkannte die angenehme, volltönende Stimme von Doktor Redlich sowie den brummigen Bass von Doktor Breitenstein.

Eine Kinderschwester tauchte neben Hulda auf dem Flur auf. «Soll ich die Kleine mitnehmen?»

Hulda nickte. «Aber wenn sie aufwacht, bringen Sie sie bitte wieder zurück zu Frau Martin», sagte sie schnell. «Die Mutter möchte ihr Kind dann selbst stillen. Ihr Milchfluss sollte so oft wie möglich angeregt werden.»

Die Frau hob überrascht die Augenbrauen, denn es war eher unüblich, dass die Neugeborenen allzu viel Zeit bei den Müttern auf dem Zimmer verbrachten. Doch als sie Huldas entschiedenen Blick sah, nickte sie rasch und schob das Bettchen fort.

Hulda sah der schlanken Gestalt im weißen Kittel kurz nach. Dann gab sie sich einen Ruck und näherte sich den Stimmen der beiden Oberärzte. Bevor sie um die Ecke trat, verstand sie bereits ein paar Worte.

«Nehmen Sie Vernunft an», erklang die Stimme von Doktor Redlich. «Sie sind in einer schlechteren Verfassung als je zuvor. Gehen Sie nach Hause, kurieren Sie sich aus.»

«Ich brauche Ihre Ratschläge nicht», brummte Doktor Breitenstein, und Hulda hörte die unterdrückte die Wut in seiner Stimme. «Ihnen würde es doch hervorragend in den Kram passen, wenn ich von der Bildfläche verschwände.»

«Ich meine es nur gut», beschwichtigte Doktor Redlich, «sonst bin ich leider gezwungen, den Direktor über Ihren Zustand zu informieren.»

«Lassen Sie Direktor Bumm aus dem Spiel», sagte Doktor Breitenstein. «Er ist selbst nicht gesund. Allerdings ... Wäre das für Ihre Pläne nicht besonders von Vorteil? Ein gallenkranker Klinikleiter und der zweite Oberarzt mit seelischer Verstimmung zu Hause im Bett?»

«Ich weiß nicht, wovon Sie sprechen», sagte Doktor Redlich. Huldas Herz klopfte. Die Stimme des Arztes hatte sich verwandelt, in dem sonoren Ton klang plötzlich eisige Kälte mit. «Unterlassen Sie Ihre Unterstellungen.»

«Ich weiß, dass hier etwas vor sich geht», erwiderte Doktor Breitenstein, den die Worte des Kollegen nicht zu beeindrucken schienen. «Also nehmen Sie sich in Acht!»

Schritte näherten sich der Stelle, an der Hulda atemlos lauschte, und sie zuckte zusammen. Sie tat so, als käme sie gerade erst über den Flur, und bog mit betont forschen Schritten um die Ecke. Beinahe wäre sie mit Doktor Breitenstein zusammengestoßen. Sein massiger Körper wirkte gebeugt, über den buschigen Augenbrauen standen kleine Schweißtropfen. Er schien tatsächlich angeschlagen, dachte Hulda, die *seelischen*

Verstimmungen waren wohl schuld an seiner ungesunden Gesichtsfarbe.

«Passen Sie doch auf», murrte er. «Was lungern Sie hier überhaupt herum?» Er betrachtete Hulda, als würde er sie erst jetzt erkennen. «Ach, *Sie* schon wieder», sagte er dann. «Sie scheinen stets im unpassendsten Moment aufzutauchen. Vorsicht, Fräulein, Neugierde wird immer bestraft.»

Sprachlos sah Hulda ihm nach. Eben noch hatte er seinem Kollegen unlauteres Verhalten vorgeworfen, da ließ er im nächsten Moment seine Wut an ihr aus? Es war, als seien die Streithähne immer nur so lange im Zwist, bis es eine Frau in ihrer Nähe gab, an der sie sich abreagieren konnten. Selbst wenn die Ärzte miteinander zerstritten waren – die Hebammen und Schwestern standen in der Hierarchie so viele Stufen unter ihnen, dass es den Männern ganz natürlich schien, auf ihnen herumzutrampeln.

Wut stieg in Hulda auf. Aber sie erwiderte nichts, sondern lief einfach weiter.

Kurz darauf holte sie Doktor Redlich ein, der gerade in Richtung Gynäkologie lief.

«Ah, guten Tag, Fräulein Gold», sagte er, als er sie bemerkte. «Dann kann ich es Ihnen ja gleich sagen: Die Operation verlief gut.»

Sie starrte ihn an. «Welche Operation?»

«Na, die von Ihrer Bekannten. Helene Winter? Ein einfacher Eingriff, ambulant durchgeführt. Nun dürfte dem jungen Familienglück nichts mehr im Wege stehen.»

«Ach ... das», sagte Hulda verwirrt. Das Anliegen von Felix' Frau hatte sie vollkommen vergessen. Und es interessierte sie auch nicht weiter, obgleich sie bei dem Wort *Familienglück* ein winziges Unbehagen verspürte.

«Doktor Redlich? Ich habe eine Frage», sagte sie. «Einer schwangeren Patientin wurde vor ein paar Tagen fälschlicherweise Aspirin verordnet. Offenbar eine Verwechslung, die rechtzeitig aufgefallen ist. Sie sagte, das sei auf Ihre Anordnung hin passiert?»

Ein winziger Schatten flog über die Augen des Arztes, doch sofort hatte er sich wieder in der Gewalt. «Was erlauben Sie sich!», protestierte er, und nichts war mehr von der unverbindlichen Freundlichkeit in seiner Stimme zu hören. «Ich wüsste nicht, was Sie das angeht.»

«Ich bin für die Hausschwangeren verantwortlich», sagte Hulda und versuchte, sich nicht einschüchtern zu lassen. «Da sollte ich im Bilde sein, was ihre Medikation angeht, finden Sie nicht?»

«Durchaus nicht», sagte er beißend. «Wer sind Sie schon, Fräulein Gold? Jedenfalls keine Ärztin. *Sie* dürfen gar keine Medikamente verordnen, diesen Bereich überlassen Sie gefälligst den studierten Medizinern.»

Huldas Wangen glühten. «Aspirin kurz vor der Geburt kann gefährlich sein», sagte sie, obwohl sie ahnte, dass ein weiteres Widerwort zu ihrem Nachteil wäre. Doch wie konnte sie sich so abkanzeln lassen? «Es unterdrückt die Blutgerinnung, das wissen Sie genau. Wenn das Medikament unter der Geburt entsprechend wirkt, stirbt die Patientin.»

Doktor Redlich war stehen geblieben. Langsam drehte er sich zu ihr um, und Hulda erschrak, als sie sein verzerrtes Gesicht sah. Nichts war übrig von der charmanten Fassade des beliebten Oberarztes.

«Ich habe nicht die Zeit, mit einer Untergebenen herumzustehen und mir ihr Gewäsch anzuhören oder über den günstigen Einfluss von Medikamenten auf die Austragungslänge bei Schwangerschaften zu fachsimpeln», fauchte er. «Fakt ist, dass wir hier in der Frauenklinik II großen Erfolg bei der Behandlung von Gebärmutterschwäche und insgesamt sehr wenige Fehlgeburten haben. Darauf sind wir Ärzte sehr stolz, und selbst an der Charité beobachtet man unsere Zahlen mit Ehrfurcht.»

«Aber zu welchem Preis?», fragte Hulda. «Ich meine, haben Sie überhaupt die Genehmigung, die Schwangeren mit hochdosiertem Aspirin zu behandeln?»

Sein Gesicht war jetzt weiß wie die Wand hinter ihm. «Wenn Ihnen Ihre Stelle lieb ist», sagte er leise, fast tonlos, «dann halten Sie besser den Mund. Sonst werden Sie uns leider verlassen müssen! Und ich werde in dem Fall dafür sorgen, dass Sie auch keine Zulassung mehr als freie Hebamme in der Stadt bekommen, glauben Sie mir. Da draußen», er deutete mit dem Daumen in Richtung Haupteingang, «stehen genug Hebammen bereit, Ihren Platz einzunehmen. Ich kann Sie heute entlassen und habe morgen eine neue. Eine, die keine dummen Fragen stellt, sondern ihre Arbeit macht.»

Seine Augen verengten sich.

«Man hört außerdem so einiges über Sie, Fräulein Gold.» In seinen Mundwinkeln hing jetzt ein hämisches Lächeln. «Sie sollten lieber keine weitere Grenze übertreten. Intime Beziehungen zwischen Ärzten und Hebammen sind verboten.»

Er trat zu ihr, war Hulda mit einem Mal so nah, dass sie die Hitze spüren konnte, die von ihm ausging, und dass sie die scharfen Falten, die von seinem Mund abwärtsführten, nun direkt vor sich hatte. Plötzlich packte er sie an den Handgelenken und drückte sie unsanft an die Wand des Flurs.

«Sie tun mir weh», sagte Hulda und versuchte, sich loszumachen. Doch er drückte nur noch fester zu.

Hulda wurde schwindlig. War das wirklich der gutaussehende, fürsorgliche Arzt, den alle so anhimmelten? Er erschien ihr wie ein Monster, das seine Maske abgenommen hatte.

«Auf einmal so still?», sagte er zwischen zusammengepressten Zähnen. «Nun, so ist es schon besser. Ich warne Sie! Sollte etwas von Ihrem unmoralischen Tun ans Tageslicht kommen, sind nicht nur Sie gefeuert. Sie wollen doch nicht wirklich die vielversprechende Karriere eines jungen Mannes gefährden?»

Damit ließ er sie abrupt los, drehte sich um und marschierte davon.

Hulda sah ihm nach, sie zitterte vor Schreck – und vor Zorn. Unmoralisches Tun? Das sagte der Richtige!, dachte sie empört, während sie sich die schmerzenden Hände rieb. Doch eine kleine heiße Angst hatte sich in ihre Brust geschlichen. Woher wusste er von ihr und Johann Wenckow? Hatte jemand sie gesehen? Und was würde geschehen, wenn Doktor Redlich in seinem Ärger oder seinem Wunsch, sie, Hulda, loszuwerden, mit diesem Wissen zur Klinikleitung ging? Sie vielleicht beim Direktor anschwärzte? Dann landete nicht nur sie auf der Straße, sondern auch Johann. Es würde seinem Fortkommen schaden, so viel war sicher.

Grübelnd ging sie weiter in Richtung Kreißsaal, sie befahl sich, ruhiger zu werden, obwohl ihre Nerven flatterten. In einer Stunde erst kam ihre Ablösung, bis dahin musste sie noch einmal eine Runde machen und sich vergewissern, dass alles auf der Station seine Ordnung hatte. Doch ihre Gedanken klangen lauter als das Klappern ihrer Absätze auf den Holzdielen, sie rasten in ihrem Kopf herum.

Hulda war ehrlich besorgt, dass sie ihre Stelle verlieren könnte. Wenn Doktor Redlich wahr machte, was er androhte, so wäre sie danach eine Persona non grata in der Geburtshilfe. Eine schreckliche Vorstellung! Doch während sie sich die Folgen in düstersten Farben ausmalte, meldete sich noch ein zweiter Gedanke und verdrängte den an ihre eigene Situation.

Denn so souverän Doktor Redlich sich gegeben hatte – an der Härte seiner Worte und seines körperlichen Übergriffs war deutlich zu erkennen, dass sie mit ihren Fragen einen wunden Punkt berührt hatte. Er hatte etwas zu verbergen, das war sicher, und zwar nicht nur sein Techtelmechtel mit Huldas blonder Kollegin.

Hulda betrat den Kreißsaal, grüßte mechanisch die Schwestern und trat dann zu einem Bett, in dem schon seit Stunden eine Frau lag, deren Wehen nur sehr langsam vorangingen. Sie machte ihr mit ein paar freundlichen Worten Mut. Fräulein Meck bemühte sich bereits um die Gebärende, und Hulda wusste, dass hier alles seinen Gang ging. Doch diese scheinbare Normalität kam ihr auf einmal wie ein schwankender Boden vor. Darunter brach etwas Dunkles, Schemenhaftes auf, von dem sie nicht sagen konnte, was es war. Aber sie würde es herausfinden, dachte Hulda und atmete langsam ein, als bereite sie sich auf einen Sprung ins Wasser vor, ohne zu wissen, wie tief er sein würde.

Nach Schichtende traf Hulda im Hebammenzimmer auf Fräulein Saatwinkel. Die Kollegin stand mit dem Rücken zu ihr und kramte in ihrem Spind.

«Guten Abend», grüßte Hulda müde und ließ sich auf einen Stuhl fallen.

Sie war erleichtert, abgelöst zu werden nach diesem merkwürdigen Dienst, denn der Schreck von Doktor Redlichs Übergriff saß ihr noch im Genick.

Nachdenklich betrachtete sie die schmalen Schultern ihrer

Kollegin. Was hielt die junge Frau bloß bei diesem Mann, der nach außen so glatt und freundlich wirkte, sich gegenüber Hulda aber als ein solches Scheusal entpuppt hatte?

Als Fräulein Saatwinkel die metallene Spindtür zuschlug und sich endlich umdrehte, erschrak Hulda. Die feinen Züge der Frau waren verquollen, die Augen gerötet. Das weiche, helle Haar hing ihr strähnig ins Gesicht, als habe sie es mehrere Tage lang nicht gewaschen. Sie nickte Hulda verschämt zu, offenbar war sie sich ihres bemitleidenswerten Aufzugs bewusst.

Hulda stand auf und trat zu ihr. Natürlich hätte sie den Zustand der Kollegin ignorieren können, sie mit höflicher Nichtbeachtung davonkommen lassen. Doch was wäre eine solche Höflichkeit wert? Hulda entschied sich anders. Sie legte eine Hand an den Arm der Kollegin.

«Sind Sie krank?», fragte sie.

Fräulein Saatwinkel schüttelte den Kopf. Sie presste die Lippen zusammen. «Nur ein wenig Migräne», sagte sie schließlich und guckte ausweichend an Hulda vorbei, als gäbe es auf der dunklen Holzfläche des Schreibtisches etwas ungemein Interessantes zu betrachten. Ihre Stimme war rau.

«Kommen Sie schon», sagte Hulda und suchte ihre Augen, «das ist keine gewöhnliche Migräne. Wollen Sie es mir nicht sagen?»

Fräulein Saatwinkel blickte sie endlich direkt an. Etwas in ihrem Gesicht fiel zusammen, und sie gab den letzten Rest Selbstbeherrschung auf. Sofort flossen Tränen.

«Verzeihung», presste die junge Frau hervor und versteckte ihr Gesicht in den Händen. «Ich weiß, es ist äußerst unpassend, hier derart aufgelöst zu erscheinen. Aber ...» Sie brach ab, ihre Schultern bebten.

Hulda drückte sie auf einen Stuhl. Der Körper der schluchzenden Kollegin fühlte sich willenlos an wie der einer Gliederpuppe.

«Herzschmerz?», fragte Hulda behutsam, doch sie wusste es ohnehin schon.

Fräulein Saatwinkel nickte. Zittrig zog sie ein Taschentuch aus der Schürzentasche und wischte sich damit das Gesicht und die Nase.

«Verdammt», sagte sie leise, «was für ein Schlamassel!»

Beinahe anklagend sah sie Hulda an. «Ich dummes Huhn schwärme Ihnen noch vor ein paar Tagen vor, wie schön und erfüllend die Liebe ist und wie sie uns vollkommen macht – und nun sehen Sie mich an! Ich bin ein Wrack. Und alles wegen eines Mannes!» Sie lachte unter Tränen, doch es klang nicht fröhlich. «Sie hatten ganz recht, wissen Sie? Wir sollten die Finger davon lassen. Wir Frauen sind am Ende doch nur die Gelackmeierten.»

«*Das* habe ich gesagt?», fragte Hulda verblüfft, dann lachte auch sie bitter auf. «Stimmt, das könnte durchaus von mir sein.» Sie wurde wieder ernst. Karls Gesicht mit den gesprungenen Brillengläsern stand ihr plötzlich vor Augen, doch sie zwinkerte die Erinnerung rasch weg. An ihn zu denken, tat immer noch weh.

«Wollen Sie mir erzählen, was passiert ist?»

Fräulein Saatwinkels Augen wanderten zur Uhr an der Wand. «Meine Schicht hat angefangen», sagte sie, «und wenn ich eines weiß, dann, dass ich mir gerade jetzt keine Nachlässigkeit erlauben darf.» Sie stand auf, strich sich eine Haarsträhne aus dem Gesicht und lächelte tapfer, obwohl ihre Mundwinkel weiterhin traurig zuckten. «Auf in den Kampf, richtig?», fragte sie zaghaft.

«Wie Sie meinen», sagte Hulda, doch sie wollte mehr erfahren. Was war zwischen der hübschen Hebamme und dem eitlen Doktor vorgefallen?

Plötzlich hatte sie ein mulmiges Gefühl. Wie hing das alles zusammen? Wusste Fräulein Saatwinkel etwas, das sie eigentlich nicht wissen durfte? Oder ging Huldas Phantasie mit ihr durch?

«Darf ich Sie morgen Vormittag auf einen Kaffee einladen?», fragte sie. «Dann könnten wir weiterreden. Ich habe ein paar Fragen an Sie, aber am liebsten würde ich die außerhalb der Klinikmauern stellen.»

Fräulein Saatwinkel zögerte, doch dann nickte sie.

«Warum nicht?», sagte sie. «Um neun auf dem Kurfürstendamm, im *Kaffee Trumpf*? Da in der Nähe wohne ich, und meine Schicht fängt erst später an.»

«Morgens um neun kann man es da gut aushalten», sagte Hulda, «die zudringlichen Herren kommen erst zum Likör.»

Sie nickte der Kollegin aufmunternd zu, und diese lächelte tapfer zurück. Sie strich sich ein paar Mal kräftig über die raschelnde Schürze, als glätte sie damit auch die Wogen in ihrem Inneren, und verschwand.

28.

Sonntag, 3. August 1924

Der Sonntagmorgen zog über den Dächern der Stadt auf, mit dicken Wolken, die sich dramatisch um die zögerliche Augustsonne knäulten, und einem kleinen Wind, der unter die Röcke der Damen fegte, die an Hulda vorbei die breite Allee am Kurfürstendamm entlangflanierten. Man fühlte sich heute in Berlin eher wie in einem Seebad an der Ostsee, wo dieses wendische Wetter allzu oft vorkam. Vielleicht würde es später noch regnen, der Tag schien unstet.

Hulda hatte sich dennoch auf die Terrasse des Cafés gesetzt, vorsichtshalber aber unter einen Sonnenschirm, der die ersten Tropfen abhalten würde.

Sie kannte das *Kaffee Trumpf*, doch oft war sie nicht hier gewesen. Es war ihr ein bisschen zu *bohème*, zu prahlerisch mit seinen Wänden aus grünem Marmor, den vielen Treppen und Zwischenetagen, die eher an ein Bahnhofsgebäude denn an ein Kaffeehaus denken ließen. Drinnen waren die Decken golden ausgemalt wie in einem Palast. Und die Kellner hatten alle so einen verkniffenen Zug unter ihren gelackten Schnurrbärten, der Hulda missfiel. Doch hier draußen, dachte sie und streckte die Beine unter dem weiß gedeckten Tisch aus, ließ es sich gut aushalten. Und der Duft nach Bohnenkaffee überzeugte sie restlos. Sie wartete auf ihre Verabredung, bevor sie bestellte, auch wenn das der Bedienung augenscheinlich ganz und gar missfiel.

Glücklicherweise eilte Fräulein Saatwinkel in diesem Moment schon herbei. Sie sah entzückend aus in dem hellblauen Kleid und mit dem schiefen Hütchen. Ihr Gesicht wirkte aufgeräumter als gestern, sie schien sich ein wenig beruhigt zu haben.

«Ich bin zu spät», japste sie und ließ sich auf den Stuhl neben Hulda plumpsen, «entschuldigen Sie. Die Brennschere wollte heute nicht so wie ich.»

«Das Ergebnis kann sich aber trotzdem sehen lassen», erwiderte Hulda und betrachtete anerkennend die kurzen blonden Locken der Kollegin, die sich unter dem Hütchen hervorkringelten. «Sie sehen bezaubernd aus, Fräulein Saatwinkel.»

Offenbar hatte die junge Frau die größte Verzweiflung mit Wasser und Seife abgespült. Sie wirkte frischer und erholter als gestern, doch ein wenig blass war sie noch immer.

«Danke.» Fräulein Saatwinkel hielt Hulda die Hand hin. «Ich heiße übrigens Mathilde», sagte sie, «wollen wir uns nicht lieber beim Vornamen nennen?»

«Gerne.» Die beiden Frauen schüttelten sich die Hände. «Ich bin Hulda.»

«Das wäre geritzt», sagte Mathilde und sah sich nach einem Kellner um.

Sofort eilte einer herbei, unter dessen servilem Lächeln die gewohnte Abschätzigkeit schimmerte. Doch er fragte höflich nach ihren Wünschen.

«Für jede von uns eine Tasse Kaffee», sagte Mathilde, «und für mich bitte noch ein Hörnchen mit Konfitüre.»

«Und für die andere Dame?»

«Schokoladenkuchen», sagte Hulda, die bereits einen Schusterjungen gefrühstückt hatte. Aber weil das graublaue Wetter und der unwirtliche Wind an ihrer Laune zerrten, gedachte sie, diese mit Schokolade zu besänftigen.

«Kommt sofort», sagte der Kellner und eilte von dannen.

«Huch! Nicht einmal *eine* unverschämte Bemerkung?», sagte Mathilde zwinkernd. «Kann man sich denn nicht mal mehr im *Kaffee Trumpf* auf etwas verlassen?»

Hulda lächelte. Die Kellner in der ganzen Stadt waren berühmt für ihre Griesgrämigkeit, und diejenigen, die auf dem Kurfürstendamm bedienten, waren, wie man wusste, die ausgesuchtesten Exemplare dieser Disziplin.

«Er ist wahrscheinlich noch müde und muss erst zu seiner üblichen Form finden», sagte sie. «Warten Sie nur bis zum Bezahlen, Mathilde, spätestens dann spuckt er uns hinterher, wenn er das Trinkgeld zählt.»

Mathilde lachte zustimmend, und Hulda lehnte sich zurück. Sie betrachtete die Menschen rundherum, die zu einem morgendlichen Mokka in eins der vielen Kaffeehäuser strebten. So gern sie über diese piekfeine Gesellschaft spottete, die hier den *Dernier Cri* der Modehäuser am eigenen Leib ausstellte und sich lauthals über Börsenkurse und Pferderennen ausließ, so sehr genoss sie doch das Treiben, Glotzen und Schnattern um sie herum.

Auch Mathilde ließ ihren Blick schweifen. Ihre Augen waren weniger verschwollen als gestern.

«Es geht Ihnen heute wohl schon etwas besser?», fragte Hulda mitfühlend.

Mathildes Wangen färbten sich rot. «Ich bitte noch einmal um Verzeihung, dass ich gestern derart die Contenance verloren habe», sagte sie. «Wissen Sie, Hulda, es ist ja nicht so, als hätte ich die Gefahr nicht kommen sehen. Es wäre vermutlich niemals gutgegangen mit mir und ... Magnus.» Sie schluckte und zwinkerte die Tränen, die ihr dennoch in die Augen stiegen, schnell fort. «Aber dumme Gänse hoffen eben bis zum Ende.»

«Sie sind ganz sicher nicht dumm», sagte Hulda.

Mathilde wischte sich rasch die Augen und nickte dann dankbar dem Kellner zu, der die Bestellung brachte. Erst als er sich entfernt hatte, sprach sie weiter.

«Sie wissen, dass Doktor Redlich verheiratet ist. Nun, ich gestehe, dass ich für eine gewisse Zeit hoffte, das ließe sich ändern.» Sie nippte an ihrem Kaffee. «Doch bevor ich das überhaupt ansprechen konnte, geschah die Sache mit Frau Rot.»

«Frau Rot?» Der Name sagte Hulda entfernt etwas, doch sie wusste nicht, was.

«Sie war eine unserer Hausschwangeren», erklärte Mathilde, «und wurde vor kurzem nach Hause entlassen. Erinnern Sie sich?»

«Zwei Frauen waren es, die gehen mussten, richtig?», fragte Hulda vorsichtig und kostete von ihrem Kuchen. «Weshalb wurde das veranlasst?»

«Das ist es ja», sagte Mathilde und biss so kraftvoll in ihr Hörnchen, dass die Krümel nach allen Seiten stoben. «Keiner schien es erklären zu wollen. Ich war gerade im Dienst, und Frau Meyer weinte sogar beim Abschied. Sie sagte, sie habe Angst wegen der Todesfälle, von denen alle sprächen. Doch offenbar hatte man beiden Frauen eingeschärft, nichts weiter zu sagen.» Sie runzelte die hübsche Stirn. «Zuerst fragte ich Doktor Breitenstein, der gerade Dienst hatte, doch er wurde sehr unflätig. Wie er eben so ist.» Sie zuckte die Schultern. «Da sprach ich Magnus ... also, Doktor Redlich darauf an. Doch auch er reagierte merkwürdig kalt. Sagte, ich solle die Entscheidungen der Ärzte nicht in Frage stellen.»

«Haben Sie gestritten?», fragte Hulda.

«Ja, es war grässlich.» Mathilde nahm einen weiteren Bissen und kaute. «Und es ging mir so sehr gegen den Strich, wie er mich behandelte, nach allem, was ...» Ihre Stimme brach, und sie senkte die Augen auf das weiße Tischtuch. «Jedenfalls nahm ich mir vor, bei beiden Frauen nachzuforschen, wie es ihnen mit der Geburt erging. Ja, und dann, vor zwei Tagen, tat ich genau das und erfuhr, dass Frau Meyer, deren Schwangerschaft schon sehr weit gewesen war, ein gesundes Kind bekommen hat. Aber Frau Rot ist ... verstorben.»

«Was? Warum das denn?», fragte Hulda. Sie versuchte, sich an das Aussehen der Frau zu erinnern, doch sie wusste nur noch, dass sie schmal und braunhaarig gewesen war. Sie spürte eine unbestimmte Traurigkeit.

«Sie hatte eine Frühgeburt und verblutete zu Hause. Der Krankenwagen kam zu spät, weil die Rots keinen Telefonanschluss haben», sagte Mathilde. Ihr Gesicht war blass.

Ein paar Regentropfen klatschten auf den Schirm über ihren Köpfen, und Hulda zog ihre Jacke enger um sich.

«Schon wieder», sagte sie, «das ist seltsam.» Sie dachte an Gerda Manteuffel. Die war genauso gestorben wie Frau Rot.

«Ja», stimmte Mathilde zu, «diese Fälle häufen sich. Und wieder war ich so arglos, Magnus darauf anzusprechen – und diesmal explodierte er förmlich. Plötzlich entlud sich seine ganze Wut gegen mich. Er behauptete, dass er die Beziehung zu mir nicht weiterführen dürfe, seine Frau habe Verdacht geschöpft, und es müsse endlich Schluss sein mit uns.» Sie biss sich auf die Lippen. «Er sagte, wir beide hätten doch immer gewusst, dass es nicht ewig gehen würde, und nun sei der Moment gekommen, da er an seine Familie denken müsse.» Schnaubend stürzte Mathilde den Rest Kaffee herunter. «Dass ich nicht lache! Ihn interessiert doch nichts anderes als seine Karriere. Er will unbedingt diesen Ruf als Professor an die Universität! Dafür würde er über Leichen gehen.»

Hulda starrte sie an, und Mathilde schien erst jetzt die Bedeutung ihrer Worte zu begreifen.

«Das habe ich nur so gesagt», wehrte sie ab. «Ich meinte, er ist sehr ehrgeizig. Seine Frau ist für seine Karriere als Arzt sicher kein Hindernis, wohl aber eine Geliebte, die unangenehme Fragen stellt und die ein Risiko für ihn ist, wenn auffliegt, was zwischen uns war.»

«Wissen Sie, ob er mit den Schwangeren irgendwelche Experimente unternimmt?», fragte Hulda. Sie hatte mit ihrem Verdacht eigentlich nicht so herausplatzen wollen, doch auf einmal konnte sie ihre Ungeduld nicht mehr zügeln.

«Was meinen Sie?» Mathilde leckte sich die Finger ab und sah sie betont unschuldig an. Doch Hulda konnte sehen, dass die Unwissenheit nur eine Fassade war.

«Sie müssen mir kein Theater vorspielen», sagte sie. «Ich glaube, dass in der Klinik etwas vor sich geht. Was sind das für Studien, die Doktor Redlich an der Universität treibt, woran arbeitet er? Gibt er den Schwangeren Medikamente? Aspirin?»

Mathildes Nase zuckte. Sie schien zu überlegen, wie viel von der Wahrheit sie preisgeben wollte. Dann nickte sie langsam.

«Er hat es mir nie direkt erzählt, aber ich habe mir einiges zusammengereimt in den vergangenen Monaten», sagte sie. «Offenbar versucht er, einen Weg zu finden, Frauen, die Fehlgeburten erlitten haben, zu einer Austragung ihres Kindes zu verhelfen. Viele der Patientinnen im Hausschwangerenpavillon kommen auf seine Empfehlung zu uns, doch was er ihnen verspricht, weiß ich nicht.»

Sie hielt inne, und Hulda sah über die belebte Straße hinweg, wo nun viele Flaneure ihre Regenschirme aufspannten und unbeirrt durch den Nieselregen weiterliefen. Kleine Pfützen bildeten sich auf dem Trottoir vor dem *Kaffee Trumpf*, in denen sich die ziehenden Wolken spiegelten. Hoch ragte der spitze Turm der Kaiser-Wilhelm-Gedächtniskirche am Breitscheidplatz auf. In der großen Rosette aus Glas brach sich ein Lichtstrahl und blendete Hulda.

«Erst schien es mir löblich, dass er sich so für diese Frauen einsetzt», fuhr Mathilde leise fort. «Ich meine, viele sind verzweifelt, wenn sie zu uns kommen. Sie wünschen sich nichts sehnlicher als ein Kind. Und ich habe oft gesehen, wie sie ihn anhimmeln, ihn geradezu als ihren Retter verehren.» Sie schüttelte den Kopf. «Doch inzwischen glaube ich, dass ihr Schicksal für ihn zweitrangig ist. Magnus interessieren nur seine Ergebnisse. Wenn er dafür sorgt, dass der Volkskörper gestärkt wird durch mehr gesunde Kinder, die in Berlin zur Welt kommen, dann würde das seine Kompetenz als Mediziner untermauern. Und es ebnet seinen Weg zur Professur.»

Hulda nickte. Es war dasselbe, was sie gedacht hatte. Magnus Redlich war kein Mann, der sich aufhalten ließ, wenn es um sein berufliches Fortkommen ging. Und obwohl Mathilde versucht hatte, ihre Worte, *er ginge über Leichen*, zu entkräften – Hulda konnte sie dennoch nicht mehr vergessen.

«Wir müssen mit jemandem sprechen», sagte sie.

Mathilde blickte erschrocken auf. «Wir? Was meinen Sie?»

«Na, Sie und ich», erwiderte Hulda, «wir müssen jemandem vom unserem Verdacht erzählen.»

Mathilde war jetzt noch blasser geworden. «Sie ahnen nicht,

wozu Magnus fähig ist, Hulda», sagte sie. «Glauben Sie wirklich, er lässt sich von uns ins Handwerk pfuschen? Ich habe Angst! Er hat mir gedroht, man werde mich entlassen. Wo soll ich dann hin? Meine Eltern sind tot, und ich habe sonst niemanden auf der ganzen Welt.» Ihre Lippen zitterten. «Schlimm genug, dass dieser Schuft mich hat sitzenlassen, aber dann auch noch arbeitslos? In den heutigen Zeiten? Nein, das können Sie nicht von mir verlangen!»

«Dann werde ich mich allein darum kümmern», sagte Hulda so entschieden, wie sie konnte. Denn ihr wurde mulmig bei der Erinnerung an das letzte Gespräch mit Redlich. Doch was half es? Sie konnte wohl kaum zusehen, wie immer mehr Frauen in der Klinik zu Tode kamen – oder zu Hause, wenn sie nicht mehr kooperierten, so wie die arme Frau Rot oder Frau Meyer, die mehr Glück gehabt hatte.

Mathilde betrachtete sie skeptisch. «Wie Sie meinen, Hulda. Aber sagen Sie nicht, ich hätte Sie nicht gewarnt. Die Herren der Schöpfung sitzen nun mal am längeren Hebel. Und sie haben vor allem mehr zu verlieren als wir.»

Mit diesen Worten erhob sich Mathilde und rückte ihr Hütchen zurecht. «Danke für den Kaffee, Kollegin», sagte sie, «ich muss jetzt zur Klinik. Aber egal, was Sie unternehmen – seien Sie vorsichtig.» Sie beugte sich verschwörerisch zu Hulda und murmelte: «Von mir wissen Sie nichts. Ich habe genug damit zu tun, mein armes Herz zu reparieren.»

Hulda sah ihr nach. Es tat ihr leid, dass die junge Frau Kummer wegen dieses Ekelpakets hatte. Doch Mathilde war verdammt noch mal nicht die Einzige mit einem angeknacksten Herzen. Schnell bezahlte sie – und sie musste lächeln, als sie die sauertöpfische Miene des Kellners sah. Offenbar schwang der Mann sich endlich zu seiner besten Tagesform auf.

Nach ein paar Metern fiel Huldas Blick auf den blau-weißen Fernsprecher, der mitten auf dem Breitscheidplatz auf sie zu warten schien. Sie könnte mit dem Direktor der Klinik sprechen, dachte sie kurz, doch es behagte ihr nicht. Wollte sie wirklich wie ein Schulmädchen zur Direktion laufen und Kollegen anschwärzen, ohne Beweise? Nein, aber es gab noch eine andere Möglichkeit, die ihr nicht viel verlockender, aber ehrbarer erschien. Kurzentschlossen lief sie hinüber, warf ein paar Münzen ein und ließ sich vom Fräulein vom Amt verbinden.

Es knackte. Dann hörte sie ein vertraute Stimme: «Soso, Doktor Breitenstein wollense sprechen?» Pförtner Scholz am anderen Ende der Leitung klang wie ein verschlafenes Walross, dachte Hulda, und vor ihrem geistigen Auge sah sie ihn vor sich, wie er seine Bartstoppeln rieb. «Der is nich hier.»

«Wann hat er wieder Dienst?», fragte Hulda, während sie beobachtete, wie sich zwei Spatzen in einer Pfütze zu ihren Füßen rekelten. Der große Schauer war ausgeblieben.

«Der Doktor ist krankjemeldet», sagte Scholz. Er senkte die Stimme. «Der Herr Direktor, der übrigens ooch nich janz auf der Höhe scheint, hat ihm nahejelegt, ein paar Tage Bettruhe zu halten.»

Hulda fiel das Gespräch zwischen den beiden Oberärzten ein, das sie belauscht hatte. Offenbar hatte sich Breitenstein wirklich zurückgezogen. Hatte Doktor Redlich seine Drohung wahr gemacht, hatte er Direktor Bumm nahegelegt den älteren Oberarzt aus dem Verkehr zu ziehen? Weil dessen psychischer Zustand nach dem Unglücksfall nicht tragbar war?

«Hätten Sie vielleicht seine Adresse?», fragte sie zögernd.

Herr Scholz am anderen Ende lachte leise. «Na, Sie trauen sich ja wat, Fräulein Gold», sagte er. «Aber wie se möchten.

Doktor Breitenstein wohnt im Villenviertel am Orankesee. Bezirk Weißensee. Sindse im Bilde?»

«Halbwegs», sagte Hulda, die keinen Schimmer von dieser Gegend im Nordosten der Stadt hatte. Oder doch, einmal hatte sie als Kind mit ihrem Vater dort einen Vergnügungspark besucht, sie waren danach in einem Milchhäuschen eingekehrt und hatten Quark mit Erdbeeren gegessen. War das am Weißen See gewesen?

«Waldowstraße, am alten Wasserturm», fügte der Pförtner noch hinzu. «Aber von mir hamse dit nich.»

Dann war die Leitung unterbrochen.

Hulda hängte auf und biss auf ihren Fingernägeln herum. Bei dem Gedanken, allein zu dem cholerischen Oberarzt zu fahren und ihn in seiner Villa aufzuscheuchen, verspürte sie unrühmliches Magendrücken. Doch sie konnte das alles auch nicht auf sich beruhen lassen. Er musste doch wissen, was sein Kollege trieb. Und selbst, wenn er Redlich schützte – aus welchem Grund auch immer –, so würde doch sein eigener Ruf ebenfalls Schaden nehmen, wenn er länger schwieg. Von der Stellung der Klinik ganz zu schweigen, die sich schon jetzt in allem mit der ungleich berühmteren Charité messen musste. Ein Skandal wäre Gift für den Klinikbetrieb in der Artilleriestraße. Ganz zu schweigen von den Menschenleben, die auf dem Spiel standen.

29.

Sonntag, 3. August 1924, mittags

Das Haus war 1912 erbaut worden, kurz vor dem Krieg, und Egon und Traute Breitenstein waren noch im selben Jahr eingezogen. Für Traute war es neben der herrlichen Lage mit Blick auf den See der großzügige Garten gewesen, der den Ausschlag zum Kauf gegeben hatte. Danach hatte sie sich immer gesehnt, und Egon war froh gewesen, ihr diesen Herzenswunsch endlich erfüllen zu können. «Sommerflieder!», hatte sie begeistert ausgerufen und sich mit einem Blick nach ihm umgesehen, bei dem er schwach wurde. «Der blüht und duftet bis in den Herbst. Darunter werden noch unsere Enkel spielen!»

Ein Jahr später war Traute gestorben. Und es hatte kein Kind und kein Enkelchen gegeben.

Egon sah sich missmutig im Garten um. Das Gras wuchs struppig und war an vielen Stellen vertrocknet. Löwenzahn, Brennnesseln und Disteln hatten sich immer näher ans Haus herangeschoben und überwucherten die früheren Beete wie eine krustige Hand, die sich auf alles legte. Er hatte schon lange keine Muße mehr, sich darum zu kümmern. Doch der Flieder, der blühte wieder und immer wieder, jeden Sommer. Traute hatte recht gehabt. Die schweren lila Dolden dufteten bis auf die Terrasse herüber, wo Egon mit einem Glas Bier saß und gegen sich selbst Karten spielte. Der Geruch bereitete ihm Übelkeit, aber er hatte es nicht übers Herz gebracht, die Büsche zu entfernen. Ebenso wenig, wie er das Haus hatte verkaufen können. Dabei ergab es keinerlei Sinn, die vielen leerstehenden Zimmer wöchentlich abstauben zu lassen, was die Haushälterin eisern erledigte, seit vielen Jahren schon. Er hätte längst in eine kleinere Wohnung ziehen sollen, in der Nähe der Klinik am besten, und sein fossilartiges Dasein am Orankesee zu den Akten legen. Doch er konnte es nicht. Stattdessen war er hiergeblieben, hatte sich wie der Efeu, der an der Hausmauer emporrankte, festgebissen. War in dem leeren, einsamen Haus gealtert, ohne je wieder den Versuch zu machen, eine andere Frau kennenzulernen, eine Familie zu gründen. Traute war seine Frau, und auch, wenn er sie verloren hatte, so beendete das nicht ihre Ehe. Er war schuld an ihrem Tod, hatte sie trotz seiner angeblichen Kunstfertigkeit nicht davor bewahren können. Und er trug diese Schuld wie ein Büßerkleid, das er niemals ablegen würde, bis zu seinem eigenen Tod.

Er nahm einen Schluck von dem Bier, doch es war schal geworden. Der Groll gegen seinen Kollegen Redlich wuchs, je länger er hier saß. Egon hatte nichts außer seiner Arbeit, sie allein bewahrte ihn vor den Grübeleien, doch nun sollte er sich zu Hause von seinen Gemütsverstimmungen erholen, wie der Direktor gesagt hatte, und alles nur, weil Magnus Redlich ihn verpetzt hatte. Was hatte Doktor Bumm gesagt? Egon brauche Ruhe, um sich zu erholen und zu Kräften zu kommen, damit er dem Klinikalltag wieder standhielte. Beinahe hätte er laut aufgelacht. Bumm meinte es gut, aber er ahnte nicht, wie quälend solche langen Tage ohne Beschäftigung für einen wie ihn waren. Dass sie Gift für sein Gemüt waren. Ein Gemüt, das er mitnichten durch Ruhe, sondern nur durch pausenlose Geschäftigkeit in Schach hielt.

Drinnen im Haus schellte die Glocke, und Egon zuckte zusammen. Er erwartete niemanden. Achselzuckend blieb er sitzen, Lina würde öffnen und den unbekannten Besucher abwimmeln. Sie kannte seine Scheu vor der Welt, seine Unlust, mit den Leuten zu reden. Alle waren so schrecklich langsam, dachten immer zu lange nach und langweilten ihn. Es war ermüdend, mit anderen Menschen Umgang zu pflegen, und Egon beschränkte jeglichen Kontakt daher auf die Kollegen in der Artilleriestraße, mit denen er notwendigerweise sprechen musste.

Da sah er einen taubenblauen Hut hinter dem Zaun zur Straße auftauchen. Darunter kurze schwarze Haare und ein hübsches Gesicht, das er kannte. Egon stöhnte. War das etwa diese impertinente Hebamme, der er doch erst gestern geraten hatte, sich von ihm fernzuhalten? Woher, in Gottes Namen, hatte sie seine Adresse?

«Doktor Breitenstein?», rief sie da auch schon, und er gab den Versuch auf, sie zu ignorieren, und erhob sich schwerfällig. Er trank zu viel Bier und aß zu viel Wurst, dachte er mürrisch, er ging immer mehr aus der Form.

Kurzatmig kam er am Zaun an und starrte über die Holzsprossen.

«Was zur Hölle?»

«Guten Tag», sagte das Fräulein, das merkwürdig fremd aussah in ihren zivilen Kleidern. Egon kannte sich nicht aus mit der Damenmode, doch dass ihr Rocksaum gewagt kurz war, das erkannte selbst er.

«Ja, der Tag *war* bisher gut», sagte er. «Sie stören mich in meiner Sonntagsruhe.»

«Und es tut mir auch furchtbar leid», sagte sie und blickte ihn so herausfordernd an, dass er wusste, sie bedauerte es kein bisschen. «Ich hörte, Sie seien krank?»

«Eine Magenverstimmung», brummte er. Es war das Erste, was ihm einfiel. Im selben Moment fragte er sich fassungslos, wieso er sich überhaupt vor der kleinen Hebamme rechtfertigte.

«Gehen Sie», rief er.

«Einen Moment nur», sagte sie. «Ich bin ein ganzes Stück mit dem Fahrrad gefahren und habe schrecklichen Durst. Dürfte ich einen Moment hereinkommen?»

Egon knurrte. Ihr Gesicht war tatsächlich erhitzt. Er zögerte, dann öffnete er das Gartentörchen.

«Sie sind wie eine Schmeißfliege», knurrte er, «hat Ihnen das schon mal jemand gesagt?»

«So ähnlich», erwiderte sie unbekümmert und ging ungefragt zur Terrasse, sodass er ihr folgen musste wie ein Diener. Kopfschüttelnd trat er kurz ins Haus.

«Lina!», brüllte er durch den Wohnraum in Richtung Küche. Seine Stimme war lauter, als er es beabsichtigt hatte. «Bringen Sie zwei Gläser und Limonade.»

Kurz darauf kam seine Haushälterin mit einem Tablett heraus. Als ihr Blick auf Fräulein Gold fiel, runzelte sie die Stirn.

«Ich hab der jungen Deern gesagt, Sie seien nicht zu sprechen», begann sie in ihrem breiten Norddeutsch, doch Egon schnitt ihr das Wort mit einer Handbewegung ab.

«Lassen Sie mal», sagte er. «Es ist ... geschäftlich.»

Lina zuckte die Achseln und trollte sich. Sie war seine schroffe Art gewohnt und wusste, dass sie besser keine Fragen stellte.

Die Hebamme hatte sich bereits auf einen der Terrassenstühle gesetzt, und Egon nahm ächzend Platz, wobei er auf einen möglichst großen Abstand zu ihr achtete.

«Bedienen Sie sich selbst», sagte er und deutete auf das Tablett. «Ich tauge nicht als Gastgeber. Deswegen lade ich auch niemanden ein.»

«Danke schön», sagte sie kein bisschen demütig und goss sich ein Glas randvoll, das sie sofort hinunterstürzte. «Sie auch?»

Er nickte ungehalten, und sie schenkte auch ihm ein.

«Wo ich nun schon einmal hier bin», begann sie, «würde ich Sie gern etwas fragen.»

Egon stöhnte. «Fräulein Gold, haben Sie nicht verstanden, dass ich kein Interesse daran habe, Klinikangelegenheiten mit Ihnen zu besprechen? Sie sind kaum ein paar Wochen bei uns und meinen schon, Sie dürften sich Freiheiten herausnehmen?»

«Ich muss aber mit Ihnen sprechen», sagte sie und sah ihn eindringlich an. Ihm fiel die seltsame Farbe ihrer Augen auf, ein kühles Graublau. Sie guckte nicht geradeaus, dachte er, sie schielte ein bisschen, so, als hätte sie einen ganz kleinen Dachschaden. Und das war wohl auch so, überlegte er weiter, wenn sie wirklich mit dem Fahrrad durch die ganze Stadt gefahren war, am Sonntag, um ihn, einen Oberarzt, in seinem Domizil zu überfallen. Sein Ärger wuchs.

«Und worüber, wenn ich fragen darf?»

«Über die Todesfälle bei *uns*», sagte sie, als gehöre sie bereits selbstverständlich zum Inventar der Klinik. *Seiner* Klinik, dachte Egon, doch er spürte, dass dieses Pflichtgefühl ihn gegen seinen Willen für sie einnahm. Dieses Fräulein Gold – wie hieß sie noch? Hulda? – war zwar anstrengend, aber man konnte ihr nicht nachsagen, dass sie ihre Arbeit nicht ernst nahm.

«Ich wüsste nicht, was ich Ihnen dazu zu sagen hätte.»

Sie beugte sich vor. «Ich weiß, dass Sie mich für neugierig und unverschämt halten», sagte sie, «aber ich kann nicht länger schweigen. Ich glaube, dass Doktor Redlich den Frauen bei uns auf der Geburtsstation unerlaubte Medikamente verabreicht. Er –»

«Was für ein Unsinn!», rief Egon in dem verzweifelten Versuch, sie aufzuhalten. Gleichzeitig fragte er sich, wie ihr der Verdacht gekommen war. Er selbst hatte schon lange eine entsprechende Vermutung, doch bisher hatte er nicht wirklich etwas in Erfahrung bringen können. Neben fehlenden Medikamenten im abgeschlossenen Schrank waren ihm mehr als einmal Ungereimtheiten in den Abrechnungsbüchern der Klinik aufgefallen, es fehlten immer wieder mittlere Summen. Doch er hatte sich da herausgehalten. Aus Angst? Aus falschem Ehrgefühl? Er wusste es selbst nicht. Doch egal, was er dachte – Fräulein Gold war die Letzte, mit der er diese Dinge besprechen wollte.

«Unsinn?», fragte sie. «Und wie erklären Sie sich, dass es bei so vielen Frauen zu Gerinnungsstörungen kommt? Sie wissen doch selbst, wie massiv die Probleme sind – nicht einmal *Sie* konnten einige von ihnen noch retten. Auch, wenn Sie das um jeden Preis versuchten.»

Er hieb mit der Faust auf den Tisch. «Was nehmen Sie sich eigentlich heraus?», rief er. «Sie haben schon einmal versucht, mir mit Ihrer Küchenpsychologie zu kommen, ich verbitte mir das.»

«Sie können aber doch nicht leugnen, dass es ungewöhnlich häufig passiert», sagte Hulda beschwichtigend.

Wie hartnäckig diese Person war, dachte Egon.

«Jede Geburt ist ein Risiko», sagte er, etwas ruhiger. «Das

wissen Sie so gut wie ich. Und wenn manche der Frauen unter der Geburt verbluten, ist das nun einmal ein nicht ungewöhnlicher, wenn auch bedauerlicher Verlauf.»

«Bei Hausgeburten ohne medizinischen Beistand, vielleicht», sagte Hulda zweifelnd, «aber doch nicht in einer modernen Klinik, unter den erfahrenen Händen eines Chirurgen wie Ihnen!»

Egon massierte seine schmerzende Stirn. Er sah die Frauen wieder vor sich, all das Blut, das seine Hände, die Instrumente, die Betten tränkte. Er dachte an Traute, ihr weißes Gesicht, wie Schnee. Vor so vielen Jahren war das gewesen, doch noch immer tauchten die Bilder wie Fotografien aus einem Gruselkabinett vor seinem Inneren auf, hörte er die Stimmen der anderen Ärzte um ihn herum. *«Zur Seite, Breitenstein»*, sagte jemand in seinem Kopf, und dann fiel der Satz, vor dem er sich am meisten fürchtete: *«Was haben Sie getan?»*

Er stöhnte und versuchte, den Albtraum abzuschütteln.

«Was wissen Sie schon», sagte er müde und hob den Kopf. Immer noch fixierten ihn die Augen der Hebamme, wissend, erbarmungslos. «Fragen Sie Magnus Redlich», sagte er endlich, «wenn Sie es unbedingt wissen wollen. Ich habe Ihnen dazu nichts mehr zu sagen.»

Sie schüttelte irritiert den Kopf. «Ich kann es einfach nicht verstehen, dass Sie sich weigern, der Wahrheit ins Gesicht zu sehen!», rief sie. «Ihr eigener Ruf hängt an diesem ganzen Durcheinander. Sie wollen doch diese Professur? Stattdessen sehen Sie zu, wir Ihr Kollege sich durch zweifelhafte Versuche an lebenden Frauen profiliert.»

Woher wusste sie das alles?, fragte sich Egon verwirrt, oder bluffte sie? Und was interessierte es sie überhaupt? Sie war doch nur eine Frau, sie würde in der Klinik nie mehr sein als eine Hebamme, eine Handlangerin letztlich. Weshalb bohrte sie weiter, wo es doch so offensichtlich um die Domäne der Männer ging, die ihr ohnehin verwehrt bleiben würde?

«Warum schützen Sie Ihren Kollegen?», fragte sie, etwas ruhiger. «Man könnte meinen, Sie stünden bei ihm in der Kreide. Dabei versucht er, Ihnen mit unlauteren ... ja, mit gefährlichen Mitteln den Ruf streitig zu machen. Doktor Redlich ist jung, er kann später noch an die Universität. Aber für Sie ist es jetzt der Zeitpunkt, danach kommt nicht mehr viel.»

Sie war auf Draht, dachte Egon verblüfft. Noch niemand hatte gewagt, ihm seine eigene Situation derart aufs Butterbrot zu schmieren. Und er musste zugeben, dass er ihren Scharfsinn ein kleines bisschen bewundert hätte, wenn sie ihm nicht so auf die Nerven gehen würde.

«Angenommen, Doktor Redlich verabreichte den Frauen Medikamente», sagte er langsam und eher widerwillig, «was würden Sie vorschlagen, das ich unternehmen sollte?»

«Sie müssen das sofort unterbinden!» Hulda klang jetzt aufgeregt. «Soweit ich weiß, handelt es sich um Aspirin, hoch dosiert. Er ist damit sicher in gewisser Weise erfolgreich, viele der Hausschwangeren bei uns gebären trotz vorangegangener Fehlgeburten gesunde Kinder. Aber was ist mit denen, die weniger Glück haben? Deren Körper durch das Aspirin geschädigt wird, sodass sie am Ende mit ihrem Leben für den Erkenntnisgewinn und den Ehrgeiz Ihres Kollegen bezahlen?» Sie schien einen Moment zu überlegen. «Und weshalb ist eigentlich keine dieser Frauen gestorben, wenn Redlich operiert, sondern immer nur bei Ihnen?»

«Ich verstehe nicht», sagte Egon, der sehen konnte, wie es hinter ihrer Stirn arbeitete. Doch die Frage war berechtigt. Und die Scham, die ihn immer wieder packte, wenn er über ebendiese Frage nachgrübelte, schoss heiß und scharf in ihm hoch. Es war ein vertrautes Gefühl, das ihn manchmal überfiel und piesackte: Er verdiene seinen Vertrauensposten in der Klinik gar nicht. Direktor Bumm hatte recht, wenn er sagte, dass Egon Nachlässigkeiten unterkamen, weil er oft erschöpft in eine Operation ging. Doch er konnte nicht nein sagen, er konnte einfach nicht! Es war wie eine Sucht, der er wieder und wieder nachgab.

Oh Himmel, wann ging diese Hebamme endlich und ließ ihn in Ruhe?

«Warten Sie ...», sagte Hulda langsam, als käme ihr soeben eine Idee. «Fräulein Meck sagte, Sie hätten die OP-Dienste getauscht. Geschieht das öfter? Kann es sein, dass Sie Operationen von Doktor Redlich übernehmen, kurzfristig?»

Egon starrte sie an. Immer wieder hatte er sich diese Fragen selbst gestellt. Weshalb waren ihm die Fehler unterlaufen? Und plötzlich keimte ein Verdacht, der bisher gut versteckt in ihm geschlummert hatte, mit aller Macht in ihm auf. Wie oft war Redlich zu ihm gekommen und hatte ihn gebeten, für ihn zu übernehmen? Er hatte es stets gut begründet, mit Verpflichtungen den Studenten gegenüber, mit Übermüdung, mit Schmeichelei. Und meistens hatte er, Egon, die Eingriffe erfolgreich durchgeführt. Doch was war mit den Fällen, bei denen eine Frau verstorben war? Es hatte mehrere gegeben, angefangen bei der jungen Frau Manteuffel vor zwei Jahren, die er nicht vergessen konnte.

Fräulein Gold ließ nicht locker. «Kann es sein, dass Ihr Kollege Ihnen mit Absicht die kritischen Fälle unterjubelt?»

Egon erschrak, als er seine eigenen Gedanken zum ersten Mal laut ausgesprochen hörte. Von dieser seltsamen Frau, die da auf seiner Terrasse saß wie festgewachsen und den Krug mit Limonade leerte, als sei sie eine durstige Schulgöre, die ihren Großvater besuchte. Ihm wurde es nun endgültig zu viel.

«Genug», sagte er und stand auf. «Sie mischen sich in Dinge ein, die Sie nichts angehen.» Er schwankte einen Moment, doch er hielt sich noch rechtzeitig an der Tischkante fest. Wieder hörte er die Stimme von Magnus Redlich wie durch Watte, sie kam aus einer längst vergangenen Zeit. *«Was haben Sie getan?»* Der Kollege war damals Assistenzarzt gewesen, blutjung von der Universität war er gekommen. Und er war, im Gegensatz zu Egon, mit kühlem Bedacht vorgegangen, hatte versucht, Traute noch zu retten, doch es war zu spät gewesen. Egon und er hatten nie mehr darüber gesprochen. Redlich war zur Beerdigung gekommen, und bereits damals, über das Grab hinweg, hatte etwas in seinem Blick gelegen, etwas Hartes, Schneidendes, das nicht zu dem schön geschnittenen Gesicht gepasst hatte. Eine Geringschätzung, ja, das war es! *Du bist schuld*, hatte dieser Blick gesagt. Und Egon hatte die stumme Anklage wie eine willkommene Strafe angenommen. Denn anders als die freundlichen, mitleidigen Kondolenzen der übrigen Trauergäste war es einzig dieser Blick von Redlich gewesen, der die Wahrheit gesagt hatte. Die Erinnerung schmerzte höllisch und entfachte wieder seine Wut.

«Raus mit Ihnen!», sagte er so grob zu der Hebamme, dass sie wohl endlich verstand.

Ihr Gesicht war verschlossen, als sie das Glas abstellte und sich erhob, um seinem Befehl Folge zu leisten.

«Ich bin sicher, ich habe recht», sagte sie, «und noch mehr glaube ich, dass Sie es auch wissen. Welche Rechnung auch immer da zwischen Ihnen und Doktor Redlich nicht beglichen ist – es ist Zeit, dass Sie das Schweigen brechen. Sie sind ganz sicher nicht schuld an dem Tod dieser Frauen, Sie haben keine

Fehler gemacht, so sehr Sie sich das auch selbst einreden mögen. Aus Selbsthass oder Scham, was weiß ich?»

Mit diesen Worten drehte sie sich um und lief über den verwahrlosten Rasen zum Gartentor. Direkt neben dem blühenden Fliederstrauch blieb sie stehen und wandte den Kopf noch einmal nach ihm um.

«Und wenn *Sie* nichts sagen, dann werde *ich* das tun», rief sie trotzig.

Dann war sie verschwunden, und gleich darauf hörte Egon das Klirren einer Fahrradkette, Metall auf Metall.

Er wischte sich einen Schweißfilm von der Stirn. Seine Brust schmerzte, als er den Blick zum Himmel hob. Ein Vogelschwarm zog durch das verwaschene Blau, es waren die ersten Trauerseeschwalben auf ihrem Weg gen Süden. Egon rang nach Atem, der Fliederduft war schwer und süß.

Es war erst August, doch der Herbst lauerte schon, dachte er, als er schnaufend ins Haus ging.

30.

Mittwoch, 6. August 1924

Kritisch betrachtete sich Hulda in dem alten Spiegel in ihrer Mansarde. Sie drehte und wandte sich und begutachtete den Sitz ihrer Garderobe. Ein neues Flapperkleid aus rosa Seide, das taillenlos von den Schultern bis über die Knie fiel, mit silberner Durchwirkung an der Brust und in den weichen Rockfalten. Es ließ ihre Haut hell schimmern und ihr Haar wie Rabenflügel glänzen, das jedenfalls hatte die ebenso adrette wie geschwätzige Verkäuferin bei *Hertzog* auf der Spreeinsel behauptet. Ausnahmsweise hatte Hulda ihr zustimmen müssen, vielleicht aber auch nur, weil der Glanz der vielen Wandleuchten sie in den hohen Spiegeln des Kaufhauses geblendet hatte. Heute dagegen, in ihrem kleinen, reizlosen Zimmerchen, packte sie beim Anblick gleich das schlechte Gewissen, weil das Kleid so sündhaft teuer gewesen war. Doch wozu verdiente sie zum ersten Mal in ihrem Leben festes, sicheres Geld?, dachte sie fast trotzig. Bei dem Gedanken an die Klinik flatterte ihr Herz allerdings gleich wieder ängstlich, denn wer wusste schon, wie lange noch?

Sie hatte sich in den vergangenen Tagen nicht gerade beliebt gemacht an ihrem Arbeitsplatz, und eigentlich spürte sie das Damoklesschwert ständig über sich hängen, auch wenn sie sich nichts anmerken ließ. Sie ging zur Arbeit, stand den

Frauen bei der Geburt bei, verabreichte Medikamente und leitete die Hebammenschülerinnen an – doch sie fühlte sich dabei wie eine Puppe, die von unsichtbaren Fäden hierhin und dorthin gezogen wurde. Wie eine mechanische Figurine, nicht wie eine Frau, die ihr Schicksal fest in den eigenen Händen hielt. Eine seltsame, fast bleierne Ruhe hing über den Fluren und in den Pavillons der Klinik in der Artilleriestraße, als warte man stillschweigend auf ein heranziehendes Gewitter. Oder empfand nur sie das so?

Seit sie am Sonntag bei Doktor Breitenstein gewesen war, hatte sie pausenlos gegrübelt, was sie unternehmen sollte. Doch sie kam zu keinem Entschluss. Sie hatte weder Beweise für ihren Verdacht gegenüber Doktor Redlich, noch wusste sie recht, an wen sie sich wenden konnte. Noch einmal mit Mathilde Saatwinkel zu sprechen, erschien ihr sinnlos, die junge Kollegin hatte deutlich gesagt, dass sie sich nicht weiter in die Sache verwickeln lassen würde.

Johann hatte Hulda seit Tagen nicht zu Gesicht bekommen, ihre Dienstpläne machten Begegnungen fast unmöglich. Und sie hatte sich sogar dabei ertappt, ihm bei den wenigen Gelegenheiten, die sich dennoch boten, aus dem Weg zu gehen. Sie würde ihn und seine Stellung nicht gefährden, nicht, wenn es sich vermeiden ließe. Gleichzeitig bedauerte sie es, ihn nicht ins Vertrauen ziehen zu können. Doktor Redlichs Drohung klang ihr aber allzu deutlich in den Ohren. So hatte sie abgewartet.

Doch jetzt, als sie ihr Gesicht im Spiegel betrachtete, überkam sie auf einmal Verachtung für sich selbst. War das noch sie, Hulda Gold, die unerschrockene Hebamme vom Winterfeldtplatz? Hatte sie sich je einschüchtern lassen? Oft genug war sie mit wütenden Ehemännern, verzweifelten Großmüttern, bissigen Hunden und Ärzten, die sich selbst als gottgleich wahrnahmen, aneinandergeraten, doch niemals hatte sie klein beigegeben, wenn es um das Leben oder das Wohl ihrer Schutzbefohlenen gegangen war. Stets hatte sie sich wie ein Terrier in ungelöste Knoten verbissen und es schließlich fast immer geschafft, der Schicksalswaage einen kleinen Schubs zugunsten der Mütter und ihrer Kinder zu geben. Und nun zog sie den Schwanz ein? Dabei war sie sich selbst doch immer noch nicht sicher, ob der Platz in der Klinik für sie überhaupt der richtige war. Warum klammerte sie sich dann so daran? Warum verriet sie aus Angst, ihre Stelle zu verlieren, all ihre Ideale?

Unzufrieden verzog Hulda das Gesicht. Sie warf einen letzten Blick in den Spiegel, auf diese roséfarbene Person dort im kühlen Glas. Der silberne Rocksaum schwang wirklich hübsch um ihre Beine. Sogar die Lippen hatte sie sich bemalt, und insgesamt musste sie anerkennen, dass das Ergebnis nicht übel war. Vielleicht war es sogar ein wenig zu viel des Guten, für die kleine Sommerfeier im Klinikgarten, zu der Direktor Bumm heute Nachmittag geladen hatte?

Besorgt sah Hulda durchs Fenster in die graue Wolkendecke. Das Wetter war seit Tagen bedeckt, ohne dass Regen gefallen wäre, und es passte zu der Stimmung in der Klinik: dräuend, abwartend und unwirtlich.

Sie griff nach einem Tuch, das über der Stuhllehne hing, und schlang es sich um die Schultern. Dann schnappte sie sich ihre lederne Hebammentasche, denn obwohl heute Nachmittag die ältere Kollegin Irene Klopfer Dienst haben würde, die behauptete, sie mache sich nichts aus einem solchen *Popanz*, wusste man doch nie, ob man gebraucht würde.

Hulda trat aus dem Zimmer, sperrte die Tür zur Mansarde hinter sich zu und lief die Treppen hinab. In der Wohnung von Frau Wunderlich hörte sie Kinderstimmen. Der kleine Erich jauchzte, und dazwischen vernahm sie eine dunklere Frauenstimme, die offenbar etwas vorlas, vermischt mit dem unverkennbar energischen Geschirrklappern der Wirtin. Hulda musste schmunzeln. Die Fräuleins aus dem Erdgeschoss waren inzwischen derart feste Größen in der Betreuung der Kinder, dass sie bei Frau Wunderlich ein und aus gingen wie beste Freundinnen.

Überhaupt war das Haus jetzt meist erfüllt von Geschäftigkeit, Kindergetrappel und oft auch von dem Duft nach Eierkuchen, denn Frau Scholl brachte Elli das Kochen bei. Sogar Herr Moratschek, dessen Miene hinter dem grauen Schnauzer meistens verdrossen war, hatte sich wie der sprichwörtliche Stein erweichen lassen – mit dem Ergebnis, dass Elli manchmal an seinem Sekretär Briefchen schreiben und Erich auf seinen Knien reiten durfte. Es herrschte ein derartiger Frieden in der Winterfeldtstraße 34, dass Hulda manchmal dachte, ihnen allen hatten genau diese zwei Kinder unter ihrem Dach noch gefehlt. Nur sie selbst hielt ein wenig Abstand, war oft außer Haus oder verspürte eine kleine, unerklärliche Scheu, Erich und Elli nahezukommen, so, als habe sie dazu kein Recht. Warum das so war, darüber wollte sie lieber nicht genauer nachdenken.

Wenig später radelte Hulda auf der Potsdamer Straße nach Norden. Der Wind strich kühl und schattig über ihre Beine, die Luft roch feucht, nach spätem Sommer, nach erholsamer Abkühlung und verblühendem Schmetterlingsflieder aus den Gärten. Wenn es nur nicht regnete, hoffte Hulda, sonst fiele das Fest buchstäblich ins Wasser. Und während sie weiter durch die Straßen gondelte – am lebensgefährlichen Potsdamer Platz vorbei, ein kleines Stück durch den Tiergarten, dann scharf rechts die Spree entlang –, gestand sie sich endlich ein, weshalb sie dem Nachmittag entgegenfieberte und sich so in Schale geworfen hatte. Sie würde Johann wiedersehen. Und ihm nicht in der langweiligen Hebammenuniform entgegentreten, sondern in diesem hübschen Fetzen hier, für den sie einen ganzen Wochenlohn ausgegeben hatte. Sie nahm sich vor, für diesen einen Nachmittag alles zu vergessen – die Machenschaften von Doktor Redlich und seine Drohung, die Todesfälle, Jette, die gerade noch so dem Tod von der Schippe gesprungen war, und Karl. Vor allem Karl, dessen Gesicht sie noch immer so deutlich heraufbeschwören konnte. Karl mit seinen hellgrünen Augen, wie Flaschenscherben, mit dem schönen, traurigen Mund und den Geheimratsecken unter dem Blondhaar. Seit sie von ihrer Wirtin die Klatschgeschichte von dem angeblichen Verhältnis ihres Vaters gehört hatte, dachte sie wieder öfter an Karl. Dauernd hatte sie ihm in den Ohren gelegen, sich der Geschichte seiner Familie zu stellen, nach dem Verbleib seiner Mutter zu forschen, um endlich Gewissheit zu haben. Und nun getraute sie sich bei ihren eigenen Eltern nicht, an die Vergangenheit, die alten Geschichten zu rühren! Waren sie und Karl sich am Ende gar nicht so unähnlich in ihrem Zaudern bei diesen Dingen? Doch dann fand sie, dass ihr der Gedanke an ihn nicht mehr zustand. Er gehörte nicht mehr zu ihr, war ihr längst entglitten und ging seiner Wege. Und das sollte sie nun auch endlich tun.

Vor der Klinik sprang sie ab, strauchelte kurz und schrammte sich die Wade an der Fahrradkette. Augenrollend versuchte sie, die Ölschmiere mit Fingern und Spucke zu entfernen, und dachte, dass es ihr wieder ähnlich sah – ein zu teures Kleidchen und dann ölverschmierte, zerkratzte Beine wie ein Fratz!

Das Fahrrad schepperte, als sie es an die Hausecke lehnte.

Kaum hatte sie sich umgedreht, blickte sie direkt in Johanns lachende Augen.

«Na, Fräulein Gold», sagte er verschmitzt, «an Anmut heute wieder nicht zu überbieten?»

Sie schnaubte und boxte ihn gegen den Arm.

«Herr Wenckow, bitte keine Witze auf meine Kosten. Ich kann es mir nicht leisten, bin sozusagen pleite.»

«Wenn das so ist, dann will ich nichts gesagt haben.» Er betrachtete sie anerkennend. «Abgerissen siehst du aber nicht aus, Hulda! Du bist wunderhübsch.»

Ihre Wangen glühten. Sie sahen sich an, und Hulda spürte wieder dieses Flattern in der Brust, das sie sich in den letzten Tagen verboten und das sie gleichzeitig so sehr vermisst hatte.

Er sah auch gut aus, fand sie, in der blauen Bundfaltenhose und dem weißen Hemd und mit der Schiebermütze auf dem rotblonden Haar, die ihm etwas Unbekümmertes gab. Für einen Moment schob sich die Wolkendecke über ihren Köpfen auseinander, und die Sonnenstrahlen entzündeten Johanns Sommersprossen beinahe dramatisch. Seine Wimpern warfen lila Schatten auf die Wangen.

«Hoppla», sagte er lachend, «dass Hulda Gold einmal sprachlos sein würde, das habe ich ja nicht zu hoffen gewagt.» Er bot ihr den Arm an. «Darf ich bitten?»

Doch sie schüttelte den Kopf. «Bist du verrückt? Wenn uns nun jemand zusammen hereinkommen sieht!» Sie dachte an die Drohung, die über ihr hing, und fröstelte.

Johann zuckte die Schultern. «Wahrscheinlich hast du recht. Aber das wäre es mir wert, weißt du? Doch bitte, dann nach dir.»

Hulda ging voran, und er folgte in betont großem Abstand. Lachend stieß sie die Tür zur Klinik auf. Drinnen in der Eingangshalle befestigte Ilse, die Tochter von Pförtner Scholz, gerade eine Wimpelkette, deren bunte Dreiecke munter im Windzug schaukelten und flatterten. Ilses rundlicher Körper stand auf einer kleinen Trittleiter, die bedrohlich ächzte. Bei Huldas Anblick sah sie auf und pfiff durch die Zähne.

«Donnerwetter», sagte sie und sah Hulda anerkennend an.

«Meine Rede», sagte Johann in ihrem Rücken, der kurz nach ihr eingetreten war.

Ilses kleine Äuglein bekamen einen zufriedenen Glanz. «Uff den Tratsch der Wäscherinnen ist Verlass», murmelte sie. Sie blickte von Hulda zu Johann und wieder zurück. Dann zwinkerte sie Hulda zu.

«Ick wünsche einen vergnüglichen Tag», sagte sie mit einem hintergründigen Unterton, «aber trinkense nich zu viel Bowle, Frollein! Ick weeß, wat da drin ist, hab sie nämlich selbst jemacht.» Sie kicherte. «Na, später komm ick mal raus und trinke ein Gläschen mit.»

Verlegen nickte Hulda und ging allein weiter zum Hebammenzimmer. Dort stellte sie ihre Tasche ab und atmete tief durch. Sie und Johann sollten sich wirklich weniger offensichtlich benehmen, dachte sie besorgt, vor allem, solange sie selbst nicht wusste, wo das alles hinführte. Sie kam sich vor wie ein Schulmädchen, dessen heimliche Schwärmerei aufgeflogen war. Aber verflixt, sie war doch keine Schülerin des Chamisso-Lyzeums am Barbarossaplatz mehr, sondern 28 Jahre alt, eine gestandene Frau, die einen Ruf zu verlieren hatte. Und eine Arbeitsstelle.

Kurz zögerte Hulda, dann ließ sie das Tuch von den Schultern gleiten. Wenn schon, denn schon, dachte sie.

Mit gestrafftem Rücken trat sie aus dem Zimmer und ging über den Korridor in Richtung Gartenausgang. Durch die

Glastür sah sie, dass schon ein guter Teil der Belegschaft versammelt war. Auf weiß gedeckten Tischen standen Schüsseln mit Kartoffelsalat und etliche Tabletts mit Buletten und Kuchen, daneben thronte eine riesige Bowleschale mit dem Gebräu, vor dem Ilse Scholz sie gewarnt hatte. Die meisten Kollegen waren in Festkleidung, dazwischen liefen jedoch auch einige Ärzte und Pflegerinnen in Kitteln umher, die wohl zur Schicht eingeteilt waren und sich ab und zu hinausstahlen, um ein wenig vom Fest mitzubekommen.

Hulda erkannte Direktor Bumm in einem schwarzen, feierlichen Anzug und daneben Irene Klopfer, die ihre Hebammenuniform trug und ein Glas Bowle in der Hand balancierte. Sie sprach lebhaft und mit geröteten Wangen auf den Direktor ein, und Hulda kam nicht umhin, seinen Blick zu bemerken, der diskret nach einer Möglichkeit zu entkommen suchte. Offenbar konnte Fräulein Klopfer der Feier doch etwas abgewinnen, wenn die Gesellschaft stimmte, dachte Hulda und stieß die Tür auf.

Obwohl es noch mitten am Tag war, hatte bereits jemand die Lampions in den Bäumen entzündet, was angesichts des trüben Wetters eine gute Idee gewesen war. Zwischen den Schwestern, Ärzten und Hebammen flanierten auch einige Patientinnen umher, ließen sich von der guten Laune ringsum anstecken und probierten den Kartoffelsalat. Sogar ein Grammophon gab es, aus dem ein leiernder Schlager erklang.

«Hulda!», rief eine vertraute Stimme. Es war Jette, die mit der kleinen Sibylle, eingewickelt wie ein Eskimokind, im Arm in einem Rollstuhl saß.

Hulda winkte ihr zu und ging hinüber.

«Meine Herren, siehst du toll aus», sagte Jette und blickte erst neidisch auf Huldas Kleid, dann missmutig an sich selbst herunter. Sie trug das Kliniknachthemd mit einer Strickjacke darüber, ihre Füße steckten in Pantoffeln. «Wenn ich nur auch endlich meine Kleider wiederhätte und meine Figur», seufzte sie. «Alles an mir ist Speck und Wabbel. Ich fühle mich wie eine Milchkuh.»

Hulda musste lachen. «Das geht ganz flott», sagte sie, «dann hast du deinen Mannequinkörper zurück.»

«Den hatte ich nie», erwiderte Jette spöttisch, «aber ich schätze, alles hat seinen Preis.» Zärtlich sah sie auf den kleinen, bemützten Kopf ihrer Tochter hinunter. «Ich durfte sie heute zum ersten Mal mit rausnehmen», sagte sie und blickte über die Wiese. «Aber ich fürchte, gleich kommt schon die gestrenge Kinderschwester und komplimentiert mich wieder hinein.»

Dann musterte sie Hulda erneut. «Schick hin oder her», sagte sie, «etwas geht aber mal wieder in deinem Oberstübchen vor sich, oder? Worüber grübelst du heute nach?»

Hulda zögerte. Sie standen ein wenig abseits, außer Hörweite. Hulda hockte sich neben Jette auf die Wiese und sah sie eindringlich an.

«Du hast mich eigentlich darauf gebracht», sagte sie leise, «aber was ich dir jetzt erzähle, muss unter uns bleiben, ja? Sonst komme ich in Teufels Küche.»

Jette nickte, und Hulda erzählte der Freundin kurz, was sie über die seltsamen Todesfälle und das Aspirin herausgefunden hatte. Jettes Miene wechselte von neugierig zu ungläubig. Als Hulda endetet, blickte sie empört.

«Ich weiß, dass viele Ärzte solche Privatstudien betreiben», sagte sie, «als Apothekerin kenne ich das. Und bis zu einem gewissen Grad ist es ja auch gut, wenn die Medizin sich weiterentwickelt. Aber das geht zu weit!» Sie blitzte wütend in Richtung der Ärzte, die ein paar Meter entfernt auf dem Rasen herumstanden, Bowle tranken und mit den Schwestern scherzten. «Sie sind nicht die Herren über Leben und Tod, auch wenn sie das vielleicht gern hätten.»

«Ich habe mit Breitenstein gesprochen», sagte Hulda, «ich habe das Gefühl, dass er es in Ordnung bringen wird.»

Jette lachte spöttisch auf, und das Kind in ihren Armen öffnete für eine Sekunde erschrocken die Augen, bevor es wieder einschlief. «Ja, in *seine* Ordnung, das glaube ich gern», sagte sie. Doch als sie Huldas Gesichtsausdruck sah, griff sie nach ihrem Arm. «Keine Sorge, ich bin schon still», sagte sie. «Ich weiß ja, wie du an dem Laden hier hängst. Und immerhin haben sie mein Leben gerettet – und das von Billy.» Zärtlich glitt ihr Blick über das winzige Gesicht ihres Babys. Dann wurde sie wieder ernst.

«Und Gerda?», fragte sie. «War das auch der Grund für ihren Tod?»

Hulda hob die Schultern. Sie fühlte sich plötzlich mutlos. «Wer weiß?», fragte sie. «Das werden wir nicht mehr herausfinden. Aber wahrscheinlich ist es schon, nach allem, was ich von Fred Manteuffel erfahren habe. Wenn es auch nicht viel war.»

«Du hast ihn also besucht?», fragte Jette. Sie schüttelte ungläubig den Kopf. «Was ich alles verpasst habe in letzter Zeit! Wie geht es ihm denn? Konntest du etwas in Erfahrung bringen?»

«Es war sehr merkwürdig», sagte Hulda nachdenklich, «er war zuerst freundlich und bat mich herein. Er trug eine Gesichtsprothese, es ist erstaunlich, wie sehr ihn das zum Vorteil veränderte, auch wenn sie natürlich die Entstellung nicht verbergen konnte.»

Jette nickte. «Eine amerikanische Künstlerin baut solche Prothesen aus Kupfer in Paris, ein wahres Genie. Ich habe eine

Fotografie gesehen. Mrs. Ladd heißt die Frau. Doch in Deutschland sind wir davon noch weit entfernt.»

Mit Schaudern dachte Hulda an die vielen entstellten, ja monsterhaften Fratzen, die auch heute noch in großer Zahl durch Berlin liefen. Als hätte man den Männern das Ich weggeschossen, dachte sie und richtete ihre Gedanken schnell wieder auf Fred.

«Nach dem Tod von Gerda hat er wieder geheiratet», fuhr sie fort, «die Familie hat zwei Kinder. Zunächst war er freundlich. Doch als er merkte, dass ich mehr über Gerdas Schicksal herausfinden wollte, wurde er abweisend. Er weigerte sich, zu sagen, wie sie zu Tode kam, doch er deutete an, dass es etwas mit der Klinik hier zu tun hätte.»

Jette öffnete den Mund, schloss ihn jedoch gleich wieder, als Hulda die Hand hob. «Schon gut», sagte sie, auch wenn Hulda sah, dass sie nicht einverstanden schien, «ich mische mich nicht ein. Aber was ich darüber denke, weißt du.» Sie sah zum Haus und kräuselte die Lippen.

«Da kommt meine Gefängniswärterin», flüsterte sie.

Tatsächlich stand gleich darauf eine Pflegerin vor ihnen.

«Genug für heute, Frau Martin», sagte sie bestimmt. «Sibylle und Sie gehören ins Bett.»

Hilflos hob Jette die Achseln und sah Hulda mit einem schiefen Lachen an. «Zurück in die Zelle», sagte sie, «aber ich werde das Fenster öffnen und der Musik lauschen.»

«So schlimm ist es wohl nicht», sagte Hulda. «Ich bringe dir nachher ein Stück Kuchen.»

Die Pflegerin schob Jette ins Haus, und Hulda blickte ihr nach. Erneut fragte sie sich, ob es richtig war, die Sache mit den Todesfällen, mit Doktor Redlichs Studien nicht weiterzuverfolgen. Sie nicht der Polizei zu melden. Würde Breitenstein etwas unternehmen, wie sie hoffte, oder war es naiv, das von ihm zu erwarten? Aber diese Sache war zu groß für sie, Hulda konnte sie nicht richtig überblicken. Und auch, wenn sie das schlechte Gewissen den Patientinnen gegenüber stach, so nahm sie sich doch zum wiederholten Mal vor, ausnahmsweise einmal die Klappe zu halten und abzuwarten.

Hinten, beim Kuchentisch, sah sie jetzt Doktor Redlich. Er hatte sich in Schale geworfen, trug einen gestreiften Sommeranzug aus Leinen und einen flachen *Pork Pie* auf dem Kopf wie ein Dandy. Die Schwesternschülerinnen umlagerten ihn und hingen an seinen Lippen. Hulda schaute rasch weg. Eine Begegnung mit ihm war das Letzte, das sie sich für heute wünschte. Ihre Augen suchten Johann, doch er war nicht zu sehen. Als sie gerade überlegte, ob sie es wagen sollte, nach ihm zu suchen, oder sich besser mit Schokoladentorte vollstopfen wollte, um die Leere zu füllen, die sie plötzlich verspürte, verstummte das Grammophon.

Überrascht registrierte Hulda, dass Doktor Breitenstein die Nadel von der Platte genommen und die Musik abgewürgt hatte. Es schien ihm wieder besserzugehen. In weißem Kittel wie eh und je und massig stand er da. Er nickte dem Direktor zu, der in seiner Nähe stand und auf das Signal hin mit einem Löffel gegen sein Glas schlug. Es war leer, wie Hulda bemerkte. Offenbar trank er nicht, vielleicht wegen seines Gallenleidens, von dem eine Krankenschwester gesprochen hatte?

Das Gemurmel und Gelächter ringsum verstummte, man ergriff die Gläser und schlenderte näher. Direktor Bumm straffte die Brust, warf einen Blick in die Runde und räusperte sich.

«Werte Kollegen, ich begrüße Sie herzlich zu unserem diesjährigen Sommerfest», sagte er mit seiner freundlichen, zurückhaltenden Stimme. «Ich danke Ihnen für Ihre Arbeit im vergangenen Jahr und lade Sie ein, sich heute auf Kosten der Klinik nach Herzenslust zu stärken.» Er deutete auf die schwer beladenen Tische. «Später ist es gern gesehen, wenn der ein oder andere das Tanzbein auf dem Rasen schwingt, jedenfalls, solange das Wetter noch mitspielt. Doch zuvor», er hielt inne und sah sich suchend um, «möchte ich Ihnen ein paar Ankündigungen machen.»

Er winkte Doktor Redlich heran, der seinen Hut zurechtrückte und an seinen Hosenträgern herumfummelte. Dann trat er neben den Direktor. Hulda bemerkte zu ihrem Erstaunen, dass es in seinem Gesicht zuckte, so, als sei er nervös. Oder als habe er etwas Widerwärtiges gegessen.

«Unser lieber Doktor Redlich wird uns leider verlassen», sagte der Direktor, und ein Raunen ging durch die Zuhörer. Hulda fragte sich, ob nur sie den seltsam reservierte Ton in der Stimme des Direktors wahrgenommen hatte. Hielt sich sein Bedauern in Grenzen? Gespannt hörte sie zu, als er fortfuhr.

«Er wird sein Wirken künftig auf die private Frauenklinik von Professor Hartmann in Britz richten», erklärte Doktor Bumm, während es ringsherum abermals zu einem anschwellenden Geraune kam. Damit hatte offenbar niemand gerechnet. Und wenn Hulda den säuerlichen Zug um Doktor Redlichs Lippen richtig deutete, dann der junge Oberarzt am allerwenigsten. Von der Universitäts-Frauenklinik in Mitte zu einer kleinen, privat geführten Einrichtung an der Peripherie von Berlin – dass dies einen Abstieg bedeutete, war wohl den meisten klar. Doch niemand sagte etwas, alle schauten betreten auf den Rasen. Der ein oder andere, sah Hulda, hatte ein heimliches, schadenfrohes Lächeln auf den Lippen. Waren etwa doch nicht alle reine Bewunderer des arroganten Arztes gewesen?

«Wir bedanken uns bei Doktor Redlich für seine treuen Dienste», fuhr Direktor Bumm fort und erhob sein leeres Glas. Die Belegschaft tat es ihm gleich, und ein Gemurmel erhob sich, Gläser klirrten, und man begann, sich zu diesen unerhörten Neuigkeiten auszutauschen.

Hulda fing den Blick von Mathilde Saatwinkel auf, die ein paar Meter weiter stand und fragend die Augenbrauen hochzog. Hulda lächelte sie an und zuckte sacht die Schultern. Nein, sollte das heißen, davon hatte sie nichts gewusst. Doch es musste einen Grund haben, dass Doktor Redlich plötzlich von der Bildfläche der Klinik verschwinden würde, dachte Hulda. Und da fiel ihr Blick auf Doktor Breitenstein. Er stand immer noch neben dem Grammophon. Ihre Augen trafen sich, und er verbeugte sich kaum merklich in ihre Richtung. Die Andeutung eines Lächelns machte sich auf seinem Gesicht breit. Da verstand Hulda.

«Ich habe noch eine weitere, sehr erfreuliche Nachricht für Sie», rief Direktor Bumm, und die Gespräche verstummten erneut. Diesmal deutete er auf Doktor Breitenstein, der seine Augen von Hulda löste und zu seinem Chef trat. «Sie alle wissen, dass Doktor Breitenstein eine langjährige Stütze der Klinik ist. Nun endlich erhält er als Verdienst die Professur der Friedrich-Wilhelms-Universität. Wir gratulieren herzlich und freuen uns, dass er uns als Professor erhalten bleibt und auch weiterhin in der Klinik tätig sein wird.»

Der Beifall blieb verhalten, für viele der Anwesenden schien der grimmige Breitenstein nicht die Erwartungen an einen charismatischen Oberarzt, ja Chefarzt, zu erfüllen. Doch die meisten klatschten höflich, und Breitenstein hatte offensichtlich nichts anderes erwartet. Knapp bedankte er sich bei Direktor Bumm, ging dann zurück zum Grammophon und legte eine neue Platte auf. Und gleich darauf erscholl beschwingte Charlestonmusik über den Rasen.

«Und nun feiern Sie!», rief der Direktor und wedelte mit den Händen, um die Zuhörer zu zerstreuen. «Morgen müssen Sie alle wieder schuften, aber heute wollen wir fröhlich sein.»

Die Gäste zerstreuten sich, und Hulda konnte beobachten, dass sie alle eingehend die Neuigkeiten diskutierten und dabei die Bowlegläser füllten und sich Essen auf die Teller häuften. Auch ihr Magen knurrte. Doch sie verspürte keinen Appetit, denn ihre Gedanken waren nicht beim Fest, sondern bei dem soeben Gehörten.

Hatte Breitenstein die Sache also doch in die Hand genommen, dachte sie erstaunt und ein wenig anerkennend. Entweder er hatte mit dem Direktor gesprochen und gemeinsam mit Ernst Bumm dafür gesorgt, dass Redlichs Tage hier gezählt waren – oder er hatte Magnus Redlich mit den Vorwürfen konfrontiert und ihn gezwungen, seinen Rücktritt zu erklären und die Klinik zu verlassen. In jedem Fall war ein Skandal vermieden worden. Und etwas daran störte Hulda. Denn es bedeutete, dass den Frauen, die den unerlaubten Experimenten ausgesetzt gewesen waren, ja, ihnen sogar zum Opfer gefallen waren, keine Gerechtigkeit widerfuhr. Die Herren der Klinik hatten das Problem nach ihren Regeln gelöst. Es würde keine Erklärung, keinen Gerichtsprozess, keine Entschädigung geben. Sie machten es sich ein wenig zu einfach, fand sie, doch ihr waren die Hände gebunden, und mehr als Erleichterung darüber, dass Redlich von der Bildfläche verschwinden würde, blieb ihr nicht.

Plötzlich spürte sie eine schwere Hand auf ihrer Schulter. Erschrocken sah sie sich um und erkannte Breitenstein.

«Gehen Sie ein paar Schritte mit mir», sagte er. Es war keine Frage, sondern ein Befehl.

Sie gehorchte und folgte ihm ans Wasser.

«Wie Sie sehen, ist alles geklärt», erklärte er. «Redlich wird uns verlassen, und diese unseligen Vorgänge in der Klinik werden aufhören.»

«Darf ich fragen ...», begann Hulda, doch er schüttelte das mächtige Haupt.

«Sie dürfen nicht», sagte er. «Die Klinik ist Ihnen jedoch zu Dank verpflichtet. Es hätte einen dunklen Fleck auf unserer Weste und eine empfindliche Niederlage gegenüber der Charité bedeutet, wenn etwas davon offenbar geworden wäre.»

«Also ging es nur darum», sagte Hulda missbilligend, «den Ruf der Klinik zu schützen? Was ist mit den Opfern?»

«Wir kümmern uns darum, Direktor Bumm und ich», sagte Doktor Breitenstein. «Sie müssen sich darüber den Kopf nicht zerbrechen. Vergessen Sie, was geschehen ist, und lassen Sie uns alle unsere Arbeit tun. Und zwar besser als je zuvor.»

Er wandte sich ab.

«Ach, eins noch», sagte er dann und drehte sich beiläufig nach ihr um, «ich habe dem Direktor vorgeschlagen, dass Sie nächstes Jahr, wenn Fräulein Klopfer in den Ruhestand geht, zur leitenden Hebamme erhoben werden. Vermasseln Sie es nicht!»

Sprachlos blieb Hulda zurück. Über das Wasser wehten Musikfetzen herüber, doch sie erreichten Hulda nicht. Sie wusste nicht, ob sie froh oder bestürzt nach dem kurzen Gespräch sein sollte. Offenbar hatte etwas von dem, was sie am Sonntag im Garten zu Breitenstein gesagt hatte, Früchte getragen und ihn einen Schritt gehen lassen, den er zuvor gemieden hatte. Und die Empfehlung als leitende Hebamme war die unbeholfene Art des Oberarztes, ihr seinen Dank auszudrücken, das wusste sie. Doch wollte sie das? Erkaufte sie sich diese neue Möglichkeit nicht mit ihrem Schweigen?

«Wieder mal so nachdenklich, meine Liebe?»

Hulda hörte Johanns Stimme und sah, wie er am Wasserrand auf sie zukam.

«Was für Neuigkeiten!», fuhr er fort und reichte ihr ein Glas Bowle. «Wer hätte das gedacht, dass der alte Breitenstein das Rennen macht, und dann noch gegen diesen leuchtenden Stern am Klinikhimmel, Magnus Redlich? Ich jedenfalls nicht!»

Hulda trank und verzog das Gesicht. Ilse Scholz hatte nicht übertrieben, das Gebräu zog einem die Schuhe aus. Doch es machte sofort leicht im Kopf, und das konnte sie jetzt gut gebrauchen.

«Diese Ränkespiele sind mir egal», sagte sie, «wir sollten uns da raushalten, findest du nicht?»

«Ganz sicher», sagte er. Wie zufällig streifte er ihre Hand, eine Geste, die sie schon kannte und liebgewonnen hatte. «Ich bin mit den Gedanken ohnehin ganz woanders.»

«Und wo, wenn ich fragen darf?» Huldas Hände schwitzten plötzlich, sie wischte sie an ihrem roséfarbenen Kleid ab.

«Liegt – oder besser, steht – das nicht nahe?»

«Johann», flüsterte sie, «lass uns nicht hier darüber reden.»

Doch er hielt sie fest am Handgelenk und sah ihr ins Gesicht. Für einen Moment vergaß sie, dass jeder sehen konnte, wie sie hier mit dem jungen Assistenzarzt am Fluss stand.

«Ich habe gesagt, dass ich dir Zeit lassen will.» Seine Stimme klang warm. «Und das gilt noch immer. Aber eins solltest du wissen, Hulda Gold. Du springst mir nicht mehr von der Angel.»

Sie lachte. «Richtig, du bist ja vom Fach.»

«Zieh mich gern auf, so lange du willst. Aber ich muss dir etwas sagen. Ich habe meinen Eltern von dir erzählt. Und sie haben dich eingeladen, am Sonntag zum Tee.»

Hulda erschrak. «Bist du sicher?»

«Ganz sicher», sagte er. Hastig sah er sich um und hauchte ihr dann einen Kuss aufs Ohr. Es war nicht mehr als ein Streifen ihres Ohrläppchens, doch es fühlte sich großartig an. «Ich wäre sehr glücklich, wenn du mitkämest.»

Noch einmal schaute er sie bittend an, treuherzig, fand sie.

Doch bevor sie etwas erwidern konnte, spürte sie einen Schatten an ihrer Seite. Erschrocken drehte sie sich um.

Es war Magnus Redlich.

«Jammerschade, dass ich Ihre kleine Zweisamkeit störe», sagte er. «Ich wollte Ihnen nur gratulieren, Fräulein Gold. Wie man hört, werden Sie bald einen höheren Posten hier an der Klinik erhalten.»

«Ist das wahr?», fragte Johann überrascht.

Aber Hulda winkte schnell ab. «Das ist Zukunftsmusik», sagte sie, «halbgares Zeug.»

«Bei Breitenstein haben Sie jedenfalls lebenslänglich ein Stein im Brett», fuhr Redlich fort. «Das dürfte einer zielstrebigen jungen Dame wie Ihnen wohl zupasskommen.»

«Ich weiß nicht, was Sie meinen», sagte Hulda so kühl wie möglich. Sie wollte sich abwenden und Johann mit sich fortziehen. Doch der Oberarzt packte sie und umklammerte ihren nackten Arm. Es tat weh.

«Sie passen hervorragend ins Bild», sagte er, «Hulda Gold, das ist jüdisch, oder? Kein Wunder, dass das eine formidable Verbindung mit unserem guten alten Breitenstein ergibt. Sein Vater hieß Salomon, wissen Sie, aber die Eltern entschieden damals, dass es für ein deutsches Kind vorteilhafter wäre, auch einen unauffälligen Vornamen zu tragen. Ihre eigenen Eltern, wertes Fräulein, scheinen da nicht so weitsichtig gewesen zu sein.»

«Was erlauben Sie sich eigentlich?», fragte Hulda und spürte, wie sich Johanns Körper neben ihr anspannte.

«Lassen Sie Fräulein Gold in Ruhe», sagte er.

Doch sie schüttelte den Kopf. «Ich kann das allein regeln», erklärte sie.

Magnus Redlich lachte höhnisch. «Sie haben es tatsächlich ganz wunderbar *geregelt*, das muss man Ihnen lassen. Dafür war ihr Volk schon immer berühmt – und verhasst. Mischpoke geht über alles, und ein Jud hilft dem anderen. Und der arme Bumm spielt da mit, warum, weiß der Geier. Aber es kommen auch wieder andere Zeiten, Fräulein Gold. In dieser Klinik und in diesem Land. Bumm wird es nicht mehr lang machen, er baut mit jedem Tag ab, auch wenn er versucht, das zu verbergen. Und irgendwann wird es wieder undenkbar sein, dass ein jüdischer Professor die Geschicke einer solch renommierten Klinik bestimmt. Geschweige denn eine jüdische Hebamme, die ihre Nase in alles reinsteckt.»

Mit diesen Worten drehte er sich abrupt um und verschwand Richtung Buffet. Johann starrte Hulda an.

«Was war das denn?», fragte er. «Hast du da in ein Wespennest gestochen?»

Sie zuckte so leichthin wie möglich die Schultern, während ihr Herz wild gegen ihre Brust pochte. Sie spürte die Hitze, die durch ihren Körper schoss. Doch sie wollte nichts weniger, als dass Johann ihren inneren Aufruhr bemerkte.

«Der ist doch betrunken.» Sie machte eine wegwerfende Handbewegung. Dann sah sie Johann an.

«Nun?», fragte sie und zwinkerte ihm fröhlicher zu, als ihr

zumute war. «Willst du mich immer noch deinen Eltern vorstellen, jetzt, da du weißt, wes Volkes Kind ich bin?»

Johann lachte laut auf. Er legte die Arme fest um sie.

«Mehr als alles andere», sagte er.

Hulda schloss die Augen, öffnete sie aber sogleich wieder. Denn ein dicker Tropfen war auf ihre nackte Schulter gefallen, gleich darauf folgte der nächste. Der Himmel hatte sich bedrohlich verdunkelt, vom anderen Ende des Flusses war Donnergrollen zu hören. Und dann entluden sich die Wolken plötzlich, und die Festgemeinde löste sich rennend und fluchend im strömenden Regen auf. Die weißen Tischdecken flatterten im kalten Wind, ein paar Gläser fielen ins Gras. Und die Lampions schwankten und verlöschten einer nach dem anderen in den triefenden Zweigen der Bäume.

31.

Freitag, 8. August 1924, nachts

Schon der Anblick der hohen Mauern mit den Zinnen und Türmchen ließ Karl in Schweiß ausbrechen. Und das hatte weniger mit der Tatsache zu tun, dass er im Begriff war, unerlaubt in eine staatliche Institution einzubrechen, als mit den unguten Erinnerungen an die Zeit seiner Kindheit. Er wischte sich die Stirn und biss die Zähne zusammen, während er sich auf der nächtlichen Straße umsah. Die Laternen glommen, ein feiner Nebel lag auf dem dunklen Bürgersteig, und plötzlich fühlte sich Karl wie in einem Abenteuerroman, in dem der Held sich todesverachtend den nächtlichen Schatten entgegenwarf.

Nur war er alles andere als ein Held.

In den vergangenen Tagen, seitdem er wieder in Berlin war, hatte er mehrmals erwogen, einfach am Tor zu schellen und Einlass zu verlangen. Doch zwei Dinge hatten ihn davon abgehalten. Er ahnte, dass man ihm die Auskunft verweigern würde, denn die Akten lagen unter Verschluss und waren nicht einsehbar, das wusste er aus verschiedenen Fällen, in denen es um Waisenkinder gegangen war. Vielleicht hätte er vor Gericht die Einsicht verlangen können, aber das wäre langwierig und kostspielig. Doch noch mehr wog die Angst, alten Bekannten zu begegnen, wie er sich nur ungern eingestand.

Auch wenn er heute im Anzug und mit Dienstmarke käme –
in den Augen der Schwestern wäre er doch nur das Waisenkind Kalle Niemand, unverschämt und ungeliebt. Andererseits durfte er die Dienstmarke ohnehin nicht mehr benutzen. Wegen unerlaubten Fehlens bei der Arbeit war er inzwischen suspendiert worden, wie er einem Schreiben mit Gennats Unterschrift entnommen hatte, das seine Zimmerwirtin ihm nach seiner Rückkehr aus Brandenburg ausgehändigt hatte. Und das war ihm seltsamerweise ganz recht.

Karl hatte die Brücken hinter sich abgebrochen, jedenfalls für den Augenblick. Und obwohl er gedacht hatte, dass ihm dieser Schritt Angst machen würde, so stellte er jetzt fest, dass er sich das erste Mal seit Jahren, ja, überhaupt jemals annähernd frei fühlte. Zugegeben, die Geldsorgen drückten ihn weiterhin, würden bald übermächtig werden, doch er hatte die Lösung dieses Problems einfach vertagt. Irgendetwas würde sich schon ergeben, er gab es vorerst auf, darüber nachzugrübeln.

Die begonnene Suche nach seiner Herkunft hingegen, die konnte er jetzt nicht mehr abbrechen. Er musste es zu Ende bringen, denn er spürte, dass dort im Verborgenen etwas auf ihn wartete.

Was hatte sein alter Freund Peter neulich bei ihrer Zufallsbegegnung gesagt? Es sei seltsam, dass ihm jemand eine derart große Summe überantwortet hatte. Ihm, einem elternlosen Niemand. Und tatsächlich war es so viel Geld gewesen, dass es ihm sogar die höhere Bildung und den Weg zum Kriminalkommissar ermöglicht hatte. Ja, dachte Karl, es *war* seltsam, sogar mehr als das, es war eigentlich unerklärlich. Doch wenn es eine Erklärung gab, dann schlummerte sie vermutlich dort oben im Zimmer der Aufsicht, in einem der unzähligen Aktenordner, die, wie er wusste, in den deckenhohen Regalen vor sich hin staubten.

Mit einem letzten Blick über die Schulter zog er sich die Kapuze seines Regenmantels über den Kopf, holte den Dietrich hervor und schlich um die Mauer in die Seitenstraße. Mit einem Satz war er oben, saß rittlings auf den feuchten Steinen, dann sprang er in den Garten hinab.

Der nasse Grasboden federte unter seinen Schritten, als er geduckt zum Hintereingang schlich. Obwohl er so viele Jahre nicht hier gewesen war, kannte er doch jeden Meter, jeden Mauervorsprung, jede knarrende Tür. Die Physiognomie dieses Hauses hatte sich in sein Gedächtnis eingebrannt. Die Erinnerungen des Kindes, dachte er, saßen nicht im Hirn, sie waren in die Handflächen eingraviert, in die Fußsohlen, die Ohren, die Haut. Er *spürte* das Haus, hörte es atmen, fühlte die Striemen vom Ochsenziemer an den Beinen und Fingern. Er schmeckte wieder die Graupensuppe und das harte Brot, fühlte, wie die Bettwanzen nach ihm in der Kälte des Schlafsaals tasteten, hörte das Weinen der anderen Kinder.

Überwältigt von den Bildern, Gerüchen und Ängsten, die auf ihn einprasselten, als er die Klinke berührte, hielt Karl einen Moment inne. Er krümmte sich und musste würgen. Doch dann hielt er die Luft an und zählte langsam bis zehn, ließ sie wieder entweichen und konzentrierte sich. Es war genug! Genug mit dem Spuk, der ihn sein Leben lang im Klammergriff gehalten hatte. Heute Nacht würde er den Geistern begegnen, ihnen den Kampf ansagen.

Mit dem Dietrich umzugehen, war für Karl ein Leichtes. Die Tür gab mit einem leisen Seufzer nach, und er lauschte in den dunklen Korridor. Hier lagen die Küche und die Vorratskammer, eine Stiege führte in den ersten Stock, wo sich die Gemeinschaftsräume und das Amtszimmer befanden. Darüber, ganz oben im Haus, schliefen die Kinder und die Schwestern, dort lagen auch die Waschräume, in denen er die ein oder andere Tortur hatte erdulden müssen.

Karl hoffte inständig, dass sich seit seiner eigenen Kindheit einiges getan hatte. Dass die menschenfreundlichere Politik, die seit dem Krieg immer mehr Einzug in die soziale Fürsorge der Stadt hielt, dafür gesorgt hatte, dass die Waisen heute keinen unnötigen Qualen mehr ausgesetzt waren wie er damals. Doch einige der alten Betreuerinnen waren sicher noch da. Und das Innere eines Kopfes veränderte nun mal kein Gesetz und keine neue Verordnung, das wusste er nur zu genau. Mochten die Pädagogen noch so sehr von Reformen und milder Führung der Kinder phantasieren und predigen, die Menschen stammten doch aus einer anderen Zeit. Aus einer Zeit, als Fürsorgerinnen und Lehrer dazu angehalten waren, Kindern den eigenen Willen zu brechen und ihnen gegebenenfalls Gewalt anzutun, denn nur so konnte man die Zöglinge auf die rechte Bahn geleiten. Alles im Namen der Nächstenliebe. Diese Überzeugung war noch nicht lange her, und Karl ahnte, dass sie nicht vollkommen überholt war. Gerade herrschte eine traumtänzerische Phase des Friedens und des guten Willens, doch die Erfahrungen des Krieges, die Entbehrungen, der Hunger – all das hatte die Seelen der Menschen im Land verhärtet. Und sobald sich der zarte, allzu dünne Schleier der Hoffnung heben würde, käme diese Härte ohne Gnade wieder hervor, dessen war er sicher.

Die Holzstufen knarrten noch immer an denselben Stellen wie vor gut zehn Jahren, doch Karl kannte sie genau und sprang leichtfüßig darüber hinweg. Im ersten Stock schlug ihm der vertraute Geruch nach altem Linoleum und Staub entgegen. Jetzt fühlte er sich plötzlich sicher und fand ohne Umschweife die Tür des Vorstehers. Der Name auf dem Schild, das er in der Dunkelheit gerade noch entziffern konnte, war nicht mehr derjenige aus seiner Zeit hier, stattdessen stand dort nun *Direktor Konrad Felg.*

Die Tür war verschlossen, doch auch hier tat der Dietrich nach wenigen Versuchen seinen Dienst. Karl trat ein und sah sich um. Endlose Reihen von Folianten zogen sich die Wände entlang, als hielten sie allein das alte Gemäuer aufrecht. Ohne Licht zu machen, trat er leise zu den Regalen und hielt die Augen dicht vor die Beschriftungen auf den Ordnerrücken. Da war er schon, sein Geburtsjahrgang.

Karl nahm die Akte heraus und unterdrückte ein Husten, weil es so staubte. Nun setzte er sich mit dem dicken Ordner an den schweren Schreibtisch, legte ihn auf die Filzunterlage und öffnete den Deckel. Aus seinem Mantel zog er eine kleine Taschenlampe und leuchtete auf die Dokumente.

Viel schneller als gedacht fand er seinen Namen. *North, Karl*, stand da, *geboren am 3. Januar 1894, im Haus der Barmherzigkeit zu Brandenburg.* So viel wusste er selbst schon, eine Schwester hatte es ihm widerwillig mitgeteilt, als er einmal danach gefragt hatte. Er las weiter. *Mutter: Oda, Familienname unbekannt, bei Geburt verstorben.* Karl schluckte schwer. Das hatte er vermutet, doch es hier schwarz auf weiß zu lesen, war etwas ganz anderes. Es schmerzte. Und doch erleichterte ihn dieses Wissen auch ganz furchtbar. Denn das bedeutete immerhin, dass sie ihn nicht zurückgelassen hatte, dass sie kein Monster gewesen war, das ihr Kind sich selbst überlassen hatte.

Er versuchte, sich seine Mutter vorzustellen, allein in jenem einsamen Haus im Niemandsland, fern ihrer Familie. Eine

Frau namens Oda, das hatte er nicht gewusst. Der Name gab ihr plötzlich ein Gesicht, einen Klang, und etwas in ihm verspürte eine nicht gekannte Freude, als habe er etwas wiedergefunden, das er lange entbehrt hatte.

Zitternd richtete Karl den Schein der Lampe wieder auf das Papier und las die Stelle, an der in wenigen Zeilen in dieser gestochenen Beamtenschrift noch etwas zu seinem Vater stand: *Beruf unbekannt. Keine Übernahme der elterlichen Sorge, Wunsch zum Verbleib des Kindes in staatlicher Obhut. Kurze Verbringung des Kindes in Pflegefamilie. Seit 18. Juni 1894 Zögling in Protestantischer Waisenanstalt in der Magdeburger Straße, Stadtteil Tiergarten zu Berlin.*

Ungläubig kehrten Karls Augen zurück zum Anfang des Absatzes, und nun entdeckte er auch den Namen seines Vaters. Um ein Haar wäre ihm die Taschenlampe aus der Hand geglitten, er fing sie gerade noch auf und verhinderte unnötigen Lärm. Sein Puls raste. Da stand er, der Name, über den er all die Jahre nachgegrübelt hatte, einfach so, in schwarzer Tinte: *Antoni Wolkow.*

Karl kannte diesen Namen.

Antoni Wolkow war ein polizeibekannter Betreiber von Kasinos und Varietés im Prenzlauer Berg, weit im Norden der Stadt. Die kleinen Straßen mit ihren vielen Spelunken rund um die Kastanienallee waren eine raue Gegend. Karl selbst hatte dort schon ein ums andere Mal in einem Mordfall zu tun gehabt. Auch die Sitte beschäftigte dieses Quartier nur allzu oft. Wolkow selbst hatte Karl noch nie gesehen, doch der Name hatte seinen eigenen, unheilvollen Klang. Es war der Klang nach Korruption, nach Ringverein und Alkohol, nach Kleinkriminellen und auch nach nicht so kleinen Fischen. Und dieser Mann sollte sein Erzeuger sein? Sollte mit seinem zweifellos schmutzigen Geld dafür gesorgt haben, dass sein ungewollter Sprössling ausgerechnet in den Dienst der Kriminalpolizei eintreten konnte? Welche Ironie!

Karls erster Gedanke war, dass er das alles sofort Hulda erzählen musste. Dann traf ihn die Erkenntnis wie ein Stein an der Schläfe, dass sie daran kein Interesse mehr haben würde. Am liebsten hätte er sich geohrfeigt, sich selbst mit Schlägen ihr Gesicht aus dem Kopf getrieben, das immer noch, wenn auch in deutlich größer werdenden Abständen, darin herumspukte.

Irgendwo im Stockwerk über ihm fiel etwas zu Boden. Der dumpfe Knall hallte durch das schlafende Haus und scheuchte Karl hoch. Kurzentschlossen riss er das einzelne Blatt, das sein ganzes Leben enthielt, aus dem Folianten und stellte diesen hastig wieder ins Regal. Das Papier stopfte er sich unter sein Hemd. Dann verließ er mit wenigen Schritten das Amtszimmer, schloss die Tür und hastete die Stiege hinunter. Anders als zuvor wisperte und flüsterte die Vergangenheit nicht mehr zu ihm, das Haus war plötzlich nur noch ein Haufen toter Steine, die nichts mit ihm zu tun hatten.

Gleich darauf stand er schwer atmend im Garten und kletterte wieder über die Mauer auf die Straße zurück. Der Nebel hatte sich gehoben, die Luft roch klar und kalt, ein wenig nach verbranntem Holz und nahendem Herbst. Und Karl lief über die feuchten Pflastersteine, ohne einen Blick zurückzuwerfen. Er wunderte sich, dass er keine Lust hatte, etwas zu trinken. Aber er brauchte einen kühlen Kopf, denn die Gedanken wirbelten durch sein Hirn, schneller, immer schneller. Er musste entscheiden, was nun zu tun war. Doch seltsamerweise machte ihm das keine Angst.

Zum ersten Mal in seinem Leben hatte er das Gefühl, dass

es ihm gelang, den Rücken völlig gerade zu machen, schnurgerade, als sei er nicht schon bald dreißig Jahre lang geduckt gegangen.

32.

Sonntag, 10. August 1924

Pünktlich um elf Uhr am Vormittag hielt der *Laubfrosch*, das kleine grüne Automobil mit offenem Coupé, an der Bordsteinkante vor der Nummer 34. Hulda, die bereits unten vor der Tür wartete, musste den Blick nicht heben, um zu wissen, dass Frau Wunderlich oben am Fenster ihres Wohnzimmers klebte und zwischen den weißen Spitzengardinen hindurch jedes noch so kleine Detail erspähte, das hier unten auf der Straße vor sich ging.
Heute Morgen beim Frühstück, als Hulda vor Nervosität nur ein paar Schlucke schwarzen Kaffee herunterbekommen hatte, hatte die Wirtin ihr noch eine Brosche aufgedrängt, mit der sie ihre weiße Bluse aufpeppen könne, wie Frau Wunderlich meinte.
«Das sind doch feine Herrschaften da im Norden», hatte sie gesagt, denn Hulda hatte ihr schon vor einigen Tagen berichtet, aus was für einer Familie ihr neuer Kavalier Johann Wenckow stammte. «Da müssen Sie ein bisschen was hermachen, Fräulein Hulda! Von nichts kommt nichts, und Kleider machen Leute.»
Hulda war zu schwach und zu aufgeregt gewesen, um sich zu wehren. Jetzt prangte das gute Stück – schillerndes rosa Perlmutt auf Silber – an Huldas Ausschnitt, und sie musste

zugeben, dass ihr Anblick bei einer letzten Überprüfung im Flurspiegel ihrer Wirtin durchaus akzeptabel gewesen war. Frau Wunderlichs zufriedene Miene hatte Bände gesprochen.

«Ein Kommissar war ja schon nicht übel», hatte sie mit blitzenden Augen und wackelnden Lockenwicklern behauptet, «aber ein junger Doktor, das schlägt dem Fass den Boden aus! Was Sie nur immer für ein Glück haben, meine Liebe. Nun setzen Sie es nur nicht wieder in den Sand!»

Johann riss sie aus ihren Gedanken. «Steigst du nun ein, oder nicht?», rief er ihr übermütig aus dem Zweisitzer zu, und Hulda gab sich einen Ruck, verbannte die unkende Stimme ihrer Wirtin aus ihrem Kopf und lächelte ihn an. Er hielt ihr von innen den Schlag auf, und sie rutschte neben ihn auf den Ledersitz und schlug die Tür zu.

«Guten Morgen», sagte sie und ärgerte sich über die Atemlosigkeit in ihrer Stimme.

«Es ist bald Mittag», erinnerte er sie und knuffte sie in die Seite. Dann sah er sich verstohlen auf der leeren Straße um und küsste sie schnell.

Hulda schloss die Augen und gönnte Frau Wunderlich die gute Aussicht.

«Du siehst sehr hübsch aus», sagte Johann und deutete auf die Brosche.

Hulda blickte an sich herunter. Heller Blusenstoff, der sich an ihren Oberkörper schmiegte und ein wenig Einblick in den Ausschnitt gewährte, aber nicht zu viel. Dazu ein schmaler grauer Rock mit einem Saum aus Samt, den sie erst kürzlich erstanden hatte, nackte Waden und dünne Riemchensandalen an den Füßen. Sie musste wirklich aufhören, Kleider zu kaufen, um Johann zu gefallen, dachte sie beinahe missmutig, das war ihr doch sonst nicht so wichtig gewesen. Doch der junge

Mann bemerkte stets, wenn sie etwas Neues trug, und sie gefiel sich darin, ihn zu überraschen. Zumal er viel galanter war als ... Nein!, befahl sie sich an dieser Stelle und schob die Erinnerung an Karls Gesicht fort.

«Fahren wir?», fragte sie, weil sie ahnte, dass sich Frau Wunderlich bereits gefährlich weit aus dem Fenster lehnte. «Meine Wirtin bekommt sonst noch einen Schlaganfall.»

Johann lachte, reckte den Kopf hinauf und hob grüßend die Hand, woraufhin Frau Wunderlich hastig ihren weißen Lockenkopf zurückzog. Dann startete er den Wagen, und sie knatterten durch die sonntägliche Ruhe Schönebergs, vorbei am Winterfeldtplatz, wo zahlreiche kaffeetrinkende Flaneure unter der rot-weißen Markise des *Café Winter* saßen und Zeitung lasen. Nun ging es weiter Richtung Norden durch die Stadt.

Hulda lehnte den Nacken in die Stütze ihres Sitzes und blinzelte aus dem Coupé in die Sonne, die mit watteweißen Wölkchen Haschen spielte. Sie befahl ihrem Herzen, ruhiger zu schlagen. Doch es gehorchte nicht. Was würden Johanns Eltern von dem mittäglichen Gast halten, der da heute bei ihnen hereinschneite und augenscheinlich Anspruch auf ihren einzigen Sohn erhob? Hulda wusste, dass Johann viel auf die Meinung seiner Eltern gab, nur deshalb hatte er so darauf gedrängt, dass sie sich bald kennenlernten. Doch hätte er das auch getan, wenn er nicht sicher mit ihr wäre? Nein, dachte sie und genoss den Fahrtwind, der ihr um die Nase brauste. Sie sollte wirklich aufhören, alles schwarzzusehen. Es würde schon schiefgehen!

Der Weg quer durch die Stadt war weit. Sie fuhren am Tiergarten vorbei, ließen das Brandenburger Tor hinter sich, dann durch Mitte und den ganzen Wedding, dessen enge Bebauung und Mietskasernen das Arbeiterviertel erkennen ließen. Hinter dem grünen Volkspark Rehberge lichtete sich das Häusermeer, machte Platz für weite Chausseen und kleinere Orte, die umgeben waren von Wiesen und die erst vor wenigen Jahren nach Berlin eingemeindet worden waren.

Während der Fahrt sprachen Johann und Hulda wenig, das Brummen des Motors und das Pfeifen des Sommerwinds übertönten ihre Worte, und es war zu anstrengend, sich über den Lärm hinweg auszutauschen. Doch die ganze Zeit über lag Johanns Arm federleicht um Huldas Schultern, nur wenn er schalten musste, nahm er ihn kurz fort. Und Hulda spürte, wie ihr dieser Sonntagsausflug zunehmend gut gefiel. Neugierig betrachtete sie die vorbeiziehende Landschaft, den blühenden Raps und die Bahnlinie, die sich mit ihnen nordwärts zog. Ein Schild am Straßenrand zeigte den Abzweig nach Wittenau an, wo sich die Nervenklinik Dalldorf befand, in der Hulda sich vor einigen Jahren einmal wegen eines mysteriösen Mordfalls eingeschlichen hatte. Bei der Erinnerung an die düsteren Backsteinbaracken und die Schicksale der Insassen dort fühlte sie kurz einen Druck auf der Brust – doch schnell schüttelte sie ihn ab und vergewisserte sich, dass die Sonne noch immer golden auf den blühenden Wiesen ringsum lag. Dann verschwand das Hinweisschild auch schon hinter der nächsten Biegung im Rückspiegel.

Sie passierten Waidmannslust, Hermsdorf – und dann lag Frohnau vor ihnen. Kurz bevor sie in den Ort einbogen, bremste Johann und hielt am Straßenrand. Hulda sah ihn fragend an. Doch er zog sie stumm an sich und küsste sie, lange diesmal und nicht so hastig wie in der Winterfeldtstraße, als sie sich begrüßt hatten.

«Wofür war das denn?», fragte Hulda und holte Luft, als er sie wieder freiließ.

«Das musste einfach sein.» Er gluckste fröhlich. «So kann ich dich leider nicht in Gegenwart meiner Familie küssen, noch nicht jedenfalls.»

«Glaubst du, Sie haben etwas gegen mich?», fragte Hulda und hätte sich gleichzeitig ohrfeigen können wegen des zaghaften, mädchenhaften Tons in ihrer Stimme.

«Gegen *dich* ganz sicher nicht», sagte er, doch etwas an dieser Antwort ließ Hulda aufhorchen.

«Aber?»

«Vielleicht gegen meine ... Absichten», erklärte er, mit leisem Zaudern.

Hulda starrte ihn an.

«Meine Schwester wird dich jedenfalls lieben», sagte er schnell und drückte ihre Hand zur Beruhigung. «Clara ist immer froh, wenn frischer Wind hereinweht und sie mit jemandem über ihre Schulaufgaben oder, noch besser, ihr neuestes Kleid plaudern kann. Am besten mit einer Frau, denn ihr lieber Herr Bruder genügt ihr da meistens nicht als Gesprächspartner.»

«Und deine Eltern?»

«Meine Mutter ist ein Engel und will nichts als mein Glück. Nur mein Vater ...» Wieder meinte Hulda, ein leises Zögern zu hören. «Er hat seine eigenen Vorstellungen, und man weiß manchmal nicht genau, welche. Du bist vielleicht nicht ganz das, was er erwartet hat.»

Hulda schwieg. Die Nervosität, die während der langen, erfrischenden Autofahrt durch den Berliner Sommer fast von ihr abgefallen war, stieg wieder in ihr auf. Doch sie riss sich zusammen. Wem hatte sie nicht schon alles die Stirn geboten? Wie viele Widrigkeiten, wie viele bärbeißige Männer waren ihr in ihrem Leben schon in die Quere gekommen – da würde sie doch jetzt nicht kneifen, nur weil sie sich in eine unbekannte Welt begab? Manieren hatten ihre Eltern ihr als Kind beigebracht, daran konnte niemand etwas zu mäkeln haben. Aber ihre Herkunft? Eine Selbstmörderin als Mutter, das war nun nicht gerade ein Prädikat, mit dem man sich schmückte, und auch die Trennung ihrer Eltern hatte damals Gerede gegeben. Dazu ihr Leben als alleinstehende Frau, als berufstätige Frau ... Wie würden Johanns Eltern darauf reagieren? Doch dann sagte sie sich, dass es nichts gab, wofür sie sich zu schämen brauchte. Der alte Hochmut, den sie nie ganz abschütteln konnte, kam ihr jetzt zu Hilfe: Wenn Herr Wenckow senior mit ihr nicht einverstanden wäre, dann würde sie sich darum nicht scheren. Schließlich wusste sie, wer sie war und was sie konnte! Ein kleines Mädchen, eine unselbständige Frau wie Felix' Helene auf der Suche nach einem Ehemann war sie jedenfalls nicht, und niemand würde ihr einreden, sie sei nicht gut genug für etwas, das sie nicht einmal mit großer Leidenschaft anstrebte.

«Alles in Ordnung?», fragte Johann und sah sie besorgt an, wahrscheinlich bereute er seine Ehrlichkeit bereits.

Hulda nickte heftig mit dem Kopf.

«Ab in die Höhle des Löwen», sagte sie und küsste ihn zur Sicherheit schnell noch einmal, bevor er lachend den Motor wieder anließ.

Sie fuhren auf der schnurgeraden Straße nach Frohnau hinein, ein gepflegtes Viertel, das weder zur Stadt noch zum Land zu gehören schien, sondern ein ganz eigener Kosmos war. Mit hübschen Villen und Landhäusern, die auf begrünten Hügeln über den Straßen thronten, mit kleinen Geschäften und einem Bahnhof. Johann lenkte den *Laubfrosch* geschickt über Kopfsteinpflaster durch die kleinen Sträßchen und hielt schließlich vor einem Anwesen, dessen Anblick Hulda kurz den Atem verschlug. Ein breiter Kiesweg führte vom schmiedeeisernen Tor hügelaufwärts, wo sich das Haus der Familie Wenckow erhob. Ein imposanter Bau aus hellem Sandstein, mit Gauben, Giebeln und einem kleinen Turm. Der Garten war großzügig angelegt, blühende Hortensien, Dahlien und Rhododendronbüsche luden zum Lustwandeln ein, und eine saftige Wiese schwang sich sanft über das weitläufige Grundstück.

«Ein *kleines Landhaus* ...», murmelte sie, als Johann den Motor abstellte, und ein Lächeln spielte um ihre Mundwinkel. «Kann es sein, dass du ein wenig untertrieben hast?»

Johann lachte, es klang verlegen und stolz zugleich. «Es ist immer besser, die Erwartungen ein wenig zu drosseln, dann ist die Überraschung umso größer.» Er stieg aus, ging schwungvoll um den Wagen herum und hielt Hulda die Beifahrertür auf.

Erleichtert bemerkte sie, dass er ihre Hand auch dann nicht losließ, als sie bereits sicher auf der Straße stand.

Sie traten Hand in Hand zum Tor, das Johann sacht aufstieß, und gingen mit knirschenden Schritten die leichte Anhöhe hinauf. Auf einem Seitenplatz stand eine dunkle Limousine, offenbar war der kleine Opel, mit dem Johann sie abgeholt hatte, nur der Zweitwagen der Familie. Bevor sie sich bemerkbar machen konnten, flog schon die Eingangstür auf und eine kräftige Frau in Schürze trat heraus. Auf dem breiten Kopf saß etwas schief ein Häubchen, unter dem ergraute Haarsträhnen hervorlugten. Ihr Gesicht wirkte grob und ungeschliffen. Doch ihre Augen strahlten.

«Johann!», rief sie und breitete die Arme aus. «Da bist du ja!»

«Jolante, ich habe mich erst heute Morgen von dir verabschiedet, ich war nicht im Krieg oder so», sagte er und grinste, dass seine Sommersprossen auf den Wangen tanzten.

«Und nun kommst du schon wieder, und dazu noch in solch hübscher Begleitung», ereiferte sich die Haushälterin und warf einen anerkennenden Blick auf Hulda. Sie wischte sich die schwieligen Hände an ihrer Schürze ab, eilte über die wenigen Treppenstufen zu ihnen und drückte Hulda derart kräftig die Hand, dass diese sich einen Schmerzenslaut verbiss. «Willkommen in Frohnau, wertes Fräulein. Wir haben ja schon viel von Ihnen gehört. Ich bin Jolante, die gute Seele hier.»

«Ich habe auch schon einiges über Sie gehört», antwortete Hulda und rieb sich unauffällig die schmerzenden Finger. «Sie sollen in der Küche ja eine echte Zauberin sein.»

Jolantes breites Gesicht lief rot vor Freude an, und sie hieb Johann verschämt gegen den Oberarm.

«Dieser Herr Charmeur hier hat wohl wieder Süßholz geraspelt», sagte sie brummig, doch es war nicht zu übersehen, wie sehr Huldas Worte sie freuten.

«Nichts als die Wahrheit», sagte Johann und zog Hulda näher an sich heran. «Das hier ist Hulda Gold aus Schöneberg.»

«Und Sie sind wirklich eine Hebamme im Hospital, liebes Fräulein?» Jolante musterte Hulda erneut mit leuchtenden Augen. «Sie sehen noch so jung aus!»

Hulda begann, sich in der Gegenwart dieser Frau sehr wohlzufühlen. Die Köchin strahlte trotz ihrer Grobheit eine Wärme aus, die fast greifbar war, und sie schien alle in ihrer Nähe großzügig in diese Hülle aus Freundlichkeit und frischem Brotduft wie selbstverständlich einzuschließen.

Wenn diese gutmütige Frau Johann und seine Schwester praktisch aufgezogen hatte, dachte Hulda, dann war es kein Wunder, dass er ein derart sonniges Gemüt und diese verdammte Selbstsicherheit entwickelt hatte, die sie an ihm so bewunderte. Flüchtig streiften ihre Gedanken wieder zu Karl, dessen Kindheit wohl das glatte Gegenteil gewesen war von dem hier. Den Fremde mit harter Hand und noch härterem Herzen gerade so versorgt, jedoch nicht geliebt hatten. Und was war mit ihr selbst, mit ihren eigenen Erfahrungen als junger Mensch?

Dieser Gedanke war Hulda noch unangenehmer als der an ihren Verflossenen, und sie zwang sich, ihn beiseitezuschieben, in das teigige Gesicht von Jolante zu blicken und ihr Lächeln nicht zu verlieren.

«Schlagt keine Wurzeln hier draußen», sagte die ältere Frau, «rein mit euch!» Sie wedelte mit ihren kräftigen Armen und scheuchte Johann und Hulda ins Haus, wo sie ein zarter Duft nach frisch gebratenem Wild empfing.

«Rehrücken mit Preiselbeeren?», fragte Johann mit Kennermiene, und Jolante nickte zufrieden und führte sie voller Stolz durch den mit bunten Teppichen ausgelegten Flur, wie eine Königin, die hohe Staatsgäste empfing.

Sie blieb im Türrahmen eines angrenzenden Raums stehen und räusperte sich. «Gnädige Frau», sagte sie, «der Besuch ist da.»

«Danke», hörte Hulda die dünne Stimme einer Frau. Sie sprach so leise, dass sie kaum zu verstehen war. «Ach, und Jolante, wir wollen gleich essen. Tragen Sie bitte auf, sobald mein Mann kommt.»

Jolante nickte, zwinkerte Hulda noch einmal zu und entschwand im hinteren Teil des Hauses. Wenn Huldas Nase sie nicht trog, schmorte dort der Rehrücken in der Küche. Ihr Magen, der heute nur eine halbe Tasse Kaffee bekommen hatte, knurrte leise und vorfreudig.

«Komm, ich stelle dich meiner Mutter vor», sagte Johann und führte sie ins Esszimmer. Dort saß eine schmale, sehr hellhäutige Frau, in deren braunen Augen Hulda die ihres Sohnes wiedererkannte. Frau Wenckow erhob sich und hielt ihr die Hand hin.

«Sie sind also Hulda», sagte sie, «ich bin Viktoria Wenckow. Schön, Sie kennenzulernen.»

Ihr Lächeln war freundlich, aber müde, fand Hulda. Und es schwang etwas darin, das sie nicht deuten konnte, eine Reserviertheit, die nicht zu ihren freundlichen Worten passen wollte. Doch sie nahm sich vor, keine Gespenster zu sehen.

«Holst du bitte deine Schwester?», sagte die Mutter zu Johann und setzte sich wieder auf einen Stuhl mit kunstvoll gearbeiteten Schnitzereien und Armlehnen. Sie griff zu einem schmalen Buch, in dem sie offenbar zuvor gelesen hatte, es hatte einen kostbaren Einband, wie man ihn für Gedichtbände verwendete.

Johann nickte, hakte Hulda unter und führte sie durch eine angrenzende Tür in einen Salon, in dem eine Terrassentür mit zwei Flügeln weit offen stand. Hulda nahm im Vorbeigehen die getäfelte Wand wahr, die langen Vorhänge aus schwerer Seide, die Goldrahmen an den Wänden. Später würde sie das alles noch in Ruhe ansehen können, sagte sie sich, um ihre Neugier zu zügeln.

Sie traten in den Garten, wo es nach Blüten und feuchter Erde duftete und man einen schönen Blick über die Dächer der anderen Villen ringsum hatte.

«Clara!», rief Johann und sah sich suchend um.

Ein junges Mädchen mit ähnlich rötlicher Haarfarbe wie er äugte aus einer Hängematte, die weiter unten auf der Wiese zwischen zwei Birken aufgespannt war, und ließ sich bei dem

Anblick der Neuankömmlinge wie ein Rollmops daraus hervorplumpsen. Sie kam auf beiden Beinen zu stehen und lief eilig zu ihnen hinauf. Dabei strahlte sie, und Hulda spürte einen überraschten Stich bei der Erkenntnis, dass sich die Geschwister im Gesicht beinahe wie ein Ei dem anderen glichen. Clara war jedoch kleiner und stämmiger als Johann, hatte nichts von seiner hochgewachsenen Grazie und Feingliedrigkeit. Sie war vielleicht achtzehn oder neunzehn Jahre alt, schätzte Hulda.

«Das ist sie also», sagte Clara anstelle einer Begrüßung und nickte zu Hulda hinüber. «Wirklich dufte, wie du gesagt hast.»

Johann lief rot an und boxte seine Schwester spielerisch in die Seite. «Benimm dich gefälligst», sagte er, «sonst darfst du nachher nicht mit uns Krocket spielen.»

«Pah», erwiderte Clara und zwinkerte Hulda zu, «das sagt er nur, weil er immer gegen mich verliert. Vielleicht haben Sie ja mehr Geschick als mein Holzklotz von Bruder?»

«Darauf wette ich», sagte Hulda und grinste zurück.

Johann hatte recht, dachte sie, mit dieser Schwester würde sie leichtes Spiel haben, Clara war fröhlich und süß, zutraulich wie ein kleines, übermütiges Pferd. Die Anspannung, die Hulda bei der kurzen, seltsam unterkühlten Begegnung mit Johanns Mutter empfunden hatte, wich wieder der gleichen Wohligkeit wie bei der Begrüßung durch Jolante. Jetzt musste sie nur noch den Vater von Johann kennenlernen, dachte sie, dann wäre das Eis gebrochen, und sie könnte sich entspannen.

In diesem Moment erschien Viktoria Wenckow in der Terrassentür. Und wieder hatte Hulda, ohne sagen zu können, weshalb, ein Gefühl von Kühle, das von der schmalen, äußerst elegant gekleideten Frau zu ihr herüberwehte.

«Johann», sagte sie mit dieser schlappen, leisen Stimme, die Hulda nun schon kannte, «soeben kam ein Anruf von deinem

Vater. Er lässt sich entschuldigen, er isst bei unseren Freunden, den Öttingers.»

Hulda sah etwas Düsteres über das helle Gesicht von Johann fliegen, nur ein Hauch, dann war es wieder verschwunden.

«Vater jagt am Wochenende im Tegeler Forst», sagte er zu Hulda, «und darüber vergisst er gern die Zeit. Na, dann eben ein anderes Mal.»

Er zuckte betont gleichmütig die Schultern und ging hinter seiner Mutter und Clara her ins Haus, von woher nun ein noch stärkerer Duft nach dem Mittagessen lockte, das sicher schon auf dem Tisch stand.

Hulda blieb noch einen Augenblick stehen und ließ die Augen über die üppigen Blüten der Hortensien und Stauden gleiten, die den Garten säumten. Sie atmete tief die frische Luft ein, fühlte die sanfte Brise auf ihren Wangen. Ja, es schien hier wirklich wie im Paradies, und Hulda kam nicht umhin, diesen lieblichen Ort der Ruhe und des Friedens zu vergleichen mit den Behausungen in Schöneberg, den engen Mietshäusern und schmutzigen Straßen, die sie so gut kannte. Und doch, dachte sie seltsam geknickt, als sie sich umdrehte und der Familie Wenckow ins Innere des Hauses folgte, lag auch hier eine Schwermut, die sie nicht fassen konnte, über dem gepflegten Rasen. Ein unsichtbarer Schatten, den sie nach Johanns Erzählungen nicht erwartet hatte und der doch wie ein böser Kobold hinter den bunten Blumenrabatten und den weißen Birkenstämmen, ja selbst aus dem lindgrünen Blattwerk vor dem hellblauen Himmel hervorlugte und darauf zu lauern schien, dass man ihn endlich freiließe.

EPILOG

Sonntag, 17. August 1924

Als Hulda die dunkelrote Sonntagsfliege von Bert entgegenleuchtete, spürte sie schmerzhaft ihr schlechtes Gewissen. Seit Wochen war sie so verstrickt gewesen in die Ereignisse um die Klinik in der Artilleriestraße, dass sie ihre Freunde am Winterfeldtplatz vernachlässigt hatte. Zaghaft, fast mit der Befürchtung, er werde ihr einen Vorwurf machen, näherte sie sich seinem Pavillon. Doch als sie durch das Fenster hineinspähte, sah sie, dass ihre Sorge unnötig war. Berts Lächeln war so breit wie sein Moustache, dessen akkurat gedrehte Spitzen himmelaufwärts zeigten, als wollten sie sagen: *Alles in Butter, Mädchen!*

«Welch ersehnter Besuch», sagte er und erhob sich.

Ein wenig schmaler war er, fand Hulda, so, als habe ihm der Kuchen am Barbarossaplatz, den er dort jeden Sonntagnachmittag aß, in letzter Zeit nicht recht geschmeckt. Doch die Weste war glatt gebügelt, und die Fliege prangte an seinem Hals wie der Propeller an einem schnurrenden Flugzeug. Hulda atmete heimlich auf.

«Bert», sagte sie, «endlich sehe ich Sie mal wieder! Ich hoffe, Sie nehmen es mir nicht übel, dass ich mich so selten blickenlasse?»

«Als wüsste ich nicht, wie beschäftigt Sie sind», sagte er und trat aus dem Pavillon, um ihr galant die Hand zu küssen. «Eine Dame von Welt muss flügge werden. Hauptsache, Sie kehren wenigstens ab und zu zurück in ihren alten Horst.»

«Immer!», sagte Hulda und schluckte an einem ärgerlichen Kloß in ihrer Kehle.

«Und gerade recht zur Feier des Tages!», rief Bert. «Haben Sie es schon gehört?»

«Was?», fragte Hulda erstaunt.

«Der Dawes-Vertrag!» Bert wirkte beinahe ungeduldig und deutete auf die fette Schlagzeile einer Zeitung, die neben ihm am Haken flatterte. Der unstete Wind zerrte daran und peitschte in paar kleine Nieseltropfen gegen das mürbe Papier. «Gestern wurde er in London unterzeichnet!»

«Glückwunsch», sagte Hulda verwirrt, als habe Bert ihr von der freudigen Geburt eines langersehnten Kindes berichtet. Über all der Aufregung mit Karl, Johann, Doktor Redlich und Jette hatte sie die Weltpolitik völlig vergessen. War es möglich, dass sich die Erdkugel dennoch von ihr unbemerkt weitergedreht hatte – und sie mit ihr?

Bert schmunzelte spöttisch. «Sie haben wieder mal keinen Schimmer, habe ich recht, Fräulein Hulda? Na, macht nichts. Dafür haben Sie ja mich, Ihre private Litfaßsäule.»

«Und was bedeutet das nun?», fragte sie zerknirscht.

«Es bedeutet, dass das Londoner Ultimatum keine Gültigkeit mehr besitzt», erklärte Bert. «Stattdessen werden uns Kredite gewährt, und unsere Regierung kann mit besseren Zahlen kalkulieren. So werden wir unsere Reparationen Stück für Stück bezahlen können, ohne dass die Ökonomie wieder vor die Hunde geht.»

«Wie viel Geld muss Deutschland denn überhaupt bezahlen?», fragte Hulda.

Bert runzelte die Stirn. «Das ist leider das Problem. Jährlich zweieinhalb Milliarden, auf unabsehbare Zeit. Das wird vielen nicht schmecken in unserem Land.»

Hulda blieb der Mund offen stehen. Sie konnte sich eine solche Geldmenge nicht vorstellen.

«Aber Sie sehen den Vertrag trotzdem als Erfolg?», fragte sie.

Bert nickte, beinahe trotzig. «Es ist ein Anfang», sagte er, «der Beginn der Rückkehr unseres Landes in die internationale Gemeinschaft. Mehr kann man nicht verlangen. Zumal der Dawes-Vertrag außerdem die endgültige Befreiung des Ruhrgebiets vorsieht.»

Mit zusammengekniffenen Augen sah er in den grauen Himmel. Der Sommer schien sich bereits verabschiedet zu haben. Es war Zeit, wieder Stümpfe zu tragen, dachte Hulda missmutig, als sie ihre nackten Beine betrachtete, an denen sie eine Gänsehaut spürte. Doch sie war noch nicht bereit, den Sommer gehen zu lassen. Wer wusste es schon, ob nicht der September noch ein paar Wochen Altweibersommer bringen würde?

Die Furchen in Berts Gesicht schienen ihr mit einem Mal tiefer als sonst, als altere er gemeinsam mit dem Jahr. Ihr Blick fiel auf das Buch, das aufgeschlagen im Fenster des Kiosks lag. Rote Schrift, blau gerahmter Einband und die kleine Abbildung zweier Frauen.

«Was lesen Sie da?»

«*Der Skorpion*», sagte er, und ein feines Lächeln umspielte seine Lippen. «Von einer wunderbaren Autorin namens Anna Elisabet Weirauch. Sie macht einem alten Zausel wie mir Hoffnung, dass auch die falsche Liebe am Ende die richtige sein kann.»

Etwas Schmerzliches war in seinen Worten, das Hulda

aufschreckte. «Bert», sagte sie hastig, «neulich waren Sie verschwunden. Ich habe nach Ihnen gefragt, aber niemand schien zu wissen, wo Sie waren.»

Er zuckte eine Winzigkeit zusammen und sah sie an. Sein Lächeln aber war wie immer unergründlich wie das einer Sphinx.

«Ich war ... für einen Moment auf Abwegen», sagte er. «Nur ein kurzer Anfall von Leichtsinn auf meine alten Tage, den ich bald bitter bereute, denn die Absichten, denen ich begegnete, waren keine guten. Aber zum Glück, muss man wohl sagen, stellte man mir gerade rechtzeitig ein Bein. Und ich erwachte aus meinem hübschen Traum und kam mit einem blauen Auge davon.» Er fuhr sich über den Moustache. «Leichtgläubig, wie ich war, durfte ich eine Nacht Bekanntschaft mit einer Gefängniszelle machen. Nicht gerade der Komfort eines Grandhotels, muss ich sagen.»

Hulda starrte ihn an. «Sie waren im Gefängnis? Wann? Warum?»

Er wiegte missbilligend das Haupt. «Fräulein Hulda, ich sagte bereits vor einer Weile, dass es Dinge gibt, die ich Ihnen nicht auf die vorwitzige Nase binden werde. Lassen Sie mich nur dies sagen: Wir alle suchen nach der Liebe. Aber wir sollten keine Wucherpreise dafür bezahlen. Die Liebe muss gratis sein, sonst ist sie nichts wert. Und damit ist sie wohl das einzige Gut auf Erden, für das eine solche verkehrte Preispolitik gilt.»

Unwirsch biss sich Hulda auf die Lippen. «Sie sprechen in Rätseln, Bert», sagte sie, «doch ich bin nichts anderes von Ihnen gewohnt. Aber – wenn mir auch eine letzte Bemerkung erlaubt ist – ich wünsche Ihnen, dass Sie glücklich sind. Das wissen Sie doch?»

«Oh ja», sagte Bert, dem offenbar eine Fliege ins Auge geflogen war, denn er zwinkerte heftig. Dann blickte er über Huldas Schultern, breitete die Arme aus und rief eine Spur zu laut: «Die Familie Martin! Welch Augenweide, Sie hier zu sehen.»

Hulda drehte sich um und staunte. Tatsächlich, da kam Jette mit einem Kinderwagen angeschoben, immer noch ein wenig blass, aber ordentlich frisiert und in einem kleidsamen hellgrünen Kostüm. Ihr Mann, ein langes Ende im Anzug und mit schwarzer Melone, lief neben ihr und stützte sie am Arm. Auf seinem Gesicht lag ein stolzes Lächeln.

Hulda begrüßte die beiden. «Solltest du nicht im Bett sein?», fragte sie Jette dann streng.

«Pah», erwiderte die Freundin, «da lag ich doch nun schon zwei Wochen lang, sogar länger! Es wird Zeit, dass ich meine wackligen Beine wieder etwas auf Vordermann bringe. Und Billy braucht auch Sonne und Luft um ihr Näschen.»

Hulda und Bert beugten sich über den Kinderwagen, in dem die kleine Sibylle so dick eingemummt lag, als ginge sie auf eine Polarexpedition. Zum Glück brauchten sie das Wärmebettchen nicht mehr, Mutter und Kind waren vorgestern aus der Klinik in die heimische Bettruhe entlassen worden.

Hulda sah Jettes Mann an. «Aber ich bestehe darauf, dass Sie Ihre Frau in spätestens zehn Minuten wieder nach Hause bringen.»

Er neigte sich aus seiner schwindelerregenden Höhe zu ihr herunter und kicherte. «Als dürfte ich meiner Henriette irgendetwas vorschreiben, Fräulein Gold. Sie hat hier nun einmal die Hosen an!»

«Du stellst mich so dar, als wäre ich eine Xanthippe!», rief Jette in gespielter Empörung.

Er lächelte verschwiegen und küsste sie auf die Wange. «Das hast *du* gesagt.»

«Schon gut, schon gut, wir ziehen ab», seufzte Jette. «Aber eine Zeitung darf ich wohl noch kaufen?» Sie blickte zu Bert. «Die Sonntagsausgabe vom *Berliner Tageblatt*, bitte. Sonst verkümmert mein Gehirn vollends zwischen all den Windeln und Fläschchen.» Sie verdrehte in gespielter Verzweiflung die Augen, und Hulda fand, die Freundin sah dabei überglücklich aus.

Bert suchte das Gewünschte, nahm die Zeitung vom Haken und reichte sie ihr. Herr Martin zahlte, während Jette bereits die Artikel auf der Titelseite überflog.

«Wie grässlich», sagte sie und deutete auf eine Spalte der Frakturschrift.

Hulda sah ihr über die Schulter. *«Männermörder gefasst»*, stand da. *«Polizei fängt blutrünstigen* Haarmann von Berlin».

Ihr Blick streifte Bert, der sich mit Herrn Martin in ein Gespräch über Politik vertieft hatte. Etwas dämmerte aus ihrer Erinnerung herauf. Hatte Karl nicht von einem solchen Fall erzählt? Ja, richtig, auf der Pfaueninsel hatten sie darüber gesprochen, dass da jemand Jagd auf Männer machte, die dem eigenen Geschlecht zugeneigt waren. Das Gespräch kam ihr vor wie vor einem halben Leben. Rasch las sie die ersten Zeilen des Berichts.

«Ein 54-jähriger Schuster gestand den Mord an vier Männern, deren Leichen in ihren Wohnungen gefunden wurden. Er habe sie, wie er zu Protokoll gab, von ihren Leiden und ihrem Irrglauben erlösen wollen.»

Jette sah sie an. «Das verstehe ich nicht. Dachte er, diese Männer seien krank?»

Hulda nickte langsam. «So denken doch viele», sagte sie, «hör dich nur mal auf dem Marktplatz um. Frag mal Frau Grünmeier nach ihrer Meinung dazu.» Wieder sah sie aus dem Augenwinkel zu Bert.

«Aber nicht alle schneiden diesen Menschen die Kehle durch», sagte Jette und schauderte. Sie verzog die Mundwinkel. «Weißt du, seit der Geburt bin ich eine richtige Mimose. Sobald es um Blut und Tod geht, könnte ich sofort in Tränen ausbrechen.»

Hulda streichelte ihren Arm. «Geh nach Hause», sagte sie zärtlich, «kuschel dich mit deiner Kleinen ein und lass dich verwöhnen. Versteck dich ein wenig vor der Welt, nur eine Weile. In ein paar Wochen bist du wieder ganz die Alte.»

Jette warf einen Blick in den Kinderwagen, in dem Billy immer noch selig schlief, mit von der kühlen Luft geröteten Bäckchen und der Faust im Mund.

«Weißt du», sagte sie zweifelnd, «das höre ich dauernd. Aber irgendwie habe ich das Gefühl, dass das nicht stimmt. Ich fürchte, wenn man erst einmal Mutter ist, vergeht kein Tag im Leben mehr ganz frei von Angst.»

Sie wandte sich zu Hulda, küsste sie auf die Wange und trat dann, die Zeitung unter der Achsel, zu ihrem Mann. Sofort schob er seinen Arm in den ihren.

«Lass uns nach Hause gehen, Liebste», sagte er. Und gemeinsam den Kinderwagen schiebend zogen sie ab.

Bert trat neben Hulda. «Da waren's nur noch zwei ...»

Und Hulda musste sich plötzlich zusammenreißen, um dem alten Herrn nicht um den Hals zu fallen aus Erleichterung, dass er nicht mit durchschnittener Kehle in der Pathologie lag, sondern quicklebendig, wenn auch mit einem kleinen Kratzer im Lack, vor ihr stand. Doch sie hielt sich zurück, denn derlei Zärtlichkeiten hatte es zwischen ihnen beiden nie gegeben. Sie hoffte einfach inständig, dass er gut auf sich aufpassen würde.

«Ihre Augen flackern heute so seltsam», sagte er, «da wird einem ja angst und bange.»

«Ich brauche einfach nur einen starken Kaffee gegen die Müdigkeit», sagte Hulda mit hastig niedergeschlagenem Blick und sah flüchtig zum *Café Winter* hinüber. Das neue Geschäftsmodell gereichte Felix offenbar zum Vorteil, der Laden brummte.

Ob noch jemand außer ihr Doktor Löwenstein vermisste?, dachte Hulda. Oder waren die anderen Gäste im Gegenteil froh, dass die Anwesenheit des älteren Mannes mit der seltsamen Frisur sie nicht weiter irritierte? Ihr fielen die scharfen Worte von Doktor Redlich ein, die er beim Sommerfest an sie gerichtet hatte. Es wurmte sie, dass sie sich überhaupt daran störte, denn was konnten so ein paar Krakeeler schon ausrichten? Ihre Familie war seit Jahrzehnten in Berlin ansässig und gehörte ebenso hierher wie alle anderen. Dass Breitenstein angeblich jüdisch war, hatte sie nicht einmal gewusst. Und es interessierte sie auch nicht weiter.

«Wenn Sie sich nicht rübertrauen, schenke ich Ihnen gern einen Becher Kaffee aus meinem Proviant ein», sagte Bert, der ihrem Blick gefolgt war.

Als Hulda dankbar nickte, holte er die Thermoskanne aus dem Pavillon, dazu zwei Hocker, die er mitten auf dem Pflaster vor der Zeitungsauslage platzierte. Schwungvoll bat er sie, sich zu setzen, als lade er sie in sein ganz persönliches, exquisites Kaffeehaus ein, und reichte ihr mit einem kleinen Kratzfuß den dampfenden Becher.

«Wohl bekomm's!»

Hulda schlürfte das heiße Getränk. Es hatte aufgehört zu nieseln, und statt des Regens tröpfelten nun die Kirchgänger aus der Matthiaskirche über den Platz. Frau Grünmeier witterte ein paar Meter weiter an ihrem Stand Lunte und warf sich in Position, sie öffnete jeden Sonntag genau für diesen Zweck ihren Blumenhandel. Mehrere Passanten blieben stehen und bewunderten die Sonnenblumen, die Hortensien und Levkojen in Kübeln. Sonntags brachte man der Schwiegermutter ein Sträußchen mit oder ging auf den Friedhof und legte ein Gesteck nieder.

Die Blumenverkäuferin händigte schnaufend ihre Ware aus, und auch Bert verschwand für einen Moment in seiner Bude, weil mehrere Kunden kamen und Zeitungen verlangten.

Hulda schlug die Beine übereinander, genoß ihren Kaffee und wippte mit dem Fuß auf und ab. Drüben hinter den Fenstern des Cafés sah sie Helenes Blondschopf, und sie versuchte, nicht daran zu denken, dass Felix und seine Frau nun bald wirklich eine Familie gründen würden. Dafür hatte Doktor Redlich offenbar sorgen können.

Schon wieder drängte sich der Arzt in ihre Gedanken. Weshalb nur dachte sie dauernd an die Klinik? Heute hatte sie doch frei, aber es war, als wäre sie trotzdem nur zur Hälfte zurück in ihrem alten Viertel in Schöneberg. Würde das jetzt immer so sein, würde stets die andere Hälfte von ihr in den Pavillons der Artilleriestraße zurückbleiben, als sei sie in der Mitte durchgeschnitten?

Aus der Winterfeldtstraße kam in diesem Moment Frau Wunderlich mit den Fräuleins im Kielwasser. Sie zogen mit Erich und Elli im Sonntagsstaat über den Platz, vermutlich ein Spaziergang mit dem Ziel des nahen Kleistparks. Auch Margret Wunderlich hatte sich zurechtgemacht. Sie trug ein beeindruckendes Ensemble aus hellblauer Baumwolle mit Spitzenkragen und Schleife, das ihren füllligen Körper umhüllte wie eine Geschenkverpackung.

Bei diesem Anblick fiel Hulda ein anderes Geschenk ein – der hübsche Silberring, den Johann ihr am vergangenen

Wochenende zugesteckt hatte. Zögernd tastete sie in der Rocktasche nach ihm. Sie hatte mit den Wenckows zu Mittag gegessen, das Gespräch war angenehm und freundlich verlaufen und hatte nichts mehr von der düsteren Ahnung mit sich getragen, die Hulda kurz auf der Terrasse angefallen hatte. Auch wenn die Abwesenheit des Vaters irritierte. Anschließend hatten Johann und sie an einem Gartentisch mit Blick auf die Hortensien indischen Tee getrunken und sich danach an der Bahnstation Frohnau geküsst. Und bei der Gelegenheit hatte er ihr das kleine Schmuckstück überreicht.

«Der Ring gehörte meiner Großmutter», sagte er, «meine Mutter möchte, dass du ihn behältst.»

Mehr fügte er nicht hinzu, doch als sie den Ring in die Hand nahm und den funkelnden Amethyst betrachtete, schien er ihr schwerer zu wiegen als die paar Gramm, die das Silber und der kleine Stein eigentlich auf die Waage brachten. Sie drehte und wendete ihn und spürte ihr Herz im Hals klopfen, als sei es dort hinaufgesprungen und triebe sie an und riefe ihr zu: Los! Wieder hatte sie sich küssen lassen. Doch sie hatte den Ring nicht an den Finger, sondern in die Tasche gesteckt.

Seitdem trug sie ihn wie einen Talisman bei sich und fühlte sich anders, wie eine neue, fröhliche Hulda, die den Sommer über schon ab und zu aufgetaucht war wie ein Kasper aus der Kiste. Und zwar immer dann, wenn Johanns Sommersprossen vor ihren Augen geleuchtet oder, noch besser, wenn er sie an der Hand gehalten hatte. Das ungewohnte Gefühl, dachte sie halb übermütig, halb melancholisch, war wie ein Kleid, das sie probehalber bei *Tietz* oder *Hertzog* anprobierte und von dem sie nicht wusste, ob sie darin wirklich zu Hause war. Sie musste es eben herausfinden.

Nachwort

Die Entwicklung der Frauenheilkunde in Deutschland prägte auch die Geschichte der Stadt Berlin. Neben der berühmten Klinik Charité in Mitte entstanden weitere Frauenkliniken, in denen sowohl Frauenleiden behandelt als auch Geburten begleitet wurden. Eine davon war die 1882 eröffnete II. Universitäts-Frauenklinik (UFK) in der damaligen Artilleriestraße direkt an der Spree, heute Tucholskystraße. Die Klinik gibt es nicht mehr, die Gebäude aber wurden immer wieder erweitert und saniert, so zum Beispiel in den 1930er Jahren durch Architekten des «Bauhaus». Neuerdings entsteht hier unter Berücksichtigung der alten Bausubstanz das «Forum an der Museumsinsel» unter der Leitung der Architekten Patzschke & Partner sowie David Chipperfield.

Die Klinik war schon zu Beginn ein eigener Kosmos mit Hörsälen, Bibliothek, Archiven, Krankenzimmern, Kreiß- und Operationssälen sowie Schwesternzimmern und der Poliklinik. Dazu gehörte auch noch das «Ida-Simon-Haus», 1911 von einer Stiftung für Privatpatientinnen erbaut.

Nachdem im 19. Jahrhundert die städtische Geburtshilfe in Berlin noch in Wohnhäusern der Oranienburger- und Dorotheenstraße beherbergt gewesen war, bedeuteten die gut ausgestatteten Kreißsäle und die geräumigen, hellen Zimmer für Hausschwangere in einer zentral gelegenen Klinik eine enorme Verbesserung. Forschung und Klinikbetrieb galten in der II. UFK als äußerst fortschrittlich und standen derjenigen in der I. Universitäts-Frauenklinik der Charité in nichts nach. Auch nicht in Bezug auf das Personal, denn namhafte Gynäkologen operierten und lehrten hier, deren Künste über die Berliner Stadtgrenze hinaus bekannt waren.

Als Hulda Gold in meinem Roman ihren Dienst als Hebamme in der Frauenklinik antritt, ist der Direktor dort Ernst Bumm, der Anfang 1925 unerwartet an einem Gallenleiden verstirbt. Es finden sich in den Personallisten der Ärzte zu dieser Zeit keine Frauen, ausschließlich männliche Mediziner arbeiteten an der Klinik. Das weibliche Personal stellte die Krankenschwestern und eben die Hebammen, deren Verantwortungsbereich, wie ich es auch im Roman darstelle, in den 1920er Jahren jedoch äußerst eingeschränkt war. Dennoch dürfte eine Tätigkeit an dieser modernen Klinik für viele Hebammen attraktiv gewesen sein, denn der Beruf einer freien Geburtshelferin war es keinesfalls. Die wirtschaftliche Situation der Hebammen Anfang des 20. Jahrhunderts war vielmehr katastrophal, es gab nicht genug Aufträge, die Gebührensätze waren zu niedrig bemessen, und eine soziale Absicherung oder Altersvorsorge war kaum vorhanden. Ein Krankheitsfall konnte zum finanziellen Ruin führen, eine eigene Schwangerschaft und damit ein längerfristiger Verdienstausfall waren für die Frauen wirtschaftlich kaum aufzufangen. Immer mehr traten außerdem die Hausgeburten in Konkurrenz zu der steigenden Zahl von Klinikgeburten. Die beinahe verzweifelte Lage der Hebammen führte zum Erlass des Hebammengesetzes am 1. April 1923, wonach der Berufsstand nun zusätzlich zur Geburtshilfe auch für die

Säuglingsfürsorge eingesetzt werden konnte, was bisher den Fürsorgerinnen vorbehalten gewesen war. Dies ermöglichte vielen Hebammen einen Zuverdienst. Außerdem wurde ein staatliches Mindesteinkommen zugesichert, das jedoch in der Realität zu gering war, um davon leben zu können. Man kann dieses Gesetz zwar als einen Auftakt sehen, den Beruf der Hebamme aufzuwerten, dennoch musste es in seinen Konsequenzen als unzureichend bewertet werden, sodass eine Anstellung an einer Klinik weiterhin wünschenswert gewesen sein dürfte – auch wenn die Kompetenzen der Hebammen dort sehr viel eingeschränkter waren als in der freiberuflichen Tätigkeit. Erst in den 1930er Jahren verbesserte sich die Lage des Hebammenwesens kurzfristig etwas, da in der nationalsozialistischen Ideologie die Familie, die Mutterrolle und damit auch die Bedeutung der Geburtshilfe stark überhöht wurden. Der Preis war allerdings eine Einschwörung der Hebammen auf ebendiese Ideologie, die auch die Vernichtung «unwerten Lebens» mit einschloss.

Bei der Recherche zu diesem Roman sind mir immer wieder die frappierenden Parallelen von damals und heute aufgefallen. Auch 2021 ist der Beruf der Hebamme oft noch unsicher, wenn nicht prekär. Personalmangel in den Kliniken, eine unzureichende Versicherung der Hebammen und niedrige Stundensätze führen dazu, dass immer weniger Frauen unter der Geburt angemessen betreut werden. Die WHO erkennt an, dass weltweit viele Frauen während der Geburt Leid und sogar Gewalt erfahren, der internationale Aktionstag der «Roses Revolution» versucht, auf diese Missstände aufmerksam zu machen.

Ich persönlich denke, dass eine Gesellschaft nur in dem Maße zivilisiert und emanzipiert ist, in dem sie Frauen eine gewaltfreie, sichere Geburt ermöglicht – dies ist auch in Deutschland in den vergangenen hundert Jahren leider noch nicht ausreichend umgesetzt worden.

Anne Stern
Berlin, im Frühling 2021

Dank

Dieser Roman ist wie immer durch die Hilfe vieler Menschen entstanden, denen ich hiermit herzlich danke sagen möchte.

Zuallererst ist dies meine Familie, meine drei wunderbaren Kinder und mein Mann, mit dem ich jedes inhaltliche und äußerliche Detail der «Fräulein-Gold-Saga» besprechen kann und der mir immer wieder so wichtige Impulse liefert.

Außerdem möchte ich meiner Mutter Dorothea sehr herzlich danken, die wieder einmal als erste konstruktive Leserin bereitstand.

Dann gilt mein Dank unserer wundervollen Babysitterin Friedi, die uns immer wieder gerade in diesem verrückten letzten Jahr ein paar wertvolle Atempausen beschert hat, und meiner liebevollen, gutgelaunten und kompetenten Hebamme Ulrike Bassenge, die für meine Familie und meine Romane in diesem Jahr unverzichtbar war.

Außerdem danke ich von ganzem Herzen und mit großer Freude meiner Agentin Julia Eichhorn, die mich in allen Fragen zum Schreiben und Veröffentlichen so unglaublich gut berät und dazu noch eine sehr gute Freundin ist.

Schließlich bedanke ich mich sehr herzlich beim Rowohlt Verlag und beim Rowohlt Polaris-Team, ganz besonders bei der Programmleiterin Katharina Dornhöfer und natürlich bei meiner tollen Lektorin Ditta Friedrich, mit der die Zusammenarbeit wieder einmal eine riesige Freude war.

Leseprobe

Anne Stern

FRÄULEIN GOLD

Die Stunde der Frauen

(Band 4)

Rowohlt Polaris

Erscheinungstermin November 2021

PROLOG

Dienstag, 12. Januar 1869

Schneelicht, dachte Waldemar Storch und warf einen Blick durch das hohe Fenster mit dem schwarzen Kreuz, eignete sich für dieses Modell hervorragend. Ein paar Flocken schwebten von draußen gegen das Glas und sanken auf die Fensterbank. Es war Mittag, von der Parochialkirche erklang das helle Glockenspiel. *Atelier* nannte Storch diesen Raum hier großspurig seinen Kunden gegenüber, doch eigentlich war es ein Loch, eine Bruchbude auf dem Dachboden eines alten Berliner Hauses, das im Wind schwankte wie ein Schiff. Ein Schiff, das nicht für den offenen Ozean gebaut war, aber doch hinübermusste bis zum fernen rettenden Ufer, sei es mit klappernden Planken, sei es mit leckgeschlagenem Bauch. Brotlos war die Kunst, das konnte man laut sagen.

Der Maler schob sich den samtenen Hut aus der Stirn und richtete den Blick wieder auf die Frau, die auf einem etwas verschlissenen, chintzbezogenen Kanapee saß. Margot Lemieux nannte sie sich, ein Künstlername gewiss. Doch er passte – sie war wirklich das Beste, das Berlins *Belle-Alliance-Theater* im Moment zu bieten hatte. Dunkles langes Haar fiel ihr in dichten Wellen über den Rücken, ihre Haut schimmerte im Halblicht, und um den Hals trug sie eine silberne Kette mit einem

Leseprobe

Anhänger. Sie spielte gelangweilt mit ihren Fingernägeln, und selbst dabei, dachte Storch, strahlte sie eine Würde aus, die ihm Ehrfurcht eingab, ja sogar Nervosität. Ihm, Waldemar Storch, Hofmaler und weithin anerkannter Vertreter der Berliner Salons, zumindest früher einmal! Und so eine kleine Schauspielerin, keine zwanzig Jahre alt und erst seit letztem Sommer auf der Bühne, hockte da wie eine Königin, und er fühlte sich wie ihr Hofnarr?

«Bitte, Mademoiselle Lemieux ...», sagte er, und sie blickte auf und lächelte freundlich. Bescheiden war sie geblieben, das musste er ihr lassen, trotz ihrer jüngsten Erfolge. «Würden Sie das Kinn ein wenig neigen?», fragte er höflich, und sogleich veränderte sie ihre Kopfhaltung, sodass die Wimpern – falsche, selbstverständlich, im Theater war nichts echt – lange Schatten auf ihre Wangenknochen warfen. Genauso wenig echt wie ihre Wimpern war wohl auch ihre französische Herkunft, dachte Storch, doch wen kümmerte es? Mochte sie Französin sein oder doch eher eine *Zigeunerin*, wie er argwöhnte – das Berliner Publikum liebte sie. Das neu erbaute und gerade erst eröffnete Theater fasste tausend Zuschauer, und wenn Mademoiselle Lemieux spielte, war jeder einzelne Platz besetzt.

Storch atmete tief ein. Es roch vertraut nach Leinöl, nach Puder und Farben, und auch ein wenig beißend nach dem Alkohol, mit dem er seine Pinsel reinigte. Er sollte sich zusammenreißen. Das hier war eine lukrative Arbeit, nicht oft bekam man heutzutage noch solche guten Aufträge. Meistens malte er gelangweilte Hausdamen in den Villen der Stadt, und wenn er großes Pech hatte, nicht einmal sie, sondern nur ihre Windhunde und Pekinesen. Hier dagegen konnte er noch einmal glänzen, wie in alten Zeiten, konnte nicht nur Geld, sondern Anerkennung ernten. Also frisch ans Werk und Konzentration!

«Sie machen das ganz wunderbar», sagte er und versuchte doch eigentlich, sich selbst Mut zuzusprechen. «Das Porträt wird sicher vortrefflich, Mademoiselle Lemieux. Direktor Wolf wird zufrieden sein, wenn er das Foyer des Theaters mit ihrem Bildnis schmücken kann.»

«Sie sind sehr freundlich», sagte die junge Frau wieder lächelnd, und er fragte sich, ob niemand diese höfliche Fassade je durchdringen konnte. Auf der Bühne, da verwandelte sie sich freilich, wurde zur Furie, zur Liebenden, zur Mörderin, weinte, schrie, sang und tanzte bis zur Erschöpfung. Storch hatte es selbst in den Vorstellungen erlebt, und er verpasste selten eine, denn er war ein begeisterter Theatergänger. Doch seit die gefeierte Mimin hier in seinem Atelier saß, hatte er das Gefühl, er malte nurmehr einen Kleiderständer. Hübsch allemal, doch seltsam leblos.

Wieder tunkte er seinen Pinsel in die Farbe auf der Palette und mühte sich weiter ab. Vielleicht sollte er noch einmal beginnen, sollte zunächst Skizzen anfertigen und das Malen auf der Leinwand noch verschieben? Doch Storch wusste aus Erfahrung, dass die Aufschieberei, das Warten auf die Muse in der Kunst nichts bewirkten. Entweder *war* da etwas oder eben nicht. Aber wie nur konnte es passieren, dass er ausgerechnet beim Porträt der hinreißenden Lemieux versagte?

«Ich werde gleich abgeholt», sagte sie, jetzt mit einer Spur Ungeduld in der Stimme.

Storch nahm ihre Worte halb mit Erleichterung auf, halb mit Sorge um die vergeudete Sitzung. Beim nächsten Mal würde er von vorne anfangen müssen. Gleichzeitig fragte er sich, wer da wohl käme? Die meisten Schauspielerinnen, vor allem die vom Kaliber einer Margot Lemieux, hielten sich gleich mehrere Männerbekanntschaften, oft aus den adligen Kreisen der Stadt, von denen sie sich einladen und aushalten ließen. Doch um diese Frau hier war es selbst in den Gazetten merkwürdig ruhig. Nur von einem Verehrer hatte Storch gehört, doch in jüngster Zeit wurde geflüstert, dass ebenjener junge Mann aus einer ostpreußischen Adelsfamilie sich neuerdings verehelicht habe. Frisch verheiratete Männer unterhielten in der Regel keine Beziehungen zu einer Kurtisane, das war den Unvermählten vorbehalten oder eben den Alten, deren Ehen schon vertrocknet waren.

Es sei denn, dachte Storch dann und pinselte pflichtschuldig auf der Leinwand herum, die frisch eingegangene Ehe war schon zu Beginn Essig. Nun, es ging ihn nichts an, ehe eine so schöne junge Frau einen Mann wie *ihn* bemerken würde, müsste erst die Hölle zufrieren. Für ihn gab es andere, dort draußen in den Straßen von Berlin.

Als es jählings klopfte, ließ Storch erleichtert den Pinsel fallen. Dann zog er den grauweißen Kittel notdürftig über seinem hervorstehenden Bauch zusammen. Zu viel Schnaps, zu viel billiger Rotwein, er wusste es, doch es fiel ihm nicht ein, weniger zu trinken. Was sonst ließ einen dieses Leben erdulden? Vielleicht höchstens die Liebe, dachte er, und seine Augen wanderten wieder zu der Frau auf dem Kanapee, die sich halb erhoben hatte. Aber davon hatte doch niemand genug.

«Herein», rief er und dachte bei sich, dass es schon ein wenig unverfroren war, dass ein Herr das Fräulein Lemieux ganz offen in seinem Atelier aufsuchte. Doch er war neugierig, wer da käme.

Die Tür öffnete sich, und ein Mann in dunklem Mantel trat ein, den Zylinder zwischen den Händen. Er grüßte kurz. Storch musterte ihn unverhohlen. Klug sah er aus, aber ansonsten ... unauffällig. Als Storchs Blick jedoch auf Margot Lemieux fiel, sah er es endlich! Das Leuchten in ihrem Gesicht. Das tiefe Gefühl, das geheime Etwas, das er bisher während der Sitzungen mit ihr vermisst hatte, da war es! In ihren braunen Augen standen Leidenschaft, Qual, übermächtige Sehnsucht – und alles nur wegen dieses Kerls?, dachte Storch ungläubig und betrachtete den unscheinbaren jungen Mann erneut.

Dann griff er zum Pinsel.

«Nur einen Moment, mein Herr», sagte er hastig, «ich benötige die Dame nur noch für einen Augenblick.»

Ohne sich umzusehen, wedelte er mit der Hand in Richtung der klapprigen Holzstühle, die um ein hohes Tischchen herumstanden. «Setzen Sie sich, wenn es beliebt.»

Er hörte das Brummen des Gastes und das Scharren von Stuhlbeinen, doch da war er schon hinabgetaucht in die Welt des Bildes. Jetzt stimmte alles! Der Hautton war ihm bereits zuvor gelungen. Nicht zu grell, nicht zu fleischern, sondern eben genau die Art warme, bräunliche Helle, die menschliche Haut auszeichnete, hatte er mit Farbe und Öl auf das kleine Stück Leinwand gezaubert. Dann der Faltenwurf des gerüschten Kleides, das die Abgebildete trug, so lebensecht, dass man die Seide beinahe rascheln hörte. Und dazu nun endlich der richtige Ausdruck in ihrem Gesicht. Storch malte wie besessen, beseelt, glücklich. Nun würde sich der Betrachter beinahe sofort verlieben in diese spitzbübischen dunkelbraunen Augen mit dem Leuchten darin. Ein Leuchten, als sei das junge Mädchen dort auf dem Bildnis quicklebendig und lache heimlich über einen gelungenen Scherz, den ein glücklicher Tunichtgut ihr soeben erzählt hatte.

Storch malte mit fliegenden Fingern und beneidete den Fremden, der in seinem Rücken saß und all das mit seiner bloßen Anwesenheit losgetreten hatte, glühend heiß. Und doch schummelte sich eine Spur Mitleid in seinen Neid. Denn egal, wer der geheimnisvolle Mann war und über welche Geld- und Machtmittel er verfügte – gut ausgehen konnte die Geschichte der beiden am Ende ja in keinem Fall, so lautete nun einmal die Regel in diesem Spiel. Doch darüber sollte man sich nicht grämen. Im Theater und im Leben, wusste Storch, waren es doch immer die Stücke, die die Zuschauer zu Tränen rührten, welche schließlich in die Ewigkeit eingingen.

1.

Samstag, 19. September 1925

Die Frau stöhnte und klammerte sich mit beiden Händen an Huldas Arm fest wie eine Ertrinkende an ein rettendes Stück Holz, das zufällig auf dem Wasser trieb. Zwischen den Wehen stieß sie Satzfetzen aus, die Hulda nur teilweise verstand. *Will nicht mehr! ... Kann das nicht! ... Aufhören!*, so klagte und knurrte sie, doch wenn die Wehe kam, hielt sie inne, stöhnte, atmete, presste und hechelte, und Hulda wusste, dass alles seinen Gang ging. Waren die gebärenden Frauen erst einmal an diesem Punkt angelangt, so gab es kein Zurück mehr. Auf den Höhepunkt des Schmerzes folgte, wenn alles gut verlief, stets bald die Geburt und – vorerst – das Ende des Leidens. Und so streichelte Hulda der halb auf dem Gebärbett sitzenden, halb liegenden Frau nur mit fester Hand den schmerzenden Rücken, feuerte sie an und versicherte ihr, dass es bald vorbei wäre.

«Sie machen das hervorragend, Frau Rothenburg», sagte sie und lächelte die Kreißende aufmunternd an, «noch wenige kräftige Schübe, und das Kind ist da.» Sie löste sich aus der Umklammerung, trat vor das Bett und tastete vorsichtig nach dem Köpfchen. Sie spürte schon, wie es sich seinen Weg nach draußen bahnen wollte.

Leseprobe

Neben Hulda standen zwei Hebammenschülerinnen. Sie hatten gerade erst mit der Ausbildung begonnen, und der einen, hellblond und hochgewachsen, stand vor andächtigem Staunen der Mund offen. Die andere wiederum, eine schmächtige Brünette, schien eine Scheu vor der stöhnenden Frau auf der Liege zu haben. Sie hielt sich so weit wie möglich fern von ihr und beobachtete Hulda besorgt, als wisse sie nicht, was sie erwarten sollte – eine Explosion, ein Blutbad, das Ende der Welt?

«Holen Sie ein Handtuch», befahl Hulda ihr daher, denn sie wollte das Mädchen aus ihrer ängstlichen Starre befreien. Und tatsächlich schien die Schülerin dankbar für den Vorwand, die Gebärende kurz verlassen zu dürfen. Geradezu erleichtert sprang sie fort, als das Tönen und Ächzen von Frau Rothenburg, die jetzt hochrot im Gesicht war und Hulda aus glasigen Augen anblickte, immer lauter wurde. «Nicht mehr lange», tröstete Hulda sie, «gleich geschafft!»

Die blonde Schülerin klappte endlich den Mund zu und trat näher heran. Wenigstens eine mit ein wenig Mumm, dachte Hulda grimmig und gewährte dem Mädchen den direkten Blick auf das Geschehen.

Dass dies so ohne weiteres möglich war, bedeutete eine ungeheure Neuerung in der Frauenklinik in der Artilleriestraße. Normalerweise standen bei einer Geburt an die zwanzig Menschen mit im Kreißsaal, und anstelle der Hebamme leitete ein Arzt das Geschehen, während viele weitere männliche Ärzte und Studenten das Bett der Gebärenden umringten. Hulda wusste, dass dies nötig war, schließlich war die Klinik auch eine Ausbildungsstätte, ein Lehrkrankenhaus, in dem Assistenten die Geburtshilfe erlernten. Und doch hatte sie seit ihrem Arbeitsbeginn im Sommer des vorletzten Jahres ihr Unbehagen darüber nicht verbergen können. Dann hatte man sie überraschend befördert, anstelle der pensionierten Hebamme Fräulein Klopfer war sie, Hulda Gold, zur leitenden Hebamme erhoben worden – auch, weil sie sich um die Klinik und ihren Ruf verdient gemacht hatte, als sie diskret dafür gesorgt hatte, dass eine Reihe mysteriöser Todesfälle aufgelöst worden war. Und als Direktor Bumm, den Hulda sehr geschätzt hatte, an Neujahr dieses Jahres plötzlich verstorben war – ein Gallenleiden –, witterte Hulda eine Chance, die Abläufe in der Klinik ein klein wenig zu verändern. Denn Professor Warnekros, der die Direktion nur übergangsweise übernahm, schien keine großen Ambitionen zu haben, der Klinik seinen Stempel aufzudrücken, und überließ Hulda mehr und mehr Entscheidungen im Kreißsaal.

Ein Gefühl von Stolz stieg in ihr hoch, und als hätte die Hebammenschülerin ihre Gedanken gelesen, flüsterte sie: «Wie haben Sie das nur geschafft, Fräulein Gold? Wo sind die ganzen Ärzte?»

Hulda lächelte. «Ich konnte den Direktor überzeugen, dass es unter Umständen – nur in Ausnahmefällen, versteht sich – vorteilhaft für den Geburtsverlauf sein kann, wenn eine Hebamme die Entbindung leitet und es keine Zuschauer gibt.»

Eifrig nickte das Mädchen. «Ich habe davon gelesen», sagte sie leise, «es gibt Studien, nicht wahr? Dass es für die Frauen leichter ist, wenn ihr psychischer Zustand entspannt ist? Einige Mediziner empfehlen auch Hypnose unter der Geburt oder autogenes Training.»

«Damit kenne ich mich leider nicht sehr gut aus», sagte Hulda und nahm der anderen Schülerin, die wieder zu ihnen gekommen war und etwas weniger blass um die Nase schien, das Handtuch ab. Sie trat einen Schritt vom Bett fort, um Frau Rothenburg ein wenig Raum zu geben, und senkte die Stimme, als sie weiter zu den Mädchen sprach: «Aber ich finde das ungeheuer interessant. Was, wenn man den Frauen unter der Geburt viel mehr Initiative zugestünde, wenn man ihnen Entspannungsübungen und Atemtechniken an die Hand gäbe, mit denen sie ihre Schmerzen, ihre Ängste bekämpfen könnten? Was, wenn der Geburtsort und das Personal selbstgewählt sein könnten? Ich bin fast sicher, dass es einen großen Unterschied machen würde.»

«Eine sanftere Geburt ...», sagte die blonde Schülerin gedankenverloren, und Hulda sah sie überrascht an. «Der Ausdruck ist gut gewählt», erklärte sie. «Sanft, selbstbestimmt, friedlich – all das wünsche ich mir für die Frauen. Aber das ist nicht leicht durchzusetzen, wenn zwei Handvoll Männer in weißen Kitteln umherstehen und ihnen zwischen die Beine starren.»

Plötzlich stieß Frau Rothenburg einen langgezogenen Schrei aus, der in Huldas geübten Ohren vertraut klang, und sie sprang ihr sofort zur Seite. Mit einer kurzen, vorsichtigen Bewegung tastete sie erneut unter dem Nachthemd der Gebärenden, schlug den Stoff dann hoch und nickte zufrieden.

«Ihr Kind kommt», sagte sie. «Sie dürfen jetzt bei jeder Wehe kräftig mitschieben, aber immer nur, wenn ich es sage.»

Sie wandte sich an die beiden Mädchen. «Schauen Sie genau hin», sagte sie leise. Beide schienen ihre Scheu durch das vertrauliche Gespräch verloren zu haben und sahen neugierig zu, als das weiche Köpfchen des Kindes sich bereits deutlich zeigte. «Ich stütze jetzt das Gewebe des Damms mit einer Kompresse und verhindere so – hoffentlich – eine schwere Geburtsverletzung.»

Frau Rothenburg presste und arbeitete mit allen Kräften mit, und in der nächsten Wehe wurde der Kopf geboren.

«Wunderbar», lobte Hulda, selbst ein wenig atemlos. Sie hielt den Kopf des Kindes in beiden Händen und tastete nach der Nabelschnur, um zu verhindern, dass sie in diesem kritischen Moment eingeklemmt werden konnte.

Wortlos warteten sie auf die nächste Wehe. Es war jetzt ganz still in dem schummrigen Kreißsaal, denn Hulda hatte nicht alle gleißenden OP-Lampen angeschaltet. Wie in einer warmen Höhle war es. Nur das Atmen der vier Frauen war zu hören.

Ein Schauder lief Hulda über den Rücken. Nach all den Jahren, all den Kindern, die vor ihren Augen zur Welt gekommen waren, hatte dieser Moment immer noch etwas Anrührendes, ja beinahe Heiliges, auch wenn Hulda keinesfalls religiös war. Es war einfach ein Wunder, wie ein ganz und gar fertiger kleiner Mensch aus dem Leib eines anderen Menschen geboren wurde. Huldas Herz zog sich zusammen, als sie sich fragte, wohin der Weg dieses winzigen Wesens ab jetzt führen würde, sobald es sich endgültig aus seiner Mutter herausgeschoben hätte und abgenabelt würde. Noch hing das Kind zwischen den Welten, halb geboren, halb im schützenden Uterus geborgen.

Doch da rollte die nächste Wehe durch Frau Rothenburgs Körper, und mit einem Schwall Fruchtwasser glitten die schmalen Glieder des Babys heraus. Hulda fing das Kind im Handtuch auf und wickelte es rasch fest ein.

«Sie haben eine Tochter», sagte sie zur keuchenden Mutter und schob ihr das kleine Bündel, das nicht schrie, sondern nur

Leseprobe

leise wimmerte, in die Arme. Frau Rothenburg schluchzte auf und umschloss ihr Kind vorsichtig, aber fest.

Hulda schluckte und bemerkte durch einen verstohlenen Blick, dass den beiden Schülerinnen, die stumm vor Staunen am Bett standen, Tränen in die Augen getreten waren. Sie konnte es gut verstehen, besonders die ersten Geburten gingen unter die Haut.

Geschäftigkeit war daher das Mittel der Wahl, um sich die Rührung nicht anmerken zu lassen. Hulda klemmte die Nabelschnur ab und wartete auf die Plazenta, dieses wichtige Organ, einem flachen Kuchen gleich, das das Kind über Monate ernährt und nun ausgedient hatte. Es wurde beinahe schmerzfrei ausgetrieben, Frau Rothenburg, die damit beschäftigt war, das seidige Haar ihrer Tochter zu liebkosen, verzog nur einmal überrascht das Gesicht, dann war es geschafft.

Nachdem Hulda die Nabelschnur durchtrennt und den Mutterkuchen in eine Schale gelegt und untersucht hatte, schob sie Frau Rothenburg dicke Vorlagen aus Vlies unter, die ihr die blonde Schülerin anreichte, um den Blutstrom aufzufangen. Dann half sie dem Baby, die Brust seiner Mutter zu finden, denn diese Verbindung konnte man nicht früh genug unterstützen, fand sie.

«Ich gratuliere Ihnen herzlich», sagte sie, und Frau Rothenburg strahlte unter Tränen.

«Mein Mann», sagte sie heiser, «er wartet sicher auf gute Nachricht.»

«Ich rufe ihn später vom Pförtner aus an», sagte Hulda. «Sie haben doch einen Fernsprecher im Haus?»

«Schon seit letztem Jahr», erklärte Frau Rothenburg stolz, als sei dies eine Auszeichnung. «Manfred hat ihn selbst installiert, er ist so geschickt. Und nun hockt er sicher daneben und fiebert, dass der Apparat endlich klingelt. Es würde ihn so beruhigen, wenn Sie mit ihm sprechen könnten, ich habe viel von Ihnen erzählt.»

«Ich versorge Sie noch rasch und untersuche kurz Ihr Kind», sagte Hulda, «dann gehe ich gleich nach vorne zum Eingang.»

Befriedigt sah sie, dass tatsächlich nichts gerissen war und es keiner Naht bedurfte. Die Geburt war nahezu perfekt verlaufen, und wieder konnte Hulda das kleine Gefühl von Stolz nicht verleugnen, das in ihr aufstieg. Offenbar hatte sie recht mit ihrer Theorie, vielleicht konnte man doch etwas verändern. Wenn auch nur in wenigen Fällen, dachte sie dann nüchterner, und nur, wenn ein Interimsdirektor wie Warnekros keinen großen Ehrgeiz im Bereich der Geburtshilfe an den Tag legte und bereit zu Zugeständnissen war. Die nächste Geburt würde wieder im grellen Deckenlicht unter vielen Zeugen stattfinden, und Huldas Aufgabe beschränkte sich dann nur auf das Rasieren und den Einlauf, auf das Umkleiden der Frau und Händchenhalten.

Da fiel ihr etwas ein. «Holen Sie bitte einen Doktor», sagte sie zu der schüchternen Hebammenschülerin, «die Geburt muss durch einen studierten Arzt begutachtet und bestätigt werden.»

Das Mädchen lief eilfertig davon, und gemeinsam mit ihrer verbliebenen Mitschülerin untersuchte Hulda das Baby, ohne es von seiner Mutter herunterzunehmen, weil es längst hingebungsvoll saugte. Sie tastete nach den Fontanellen im Schädel, besah sich die Gliedmaßen, kontrollierte die Hautfarbe und war rundum zufrieden.

«Ein ganz gesundes Mädchen», sagte sie zu Frau Rothenburg. «Wir lassen die Kleine noch ein wenig trinken, und dann kommt eine Kinderschwester und kleidet sie an. Eine Pflegerin wird sich dann auch noch um Ihr Wohlergehen kümmern, Frau Rothenburg, und Sie säubern. Und dann beginnt Ihr neues Leben als Mutter.»

«Eine Mutter», flüsterte Frau Rothenburg, «ich weiß gar nicht, wie das geht. Ich hatte selbst keine Mutter, wissen Sie, ich wuchs bei Verwandten auf.»

«Sie machen das jetzt schon hervorragend, der Rest ist Übungssache», versuchte Hulda sie zu beruhigen, während sie selbst dem leisen Stich nachforschte, der durch ihr Inneres geschossen war bei den Worten der Frau. Dabei hatte Hulda ja eine Mutter gehabt! Doch der Satz *Ich hatte selbst keine Mutter* rief dennoch ein schales Echo in ihrem Kopf hervor. Elise Gold war zwar körperlich anwesend gewesen, sie hatte Hulda aufgezogen, ermahnt, ihr Essen und Kleidung gegeben – doch eine richtige Mutter, eine Vertraute, jemand, der zu einem hielt, egal was passierte, das war sie nicht gewesen. Und dann musste Hulda unwillkürlich an Karl denken, und die Freude, die sie bei der sanften Geburt und beim Anblick des friedlich saugenden Kindes verspürte, verflog jäh. Karl North, der Mann, dem sie vorletztes Jahr einen Korb gegeben hatte, obwohl ihr beinahe das Herz zersprungen wäre, der hatte auch keine Mutter gehabt. Warum nur tat es ihr noch immer weh, wenn sie an ihn dachte, an seine Einsamkeit, seine hellgrünen Augen?

«Fräulein Gold?»

Doktor Friedrich war eingetreten, im Kielwasser zwei Krankenschwestern, und eilte zu ihnen. «Alles gutgegangen?»

Das Misstrauen in seiner Stimme holte Hulda zurück in die Wirklichkeit.

«Alles wunderbar, Herr Doktor», sagte sie und versuchte, das Aufsässige, Prahlerische in ihrer Stimme zu unterdrücken. Es gelang ihr, wie sie unwillig bemerkte, nicht ganz. «Ein gesundes Mädchen und eine Mutter ohne Verletzung.»

«Ganz ohne Verletzung?» Nun schwang doch eine gewisse Anerkennung in seiner Stimme, die Hulda wieder versöhnte. «Vielen Dank, Fräulein. Ich übernehme.»

Sie nickte ihm zu, legte Frau Rothenburg noch einmal eine Hand auf den Arm und lächelte, dann ging sie zum Waschbecken und wusch sich gründlich. Sie sparte nicht am Desinfektionsmittel und dachte daran, dass noch vor wenigen Jahrzehnten reihenweise Frauen am Kindbettfieber gestorben waren, weil die Mediziner den Zusammenhang zwischen Infektionen und mangelhafter Sauberkeit nicht erkannt hatten. Diese Zeiten waren zum Glück vorbei, und in der Klinik in der Artilleriestraße war alles blitzeblank.

Ganz modern, dachte Hulda und trocknete sich ab, ja, ihrer Zeit voraus. Und doch galt eine Frau, die hier arbeitete, nach wie vor so viel weniger als ein Mann. Es gab keine einzige Ärztin, und es regierte ein Direktor nach dem anderen. Auch der künftige Klinikleiter, dessen Name bereits im Gespräch war, würde selbstverständlich ein Mann sein. Er würde weitere Männer mitbringen, Assistenzärzte, Doktoren, Studenten der Medizin, und sie alle würden diese Überraschung in den Mienen tragen wie soeben Doktor Friedrich – eine Frau, eine Hebamme, konnte eine Geburt ganz allein und verantwortungsvoll durchführen?

Es tat weh.

Hulda strich ihre Schürze glatt, richtete sich das Häubchen und verließ den Kreißsaal ohne Blick zurück. Es würde immer weh tun. Und ein Ausweg war nicht in Sicht. Denn wer war sie, jahrhundertalte Strukturen in der Klinik über den Haufen werfen zu wollen? Das würde ihr niemals gelingen. Dafür bräuchte es etwas Größeres als sie selbst, eine ganze Bewegung, keine Einzelkämpferin. Doch wenn es etwas gab, das Hulda verabscheute, so waren es Gruppen, Vereinssitzungen, Zusammenrottung – wie in diesen ganzen Frauenvereinen, die für mehr weibliche Rechte stritten. Nein, dann lieber allein oder mit ihrer Freundin Jette ab und an über die Macht der Männer wüten und sich schließlich wieder mit der eigenen Situation versöhnen.

Sie verließ den Pavillon, in der die Geburtshilfe untergebracht war, lief den Gang entlang Richtung Hauptgebäude, am Hebammenzimmer vorbei bis zur Pforte. Dort saß, dem Kapitän eines etwas abgehalfterten Dampfers gleich, Pförtner Scholz in seinem Kabuff. Hulda hatte mehrmals gehört, wie ihn die Assistenzärzte den *Zwölfender* nannten, und sie verstand, woher der Spitzname rührte. Der dunkelblaue Uniformrock saß steif, war aber an den Schultern und Ärmelsäumen abgewetzt, wie bei einem langjährig gedienten Soldaten. Und der rote Kragen stand am Hals so hoch, dass Herr Scholz immer ein wenig das stoppelige Kinn recken musste, um Luft zu bekommen. Bei jeder Bewegung blitzten die Messingknöpfe. Über der knolligen, stets leicht geröteten Nase – hinter dem Stuhl des Pförtners erspähte Hulda ein Sammelsurium von leeren Bierflaschen – saßen gütige Augen, die sich nun voller Wiedersehensfreude auf sie richteten.

«Dit Frollein Gold», rief er und erhob sich, während er sich den rötlichen Walrossbart zurechtstrich, der mit seinen gezwirbelten Enden entfernt an Kaiser Wilhelm zwo erinnerte.

«Welche Ehre! Leitende Hebamme zur Stelle, richtig?» Er lachte dröhnend. «Womit darf ick dienen?»

«Guten Abend, Herr Scholz», sagte Hulda freundlich, «wenn Sie bitte einen Anruf für mich machen könnten?»

«Glücklicher frischjebackener Vater?», fragte Scholz, der immer auf dem Laufenden war und stets zu wissen schien, was in jedem einzelnen Raum der Klinik vor sich ging.

Sie nickte. «Manfred Rothenburg. Er hat eine gesunde kleine Tochter, und seine Frau ist wohlauf und lässt ihn grüßen.»

Er trat zum Apparat, fuhr mit dem Finger eine Liste entlang und fand den Anschluss der Rothenburgs.

Dann ließ er sich vom Fräulein im Amt verbinden und bellte in die Sprechmuschel: «Herr Rothenburg? Scholz hier, Pförtner der Klinik Artilleriestraße. Sie sind im Bilde?» Er lauschte kurz und dröhnte dann weiter. «Immer langsam, junger Mann, ick muss mir konzentrieren, dass ick keen Blödsinn rede. Wartense mal.» Er nahm den Hörer herunter und sah Hulda an. «Wat sachten Sie?», fragte er. «Junge oder Mädchen?»

Hulda, die sehr wohl wusste, dass er es nicht etwa vergessen hatte, sondern dass diese Art Theatralik zu seinen kleinen Freuden gehörte, spielte mit.

«Ein Mädchen, Herr Scholz», sagte sie geduldig, woraufhin er freudestrahlend den Hörer wieder aufnahm und hineinröhrte: «Mädchen, 'ne kleene Göre, Herr Rothenburg. Jesund und munter, und ooch Ihre werte Frau!» Er lauschte. «Jawoll! Werde ick ausrichten!»

Damit schmiss er den Hörer auf die Gabel, und Hulda fragte sich, woher dieser alte Mann, der tagein, tagaus in einem Käfig hockte, diesen Schwung, diese ungebremste Lebensfreude nahm.

Nun, dachte sie dann schmunzelnd, zu einem gut Teil wohl von der herrlichen Hausmannskost, die seine Tochter ihm im oberen Stockwerk in der gemeinsamen Wohnung zubereitete und von der auch Hulda schon ein Loblied singen konnte, besonders von den Bratkartoffeln. Und für den Rest Optimismus taten beim Pförtner wohl die geistigen Getränke das ihrige.

Gerade wollte sie Herrn Scholz nach dem Befinden seiner Tochter fragen, als die schwere Eingangstür von der Artilleriestraße her geöffnet wurde und ein Mann mit einem kleinen schwarzen Koffer aus Leder eintrat. Sein Schnurrbart war gestutzt, und er trug einen tadellosen Gehrock mit gestärktem weißen Kragen, dunkler Weste und Manschettenknöpfen. Er kam direkt auf die Pförtnerloge zu und taxierte Hulda im Vorbeigehen durch seine randlose Brille.

«Guten Abend», sagte er mit der vollen, aber gemessenen Stimme eines Mannes, der es gewohnt war, vor Publikum zu sprechen. «Ich habe einen Termin mit Professor Warnekros.»

«Wen darf ick anmelden, der Herr?», fragte Scholz und griff nach dem Haustelefon, und nur Hulda nahm wohl die leichte Geringschätzung in seinem Ton wahr, die dem Neuankömmling sicher ganz und gar entging.

«Geheimrat Stoeckel», sagte der Mann, woraufhin Hulda und der Pförtner einen raschen Blick tauschten. Dies war der Name, der seit ein paar Wochen durch die Klinikflure geisterte – das also war der Professor aus Leipzig, der, wenn man den Gerüchten glauben konnte, bald die Nachfolge von Direktor Bumm antreten sollte.

Hulda musterte ihn nun noch etwas genauer. Kluge Augen, fand sie, doch mit einer gewissen Kälte darin, die ihr nicht sonderlich zusagte. Feine Linien auf der Stirn, als lege er sie oft nachdenklich in Falten. Schütteres Haar, das er jedoch vorteilhaft zurückkämmte.

Sie trat näher und streckte die Hand aus, die er reflexhaft ergriff.

«Mein Name ist Hulda Gold», sagte sie und versuchte, Gewicht in ihre Worte zu legen. «Ich bin die leitende Hebamme in der Geburtshilfe hier in der Klinik.»

«So», antwortete Stoeckel ein wenig verdutzt und zog die Hand nach kurzem Druck zurück, «sehr erfreut».

Doch sie konnte ihm ansehen, dass er nicht sonderlich beeindruckt war. Schon wieder spürte sie dieses unangenehme Stechen im Magen wie vorhin mit Doktor Friedrich – das Gefühl, gewogen und für zu leicht befunden zu werden.

Scholz telefonierte *in den Turm*, wie man in der Klinik die Wohnung des Direktors nannte. Warnekros hatte die Räume des verstorbenen Professor Bumm bezogen, jedoch, wie er immer wieder betonte, nur übergangsweise und um schnell erreichbar zu sein. Sobald der neue Leiter die Stelle anträte, wäre er verschwunden.

«Der Herr Direktor wird gleich eintreffen», verkündete Scholz, und Stoeckel nickte. Dann trat er unbehaglich von einem Bein aufs andere und tat so, als musterte er angelegentlich die Täfelung der Halle. Er konnte jedoch nicht verbergen, wie ungelegen es ihm war, hier mit einer fremden Frau zum Warten verdonnert zu sein.

Hulda zermarterte sich das Hirn, wie sie ein Gespräch anfangen könnte, damit ihre Anwesenheit keine Bürde war.

«Sie sind der Autor des *Lehrbuchs für Gynäkologie*?», sagte sie schließlich halb fragend, obwohl sie genau wusste, dass es so war. Der Geheimrat nickte knapp, seine Miene ließ nicht erkennen, ob er erfreut war über ihr Wissen. «Es ist mir eine Ehre», fuhr Hulda fort, «ich habe viel daraus gelernt.»

Jetzt verzog sich sein Mund über dem akkuraten Schnauzbart doch zu einer Art Lächeln. «Freut mich, mein junges Fräulein», sagte er, als sei sie eine Schülerin und er der Oberstudienrat an einer Schule für höhere Töchter.

Hulda biss sich auf die Lippen, die Lust auf einen weiteren Wortwechsel war ihr vergangen. Gerade erwog sie, sich zu verabschieden, als sich die schwere Tür von der Straße her erneut öffnete. Hulda ging hin, um den Ankömmling zu empfangen, und fuhr beinahe zurück, als sie in das pockennarbige Gesicht der jungen Frau blickte, die nun hereinkam. Sie war höchstens zwanzig, schätzte Hulda, die dünnen, fettigen Haare hatte sie in einen straffen Knoten geschlungen, die zu weiten Kleider hingen schlotternd um ihre mageren Glieder. Nur der Bauch stand verräterisch spitz nach vorn, jedenfalls für Huldas geübtes Auge. Anfang vierter Monat, schätzte sie und seufzte innerlich. Dann bemerkte sie, dass die junge Frau immerhin einen schmalen Ring am Finger trug.

«Kann ich Ihnen helfen?», fragte sie. In ihrem Rücken hörte sie, wie der Geheimrat ungeduldig von einem Bein aufs andere trat.

«Ick will zum Doktor», sagte die Frau leise, doch mit einem Gesichtsausdruck, der ihre wilde Entschlossenheit, sich nicht abwimmeln zu lassen, verriet. «Der muss mir ...», sie zögerte eine Winzigkeit, «wat abnehmen.»

«Sie können sich erst einmal mir anvertrauen», sagte Hulda, die sofort verstand. Aufmunternd lächelte sie der Frau zu.

Doch die Besucherin betrachtete sie misstrauisch. «Sind Sie

'n Doktor?», fragte sie. «Ick will zu einem von den Studierten. Ick hab Geld, ehrlich!»

«Mein Name ist Hulda Gold», sagte Hulda und schluckte den leisen Ärger hinunter, «ich bin die leitende Hebamme hier. Ich kann Ihnen sicher helfen.»

Gerade als sich in die vernarbten Züge der jungen Frau Zustimmung schlich, hörte Hulda Schritte hinter sich.

«Sie sollten gehen», sagte Stoeckel so bestimmt zu der Besucherin, als sei er der Herr des Hauses. «Einen solchen Eingriff führen wir hier nicht durch. Und das können Sie auch all ihren Freundinnen da draußen sagen. Paragraph 218!»

Ungläubig drehte sich Hulda um. «Mit Verlaub», sagte sie, «aber ein Beratungsgespräch für notleidende Frauen gehört sehr wohl zu meinem Aufgabenbereich.»

«Wenn die Frau einen Rat zur Geburt oder für die Säuglingspflege sucht, mag das stimmen», sagte Stoeckel. Sein Gesicht blieb unbewegt, doch Hulda spürte die Wut, die wie Hitze von seinem tadellosen Anzug aus aufstieg. «Aber eine Abtreibung ist, wie Sie sicher wissen, verboten und wird mit Gefängnis bestraft.»

Die junge Frau sah eingeschüchtert zwischen Hulda und dem Geheimrat hin und her. Aus den Augenwinkeln bemerkte Hulda, dass Pförtner Scholz ihr Gespräch von seinem Kabuff aus sehr genau verfolgte. Das stachelte sie nur noch mehr an, diesem aufgeblasenen Arzt nicht das letzte Wort zu lassen.

«Ich bin sicher, hier liegt ein Missverständnis vor», sagte sie und bedeutete der jungen Frau mit den Augen, nur ja die Klappe zu halten. «Sie, meine Dame, wollen sich doch nur nach den Möglichkeiten erkundigen, sich in unserem Haus zur Ent-

Leseprobe

bindung anzumelden? Die Krankenkasse übernimmt das, ich erkläre Ihnen alles Weitere in Ruhe.»

Sie betonte das letzte Wort, und glücklicherweise schien die Frau zu verstehen. Sie nickte, mit gespieltem Eifer im Gesicht.

«Ja, danke schön», stammelte sie, «jenau dit wollte ick, mir erkundijen und ...» Sie brach ab, offenbar hatte sie vergessen, wie es weiterging.

Hulda konnte sehen, dass Geheimrat Stoeckel ihre kleine Scharade mühelos durchschaute, doch die leitende Hebamme vor Zeugen der Lüge zu bezichtigen, das wagte er denn doch nicht. Rasch zog sie die Frau zur Seite und führte sie in eine weit entfernte Ecke der Eingangshalle, außer Hörweite. Dabei bemerkte sie den muffigen Geruch, der in den Kleidern der Besucherin hing. Kohlenofen, tippte sie, und höchstwahrscheinlich Schimmel zu Hause. Wieder wanderte Huldas Blick zu dem Ring an ihrer Hand.

«Sie sind verheiratet?», fragte sie leise.

«Ja», sagte die junge Frau gepresst, «aber ick hab schon Stücker dreie. Mehr jeht nich! Mein Männe hat keene Anstellung mehr, und wenn ick nich inne Nähfabrik kann, denn is zappenduster bei uns.» Sie deutete auf den schwellenden Bauch unter ihrem dünnen grauen Mantel. «Noch so 'n armer Schlucker, dit will ick nich. Dit ärmste Kind hungert ja schon im Mutterleib, wissense?»

Hulda nickte. Sie kannte leider unzählige Fälle wie diesen. Jedes Jahr ein Kind und keine müde Mark, um all die hungrigen Münder zu ernähren.

«War Ihr Mann im Krieg?», fragte sie.

Die Frau nickte. «Mit fünfzehn, im letzten Kriegsjahr. In Flandern.» Ihre Lippen zitterten. «Ick kenne ihn schon aus der Volksschule, da hamse am Ende die Jungens direkt aus der Schulbank jeholt. Ausm Lazarett is er jeheilt entlassen worden. Wir dachten, allet wär jut. Denn ging es wieder los, Zittern, Bettnässen. Und der Branntwein, von dem er nich wegkommt.»

Auch diese Geschichte hatte Hulda so oder ähnlich schon weit öfter gehört, als sie zählen konnte. Die armen Kinder waren im Großen Krieg an den Fronten verheizt worden wie Futter für die gefräßigen Kanonen, die ihr Recht forderten. Wer überlebte, kam oft genug gezeichnet zurück, unfähig, einer Arbeit nachzugehen, für immer gefangen in den Erinnerungen, den grausamen Bildern von Blut und Tod. Der Mann dieser Frau, dachte Hulda und rechnete schnell nach, war heute erst 22 Jahre alt. Doch innerlich war er tot, für immer verloren. Sie fasste einen Entschluss.

«Ich habe eine Adresse für Sie», flüsterte sie, «hier in der Klinik darf ich Ihnen nicht helfen, da hat der Herr dort drüben leider ganz recht.» Sie nickte zu Stoeckel hinüber, der immer noch neben der Pförtnerloge wartete wie ein nicht abgeholtes Paket und ab und zu argwöhnisch zu ihnen herübersah. «Aber dort wird man Ihnen beistehen.» Sie holte ein Stück Papier aus ihrer Schürzentasche und schrieb eine Anschrift in der Sedanstraße in Schöneberg darauf.

«Und jetzt gehen Sie. Und versuchen Sie, in Zukunft aufzupassen. Sie kennen doch Essigspülungen? Besonders an gewissen Tagen, Sie verstehen?» Die Frau nickte zaghaft, ein Hauch von Schamesröte kroch über ihre mageren Wangen mit den tiefen Pockenkratern. «Und am besten hilft immer noch Enthaltsamkeit», fügte Hulda hinzu und wurde nun auch rot. Aber nicht wegen des heiklen Themas, sondern weil sie genau wusste, wie wertlos dieser Ratschlag war. Denn welche Frau, auf engstem Wohnraum mit ihrem Ehemann zusammengepfercht, konnte sich schon einem Betrunkenen verweigern, der sein Recht einforderte? Die nächste Schwangerschaft würde in wenigen Monaten folgen, das war gewiss. Huldas Worte mussten der armen Frau wie Hohn in den Ohren klingen.

Die Besucherin murmelte einen Dank und huschte zur Tür hinaus, zweifellos auf direktem Weg nach Schöneberg, wo Huldas Bekannte Grete Fischer, eine Gynäkologin, sich solcher Fälle auf der *Roten Insel* annahm. Illegal, aber unbeirrbar, wie Hulda wusste.

Sie strich sich die feuchten Handflächen an ihrer Schürze ab und atmete tief durch. Allzu sehr durfte Sie sich nicht mitnehmen lassen von diesen traurigen Schicksalen, doch seltsamerweise fiel ihr dies mit den Jahren nicht etwa leichter, sondern schwerer.

Da endlich kam Direktor Warnekros durch den Gang. Er nickte ihr eilig zu und war schon beim hohen Besuch. Gerade wollte Hulda zurück in Richtung Geburtshilfe-Pavillon gehen, als das Telefon in der Pförtnerkabine schellte. Scholz bellte einen Gruß hinein, lauschte dann kurz und machte Hulda Handzeichen.

«Wie? Am Spittelmarkt? Blutung? Menschenskinder, wat habt ihr denn da wieder jetrieben, ihr Ferkel? Mit 'nem Blumendraht rumjepopelt oder wie?»

Hulda lief bei seinen Worten ein Schauder über den Rücken, doch sie kannte seinen derben Humor.

«Kommt sofort, kommt sofort. Rettung naht und holt euch aus der Bredouille. Wartet mal, hier is dit Frollein Gold.» Er winkte sie eifrig herbei. «An der Fischerbrücke 4», sagte er zu ihr, «die Volontäre von der Poliklinik brauchen Unterstützung auf der Spreeinsel.» Er musterte sie. «Ick weeß, is nich mehr Ihre Aufgabe, Außendienst, aber sonst is keener da. Doktor Friedrich is im OP, aber wenn er fertig ist, schicke ich ihn hinterher.»

«Ich bin unterwegs», sagte Hulda und spürte eine fiebrige Aufregung beim Gedanken daran, die Klinik zu verlassen und wie früher zu einer Geburt in der Welt da draußen hasten zu dürfen. «Ich hole rasch meine Tasche. Rufen Sie derweil im Assistentenzimmer an, einer von den Praktikanten soll mitkommen.»

Und schon war sie auf dem Weg ins Hebammenzimmer, die Schritte auf dem Dielenboden pochten mit ihrem Herzen um die Wette. Sie hörte gerade noch, wie Scholz in den Hörer dröhnte: «Dit schöne Frollein Gold fliegt zu euch, ihr glücklichen Affen!»

gewiss – adj – certain, sure

~ was hätten sein können ✶
  ~ what could have been

✶ nichtsdestotrotz ? sah sie sich
  verstohlen um. p.229

  zuverlässig

✶ Mir gefällt es nicht

p299 wenn schon, denn schon, dachte sie

Jojo Moyes
Die Frauen von Kilcarrion

Kates Verhältnis zu ihren Eltern war immer schwierig. Als junge Frau hat sie Irland verlassen, unverheiratet und schwanger, um in London neu anzufangen. Bei ihrer eigenen Tochter wollte sie alles besser machen. Kates unstetes Leben jedoch belastet die Beziehung zu der mittlerweile sechzehnjährigen Sabine. Als die Kluft zwischen ihnen immer größer wird, macht sich Sabine auf den Weg nach Irland, um auf Gut Kilcarrion ihre Großmutter kennenzulernen.

432 Seiten

Joy freut sich darauf, ihre Enkelin zu sehen. Sie hofft, dass sie zu ihr die Verbindung aufbauen kann, die sie zu ihrer Tochter Kate so schmerzlich vermisst. Aber Sabines unbefangene Art wirbelt das Leben auf Kilcarrion durcheinander und zwingt Joy, sich ihrer Vergangenheit zu stellen. Gut gehütete Geheimnisse kommen ans Licht. Und alle drei Frauen müssen sich fragen, ob sie bereit sind, zu verzeihen und die Wunden der Vergangenheit heilen zu lassen.

Weitere Informationen finden Sie unter rowohlt.de